BASTEI
LÜBBE

Taschenbücher von ROBERT A. HEINLEIN
im BASTEI-LÜBBE-Programm:

21 179 Die Sternenbestie
24 001 Sternenkrieger
24 118 Das neue Buch Hiob

Robert A. Heinlein

Die Katze, die durch Wände geht

Phantastischer Roman

Ins Deutsche übertragen
von Harro Christensen

BASTEI
LÜBBE

BASTEI-LÜBBE-TASCHENBUCH
Science Fiction Spezial
Band 24 124

Erste Auflage: November 1989
Zweite Auflage: September 1990

Deutsche Lizenzausgabe 1987/89
Bastei-Verlag Gustav H. Lübbe GmbH & Co., Bergisch Gladbach
Originaltitel: The Cat Who Walk Through Walls
Lektorat: Hans Altmeyer/Dr. Helmut Pesch
Titelillustration: Michael Whelan
Umschlaggestaltung: Quadro Grafik, Bensberg
Druck und Verarbeitung:
Brodard & Taupin, La Flèche, Frankreich
Printed in France
ISBN 3–404–24124–X

Der Preis dieses Bandes versteht sich
einschließlich der gesetzlichen Mehrwertsteuer.

Ach, Liebste! Könnten wir uns nur verbünden
Mit Ihm, den Plan der Dinge zu ergründen,
In Stücke schlagen sollten wir ihn, um
Ihn neu, dem Herzen näher, zu erfinden.

DIE RUBAIJAT DES OMAR CHAJJAM
Quatrain XCIX, Fünfte Ausgabe

ERSTES BUCH

LEIDLICH EHRLICH

»Was immer du tust, du wirst es bereuen.«

ALLAN McLEOD GRAY 1905–1975

I

»Wir brauchen Sie. Sie sollen einen Mann töten.«

Der Fremde schaute sich nervös um. Ich finde, ein volles Restaurant ist nicht der Ort für ein solches Gespräch, denn selbst ein hoher Geräuschpegel gewährt keine völlige Ungestörtheit.

Ich schüttelte den Kopf. »Ich bin kein Mörder. Töten ist für mich eher eine Art Hobby. Haben Sie schon gegessen?«

»Ich bin nicht hier, um zu essen. Lassen Sie mich nur . . .«

»Oh, nein. Ich bestehe darauf.« Ich war verärgert, denn er hatte mich an einem Abend gestört, den ich mit einer entzückenden Dame verbrachte; ich zahlte mit gleicher Münze zurück. Man darf die Leute in ihrer Unhöflichkeit nicht auch noch bestärken. Man muß zurückschlagen, verbindlich, aber wirksam.

Diese Dame, Gwen Novak, hatte sich für einen Augenblick entschuldigt und den Tisch verlassen, worauf dieser Herr Namenlos plötzlich auftauchte und ungebeten Platz nahm. Ich wollte ihn gerade auffordern zu verschwinden, als er den Namen Walker Evans erwähnte.

Es gibt keinen »Walker Evans«.

Nein, dieser Name ist eine Botschaft von einem von sechs Leuten, fünf Männern und einer Frau, ein Kode, der mich an eine Schuld erinnert. Es wäre denkbar, daß eine Ratenzahlung auf diese Schuld darin besteht, daß ich jemanden töten muß – möglich, aber unwahrscheinlich.

Aber es war unvorstellbar, daß ich auf Geheiß eines Fremden töten würde, nur weil er diesen Namen erwähnte.

Ich sah mich zwar veranlaßt, ihm zuzuhören, aber ich hatte nicht die Absicht, mir den Abend verderben zu lassen. Da er schon mal an meinem Tisch saß, sollte er sich verdammt nochmal wie ein geladener Gast benehmen. »Sir, wenn Sie keine komplette Mahlzeit wünschen, probieren Sie doch eine der Kleinigkeiten, die man nach dem Theaterbesuch ißt. Das Kaninchenragout auf Toast mag zwar eher Ratte als Kaninchen sein, aber der Küchenchef bereitet es so zu, daß es wie Ambrosia schmeckt.«

»Aber ich will nicht . . .«

»Bitte!« Ich schaute auf, und mein Kellner sah mich an. »Morris?«

Morris stand sofort neben mir. »Dreimal Kaninchenragout, Morris, und bitten Sie Hans, mir einen trockenen Weißwein auszusuchen.«

»Gern, Dr. Ames.«

»Bitte, tragen Sie erst auf, wenn die Dame wieder hier ist.«

»Selbstverständlich, Sir.«

Ich wartete, bis der Kellner sich entfernt hatte. »Mein Gast wird bald wieder zurück sein. Sie haben ein paar Minuten Zeit, mir das alles zu erklären. Beginnen Sie damit, daß Sie mir Ihren Namen nennen.«

»Mein Name spielt keine Rolle. Ich . . .«

»Kommen Sie, Sir. Ihren Namen, bitte.«

»Man hat mir nur aufgetragen, ich sollte ›Walker Evans‹ sagen.«

»Das ist ja schön und gut, aber *Ihr* Name ist nicht Walker Evans, und ich will nichts mit einem Mann zu tun haben, der mir seinen Namen nicht nennt. Sagen Sie mir, wer Sie sind, und es wäre sehr gut für Sie, wenn Sie die entsprechenden Ausweispapiere bei sich hätten.«

»Aber . . . Colonel, es wäre doch viel wichtiger, daß Sie erfahren, wer sterben muß und warum Sie der Mann sind, der ihn töten muß! Das müssen Sie doch zugeben!«

»Ich muß überhaupt nichts zugeben. Ihren Namen, Sir! Und Ihren Ausweis. Und nennen Sie mich bitte nicht ›Colonel‹; ich bin Dr. Ames.« Ich mußte die Stimme heben, um den Trommelwirbel zu übertönen, der die letzte Show des Abends ankündigte. Das Licht wurde abgeblendet, und ein Scheinwerfer erfaßte den Zeremonienmeister.

»Schon gut, schon gut.« Mein ungeladener Gast griff in die Tasche und zog eine Brieftasche hervor. »Aber Tolliver muß bis Sonntagmittag sterben, oder wir sind alle tot!«

Er öffnete die Brieftasche, um mir seinen Ausweis zu zeigen. Ein kleiner dunkler Fleck erschien vorn an seinem weißen Hemd. Plötzlich sah er ganz erschrocken aus. »Tut mir leid«, sagte er dann leise und beugte sich vor. Er schien noch etwas hinzufügen zu wollen, doch Blut quoll aus seinem Mund. Sein Kopf sank auf das Tischtuch.

Ich fuhr sofort von meinem Stuhl hoch und sprang an seine rechte Seite. Morris stand schon an seiner linken. Vielleicht wollte Morris ihm helfen; ich nicht – es war zu spät. Ein Vier-Millimeter-Pfeil macht nur ein kleines Einschußloch, und eine Austrittswunde gibt es nicht; das Geschoß explodiert im Körper. Wenn die Wunde am Oberkörper ist, tritt der Tod sofort ein. Ich schaute mich vielmehr unter den Anwesenden um – das und noch eine Kleinigkeit.

Während ich noch versuchte, den Killer zu entdecken, waren der Oberkellner und ein anderer Mann zu Morris geeilt. Die drei bewegten sich so rasch und umsichtig, als würde jeden Abend ein Gast an einem ihrer Tische ermordet. Sie beseitigten die Leiche mit der Geschwindigkeit und der Diskretion chinesischer Bühnenarbeiter. Ein vierter Mann schlug das Tischtuch hoch, trug es zusammen mit dem Tafelsilber davon und kam sofort mit einem neuen Tuch und zwei Gedecken zurück.

Ich setzte mich wieder. Es war mir nicht gelungen, den mutmaßlichen Mörder zu entdecken; ich sah auch niemanden, der ein auffälliges Desinteresse an den Vorgängen an meinem Tisch vorspiegelte. Einige Leute hatten zwar herübergeschaut, aber als die Leiche verschwunden war, hatten sie sich wieder auf die Show konzentriert, die gerade ablief. Es gab kein Geschrei und keinen Aufruhr. Wer es gemerkt hatte, vermutete wahrscheinlich, hier sei einem Gast schlecht geworden oder jemand habe zu viel getrunken.

Die Brieftasche des Toten steckte in meiner linken Jackentasche.

Als Gwen Novak zurückkam, stand ich auf und schob ihr den Stuhl zurecht. Sie lächelte mir dankbar zu und fragte: »Habe ich was versäumt?«

»Nicht viel. Die Witze waren vor deiner Geburt schon alt. Andere waren sogar vor Neil Armstrongs Geburt schon alt.«

»Ich liebe alte Witze, Richard. Bei ihnen weiß ich wenigstens, an welcher Stelle ich lachen muß.«

»Dann bist du ja hier genau richtig.«

Auch ich liebe alte Witze; ich liebe alles mögliche Alte: alte Freunde, alte Bücher, alte Gedichte, alte Theaterstücke. Wir hatten den Abend mit einem alten Lieblingsstück von mir begonnen, mit dem *Sommernachtstraum*, dargeboten vom Halifax Ballett Theater, mit Luanna Pauline als Titania. Ballett bei geringer

Schwerkraft, lebende Schauspieler und magische Hologramme hatten eine Märchenwelt erschaffen, von der Will Shakespeare begeistert gewesen wäre. Das Neue ist keine Tugend.

Bald übertönte Musik die angestaubten Witze des Conférenciers, und die Revue-Girls wogten über die Tanzfläche, sinnlich und elegant bei halber Schwerkraft. Das Ragout wurde aufgetragen und mit ihm der Wein. Als wir gegessen hatten, wollte Gwen mit mir tanzen. Ich habe dieses komische Bein, aber bei einem halben g schaffe ich die klassischen Tänze – Walzer, Tango und so weiter. Gwen ist ein warmes, lebendiges, duftendes Bündel; mit ihr zu tanzen ist ein einziger Genuß.

Es war das fröhliche Ende eines schönen Abends. Da war immer noch die Angelegenheit mit dem Fremden, der die Geschmacklosigkeit begangen hatte, sich an meinem Tisch umbringen zu lassen. Aber da Gwen nichts von dem unangenehmen Zwischenfall bemerkt zu haben schien, hatte ich ihn im Kopf gespeichert, um mich später damit zu befassen. Natürlich war ich jeden Augenblick auf dieses ominöse Schultertippen gefaßt, aber vorläufig genoß ich gutes Essen, guten Wein und gute Gesellschaft. Das Leben ist voller Tragik; wenn man sich von ihr überwältigen läßt, kann man die unschuldigen Freuden des Lebens nicht genießen.

Gwen weiß, daß mein Bein kein langes Tanzen vertragen kann; bei der ersten Tanzpause ging sie mit mir an unseren Tisch zurück. Ich gab Morris einen Wink, uns die Rechnung zu bringen. Er holte sie sozusagen aus der Luft. Ich gab meinen Kredit-Kode ein, stellte ihn auf Standard-Trinkgeld plus die Hälfte und fügte meinen Daumenabdruck hinzu.

Morris bedankte sich. »Einen Nachttrunk, Sir? Vielleicht einen Brandy? Oder möchte die Dame einen Likör? Mit den besten Empfehlungen des Hauses.« Der Eigentümer des *Rainbow's End*, ein alter Ägypter, legte Wert auf solche Gesten, wenigstens seinen Stammgästen gegenüber. Ich weiß nicht, wie er es in dieser Beziehung mit Touristen vom Dreckplaneten hielt.

»Gwen?« fragte ich und erwartete eine Ablehnung – Gwens Trinken beschränkt sich auf ein Glas Wein zu den Mahlzeiten. Ein Glas.

»Ich hätte gerne einen Cointreau. Ich möchte noch einen Augenblick der Musik zuhören.«

»Cointreau für die Dame.« Morris notierte. »Doktor?«

»Mary's Tears und ein Glas Wasser, bitte, Morris.«

Als Morris gegangen war, sagte Gwen ruhig: »Ich brauchte Zeit, mit dir zu reden, Richard. Willst du heute nacht in meiner Wohnung schlafen? Keine Angst; du kannst allein schlafen.«

»So gern schlafe ich nun auch wieder nicht allein.« Ich überschlug die Möglichkeiten. Sie hatte einen Drink bestellt, den sie nicht wollte, um mir ein Angebot zu machen, das nicht paßte. Gwen ist sonst sehr direkt; wenn sie mit mir hätte schlafen wollen, hätte sie es mir gesagt – sie hätte damit nicht Versteck gespielt.

Also hatte sie mich in ihre Wohnung eingeladen, weil sie es für unklug oder unsicher hielt, wenn ich in meinem eigenen Bett schlief. Also . . .

»Du hast es gesehen.«

»Von weitem. Ich wartete, bis alles sich wieder beruhigt hatte, bevor ich an den Tisch zurückging. Richard, ich weiß nicht, was passiert ist. Aber wenn du eine Weile untertauchen willst – sei mein Gast!«

»Vielen Dank, Liebes!« Ein Freund, der Hilfe anbietet, ohne Erklärungen zu verlangen, ist unbezahlbar. »Ob ich annehme oder nicht, ich bin in deiner Schuld. Hmmm, Gwen, ich weiß selbst nicht, was passiert ist. Ein völlig Fremder, der sich ermorden läßt, während er versucht, mir etwas mitzuteilen . . . Ein Klischee, ein abgegriffenes Klischee. Wenn ich heute eine Geschichte auf diese Weise anlegen wollte, würde die ganze Zunft mich meiden.« Ich lächelte sie an. »Bei diesem klassischen Plot würde sich herausstellen, daß du die Mörderin bist . . . eine Tatsache, die sich langsam entwickeln würde, während du so tust, als seist du mir bei der Suche behilflich. Der intelligente Leser wüßte vom ersten Kapitel an, daß du die Täterin bist, aber ich, der Detektiv, würde etwas nicht erraten, was doch so banal ist wie die Nase in deinem Gesicht. Korrektur: in meinem Gesicht.«

»Oh, meine Nase ist banal genug; die Männer erinnern sich eher an meinen Mund. Richard, ich werde dir nicht helfen, mir das anzuhängen; ich habe dir nur ein Versteck angeboten. Wurde er wirklich getötet? Ich war mir nicht sicher.«

»Also . . .« Morris erschien mit den Getränken, und das rettete mich vor einer zu raschen Antwort. Als er wieder gegangen war, antwortete ich: »Ich habe noch über keine andere Möglichkeit nachgedacht. Gwen, er war nicht verletzt. Entweder war er auf der Stelle tot . . . oder es war gespielt. Kann es gespielt gewesen sein? Gewiß. Wenn man es auf Holo sieht, könnte es mit ein paar kleinen Tricks in der richtigen Zeit ablaufen.« Ich grübelte darüber nach. Warum hatte das Restaurantpersonal so rasch und präzise alle Spuren beseitigt? Warum hatte ich nicht dieses Schultertippen erlebt? »Gwen, ich nehme dein Angebot an. Wenn sie mich finden wollen, werden sie mich finden. Aber ich möchte die Sache mit dir genauer durchgehen, als wir das hier könnten, und wenn wir noch so leise sprächen.«

»Gut.« Sie stand auf. »Ich bin sofort wieder da, Schatz.« Sie ging zum Ausgang, der zu den Toiletten führte.

Als ich aufstand, reichte Morris mir meinen Stock, und ich stützte mich darauf, als ich ihr zu den Toilettenräumen folgte. Ich muß nicht unbedingt einen Stock benutzten – wie Sie wissen, kann ich sogar tanzen –, aber wenn ich einen Stock benutze, wird mein krankes Bein nicht so schnell müde.

Als ich aus der Herrentoilette kam, stellte ich mich ins Foyer und wartete.

Und wartete.

Als ich über jedes vernünftige Maß hinaus gewartet hatte, suchte ich den Oberkellner. »Tony, könnten Sie eine weibliche Angehörige des Personals bitten, in den Toilettenräumen nach Mistress Novak zu schauen? Vielleicht ist sie krank geworden oder hat sonst irgendwelche Schwierigkeiten.«

»Die Dame an Ihrem Tisch, Dr. Ames?«

»Ja.«

»Aber sie ist vor zwanzig Minuten schon gegangen. Ich habe sie selbst zur Tür begleitet.«

»So? Dann muß ich sie mißverstanden haben. Vielen Dank und gute Nacht.«

»Gute Nacht, Doktor. Wir würden uns freuen, Sie bald wieder begrüßen zu dürfen.«

Ich verließ das *Rainbow's End* und blieb einen Augenblick vor dem Lokal im öffentlichen Korridor stehen – Ring dreißig, Ebene mit halber Schwerkraft, im Uhrzeigersinn nur ein kleines Stück von Radius zwei-siebzig bei Petticoat Lane entfernt, einer selbst um ein Uhr morgens sehr belebten Gegend. Ich prüfte, ob Disziplinarbeamte auf mich lauerten, und erwartete schon halb, daß man Gwen festgenommen hatte.

Nichts dergleichen. Ein steter Menschenstrom floß vorbei, ihrer Kleidung und ihrem Verhalten nach waren die meisten Erdferkel auf Urlaub, Leute, die ihre Einkäufe machten, sonstige Dummköpfe, Taschendiebe und Priester. Das Gebiet von Golden Rule ist im ganzen System dafür bekannt, daß man hier alles kaufen kann, und Petticoat Lane unterstützt diesen Ruf, jedenfalls was die Fleischtöpfe anbetrifft. Wenn es um nüchterne Dinge ging, mußte man im Uhrzeigersinn neunzig Grad weiter bis zur Threadneedle Street gehen.

Keine Spur von Disziplinarbeamten, keine Spur von Gwen.

Sie hatte versprochen, mich am Eingang zu treffen. Oder doch nicht? Nein, nicht ganz. Ihre genauen Worte waren: »Ich bin sofort wieder da, Schatz.« Ich hatte angenommen, daß sie mich am Ausgang zur Straße hin treffen würde.

Ich kenne alle die alten Witze über Frauen und ihre Launen: *La donna è mobile* und so weiter – ich glaube nicht daran. Gwen hat es sich nicht plötzlich anders überlegt. Aus irgendeinem Grund – aus einem *guten* Grund – war sie ohne mich gegangen und erwartete mich wahrscheinlich jetzt bei sich zu Hause.

Das sagte ich mir jedenfalls.

Wenn sie eine Kabine genommen hatte, war sie schon dort; wenn sie zu Fuß gegangen war, mußte sie jeden Augenblick eintreffen – »vor zwanzig Minuten«, hatte Tony gesagt. An der Kreuzung Ring dreißig und Petticoat Lane liegt eine Haltestelle. Ich fand eine leere Kabine, gab Ring eins-null-fünf ein, Radius eins-dreißig-fünf und sechs Zehntel Schwerkraft. Das würde mich an den Haltepunkt des öffentlichen Transportsystems bringen, der Gwens Wohnung am nächsten lag.

Gwen wohnt in Gretna Green, direkt am Appian Way, wo er die Yellow Brick Road kreuzt – was niemandem etwas sagt, der Golden Rule noch nie besucht hat. Irgendein PR-»Experte« hat gemeint, daß sich die Leute hier eher wie zu Hause fühlen, wenn sie von Ortsnamen umgeben sind, die ihnen vom Dreckplaneten her vertraut sind. Es gibt sogar (fangen Sie nicht an zu würgen) ein »House at Pooh Corner«. Ich hatte die Koordinaten des Hauptzylinders eingegeben: 105, 135, 0.6.

Irgendwo in der Nähe von Ring zehn akzeptierte das Gehirn der Kabine diese Koordinaten und wartete. Ich gab meinen Kredit-Kode ein und duckte mich gegen die Beschleunigungspolster.

Dieses idiotische Gehirn brauchte beleidigend lange dazu, festzustellen, daß mein Kredit in Ordnung war – dann legte es ein Netz um mich, zog es zu, schloß die Kapsel, und *wuff! bing! bamm!* waren wir schon unterwegs . . . dann ein rasches Schweben über drei Kilometer von Ring dreißig bis Ring eins-null-fünf, dann *bamm! bing! wuff!*, und ich war in Gretna Green. Die Kabine öffnete sich.

Für mich lohnt solcher Service das Fahrgeld. Aber der Manager erzählt uns seit zwei Jahren, das System rentiere sich nicht. Wir müßten es entweder häufiger benutzen oder höhere Preise bezahlen, sonst würden die Kabinen ausgebaut und der Raum anderweitig genutzt. Ich hoffe, sie kommen noch zu einer anderen Lösung; einige Leute brauchen diesen Service. (Ja, ich weiß; Laffers Theorie bietet für so ein Problem immer zwei Lösungen, eine auf höherer, die andere auf niedrigerer Ebene – außer wenn die Theorie besagt, daß beide Lösungen gleich sind . . . und nur auf Einbildung beruhen. Was hier zutreffen könnte. Vielleicht ist ein Kabinentransportsystem beim heutigen Stand der Technik für ein Wohngebiet im Raum zu kostspielig.)

Der Weg zu Gwens Wohnung war eine Kleinigkeit: bis zu sieben Zehntel Schwerkraft nach unten, dann fünfzig Meter »vorwärts« bis zu ihrer Nummer – ich klingelte.

Ihre Tür antwortete: »Dies ist die aufgezeichnete Stimme von Gwen Novak. Ich bin ins Bett gegangen und hoffe, daß ich schon selig schlafe. Wenn es sich bei Ihrem Besuch um einen Notfall handelt, deponieren Sie hundert Kronen über Ihren Kredit-Kode. Wenn ich der Meinung bin, daß es gerechtfertigt war, mich zu wecken, werde ich das Geld zurückzahlen. Wenn nicht – lach, jauchz, kicher! – werde ich es für Gin ausgeben und Sie trotzdem draußen lassen. Wenn es sich bei Ihrem Besuch nicht um einen Notfall handelt, hinterlassen Sie bitte Ihre Botschaft, sobald mein Schrei ertönt.«

Darauf ertönte ein gellender Schrei, der so abrupt endete, als hätte man irgendein unglückliches Mädchen zu Tode gewürgt.

War dies ein Notfall? War es gar ein Hundert-Kronen-Notfall? Ich fand, daß es überhaupt kein Notfall war, und ließ aufzeichnen:

»Liebe Gwen, hier spricht dein ziemlich treuer Verehrer Richard. Irgendwie müssen wir uns mißverstanden haben. Aber das können wir morgen früh klären. Rufst du mich in meiner Wohnung an, wenn du aufgewacht bist? Liebe Grüße und einen Kuß, Richard Löwenherz.«

Ich versuchte, meine nicht unbeträchtliche Verärgerung aus meiner Stimme herauszuhalten. Ich kam mir übel verladen vor, aber irgendwie war ich überzeugt, daß Gwen mich nicht absichtlich schlecht behandeln würde; irgend etwas mußte schiefgegangen sein, obwohl ich mir jetzt noch nicht vorstellen konnte, was es gewesen sein mochte.

Dann fuhr ich nach Hause *wuff! bing! bamm! . . . bamm! bing! wuff!*

Ich habe ein Luxus-Abteil, in dem Schlafraum und Wohnzimmer getrennt sind. Ich öffnete, überprüfte das Terminal auf Nachrichten – keine –, stellte Tür und Terminal auf Schlafbedingungen ein, hängte meinen Stock auf und ging ins Schlafzimmer.

Gwen schlief in meinem Bett.

Sie schlief süß und friedlich. Leise zog ich mich zurück, zog mich geräuschlos aus und ging in den Erfrischungsraum. Ich schloß die Tür – schalldicht; ich sprach von einem Luxusabteil. Dennoch versuchte ich, so wenig Geräusch wie möglich zu machen, denn »schalldicht« ist eher eine Hoffnung als eine Gewißheit. Als ich so hygienisch einwandfrei und geruchlos war, wie ein männlicher, unbehaarter Affe ohne chirurgische Hilfe überhaupt werden kann, ging ich leise in mein Schlafzimmer zurück und stieg sehr vorsichtig ins Bett. Gwen bewegte sich, aber sie wachte nicht auf.

Irgendwann, als ich nachts aufwachte, stellte ich den Wecker ab, aber ich wachte zur gewöhnlichen Zeit auf, denn meine Blase kann man nicht abstellen. Ich stand also auf, erledigte das Problem und erfrischte mich für den Tag. Dann beschloß ich, mich um etwas Eßbares zu kümmern. Ich schlüpfte in einen Overall, ging leise ins Wohnzimmer, öffnete meine Speisekammer und inspizierte die Vorräte. Für einen besonderen Gast braucht man ein besonderes Frühstück.

Ich ließ die Zwischentür offen, damit ich Gwen im Auge behalten konnte. Ich glaube, sie war vom Kaffeeduft wach geworden. Als ich sah, daß sie die Augen geöffnet hatte, rief ich: »Guten Morgen, meine Schöne. Steh auf und putz dir die Zähne; das Frühstück ist fertig.«

»Ich habe mir die Zähne schon geputzt; vor einer Stunde. Komm wieder ins Bett.«

»Nymphomanin! Orangen- oder Vogelkirschensaft oder beides?«

»Hmm . . . beides. Aber wechsle nicht das Thema. Komm her und stell dich deinem Schicksal wie ein Mann.«

»Iß erst.«

»Feigling! Richard ist ein Schwächling, Richard ist ein Schwächling!«

»Ein ausgesprochener Feigling. Wie viele Waffeln willst du essen?«

»Ach . . . schon wieder eine Entscheidung! Kannst du sie nicht einzeln auftauen?«

»Es sind keine gefrorenen. Ich habe sie eben eigenhändig angerührt. Nun sag schon, sonst esse ich sie alle selbst.«

»Welch ein Jammer und welche Schande! – wegen ein paar Waffeln abgelehnt zu werden. Ich werde unter die Mönche gehen müssen. Zwei.«

»Drei. Du meinst unter die Nonnen.«

»Ich weiß schon, was ich meine.« Sie stand auf und ging in den Erfrischungsraum. Als sie nach kurzer Zeit wieder herauskam. trug sie einen meiner Morgenmäntel. Hier und da schauten angenehme Teile von Gwen hervor. Ich reichte ihr ein Glas Saft; sie nahm einen Schluck, bevor sie weitersprach. »Gluck, gluck. Das tat gut. Richard, wenn wir erst verheiratet sind, machst du dann jeden Morgen das Frühstück für mich?«

»Diese Frage geht von Voraussetzungen aus, die ich nicht bestätigen will . . .«

»Nachdem ich dir vertraut und dir alles gegeben habe!«

». . . aber ich will einräumen, wenn auch ohne jede Garantie, daß ich genauso gern Frühstück für zwei wie für einen mache. Warum glaubst du, daß ich dich heiraten werde? Welche Anreize hast du zu bieten? Willst du jetzt eine Waffel?«

»Hören Sie, Mister, nicht alle Männer heiraten gern eine Großmutter. Ich habe schon Angebote gehabt. Ja, ich möchte jetzt eine Waffel.«

»Reich mir deinen Teller.« Ich grinste sie an. »›Großmutter‹, daß ich nicht lache. Nicht einmal, wenn du dein erstes Kind gleich nach der ersten Menstruation empfangen hättest und deine Tochter genauso prompt geworfen hätte.«

»Das war bei keiner von uns der Fall. Richard, ich möchte zwei Dinge klarstellen. Nein, drei. Erstens. Wenn ich sage, daß ich heiraten will, meine ich das ganz ernst, vorausgesetzt, du hältst still . . . und wenn du nicht stillhältst, halte ich dich als Schoßtier und mache selbst für dich das Frühstück. Zweitens bin ich tatsächlich Großmutter. Drittens, wenn du trotz meiner vorgeschrittenen Jahre Kinder mit mir haben willst, die Wunder der modernen Mikrobiologie haben mich fruchtbar und relativ faltenlos gehalten. Wenn du mich also schwängern willst, sollte es dir nicht allzu schwerfallen.«

»Ich könnte mich dazu zwingen. Hier Ahornsirup, da Blaubeersirup. Vielleicht habe ich es ja gestern nacht schon getan?«

»Das Datum wäre um mindestens eine Woche falsch gewesen . . . aber was hättest du gesagt, wenn ich ›Hauptgewinn!‹ gerufen hätte?«

»Hör auf mit deinen Witzen und iß deine Waffel. Die nächste ist gleich fertig.«

»Du bist ein sadistisches Ungeheuer. Und deformiert.«

»Nicht deformiert«, protestierte ich. »Dieser Fuß wurde amputiert; ich wurde nicht ohne ihn geboren. Aber mein Immunsystem weigert sich einfach, ein Transplantat anzunehmen, das ist alles. Einer der Gründe, warum ich lieber in geringer Schwerkraft lebe.«

Gwen war plötzlich ernüchtert. »Oh, Liebster! Ich sprach doch nicht von deinem Fuß. Du lieber Himmel! Dein Fuß spielt keine Rolle . . . außer, daß ich jetzt besonders darauf achten werde, dich nicht zu überanstrengen, jetzt, wo ich weiß, warum.«

»Tut mir leid. Fangen wir von vorn an. Was meintest du dann, als du sagtest, ich sei ›deformiert‹?«

Sofort war sie wieder sie selbst. »Das solltest du doch wissen! Erst weitest du mich so aus, daß ich für keinen normalen Mann mehr zu gebrauchen bin. Und dann willst du mich nicht heiraten. Laß uns wieder ins Bett gehen.«

»Erst frühstücken wir zu Ende und lassen es ein wenig sacken – kennst du denn keine Gnade? Ich habe ja nicht gesagt, daß ich dich nicht heiraten will . . . und ich habe dich *nicht* ausgeweitet.«

»Oh, was für eine sündige Lüge! Gibst du mir bitte die Butter? Natürlich bist du deformiert. Wie groß ist denn die Geschwulst mit dem Knochen darin? Fünfundzwanzig Zentimeter? Mehr? Und der Durchmesser? Wenn ich das Ding vorher gesehen hätte! Ich glaube nicht, daß ich es dann riskiert hätte.«

»Ach, Unsinn! Nicht einmal zwanzig Zentimeter. Ich habe dich nicht ausgeweitet; ich habe höchstens mittlere Größe. Da solltest du mal meinen Onkel Jock sehen. Noch etwas Kaffee?«

»Ja, bitte. Gewiß hast du mich ausgeweitet! Äh . . . ist dein Onkel Jock wirklich stärker als du? Örtlich?«

»Sehr viel sogar.«

»Äh . . . wo wohnt er denn?«

»Iß deine Waffel auf. Willst du immer noch mit mir ins Bett zurück? Oder willst du dich mit Onkel Jock in Verbindung setzen?«

»Warum kann ich nicht beides haben? Ja, ein wenig mehr Schinken, danke, Richard. Du kannst gut kochen. Nein, ich will Onkel Jock nicht heiraten. Ich bin nur neugierig.«

»Du solltest ihn nicht bitten, dir das Ding zu zeigen, wenn du es nicht ernst meinst . . . denn er meint es immer ernst. Als er zwölf Jahre alt war, hat er die Frau des Leiters seiner Pfadfindergruppe verführt. Die beiden sind dann zusammen durchgebrannt. Das verursachte damals im südlichen Iowa beträchtliches Gerede, denn sie wollte ihn nicht aufgeben. Das ist über hundert Jahre her, damals wurden solche Dinge noch ernst genommen, wenigstens in Iowa.«

»Richard, du willst mir doch nicht erzählen, daß Onkel Jock über hundert und immer noch sexuell aktiv ist?«

»Er ist hundertsechzehn und bespringt immer noch die Ehefrauen, Töchter, Mütter und das Vieh seiner Freunde. Und nach den für Iowa geltenden Ehegesetzen für ältere Bürger hat er außerdem noch drei eigene Ehefrauen. Eine von ihnen – Tante Cissy – besucht noch die High School.«

»Richard, ich muß vermuten, daß du dich nicht immer ganz an die Wahrheit hältst. Du hast einen Hang zur Übertreibung.«

»Frau, so redet man nicht mit seinem zukünftigen Ehemann. Hinter dir steht ein Terminal. Gib Grinnel, Iowa ein; Onkel Jock wohnt gleich draußen vor der Stadt. Sollen wir ihn anrufen? Wenn du ihn nett darum bittest, zeigt er dir vielleicht seinen ganzen Stolz. Wie wär's, Schatz?«

»Du willst dich nur davor drücken, mit mir ins Bett zu gehen.«

»Noch eine Waffel?«

»Hör auf mit diesen Bestechungsversuchen. Nun ja, vielleicht eine halbe. Wollen wir uns nicht eine teilen?«

»Nein. Für jeden eine ganze.«

»Heil, Caesar! Du bist das schlechte Beispiel, das ich immer gesucht habe. Wenn wir erst verheiratet sind, werde ich fett.«

»Gut, daß du das gesagt hast. Ich wollte nicht davon anfangen, aber du bist tatsächlich ein bißchen mager. Zu viele scharfe Ecken und Kanten. Ein kleines Polster könntest du schon gebrauchen.«

Was Gwen als nächstes sagte, werde ich auslassen. Es war farbig, sogar lyrisch, aber (nach meiner Meinung) nicht sehr damenhaft. Es entsprach nicht ihrem wahren Selbst, und deshalb werden wir es nicht aufzeichnen.

»Das ist wirklich irrelevant«, antwortete ich. »Ich bewundere dich wegen deiner Intelligenz. Und wegen deines engelhaften Geistes. Deiner schönen Seele. Laß uns nicht körperlich werden.«

Auch ihr nächste Antwort fällt meiner Zensur zum Opfer.

»Gut«, stimmte ich zu, »wenn du es unbedingt willst. Geh wieder ins Bett und mach dir ein paar körperliche Gedanken. Ich schalte das Waffeleisen aus.«

Ein wenig später fragte ich sie: »Willst du eine kirchliche Trauung?«

»*Großer Gott!* In Weiß? Bist du in der Kirche, Richard?«

»Nein.«

»Ich auch nicht. Du und ich gehören auch eigentlich nicht in die Kirche.«

»Da bin ich deiner Meinung. Aber wie willst du denn heiraten? Soviel ich weiß, gibt es in Golden Rule keine andere Möglichkeit zu heiraten. So etwas findet sich nicht in den Vorschriften des Managers. Vor dem Gesetz existiert die Institution Ehe hier überhaupt nicht.«

»Aber Richard, viele Leute heiraten doch.«

»Aber wie, Schatz? Ich weiß, daß einige heiraten, aber wenn sie es nicht über eine Kirche tun, wie denn sonst? Das habe ich noch nie herausfinden können. Gehen sie nach Luna City? Oder hinunter zum dreckigen Planeten? Wie?«

»Wie es ihnen gerade paßt. Sie mieten einen Saal und holen sich einen VIP, der in der Gegenwart von Gästen den Knoten bindet. Anschließend gibt es Musik und einen großen Empfang . . . oder sie heiraten zu Hause in Anwesenheit von nur ein paar Freunden. Oder etwas zwischen beidem. Du hast die Wahl, Richard.«

»Ääh, hmm, nicht ich. Du. Ich war lediglich einverstanden. Was mich betrifft, so gefällt mir eine Frau immer dann am besten, wenn sie ein wenig angespannt ist, weil sie sich ihrer Situation nicht ganz sicher sein kann. Das hält sie fit. Findest du nicht auch? *He!* Hör auf damit!«

»Dann hör auf, mich zu reizen. Wenn du nicht auf deiner eigenen Hochzeit Sopran singen willst.«

»Tu das noch einmal, dann wird es keine Hochzeit geben. Und nun sag endlich, was für eine Hochzeit du haben willst.«

»Richard, ich brauche keine Trauzeremonie. Ich brauche keine Zeugen. Ich will dir nur alles versprechen, was eine Frau ihrem Mann versprechen sollte.«

»Bist du ganz sicher, Gwen? Ist das nicht alles ein bißchen übereilt?« Verdammt, etwas, was eine Frau im Bett verspricht, sollte nicht bindend sein.

»Ich handle nicht übereilt. Ich habe schon vor mehr als einem Jahr den Entschluß gefaßt, dich zu heiraten.«

»Tatsächlich? Das ist ja – Halt! Wir haben uns vor weniger als einem Jahr kennengelernt. Auf dem Ball des Ersten Tages. Am zwanzigsten Juli. Das weiß ich noch.«

»Stimmt.«

»Nun?«

»›Nun‹, was, Liebling? Schon bevor wir uns kennenlernten, habe ich beschlossen, dich zu heiraten. Ist das ein Problem für dich? Für mich nicht.«

»Hmm. Ich sollte dir lieber einiges erzählen. In meiner Vergangenheit gab es Episoden, derer ich mich nicht gerade rühmen kann. Sie waren nicht gerade unehrenhaft, aber doch ein wenig trübe. Und mit dem Namen Ames wurde ich nicht geboren.«

»Richard, ich werde stolz darauf sein, wenn man mich ›Mrs. Ames‹ nennt. Oder auch ›Mrs. Campbell‹ . . . Colin.«

Ich sagte nichts, jedenfalls nicht laut – und fügte dann hinzu: »Was weißt du sonst noch?«

Sie schaute mir fest in die Augen, aber sie lächelte nicht. »Alles, was ich wissen muß, Colonel Colin Campbell, bei seinen Truppen und in den amtlichen Kriegsberichten als ›Killer‹ Campbell bekannt. Ein rettender Engel für die Studenten der Percival Lowell Academy. Richard, oder Colin, meine älteste Tochter gehörte zu diesen Studenten.«

»Ich will in alle Ewigkeit verdammt sein.«

»Das bezweifle ich.«

»Und deshalb willst du mich heiraten?«

»Nein, mein Lieber. Das reichte vor einem Jahr als Grund aus. Aber inzwischen habe ich viele Monate Zeit gehabt, den Menschen hinter dem Bilderbuchhelden zu entdecken. Und . . . ich habe dich gestern nacht zwar gedrängt, rasch zu mir ins Bett zu kommen, aber keiner von uns würde allein aus diesem Grund heiraten. Willst du etwas über meine eigene befleckte Vergangenheit erfahren? Ich werde es dir erzählen.«

»Nein.« Ich wandte mich ihr zu und nahm ihre Hände. »Gwendolyn, ich will, daß du meine Frau wirst. Willst du mich zum Mann haben?«

»Ja.«

»Ich, Colin Richard, nehme dich, Gwendolyn, zu meiner Frau und werde dich lieben und achten, solange du mich haben willst.«

»Ich, Sadie Gwendolyn, nehme dich, Colin Richard, zu meinem Mann, und ich werde dich lieben und achten, solange ich lebe.«

»Hui! Das dürfte genügen.«

»Ja. Aber du mußt mich küssen.«

Ich tat es. »Wann ist dir denn ›Sadie‹ eingefallen?«

»Sadie Lipschitz, mein Familienname. Den mochte ich nie, und deshalb habe ich ihn geändert. Richard, das einzige, was noch fehlt, um die Sache offiziell zu machen, ist die Bekanntgabe unserer Eheschließung. Dann ist die Sache fest beschlossen, und ich will, daß wir sie fest beschließen, solange du noch groggy bist.«

»Okay. Aber wie wollen wir sie veröffentlichen?«

»Darf ich dein Terminal benutzen?«

»*Unser* Terminal. Du brauchst mich doch nicht zu fragen, wenn du es benutzen willst.«

»Unser Terminal. Danke, Liebling.« Sie stand auf, trat an das Terminal und wählte das Adressenverzeichnis. Dann rief sie den *Golden Rule Herald* und verlangte den für die Gesellschaftsspalte zuständigen Redakteur. »Bitte nehmen Sie zur Kenntnis: Dr. Richard Ames und Mistress Gwendolyn Novak geben sich die Ehre, ihre heutige Eheschließung bekanntzugeben. Geschenke und Blumen verbeten. Bitte bestätigen Sie.« Sie schaltete ab. Die Leute riefen sofort zurück. Diesmal meldete ich mich und bestätigte die Eheschließung meinerseits.

Sie seufzte. »Richard, ich habe dich zur Eile angetrieben. Aber das mußte ich tun. Jetzt kann kein Mensch mehr von mir verlangen, daß ich vor irgendeinem Gericht gegen dich aussage. Ich will dir auf jede erdenkliche Weise helfen. Warum hast du ihn getötet, Liebster? Und wie?«

»Wer einen Tiger weckt,
sollte einen langen Stock benutzen.«

MAO TSE-TUNG 1893–1976

II

Ich sah meine Braut nachdenklich an. »Du bist eine mutige Frau, mein Schatz, und ich bin dir dankbar, daß du nicht gegen mich aussagen willst. Aber ich bin nicht sicher, ob der Rechtsgrundsatz, den du zitierst hast, in der örtlichen Gerichtsbarkeit Gültigkeit hat.«

»Aber es ist eine allgemeine Rechtsregel, Richard. Eine Ehefrau kann nicht gezwungen werden, gegen ihren Mann auszusagen. Das weiß doch jeder.«

»Die Frage ist: Weiß der Manager das? Die Firma behauptet, dieser Wohnbezirk habe nur ein Gesetz, die Goldene Regel, und die Vorschriften des Managers seien nur praktische Auslegungen dieses Gesetzes, nur Ausführungsbestimmungen, die sich ändern können – die sich nicht nur mitten in einem Prozeß, sondern auch rückwirkend ändern können, wenn der Manager das beschließt. Gwen, ich weiß nicht recht. Der Stellvertreter des Managers könnte beschließen, daß du die Hauptzeugin der Firma bist.«

»Das würde ich nicht tun! Bestimmt nicht!«

»Vielen Dank, Liebling. Aber laß uns einmal darüber nachdenken, wie deine Aussage denn ausgesehen hätte, wenn du Zeugin gewesen wärest in – wie wollen wir es nennen? Ach, sagen wir einfach, man wirft mir vor, ich hätte unrechtmäßig den Tod des Mr. X verursacht . . . wobei Mr. X der Fremde ist, der gestern abend an unsern Tisch kam, als du gerade in der Damentoilette warst. Was hast du gesehen?«

»Richard, ich habe gesehen, wie du ihn umbrachtest! Ich habe es gesehen!«

»Ein Anklagevertreter würde aber mehr Einzelheiten wissen wollen. Hast du ihn an unseren Tisch kommen sehen?«

»Nein, ich sah ihn erst, als ich den Vorraum verließ und wieder zu unserem Tisch ging . . . ich war erstaunt, daß jemand auf meinem Platz saß.«

»Okay, nun noch einmal von Anfang an. Sag mir genau, was du gesehen hast.«

»Also, ich kam aus dem Vorraum und ging nach links auf unseren Tisch zu. Du wirst dich daran erinnern, daß du mir den Rücken zudrehtest . . .«

»Woran ich mich erinnere, spielt hier keine Rolle; sag mir, woran du dich erinnerst. Wie weit warst du vom Tisch entfernt?«

»Ach, ich weiß nicht. Vielleicht zehn Meter. Ich könnte hingehen und nachmessen. Ist das wichtig?«

»Falls es je wichtig werden sollte, könntest du es nachmessen. Du sahst mich also aus einer Entfernung von etwa zehn Metern. Was tat ich in dem Augenblick? Stand ich? Saß ich? Bewegte ich mich?«

»Ich sah dich am Tisch sitzen, und du hattest mir den Rücken zugedreht.«

»Ich hatte dir den Rücken zugedreht. Das Licht war nicht sehr gut. Wie konntest du wissen, daß ich es war?«

»Ach, Richard, du bist absichtlich so schwierig.«

»Ja, denn Anklagevertreter sind auch absichtlich schwierig. Wie hast du mich erkannt?«

»Äh – Du *warst* es, Richard. Ich kenne deinen Hinterkopf genauso gut wie dein Gesicht. Zumindest als du aufstandest und dich bewegtest, *habe* ich dein Gesicht gesehen.«

»Was tat ich als nächstes? Stand ich auf?»

»Nein, nein. Ich sah dich an deinem Tisch. Als ich sah, daß jemand dir gegenüber auf meinem Stuhl saß, blieb ich stehen. Ich stand da und schaute hinüber.«

»Hast du ihn erkannt?«

»Nein. Ich glaube nicht, daß ich ihn jemals gesehen habe.«

»Beschreib ihn.«

»Äh, das kann ich nicht sehr gut.«

»Klein? Groß? Alter? Bart? Hautfarbe? Wie war er gekleidet?«

»Ich sah ihn ja nicht aufstehen. Er war kein ganz junger Mann, aber er war auch nicht alt. Ich glaube nicht, daß er einen Bart trug.«

»Vielleicht einen Schnurrbart?«

»Ich weiß es nicht.« (Ich wußte es aber. Kein Schnurrbart. Alter etwa dreißig.)

»Hautfarbe?«

»Weiß. Jedenfalls helle Haut. Aber er war nicht blond wie ein

Schwede. Richard, ich hatte keine Zeit, mir all diese Einzelheiten zu merken. Er drohte dir mit einer Art Waffe, und du hast auf ihn geschossen. Als der Ober herbeieilte, sprangst du auf. Und ich blieb stehen und wartete, bis sie ihn wegbrachten.«

»Und wohin brachten sie ihn?«

»Das weiß ich nicht genau. Ich zog mich in die Damentoilette zurück und schloß die Tür. Vielleicht haben sie ihn in die Herrentoiletten gebracht, die gegenüberliegen. Aber am Ende des Ganges ist noch eine Tür mit der Aufschrift ›Nur für Personal‹.«

»Du sagtest, er habe mich mit einer Waffe bedroht?«

»Ja. Dann hast du ihn erschossen, bist aufgesprungen und hast ihm die Waffe weggerissen und in die Tasche gesteckt. In diesem Augenblick trat der Ober an die andere Seite des Mannes.«

(Oho!) »In welche Tasche habe ich die Waffe gesteckt?«

»Laß mich überlegen. Ich muß mich in Gedanken in die Richtung drehen. In die linke Tasche. Die linke Außentasche deiner Jacke.«

»Wie war ich gestern abend gekleidet?«

»Abendanzug, wir waren direkt von der Ballettvorstellung gekommen. Weißer Sweater mit Rollkragen, kastanienbraunes Jackett, schwarze Hose.«

«Gwen, weil du im Schlafzimmer schliefst, habe ich mich gestern hier im Wohnzimmer ausgezogen und meine Kleidung in den Kleiderschrank dort neben der Außentür gehängt, um sie später ins Schlafzimmer zu bringen. Öffnest du bitte den Schrank und holst die Jacke heraus, die ich gestern trug? Und dann nimmst du aus der linken äußeren Tasche die ›Waffe‹, die ich hineingesteckt haben soll.«

»Aber . . .« Sie verstummte, und mit ernstem Gesicht entsprach sie meinem Wunsch.

Sie war sofort wieder da und hielt die Brieftasche des Fremden in der Hand. »Mehr war nicht in der Tasche«, sagte sie.

Ich nahm ihr die Brieftasche ab. »Dies ist die Waffe, mit der er mich bedroht hat.« Dann hielt ich ihr meinen rechten Zeigefinger vor die Nase. Und mit dieser Waffe habe ich ihn erschossen, als er seine Brieftasche auf mich richtete.«

»Ich verstehe nicht.«

»Liebling, das ist genau der Grund, warum Kriminologen sich lieber auf Indizienbeweise als auf Zeugenaussagen verlassen. Du bist die ideale Zeugin, intelligent, genau, kooperativ und ehrlich.

Du hast eine Mischung aus dem berichtet, was du gesehen hast, aus dem, was du glaubtest, gesehen zu haben, aus dem, was du zwar sahst, aber nicht bemerktest, und aus dem, was dein Verstand hinzufügte, um die Lücken zu schließen. Die ganze Mischung hast du jetzt als wahre Erinnerung im Kopf, eine Zeugenaussage aus erster Hand. Aber so ist es nicht abgelaufen.«

»Aber Richard, ich habe *wirklich* gesehen –«

»Du hast gesehen, daß der arme Clown umgebracht wurde. Du hast nicht gesehen, daß er mich bedrohte, und du hast nicht gesehen, daß ich ihn erschoß. Irgendeine dritte Person erschoß ihn mit einem Explosivpfeil. Da der Mann am Tisch mit dem Gesicht zu dir saß und in die Brust getroffen wurde, muß der Pfeil direkt an dir vorbeigesaust sein. Hast du irgend jemanden dort stehen sehen?«

»Nein. Das heißt, die Kellner liefen umher, und auch der Oberkellner stand irgendwo. Einige von den Gästen standen auf oder setzen sich gerade, aber mir ist keiner von ihnen besonders aufgefallen – ganz sicher niemand, der etwa eine Waffe abfeuerte. Was für eine Waffe kann es denn gewesen sein?«

»Gwen, sie mag nicht wie eine Waffe ausgesehen haben. Es war die versteckte Waffe eines Attentäters, aus der man aus kurzer Entfernung einen Pfeil abschießen kann – es hätte also jeder etwa fünfzehn Zentimeter lange Gegenstand sein können. Eine schmale Damengeldbörse. Eine Kamera. Ein Opernglas. Eine endlose Liste harmlos aussehender Gegenstände. Aber das bringt uns nicht weiter, denn ich hatte dem Geschehen den Rücken zugedreht, und du hast nichts Auffälliges bemerkt. Vergiß es also. Der Pfeil wurde wahrscheinlich irgendwo hinter deinem Rücken abgeschossen. Wir wollen lieber feststellen, wer das Opfer war, oder für wen der Mann sich ausgab.«

Ich leerte die Fächer der Brieftasche, darunter ein kaum verstecktes »Geheimfach«. Das letztere enthielt Goldzertifikate einer Zürcher Bank im Wert von etwa siebzehntausend Kronen – höchstwahrscheinlich sein Fluchtkapital.

Ich fand einen Ausweis von der Art, wie Golden Rule sie an jeden ausgibt, der an der Nabe des Gebiets sein Raumschiff verläßt. Aus einem solchen Ausweis geht lediglich hervor, daß die »identifizierte« Person ein Gesicht hat, einen Namen benutzt und daß sie sich über ihre Nationalität, ihr Alter, ihren Geburtsort etc. geäußert hat. Ferner geht aus dem Dokument hervor, daß sie ihr Rückreiseticket oder dessen Gegenwert in bar bei der Firma hinterlegt und die Atemluft für neunzig Tage im voraus bezahlt hat. Die letzten beiden Bedingungen sind die einzigen, deren Einhaltung die Firma scharf überwacht.

Ich kann nicht mit Gewißheit behaupten, daß jemand, der vielleicht durch Nachlässigkeit nicht im Besitz eines Rückreisetikkets ist und auch kein Geld für seine Atemluft hat, von der Firma im Raum ausgesetzt wird. Vielleicht zwingen sie den Betroffenen lediglich dazu, seine Verträge zu verkaufen. Aber darauf würde ich mich nicht verlassen. Ich würde unter keinen Umständen riskieren, Vakuum atmen zu müssen.

Der Ausweis der Firma identifizierte den Inhaber als Enrico Schultz, 32 Jahre alt, Wohnsitz Belize, geboren in Cuidad Castro, Beruf Buchhalter. Das Bild im Ausweis zeigte einen armen Kerl, der umgebracht wurde, weil er mich an einem zu öffentlichen Ort angequatscht hatte . . . und zum so-und-sovielten Mal fragte ich mich, warum er mich nicht angerufen hatte, um sich mit mir privat zu verabreden. Ich stehe als »Dr. Ames« im Verzeichnis . . . und die Erwähnung des Namens »Walker Evans« hätte ihm eine private Unterredung mit mir garantiert.

Ich zeigte Gwen den Ausweis. »Ist das unser Mann?«

»Ich denke schon, aber ich bin nicht sicher.«

»Ich aber. Schließlich habe ich ihm ein paar Minuten gegenübergesessen und mit ihm gesprochen.«

Das Seltsamste an Schultz' Brieftasche war das, was ich nicht in ihr fand. Außer den Goldzertifikaten enthielt sie achthundertdreißig Kronen und den Ausweis von Golden Rule.

Aber das war alles.

Keine Kreditkarten, kein Führerschein, keine Versicherungskarte, keine Gewerkschaftskarte, keine Mitgliedskarte irgendeiner Organisation, kein eigener Ausweis, nichts. Die Brieftaschen der Männer sind wie die Handtaschen der Frauen; in ihnen sammelt sich allerlei unnützes Zeug an: Photos, Zeitungsausschnitte, Einkaufslisten et cetera und kein Ende; sie müssen regelmäßig ausgemistet werden. Aber wenn man das tut, läßt man das Dutzend Dinge darin, das der moderne Mensch zum Leben braucht. Mein Freund hatte keines von diesen Dingen.

Schlußfolgerung: Ihm war wenig daran gelegen, seine wahre Identität zu offenbaren. Logische Folgerung: Irgendwo im Bezirk Golden Rule lagen seine persönlichen Papiere versteckt . . . ein auf einen anderen Namen lautender Ausweis, ein ganz gewiß nicht in Belize ausgestellter Paß, andere Papiere, aus denen man auf seinen Hintergrund und seine Motive würde schließen können, aus denen möglicherweise zu erfahren war, wieso er den Namen »Walker Evans« erwähnt hatte.

Konnte man diese Dinge finden?

Noch etwas anderes störte mich: diese siebzehntausend in Goldzertifikaten. Könnte es sein, daß es sich dabei gar nicht um sein Fluchtkapital handelte, sondern daß er glaubte, mich für eine so lächerliche Summe zum Mord an Tolliver bewegen zu können? Wenn das der Fall war, hatte ich jeden Grund, beleidigt zu sein. Ich wollte lieber glauben, er hätte gehofft, mich zu diesem Mord im Dienste der Öffentlichkeit überreden zu können.

»Willst du dich von mir scheiden lassen?« fragte Gwen.

»Was?«

»Ich habe dich in die Ehe hineingetrieben. Ich hatte die besten Absichten, wirklich! Aber es hat sich herausgestellt, daß ich dumm war.«

»Oh, Gwen, ich heirate nicht, um mich noch am selben Tag wieder scheiden zu lassen. Niemals. Wenn du mich wirklich wieder loswerden willst, mußt du morgen mit mir darüber reden. Obwohl es nur fair wäre, wie ich meine, wenn du mich dreißig Tage lang ausprobiertest oder doch wenigstens zwei Wochen. Und gestatte mir bitte dasselbe. Bisher war ich mit deinen Leistungen, sowohl horizontal als auch vertikal, zufrieden. Sollte sich das ändern, werde ich dich informieren. Einverstanden?«

»Einverstanden. Allerdings könnte ich dich eines Tages mit deinen eigenen Haarspaltereien erschlagen.«

»Ihren Mann totzuschlagen ist das Privileg jeder verheirateten Frau, vorausgesetzt, sie tut es nicht in der Öffentlichkeit. Aber jetzt halt bitte den Mund, Liebes; ich habe Schwierigkeiten. Fällt dir ein vernünftiger Grund ein, warum Tolliver umgebracht werden sollte?«

»Ron Tolliver? Nein. Mir fällt allerdings auch kein vernünftiger Grund ein, warum er am Leben bleiben sollte. Er ist ein Rüpel.«

»Das ist er gewiß. Wenn er nicht einer der Partner der Firma wäre, hätte man ihm schon lange sein Rückreiseticket gegeben und ihn zum Teufel gejagt. Aber ich sagte nicht ›Ron Tolliver‹, ich sagte ›Tolliver‹.«

»Gibt es denn mehr als einen? Hoffentlich nicht.«

»Das werden wir gleich sehen.« Ich ging zum Terminal, wählte das Adressenverzeichnis und ließ es bis zum Buchstaben T durchlaufen.

»›Ronson H. Tolliver, Ronson Q.‹ – das ist sein Sohn – und dies ist seine Frau, ›Stella M. Tolliver‹. Heh! Hier steht: ›Siehe auch Taliaferro‹.«

»Das ist die ursprüngliche Schreibweise«, sagte Gwen. »Aber es wird trotzdem ›Tolliver‹ ausgesprochen.«

»Bist du sicher?«

»Ganz sicher. Jedenfalls südlich der Masin-Dixon-Linie zu Hause auf dem Dreckplaneten. Bei der Schreibweise ›Tolliver‹ denkt man an heruntergekommene, arme Weiße, die nicht buchstabieren können. Wer es lang ausschreibt und jeden Buchstaben mitspricht, könnte zu den neuen Yankees gehören, die vorher vielleicht ›Lipschitz‹ oder so ähnlich hießen. Der authentische, plantagenbesitzende, negerschindende und schürzenjagende Aristokrat wählte die lange Schreibweise und sprach es kurz aus.«

»Schade, daß du mir das gesagt hast.«

»Warum, Schatz?«

»Weil hier drei Männer und eine Frau verzeichnet sind, die es lang schreiben, Taliaferro. Ich kenne keinen von ihnen, und jetzt weiß ich nicht, wen ich töten soll.«

»Mußt du einen von ihnen töten?«

»Ich weiß es nicht. Hmm, es wird Zeit, daß du erfährst, worum es überhaupt geht. Jedenfalls, wenn du mindestens vierzehn Tage mit mir verheiratet bleiben willst. Ist das der Fall?«

»Natürlich will ich das! Vierzehn Tage und für den Rest meines Lebens! Und du bist ein männliches Chauvinistenschwein!«

»Bei schon bezahlter lebenslanger Mitgliedschaft.«

»Ich glaube, du willst mich auf den Arm nehmen.«

»Du etwa nicht? Willst du wieder ins Bett?«

»Nicht bevor du weißt, wen du umbringen willst.«

»Das kann noch eine Weile dauern.« Ich versuchte Gwen einen möglichst detaillierten, den Tatsachen entsprechenden und ungefärbten Bericht über meine kurze Bekanntschaft mit dem Mann zu geben, der sich »Schultz« genannt hatte. »Und das ist alles, was ich weiß. Er starb zu rasch, als daß ich mehr hätte erfahren können. Und er ließ eine endlose Reihe von Fragen zurück.«

Ich ging wieder zum Terminal und schaltete ihn auf Textverarbeitung. Dann bereitete ich eine neue Akte vor, als wollte ich ein billiges Theaterstück inszenieren:

DAS ABENTEUER EINES
FALSCH GESCHRIEBENEN NAMENS
Offene Fragen:

1. Tolliver oder Taliaferro?
2. Warum muß T. sterben?
3. Warum sind »wir alle tot«, wenn T. bis Sonntag mittag nicht stirbt?
4. Wer ist die Leiche, die sich »Schultz« nannte?
5. Warum muß gerade ich die Dreckarbeit tun und T. ermorden?
6. Ist dieser Mord nötig?
7. Welches der Mitglieder des Walker-Evans-Gedächtnis-Vereins hat diesen total beknackten Trottel an meinen Tisch gekotzt und warum?
8. Wer hat »Schultz« ermordet und warum?
9. Warum kamen die Angestellten des *Rainbow's End* sofort herbei, um den Mord zu vertuschen?
10. Wieso ging Gwen vor mir, und warum ging sie in meine Wohnung anstatt nach Hause, und wie ist sie überhaupt reingekommen?

»Gehen wir sie der Reihe nach durch?« fragte Gwen. »Nummer zehn ist nämlich die einzige, die ich beantworten kann.«

»Die Frage ist nicht so wichtig«, sagte ich. »Aber wenn ich von den ersten neun Fragen drei beantworten könnte, ganz gleich welche, könnte ich daraus die Antworten auf die übrigen logisch ableiten.« Ich ließ weitere Worte auf dem Schirm erscheinen:

MÖGLICHE MASSNAHMEN
»Sind Zweifel und Gefahr dabei:
dann lauf im Kreis und brüll und schrei.«

»Hilft das?« fragte Gwen.

»Das hilft immer! Frag jeden alten Militär. Und jetzt nehmen wir uns eine Frage nach der anderen vor.«

Frage 1 – Jeden Taliaferro im Adressenverzeichnis anrufen. Auf die Aussprache des Namens achten. Alle streichen, die jeden Buchstaben mitsprechen.

Frage 2 – Den Hintergrund der übrigen durchleuchten. Mit dem Archiv des *Herald* anfangen.

Frage 3 – Bei Klärung der Frage 2 auf alles achten, was für Sonntag mittag geplant ist oder erwartet wird.

Frage 4 – Wenn du eine Leiche wärest, die im Raumbezirk Golden Rule ankommt und ihre Identität nicht preisgeben will, die aber jederzeit Zugang zu ihrem Paß und ihren sonstigen Reisepapieren haben muß, wo würdest du diese Papiere verstekken? Hinweis: Prüfe, wann diese Leiche in Golden Rule ankam. Dann Hotels, Schließfächer, postlagernde Sendungen überprüfen.

Frage 5 – zurückstellen

Frage 6 – zurückstellen

Frage 7 – So viele Angehörige der »Walker-Evans«-Gruppe wie möglich anrufen. Solange, bis einer auspackt. Zur Beachtung: irgendein Trottel mag ohne es zu wissen zuviel geredet haben.

Frage 8 – Morris oder der Oberkellner oder der andere Mann oder alle drei oder zwei von ihnen wissen, wer Schultz getötet hat. Einer oder mehrere hatten den Mord erwartet. Wir müssen also bei jedem die schwachen Punkte ermitteln – Alkohol, Drogen, Geld, Sex (comme ci où comme ça) – und wie hießen Sie noch damals auf dem Dreckplaneten, alter Junge? Hängt irgendwo Ihr Steckbrief aus? Diese schwachen Punkte müssen wir finden. Bei allen dreien. Und dann prüfen wir, ob ihre Geschichten zusammenpassen. *Jeder* hat seine Leiche im Keller. Das ist ein Naturgesetz – wir müssen sie nur finden.

Frage 9 – Hier könnte Geld im Spiel sein (diese Vermutung wird aufrechterhalten, bis sie sich als falsch erweist).

(Frage: Wieviel wird das alles kosten? Kann ich es mir leisten? Gegenfrage: Kann ich es mir leisten, diese Ermittlungen *nicht* aufzunehmen?)

»Ich habe mir darüber Gedanken gemacht«, sagte Gwen. »Als ich meine Nase reinsteckte, glaubte ich, du stecktest wirklich in Schwierigkeiten. Aber du bist anscheinend völlig unbelastet. Warum mußt du denn überhaupt etwas unternehmen, mein Gatte?«

»Ich muß ihn töten.«

»*Was?* Aber du weißt doch nicht, welcher Tolliver gemeint ist! Oder warum er sterben muß, wenn überhaupt.«

»Nein, nein, nicht Tolliver. Obwohl es sich herausstellen

könnte, daß auch er sterben muß. Nein, Liebes, ich meine den Mann, der Schultz umbrachte. Ich muß ihn finden und töten.«

»Oh, ich sehe ein, daß er den Tod verdient, denn er ist ein Mörder. Aber warum mußt *du* das tun? Für dich sind beide Fremde – das Opfer und wer immer der Mörder sein mag. Eigentlich geht dich die ganze Sache doch gar nichts an, oder?«

»Sie *geht* mich etwas an. Schultz, oder wie er auch geheißen haben mag, wurde getötet, während er als Gast an meinem Tisch saß. Das ist eine unerträgliche Unhöflichkeit, und die lasse ich mir nicht gefallen. Gwen, meine Liebe, wenn man schlechte Manieren duldet, werden sie nur noch schlechter. Unser schöner Wohnbezirk könnte genau wie Ell-Five zu einem Slum herunterkommen, wo nur noch schlechte Manieren, unnötiger Lärm und eine ungehobelte Sprache herrschen. Ich muß den Rüpel finden, der das getan hat. Ich werde ihm das Verwerfliche seiner Tat erklären, ihm Gelegenheit geben, sich zu entschuldigen, und dann werde ich ihn töten.«

»Man sollte seinen Feinden verzeihen,
aber nicht, bevor sie am Galgen hängen.«

HEINRICH HEINE 1797–1856

III

Meine hübsche Braut starrte mich an. »Du würdest einen Mann *töten?* Nur weil er schlechte Manieren hat?«

»Fällt dir ein besserer Grund ein? Soll ich etwa unhöfliches Benehmen ignorieren?«

»Nein, aber . . . ich kann verstehen, daß ein Mann wegen Mordes hingerichtet wird; ich bin nicht gegen die Todesstrafe. Aber das solltest du den Disziplinarbeamten und dem Management überlassen. Warum mußt du das Gesetz in die eigenen Hände nehmen?«

»Gwen, ich habe mich vielleicht nicht deutlich genug ausgedrückt. Ich will nicht bestrafen, sondern ausjäten . . . hinzu kommt die ästhetische Befriedigung darüber, daß ich bäurisches Benehmen heimgezahlt habe. Dieser unbekannte Killer kann gute Gründe dafür gehabt haben, die Person umzubringen, die sich Schultz nannte . . . aber jemanden in der Gegenwart von Leuten zu töten, die gerade essen, ist genauso anstößig wie Ehepaare, die sich in der Öffentlichkeit streiten. Und dann setzte dieser Trottel dem Ganzen noch die Krone auf, indem er es tat, während sein Opfer mein Gast war . . . und das macht die Rache zu meiner Verpflichtung und zu meinem Privileg.«

Ich fuhr fort: »Das vermeintliche Delikt des Mordes interessiert mich nicht. Aber da du meinst, daß die Disziplinarbeamten und das Management sich dieser Angelegenheit annehmen sollten, kennst du irgendeine Vorschrift, die einen Mord verbietet?«

»Was? Aber Richard, es *muß* eine solche Vorschrift geben.«

»Ich habe noch von keiner gehört. Ich nehme an, der Manager könnte Mord als Verletzung der Goldenen Regel auslegen . . .«

»Das möchte ich wohl meinen!«

»Tatsächlich? Ich bin niemals ganz sicher, was der Manager denkt. Aber, Gwen, mein Liebling, Töten ist nicht notwendigerweise Mord. Oft ist es das wirklich nicht. Wenn diese Tötungshandlung je die Aufmerksamkeit des Managers erregt, könnte der vielleicht entscheiden, daß es sich um einen gerechtfertigten Totschlag gehandelt hat. Ein Verstoß gegen gute Manieren, aber nicht gegen die Moral.«

Ich wandte mich wieder dem Terminal zu und fuhr fort: »Aber der Manager hat die Angelegenheit vielleicht schon geregelt. Wir wollen sehen, was der *Herald* darüber sagt.« Ich wählte wieder die Zeitung und stellte den Tagesindex ein. Dann wählte ich die Statistiken des Tages.

Die erste Information, die vorbeizog, war »Eheschließung – Ames-Novak.« Ich arretierte sie, schaltete auf Verstärkung und ließ die Information ausdrucken. Ich riß den Zettel ab und reichte ihn meiner Braut. »Schick das deinen Enkelkindern, damit sie sehen, daß ihre Großmutter nicht mehr in Sünde lebt.«

»Vielen Dank, Darling«, sagte sie. »Du bist so galant.«

»Und außerdem kann ich kochen.« Dann las ich die Todesfälle. Gewöhnlich lese ich die Todesfälle zuerst, denn es besteht immer die Möglichkeit, daß ich mich über einen von ihnen besonders freue.

Heute allerdings nicht. Kein Name, den ich kannte. Vor allem kein »Schultz«. Kein nicht identifizierter Fremder. Kein Todesfall »in einem bekannten Restaurant«. Nichts als die übliche traurige Aufzählung von Fremden, die auf natürliche Weise gestorben waren. Einer war einem Unfall zum Opfer gefallen. Darum schaltete ich die allgemeinen Nachrichten ein und ließ sie über den Schirm laufen.

Nichts. Nur endlose Routine: Ankunft und Abflug von Schiffen und (die wichtigste Nachricht) der Anbau der Ringe 130–140, die soeben in Rotation versetzt worden waren und, wenn alles nach Plan verlief, am Sechsten um 0800 am Hauptzylinder eingepaßt und verschweißt werden sollten.

Aber ich fand nichts über »Schultz«, und auch Tolliver oder Taliaferro wurde nicht erwähnt. Es war auch nirgends die Rede von einer unbekannten Leiche. Noch einmal sah ich im Index nach und holte die Ereignisse des Sonntages auf den Schirm. Für den Sonntag wurde nur ein Ereignis angekündigt, eine öffentliche Diskussion, die über Holo von Den Haag, Tokio, Luna City, Ell-Four, Golden Rule, Tel Aviv und Agra ausgestrahlt werden sollte. Das Thema lautete: »Glaubenskrise: Die Moderne Welt am Scheideweg«. Als Ko-Moderatoren wurden der Präsident der Humanistischen Gesellschaft und der Dalai Lama genannt, und ich wünschte ihnen Glück.

»Bisher war das wirklich nichts«, sagte ich. »Gwen, wie erkundigt man sich bei Fremden höflich nach der Aussprache ihrer Namen?«

»Ich würde sagen: ›Miss Tolliva, hier spricht Gloria Meade Calhoun aus Savannah. Haben Sie eine Cousine namens Stacey Mae, die in Charleston lebt?‹ Wenn sie die Aussprache ihres Namens korrigiert, würde ich mich entschuldigen und die Unterhaltung beenden. Wenn aber sie – oder er – den Namen akzeptiert, aber behauptet, Stacey Mae nicht zu kennen, würde ich sagen, ich hätte schon gleich vermutet, daß es sich um einen Irrtum handeln müsse. Was aber dann, Richard? Sollte man ›aus Versehen‹ auflegen oder versuchen, eine Verabredung zu treffen?«

»Wenn möglich, solltest du eine Verabredung treffen.«

»Für dich oder für mich?«

»Für dich, und ich gehe dann mit. Oder du verabredest dich in deiner Wohnung. Aber erst muß ich mir einen Hut kaufen.«

»Einen *Hut?*«

»Eine von diesen komischen Schachteln, die man auf den flachen Teil des Kopfes setzt. Jedenfalls ist es auf dem Dreckplaneten so üblich.«

»Ich weiß, was ein Hut ist! Ich wurde auch auf dem Dreckplaneten geboren, genau wie du. Aber ich bezweifle, ob man jemals außerhalb der Erde einen Hut gesehen hat. Wo würdest du denn einen kaufen?«

»Ich weiß nicht, liebstes Mädchen, aber ich kann dir sagen, warum ich einen brauche. Damit ich mir höflich an den Hut tippen und sagen kann: ›Sir oder Madam, bitte sagen Sie mir, warum jemand wünscht, daß Sie spätestens Sonntag mittag tot sind.‹ Gwen, das ist ja gerade mein Problem: wie eröffnet man ein solches Gespräch? Es gibt allgemein anerkannte Methoden, sich höflich nach allem Erdenklichen zu erkundigen, ob man nun eine sonst keusche Ehefrau zum Ehebruch veranlassen oder ob man jemanden bestechen will. Aber wie eröffnet man ein Gespräch über *dieses* Thema?«

»Kannst du nicht einfach sagen: ›Schauen Sie sich bitte nicht um, aber jemand versucht, Sie umzubringen.‹?«

»Nein, das ist die falsche Reihenfolge. Ich will den Kerl doch nicht warnen, indem ich ihm sage, daß jemand es auf ihn abgesehen hat; ich versuche herauszufinden, *warum*. Wenn ich weiß, warum, bin ich vielleicht so sehr einverstanden, daß ich mich einfach nur freue . . . oder vielleicht bin ich dann so inspiriert, daß ich die Bitte des verstorbenen Mr. Schultz als Dienst an der Menschheit tatsächlich erfülle.

Andernfalls wäre ich vielleicht so sehr dagegen, daß ich mein ganzes Leben und meine ganzen Kräfte der heiligen Aufgabe widme, diesen Mord zu verhindern. Das ist zwar unwahrscheinlich, wenn Ron Tolliver das erklärte Ziel ist. Aber noch ist es zu früh zu entscheiden, auf welche Seite man sich schlagen sollte. Ich muß erst wissen, was los ist. Gwen, mein Schatz, im Mordgeschäft sollte man nie erst töten und dann Fragen stellen. Das könnte den einen oder anderen verärgern.«

Ich wandte mich dem Terminal zu und starrte es an, ohne eine Taste zu berühren. »Gwen, bevor wir Ortsgespräche führen, sollten wir sechs zeitverschobene Gespräche anmelden, und zwar mit jedem einzelnen der Freunde Walker Evans'. Die Tatsache, daß Schultz diesen Namen erwähnt hat, ist vorläufig unser einziger Anhaltspunkt. Irgendeiner der sechs muß ihm den Namen genannt haben, und der Betreffende muß wissen, wieso Schultz in solcher Bedrängnis war.«

»Zeitverschoben? Sind sie denn alle so weit weg?«

»Ich weiß es nicht. Einer lebt wahrscheinlich auf dem Mars, zwei weitere könnten sich im Asteroidengürtel aufhalten. Einer oder zwei sind vielleicht auf dem Dreckplaneten, aber wie dem auch sei, sie führen alle einen falschen Namen, genau wie ich. Gwen, das Debakel, das mich dazu veranlaßte, den fröhlichen Waffendienst aufzugeben, und das meine sechs Kameraden zu meinen Gesinnungsgenossen machte . . . nun, in der Öffentlichkeit hat das Ganze einen üblen Eindruck hinterlassen. Ich könnte sagen, daß die Medienvertreter, die die Vorfälle nicht aus eigener Anschauung kannten, unmöglich verstehen konnten, warum alles geschah. Ich könnte wahrheitsgemäß behaupten, daß wir im damaligen Zusammenhang moralisch handelten – zu jener Zeit, an jenem Ort, unter jenen Umständen. Ich könnte. Aber lassen wir das, Liebes; lassen wir es dabei, daß meine Brüder sich alle verstecken müssen. Sie zu finden dürfte schwierig sein und könnte sehr lange dauern.«

»Aber du willst doch nur mit einem reden, nicht wahr? Mit dem, der sich mit diesem Schultz in Verbindung gesetzt hat.«

»Ja, aber ich weiß nicht, wer von ihnen das war.«

»Richard, wäre es nicht leichter, die Sache über Schultz zurückzuverfolgen, um so den Mann zu finden? Es wäre doch viel schwerer, sechs Leute zu finden, die über das ganze Sonnensystem verteilt oder vielleicht sogar außerhalb des Sonnensystems unter falschem Namen leben.«

Ich dachte darüber nach. »Vielleicht. Aber wie soll ich Schultz' Weg zurückverfolgen? Hast du da vielleicht eine Eingebung, mein Schatz?«

»Keine Eingebung. Aber als ich hier in Golden Rule ankam, haben sie mich an der Nabe nach meinem Wohnsitz gefragt und meine Antwort mit den Angaben in meinem Paß verglichen, das weiß ich noch genau. Und sie wollten auch wissen, woher ich gekommen war, und verglichen meine Angaben mit den Sichtvermerken in meinem Paß. Sie begnügten sich nicht mit der Auskunft, ich sei von Luna gekommen – fast jeder kommt von Luna aus hier an – sie wollten auch wissen, wie ich nach Luna gekommen war. Hat man dich das nicht auch gefragt?«

»Nein. Aber ich hatte einen Paß des Freistaates Luna, aus dem hervorging, daß ich auf dem Mond geboren wurde.«

»Ich dachte, du seist auf der Erde geboren?«

»Hör zu, Gwen. Colin Campbell wurde auf dem Dreckplaneten geboren. ›Richard Ames‹ wurde in Hongkong Luna geboren – das steht hier.«

»Ach so.«

»Aber ich sollte tatsächlich Schultz' Spur zurückverfolgen, bevor ich versuche, alle sechs ausfindig zu machen. Wenn ich wüßte, daß Schultz nie weit gereist ist, würde ich mich erst in der Nähe umschauen – auf Luna und auf dem Dreckplaneten und in allen Regionen, die ballistisch mit Terra oder Luna gekoppelt sind. Den Asteroidengürtel und Mars würde ich außer acht lassen.«

»Richard? Wenn die Absicht nun darin besteht – Aber nein, das ist albern.«

»Was ist albern, Schatz? Sag's mir immerhin.«

»Nehmen wir mal an, daß diese – was es auch sei, wahrscheinlich eine Verschwörung – sich gar nicht gegen Ron Tolliver oder irgendeinen anderen Tolliver richtet, sondern gegen dich und deine sechs Freunde vom Walker-Evans-Gedächtnis-Verein. Könnte die Absicht nicht darin bestehen, dich zu veranlassen, alles Mögliche zu unternehmen, um mit den anderen Verbindung aufzunehmen? Vielleicht sollst du diese Leute zu ihnen führen, damit sie euch alle sieben haben. Könnte es sich um Blutrache handeln? Was immer geschehen sein mag, könnte es zu einer Vendetta gegen dich und die andern sechs führen?«

Ich hatte plötzlich ein kaltes Gefühl in der Magengrube. »Ja, das könnte sein. Aber in diesem Fall . . . nein, ich glaube nicht. Das würde nicht erklären, warum Schultz getötet wurde.«

»Ich sagte ja auch, daß der Gedanke wahrscheinlich albern ist.«

»Moment mal«, sagte ich. »Wurde Schultz überhaupt getötet?«

»Das haben wir doch beide gesehen, Richard.«

»Wirklich? Ich dachte, ich hätte es gesehen. Aber es könnte auch vorgetäuscht gewesen sein. Was ich sah, kam mir vor wie ein durch einen Explosivpfeil herbeigeführter Tod. Aber – zwei einfache Möglichkeiten, Gwen: Erstens, man läßt auf Schultz' Hemd plötzlich einen kleinen dunklen Fleck erscheinen. Zweitens, er hat eine Gummiblase im Mund; sie enthält eine Flüssigkeit, die wie Blut aussieht. Im richtigen Moment zerbeißt er die Blase, und ›Blut‹ fließt ihm aus dem Mund. Der Rest ist Schauspielerei . . . ebenso das seltsame Verhalten, das Morris und die beiden andern Angestellten an den Tag legten. Die ›Leiche‹ mußte rasch entfernt werden . . . durch die Tür mit der Aufschrift ›Nur für Personal‹ . . . wo sie ein sauberes Hemd bekommt und durch den Dienstboteneingang verschwindet.«

»Und du glaubst, daß es so geschehen ist?«

»Hmm – nein, verdammt nochmal; das glaube ich nicht! Gwen, ich habe schon viele Menschen sterben sehen. Dies geschah nicht weiter von mir entfernt, als du jetzt bist. Ich glaube nicht, daß es Schauspielerei war; ich bin sicher, daß ich den Mann sterben sah.« Ich kochte innerlich. Konnte ich mich in einem so wichtigen Punkt irren?

Natürlich konnte ich das! Ich bin kein mit Psi-Kräften ausgestattetes Supergenie; ich konnte mich als Augenzeuge genauso leicht geirrt haben wie Gwen.

Ich seufzte. »Gwen, ich weiß es einfach nicht. Es sah aus wie Tod durch einen Explosivpfeil . . . aber wenn mir etwas vorgespielt werden sollte und es gut vorbereitet war, dann *mußte* es natürlich auch echt wirken. Die Tatsache, daß sofort alle Spuren beseitigt wurden, läßt auf einen vorgetäuschten Mord schließen. Sonst wäre das Verhalten der Angestellten des *Rainbow's* End kaum zu verstehen.« Ich grübelte. »Liebes Mädchen«, sagte ich dann, »ich weiß jetzt überhaupt nichts mehr. Will mich jemand in den Wahnsinn treiben?«

Sie betrachtete meine Frage als rhetorisch, was sie – hoffentlich – auch war. »Und was sollen wir jetzt tun?«

»Äh . . . wir versuchen, diesen Schultz zu überprüfen. Über den nächsten Schritt machen wir uns erst Gedanken, wenn wir das erledigt haben.«

»Und wie machen wir das?«

»Durch Bestechung, Liebling. Lügen und Geld. Wir machen verschwenderischen Gebrauch von Lügen, aber mit dem Geld gehen wir sparsam um. Es sei denn, du bist reich. Ich habe vergessen, dich zu fragen, bevor ich dich heiratete.«

»Ich? Aber Richard, ich habe *dich* doch wegen *deines* Geldes geheiratet.«

»Ist das wahr? Lady, du bist betrogen worden. Willst du mit deinem Anwalt sprechen?«

»Wahrscheinlich. Dann war es also nach dem Gesetz Vergewaltigung?«

»Nein, ich glaube nicht, daß ich gegen die örtlichen Vorschriften verstoßen habe.« Ich wandte mich wieder dem Terminal zu. »Willst du nun mit deinem Anwalt sprechen? Oder wollen wir erst Schultz suchen?«

»Hmm . . . Richard, ich finde, dies sind sehr seltsame Flitterwochen. Laß uns wieder ins Bett gehen.«

»Das Bett kann warten. Aber du kannst noch eine Waffel essen, während ich Schultz suche.« Ich wählte wieder das Adressenverzeichnis und ließ es bis »Schultz« durchlaufen.

Unter diesem Namen fand ich neunzehn Eintragungen, aber ein »Enrico Schultz« war nicht dabei. Darüber wunderte ich mich nicht. Ich fand allerdings einen »Hendrik Schultz« und holte mir Einzelheiten auf den Schirm:

»Der Hochwürdigste Doktor Hendrik Hudson Schultz, B.S., M.A., D.D., D.H.L., K.G.B., früherer Großmeister der Königlichen Gesellschaft für Astrologie. Wissenschaftliche Horoskopstellung zu mäßigen Preisen. Feierliche Vollziehung von Trauungen. Familienberatung. Eklektische und holistische Therapie. Anlageberatung. Annahme von Pferdewetten zu jeder Tageszeit. Petticoat Lane bei Ring fünfundneunzig, neben Madame Pompadour.« Über dem Text prangte sein Bild in Holo; er lächelte und wiederholte ständig seinen Slogan: »Ich bin Pater Schultz, Ihr Freund in der Not. Kein Problem ist zu groß, keines zu klein. Jede Arbeit garantiert.«

Garantiert was? Hendrik Schultz sah aus wie ein Weihnachtsmann ohne Bart und ganz und gar nicht wie mein Freund Enrico, und deshalb ließ ich ihn vom Schirm verschwinden – wenn auch ein wenig widerwillig, denn ich fühlte mich dem geistlichen Herrn verwandt. »Gwen, er steht nicht im Verzeichnis, jedenfalls nicht unter dem Namen, der in seinem Golden-Rule-Ausweis steht. Heißt das, daß er nie im Verzeichnis gestanden hat? Oder heißt das, daß sein Name gestern abend gestrichen wurde, bevor die Leiche kalt war?«

»Erwartest du eine Antwort? Oder hast du nur laut gedacht?«

»Wahrscheinlich weder das eine noch das andere. Unser nächster Schritt ist eine Rückfrage bei der Nabe – stimmt's?« Ich sah im Verzeichnis nach und rief die Einwanderungsbehörde an der Nabe an. »Hier spricht Dr. Richard Ames. Ich versuche einen Einwohner namen Enrico Schultz zu finden. Können Sie mir seine Adresse geben?«

»Warum suchen Sie ihn nicht im Adressenverzeichnis?« (Sie hörte sich an wie meine Lehrerin in der dritten Klasse – keine Empfehlung.)

»Er steht nicht im Verzeichnis. Er ist Tourist, kein Abonnent. Ich brauche nur seine Adresse hier in Golden Rule. Hotel, Pension, was auch immer.«

»Na, na! Sie wissen genau, daß wir keine persönlichen Informationen weitergeben. Wenn er in der Liste nicht aufgeführt ist, dann hat er dafür bezahlt. Behandeln Sie andere so, wie Sie selbst behandelt werden wollen, Doktor.« Sie blendete sich aus.

»Wo können wir uns jetzt erkundigen?« fragte Gwen.

»An derselben Stelle und bei derselben Bürohockerin – aber mit Bargeld und in Person. Terminals sind eine praktische Einrichtung . . . aber nicht für Bestechungssummen unter hunderttausend. Bei Kleinigkeiten sind Bargeld und persönliches Erscheinen praktischer. Kommst du mit?«

»Glaubst du, du könntest mich hier zurücklassen? An unserem Hochzeitstag? Versuch das lieber nicht, alter Freund.«

»Du solltest dir wenigstens etwas anziehen.«

»Willst du dich so etwa nicht mit mir sehen lassen?«

»Oh, doch. Gehen wir.«

»Du hast gewonnen. Eine Sekunde, ich suche rasch meine Schuhe. Richard, können wir nicht vorher in meine Wohnung gehen? Gestern abend beim Ballett kam ich mir sehr schick vor, aber für diese Tageszeit ist mein Kleid zu auffällig. Ich will mich umziehen.«

»Dein Wunsch ist mir Befehl, Madam. Aber damit kommen wir zu einem anderen Punkt. Willst du hier einziehen?«

»Möchtest du das denn?«

»Gwen, ich habe die Erfahrung gemacht, daß eine Ehe zwar Doppelbetten aushält, kaum aber eine doppelte Adresse.«

»Du hast meine Frage nicht beantwortet.«

»Was du nicht sagst. Gwen, ich habe doch diese häßliche Angewohnheit, die es schwierig macht, mit mir zusammenzuleben: Ich schreibe.«

Das liebe Mädchen sah mich erstaunt an. »Das hast du mir schon gesagt. Aber warum nennst du das eine häßliche Angewohnheit?«

»Hmm . . . Gwen, mein Schatz, ich denke nicht daran, mich dafür zu entschuldigen, daß ich schreibe . . . genauso wenig, wie ich mich für den fehlenden Fuß entschuldigen würde . . . tatsächlich hat das eine überhaupt erst zum anderen geführt. Als ich für das Militär nicht mehr tauglich war, mußte ich natürlich etwas tun, um mich durchzubringen. Ich hatte keine andere Ausbildung, und zu Hause hatte schon ein anderer Junge meine Zeitungstour übernommen. Aber das Schreiben ist eine legale Methode, der Arbeit aus dem Wege zu gehen, ohne stehlen zu müssen, dazu eine, die weder Talent noch Ausbildung erfordert.

Aber Schreiben ist ein sehr ungeselliges Gewerbe. Es ist so einsam wie Masturbation. Störe einen Schriftsteller, wenn er mit seiner Schöpfung ringt, und er wird dich anfallen und bis auf die Knochen beißen . . . und nicht einmal wissen, daß er das tut. Das erfahren die Ehepartner von Schriftstellern und Schriftstellerinnen sehr oft zu ihrem Entsetzen.

Und – jetzt hör gut zu, Gwen! – es gibt *keine* Möglichkeit, einen Schriftsteller zu zähmen oder zu zivilisieren. Man kann ihn nicht einmal heilen. Für einen Haushalt von mehr als einer Person, von denen eine ein Schriftsteller ist, kennt die Wissenschaft nur eine Lösung: man muß dem Patienten ein Isolierzimmer zur Verfügung stellen, in dem er seine akuten Stadien allein durchleiden kann und in das man ihm das Essen mit einem Stock hineinschieben kann. Denn wenn man den Patienten in einem solchen Stadium stört, bricht er entweder in Tränen aus oder wird gewalttätig. Oder vielleicht hört er einen auch gar nicht, und wenn man ihn dann schüttelt, beißt er.«

Ich lächelte mein schönstes Lächeln. »Mach dir keine Sorgen, Darling. Im Augenblick schreibe ich an keiner Geschichte, und ich werde auch keine anfangen, bevor wir ein solches Isolierzimmer eingerichtet haben, in dem ich arbeiten kann. Diese Wohnung ist nicht groß genug, und deine auch nicht. Hmm, bevor wir die Nabe aufsuchen, werde ich das Büro des Managers anrufen und mich erkundigen, welche größeren Wohnungen zur Verfügung stehen. Außerdem brauchen wir zwei Terminals.«

»Warum zwei, Darling? Ich benutze das Terminal selten.«

»Aber wenn du es benutzt, hast du es schließlich nötig. Wenn ich dieses hier für Textverarbeitung benutze, kann man es für nichts anderes benutzen – keine Zeitung, keine Post, keine Einkäufe, keine Programme, keine privaten Anrufe, nichts. Glaub mir, Darling; ich leide an dieser Krankheit seit Jahren und weiß mit ihr fertig zu werden. Gib mir ein kleines Zimmer und ein Terminal und laß mich hineingehen und die Tür hinter mir verriegeln. Dann wird es so sein, als hättest du einen gesunden und ganz normalen Ehemann, der jeden Morgen ins Büro geht und dort das tut, was man im Büro so zu tun pflegt – ich habe es nie gewußt und bin auch nicht besonders scharf darauf, es herauszufinden.«

»Ja, Schatz. Hast du eigentlich Freude am Schreiben, Richard?«

»Kein Mensch hat Freude am Schreiben.«

»Das eben wollte ich wissen. Und ich muß zugeben, daß es nicht ganz die Wahrheit war, als ich sagte, ich hätte dich deines Geldes wegen geheiratet.«

»Und ich habe dir nicht ganz geglaubt. Wir sind quitt.«

»Ja, Schatz. Ich kann es mir wirklich leisten, dich als Schoßtier zu halten. Gewiß, ich kann dir keine Jachten kaufen, aber wir können hier in Golden Rule bequem leben – und es ist nicht gerade der billigste Ort im Sonnensystem. Du wirst das Schreiben nicht mehr nötig haben.«

Ich küßte sie lange und zärtlich. »Ich bin froh, daß ich dich geheiratet habe. Aber ich werde dennoch schreiben müssen.«

»Aber es macht dir doch keine Freude, und wir brauchen das Geld nicht. Wirklich nicht!«

»Ich danke dir, mein Liebes. Aber ich habe dir einen weiteren tückischen Aspekt des Schreibens noch nicht erklärt. Man kann damit nicht aufhören. Schriftsteller schreiben auch dann weiter, wenn sie es finanziell schon lange nicht mehr nötig haben . . . denn zu schreiben schmerzt weniger als nicht zu schreiben.«

»Das verstehe ich nicht.«

»Das verstand ich auch noch nicht, als ich diesen fatalen ersten Schritt tat – es war eine Kurzgeschichte, und ich glaubte tatsächlich, ich könnte jederzeit wieder aufhören. Aber was soll's, Schatz, in zehn Jahren wirst du es schon verstehen. Ignoriere mich einfach, wenn ich jammere. Es hat nichts zu bedeuten – es ist nur der Affe, der mir im Genick sitzt.«

»Richard? Könnte Psychoanalyse helfen?«

»Das kann ich nicht riskieren. Ich kannte einen Schriftsteller, der es versucht hat. Er wurde zwar vom Schreiben geheilt, aber nicht von dem inneren Zwang zu schreiben. Als ich ihn das letzte Mal sah, hockte er zitternd in einer Ecke. Da hatte er eine gute Phase. Aber beim bloßen Anblick eines Textverarbeitungsgeräts bekam er die schlimmsten Anfälle.«

»Ist das nicht wieder dein leichter Hang zur Übertreibung?«

»Nun, Gwen! Ich kann dich zu ihm bringen. Dir seinen Grabstein zeigen. Aber lassen wir das, Schatz. Ich werde jetzt die Wohnungsbehörde des Managers anrufen.« Ich ging wieder zum Terminal, als das verdammte Ding plötzlich erstrahlte wie ein Weihnachtsbaum und das Alarmsignal schrillte. Ich drückte den Antwortknopf. »Ames hier! Was ist denn los?«

Worte ertönten, und Buchstaben zogen über den Schirm, und der Drucker druckte den Text aus, ohne daß ich ihn dazu aufgefordert hatte – und so etwas hasse ich.

»Offizielle Mitteilung an Dr. Richard Ames: das Management ist der Ansicht, daß die von Ihnen bewohnten Räumlichkeiten mit der Kennzeichnung 715301 in 65-15-0.4 dringend benötigt werden. Die noch nicht abgewohnte Miete wurde Ihrem Konto gutgeschrieben, desgleichen ein Bonus in Höhe von fünfzig Kronen als Entschädigung für etwaige durch diese Regelung verursachte Unannehmlichkeiten. Gezeichnet Arthur Middlegaff, für Wohnungsangelegenheiten zuständiger Vertreter des Managers. Wir wünschen Ihnen einen schönen Tag!«

»Ich arbeite aus dem gleichen Grund weiter, aus dem eine Henne immer wieder Eier legt.«

H. L. MENCKEN 1880–1956

IV

Ich bekam große Augen. »Wenn das kein Glücksfall ist: Fünfzig Kronen – Donnerwetter! Gwen! Jetzt kannst du mich tatsächlich meines Geldes wegen heiraten!«

»Ist dir nicht gut, Liebling? Du hast gestern abend für eine einzige Flasche Wein mehr bezahlt. Das stinkt geradezu. Es ist eine Beleidigung.«

»Natürlich ist es das, Schatz. Man will mich nicht nur zwingen, von hier zu verschwinden, es ist auch beabsichtigt, daß ich wütend werde. Das mache ich nicht mit.«

»Du willst nicht ausziehen?«

»Nein, nein. Ich ziehe sofort aus. Es gibt verschiedene Möglichkeiten, sich gegen das Rathaus zur Wehr zu setzen, aber sich zu weigern auszuziehen, gehört nicht dazu. Nicht, solange der Stellvertreter des Managers die Energie, die Ventilation, das Wasser und die sanitären Dienste abschalten kann. Nein, Liebes, es geht ihnen darum, mich so in Wut zu versetzen, daß mein Urteil getrübt ist und ich Drohungen ausstoße, die ich nicht wahrmachen kann.«

Ich lächelte meine Geliebte an. »Und deshalb werde ich auch nicht wütend, sondern ziehe sofort aus, sanft wie ein Lamm . . . und die intensive Wut, die ich in mir spüre, bleibt außer Sicht, bis ich sie brauche. Außerdem ändert sich nichts, denn ich wollte ohnehin eine größere Wohnung beantragen – mindestens einen zusätzlichen Raum –, für uns beide. Ich werde ihn also anrufen, den lieben Mr. Middlegaff.«

Wieder holte ich mir das Adressenverzeichnis auf den Schirm, da ich den Kode der für Wohnraum zuständigen Behörde nicht auswendig wußte. Ich drückte die Taste »Ausführung«.

Auf dem Schirm erschien die Mitteilung »TERMINAL ABGESCHALTET«.

Ich starrte auf den Schirm und zählte von zehn rückwärts auf Sanskrit. Der liebe Mr. Middlegaff oder der Manager selbst oder sonst jemand gab sich wirklich große Mühe, mich auf die Palme zu bringen. Und gerade das mußte ich verhindern. Ich mußte ganz ruhig nachdenken, mir tröstliche Gedanken machen, wie ein Fakir auf einem Nagelbett. Immerhin hätte ich mir zum Frühstück gern seine Keimdrüsen gebraten, wenn ich nur wüßte, wer es war. Mit Sojasoße? Oder nur mit Knoblauchbutter und einer Prise Salz?

Bei dem Gedanken an diese kulinarischen Möglichkeiten beruhigte ich mich ein wenig. Ich war nicht sonderlich überrascht, und es steigerte auch nicht das Ausmaß meiner Verärgerung, las die Mitteilung TERMINAL ABGESCHALTET vom Schirm verschwand und eine andere aufleuchtete: »ENERGIE UND ENERGIEABHÄNGIGE DIENSTE ENDEN UM 1300.« Dann leuchtete in großen Ziffern die Zeit auf: 1231 – und als ich hinschaute, las ich schon 1232.

»Richard, was in aller Welt hat das zu bedeuten?«

»Ich vermute, sie versuchen immer noch, mich in Rage zu bringen. Aber das wird ihnen nicht gelingen. Statt dessen werden wir achtundzwanzig Minuten – nein siebenundzwanzig – damit verbringen, das Gerümpel von fünf Jahren fortzuschaffen.«

»Natürlich. Kann ich dabei helfen?«

»So ist's recht! Der kleine Kleiderschrank hier und der große im Schlafzimmer – wirf die ganzen Sachen aufs Bett. Auf dem Bord im großen Kleiderschrank liegt ein Seesack, ein ziemlich großes Ding. Stopf alles so fest wie möglich hinein. Du brauchst es nicht erst zu sortieren. Breite den Bademantel aus, den du heute morgen getragen hast, und mach ein Bündel aus den Sachen, die nicht mehr in den Seesack passen; schnür es mit dem Gürtel zusammen.«

»Deine Toilettenartikel?«

»Ach ja. In der Vorratskammer hängt ein Plastiktütenspender. Tu die Sachen in eine Tüte und leg sie mit in das Bündel. Honey, du wirst eine wunderbare Ehefrau abgeben!«

»Wie recht du hast. Die lange Praxis, Schatz – Witwen sind die besten Ehefrauen. Soll ich dir von meinen Ehemännern erzählen?«

»Ja, aber nicht jetzt. Spar dir das für einen langen Abend auf, wenn du Kopfschmerzen hast und ich zu müde bin.« Nachdem ich Gwen neunzig Prozent der Packerei aufgebürdet hatte, beschäftigte ich mich mit den schwierigen zehn Prozent: mit den

Akten und Geschäftsunterlagen. Schriftsteller sind Packratten, jedenfalls meistens, während Berufsmilitärs es lernen, mit leichtem Gepäck zu reisen, jedenfalls meistens. Dieser Zwiespalt hätte mich in die Schizophrenie treiben können, wäre den Schriftstellern nicht die schönste Erfindung seit dem Radiergummi am Ende eines Bleistifts in den Schoß gefallen: elektronische Akten.

Ich benutze Megachips, von denen jeder eine halbe Million Worte aufnehmen kann. Jeder ist zwei Zentimeter breit und drei Millimeter dick und enthält Informationen in einer Dichte, daß man darüber gar nicht nachzudenken wagt. Ich setzte mich vor das Terminal und schnallte meine Prothese ab (mein Holzbein, wenn Ihnen das lieber ist), die ich oben öffnete. Dann entnahm ich dem Selektor des Terminals alles Material und gab es in den Zylinder ein, der das »Schienbein« meiner Prothese bildet, schloß diese und schnallte sie wieder an.

Jetzt hatte ich alle Unterlagen, die ich für meine Geschäfte brauchte: Verträge, Geschäftsbriefe, Kopien meiner bisher erschienenen Bücher, allgemeine Korrespondenz, Notizen für Geschichten, die ich noch schreiben wollte, Steuerunterlagen et cetera ad nauseam. In der Zeit vor der elektronischen Datenspeicherung hätten diese Unterlagen aus einer Tonne Papier bestanden und wären in einer halben Tonne Stahl verpackt gewesen, und das Ganze hätte einen Raum von mehreren Kubikmetern eingenommen. Jetzt aber bestand das Ganze aus einer Masse von wenigen Gramm und nahm einen Raum ein, der nicht größer als mein Mittelfinger war – zwanzig Millionen gespeicherte Worte.

Die Chips waren ganz von diesem »Knochen« umgeben und deshalb sicher vor Diebstahl oder Beschädigung. Wer stiehlt einem anderen schon die Prothese? Und wie kann ein Krüppel seinen künstlichen Fuß vergessen? Er nimmt ihn vielleicht für die Nacht ab, aber sobald er morgens aufwacht, gilt ihm der erste Griff.

Selbst ein Straßenräuber schenkt einer Prothese keine Beachtung. Was mich betrifft, so wissen die meisten gar nicht, daß ich eine trage. Ich wurde nur ein einziges Mal von meiner Prothese getrennt: ein Bekannter (kein Freund) nahm mir meine Prothese weg und sperrte mich über Nacht ein – wir hatten Streit über geschäftliche Angelegenheiten. Aber ich konnte ausbrechen, obwohl ich auf einem Fuß hüpfen mußte. Dann zog ich ihm mit dem Schürhaken einen Scheitel und nahm meinen andern Fuß, einige Papiere und Abschied. Das Schriftstellergewerbe, im Grunde eine sitzende Tätigkeit, hat also auch seine lebhaften Momente.

Die Zeit auf dem Schirm stand jetzt auf 1254, und wir waren fast fertig. Ich besaß nur eine Handvoll Bücher – gebundene Bücher mit auf Papier gedruckten Worten – da ich alle meine Recherchen über das Terminal abwickelte. Diese paar Bücher stopfte Gwen mit in das Bündel, das sie aus meinem Bademantel geschnürt hatte. »Sonst noch etwas?« fragte sie.

»Ich glaube, das ist alles. Ich schaue rasch noch einmal nach, und alles, was wir übersehen haben, schieben wir in den Korridor, bevor das Licht ausgeht. Dann können wir uns immer noch überlegen, was wir mit den Sachen anfangen.«

»Was ist mit diesem Bonsai?« Gwen betrachtete meinen etwa achtzig Jahre alten, aber nur neununddreißig Zentimeter hohen Zuckerahorn.

»Wie sollen wir den verpacken, Schatz? Und außerdem muß er mehrmals täglich gegossen werden. Das vernünftigste wäre es, ihn dem nächsten Mieter zu überlassen.«

»Kein Stück, Chef. Du wirst ihn in der Hand zu meiner Wohnung tragen, während ich das Gepäck hinter uns herschleife.«

(Ich war gerade im Begriff gewesen, ihr zu sagen, daß mir »das Vernünftige« schon immer zuwider gewesen sei.) »Gehen wir denn in deine Wohnung?«

»Wohin denn sonst, Liebling? Gewiß, wir brauchen eine größere Wohnung, aber ganz dringend brauchen wir in diesem Augenblick ein Dach über dem Kopf. Nur für den Fall, daß es heute abend schneit.«

»Wie recht du wieder hast! Gwen, ich bin froh, daß ich auf den Gedanken gekommen bin, dich zu heiraten. Das wollte ich dir schon immer sagen; erinnere mich bitte daran.«

»Du bist nicht auf den Gedanken gekommen; das tun Männer nie.«

»Wirklich nicht?«

»Wirklich nicht. Aber ich werde dich trotzdem daran erinnern.«

»Tu das. Ich bin froh, daß du auf den Gedanken gekommen bist, mich zu heiraten. Ich bin froh, daß du mich dann auch wirklich geheiratet hast. Versprichst du mir, daß du mich ab sofort davon abhalten wirst, das Vernünftige zu tun?«

Sie hatte sich noch nicht festgelegt, als das Licht zweimal

blinkte und wir es plötzlich sehr eilig hatten. Gwen stellte rasch alles in den Korridor hinaus, während ich in panischer Hast noch einmal durch die Räume raste. Wieder blinkte das Licht. Ich packte meinen Stock und war gerade durch die Tür gesprungen, als sie sich hinter mir zuschob. Ich seufzte.

»Ganz ruhig, Boß. Langsam einatmen. Bis zehn zählen und dann ganz langsam wieder ausatmen.« Gwen klopfte mir auf den Rücken.

»Wir hätten zu den Niagarafällen reisen sollen. Habe ich dir das nicht vorher gesagt?«

»Ja, Richard. Nimm den kleinen Baum. Bei dieser Schwerkraft werde ich mit dem Seesack und dem Bündel fertig, eins in jeder Hand. Gehen wir direkt bis Schwerkraft Null rauf?«

»Ja, aber ich nehme den Seesack und den Baum. Ich schnalle meinen Stock auf den Sack.«

»Bitte, sei kein *Macho,* Richard. Jedenfalls nicht, wenn wir so viel zu tun haben.«

»*Macho* ist ein abgegriffenes Wort, Gwen. Wenn du es noch einmal gebrauchst, bekommst du eine Ohrfeige; beim dritten Mal schlage ich dich mit diesem Stock. Und ich werde verdammt *macho* sein, wann immer mir danach zumute ist.«

»Yes, Sir. Ich Jane, du Tarzan. Und jetzt nimm bitte den Baum.«

Wir schlossen einen Kompromiß. Ich trug den Seesack und benutzte den Stock, um die Balance zu halten; Gwen trug das Bündel in der einen, den Bonsai-Ahorn in der andern Hand. Auch sie geriet aus dem Gleichgewicht und mußte immer wieder das Gewicht verlagern. Ich muß zugeben, daß Gwens ursprünglicher Vorschlag besser war, denn bei dieser Beschleunigung wäre das Gewicht für sie kein Problem gewesen, und es verringerte sich in dem Maße, in dem wir uns der Null-Schwerkraft näherten. Ich kam mir dumm vor, und ich schämte mich auch ein wenig . . . aber ein Krüppel unterliegt immer der Versuchung, besonders Frauen gegenüber, beweisen zu wollen, daß er immer noch alles kann, was er früher konnte. Das ist albern, denn jeder sieht, daß er es nicht kann. Ich gebe dieser Versuchung nur selten nach.

Als wir an der Achse den Zustand der Schwerelosigkeit erreicht hatten, banden wir unsere Gepäckstücke an uns fest und kamen gut voran. Gwen hielt jetzt den kleinen Baum mit beiden Händen. Als wir ihren Ring erreicht hatten, übernahm sie beide Gepäckstücke, und ich machte keine Einwände. Wir brauchten weniger als eine halbe Stunde. Ich hätte eine Frachtkabine bestellen können – aber auf die hätten wir vielleicht immer noch gewartet. Eine »arbeitsparende Vorrichtung« ist oft gar keine.

Gwen setzte ihre Last ab und sprach zu ihrer Tür.

Sie öffnete sich nicht.

Aber sie antwortete: »Mistress Novak, bitte rufen Sie sofort die Wohnungsbehörde des Managers an. Das nächste öffentliche Terminal befindet sich an Ring einhundertfünf, Radius hundertfünfunddreißig Grad, Beschleunigung sechs Zehntel Schwerkraft, direkt in der Nähe des öffentlichen Transportsystems. Von diesem Terminal aus können Sie gebührenfrei anrufen.«

Ich kann nicht behaupten, daß ich überrascht war. Aber ich gebe zu, daß ich schrecklich enttäuscht war. Kein Heim zu haben ist so ähnlich wie Hunger, vielleicht schlimmer.

Gwen tat, als hätte sie diese traurige Ankündigung nicht gehört. »Setz dich auf den Seesack, Richard«, sagte sie, »und beruhige dich. Ich glaube nicht, daß es lange dauern wird.«

Sie öffnete ihre Handtasche, kramte darin herum und holte eine Nagelfeile und ein Stück Draht heraus, wahrscheinlich eine Büroklammer. Eine monotone Melodie summend, machte sie sich dann an ihrer Wohnungstür zu schaffen.

Ich half ihr, indem ich darauf verzichtete, mich mit guten Ratschlägen einzumischen. Ich sagte kein Wort. Das fiel mir schwer, aber ich schaffte es.

Gwen hörte auf zu summen und richtete sich wieder auf. »Da!« rief sie. Die Tür stand weit offen.

Sie nahm meinen Bonsai-Ahorn – unseren Bonsai-Ahorn – auf. »Komm rein, Schatz«, sagte sie. »Laß aber den Seesack auf der Schwelle liegen, damit sich die Tür nicht wieder schließt. Es ist dunkel in der Wohnung.«

Sie ging hinein, und ich folgte ihr. Das einzige Licht kam vom Schirm des Terminals.

ALLE DIENSTE
EINGESTELLT

Sie ignorierte diese Mitteilung und nahm eine kleine Stablampe aus ihrer Handtasche. In ihrem Schein öffnete sie in ihrer Vorratskammer eine Schublade, der sie einen langen dünnen Schraubenzieher, eine Pinzette, ein Werkzeug, das sie vielleicht selbst gebastelt hatte, und ein paar Handschuhe entnahm. »Richard, hältst du mal einen Augenblick die Lampe?«

Die Verschlußplatte, die sie erreichen wollte, war hoch über ihrem Mikrowellenherd angebracht. Sie war plombiert und mit den üblichen Zeichen versehen, die davor warnten, sie auch nur schief anzusehen, geschweige denn, sie zu berühren: »Gefahr! Reparaturen nur von geschultem Personal durchführen lassen!« etc. Gwen kletterte hoch, setzte sich auf den Herd und öffnete die Platte mit einem einzigen Griff. Das Schloß hatte sie offenbar schon bei früherer Gelegenheit geknackt.

Dann arbeitete sie schweigend, von ihrem monotonen, leisen Summen abgesehen, und gelegentlich bat sie mich, die Lampe anders zu halten. Einmal verursachte sie an der Leitung ein spektakuläres Feuerwerk, das sie mit mißbilligendem Schnalzen kommentierte. »Nicht doch«, murmelte sie, »warum so heftig.« Sie arbeitete noch kurze Zeit sehr konzentriert, dann ging in der Wohnung das Licht an, und zugleich war das leise Summen eines funktionierenden Wohnzimmers zu hören – Ventilatoren, Mikromotoren etc.

Sie schloß die Platte wieder. »Hilfst du mir runter, Liebling?«

Ich hob sie mit beiden Händen vom Herd und ließ mich zum Dank von ihr küssen. Sie lächelte mich an. »Thank you, Sir. Himmel, ich hatte schon ganz vergessen, wie schön es ist, verheiratet zu sein. Wir sollten viel öfter heiraten.«

»Gleich?«

»Nein. Zuerst wird gegessen. Das Frühstück war zwar gut, aber jetzt ist es schon nach vierzehn Uhr. Hast du denn keinen Hunger?«

»Ich könnte schon etwas vertragen«, stimmte ich zu. »Wie wär's mit Sloppy Joe am Appian Way in der Nähe von Ring eins-null-fünf? Oder bestehst du auf *haute cuisine?«*

»Sloppy Joe ist okay. Ich bin nicht wählerisch. Aber ich finde, wir sollten zum Essen nicht ausgehen; vielleicht kommen wir dann nicht wieder in die Wohnung.«

»Warum denn nicht? Du hast doch eben bewiesen, daß du mit einer geänderten Türkombination fertig wirst.«

»Richard, beim nächsten Mal ist es vielleicht nicht ganz so einfach. Sie haben noch nicht gemerkt, daß es ihnen nicht gelungen ist, mich auszusperren. Aber wenn sie es merken – kriegen sie es fertig, eine Stahlplatte vor den Eingang zu schweißen, wenn sie das für nötig halten. Natürlich wird es nicht nötig sein, denn ich werde mich gegen einen Auszug genauso wenig wehren wir du. Laß uns essen und dann packen. Was hättest du denn gern?«

Es stellte sich heraus, daß Gwen aus meiner Vorratskammer einige Leckerbissen gerettet hatte, tiefgekühlt oder steril verpackt. Ich halte mir immer einen Vorrat an ungewöhnlichen Lebensmitteln. Wenn man mitten in der Nacht an einer Geschichte schreibt, kann man nicht im voraus wissen, ob einen nicht plötzlich ein heftiges Verlangen nach einem Muschelsalat überfällt. In so einem Fall ist es vorteilhaft, gut sortiert zu sein. Sonst könnte man versucht sein, die Arbeit zu unterbrechen und seine klösterliche Abgeschiedenheit zu verlassen, um sich zu besorgen, was man braucht, und ein solches Verhalten kann leicht in den Bankrott führen.

Gwen tischte von ihren und von meinen Vorräten auf – von unseren hätte ich lieber sagen sollen –, und während wir aßen, besprachen wir die nächsten Schritte . . . denn irgend etwas mußten wir unternehmen. Ich sagte ihr, daß ich gleich nach dem Essen Mr. Middlegaff anrufen würde.

Sie machte ein nachdenkliches Gesicht. »Ich sollte lieber zuerst packen.«

»Wenn du willst. Aber warum?«

»Richard, wir haben Lepra; das ist ganz offensichtlich. Ich vermute, daß es mit dem Mord an Schultz zu tun hat. Aber wir wissen es nicht genau. Was immer auch der Grund sein mag, ich muß meine Sachen mitnehmen, genauso wie du deine mitgenommen hast. Denn wenn wir erst draußen sind, kommen wir wahrscheinlich nicht wieder hinein.« Sie machte eine Kopfbewegung zu ihrem Terminal hinüber, auf dessen Schirm immer noch die Mitteilung flimmerte: ALLE DIENSTE EINGESTELLT. »Um das Terminal wieder einzuschalten, genügt es nicht, an ein paar Drähten herumzufummeln, denn der Computer selbst steht woanders. Wir können Mr. Middlegaff also nicht aus dieser Wohnung raushalten. Deshalb müssen wir alles Nötige erledigen, bevor wir durch diese Tür nach draußen gehen.«

»Während du packst, verschwinde ich rasch und rufe ihn an.«

»Nur über meine Leiche!«

»Gwen, sei doch vernünftig.«

»Genau das bin ich. Richard Colin, du bist mein brandneuer Bräutigam; du sollst mir noch jahrelang erhalten bleiben. Solange wir diese Schwierigkeiten haben, werde ich dich nicht aus den Augen lassen. Du könntest genauso verschwinden wie Mr. Schultz. Geliebter, wenn sie dich erschießen wollen, müssen sie zuerst mich erschießen.«

Ich versuchte sie umzustimmen, aber sie hielt sich die Ohren zu. »Ich will mich nicht mit dir streiten, ich höre dich nicht, ich höre überhaupt nicht zu!« Sie nahm die Hände von den Ohren. »Komm, hilf mir bitte packen.«

»Gern, Liebes.«

Gwen war sehr rasch mit dem Packen fertig, und meine Hilfe bestand hauptsächlich darin, ihr nicht im Weg zu stehen. Ich bin es nicht gewohnt, mit Frauen zusammenzuleben; der Militärdienst ist dem Familienleben nicht gerade förderlich, und eine Ehe wollte ich nicht eingehen. Ich beließ es bei lockeren Beziehungen zu einigen Amazonen in den Streitkräften – die sich automatisch durch die nächste Versetzung erledigten. Als Offizier hatte ich dann hin und wieder weibliche Ordonnanzen, aber auch eine solche Beziehung ist wohl kaum mit einer bürgerlichen Ehe zu vergleichen.

Damit will ich sagen, daß ich nichts von Frauen verstehe, obwohl ich unter über hundert weiblichen Pseudonymen jede Menge Liebesgeschichten geschrieben habe. Darauf wies ich den Redakteur hin, der mir diese Geschichten von Sünde, Leid und Reue abkaufte. Er hieß Evelyn Fingerhut und war ein mürrischer Mann in mittleren Jahren, mit einer kahlen Stelle auf dem Kopf, einem Muskelzucken im Gesicht und einer Zigarre im Mund.

»Versuchen Sie nur nicht, die Frauen kennenzulernen«, knurrte er. »Das wäre ein Handikap für Sie.«

»Aber es sollen doch wahre Geschichten sein«, widersprach ich.

»Es *sind* wahre Geschichten; jeder von ihnen ist eine eidesstattliche Erklärung beigefügt: ›Diese Geschichte basiert auf Tatsachen‹.« Er zeigte mit dem Daumen auf das Manuskript, das ich gerade gebracht hatte. »Bei diesem Ding liegt doch auch eine solche Bescheinigung. Oder etwa nicht? Wollen Sie denn nicht dafür bezahlt werden?«

Ja, ich wollte dafür bezahlt werden. Der Gipfel aller Prosa liegt für mich in dem eleganten Satz: »Zahlen Sie bitte an . . .« Ich beeilte mich mit meiner Antwort: »Was die Tatsachen angeht, ist diese Geschichte kein Problem. Ich kannte die Frau, um die es hier geht, zwar nicht selbst, aber meine Mutter hat mir von ihr erzählt. Als Mädchen war sie mit ihr zusammen zur Schule gegangen. Das Mädchen hat tatsächlich den jüngeren Bruder ihrer Mutter geheiratet. Sie war schon schwanger, als die Wahrheit an den Tag kam, und stand vor dem entsetzlichen Dilemma, von dem ich erzähle: die Sünde der Abtreibung oder ein inzestuöses Kind, vielleicht mit zwei Köpfen und ohne Kinn. Alles Tatsachen, Evelyn, wenn ich sie in der Erzählung auch ein wenig zurechtgebogen habe. Es stellte sich heraus, daß Beth Lou mit ihrem Onkel nicht blutsverwandt war, aber auch das Baby war nicht mit ihrem Mann verwandt. Den Teil habe ich allerdings ausgelassen.«

»Dann schreiben Sie es nochmal und nehmen Sie diesen Teil hinein und lassen Sie den anderen weg. Aber ändern Sie Orts- und Personennamen. Ich will keine Beschwerden.«

Später schrieb ich die Geschichte dann um und verkaufte Fingerhut auch diese Version. Ich habe ihm allerdings nie erzählt, daß diese Geschichte nicht einer Schulfreudin meiner Mutter passiert war, sondern daß ich sie aus einem Buch abgeschrieben hatte, das meiner Tante Abby gehörte: den Libretti des Ring-Zyklus von Richard Wagner, der sich auf das Komponieren hätte beschränken und sich für seine Libretti einen W. S. Gilbert hätte suchen sollen. Wagner war ein grauenhafter Schriftsteller.

Aber seine albernen Themen waren genau das richtige für meine Liebesgeschichten – ich durfte sie nur nicht ganz so drastisch erzählen, sondern ein wenig abgemildert, und natürlich mußte ich Ort und Namen ändern. Ich habe sie nicht gestohlen, oder jedenfalls nicht ganz. Sie sind öffentlicher Besitz, denn das Copyright ist längst abgelaufen. Im übrigen hat Wagner die Themen selbst gestohlen.

Ich hätte meinen Lebensunterhalt allein mit Wagners Themen bestreiten können. Aber sie fingen an, mich zu langweilen. Als Fingerhut in den Ruhestand ging und sich eine Truthahnfarm kaufte, hörte ich mit den Liebesgeschichten auf und schrieb Kriegsgeschichten. Das war schwieriger – ich wäre anfangs fast verhungert –, denn von militärischen Dingen verstehe ich einiges, und das ist (wie Fingerhut ganz richtig bemerkt hatte) ein Handikap.

Nach einiger Zeit verstand ich es, meine Kenntnisse zu unterdrücken, so daß sie die jeweilige Geschichte nicht beeinträchtigen. Aber diese Schwierigkeiten hatte ich bei meinen Liebesgeschichten nie, denn weder Fingerhut noch ich, noch Wagner verstanden etwas von Frauen.

Auch von Gwen verstand ich nichts. Irgendwie war ich zu der Überzeugung gelangt, daß Frauen, wenn sie verreisen, mindestens sieben Packesel brauchen. Oder deren Äquivalent in großen Koffern. Außerdem haben Frauen natürlich nicht das geringste Organisationstalent. Das glaubte ich wenigstens.

Gwen verließ die Wohnung nur mit einem größeren Koffer – kleiner als mein Seesack – voll ordentlich zusammengefalteter Kleidungsstücke und einem kleineren Koffer mit anderen Sachen.

Sie stellte unsere Gepäckstücke nebeneinander – den Seesack, das Bündel, den größeren Koffer, den kleineren Koffer, ihre Handtasche, meinen Stock und den Bonsai-Baum – und betrachtete sie nachdenklich. »Mir fällt schon noch eine Methode ein, die Sachen alle auf einmal wegzuschaffen«, meinte sie.

»Das bezweifle ich«, sagte ich. »Wir haben jeder nur zwei Hände. Ich sollte mich um eine Frachtkabine bemühen.«

»Wenn du meinst, Richard.«

»Ja, das werde ich tun.« Ich ging an ihr Terminal und blieb stehen. »Hmm . . .«

Gwen konzentrierte sich auf unseren Ahornbaum.

»Hmm . . .« wiederholte ich. »Gwen, betrachte die Sache mal ein bißchen lockerer. Ich suche schnell das nächste Terminal. Dann komme ich zurück . . .«

»Nein, Richard.«

»Ich will doch nur schnell . . .«

»Nein, Richard.«

Ich seufzte. »Was schlägst du denn vor?«

»Richard, ich bin mit allem einverstanden, was nicht dazu führt, daß wir uns trennen müssen. Wir können alles in der Wohnung lassen und hoffen, daß wir nachher wieder hineinkommen – das ist eine Möglichkeit. Oder wir lassen alles vor der Tür stehen, während wir versuchen, eine Frachtkabine zu bekommen und Mr. Middlegaff anzurufen – das wäre die zweite Möglichkeit.«

»Und während wir weg sind, verschwinden die Sachen dann. Oder gibt es hier in der Nähe keine zweibeinigen Ratten?« Das war sarkastisch, denn in jedem Wohnbezirk im Raum gibt es Gesindel, unsichtbare Bewohner, die es sich eigentlich nicht erlauben können, hier draußen im Raum zu leben, die es aber auch vermeiden wollen, zur Erde zurückgeschickt zu werden. Wenn sie in Golden Rule erwischt werden, wird man sie, so vermute ich, im Raum aussetzen . . . aber es gab noch schlimmere Gerüchte, die mich veranlaßten, den Umgang mit jeder Art von Erdferkeln zu meiden.

»Es gibt noch eine dritte Möglichkeit, Sir: Wir nehmen das Gepäck bis zum nächsten öffentlichen Terminal mit. Weiter können wir nicht gehen, bis die Wohnungsbehörde uns eine neue Unterkunft zuweist. Sobald wir die neue Adresse kennen, können wir dann eine Kabine bestellen und auf sie warten.

Bis zum Terminal ist es nicht weit. Sie sagten doch, Sir, daß Sie Ihren Stock auf den Seesack schnallen und dann den Sack und das Bündel gleichzeitig tragen können. Für diese kurze Entfernung wird es gehen. Ich kann meine beiden Koffer tragen. Den Riemen der Handtasche schnalle ich länger, damit ich sie mir über die Schulter hängen kann.

Das einzige Problem ist der kleine Baum. Richard, du hast doch gewiß im *National Geographic* schon Bilder von Eingeborenenmädchen gesehen, die ein Bündel auf dem Kopf tragen?« Sie wartete meine Antwort nicht ab, sondern nahm den kleinen eingetopften Baum und stellte ihn sich auf den Kopf. Dann nahm sie die Hände weg und lächelte mich an. Mit steifem Oberkörper und kerzengerade ging sie in die Knie und nahm ihre beiden Koffer auf.

Sie ging durch die ganze Wohnung, drehte sich zu mir um und sah mich an. Ich applaudierte.

»Thank you, Sir. Eins noch. Manchmal herrscht starker Verkehr. Wenn also jemand mich anrempelt, sieht das so aus.« Sie stolperte, als hätte jemand sie angestoßen, ließ beide Koffer fallen, fing den Bonsai auf, stellte ihn sich auf den Kopf und nahm ihre Koffer wieder hoch. »Genau so.«

»Und ich lasse dann mein Gepäck fallen und ziehe dem Kerl, der dich gerempelt hat, mit dem Stock eins über. Ich werde ihn nicht totschlagen, nur einen strengen Verweis erteilen. Vorausgesetzt, der Übeltäter ist ein Mann und schon älter. Wenn nicht, passe ich die Strafe der Persönlichkeit des Verbrechers an.«

»Das würdest du bestimmt tun, mein Lieber. Aber ich glaube nicht, daß jemand mich anrempeln wird, denn du wirst vorausgehen und mir den Weg freimachen. Okay?«

»Okay, außer du machtest den Oberkörper frei.«

»Wirklich?«

»Alle Bilder im National Geographic zeigen die Frauen mit nacktem Oberkörper. Deshalb werden sie gedruckt.«

»Wenn du es sagst. Aber dafür bin ich eigentlich nicht ausreichend ausgestattet.«

»Du willst ja nur Komplimente hören, du Affengesicht; deine Ausstattung reicht schon aus. Aber du bist zu schade für den Pöbel. Behalt also die Bluse an.«

»Wenn du darauf bestehst. Mir macht es nichts aus.«

»Du lenkst zu rasch ein. Tu, was du willst. Ich werde dich zu nichts drängen. Sind denn wirklich alle Frauen Exhibitionisten?«

»Ja.«

Hier endete unsere Diskussion, denn das Türsignal ertönte. Gwen war überrascht. »Laß mich«, sagte ich und drückte auf den Knopf der Sprechanlage. »Ja?«

»Botschaft vom Manager!«

Ich nahm den Finger vom Knopf der Sprechanlage und schaute zu Gwen hinüber. »Soll ich öffnen?«

»Wir müssen wohl öffnen.«

Ich betätigte den Öffnungsmechanismus, und die Tür glitt auf. Ein Mann in der Uniform eines Disziplinarbeamten betrat die Wohnung; sofort ließ ich die Tür wieder zugleiten. Er hielt mir einen Block hin. »Unterschreiben Sie hier, Senator.« Dann zog er den Block wieder weg. »Sagen Sie, Sie *sind* doch der Senator von der Standard Oil?«

*»Er gehört zu den Leuten,
die durch den Tod enorm gewinnen.«*

H. H. MUNRO 1870–1916

V

»Das geht auch umgekehrt«, sagte ich. »Wer sind *Sie?* Weisen Sie sich bitte aus.«

»Bitte? Wenn Sie nicht der Senator sind, vergessen Sie es; dann habe ich mich eben in der Adresse geirrt.« Er trat einen Schritt zurück und stieß mit dem Hintern gegen die Tür. Er sah mich erschrocken an. Dann drehte er sich um und wollte auf den Knopf drücken.

Ich schlug ihm die Hand weg. »Ich habe gesagt, Sie sollen sich ausweisen. Ihre Zirkuslivree genügt mir nicht. Ich will Ihre Papiere sehen. Gwen! Halt ihn in Schach!«

»Geht in Ordnung, Senator!«

Er griff an seine Hüfttasche und zog rasch. Gwen trat ihm einen Gegenstand aus der Hand, und ich versetzte ihm einen Handkantenschlag an den Hals. Sein Notizblock flog ihm aus der Hand, und er ging mit der für geringe Schwerkraft typischen Eleganz zu Boden.

Ich kniete mich neben ihm. »Laß ihn nicht aus den Augen, Gwen.«

»Eine Sekunde, Senator – passen Sie auf ihn auf!« Ich rutschte ein Stück von ihm weg und wartete. »Okay«, sagte sie. »Aber kommen Sie mir nicht in die Schußlinie.«

»Roger«, sagte ich und beobachtete unseren Gast. Seine seltsame Körperhaltung sprach dafür, daß er bewußtlos war. Dennoch mußte ich die Möglichkeit berücksichtigen, daß er nur so tat; so hart hatte ich nämlich nicht zugeschlagen. Ich legte meinen Daumen auf eine Stelle an seiner unteren Halsgegend und drückte kräftig zu. Wenn er bei Besinnung gewesen wäre, hätte er geschrien und wäre bis an die Decke gesprungen. Aber er bewegte sich nicht.

Ich durchsuchte ihn. Zuerst von hinten, dann rollte ich ihn auf den Rücken. Seine Hose paßte nicht ganz zu seiner Jacke, und sie hatte auch nicht die Biesen an den Seiten, die die Uniformhosen der Disziplinarbeamten sonst haben. Die Jacke paßte ihm nicht. In seinen Taschen hatte er ein paar Kronen in Scheinen, ein Lotterielos und fünf Patronen. Es waren von Skoda hergestellte Langgeschosse ohne Mantel, Kaliber 6,5 mm. Dumdum-Munition, die aus Pistolen, Maschinenpistolen und Gewehren verschossen werden kann – und die fast überall illegal ist. Er hatte weder eine Brieftasche noch irgendwelche Ausweispapiere.

Er brauchte dringend ein Bad.

Ich stand auf. »Behalt ihn im Visier, Gwen. Ich halte ihn für einen Ganoven.«

»Ich auch. Bitte schauen Sie sich das an, Sir. Ich passe inzwischen auf ihn auf.« Sie zeigte auf eine Pistole, die auf dem Fußboden lag.

Den Gegenstand eine »Pistole« zu nennen war übertrieben. Immerhin handelte es sich um eine selbstgebaute tödliche Waffe von der Sorte, die gemeinhin als »Donnerbüchse« bekannt ist. Ich prüfte sie so eingehend, wie es möglich war, ohne sie berühren zu müssen. Der Lauf bestand aus einem Metallrohr mit einer so dünnen Wandung, daß ich mich fragte, ob aus dieser Waffe je ein Schuß abgefeuert worden war. Der Griff war aus Plastik, geschnitzt oder geschliffen, um gut in der Hand zu liegen. Der Auslösemechanismus lag unter eine Metallplatte, die (kaum zu glauben!) mit einem Gummiband befestig war. Es schien klar, daß man mit dieser Waffe nur einen einzelnen Schuß abfeuern konnte, aber wenn man den behelfsmäßigen Lauf betrachtete, mochte dieser Schuß sehr leicht der einzige bleiben; die Waffe sah aus, als sei sie für den Benutzer fast genauso gefährlich wie für sein Ziel.

»Häßliches kleines Ding«, sagte ich. »Ich werde es nicht anfassen; es hat eine eingebaute Falle.«

Ich schaute zu Gwen hoch. Sie hielt eine Waffe auf ihn gerichtet, die genauso tödlich war, gleichzeitig aber das Beste darstellte, was moderne Büchsenmacherkunst zu bieten hat, eine neunschüssige Miyako. »Warum hast du ihn nicht erschossen, als er seine Waffe zog? Ihn so zu entwaffnen, wie du es getan hast, war riskant. Auf diese Weise kann man ziemlich endgültig sterben.«

»Nun, weil . . .«

»Weil was? Wenn jemand eine Waffe auf dich richtet, mußt du ihn sofort töten. Wenn du kannst.«

»Das konnte ich nicht. Als du mir sagtest, ich sollte ihn in

Schach halten, lag meine Handtasche dort drüben, und ich tat es mit *diesem* Ding.« Plötzlich glitzerte etwas in ihrer Hand, und es sah aus, als hätte sie zwei Waffen. Dann steckte sie das glitzernde Ding in ihre Brusttasche – es war ein Kugelschreiber. »Er hat mich auf dem falschen Fuß erwischt, Boß. Es tut mir leid.«

»Wie konnte ich nur einen solchen Fehler machen? Als ich dir zuschrie, du solltest auf ihn aufpassen, wollte ich ihn nur ablenken. Ich konnte ja nicht wissen, wie hervorragend du bewaffnet bist.«

»Ich habe mich doch schon entschuldigt. Als ich erst einmal Zeit hatte, meine Handtasche zu holen, besaß ich doch sofort dieses hervorragende Überredungsmittel. Aber zuerst mußte ich ihn entwaffnen.«

Ich überlegte mir, was ein Truppenkommandeur wohl mit tausend Leuten wie Gwen anfangen könnte. Sie wiegt ungefähr fünfzig Kilo und ist nicht viel größer als ein Meter fünfzig – sagen wir ein Meter sechzig ohne Schuhe. Aber Größe hat mit alledem wenig zu tun, wie Goliath vor einiger Zeit erfahren mußte.

Andererseits gibt es nirgends tausend Gwens. Das ist vielleicht auch ganz gut. »Hattest du diese Miyako gestern abend in deiner Handtasche?«

Sie zögerte. »Wenn das der Fall gewesen wäre, hätte das doch ein sehr bedauerliches Resultat haben können, meinst du nicht?«

»Ich ziehe die Frage zurück. Ich glaube, unser Freund wacht gerade auf. Behalt ihn im Visier, während ich das feststelle.« Wieder wendete ich den Trick mit dem Daumen an.

Er kreischte laut auf.

»Setz dich aufrecht hin«, sagte ich. »Versuch nicht aufzustehen. Nur sitzenbleiben und die Hände auf den Kopf legen. Wie heißt du?«

Er machte eine obzöne Geste, die ich in dieser Situation nicht für möglich gehalten hätte. »Aber, aber«, tadelte ich. »Keine Unhöflichkeiten, bitte. Mistress Hardesty, hätten Sie nicht Lust, ein wenig auf ihn zu schießen? Vielleicht eine Fleischwunde? Nur, damit er etwas Höflichkeit lernt.«

»Wenn Sie meinen, Senator. Sofort?«

»Nun . . . einen Fehler sollten wir ihm verzeihen. Aber keinen zweiten. Vermeiden Sie, ihn zu töten; wir wollen, daß er redet. Können Sie ihn nicht am Oberschenkel treffen? Ohne den Knochen zu beschädigen?«

»Ich kann es versuchen.«

»Mehr kann man nicht verlangen. Sollten Sie den Knochen treffen, wäre es ja nur aus Versehen. Fangen wir also von vorn an. Wie heißt du?«

»Äh . . . Bill.«

»Bill, und wie weiter?«

»Ach, einfach nur Bill. Einen anderen Namen benutze ich nicht.«

»Wie wär's jetzt mit einer kleinen Fleischwunde, Senator?« sagte Gwen. »Um sein Gedächtnis ein wenig zu schärfen?«

»Warum nicht? Willst du den Schuß ins linke Bein, Bill, oder ins rechte?«

»In keins! Hören Sie zu, Senator, ›Bill‹ ist wirklich der einzige Name, den ich habe – und sagen Sie ihr bitte, daß sie das Ding nicht auf mich richten soll!«

»Behalten Sie ihn im Visier, Mistress Hardesty. Bill, wenn du keine Schwierigkeiten machst, wird sie auch nicht schießen. Was ist also aus deinem Nachnamen geworden?«

»Ich hatte nie einen. Im Kinderhort *Zum Heiligen Namen* war ich ›Bill Nummer Sechs‹. Das war auf dem Dreckplaneten. In New Orleans.«

»Ich verstehe. Ich fange an zu verstehen. Aber was stand in deinem Paß, als du herkamst?«

»Ich hatte keinen. Nur eine Arbeitskarte. Darauf stand ›William Johnson‹. Aber das hat der Arbeitsvermittler daraufgeschrieben. Sehen Sie, sie wedelt schon wieder mit der Kanone!«

»Dann tu doch nichts, was sie ärgern könnte. Du weißt doch, wie Frauen sind.«

»Oh ja! Sie dürften gar keine Feuerwaffe *haben!*«

»Ein interessanter Gedanke. Da wir gerade von Feuerwaffen reden – da liegt ja deine eigene; ich will sie entladen, aber ich habe Angst, daß sie mir in der Hand explodiert. Deshalb werden wir lieber deine Hände riskieren. Dreh Mistress Hardesty deinen Rücken zu, aber ohne aufzustehen. Ich schiebe das Spielzeug zu dir rüber, bist du es erreichen kannst. Wenn ich es dir sage – nicht vorher! –, kannst du die Hände vom Kopf nehmen und die Waffe entladen. Dann legst du die Hände wieder auf den Kopf. Aber hör gut zu:

Mistress Hardesty, wenn Bill sich umdreht, schießen Sie ihm unterhalb des Nackens in die Wirbelsäule. Bei der geringsten verdächtigen Bewegung töten Sie ihn! Warten Sie nicht darauf, daß ich es Ihnen sage. Geben Sie ihm keine zweite Chance. Und keine Fleischwunde, sondern gleich einen tödlichen Schuß!«

»Mit dem größten Vergnügen, Senator!«

Bill stöhnte auf.

»Okay, Bill, dreh dich um. Nicht die Hände benutzen, nur Willenskraft.«

Er drehte sich auf dem Hintern und half dabei mit den Fersen nach. Ich stellte mit Befriedigung fest, daß Gwen die Waffe jetzt mit beiden Händen hielt. Dann nahm ich meinen Stock und schob Bills selbstgebaute Kanone über den Fußboden, bis sie direkt vor ihm lag. »Keine schnelle Bewegung, Bill. Nimm die Hände runter. Entlade deine Pistole. Laß sie offen und leg die Patrone daneben. Dann legst du die Hände wieder auf den Kopf.«

Den Stock in der Hand, stellte ich mich neben Gwen und hielt den Atem an, während Bill genau meine Anweisungen befolgte. Ich hätte keine Gewissensbisse gehabt, ihn umzubringen, und ich war überzeugt, daß Gwen ihn sofort erschießen würde, wenn er versuchte, seine Waffe auf uns zu richten.

Aber was hätten wir dann mit seiner Leiche tun sollen? Ich wollte keinen Toten. Außer auf dem Schlachtfeld oder im Hospital ist eine Leiche immer etwas Peinliches und schwer zu erklären. Das Management würde mit Sicherheit ungehalten reagieren.

Ich stieß einen Seufzer der Erleichterung aus, als er seine Aufgabe gelöst hatte und die Hände wieder auf den Kopf nahm.

Ich holte die scheußliche kleine Pistole und die Patrone mit dem Stock zu mir heran. Dann steckte ich die Patrone ein und zertrat den Lauf und die Schußvorrichtung der Waffe. »Jetzt können wir es ein wenig lockerer angehen lassen«, sagte ich zu Gwen. »Im Augenblick brauchen wir ihn noch nicht umzubringen. Aber halte dich bereit, ihm eine Fleischwunde zu verpassen.«

»Aye, aye, Senator. Soll ich das nicht lieber gleich tun?«

»Nein, nein! Nicht, solange er sich benimmt. Bill, du wirst dich doch benehmen, nicht wahr?«

»Habe ich mich etwa nicht benommen? Senator, sagen Sie ihr wenigstens, daß sie das Ding sichern soll!«

»Aber Bill! Deine Pistole hatte nicht einmal eine Sicherung. Im übrigen kannst du hier keine Bedingungen stellen. Was ist aus dem Disziplinarbeamten geworden, den du überfallen hast?«

»Was?«

»Raus mit der Sprache! Du trägst die Uniform eines Disziplinarbeamten, und sie paßt dir nicht. Außerdem paßt die Hose nicht zur Jacke. Ich fordere dich auf, mir deine Papiere zu zeigen, und du ziehst eine Pistole – eine Donnerbüchse. Ich bitte dich. Und du hast wie lange nicht mehr gebadet? Aber erzähl mir erst, was du mit dem Mann getan hast, dem diese Uniform gehört. Ist er tot? Oder hast du ihn bloß verprügelt und irgendwo liegen gelassen? Beeil dich mit der Antwort, sonst wird Mistress Hardesty deinem Gedächtnis ein wenig aufhelfen. Wo ist er?«

»Ich weiß es nicht. Ich habe es nicht getan.«

»Aber, aber, mein lieber Junge, du wirst mich doch nicht etwa belügen?«

»Es ist die Wahrheit! Bei der Ehre meiner Mutter, ich sage die Wahrheit!«

Hinsichtlich der Ehre seiner Mutter hatte ich meine Zweifel, aber es wäre ungehörig gewesen, sie zu äußern, besonders einem so traurigen Exemplar gegenüber. »Bill«, sagte ich freundlich, »du bist kein Disziplinarbeamter. Muß ich dir erklären, warum ich das so genau weiß?« (Franco, der Chef der Disziplinarbeamten, ist ein außerordentlich strenger Vorgesetzter. Wenn einer seiner Kerle beim Morgenappell so gestunken hätte wie dieser Drecksack, hätte der Delinquent noch von Glück sagen können, wenn er nur zur Erde zurückgeschickt worden wäre.) »Wenn du darauf bestehst, werde ich es tun. Hat man dir schon mal eine Nadel unter einen Fingernagel gesteckt und das andere Ende erhitzt? Das verbessert das Gedächtnis.«

»Mit einer Haarklammer geht es besser, Senator«, sagte Gwen eifrig. »Sie hat mehr Masse und kann deshalb die Hitze besser halten. Ich habe eine hier. Soll ich sofort anfangen? Soll ich?«

»Sie meinen ›Darf ich‹, nicht wahr? Nein, liebes Mädchen, behalten Sie Bill nur im Auge. Und falls solche Methoden nötig werden sollten, würde ich keine Dame bitten, es an meiner Stelle zu tun.«

»Ach, Senator, Sie werden nur wieder weich, wenn er gerade anfängt auszupacken. Ich nicht! Darf ich es Ihnen zeigen? Bitte!«

»Nun . . .«

»Halten Sie mir dieses blutrünstige Weib vom Hals!« kreischte Bill.

»*Bill!* Du wirst dich sofort bei der Dame entschuldigen. Sonst lasse ich sie tun, was sie will.«

Wieder stöhnte er. »Lady, ich entschuldige mich. Es tut mir leid. Aber ich habe Angst vor Ihnen. *Bitte,* keine Haarklammer – ich kenne einen Kerl, bei dem sie das gemacht haben.«

»Oh, es könnte noch schlimmer kommen«, versicherte Gwen ihm freundlich. »Kupferdraht leitet die Hitze besser, und der männliche Körper hat interessante Stellen, an denen man so etwas anbringen kann. Viel wirksamer. Schnellere Ergebnisse.« Sie dachte eine Weile nach. »Senator«, sagte sie dann, »ich habe Kupferdraht in meinem kleinen Koffer. Halten Sie doch die Pistole einen Augenblick, damit ich ihn holen kann.«

»Danke, meine Liebe, aber vielleicht ist es gar nicht nötig. Ich glaube, Bill will gerade etwas sagen.«

»Es macht doch keine Mühe, Sir. Soll ich nicht wenigstens den Draht bereithalten?«

»Vielleicht. Warten wir ab. Bill? Was hast du mit dem Disziplinarbeamten gemacht?«

»Gar nichts. Ich habe ihn nie gesehen! Aber zwei Kerle sagten, sie hätten einen Job für mich. Gegen Bargeld. Ich kenne sie nicht, hab' sie noch nie gesehen. Aber es gibt immer neue, und Fingers sagt, sie sind . . .«

»Moment mal. Wer ist ›Fingers‹?«

»Äh, er ist der Boß in unserer Gasse. Okay?«

»Weitere Einzelheiten, bitte. Eure Gasse?«

»Man muß doch irgendwo schlafen, oder nicht? Ein VIP wie Sie hat eine Wohnung mit seinem Namensschild. Wenn ich doch das Glück hätte! Sein Zuhause hat man, wo man es gerade hat – stimmt's?«

»Du sagst mir also, daß die Gasse dein Zuhause ist. Wo liegt sie? Ring, Radius und Beschleunigung.«

»Äh . . . nein, das stimmt nicht genau.«

»Sei vernünftig, Bill. Wenn sie im Hauptzylinder liegt und nicht in einem der Anbauten, kann ihre Lage auf diese Weise beschrieben werden.«

»Vielleicht. Aber ich kann es so nicht beschreiben, denn so kann man sie nicht erreichen. Und ich werde Ihnen den Weg nicht zeigen, denn . . .« Sein Gesicht verzerrte sich in tiefster Verzweiflung, und er sah aus wie ein zehnjähriger Junge. »Sie soll mich nicht mit einem heißen Draht foltern, und sie soll mich auch nicht Stück für Stück erschießen. Bitte! Setzen Sie mich im Raum aus, damit es endlich vorbei ist – okay?«

»Senator?«

»Ja, Mistress Hardesty?«

»Bill fürchtet, daß er ausplaudert, wo er sich zum Schlafen versteckt, wenn wir ihn genügend foltern. Dort schlafen nämlich noch andere Ganoven; das ist der Punkt. Ich vermute, daß Golden Rule nicht so groß ist, daß er sich vor den anderen verstecken könnte. Wenn er erzählt, wo sie schlafen, werden sie ihn umbringen. Wahrscheinlich ganz langsam.«

»Bill«, sagte ich, »ist das der Grund, warum du so stur bist?«

»Ich habe schon zuviel geredet. Setzen Sie mich im Raum aus.«

»Nicht, solange du lebst, Bill; du weißt Dinge, die ich wissen muß, und ich werde sie aus dir herausquetschen, notfalls mit Hilfe von Kupferdraht und Mistress Hardestys seltsamen Einfällen. Aber vielleicht brauche ich deine Antwort auf meine Frage gar nicht. Was passiert, wenn du mir erklärst oder zeigst, wo deine Gasse liegt?«

Er antwortete nicht gleich, und ich ließ ihm Zeit. Endlich sagte er leise: »Die Schnüffler haben vor sechs Monaten einen erwischt. Sie brachten ihn zum Reden. Gott sei Dank war es keiner aus meiner Gasse. Er wohnte in einem Wartungstrakt in der Nähe von hundertzehn bei voller Schwerkraft.

Die Schnüffler leiteten Gas hinein, und viele starben, aber diesen ließen sie frei. Das hat ihm wenig geholfen. Es dauerte keine vierundzwanzig Stunden, bis ihn die anderen erwischten und ihn zusammen mit Ratten einsperrten. Mit hungrigen Ratten.«

»Ich verstehe.« Ich schaute zu Gwen hinüber.

Sie schluckte. »Keine Ratten, Senator«, flüsterte sie. »Ich mag keine Ratten. Bitte!«

»Bill, ich ziehe die Frage nach deiner Gasse zurück. Nach deinem Versteck. Und ich werde dich auch nicht bitten, irgendwelche andere Ganoven zu identifizieren. Aber ich erwarte, daß du jede andere Frage rasch und wahrheitsgetreu beantwortest. Keine Ausflüchte mehr. Keine Zeitverschwendung. Einverstanden?«

»Yes, Sir.«

»Gehen wir noch einmal zurück. Diese beiden Fremden haben dir also einen Job angeboten. Erzähl mir etwas darüber.«

»Sie sagten mir, es gehe nur um irgendeinen Rummel; nichts Besonderes. Sie wollten, daß ich diese Jacke trage, damit ich wie ein Schnüffler aussehe. Dann sollte ich an die Tür klopfen und nach Ihnen fragen. ›Botschaft vom Manager‹ sollte ich sagen. Den Rest wissen Sie ja. Als ich sagte ›*Sind* Sie überhaupt der Senator?‹ wollten die beiden eigentlich reinkommen und Sie verhaften.«

Bill sah mich vorwurfsvoll an. »Aber *Sie* haben alles verdorben. *Sie* haben alles versaut, nicht ich. Sie haben alles anders gemacht, als Sie sollten. Sie haben die Tür hinter mir geschlossen, und das hätten Sie nicht tun dürfen. Und dann stellte sich heraus, daß Sie doch der Senator sind . . . und dann war *sie* bei Ihnen.« Als er auf Gwen hinwies, klang seine Stimme besonders wütend.

Ich hatte Verständnis für seine Empörung. Wie soll ein ehrlicher Verbrecher, der sich die größte Mühe gibt, in seinem Beruf vorankommen, wenn sein Opfer die Regeln mißachtet? Der Erfolg fast jedes Verbrechens beruht darauf, daß das Opfer mitspielt. Wenn das Opfer sich weigert, die ihm zugedachte Rolle zu spielen, ist der Verbrecher im Nachteil, und dieser Nachteil ist so schwerwiegend, daß es gewöhnlich eines verständigen und mitfühlenden Richters bedarf, die Dinge wieder ins Lot zu bringen. Ich hatte die Spielregeln nicht eingehalten; ich hatte zurückgeschlagen.

»Du hast tatsächlich Pech gehabt, Bill. Laß uns diese ›Botschaft vom Manager‹, die du abliefern solltest, einmal prüfen. Behalten Sie ihn im Visier, Mistress Hardesty.«

»Darf ich die Hände runternehmen?«

»Nein.« Der Notizblock lag noch immer zwischen Gwen und mir auf dem Fußboden, etwas näher zu mir hin; ich konnte ihn erreichen, ohne ihr in die Schußlinie zu geraten. Auf den Block geheftet war eine Empfangsbestätigung für die Botschaft, die eine Rubrik für meine (oder irgendeine) Unterschrift hatte. Darunter steckte der vertraute blaue Umschlag von Mackay Three Planets; ich öffnete ihn.

Die Botschaft bestand aus fünfstelligen Buchstabengruppen. Sogar die Adresse war verschlüsselt. Darüber stand in Langschrift »Sen. Cantor, St. Oil.«

Ich steckte die Botschaft kommentarlos in die Tasche. Gwen sah mich fragend an, aber es gelang mir, ihren Blick zu ignorieren. »Mistress Hardesty, was fangen wir mit Bill an?«

»Wir schrubben ihn!«

»Was meinen Sie damit? Ihn ›erledigen‹? Oder wollen Sie ihm vielleicht freiwillig den Rücken schrubben?«

»Himmel, nein! Weder das eine noch das andere. Ich schlage vor, daß wir ihn in den Erfrischungsraum sperren und ihn dort lassen, bis er in hygienisch einwandfreiem Zustand ist. Gebadet, mit heißem Wasser und viel Seife. Saubere Finger- und Fußnägel. Alles. Wir lassen ihn nicht heraus, bevor er einen frischen Duft verströmt.«

»Er darf *Ihren* Erfrischungsraum benutzen?«

»Wie die Dinge liegen, werde ich ihn selbst wohl nicht mehr benutzen, Senator. Ich bin ganz einfach seinen Gestank leid.«

»Nun, ja, er erinnert einen tatsächlich an verfaulte Kartoffeln an einem heißen Tag im Golfstrom. Bill, zieh deine Sachen aus.«

Die Klasse der Kriminellen ist in jeder Gesellschaft die konservativste Gruppe. Sich vor einer Dame auszuziehen war Bill offenbar genauso unmöglich, wie das Versteck seiner geächteten Brüder zu verraten. Schon mein Vorschlag hatte ihn schockiert, und es entsetzte ihn, daß eine Dame einem so unanständigen Vorschlag zustimmen konnte. Im letzteren Punkt hätte ich ihm gestern vielleicht noch recht gegeben . . . aber ich hatte festgestellt, daß Gwen nicht so leicht einzuschüchtern ist. Ich glaube sogar, daß die Situation ihr Spaß machte.

Als er sich jetzt aus seiner Kleidung schälte, gewann er sogar ein wenig mein Mitgefühl; er sah aus wie ein gerupftes Huhn, und sein Gesichtsausdruck paßte genau dazu. Als er nur noch seine Unterhose anhatte (grau vor Dreck), blieb er stehen und sah mich an. »Ganz ausziehen«, sagte ich schnell. »Und dann ab in den Erfrischungsraum. Sei aber gründlich, sonst fängst du noch einmal von vorn an. Wenn du früher als in einer halben Stunde die Nase wieder heraussteckst, sehe ich dich gar nicht erst an; ich jage dich einfach wieder hinein. Und jetzt zieh die Unterhose aus – schnell!«

Bill drehte Gwen den Rücken zu, zog die Shorts aus und verschwand im Erfrischungsraum, wobei er vergeblich versuchte, einen Rest seiner Würde zu wahren. Dann schloß sich die Tür hinter ihm.

Gwen steckte die Pistole in ihre Handtasche und bewegte ein paarmal ihre Finger. »Meine Hände sind schon ganz steif. Liebster, kann ich die Patronen haben?«

»Was?«

»Die du Bill weggenommen hast. Fünf und eine.«

»Wenn du willst.« Sollte ich ihr sagen, daß auch ich sie gut gebrauchen könnte? Nein, Informationen dieser Art sollte man an eine Frau nur dann weitergeben, wenn es unbedingt nötig ist. Ich nahm sie aus der Tasche und gab sie ihr.

Gwen betrachtete sie, nickte und nahm ihre hübsche kleine Pistole wieder aus der Handtasche. Sie zog das Magazin heraus, drückte die sechs konfiszierten Patronen hinein und schob es wieder in die Waffe. Dann lud sie durch, sicherte und legte die Pistole in die Handtasche zurück.

»Korrigiere mich, wenn etwas nicht stimmt«, sagte ich langsam. »Als ich dich aufforderte, den Mann in Schach zu halten, tatest du das mit einem Kugelschreiber. Als du ihn dann entwaffnet hattest, richtetest du eine ungeladene Waffe auf ihn. Ist das korrekt?«

»Richard, ich war schließlich nicht darauf gefaßt. Ich habe getan, was ich konnte.«

»Ich kritisiere dich ja nicht. Im Gegenteil.«

»Ich konnte es dir ja auch schlecht sagen. Übrigens, Schatz, könntest du eine Hose und ein Hemd entbehren? Das Zeug liegt gleich obenauf in deinem Seesack.«

»Gewiß kann ich das. Für unser Problemkind?«

»Ja. Ich will seine dreckigen Klamotten loswerden. Vorher geht der Gestank hier nicht raus.«

»Werfen wir sie also weg.« Ich stopfte Bills Garderobe in den Müllschlucker (alles außer den Schuhen) und wusch mir die Hände. »Gwen, ich glaube nicht, daß ich von diesem Trottel noch viel erfahren kann. Wir könnten ihm ein paar Klamotten hierlassen und einfach verschwinden. Oder . . . wir könnten sofort verschwinden, ohne ihm Klamotten hierzulassen.«

Gwen war erschrocken. »Aber die Disziplinarbeamten würden ihn doch sofort erwischen.«

»Genau. Liebes Mädchen, dieser Junge ist der geborene Verlierer; die Disziplinarbeamten würden ihn ohnehin bald greifen. Was macht man heutzutage mit diesen Ganoven? Hast du davon schon mal was gehört?«

»Nein. Jedenfalls nichts, was ich so recht glauben möchte.«

»Ich glaube nicht, daß sie zur Erde geflogen werden. Das wäre für die Kompanie zu teuer und würde die Goldene Regel verletzten, wie sie hier ausgelegt wird. In Golden Rule gibt es keine Gefängnisse; das schränkt die Möglichkeiten sehr ein. Also?«

Gwen sah besorgt aus. »Was ich da höre, gefällt mir nicht besonders.«

»Es kommt noch schlimmer. Draußen vor dieser Tür, vielleicht außer Sicht, aber in der Nähe, warten ein paar Halunken, die Übles mit uns vorhaben. Oder wenigstens mit mir. Wenn Bill von hier verschwindet, nachdem er bei dem Job versagt hat, für den sie ihn angeheuert haben, was geschieht dann mit ihm? Ob sie ihn an die Ratten verfüttern?«

»Oh je!«

»Du sagst es. Mein Onkel sagte immer: ›Nimm nie eine streunende Katze auf, es sei denn, du bist von vornherein entschlossen, dich von ihr tyrannisieren zu lassen‹, und nun, Gwen?«

Sie seufzte. »Ich glaube, er ist ein guter Junge. Er könnte es wenigstens sein, wenn sich jemals jemand um ihn gekümmert hätte.«

Ich seufzte ebenfalls. »Es gibt nur eine Möglichkeit, das festzustellen.«

»Schließ den Stall nicht ab, wenn er schon ausgeraubt ist.«

HARTLEY M. BALDWIN

VI

Es ist schwierig, einem Mann durch ein Terminal eins auf die Nase zu geben.

Selbst wenn man so direkte Überredungskünste nicht anwenden will, ist ein Gespräch über ein Computer-Terminal oft recht unbefriedigend. Durch einen Druck auf eine Taste kann man von seinem Kontrahenten abgeschaltet oder mit einem Untergebenen verbunden werden. Aber wenn man in dessen Büro physisch präsent ist, kann man selbst seinen vernünftigsten Argumenten dadurch entgegentreten, daß man noch hartnäckiger als er selbst ist. Man bleibt einfach sitzen und sagt nein. Oder man sagt gar nichts. Er hat dann nur noch die Wahl, dem (ach, so vernünftigen) Wunsch, den man vorträgt, zuzustimmen oder einen hinauswerfen zu lassen.

Das letztere paßt möglicherweise nicht zu dem Bild, das er in der Öffentlichkeit darstellen möchte.

Aus diesen Gründen verzichtete ich darauf, Mr. Middlegaff oder sonst wen bei der Wohnungsbehörde anzurufen, und ging selbst zum Büro des Managers. Ich hatte wenig Hoffnung, Mr. Middlegaff beeinflussen zu können, der offenbar genaue Anweisungen bekommen hatte, die er jetzt mit bürokratischem Desinteresse genau befolgte. (»Wir wünschen Ihnen einen schönen Tag«, daß ich nicht lache!) Ich hatte auch kaum Hoffnung, beim Manager etwas zu erreichen – aber falls der Manager mich abwies, brauchte ich wenigstens keine Zeit damit zu verschwenden, mich an eine höhere Stelle zu wenden. Golden Rule war eine Privatgesellschaft und unterstand keinem souveränen Staat (das heißt, sie war selbst souverän). In ihr gab es keine höhere Autorität als den Manager – und Gott der Allmächtige war nicht einmal Minderheitsaktionär.

Die Entscheidungen des Managers konnten völlig willkürlich sein . . . immer aber waren sie endgültig. Es gab nicht die Möglichkeit eines jahrelangen Rechtsstreits, und kein höheres Gericht konnte seine Entscheidungen aufheben. Den »Instanzenweg«, der in den demokratischen Staaten unten auf dem Dreckplaneten die Arbeit der Justiz so sehr behinderte, konnte es hier nicht geben.

Ich erinnere mich nur an wenige schwere Fälle, die sich in den fünf Jahren meines Aufenthalts hier zugetragen haben, aber in jedem Fall, den der Manager selbst verhandelte, wurde der Delinquent noch am selben Tag im Raum ausgesetzt.

In einem solchen System ist die Frage der Rechtsbeugung reine Theorie.

Bedenkt man außerdem, daß der juristische Beruf, genauso wie das Gewerbe der Prostitution, weder erlaubt noch verboten ist, erkennt man, daß sich daraus ein Rechtssystem ergibt, das wenig Ähnlichkeit hat mit dem verrückten Stufenturm aus Präzedenzfällen und Tradition, der auf dem Dreckplaneten als »Recht« gilt. Die Justiz in Golden Rule mochte schielen, sie mochte sogar völlig blind sein; langsam war sie nie.

Wir ließen Bill im äußeren Foyer des Manager-Büros bei unserem Gepäck zurück – meinem Seesack, meinem Bündel, Gwens Koffern und dem Bonsai-Ahorn (den wir begossen hatten, bevor wir Gwens Wohnung verließen) – und hatten ihn angewiesen, sich auf den Seesack zu setzen, den Bonsai notfalls mit seinem Leben zu verteidigen (Gwens Worte) und auf die übrigen Sachen gut aufzupassen. Dann gingen wir hinein.

Dort gaben wir am Empfang getrennt unsere Namen an und suchten uns einen Sitzplatz. Gwen öffnete ihre Handtasche und holte einen Spielcomputer heraus. »Was soll's denn sein, Schatz? Schach, Cribbage, Backgammon, Go oder was?«

»Du rechnest mit einer langen Wartezeit?«

»Yes, Sir. Es sei denn, wir zünden unter dem Esel ein Feuer an.«

»Wahrscheinlich hast du recht. Hast du eine Ahnung, wie wir dieses Feuer legen können? Ich meine, ohne gleichzeitig den Karren zu verbrennen. Ach, zum Teufel! – stecken wir doch gleich den Karren an. Aber wie?«

»Wir könnten eine Variation des alten Themas wählen: ›Mein Mann weiß alles.‹ Oder ›Meine Frau hat etwas gemerkt.‹ Aber unsere Variation müßte etwas ganz Neues sein, denn der ganze

Trick hat einen langen, weißen Bart. Ich könnte natürlich plötzlich Wehen bekommen«, fügte sie hinzu. »So etwas erregt immer Aufmerksamkeit.«

»Aber du siehst nicht sehr schwanger aus.«

»Wetten? Bisher hat mich noch niemand richtig angschaut. Ich brauche nur fünf Minuten allein in der Damentoilette, und sogar du wirst davon überzeugt sein, daß ich im neunten Monat bin. Richard, diesen Trick habe ich vor Jahren gelernt, als ich Schadensprüferin bei einer Versicherungsgesellschaft war. Mit diesem Trick kommt man überall rein.«

»Das klingt verlockend«, gab ich zu. »Und es wird Spaß machen, dir dabei zuzusehen. Aber wir brauchen eine List, die uns nicht nur Einlaß verschafft. Wir müssen auch so lange bleiben können, bis der Kerl sich unsere Argumente angehört hat.«

»Dr. Ames.«

»Ja. Mrs. Ames?«

»Der Manager wird sich unsere Argumente nicht anhören.«

»Das mußt du mir näher erklären.«

»Ich war mit deinem Entschluß einverstanden, gleich an höchster Stelle nachzufragen, denn es spart Zeit und Tränen, wenn wir alle schlechten Nachrichten auf einmal erfahren. Wir haben Lepra; das wird aus dem klar, was man uns bisher schon angetan hat. Der Manager will nicht nur, daß wir ausziehen; er will uns aus Golden Rule hinauswerfen. Ich weiß zwar nicht, warum, aber das brauchen wir auch gar nicht zu wissen – es ist ganz einfach so. Das zu wissen, beruhigt schon wieder ein wenig. Sobald das auch *dir* klar ist, lieber Mann, können wir Pläne machen. Zum Dreckplaneten zu gehen oder nach Luna oder ins Gelobte Land, nach Ell-Four, Ceres, Mars – wohin du willst, Geliebter. ›Denn wo du hingehst . . .‹«

»Nach Luna.«

»Sir?«

»Wenigstens vorläufig. Der Freistaat Luna ist nicht schlecht. Zur Zeit entwickelt er sich von der Anarchie zur Bürokratie, aber dort herrscht noch keine totale Überwachung. Dort gibt es immer noch viel Freiheit für Leute, die gut damit umgehen können. Und es gibt noch genügend Bewegungsfreiheit auf Luna. Und in Luna. Ja, Gwen, wir müssen von hier verschwinden; das habe ich schon vorher vermutet, und jetzt weiß ich es genau. Wir könnten sofort zum Raumflughafen fahren, aber ich will trotzdem noch mit dem Manager sprechen. Verdammt, ich will es aus seinem eigenen Lügenmaul erfahren! Dann kann ich mit reinem Gewissen das Gift verabreichen.«

»Du willst ihn vergiften, Schatz?«

»Nur so eine Redewendung. Ich werde ihn auf meine Liste setzen, dann wird ihn das Schicksal rasch ereilen.«

»Oh, vielleicht fällt mir etwas ein, womit wir die Sache noch beschleunigen können.«

»Nicht nötig. Wer einmal auf meiner Liste steht, lebt nicht mehr lange.«

»Aber es würde mir Spaß machen. ›Mein ist die Rache, spricht der Herr‹. Aber die neue verbesserte Ausgabe lautet: ›Gwens ist die Rache . . . und Meine nur, wenn Gwen Mir etwas übrig läßt.‹«

Ich schnalzte mit der Zunge. »Und *wer* hat gesagt, ich soll das Gesetz nicht in die eigenen Hände nehmen?«

»Aber ich habe von *Ihnen* gesprochen, Sir; von *mir* habe ich kein Wort gesagt. Ich liebe es, das schnelle Schicksal noch schneller zu machen – das ist mein Lieblingshobby.«

»Darling, ich stelle mit Freuden fest, daß du ein sehr ungezogenes kleines Mädchen bist. Willst du ihn mit Nesselfieber umbringen? Oder durch Niednägel? Oder mit einem Schluckauf?«

»Ich hatte daran gedacht, ihn wachzuhalten, bis er stirbt. Schlafentzug ist schlimmer als alles, was du bisher aufgezählt hast, mein Lieber. Man muß es nur weit genug treiben. Lange bevor das Opfer stirbt, geht sein Urteilsvermögen zum Teufel. Es hat Halluzinationen. Es erlebt die schlimmsten Phobien. Es stirbt in einer privaten Hölle, der es nicht mehr entrinnen kann.«

»Gwen, das hört sich so an, als hättest du diese Methode schon angewandt.«

Gwen gab keinen Kommentar.

Ich zuckte die Achseln. »Sobald du zu einem Entschluß gekommen bist, laß mich wissen, wie ich dir helfen kann.«

»Das werde ich tun, Sir. Ich halte sehr viel davon, einen Mann in Raupen zu ertränken. Aber ich weiß nicht, wie ich so viele Raupen beschaffen kann, wenn ich sie mir nicht von der Erde heraufschicken lasse. Außer – nun, mit dem Schlafentzug läßt sich das immer bewerkstelligen. Wenn es dem Ende zugeht, kann man den Delinquenten dazu veranlassen, sich seine eigenen Raupen zu denken, indem man sie ihm einfach suggeriert.« Sie schüttelte sich. »Erschröcklich! Aber ich werde keine Ratten benutzen, Richard. Nie und nimmer Ratten. Nicht einmal Ratten, die man sich nur einbildet.«

»Meine liebe, süße Braut, ich bin froh, daß es wenigstens *etwas* gibt, vor dem du zurückschreckst.«

»Natürlich gibt es das. Geliebter, ich war entsetzt, als ich erfuhr, daß du schlechte Manieren für ein todeswürdiges Verbrechen hältst. Ich mache mir über das Böse Sorgen, nicht über schlechte Manieren. Ich meine, daß eine böse Tat nicht unbestraft bleiben darf. Gottes Methoden, das Böse zu bestrafen, sind mir zu langsam; ich will, daß es *sofort* erledigt wird. Denk nur an Flugzeugentführungen. Flugzeugentführer sollte man auf der Stelle hinrichten. Einen Brandstifter sollte man an dem Ort, wo er das Feuer gelegt hat, auf einem Scheiterhaufen verbrennen, möglichst bevor die Asche kalt ist. Einen Vergewaltiger sollte man umbringen, indem . . .«

Ich erfuhr nicht mehr, auf welche komplizierte Weise Gwen einen Vergewaltiger umgebracht hätte, denn ein höflicher Bürokrat (männlich, mit Schuppen und eingebautem Dauergrinsen) blieb vor uns stehen und sagte: »Dr. Ames?«

»Ich bin Dr. Ames.«

»Ich bin Mungerson Fitts, Assistent des stellvertretenden Verwalters der superrogatorischen Statistik. Ich helfe hier aus. Sie werden verstehen, daß das Büro des Managers gerade jetzt mit Arbeit überlastet ist, da der neue Anbau in die Umlaufbahn gebracht wird, da viele zeitweilige Umbelegungen vorgenommen werden müssen und da es so viele Störungen der täglichen Routine gibt, die erst ausgeschaltet werden müssen, bevor wir in einem größeren und besseren Golden Rule endlich wieder zur Ruhe kommen.« Er lächelte gewinnend. »Wenn ich Sie recht verstehe, wollen Sie mit dem Manager sprechen.«

»Sehr richtig.«

»Ausgezeichnet. In der gegenwärtigen angespannten Situation helfe ich hier aus, damit der hervorragende Service aufrechterhalten bleibt, den Golden Rule seinen Gästen auch während irgendwelcher Umbauten bietet. Ich habe Vollmacht, für den Manager zu handeln; Sie können mich als sein zweites Ich betrachten . . . in allen praktischen Angelegenheiten *bin* ich der Manager. Die junge Dame – ist sie mit Ihnen gekommen?«

»Ja.«

»Sehr erfreut, Madame. Und nun, Freunde, kommen Sie bitte mit mir . . .«

»Nein.«

»Wie bitte?«

»Ich will mit dem Manager sprechen.«

»Aber ich habe Ihnen doch gesagt . . .«

»Ich werde warten.«

»Ich glaube, Sie haben mich mißverstanden. Kommen Sie bitte mit . . .«

»Nein.«

(Spätestens jetzt hätte Fitts mich mit einem Tritt in den Hintern hinausbefördern müssen. Nicht, daß es leicht wäre, so mit mir umzuspringen, denn ich habe bei den Dorsai trainiert. Aber er hätte es tun müssen. Die guten Sitten, Gewohnheit und die ihm vorgeschriebene Verhaltensweise hielten ihn davon ab.)

Fitts blieb verblüfft stehen. »Äh . . . Aber Sie wissen doch, daß Sie das müssen .«

»Nein, das weiß ich nicht.«

»Ich versuche, Ihnen zu erklären . . .«

»Ich will mit dem Manager sprechen. Hat er Ihnen gesagt, wie Sie sich Senator Cantor gegenüber verhalten sollen?«

»Senator Cantor? Warten Sie, das ist doch der Senator von, äh, von . . .«

»Wenn Sie nicht einmal wissen, wer das ist, können Sie auch nicht wissen, wie Sie sich ihm gegenüber zu verhalten haben.«

»Äh, warten Sie bitte einen Augenblick, während ich mich rasch erkundige.«

»Sie sollten uns lieber mitnehmen – denn in dieser kritischen Angelegenheit scheinen Sie jedenfalls keine ›Vollmacht‹ zu haben.«

»Äh . . . bitte warten Sie hier.«

Ich stand auf. »Nein, ich werde lieber gehen. Vielleicht sucht der Senator mich. Bitte, sagen Sie dem Manager, daß ich es leider nicht arrangieren konnte.« Ich wandte mich an Gwen. »Kommen Sie, Madame, wir dürfen ihn nicht warten lassen.« (Ich fragte mich, ob Mungerson wohl merkte, daß ›ihn‹ ein Personalpronomen war, mit dem auf niemanden bestimmten hingewiesen wurde.)

Gwen stand auf und nahm meinen Arm. »Bitte, meine Freunde«, sagte Fitts schnell. »Gehen Sie nicht! Äh, kommen Sie bitte mit.« Er führte uns zu einer Tür ohne Aufschrift. »Warten Sie nur einen kleinen Augenblick.«

Er blieb länger als einen Augenblick weg, aber dennoch nicht sehr lange. Als er zurückkam, war sein Gesicht von einem Lächeln bekränzt (ich glaube, das ist der richtige Ausdruck). »Hier entlang, bitte!« Er führte uns durch die Tür ohne Aufschrift einen kurzen Gang entlang und in das Allerheiligste des Managers.

Der Manager schaute von seinem Schreibtisch auf und sah uns prüfend an, aber nicht mit dem vertrauten väterlichen Ausdruck, den er zur Schau stellte, wenn das allzu häufige »Wort des Managers« über alle Terminals ausgestrahlt wurde. Im Gegenteil, Mr. Sethos sah aus, als hätte er etwas Unappetitliches in seiner Suppe gefunden.

Ich ignorierte diesen kühlen Empfang und blieb mit Gwen, die immer noch meinen Arm hielt, an der Tür stehen. Wir warteten. Ich hatte einmal einen sehr wählerischen Kater (gibt es andere?), der beleidigt und mit würdevoller Zurückhaltung einfach stehenblieb, wenn ihm die angebotene Nahrung nicht ganz behagte – beleidigt auszusehen ist schwer für ein Wesen, dessen ganzes Gesicht mit Fell bedeckt ist, und der Kater schaffte es wohl hauptsächlich mit Körpersprache. Genauso beleidigt stand ich jetzt vor Mr. Sethos, und ich machte diesen Eindruck allein dadurch, daß ich an meinen Kater dachte. Ich stand da . . . und wartete.

Er starrte uns an . . . und endlich stand er auf, verbeugte sich leicht und sagte: »Madame . . . wollen Sie sich nicht setzen?«

Daraufhin nahmen wir beide Platz. Die erste Runde war nach Punkten an uns gegangen. Ohne Gwen hätte ich das nicht geschafft. Aber schließlich stand mir ihre Hilfe zur Verfügung, und da ich meinen Hintern erst einmal auf diesem Stuhl hatte, würde ich ihn nicht wieder hochnehmen, bevor ich erreicht hatte, was ich wollte.

Ich blieb still sitzen, verhielt mich ruhig und wartete.

Als Mr. Sethos' Blutdruck fast den Explosionspunkt erreicht hatte, sagte er: »Nun? Es ist Ihnen gelungen, in mein Büro vorzudringen. Was ist das für ein Unfug mit diesem Senator Cantor?«

»Die Beantwortung der Frage erwarte ich von Ihnen. Haben Sie Senator Cantor die Wohnung meiner Frau zugewiesen?«

»Was? Machen Sie sich doch nicht lächerlich. Mistress Novak hat eine Einzimmerwohnung, die kleinste, die es in der Ersten Klasse gibt. Falls der Senator von der Standard Oil herkäme, würde man ihm natürlich eine Luxus-Suite zur Verfügung stellen.«

»Vielleicht meine? Haben Sie mich deshalb aus meiner Wohnung gewiesen? Wegen des Senators?«

»Was reden Sie da? Legen Sie mir keine Worte in den Mund, die ich nie gesagt habe; der Senator ist nicht an Bord. Wir waren gezwungen, einige unserer Gäste zu bitten umzuziehen, unter ihnen auch Sie. Es ist wegen der neuen Sektion, wie Sie wissen. Bevor sie angeschweißt werden kann, müssen alle Wohnungen und alle sonstigen Räumlichkeiten, die an Ring eins-dreißig angrenzen, evakuiert werden. Wir müssen deshalb für kurze Zeit ein wenig zusammenrücken, um für unsere evakuierten Gäste Platz zu schaffen. In Ihre Wohnung werden drei Familien einziehen, wenn ich mich recht erinnere. Wirklich nur für kurze Zeit.«

»Ich verstehe. Dann war es wohl nur ein Versehen, daß man mir nicht gesagt hat, wohin ich ziehen soll?«

»Ich bin sicher, daß man es Ihnen gesagt hat.«

»Das war aber nicht der Fall. Würden Sie mir bitte meine neue Adresse miteilen?«

»Doktor, erwarten Sie ernsthaft, daß ich die Wohnungszuweisungen im Kopf habe? Warten Sie bitte draußen; dann wird jemand nachschauen und es Ihnen sagen.«

Ich ignorierte seinen Vorschlag oder Befehl. »Ja, ich glaube, daß Sie sie im Kopf haben.«

Er schnaufte. »In diesem Wohnbezirk gibt es über hundertachtzigtausend Leute. Für die Einzelheiten habe ich meine Assistenten und Computer.«

»Das glaube ich Ihnen gern. Aber Sie haben mir guten Grund zu der Annahme gegeben, daß Sie die Einzelheiten auch im Kopf haben . . . soweit Sie an ihnen interessiert sind. Ich will Ihnen ein Beispiel nennen: Meine Frau wurde Ihnen nicht vorgestellt. Mungerson Fitts kannte ihren Namen nicht; er kann es Ihnen also nicht gesagt haben. Aber *Sie* wußten es, auch ohne daß man es Ihnen gesagt hätte. Sie kannten ihren Namen und wußten, wo sie wohnt . . . wohnte, meine ich, bevor Sie sie aussperren ließen. Ist das Ihre Art, die Goldene Regel anzuwenden, Mr. Sethos? Indem Sie Ihre Gäste hinauswerfen, ohne sie vorher zu informieren? Das wäre doch eine selbstverständliche Höflichkeit gewesen?«

»Doktor, suchen Sie Streit?«

»Nein, ich versuche lediglich herauszufinden, warum Sie uns Schwierigkeiten machen. Warum Sie uns schikanieren. Uns verfolgen. Wir wissen doch beide, daß es nichts mit den zeitlich befristeten Verlegungen zu tun hat, die nötig sind, weil die neue Sektion angeschweißt und in Rotation versetzt wird; das steht fest . . . denn an der neuen Sektion wird schon seit drei Jahren gearbeitet, und spätestens vor einem Jahr wußten Sie schon, wann sie angeschweißt wird . . . Dennoch haben Sie mich mit einer Frist von nur dreißig Minuten aus meiner Wohnung hinausgeworfen. Meine Frau haben Sie sogar noch schlechter behandelt; Sie haben sie ohne jede Vorwarnung ganz einfach ausgesperrt. Sethos, die neue Sektion ist nicht der Grund dafür, daß Sie uns herumstoßen. Wenn das der Fall wäre, hätten wir es spätestens vor einem Monat gewußt. Gleichzeitig hätten wir erfahren, wo wir vorläufig unterkommen und wann und wo uns eine ständige Wohnung zur Verfügung gestellt wird. Nein, Sie wollen uns aus dem Wohnbezirk Golden Rule vertreiben . . . und ich will wissen, warum!«

»Verlassen Sie sofort mein Büro. Jemand wird Sie bei der Hand nehmen und in Ihr vorläufiges Quartier bringen.«

»Nicht nötig. Nennen Sie mir nur die Koordinaten und die Nummer der Wohnung. Ich warte hier, während Sie nachschauen.«

»Bei Gott, ich glaube fast, Sie *wollen* aus Golden Rule hinausgeworfen werden!«

»Nein. Ich habe mich hier recht wohlgefühlt. Ich würde gern bleiben . . . wenn Sie mir sagen, wo wir heute nacht schlafen können . . . und wenn Sie uns eine Wohnung zuteilen, in der wir ständig wohnen können, wenn die neue Sektion angeschweißt und unter Druck gesetzt ist. Wir brauchen eine Suite mit drei Räumen, als Ersatz für meine zwei Räume und die Einzimmerwohnung, die Mrs. Ames hatte. Zwei Terminals. Eins für jeden von uns, wie vorher. Und geringe Schwerkraft. Vorzugsweise vier Zehntel g, aber nicht mehr als die halbe normale Schwerkraft.«

»Sollen wir Ihnen auch noch ein Ei ins Bier schlagen? Wozu

brauchen Sie denn zwei Terminals? Dazu braucht man zusätzliche Leitungen.«

»Gewiß, und dafür werde ich bezahlen. Ich bin Schriftsteller und brauche ein Terminal zur Textverarbeitung und für die Benutzung der Bibliothek. Mrs. Ames benötigt das andere für die tägliche Routine.«

»Oho! Sie wollen also Wohnraum für geschäftliche Zwecke nutzen. Dann gelten für Sie Geschäftstarife und keine Wohntarife.«

»Und wie teuer würde das werden?«

»Das muß erst ausgerechnet werden. Für jede Art von geschäftlicher Nutzung gibt es einen bestimmten Kostenfaktor. Bei Einzelhandelsgeschäften, Restaurants, Banken und ähnlichem kostet ein Kubikmeter dreimal so viel wie ein Kubikmeter Wohnraum. Bei Fabriken ist der Raum nicht so teuer wie etwa bei Einzelhandelsgeschäften, aber es kann Risikozuschläge geben. Lagerraum kostet nur wenig mehr als Wohnraum. Vorläufig würde ich sagen, daß Sie den Tarif für Büroraum zahlen müßten – das wäre ein Kostenfaktor von drei komma fünf –, aber das muß ich mit dem Chefbuchhalter klären.«

»Mr. Manager, habe ich Sie richtig verstanden? Sie wollen uns dreieinhalbmal soviel berechnen wie wir bisher für unsere beiden Wohnungen bezahlt haben?«

»Annähernd. Es mag auch nur dreimal soviel sein.«

»Sehr merkwürdig. Ich habe die Tatsache, daß ich Schriftsteller bin, ja nicht verschwiegen. Es steht in meinem Paß, und unter der Berufsbezeichnung bin ich auch im Register eingetragen, und das seit fünf Jahren. Sagen Sie mir, warum es Sie plötzlich interessiert, ob ich mein Terminal dazu benutze, Briefe nach Hause zu schreiben . . . oder Geschichten zu schreiben.«

Sethos gab so etwas wie ein Lachen von sich. »Doktor, Golden Rule ist ein auf Profit abgestelltes Geschäftsunternehmen. Zu diesem Zweck bin ich von meinen Partnern zu seiner Leitung eingesetzt. Niemand muß hier leben. Niemand muß hier Geschäfte machen. Was ich den Leuten dafür berechne, daß sie hier leben und hier Geschäfte machen, dient ganz allein der Profitmaximierung, und ich handle dabei nach bestem Wissen. Wenn Ihnen das nicht gefällt, können Sie Ihre Geschäfte woanders tätigen.«

Ich war gerade im Begriff, die Diskussion auf einer anderen

Basis weiterzuführen (ich weiß, wann ich geschlagen bin), als Gwen sich zu Wort meldete. »Mr. Sethos?«

»Äh? Ja, Mrs. Novak? Mrs. Ames.«

»Haben Sie eigentlich als Zuhälter Ihrer Schwestern angefangen?«

Sethos' Gesicht nahm die Farbe einer Aubergine an. Schließlich hatte er sich so weit unter Kontrolle, daß er antworten konnte: »Mrs. Ames, wollen Sie mich absichtlich beleidigen?«

»Das ist doch ganz offensichtlich, nicht wahr? Ich weiß nicht, ob Sie Schwestern haben, aber das wäre doch ein Gewerbe, das Ihnen zusagen würde. Sie haben uns ohne jeden Grund geschadet. Wir sind gekommen, um Wiedergutmachung zu fordern. Sie antworten mit Ausflüchten, infamen Lügen und Dingen, die mit der Sache selbst nichts zu tun haben . . . und Sie wollen uns erneut erpressen. Und diese grobe Unanständigkeit wollen Sie mit ein paar flotten Sprüchen über das freie Unternehmertum rechtfertigen. Welchen Preis haben Sie denn gewöhnlich für Ihre Schwestern verlangt? Und wieviel davon haben Sie als Provision einbehalten? Die Hälfte? Oder mehr als die Hälfte?«

»Madame, ich muß Sie bitten, mein Büro zu verlassen . . . und diesen Wohnbezirk. Sie gehören nicht zu der Sorte von Menschen, die wir hier haben wollen.«

»Ich gehe mit dem größten Vergnügen«, sagte Gwen, ohne sich von der Stelle zu rühren, »sobald Sie meine Rechnung ausgeglichen haben. Und die meines Mannes.«

»HINAUS!«

Gwen hielt die Hand auf. »Zuerst Bargeld, Sie schäbiger Betrüger. Das Guthaben auf unseren Konten und das Bargeld, das wir für die Rückreise deponieren mußten. Wenn wir diesen Raum verlassen, bevor Sie bezahlt haben, sehe ich keine Chance, daß Sie überhaupt jemals Ihre Schulden bezahlen. Zahlen Sie uns aus, und wir verschwinden. Wir nehmen die erste Fähre nach Luna. Aber zahlen Sie sofort! Oder Sie werden mich im Raum aussetzen müssen, wenn Sie mich zum Schweigen bringen wollen. Und sollten Sie Ihre Schießbudenfiguren rufen, Sie Klugscheißer, dann schreie ich den ganzen Schuppen zusammen. Wollen Sie eine Kostprobe?« Gwen legte den Kopf zurück und stieß einen Schrei aus, bei dem mir die Zähne schmerzten.

Sethos ging es anscheinend nicht anders – ich sah, wie er zusammenzuckte.

Er schaute sie lange an. Dann drückte er auf irgendeinen Knopf an seinem Tisch. »Ignatius. Schließen Sie die Konten von Dr. Richard Ames und Mistress Gwendolyn Novak ab, äh« – nach nur kurzem Zögern nannte er unsere beiden Wohnungsnummern – »und bringen Sie sofort alle Unterlagen in mein Büro. Mit Bargeld, damit ich sie auszahlen kann. Und mit Quittungsformularen. Keine Schecks. Wie bitte? Hören Sie zu. Wenn es länger als zehn Minuten dauert, lasse ich in Ihrer Abteilung eine gründliche Revision durchführen . . . anschließend werde ich dann entscheiden, wer gefeuert und wer nur zurückgestuft wird.« Er schaltete die Anlage aus, aber er vermied es, uns anzusehen.

Gwen nahm unser kleines Spielbrett aus ihrer Handtasche. Sie stellte es auf Tic-Tac-Toe ein, und das gefiel mir gut, denn es war ungefähr die intellektuelle Ebene, der ich im Augenblick gerade noch gewachsen war. Sie schlug mich viermal, obwohl ich zweimal den ersten Zug hatte. Aber mein Kopf schmerzte noch von ihrem Superschrei.

Ich hatte nicht genau auf die Zeit geachtet, aber es mußten ungefähr zehn Minuten vergangen sein, als ein Mann mit unseren Kontoauszügen den Raum betrat. Sethos überflog sie kurz und reichte sie uns dann. Meine Abrechnung schien in Ordnung zu sein; ich war schon im Begriff, die Quittung zu unterschreiben, als Gwen sagte: »Und wie ist es mit den Zinsen auf den Betrag, den ich deponieren mußte?«

»Was? Ich weiß nicht, wovon Sie reden.«

»Das Gold für die Rückreise zum Dreckplaneten. Ich mußte es in bar deponieren. Schuldscheine wurden nicht akzeptiert. Ihre Bank hier verlangt neun Prozent für ein Privatdarlehen, also müßte sie für unser Geld mindestens die üblichen Sparkassenzinsen zahlen. Allerdings wäre der Zinssatz für Festgelder vernünftiger. Ich bin seit über einem Jahr hier, also . . . warten Sie . . .« Gwen nahm den Rechner zu Hand, den wir für unser Spiel benutzt hatten. »Sie schulden mir achthunderteinundsiebzig Kronen und – lassen wir es bei Kronen – achthunderteinundsiebzig Kronen an Zinsen. In Schweizer Gold sind das . . .«

»Wir zahlen in Kronen und nicht in Schweizer Währung.«

»Okay, Sie schulden mir den Betrag in Kronen.«

»Auf das Geld für die Rückreise zahlen wir keine Zinsen; es gilt lediglich als hinterlegt.«

Plötzlich war ich hellwach. »So, so, Sie zahlen also keine

Zinsen? Liebes, leih mir mal deinen Rechner. Moment mal – hundertachtzigtausend Menschen . . . und wieviel kostet ein einfacher Flug nach Maui mit PanAm oder Quantas?«

»Siebentausendzweihundert«, sagte Gwen, »außer an Wochenenden und in den Ferien.«

»So.« Ich gab die Zahlen ein. »Hmm, das sind über eine Milliarde Kronen. Eins zwei neun sechs und sechs Nullen. Wie interessant! Wie aufschlußreich. Sethos, alter Junge, Sie sahnen also im Jahr etwas über hundert Millionen ab und das steuerfrei. Sie brauchen das Geld, das wir Idioten eingezahlt haben, einfach nur auf Luna anzulegen. Aber dazu benutzen Sie das Geld wahrscheinlich nicht – jedenfalls nicht alles. Ich glaube, Sie finanzieren Ihr ganzes Unternehmen mit dem Geld anderer Leute . . . ohne deren Wissen oder Zustimmung. Richtig?«

Sein Lakai (Ignatius?), der unsere Abrechnung gebracht hatte, hörte mit großen Interesse zu.

»Unterschreiben Sie die Quittungen«, knurrte Sethos, »und verschwinden Sie.«

»Oh, das tue ich gern.«

»Aber erst zahlen Sie uns die Zinsen«, fügte Gwen hinzu.

Ich schüttelte den Kopf. »Nein, Gwen. Überall außer hier könnten wir ihn verklagen. Hier ist er Gesetz und Richter zugleich. Aber das macht mir nichts aus, Mr. Manager, denn Sie haben mir eine ausgezeichnete Idee für einen Artikel gegeben, der sich gut verkaufen läßt – wahrscheinlich an *Reader's Digest* oder an *Fortune*. Der Artikel bekommt die Überschrift ›Schlaraffenland am Himmel‹ oder ›Wie man mit dem Geld andrer Leute reich wird: Wie die Wirtschaft eines privaten Wohnbezirks im Raum funktioniert.‹ Allein im Wohnbezirk Golden Rule wird die Öffentlichkeit jährlich um hundert Millionen betrogen. Oder so ähnlich.«

»Wenn Sie das veröffentlichen, verklage ich Sie auf Schadensersatz in Höhe Ihres gesamten Vermögens!«

»Wirklich? Dann sehen wir uns eben vor Gericht, alter Junge. Irgendwie habe ich das Gefühl, daß Sie nicht sehr scharf darauf sind, Ihre dreckige Wäsche vor einem Gericht zu waschen, an dem Sie nicht der Richter sind. Hmm, mir kommt da eine ganz verrückte Idee. Sie haben gerade eine sehr kostspielige Sektion anbauen lassen, und ich erinnere mich, im *Wall Street Journal* gelesen zu haben, daß das alles funktionierte, ohne daß Sie

Anteilscheine verkaufen mußten. Wieviel von dem angeblich hinterlegten Geld schwebt dort draußen in Gestalt der Ringe eins-dreißig bis eins-vierzig? Und wie viele von uns müßten in derselben Woche abreisen, damit es einen Ansturm auf Ihre Bank gibt? Können Sie auf Verlangen auszahlen? Oder ist dieses verwahrte Geld genauso ein Schwindel, wie Sie selbst ein Schwindler sind?«

»Wenn Sie das in der Öffentlichkeit behaupten, werde ich Sie vor jedem Gericht im ganzen System verklagen! Unterschreiben Sie diese Quittung und verschwinden Sie.«

Gwen weigerte sich zu unterschreiben, bis er das Geld vor uns auf den Tisch gezählt hatte. Erst dann unterschrieben wir beide.

Während wir das Geld entgegennahmen, kam plötzlich Leben in das Terminal auf Sethos' Schreibtisch. Der Schirm war nur von seinem Platz aus einzusehen, aber wir konnten den Sprecher an seiner Stimme erkennen« Es war der Chef der Disziplinarbeamten. »Mr. Sethos«, rief er.

»Ich bin beschäftigt.«

»Es handelt sich um einen Notfall! Ron Tolliver ist erschossen worden. Ich . . .«

»*Was?*«

»Es ist gerade passiert! Ich bin in seinem Büro – er ist schwer verletzt, und ich glaube nicht, daß er durchkommt. Aber ich habe Augenzeugen. Der falsche Doktor hat es getan, Richard Ames . . .«

»Halten Sie Ihr verdammtes Maul!«

»Aber Boß . . .«

»Sie sollen das MAUL halten! Sie elender Trottel! Melden Sie sich auf der Stelle persönlich in meinem Büro!« Sethos wandte uns wieder seine Aufmerksamkeit zu. »Und jetzt machen Sie, daß Sie hinauskommen.«

»Vielleicht sollten wir uns lieber diese Augenzeugen ansehen.«

»Verlassen Sie mein Büro. Verlassen Sie diesen Wohnbezirk.«

Ich bot Gwen meinen Arm.

»Man kann einen ehrlichen Mann nicht betrügen.
Er müßte selbst die Falschheit im Herzen tragen.«

CLAUDE WILLIAM DUKENFIELD 1880–1946

VII

Draußen saß Bill noch immer auf meinem Seesack und hielt den kleinen Baum im Arm. Er stand auf, und es war seinem Gesicht anzusehen, daß er sich unbehaglich fühlte. Aber als Gwen ihn anlächelte, grinste er zurück. »Irgendwelche Probleme, Bill?« fragte ich.

»Nein, Boß. Äh, ein Kerl wollte den kleinen Baum kaufen.«

»Und warum hast du ihn nicht verkauft?«

Er machte ein entsetztes Gesicht. »*Was?* Er gehört doch *ihr.*«

»Stimmt. Weißt du, was sie getan hätte, wenn du den Baum verkauft hättest? Sie hätte dich in Raupen ertränkt. Genau das hätte sie getan. Es war klug von dir, daß du sie nicht verärgert hast. Aber keine Ratten. Solange du dich mit ihr gutstellst, brauchst du keine Angst vor Ratten zu haben. Ist das richtig, Mistress Hardesty?«

»Ganz richtig, Senator. Niemals Ratten. Bill, ich bin stolz auf dich, denn du hast dich nicht in Versuchung führen lassen. Aber ich möchte, daß du mit diesem Slang aufhörst – wenn jemand dich hört, könnte er dich für einen Ganoven halten, und das wollen wir doch nicht, oder? Sag also nicht ›ein Kerl wollte den Baum kaufen‹, sag einfach ›ein Mann‹.«

»Ja, aber dieser Kerl war doch tatsächlich eine Schnalle. Äh, eine Alte. Verstehen Sie?«

»Ja, aber versuchen wir es noch einmal. Sag ›eine Frau‹.«

»Okay. Der Typ war eine Frau.« Er grinste einfältig. »Sie reden genauso wie die Schwestern, die uns im Heiligen Namen unten auf dem Dreckplaneten unterrichteten.«

»Das fasse ich als Kompliment auf, Bill . . . und ich werde dich wegen deiner Grammatik und deiner Aussprache und deiner Wortwahl noch viel mehr ärgern, als sie es je taten. Bis du so schön sprichst wie der Senator. Vor vielen Jahren hat ein kluger und zynischer Mann bewiesen, daß die Art, wie ein Mensch spricht, das wichtigste ist, wenn es darum geht, sich erfolgreich mit der Welt auseinanderzusetzen. Hast du mich verstanden?«

»Äh – ein wenig.«

»Du kannst nicht alles auf einmal lernen, und das verlange ich auch nicht von dir, Bill. Aber wenn du jeden Tag badest und korrekt sprichst, wirst du in der Welt Erfolg haben, und man wird dich entsprechend behandeln. Wir werden es also immer wieder versuchen.«

»Im Augenblick ist es wichtiger, daß wir von hier verschwinden.«

»Senator, das andere ist auch wichtig.«

»Ja, ja, die alte Regel: ›Wie macht man einen jungen Hund stubenrein‹. Das verstehe ich schon. Aber wir müssen uns auf den Weg machen.«

»Yes, Sir. Gehen wir gleich zum Raumhafen?«

»Noch nicht. Wir gehen den El-Camino-Real hinunter, bis wir ein öffentliches Terminal finden, das Münzen annimmt. Hast du Kleingeld?«

»Etwas, aber vielleicht reicht es für einen kurzen Anruf.«

»Gut. Aber halt Ausschau nach einem Wechselautomaten. Nun, wo unser Kredit-Kode gestrichen ist, müssen wir Bargeld benutzen.«

Wir nahmen unser Gepäck auf und gingen los. »Ich will nicht, daß Bill es hört«, sagte Gwen, »aber es ist nicht schwer, ein Terminal davon zu überzeugen, daß man einen korrekten Kredit-Kode benutzt, auch wenn das nicht der Fall ist.«

Ich antwortete genauso leise. »Die Möglichkeit fassen wir erst dann ins Auge, wenn wir mit Ehrlichkeit nicht weiterkommen. Darling, wie viele solcher kleinen Tricks hast du eigentlich noch auf Lager?«

»Sir, ich weiß nicht, wovon Sie reden. Hundert Meter vor uns – hat das Terminal auf der rechten Seite dieses gelbe Licht? Warum sind so wenige öffentliche Terminals für Bargeld eingerichtet?«

»Weil Big Brother wissen will, wer wen anruft . . . und mit dem Kredit-Kode laden wir ihn praktisch dazu ein, unsere Geheimnisse mitzuhören. Ja, dieser hat das gelbe Licht. Laß uns zusammenlegen.«

Der Hochwürdigste Doktor Hendrik Hudson Schultz antwortete sofort. Sein Weihnachtsmanngesicht schaute mich an, schätzte mich ab und zählte das Geld in meiner Brieftasche.

»Pater Schultz?«

»Wie er leibt und lebt. Was kann ich für Sie tun, Sir?«

Statt zu antworten, nahm ich eine Tausendkronennote und hielt sie mir vor das Gesicht. Dr. Schultz betrachtete sie und hob seine buschigen Brauen. »Sie interessieren mich, Sir.«

Ich berührte meine Ohren, schaute nach allen Seiten und nacheinander ahmte ich die drei bekannten kleinen Affen nach.

»Nun, ja«, antwortete er, »ich war gerade im Begriff, eine Tasse Kaffee trinken zu gehen. Hätten Sie nicht Lust, mich zu begleiten? Einen Augenblick . . .«

Dann hielt er einen Bogen Papier hoch, auf dem in großen Buchstaben stand:

OLD MACDONALD'S FARM

»Können Sie mich im Bargrill Sans Souci treffen? Es liegt an der Petticoat Lane, direkt meinem Studio gegenüber. Vielleicht in zehn Minuten?« Während er sprach, tippte er unablässig auf das Papier, das er mir zeigte.

»Okay«, sagte ich und unterbrach die Verbindung.

Ich hatte nicht die Angewohnheit, irgendwelches Farmland aufzusuchen, denn die volle Schwerkraft ist nicht gut für mein kaputtes Bein, und alle Farmen werden bei voller Schwerkraft bearbeitet. Nein, das ist nicht korrekt; es gibt wohl mehr Wohnbezirke im System, die bei einer ihnen genehmen reduzierten Schwerkraft (oder bei einer Schwerkraft, die gewissen mutierten Pflanzen zusagt) ihr Gemüse anbauen, als solche, die den Gemüseanbau unter natürlicher Sonneneinstrahlung und bei voller Schwerkraft betreiben. Wie dem auch sei, Golden Rule bedient sich der letztgenannten Methode für den größten Teil seiner frischen Lebensmittel. Aber es gibt in Golden Rule Anbaugebiete, in denen bei reduzierter Schwerkraft unter künstlichem Licht gearbeitet wird – wie viele es sind, weiß ich nicht. Aber der riesige Raum zwischen Ring fünfzig und Ring siebzig liegt von einem Ende zum anderen unter freiem Himmel, von den Streben, den Schwingungsdämpfern und den Verbindungswegen zwischen den Hauptkorridoren einmal abgesehen.

In diesem Bereich von zwanzig Ringen – achthundert Meter – liegen die Radien 0–60, 120–180 und 240–300 unter Sonneneinstrahlung. Alle genannten Radien sind Farmland, und 180–240, Ring 50–70 gehören zu Old MacDonalds Farm.

Das ist eine Menge Farmland. Man könnte sich dort leicht verirren, besonders auf den Feldern, auf denen der Mais höher wächst als in Iowa. Aber Doc Schultz hatte mir das Kompliment gemacht, mir zuzutrauen, daß ich ihn finden würde: in einem beliebten Gartenrestaurant mit Bar, das sich The Country Kitchen nennt und mitten auf dem Farmgelände bei Ring sechzig, Radius 210 liegt, natürlich bei voller Schwerkraft.

Um das Restaurant zu erreichen, mußten wir hinter Ring fünfzig nach unten steigen und dann wieder zu Ring sechzig zurückgehen (bei voller Schwerkraft, verdammt). Es war eine Entfernung von vierhundert Metern. Eine kurze Strecke, gewiß – etwa vier Wohnblöcke in einer Stadt. Aber versuchen Sie das mal mit einem künstlichen Fuß und einem Stumpf, dem es schon zuviel ist, überhaupt einen Tag lang benutzt zu werden.

Gwen merkte es, an meiner Stimme, an meinem Gesicht, an meinem Gang oder an irgend etwas anderem – vielleicht hat sie meine Gedanken gelesen; ich bin nicht sicher, ob sie das nicht wirklich kann. Sie blieb stehen.

Auch ich blieb stehen. »Schwierigkeiten, Liebes?«

»Ja. Senator, legen Sie das Bündel ab und geben Sie es mir. Ich werde den Baum auf dem Kopf balancieren.«

»Mir fehlt doch nichts.«

»Natürlich nicht, Sir. Und ich werde dafür sorgen, daß es so bleibt. Es ist Ihr Vorrecht, *macho* zu sein, wann immer Sie wollen . . . und es ist mein Vorrecht, plötzlich weiblich zu werden, hypochondrisch und schwach und unvernünftig. Im Augenblick stehe ich kurz vor einem Ohnmachtsanfall. Und in dieser Verfassung werde ich bleiben, wenn Sie mir nicht das Bündel geben. Schlagen können Sie mich dann später.«

»Hmm. Und wann werde ich einmal bei einem Streit recht bekommen?«

»An Ihrem Geburtstag, Sir. Und der ist nicht heute. Geben Sie mir bitte das Bündel.«

Dies war kein Streit, bei dem ich mich gern durchgesetzt hätte; ich reichte ihr das Bündel. Bill und Gwen gingen weiter; Bill ging dabei voran und bahnte uns den Weg. Gwen hielt die Last auf ihrem Kopf im Gleichgewicht, obwohl wir nicht auf dem ebenen Boden eines Korridors, sondern auf einem Sandweg gingen. Es war echter Sand – ein völlig unnötiges Stück Protzerei.

Ich humpelte langsam hinter den beiden her, stützte mich

schwer auf meinen Stock und versuchte, meinen Stumpf möglichst wenig zu belasten. Als wir das Gartenrestaurant erreichten, hatte ich mich einigermaßen erholt.

Dr. Schultz lehnte mit einem Ellenbogen an der Bar. Er erkannte mich, aber er ließ es sich erst anmerken, als ich auf ihn zutrat. »Dr. Schultz?«

»Ah, ja!« Er fragte mich nicht nach meinem Namen. »Wollen wir uns eine ruhige Ecke suchen? Ich liebe die Ruhe draußen im Obstgarten. Soll ich den Wirt bitten, zwischen den Bäumen einen Tisch und zwei Stühle aufzustellen?«

»Gut. Aber wir brauchen drei Stühle, nicht zwei.«

Gwen war zu uns getreten, »Nicht vier?«

»Nein. Bill soll wie vorhin auf die Sachen aufpassen. Ich sehe dort drüben einen leeren Tisch. Er kann die Sachen auf und neben den Tisch stellen.«

Bald saßen wir alle drei an dem Tisch, den der Wirt hinten im Garten für uns aufgestellt hatte. Nach Rückfrage bestellte ich für den Reverend und für mich Bier und für Gwen eine Cola. Dann bat ich die Kellnerin, dem jungen Mann mit den Gepäck zu bringen, was er wolle – Bier, Cola, Sandwiches, was auch immer. (Mir war plötzlich eingefallen, daß Bill heute vielleicht noch nichts gegessen hatte.)

Als sie ging, griff ich in die Tasche und holte die Tausendkronennote heraus. Ich reichte sie Dr. Schultz.

Er ließ sie verschwinden. »Brauchen Sie eine Quittung, Sir?«

»Nein.«

»Unter Gentlemen, was? Ausgezeichnet. Und was kann ich für Sie tun?«

Vierzig Minuten später wußte Dr. Schultz fast soviel über unsere Schwierigkeiten wie ich; ich verschwieg ihm nichts. Ich hatte das Gefühl, daß er uns nur dann würde helfen können, wenn er den ganzen Hintergrund der Geschehnisse kannte – soweit er mir selbst bekannt war.

»Sie sagen, Ron Tolliver ist erschossen worden?« meinte er schließlich.

»Ich habe es nicht gesehen. Ich hörte nur, daß der Chef der Disziplinarbeamten das sagte. Korrektur: Ich hörte einen Mann sprechen, dessen Stimme wie die Francos klang und der vom Manager entsprechend behandelt wurde.«

»Das dürfte reichen. Wenn man Hufschläge hört, erwartet man

Pferde und keine Zebras. Aber auf dem Weg hierher habe ich nichts davon gehört, und auch in diesem Restaurant habe ich keine Anzeichen von Aufregung bemerkt – und der Mord oder der versuchte Mord an dem zweitgrößten Teilhaber der Gesellschaft hätte einige Aufregung verursachen *müssen.* Als Sie eintrafen, hatte ich einige Minuten an der Bar gestanden. Kein Wort davon. Dabei ist eine Bar bekanntermaßen der Ort, an dem eine solche Nachricht zuerst einschlägt; es gibt an einer Bar immer einen Bildschirm, der auf den Nachrichtenkanal eingestellt ist. Hmm . . . könnte der Manager das vertuschen?«

»Diese verlogene Schlange ist zu allem fähig.«

»Ich sprach nicht von den moralischen Aspekten seines Charakters, wenn mein Urteil in dieser Hinsicht auch dem Ihren entspricht, ich sprach von der praktischen Durchführbarkeit. Eine Schießerei läßt sich nicht so leicht vertuschen. Blut, Lärm. Das Opfer ist tot oder verwundet. Und Sie sprachen von Zeugen – oder vielmehr Franco tat es . . . Immerhin kontrolliert Richter Sethos die einzige Zeitung, die Terminals und die Disziplinarbeamten. Ja, wenn er sich die Mühe machte, könnte er es sicherlich eine ganze Zeit geheimhalten. Wir werden sehen – und das ist eine weitere Sache, über die ich Ihnen berichten werden, wenn Sie in Luna City angekommen sind.«

»Vielleicht sind wir dann nicht in Luna City. Ich werde Sie anrufen müssen.«

»Colonel, wäre das ratsam? Wenn uns während der paar Sekunden an der Bar nicht irgend jemand gesehen hat, der uns beide kennt, ist es uns wahrscheinlich gelungen, unsere Allianz geheimzuhalten. Es ist in der Tat ein glücklicher Umstand, daß Sie und ich bisher in keiner Weise miteinander zu tun hatten. Niemand kann den Weg von mir zu Ihnen oder von Ihnen zu mir verfolgen. Sie können mich anrufen, gewiß . . . aber man muß vermuten, daß mein Terminal angezapft oder mein Studio mit Wanzen versehen ist, wenn nicht beides – und beides habe ich in der Vergangenheit schon erlebt. Ich schlage also vor, daß Sie mir schreiben . . . außer in dringenden Notfällen.«

»Aber Briefe können geöffnet werden. Übrigens bin ich Dr. Ames, nicht Colonel Campbell, bitte. Und, ach ja! – dieser junge Mann, der mit uns gekommen ist. Er kennt mich als ›Senator‹ und Mrs. Ames als ›Mistress Hardesty‹, und zwar seit diesem versuchten Überfall, von dem ich Ihnen erzählte.«

»Ich werde daran denken. Im Laufe eines langen Lebens spielt man viele Rollen. Sie werden es nicht glauben, aber es gab eine Zeit, zu der ich als ›Lance Corporal Finnegan von den Imperial Marines‹ bekannt war.«

»Das glaube ich gern.«

»Da sehen Sie mal. Das war ich nämlich nie. Aber es hat bei mir noch viel seltsamere Dinge gegeben. Post kann geöffnet werden, das stimmt – aber wenn ich einen Brief zu einer Fähre nach Luna City bringe, kurz bevor sie den Raumflughafen verläßt, ist es höchst unwahrscheinlich, daß er jemandem in die Hände fällt, der daran interessiert sein könnte, ihn zu öffnen. In umgekehrter Richtung würde ein an Henrietta van Loon, c/o Madame Pompadour, 20012 Petticoat Lane, adressierter Brief mich mit einer nur geringen Verzögerung erreichen. Diese alte Dame ist jahrelang sehr behutsam mit den Geheimnissen anderer Leute umgegangen. Ich finde, man muß Vertrauen haben. Die Kunst liegt darin, zu wissen, wem man trauen kann.«

»Ich traue Ihnen, Doc.«

Er kicherte. »Mein lieber Herr, ich würde Ihnen mit Vergnügen Ihren eigenen Hut verkaufen, wenn Sie ihn bei mir liegen ließen. Aber im Grunde haben Sie recht. Da ich Sie als Klienten akzeptiert habe, können Sie mir voll und ganz vertrauen. Ein Doppelagent zu sein würde mir Magengeschwüre verursachen . . . und ich bin Feinschmecker und würde deshalb nie etwas tun, was mir die Tafelfreuden verderben könnte.«

Er machte ein nachdenkliches Gesicht und fügte dann hinzu: »Darf ich noch einmal diese Brieftasche sehen? Enrico Schultz.«

Ich reichte sie ihm. Er nahm den Ausweis heraus. »Sie sagen, das Bild hat große Ähnlichkeit?«

»Es hat sehr große Ähnlichkeit.«

»Dr. Ames, Sie können sich vorstellen, daß der Name Schultz sofort meine Aufmerksamkeit erregt. Was Sie vielleicht nicht erraten, ist, daß die Vielfalt meiner geschäftlichen Aktivitäten es erforderlich macht, jede Neuankunft in diesem Wohnbezirk zu registrieren. Ich lese jeden Tag den *Herald.* Ich überfliege alles, aber meine besondere Aufmerksamkeit gilt allen Nachrichten über Personen. Ich kann mit Sicherheit behaupten, daß dieser Mann nicht unter dem Namen ›Schultz‹ nach Golden Rule eingereist ist. Jeder andere Name hätte mir entfallen können. Aber mein eigener Nachname? Unmöglich.«

»Er scheint den Namen aber bei seiner Ankunft angegeben zu haben.«

»›. . . scheint zu haben‹. Damit drücken Sie es sehr präzise aus.« Schultz betrachtete den Ausweis. »In zwanzig Minuten – nein, geben Sie mir eine halbe Stunde – könnte ich in meinem Studio einen Ausweis mit seinem Bild herstellen – und von der gleichen Qualität – der besagt, daß sein Name ›Albert Einstein‹ ist.«

»Sie meinen also, daß wir ihn an Hand dieses Ausweises nicht aufspüren können?«

»Moment; das habe ich nicht gesagt. Sie sagen, das Bild hat große Ähnlichkeit. Ein gutes Bild ist besser als ein gedruckter Name. Dieser Mann muß vielen Menschen begegnet sein. Einige davon müssen ihn kennen. Einige wenige wissen, warum er getötet wurde. Wenn er getötet wurde. Das haben Sie ausdrücklich offengelassen.«

»Nun . . . in erster Linie wegen des unglaublichen Eiertanzes, der sofort anfing, nachdem er erschossen wurde. *Wenn* er erschossen wurde. Statt nervös und aufgeregt zu sein, verhielten sich die vier, als hätten sie die Sache geprobt.«

»Nun, ich werde der Angelegenheit nachgehen, und zwar mit Zuckerbrot und Peitsche. Wenn jemand ein schlechtes Gewissen hat und habgierig ist – und für die meisten Menschen trifft beides zu – gibt es immer Möglichkeiten, ihm alles zu entlocken, was er weiß. Nun, Sir, es scheint, als hätten wir alles Wichtige besprochen. Doch wir müssen sichergehen, denn es ist unwahrscheinlich, daß wir uns ein zweites Mal beraten können. Sie kümmern sich um den ›Walker-Evans‹-Aspekt der Angelegenheit, während ich mich mit den anderen Fragen auf Ihrer Liste beschäftige. Jeder wird den anderen über die weitere Entwicklung informieren, besonders wenn Golden Rule dabei eine Rolle spielt. Sonst nach was? Ach ja, diese verschlüsselte Botschaft – Wollten Sie die Angelegenheit weiterverfolgen?«

»Haben Sie einen geeigneten Vorschlag?«

»Ich schlage vor, daß Sie die Botschaft behalten und mit ihr zu Mackays Hauptgeschäftsstelle in Luna City gehen. Wenn sie den Kode entschlüsseln können, ist es nur eine Frage des Preises – legal oder illegal – ihn übersetzen zu lassen. Aus dem Inhalt der Botschaft werden Sie schließen können, ob ich ihn erfahren muß. Sollte Mackay nicht in der Lage sein, Ihnen zu helfen, könnten Sie den Text Dr. Jakob Raskob von der Galileo-Universität vorlegen. Er ist Entschlüsselungsexperte in der Abteilung für Computer-Technik . . . und wenn auch er mit der Botschaft nichts anfangen kann, hilft nur noch beten. Darf ich dieses Bild von meinem Vetter Enrico behalten?«

»Ja, natürlich. Aber schicken Sie mir bitte eine Kopie; vielleicht brauche ich sie, wenn ich mich mit der Walker-Evans-Seite der Angelegenheit befasse – ich werde sie sogar bestimmt brauchen. Doktor, es gibt noch etwas Wichtiges, das ich bisher nicht erwähnt habe.«

»Und das wäre?«

»Der junge Mann, der mit uns gekommen ist. Er ist ein Gespenst, Reverend; er schleicht nachts umher. Und er ist nackt. Wir wollen ihn ausstatten. Kennen Sie jemand, der das übernehmen könnte – so schnell wie möglich –, damit wir noch die nächste Fähre erreichen?«

»Einen Augenblick, Sir! Soll ich dem entnehmen, daß Ihr Träger, der junge Mann mit Ihrem Gepäck, der Grobian war, der sich als Disziplinarbeamter ausgab?«

»Hatte ich das nicht klargestellt?«

»Verzeihen Sie meine Beschränktheit. Nun gut, ich akzeptiere die Tatsache . . . wenn ich auch ein gewisses Erstaunen nicht unterdrücken kann. Sie wollen, daß ich ihn mit Papieren ausstatte? So daß er sich in Golden Rule frei bewegen kann, ohne sich vor den Disziplinarbeamten fürchten zu müssen?«

»Nicht nur das. Ich verlange ein wenig mehr. Einen Paß. Damit er Golden Rule verlassen und in den Freistaat Luna ausreisen kann.«

Dr. Schultz verzog den Mund. »Was will er da? Nein, ich ziehe die Frage zurück – das ist Ihre Sache, nicht meine. Oder seine Sache.«

»Ich werde ihn so lange schleifen, bis er in Form ist, Pater Schultz«, sagte Gwen. »Er muß lernen, seine Fingernägel sauberzuhalten und seine Partizipien zu sortieren. Und er braucht Rückgrat. Ich werde ihm eins einbauen.«

Schultz sah Gwen nachdenklich an. »Sie haben gewiß genug Rückgrat für zwei. Madame, darf ich Ihnen sagen, daß ich Sie bewundere, wenn ich Ihnen auch um keinen Preis nacheifern möchte?«

»Ich mag nicht, wenn etwas vor die Hunde geht. Bill müßte

etwa fünfundzwanzig Jahre alt sein, aber er redet und handelt, als sei er zehn oder zwölf. Dabei ist er nicht dumm.« Sie grinste. »Ich lern ihm dass, un' wenn ich ihn auf'n Kopp kloppen muß.«

»Das traue ich Ihnen schon zu«, meinte Schultz. »Aber wenn sich nun herausstellt, daß er doch zu dumm ist? Daß er einfach nicht in der Lage ist, erwachsen zu werden?«

Gwen seufzte. »Ich glaube, dann würde ich ein bißchen weinen und ihm eine Zufluchtsstätte suchen, wo er nach seinen Möglichkeiten arbeiten kann und wo er menschenwürdig und in Frieden leben kann. Reverend, ich könnte ihn nicht in den Schmutz, den Hunger und die Angst zurückschicken – und zu den Ratten. So zu leben ist schlimmer als zu sterben.«

»Ja, das stimmt. Denn den Tod braucht man nicht zu fürchten. Er bedeutet die endgültige Ruhe. Wie wir alle eines Tages erfahren werden. Nun gut, Bill braucht einen Paß. Ich werde eine gewisse Dame aufsuchen müssen – sie fragen, ob sie einen so eiligen Auftrag annehmen kann.« Er runzelte die Stirn. »Es wird nicht einfach sein, bis die nächste Fähre startet. Und ich brauche ein *Photo* von ihm. Zum Teufel! Das bedeutet, daß wir in mein Studio fahren müssen. Das bedeutet weitere verlorene Zeit und ein höheres Risiko für Sie beide!«

Gwen griff in ihre Handtasche und holte eine Mini Helvetia hervor – die nahezu überall verboten ist, aber wahrscheinlich war auch das der hiesigen Verwaltung gleichgültig. »Dr. Schultz, die Bilder sind zwar zu klein für einen Paß, das weiß ich wohl – aber vielleicht können Sie sie vergrößern lassen?«

»Selbstverständlich. Hmm, eine sehr beeindruckende Kamera.«

»Ich finde sie auch gut. Ich habe einmal für – nun ja, für eine Agentur gearbeitet, die solche Kameras benutzt. Als ich kündigte, stellte ich fest, daß ich sie verlegt hatte . . . und ich mußte sie bezahlen.« Sie lächelte vergnügt. »Später fand ich sie wieder: sie war die ganze Zeit in meiner Handtasche gewesen . . . aber ganz unten, versteckt unter den anderen Sachen. Ich mache schnell ein Bild von Bill.«

»Aber wähle einen neutralen Hintergrund«, sagte ich nervös.

»Glaubst du, darauf wäre ich nicht selbst gekommen? Entschuldigung. Ich bin gleich wieder da.«

Nach ein paar Minuten kam sie zurück; das Bild entwickelte

sich schon. Eine Minute später war es scharf; sie reichte es Dr. Schultz. »Ist es gut genug?«

»Ausgezeichnet? Aber was ist das für ein Hintergrund, wenn ich fragen darf?«

»Ein Handtuch von der Bar. Frankie und Juanita haben es hinter Bills Kopf ausgespannt.«

»Frankie und Juanita?« sagte ich. »Wer sind die?«

»Der Barkeeper und die Managerin. Nette Leute.«

»Gwen, ich wußte nicht, daß du hier Bekannte hast. Das könnte Probleme geben.«

»Ich habe hier keine Bekannten; ich bin noch nie hier gewesen, Darling. Aber ich war früher öfter im Proviantwagen in Lazy Eight Spread bei Radius neunzig – dort ist regelmäßig Square Dance.« Gwen schaute nach oben und kniff die Augen zusammen, denn die Sonne stand direkt über uns – Golden Rule drehte sich gerade in den Winkel, der die Sonne über Old MacDonald's Farm im Zenith erscheinen ließ. Sie zeigte nach oben – etwa sechzig Grad daneben. »Dort siehst du den Proviantwagen; die Tanzfläche liegt genau darüber, zur Sonne hin. Tanzen sie gerade? Kannst du es erkennen? Es liegt eine Strebe dazwischen.«

»Es ist zu weit weg für mich«, sagte ich.

»Sie tanzen«, sagte Dr. Schultz. »Texas Star, glaube ich. Ja, das ist das Muster. Oh, schöne Jugendzeit! Ich tanze nicht mehr, aber ich habe den Proviantwagen gelegentlich besucht. Haben wir uns dort jemals getroffen, Mrs. Ames? Ich glaube nicht.«

»Ich glaube doch«, antwortete Gwen. »Aber ich war an dem Tag maskiert. Ich habe Ihre Mitwirkung sehr genossen. Doktor. Sie haben so etwas von Pappy Shaw an sich.«

»Auf ein höheres Lob kann man kaum hoffen. ›Maskiert‹ sagen Sie? Trugen Sie vielleicht ein gestreiftes Kleid in Grünweiß? Mit einem Tellerrock?«

»Mit einem Tellerrock; er schlug Wellen, wenn mein Partner mich herumwirbelte – die Leute sagten, sie würden bei dem Anblick seekrank. Sie haben ein ausgezeichnetes Gedächtnis, Sir.«

»Und Sie sind eine ausgezeichnete Tänzerin, Madame.«

Ich unterbrach sie ein wenig gereizt. »Können wir nicht aufhören, in Erinnerungen zu schwelgen? Wir haben Wichtiges zu tun, und ich hoffe immer noch, daß wir die Fähre erreichen, die um zwanzig Uhr startet.«

Schultz schüttelte den Kopf. »Zwanzig Uhr? Unmöglich.«

»Warum ist das unmöglich? Bis dahin sind es noch drei Stunden. Ich werde unruhig bei dem Gedanken, eine spätere Fähre zu nehmen. Wer weiß, ob Franco nicht seine Leute hinter uns herschickt.«

»Sie baten um einen Paß für Bill, Dr. Ames. Selbst für die traurigste Imitation eines solchen Dokuments braucht man länger als drei Stunden.« Er schwieg und sah jetzt nicht mehr so sehr wie ein Weihnachtsmann, sondern eher wie ein müder und besorgter alter Herr aus. »Es geht Ihnen doch in erster Linie darum, Bill aus diesem Wohnbezirk wegzuschaffen und zum Mond mitzunehmen, nicht wahr?«

»Ja.«

»Nehmen Sie ihn doch als Ihren Leibeigenen mit.«

»*Was?* Man kann doch keinen Sklaven in den Freistaat Luna bringen.«

»Ja und nein. Man kann einen Sklaven *zum* Mond bringen . . . aber er ist automatisch und für alle Zeit frei, sobald er den Fuß auf Luna setzt; das haben diese Sträflinge ein für allemal festgelegt, als sie sich befreiten. Dr. Ames, ehe die Abendfähre startet, kann ich Ihnen eine Bescheinigung darüber verschaffen, daß Sie Bills Vertrag gekauft haben. Da bin ich ganz sicher. Ich habe sein Bild, ich habe die offiziellen Formulare – echt, in einer Nacht- und Nebelaktion beschafft –, und wir haben noch Zeit genug, das Dokument zerknittert und alt aussehen zu lassen. Das ist sehr viel sicherer, als einen Paß hinzuschludern.«

»Ich beuge mich Ihrem professionellen Urteil«, sagte ich. »Wann und wo können wir das Dokument entgegennehmen?«

»Hmm, nicht in meinem Studio. Kennen Sie das winzige Bistro gleich neben dem Raumflughafen, ein Zehntel Schwerkraft am Radius dreihundert? ›Die Raumfahrerwitwe‹?«

Ich wollte gerade nein sagen und ihm versichern, daß ich es schon finden würde, als Gwen sich zu Wort meldete: »Ich kenne es. Man muß um Macys Lagerhaus herumgehen, wenn man es erreichen will. Es hat kein Schild.«

»Ganz richtig. Es ist eigentlich ein Privatklub, aber ich werde Ihnen eine Karte ausstellen. Dort können Sie sich ausruhen und vielleicht eine Kleinigkeit essen. Niemand wird Sie belästigen. Die Gäste dieses Lokals neigen dazu, sich um ihre eigenen Angelegenheiten zu kümmern.«

(Und diese Angelegenheiten haben viel mit Schmuggel und ähnlich finsteren Dingen zu tun – aber ich sprach es nicht aus.) »Das wäre mir recht.«

Der geistliche Doktor nahm eine Karte aus der Tasche und fing an zu schreiben – dann hielt er inne. »Die Namen?«

»Mistress Hardesty«, antwortete Gwen prompt.

»Einverstanden«, sagte Dr. Schultz ungerührt. »Eine gute Vorsichtsmaßnahme. Senator, wie lautet Ihr Familienname?«

»Den Namen ›Cantor‹ kann ich nicht gut verwenden. Ich könnte jemandem begegnen, der den Senator kennt und weiß, wie er aussieht. Äh . . . Hardesty?«

»Nein. Sie ist Ihre Sekretärin und nicht Ihre Frau. ›Johnson‹. Es hat so viele Senatoren gegeben, die ›Johnson‹ hießen, daß dieser Name keinen Verdacht erregen wird – und er entspricht Bills Familiennamen . . . das könnte nützlich sein.« Er schrieb die Namen auf die Karte und gab sie mir. »Der Name des Wirtes ist Tiger Kondo. In seiner Freizeit gibt er Unterricht in allen Methoden, jemanden rasch zu töten. Sie können sich auf ihn verlassen.«

»Danke, Sir.« Ich warf einen kurzen Blick auf die Karte und steckte sie in die Tasche. »Doktor, brauchen Sie einen weiteren Vorschuß?«

Er lächelte jovial. »Aber, aber! Ich weiß noch nicht, wie stark ich Sie bluten lassen kann. Mein Motto heißt ›Alles, was der Geschäft hergibt‹ – aber es darf nicht zur Blutarmut führen.«

»Sehr vernünftig. Dann also bis später. Wir sollten besser nicht gemeinsam aufbrechen.«

»Ich bin ganz Ihrer Meinung. Ich denke, wir treffen uns gegen neunzehn Uhr. Liebe Freunde, es war mir eine Ehre und ein Vergnügen. Und lassen Sie uns die tiefere Bedeutung dieses Tages nicht vergessen. Meine besten Wünsche, Madame. Meinen Glückwunsch, Sir. Möge Ihr gemeinsames Leben lang und friedlich und von Liebe erfüllt sein.«

Gwen stellte sich auf die Zehenspitzen und bedankte sich für diese Worte mit einem Kuß. Sie hatten beide Tränen in den Augen. Mir ging es nicht anders.

»Kekse und Saft gelingen nicht immer.«

LAZARUS LONG 1912–

VIII

Gwen brachte uns direkt zur ›Raumfahrerwitwe‹. Wie sie gesagt hatte, lag das Lokal hinter Macys Lagerhaus in einem dieser seltsamen Winkel, die sich durch die zylindrische Form des Wohnbezirks ergaben – wer nicht wußte, daß es dort lag, hätte es wahrscheinlich nicht gefunden. Es war hier angenehm ruhig, im Gegensatz zum Raumflughafen am Ende der Achse, wo wir auf wahre Menschenmassen gestoßen waren.

Normalerweise war dieses Ende nur für Passagierschiffe reserviert, während die Frachtschiffe am anderen Ende der Rotationsachse anlegten. Aber zur Zeit bereitete man gerade den neuen Anbau zur Rotation vor, und deshalb wurde der gesamte Verkehr zum mondwärts gelegenen oder vorderen Ende umgeleitet – »vorderes« Ende, weil Golden Rule so lang ist, daß es einem gewissen Gezeiten-Effekt unterliegt, und sobald das neue Stück angeschweißt war, würde sich dieser Effekt noch verstärken. Das bedeutet nicht, daß es hier tägliche Gezeiten gibt; das ist nicht der Fall. Aber es gibt hier –

(Ich erzähle vielleicht Unnötiges; es kommt darauf an, wieviel Sie schon mit Wohnbezirken im Raum zu tun hatten. Sie können das Folgende überspringen, ohne etwas zu verpassen.)

In Relation zu Luna aber sind Gezeiten ausgeschlossen, denn Golden Rules vorderes Ende zeigt immer direkt auf den Mond. Hätte Golden Rule die Größe einer Raumfähre oder wäre es so weit vom Mond entfernt wie Ell-Five, wäre das anders. Aber Golden Rule ist über fünf Kilometer lang und umkreist ein nur wenig mehr als zweitausend Kilometer entferntes Trägheitszentrum. Gewiß, das ist eins zu vierhundert – aber hier geht es um die zweite Potenz, und es gibt keine Reibung, und deshalb setzt sich dieser Effekt fort; die Gezeiten entfallen. Die Kräfte, die das bewirken, sind im Verhältnis Erde-Luna viermal so stark – viel schwächer aber, wenn man bedenkt, daß Luna rund ist wie ein Tennisball, während Golden Rule eher wie eine Zigarre geformt ist. Der Orbit von Golden Rule weist noch eine weitere Besonderheit auf. Der Umlauf geschieht von Pol zu Pol (okay, das weiß jeder – tut mir leid), aber auch diese Umlaufbahn, leicht elliptisch zwar, aber doch fast ein perfekter Kreis, liegt der Sonne stets offen gegenüber, das heißt, die Umlaufebene ist immer der Sonne zugewandt, während Luna darunter rotiert. Wie ein Foucaultsches Pendel. Wie die Spionagesatelliten, die die Erde umkreisen.

Oder anders ausgedrückt, Golden Rule folgt ganz einfach der Beleuchtungsgrenze, der Tag-und-Nacht-Grenze auf Luna, endlos und nie im Schatten. (Bei Mondfinsternis natürlich doch, wenn Sie es ganz genau wissen willen. Aber nur dann.)

Die Konfiguration ist nur metastabil; sie ist Veränderungen unterworfen. Alles zerrt daran, selbst Saturn und Jupiter. Aber Golden Rule hat einen kleinen Pilot-Computer, der dafür sorgt, daß Golden Rules Umlaufebene ständig der Sonne zugewandt ist – was dazu führt, daß auf Old MacDonald's Farm reiche Ernten eingefahren werden. Dazu bedarf es nur geringer Energie; winzige Anstöße genügen, um winzige Abweichungen auszugleichen.

Ich hoffe, Sie haben diese Erläuterungen übersprungen. Ballistik ist nur für Leute interessant, die damit arbeiten.

Mr. Kondo war klein, anscheinend japanischer Abstammung und sehr höflich. Er hatte die geschmeidigen Muskeln eines Jaguars – und er bewegte sich wie ein solcher. Auch ohne Dr. Schultz' Hinweis wäre mir klar gewesen, daß ich Tiger Kondo um keinen Preis in irgendeiner dunklen Gasse hätte begegnen wollen, es sei denn, er wäre zu meinem Schutz da.

Er öffnete die Tür erst ganz, als ich ihm Dr. Schultz' Karte zeigte. Dann hieß er uns sofort mit formeller, aber herzlicher Gastfreundschaft willkommen. Das Lokal war klein und nur schwach besucht, hauptsächlich von Männern, und die anwesenden Frauen waren wohl kaum die Ehefrauen dieser Männer. Aber es waren auch keine leichten Mädchen. Sie vermittelten das Gefühl einer Art von professioneller Ebenbürtigkeit. Unser Gastgeber taxierte uns und fand, daß wir nicht in den großen Raum gehörten, in dem die Stammgäste saßen. Er führte uns in einen Nebenraum, der eher einem Verschlag glich und gerade für uns drei und unser Gepäck ausreichte. Dann nahm er unsere Bestellungen entgegen. Ich fragte, ob wir ein Dinner haben könnten.

»Ja und nein«, antwortete er. »Wir haben Sushi. Und Sukiyaki, das meine älteste Tochter am Tisch zubereitet. Sie können auch Hamburger oder Hot Dogs haben. Und dann gibt es noch Pizza, aber die ist tiefgefroren; wir stellen sie nicht selbst her. Und wir empfehlen sie auch nicht. Dies ist in erster Linie eine Bar; wir servieren zwar Essen, aber wir bestehen nicht darauf, daß unsere Gäste hier essen. Sie können den ganzen Abend Go oder Schach oder Karten spielen, ohne überhaupt etwas zu bestellen.«

Gwen legte eine Hand auf meinen Arm. »Darf ich?«

»Nur zu.«

Sie sprach längere Zeit mit ihm, und ich verstand kein Wort. Aber seine Miene hellte sich auf. Er verbeugte sich und ging. »Nun?« sagte ich.

»Ich habe ihn gefragt, ob wir bekommen können, was ich das letzte Mal hatte . . . Das ist kein bestimmtes Gericht, sondern eine Einladung an Mama-San, aus ihren Vorräten selbst etwas zusammenzustellen. Außerdem weiß er jetzt, daß er zugeben darf, daß ich schon einmal hier war. Das hätte er ohne meine Erlaubnis nie getan, denn ich war mit einem anderen Mann hier. Außerdem hat er mir gesagt, unser kleines Schmuckstück hier sei das schönste Exemplar von Zuckerahorn, das er außerhalb Nippons je gesehen hat . . . und ich habe ihn gebeten, den Baum zu begießen, bevor wir aufbrechen. Er wird es tun.«

»Und du hast ihm gesagt, daß wir verheiratet sind?«

»Nicht nötig. Er wird es daraus schließen, wie ich von dir sprach.«

Ich wollte sie fragen, wann und wo sie Japanisch gelernt hatte, aber ich verzichtete darauf. Gwen würde es mir erzählen, sobald es ihr paßte. (Wie viele Ehen zerbrechen daran, daß einer alles über seinen Partner wissen will? Als Veteran zahlloser wahrer Liebesgeschichten weiß ich, daß ungezügelte Neugier hinsichtlich der Vergangenheit der Ehefrau oder des Ehemannes mit Sicherheit zu häuslichen Tragödien führt.)

Statt dessen wandte ich mich an Bill. »Bill, dies ist deine letzte Chance. Wenn du in Golden Rule bleiben willst, muß du jetzt verschwinden. Nachdem du gegessen hast, natürlich. Aber nach dem Essen fliegen wir zum Mond hinunter. Du kannst mit uns kommen oder hier bleiben.«

Bill erschrak. »Hat *sie* denn gesagt, daß ich mir das aussuchen kann?«

»Natürlich kannst du das!« sagte Gwen scharf. »Du kannst mit uns kommen . . . dann erwarte ich von dir allerdings, daß du dich stets wie ein zivilisierter Mensch benimmst. Oder du kannst in Golden Rule bleiben und in deinen Sumpf zurückkehren – und Fingers erzählen, daß du deinen Auftrag versaut hast.«

»Ich hab' ihn nicht versaut! Das war *er.*«

(Er meinte mich) »Das reicht«, sagte ich. »Gwen, der Kerl haßt mich. Ich will ihn nicht um mich haben – noch weniger will ich für seinen Lebensunterhalt aufkommen. Eines Abends wird er mir Gift in die Suppe tun.«

»Oh, Bill, das würdest du doch nicht tun, oder etwa doch?«

»Etwa nicht?« sagte ich. »Warum antwortet er denn nicht? Gwen, er hat heute versucht, mich zu erschießen. Warum sollte ich mir sein übles Benehmen noch länger bieten lassen?«

»Ich bitte dich, Richard? Du kannst doch nicht erwarten, daß er sich von heute auf morgen ändert.«

Diese sinnlose Diskussion endete, als Mr. Kondo an den Tisch zurückkam und aufdeckte. Er hatte sogar Klammern mitgebracht, mit denen wir unseren kleinen Baum am Tisch befestigen konnten. Ein Zehntel der normalen Erdenschwerkraft läßt zwar das Essen auf dem Teller und die Füße auf dem Fußboden – aber nur so gerade. Die Stühle waren am Fußboden festgeschraubt, und es gab Sitzgurte für den Fall, daß man sie benutzen wollte. Ich tat es nicht, aber Gurte sind schon gut, wenn man ein zähes Steak schneiden muß. Die Gläser und Tassen hatten Deckel, und zum Trinken waren an der Seite Schnäbel angebracht. Das letztere war vielleicht das dringendste Erfordernis, denn wenn man bei einem Zehntel Schwerkraft eine Tasse heißen Kaffee zum Mund führt, kann man sich leicht verbrühen – das Gewicht ist ohne Bedeutung, aber die Trägheit ist unverändert, und man schwebt ständig in Gefahr, sich von oben bis unten mit Kaffee vollzugießen. Als Mr. Kondo Teller und Eßstäbchen an meinen Platz stellte, raunte er mir leise ins Ohr: »Senator, kann es sein, daß Sie den Absprung über Solis Lacus mitgemacht haben?«

»Natürlich habe ich den mitgemacht, alter Junge!« sagte ich begeistert. »Waren Sie auch dabei?«

Er verneigte sich. »Ich hatte die Ehre.«

»Welche Einheit?«

»Die Verlorenen, Oahu.«

»Die guten alten ›Verlorenen‹«, sagte ich andächtig. »Der

höchstdekorierte Haufen der Geschichte. Darauf können Sie stolz sein, Mann!«

»Ich danke Ihnen im Namen meiner Kameraden. Und Sie, Sir?«

»Ich bin abgesprungen mit . . . Campbells Killern.«

Mr. Kondo pfiff durch die Zähne. »Aha! Bin sehr beeindruckt.« Wieder verneigte er sich und ging dann rasch in die Küche.

Mißmutig starrte ich auf meinen Teller. Erwischt: Kondo hatte mich wiedererkannt. Aber sollte je der Tag kommen, an dem ich, auf eine direkte Frage hin meine Kameraden verleugne, dann braucht mir keiner mehr den Puls zu fühlen, dann braucht man mich nicht einmal zu verbrennen – dann soll man mich gleich mit dem Spülwasser wegkippen.

»Richard?«

»Ja, Liebes?«

»Würdest du mich einen Augenblick entschuldigen?«

»Natürlich. Ist alles in Ordnung?«

»Bestens, danke, aber ich muß rasch etwas erledigen.« Sie stand auf und ging in den Korridor, der zu den Toiletten und zum Ausgang führte. Dabei bewegte sie sich so leicht, daß es eher ein Tanzen als ein Gehen war. Normalerweise kann man bei einem Zehntel Schwerkraft nur mit Hilfe von Haftsohlen gehen, oder man braucht einige Übung. Mr. Kondo trug keine Haftsohlen, er glitt wie eine Katze.

»Senator?«

»Was ist, Bill?«

»Ist sie wütend auf mich?«

»Das glaube ich nicht.« Ich wollte schon hinzufügen, daß ich selbst sehr wütend würde, wenn er nicht bald . . . aber ich schluckte es herunter. Bill zu drohen, ihn hier zurückzulassen, wäre so, als schlüge man ein Kind; er war wehrlos. »Sie will ganz einfach, daß du dich grade hältst und nicht anderen Leuten die Schuld gibst, wenn du Mist machst. Schluß mit den Ausreden!«

Nachdem ich meine abgedroschenste Lieblingsplatitüde losgeworden war, machte ich mich wieder an eine düstere Selbstbeurteilung. *Ich* bin es, der ständig Ausreden gebraucht, nicht laut, aber mir selbst gegenüber. Das ist selbst schon wieder eine Ausrede, alter Junge: was immer du getan hast, was immer du gewesen bist, es ist alles deine eigene Schuld. Alles.

Oder es ist mein Verdienst. Aber da gibt es verdammt wenig. Komm, sei ehrlich!

Aber wenn man bedenkt, wo ich angefangen habe . . . und daß ich es doch immerhin zum Colonel gebracht habe.

Der schlimmste Haufen von Plünderern, Dieben und Verbrechern seit den Kreuzzügen.

So kannst du doch nicht über das Regiment sprechen!

Nun ja. Schließlich sind es nicht die Coldstream Guards, oder?

Diese Trottel! Was denn! – Eine einzige Kompanie von Campbells . . . Mist!

Gwen kam zurück, nachdem sie . . . nun, jedenfalls ziemlich lange fort gewesen war. Ich hatte nicht auf die Zeit geachtet, aber ich sah, daß es jetzt fast achtzehn Uhr war. Ich versuchte aufzustehen, was bei festgeschraubtem Tisch und bei festgeschraubten Stühlen gar nicht so einfach ist. »Habt ihr mit dem Essen warten müssen« fragte sie.

»Kein bißchen. Wir haben schon gegessen und den Rest an die Schweine verfüttert.«

»Okay. Mama-San wird mich schon nicht hungern lassen.«

»Und Papa-San wird ohne dich nicht auftragen.«

»Richard, ich habe etwas getan, ohne dich vorher zu fragen.«

»Ich kenne keine Vorschrift, nach der du dazu verpflichtest bist. Geht mit der Polizei alles klar?«

»Nein, darum geht es nicht. Du hast doch den ganzen Tag die vielen Feze in der Stadt gesehen – es sind Touristen, die in Luna City eine Tagung der Schreinanbeter besucht haben.«

»Das ist es also. Ich dachte schon, die Türkei hätte eine Invasion unternommen.«

»So könnte man es vielleicht auch nennen. Aber du hast sie gesehen, wie sie die Lane und den Camino entlangzogen und alles kauften, was nicht beißt. Ich vermute, daß die meisten von ihnen hier nicht übernachten; sie haben in Luna City ein volles Programm, und dort haben sie auch Hotelzimmer bestellt und schon bezahlt. Die späten Fähren werden also bestimmt überfüllt sein . . .«

»Mit betrunkenen Türken, die in ihre Feze reihern. Oder auf die Polster.«

»Zweifellos. Mir fiel ein, daß auch die Fähre um zwanzig Uhr schon früh ausgebucht sein wird. Deshalb habe ich Karten für uns gekauft und Sitze reserviert.«

»Und jetzt erwartest du, daß ich dir deine Auslagen ersetze. Melde deine Ansprüche schriftlich an; ich gebe sie dann an meine Rechtsabteilung weiter.«

»Richard, ich hatte Angst, daß wir heute abend überhaupt nicht mehr wegkommen.«

»Mistress Hardesty, Sie beeindrucken mich immer wieder. Wie hoch sind die Gesamtkosten?«

»Das Finanzielle können wir später regeln. Aber ich meinte, mir würde das Essen besser schmecken, wenn ich weiß, daß wir gleich nach dem Essen starten können. Und, hmm . . .« Sie schwieg und schaute Bill an. »Bill.«

»Ja, Madam?«

»Wir essen gleich. Geh und wasch dir die Hände.«

»Was?«

»Frag nicht so dumm. Tu, was ich dir gesagt habe.«

»Ja, Madam.« Gehorsam stand Bill auf und ging nach draußen.

Gwen wandte sich wieder mir zu. »Ich war aufgeregt. Nervös. Wegen des Limburgers.«

»Von welchem Limburger redest du?«

»Von deinem, Schatz. Ich habe ihn mit den anderen Sachen aus deiner Speisekammer genommen und zusammen mit dem Obst auf den Frühstückstisch gestellt. Als wir fertig waren, blieben ungefähr hundert Gramm übrig, die noch eingepackt waren. Statt es wegzuwerfen, habe ich es in meine Handtasche getan. Ich dachte, der Käse würden einen netten kleinen Imbiß abgeben.«

»Gwen!«

»Okay, okay! Ich habe ihn für einen bestimmten Zweck aufgehoben . . . denn ich habe so etwas schon einmal bei irgendeinem Kleinkrieg benutzt. Es ist besser als manches andere auf unserer Liste. Du ahnst ja gar nicht, wie ekelhaft . . .«

»Gwen. Ich habe die Liste selbst geschrieben. Komm zur Sache.«

»Du wirst dich daran erinnern, daß ich in Mr. Sethos' Büro direkt an der Wand saß, direkt am Hauptschacht der Klimaanlage. Die Luft strich ständig über meine Beine, und es war unangenehm warm. Da überlegte ich mir . . .«

»Gwen!«

»Die Dinger sind im ganzen Wohnbezirk gleich konstruiert –

Temperatur und Intensität können an Ort und Stelle geregelt werden, und die Abdeckung ist nur eingesteckt. Während die Buchhaltung unsere Abrechnungen fertigmachte, hat der Manager uns absichtlich ignoriert. Ich drosselte den Luftstrom, stellte die Heizung ab und zog die Abdeckung heraus. Ich verieb den Limburger Käse über alle Blätter des Wärmeaustauschers und schob den Rest der Packung so tief wie möglich in den Schacht. Dann ließ ich die Abdeckung wieder einrasten. Kurz bevor wir gingen, stellte ich die Temperatur auf ›kalt‹ und drehte die Luft wieder auf.« Sie machte ein besorgtes Gesicht. »Schämst du dich jetzt für mich?«

»Nein. Aber ich bin froh, daß du auf meiner Seite bist. Äh . . . das *bist* du doch, oder?«

»Richard!«

»Aber noch froher bin ich darüber, daß du für die nächste Fähre noch Plätze reserviert hast. Ich frage mich, wie lange es wohl noch dauert, bis Sethos kalte Füße bekommt und die Heizung anstellt.«

Was uns aufgetischt wurde, schmeckte wunderbar, wenn ich auch keins der Gerichte kannte. Ich kann die Speisen also nicht aufzählen. Wir näherten uns gerade dem Rülps-Stadium, als Mr. Kondo an den Tisch trat und sich zu mir herabbeugte. »Kommen Sie bitte mit mir, Sir«, sagte er.

Ich folgte ihm in die Küche. Mama-San schaute von ihrer Arbeit auf, aber sonst beachtete sie mich nicht weiter. Hochwürden Doktor Schultz war gekommen, und er machte einen sehr besorgten Eindruck. »Gibt es Ärger?« fragte ich.

»Davon später. Hier ist Ihr Bild von Enrico; ich habe es kopiert. Und hier sind die Papiere für Bill; sehen Sie sie sich bitte an.«

Sie steckten in einem abgegriffenen Umschlag, und die Papiere selbst waren zerknittert und vergilbt und wiesen an mehr als einer Stelle Schmutzspuren auf. Hercules Manpower Inc. hatten William Johnson aus New Orleans, Duchy of Mississippi, Lone Star Republic, angeworben. Dann hatte die Firma seinen Vertrag an die Bechtel High Construction Corp. verkauft (mit Genehmigung für Aufenthalt im Raum, in Schwerelosigkeit und im Vakuum) – diese wiederum hatte den Vertrag an Dr. Richard Ames, Wohnbezirk Golden Rule, circum Luna, verkauft etc. etc.:

Juristengeschwafel. An den Vertrag geheftet war eine sehr echt wirkende Geburtsurkunde, die bescheinigte, daß Bill als ausgesetztes Baby in Metairie Parish aufgefunden worden war. Seine Geburt war auf drei Tage vor dem Fundtag datiert worden.

»Manches daran stimmt«, sagte Dr. Schultz zu mir. »Ich konnte dem Haupt-Computer einige alte Informationen entlocken.«

»Spielt es eine Rolle, ob es stimmt oder nicht?«

»Eigentlich nicht. Solange es nur wahr genug klingt, um Bill von hier fortschaffen zu können.«

Gwen war mir in die Küche gefolgt. Sie nahm mir die Papiere aus der Hand und las sie. »Sehr überzeugend«, sagte sie. »Pater Schultz, Sie sind ein Künstler.«

»Eine meiner Bekannten ist eine Künstlerin. Ich werde Ihr Kompliment an sie weitergeben. Freunde, und nun zu den schlechten Nachrichten. Tetsu, zeigen Sie es ihnen bitte?«

Mr. Kondo ging zur anderen Seite der Küche, und Mama-San (Mrs. Kondo meine ich) machte ihm Platz. Dann schaltete Mr. Kondo ein Terminal an. Er holte den *Herald* auf den Schirm und ließ den Text durchlaufen. Ich vermutete, daß er die aktuellen Meldungen suchte. Plötzlich starrte ich mich selbst an.

Neben mir sah ich auf dem geteilten Bild Gwen – eine armselige Wiedergabe. Ich hätte sie nicht erkannt, wenn der Ton nicht eingeschaltet gewesen wäre:

». . . Ames. Mistress Gwendolyn Novak. Die Frau ist eine berüchtigte Betrügerin, der zahllose Personen, hauptsächlich Männer, zum Opfer gefallen sind. Der selbsternannte ›Doktor‹ Richard Ames, von dem nicht bekannt ist, wie er seinen Lebensunterhalt bestreitet, ist aus seiner Wohnung am Ring fünfundsechzig, Radius fünfzehn, null komma vier g, verschwunden. Die Schießerei fand heute nachmittag um sechzehn Uhr zwanzig im Büro des Golden-Rule-Teilhabers Tolliver statt . . .«

»Halt!« rief ich. »Das kann nicht sein. Um die Zeit waren wir . . .«

»Ja, Sie waren mit mir zusammen auf der Farm. Hören Sie sich den Rest an.«

». . . nach der Aussage von Augenzeugen haben beide Täter Schüsse abgegeben. Vermutlich sind sie immer noch bewaffnet und sehr gefährlich; bei ihrer Festnahme ist äußerste Vorsicht geboten. Der Manager ist über den Tod seines alten Freundes zutiefst bekümmert und hat eine Belohnung von zehntausend Kronen für die Ergreifung . . .«

Dr. Schultz streckte die Hand aus und stellte das Gerät ab. »Dies ist nur eine Wiederholung, eine Bandaufnahme. Aber die Meldung wurde über alle Kanäle ausgestrahlt. Inzwischen müssen fast alle Einwohner sie gesehen und gehört haben.«

»Vielen Dank für die Warnung. Gwen, weißt du denn nicht, daß man keine Leute erschießen darf? Du bist wirklich ein ungezogenes Mädchen.«

»Es tut mir leid, Sir. Ich bin in schlechte Gesellschaft geraten.«

»Wieder diese Ausreden. Hochwürden, was zum Teufel sollen wir tun? Der Kerl wird uns noch vor dem Zubettgehen im Raum aussetzen.«

»Daran habe ich auch schon gedacht. Hier, probieren Sie, ob der Ihnen paßt.« Er zog einen Fez hervor, den er irgendwo an seinem umfangreichen Körper verborgen hatte.

Ich setzte ihn auf. »Paßt einigermaßen.«

»Und nun dies.«

Es war eine schwarze Augenklappe aus Samt mit einem Gummiband. Ich legte sie an. Ich empfand es als unangenehm, ein Auge bedeckt zu haben, aber ich sagte nichts. Papa Schultz hatte offensichtlich Mühe und Phantasie aufgewendet, um mich vor dem Vakuum zu bewahren.

»Meine Güte!« rief Gwen. »Das ist ja hervorragend!«

»Ja«, meinte Dr. Schultz. »Eine Augenklappe zieht die Aufmerksamkeit der meisten Betrachter so stark auf sich, daß es einer bewußten Willensanstrengung bedarf, die Gesichtszüge zu erkennen. Ich halte immer eine bereit. Dieser Fez und die Anwesenheit der Edlen vom Mystischen Schrein passen ausgezeichnet zusammen.«

»Sie halten auch immer einen Fez bereit?«

»Das kann man eigentlich nicht sagen. Er hat einen Vorbesitzer. Wenn er aufwacht, wird er ihn vielleicht vermissen . . . aber ich glaube nicht, daß er so bald wieder aufwacht. Äh, mein Freund Mickey Finn kümmert sich um ihn. Aber Sie sollten alle Schreinanbeter vom Tempel Al Mizar meiden. Man erkennt sie an ihrem Dialekt; sie sind aus Alabama.«

»Doktor, ich werde so gut ich kann *alle* Schreinanbeter meiden; am besten gehe ich erst in letzter Minute an Bord. Aber was ist mit Gwen?«

Der Reverend Doktor holte noch einen Fez hervor. »Setzen Sie ihn auf, meine Dame.«

Gwen setzte ihn auf. Er war zu groß für sie, und sie nahm ihn wieder ab. »Das Ding ist nicht das richtige für mich. Es paßt nicht zu meinem Teint. Was meinen Sie?«

»Ich fürchte, Sie haben recht.«

»Doktor«, sagte ich, »die Schreinanbeter sind in jeder Hinsicht doppelt so groß wie Gwen, und sie haben Ausbuchtungen an ganz anderen Stellen. Wir werden uns etwas anderes einfallen lassen müsssen. Vielleicht Fettfarbe?«

Schultz schüttelte den Kopf. »Fettfarbe sieht immer wie Fettfarbe aus.«

»Das Bild auf dem Terminal sieht ihr nicht sehr ähnlich. Danach wird niemand sie erkennen.«

»Danke, Schatz. Unglücklicherweise gibt es in Golden Rule eine ganze Reihe von Leuten, die sehr wohl wissen, wie ich aussehe . . . und ein einziger von ihnen an der Einstiegsschleuse könnte meine Lebenserwartung drastisch verringern. Hmm. Mit ein wenig Anstrengung und ohne Fettfarbe könnte ich so alt aussehen, wie ich wirklich bin. Papa Schultz?«

»Wie alt sind Sie denn wirklich, meine Liebe?«

Sie schaute mich an, stellte sich auf die Zehenspitzen und flüsterte Dr. Schultz etwas ins Ohr. Er machte ein erstauntes Gesicht. »Das glaube ich nicht. Und, nein, es wird nicht gehen. Wir brauchen etwas Besseres.«

Mrs. Kondo redete rasch auf ihren Mann ein, der plötzlich hellwach war. Aufgeregt unterhielten sie sich eine Weile auf japanisch. Dann sprach er wieder Englisch. »Darf ich, bitte? Meine Frau hat mich gerade darauf hingewiesen, daß Mistress Gwen ungefähr die gleiche Figur hat wie unsere Tochter Naomi, und, wie auch immer, ein Kimono ist sehr flexibel.«

Gwen lächelte nicht mehr. »Das wäre eine Idee – und ich danke Ihnen beiden. Aber ich sehe nicht japanisch aus. Meine Nase. Meine Augen. Meine Haut.«

Wieder unterhielten sie sich in ihrer schnellen, aber umständlichen Sprache, diesmal zu dritt. Dann sagte Gwen: »Das könnte mein Leben verlängern. Entschuldige mich also bitte.« Zusammen mit Mama-San verließ sie den Raum.

Kondo ging in den großen Raum zurück – aufleuchtende Lampen zeigten schon seit Minuten an, daß einige Gäste bedient werden wollten; er hatte sie ignoriert. Ich wandte mich an den guten Doktor: »Sie haben schon dadurch unser Leben verlängert, daß Sie uns bei Tiger Kondo unterschlüpfen ließen. Aber glauben Sie, daß wir das durchhalten können, bis wir an Bord der Fähre sind?«

»Ich hoffe es. Was soll ich sonst sagen?«

»Wahrscheinlich nichts.«

Papa Schultz griff in die Tasche. »Ich hatte Gelegenheit, Ihnen eine Touristenkarte zu besorgen. Sie stammt von dem Gentleman, der Ihnen auch den Fez geliehen hat . . . und ich habe seinen Namen entfernt. Welchen Namen soll ich eintragen? ›Ames‹ geht natürlich nicht – welchen Namen also?«

»Oh, Gwen hat Sitze für uns reserviert. Sie hat Tickets gekauft.«

»Unter Ihren richtigen Namen?«

»Das weiß ich nicht genau.«

»Hoffentlich nicht. Wenn sie die Namen ›Ames‹ und ›Novak‹ benutzt hat, können Sie nur noch hoffen, zu den Passagieren gezählt zu werden, die zum Abflug nicht erscheinen. Aber ich sollte rasch zum Schalter gehen. Ich reserviere Sitze unter den Namen ›Johnson‹ und . . .«

»Doc.«

»Ja? Falls diese ausgebucht ist, nehmen Sie die nächste Fähre.«

»Das geht nicht. *Sie* reservieren für *uns* Sitze und – *schwupp!* Schon hat man Sie im Raum ausgesetzt. Vielleicht dauert es bis morgen. Herausfinden werden sie es auf jeden Fall.«

»Aber . . .«

»Wir werden warten, bis wir wissen, was Gwen sich hat einfallen lassen. Wenn sie in fünf Minuten nicht wieder hier sind, werde ich Mr. Kondo bitten, sie zu holen.«

Ein paar Minuten später kam eine Dame herein. Pater Schultz verneigte sich und sagte: »Sie sind Naomi. Oder sind Sie Yumiko? Auf jeden Fall freue ich mich, Sie wiederzusehen.«

Das kleine Ding kicherte und verneigte sich in der Hüfte. Sie sah wie eine Puppe aus – bunter Kimono, kleine Seidenpantöffelchen, grellweißes Make-up, eine unglaubliche japanische Frisur. Sie antwortete: »Ichiban Geisha-Girl bin. Mein Englis sind sehr slecht.«

»Gwen«, sagte ich.

»Please?«

»Gwen, das ist wunderbar. Aber sag mir schnell, unter welchen Namen du unsere Plätze reserviert hast.«

»Ames und Novak. Wie es in unseren Pässen steht.«

»Da haben wir den Salat! Was sollen wir tun, Doktor?«

Gwens Blicke gingen zwischen uns hin und her. »Wo liegt denn das Problem?«

Ich erklärte es ihr. »Wir gehen zur Schleuse, beide gut verkleidet – und wir zeigen Platzkarten, die auf die Namen Ames und Novak lauten. Vorhang. Keine Blumen.«

»Richard, ich habe dir nicht alles gesagt.«

»Gwendolyn, du sagst mir nie alles. Geht es wieder um irgendeinen Limburger Käse?«

»Nein, Liebes. Ich habe das alles schon kommen sehen. Nun, du könntest vielleicht sagen, ich hätte eine Menge Geld verschwendet. Aber ich . . . äh, nachdem ich unsere Tickets gekauft hatte – Tickets, die wir jetzt nicht mehr benutzen können und die rausgeworfenes Geld bedeuten –, ging ich zu Rental Row und zahlte ihnen eine Sicherheit für ein Fluggerät. Sie hatten nur noch einen Volvo.«

»Unter welchem Namen?« fragte Schultz.

»Wie teuer war das?« wollte ich wissen.

»Unter meinem richtigen Namen.«

»Gott schütze uns!« sagte Schultz.

»Moment mal, Sir. Mein richtiger Name ist Sadie Lipschitz . . . und den kennt nur Richard. Jetzt kennen auch Sie ihn. Behalten Sie ihn bitte für sich, denn er gefällt mir nicht. Als Sadie Lipschitz habe ich den Volvo für meinen Arbeitgeber Senator Richard Johnson reservieren lassen. Die Anzahlung betrug sechstausend Kronen.«

Ich pfiff durch die Zähne. »Für einen Volvo? Sieht aus, als hättest du ihn gekauft.«

»Ich *habe* ihn gekauft, Schatz, es mußte sein. Weil ich keine Kreditkarte hatte, mußte ich Leihgebühr und Sicherheit in bar bezahlen. Natürlich habe ich Kreditkarten; ich habe so viele Karten, daß ich damit Patience legen könnte. Aber *Sadie Lipschitz* hat keinen Kredit. Deshalb mußte ich schon für die Reservierung sechstausend bezahlen – ich mußte das Fahrzeug auf der Basis eines Kaufvertrages mieten. Ich habe versucht, ihn herunterzuhandeln, aber darauf ging er nicht ein. Bei den vielen Schreinanbetern, die jetzt hier sind, glaubte er das nicht nötig zu haben.«

»Damit liegt er wahrscheinlich richtig.«

»Das glaube ich auch. Wenn wir ihn nehmen, müssen wir die Differenz zum vollen Listenpreis nachbezahlen, noch einmal neunzehntausend Kronen . . .«

»Mein Gott!«

». . . plus Versicherung und Bestechungsgeld. Aber wenn wir die Maschine innerhalb von dreißig Tagen hier oder in Luna City oder in Hong Luna wieder abliefern, kriegen wir den deponierten Betrag abzüglich der aufgelaufenen Mietgebühren zurück. Mr. Dockweiler hat mir erklärt, warum er auf einem Kaufvertrag besteht. Spekulanten haben in der Vergangenheit diese Fahrzeuge gemietet, ohne den vollen Kaufpreis zu bezahlen, und sie dann in irgendwelche Verstecke auf Luna gebracht, wo sie zum Erzabbau auf den Asteroiden umgerüstet wurden.«

»Einen *Volvo?* Die einzige Möglichkeit, einen Volvo zu den Asteroiden zu schaffen, wäre der Frachtraum einer Hanshaw. Aber neunzehn – nein, fünfundzwanzigtausend Kronen. Plus Versicherung und Schmiergeld. Das ist der reinste Straßenraub.«

Schultz wurde heftig. »Mein lieber Freund Ames, ich schlage vor, daß Sie aufhören, sich wie ein Schotte zu benehmen, der vor einer Erfrischungskabine steht, bei der man Geld einwerfen muß. Akzeptieren Sie, was Mrs. Ames arrangiert hat? Oder wäre Ihnen die Frischluftmethode des Managers lieber? Die Luft ist zwar frisch – aber auch sehr dünn.«

Ich atmete tief durch. »Tut mir leid. Sie haben recht. Ich kann natürlich kein Geld atmen. Ich hasse es nur, so ausgenommen zu werden. Gwen, ich möchte mich bei dir entschuldigen. Okay, wie weit ist es zur nächsten Hertz-Zentrale? Ich habe die Orientierung verloren.«

»Es ist nicht Hertz, Schatz. Es ist Budget Jet. Hertz hatte keine einzige Maschine mehr frei.«

»Murphy war Optimist.«

(O'Tooles Kommentar zu Murphys Gesetz; zitiert nach A. Bloch)

IX

Um das Büro der Budget Jets zu erreichen, mußten wir um den ganzen Wartesaal des Raumflughafens herumgehen und ihn dann von der Achse aus betreten. Von dort aus war die Tür zum Büro der Budget Jets direkt zu erreichen. Der Wartesaal war überfüllt: die normalen Reisenden saßen dort und dazu noch die Schreinanbeter und ihre Frauen, von denen die meisten sich an den Wänden angegurtet hatten, wenn auch einige frei schwebten. Außerdem sahen wir Disziplinarbeamte – viel zu viele.

Vielleicht sollte ich erwähnen, daß im Wartesaal Schwerelosigkeit herrscht. Das gilt auch für das Buchungsbüro, für die Schleuse zum Passagiertunnel und für die Büros und sonstigen Anlagen von Rental Row. Diese Anlagen nehmen nicht an der majestätischen Rotation teil, die dem Wohnbezirk seine Pseudo-Schwerkraft verleiht. Der Warteraum und die damit zusammenhängenden Anlagen befinden sich in einem Zylinder innerhalb eines sehr viel größeren Zylinders, des eigentlichen Wohnbezirks. Die beiden Zylinder haben eine gemeinsame Achse. Der größere rotiert, der kleinere nicht – wie bei einer Achse, um die sich ein Rad dreht.

Das macht an der Außenhaut des Wohnbezirks, wo sich die beiden Zylinder berühren, eine Vakuumversiegelung erforderlich – ich vermute, daß sie auf Quecksilber basiert, aber ich habe sie nie gesehen. Das Problem ist folgendes: der außen liegende Wohnbezirk rotiert zwar, der Raumflughafen darf jedoch nicht rotieren, denn eine Fähre (oder ein Passagierschiff oder ein Frachtschiff) braucht einen Fixpunkt, an dem sie im freien Fall landen kann. Die Landerampen der Rental Row liegen rosettenförmig um die zentrale Landeanlage herum.

Als ich den Wartesaal passierte, vermied ich jeden Blickkontakt mit anderen und steuerte gleich mein Ziel an, eine Tür in einer der vorderen Ecken des Wartesaals. Gwen und Bill waren direkt hinter mir. Gwen hatte sich ihre Handtasche um den Hals gehängt und hielt den Bonsai-Baum in einer Hand, während sie sich mit der anderen an meinem Fußgelenk festhielt. Bill seinerseits hatte eins ihrer Fußgelenke gepackt und zog einen in Packpapier von Macy's gehüllten Gegenstand hinter sich her. Ich wußte nicht, was in dem Papier vorher eingewickelt gewesen war, aber jetzt verbarg sich darunter Gwens kleinerer Koffer, der, in den sie alles außer ihrer Kleidung gesteckt hatte.

Unser übriges Gepäck? Wenn man seinen Hals retten will, gibt es ein oberstes Prinzip, und dem waren wir gefolgt: wir hatten es liegengelassen. Es hätte unsere Maskerade aufgedeckt – Schreinanbeter, die einen Tagesausflug machen, nehmen nicht viel Gepäck mit. Gwens in das Packpapier von Macy's gewickelter Koffer aber wirkte echt. Er sah aus, als hätten wir, wie viele andere Schreinanbeter, Einkäufe gemacht. Dazu paßte auch der kleine Baum – er gehörte zu der Sorte von albernen Einkäufen, die man Touristen zutraut. Aber den Rest des Gepäcks mußten wir zurücklassen.

Oh, vielleicht konnten wir es uns eines Tages schicken lassen, wenn wir dafür eine sichere Methode gefunden hatten. Aber vorläufig hatte ich es abgeschrieben. Doktor Schultz hatte mir Vorwürfe gemacht, als ich über die Kosten von Gwens Handel jammerte, und das brachte mich dazu, erneut über mich selbst nachzudenken. Ich war weich und unbeweglich und zahm geworden. Er hatte mich gezwungen, mich wieder auf eine Realität einzustellen, in der es nur zwei Sorten von Menschen gibt: die Schnellen und die Toten.

Dieser Wahrheit wurde ich mir wieder klar bewußt, als wir diesen Wartesaal durchquerten. Hinter uns tauchte Boß Franco auf. Er schien uns nicht zu bemerken, und ich versuchte, mir den Anschein der Gleichgültigkeit zu geben. Er schien es darauf angelegt zu haben, eine Gruppe seiner Kreaturen zu erreichen, die die Schleuse zum Passagiertunnel bewachten; er schoß direkt auf sie zu, während ich mich und meine kleine Familie an dem Halteseil vorwärtszog, das vom Eingang zu der Ecke führte, die ich erreichen wollte.

Ich erreichte sie auch und passierte die Tür zu Budget Jets, die sich automatisch hinter uns schloß. Ich konnte wieder vernüftig atmen und schluckte meinen Magen wieder herunter.

Im Büro von Jets trafen wir auf den Geschäftsführer, einen Mr. Dockweiler. Er saß angegurtet an seinem Schreibtisch, rauchte eine Zigarre und las die Luna-Ausgabe der *Daily Racing Form*. Als wir eintraten, wandte er sich zu uns um und sagte: »Tut mir leid, Freunde, aber ich habe nichts, was ich Ihnen leihen oder verkaufen könnte. Nicht einmal einen Hexenbesen.«

Ich überlegte mir, wer ich eigentlich war – Senator Richard Johnson, der das enorm reiche, im ganzen System operierende Syndikat der Sassafrasschnüffler repräsentierte, einer der mächtigsten Geschäftemacher in Den Haag –, und ließ die Stimme des Senators für mich sprechen. »Mein Sohn, ich bin Senator Johnson. Ich denke, eine meiner Angestellten hat heute für mich eine Maschine reserviert – eine Hanshaw Superb.«

»Oh! Freut mich, Sie kennenzulernen, Senator Johnson«, sagte er, klammerte seine Zeitung am Tisch fest und löste seinen Sitzgurt. »Ja, ich habe die Reservierung entgegengenommen. Aber es ist keine Superb, sondern ein Volvo.«

»*Was?* Ich habe dem Mädchen doch ausdrücklich gesagt – aber lassen wir das. Ändern Sie das bitte.«

»Ich wünschte, ich könnte es, Sir. Ich habe nichts anderes.«

»Sehr bedauerlich. Wären Sie so freundlich, die Konkurrenz anzurufen. Besorgen Sie mir eine – «

»Senator, in ganz Golden Rule gibt es kein Gerät mehr zu mieten. Morris Garage, Lockheed-Volkswagen, Hertz, Interplanet – seit Stunden rufen wir uns gegenseitig an. Keine Chance. Nichts läuft. Es gibt keine Maschine mehr.«

Jetzt war philosophische Gelassenheit angebracht. »Wenn das so ist, sollte ich doch den Volvo nehmen, nicht wahr, mein Sohn?«

Wieder war der Senator verärgert, als er den vollen Listenpreis für das offensichtlich schon häufig benutzte Gerät hinblättern mußte: Ich beschwerte mich über die schmutzigen Aschenbecher und verlangte, daß sie gesaugt werden. Als das Terminal hinter Dockweilers Kopf damit aufhörte, von Ames und Novak zu reden, meinte ich, es sei vielleicht doch nicht so wichtig, und sagte: »Lassen Sie uns die Masse und die verfügbare Delta-V prüfen; ich will abheben.«

Zur Ermittlung der Masse benutzt Budget Jets keine Zentrifuge, sondern den neuen, schnelleren, billigeren und viel bequemeren elastischen Trägheitsmesser. Dockweiler schickte uns alle zusammen ins Netz (ohne den Bonsai, den er schüttelte und mit zwei Kilogramm veranschlagte – was stimmen mochte). Wir mußten uns eng umschlingen und das Paket von Macy's fest an uns drücken. Dann schaltete Dockweiler das Gerät an und rüttelte uns fast die Zähne aus. Anschließend verkündete er, unsere Gesamtmasse betrüge 213,60 Kilogramm.

Ein paar Minuten später schnallten wir uns in den Sitzen fest, Dockweiler versiegelte die Kabine und die innere Schleuse der Startrampe. Er hatte uns nicht nach unseren Ausweisen, Touristenkarten oder Pässen gefragt. Auch meinen Pilotenschein brauchte ich nicht vorzuzeigen. Aber dafür hatte er uns ausgenommen wie eine Weihnachtsgans. Plus Versicherung. Plus »Trinkgeld«.

Ich gab »213,60 kg« in den Bord-Computer ein und prüfte die Anzeigen. Die Treibstoffanzeige stand auf »voll«, und alle Idiotenlichter leuchteten grün. Ich drückte den Startknopf und wartete. Dockweilers Stimme erreichte uns über Sprechfunk: »Hals- und Beinbruch!«

»Danke.«

Mit einem Zischen entwich die Druckluft, wir hoben von der Startrampe ab und schwebten im hellen Sonnenlicht. Dicht vor uns sahen wir die außenliegenden Einrichtungen des Raumflughafens. Ich drückte den Kopf für die Präzessionssteuerung und setzte um eins-achtzig zurück. Als wir abdrehten, bewegte sich der Wohnbezirk von uns weg und erschien in meinem linken Kabinenfenster. Vorn kam die einschwebende Fähre in Sicht, aber ich unternahm nichts, denn da ich gerade startete, mußte sie uns ausweichen. Dann tauchte im rechten Kabinenfenster der beeindruckendste Anblick im ganzen System auf: Luna in nur dreihundert Kilometer Entfernung, zum Greifen nahe.

Ich fühlte mich großartig.

Wir ließen die ganze verlogene Mörderbande hinter uns zurück und hatten uns für alle Zeit Sethos' unberechenbarer Tyrannei entzogen. Zuerst war mir das Leben in Golden Rule leicht und sorglos erschienen. Aber ich hatte dazugelernt. Der Hals eines Monarchen sollte immer in einer Schlinge stecken – sie hält ihn aufrecht.

Ich saß im Pilotensitz; Gwen hatte den Kopilotensitz rechts neben mir eingenommen. Ich schaute zu ihr hinüber und merkte plötzlich, daß ich immer noch diese alberne Augenklappe trug. Nein, »albern« wird gestrichen – es ist gut möglich, daß sie mir das Leben gerettet hat. Ich nahm sie ab und steckte sie in die Tasche. Dann nahm ich auch den Fez ab, und nach einigem Überlegen stopfte ich ihn unter meinen Brustgurt. »Jetzt wollen wir sehen, ob die Maschine raumklar ist«, sagte ich.

»Ist es dafür nicht etwas zu spät, Richard?«

»Ich gehe die Checkliste immer erst nach dem Start durch«, sagte ich. »Ich bin ein optimistischer Typ. Du hast eine Handtasche und ein großes Paket von Macy's. Wie sind die Sachen gesichert?«

»Noch gar nicht. Wenn du aufhörst, die Maschine zu bewegen, schnalle ich mich los und verstaue die Sachen im Netz.« Sie löste ihre Gurte.

»Halt! Bevor du dich losschnallst, brauchst du die Erlaubnis des Piloten.«

»Ich dachte, die hätte ich.«

»Die hast du erst jetzt. Aber machen Sie diesen Fehler nicht noch einmal, Mr. Christians. Auf seiner Majestät Schiff *Bounty* herrscht Ordnung, und so soll es auch bleiben. Bill! Wie geht es dir da hinten?«

»Alles okay.«

»Bist du wirklich richtig festgezurrt? Wenn ich das Heck drehe, möchte ich nicht, daß Kleingeld in der Kabine herumfliegt.«

»Er ist richtig angeschnallt«, versicherte Gwen. »Ich habe mich vergewissert. Er hält den Topf mit dem Baum fest an sich gepreßt, und ich habe ihm versprochen, daß wir ihn ohne große Zeremonien beerdigen, wenn er ihn losläßt.«

»Ich bin nicht sicher, ob das auch noch klappt, wenn wir beschleunigen.«

»Ich auch nicht, aber es gab keine andere Möglichkeit, ihn zu verstauen. Jedenfalls hält er den Baum in einer für die Beschleunigung geeigneten Position – und ich werde ein paar Zaubersprüche murmeln. Lieber Mann, was fange ich nur mit dieser Perücke an? Naomi trägt sie immer bei öffentlichen Auftritten; sie ist sehr teuer. Es war nett von ihr, daß sie sie mir unbedingt zur Verfügung stellen wollte – ich glaube, durch die Perücke wirkte meine Verkleidung erst richtig überzeugend. Aber ich weiß nicht, ob sie es überstehen wird. Sie ist gegen Beschleunigung genauso empfindlich wie der Bonsai.«

»Ich weiß es verdammt auch nicht – das ist meine offizielle Stellungnahme. Aber ich nehme nicht an, daß ich dieses Go-Kart auf mehr als zwei g bringen muß.« Ich dachte darüber nach. »Wie wäre es mit dem Handschuhfach? Nimm alle Kleenex-Tücher aus dem Spender und leg sie zerknüllt um die Perücke herum. Ein paar steckst du in die Perücke hinein. Das sollte doch gehen.«

»Ich denke schon. Haben wir noch Zeit genug?«

»Reichlich. Ich habe es in Mr. Dockweilers Büro rasch ausgerechnet. Um bei Sonnenlicht auf dem Raumhafen von Hongkong Luna zu landen, müßte ich gegen einundzwanzig Uhr eine niedrigere Umlaufbahn erreichen. Wir haben also noch viel Zeit. Tu also, was du tun mußt . . . während ich dem Bord-Computer erzähle, was ich tun will. Gwen, kannst du von deiner Seite aus die Instrumente ablesen?«

»Yes, Sir.«

»Okay, das ist dein Job. Und natürlich das Kabinenfenster an Steuerbord. Ich kümmere mich um den Antrieb, die Position und diesen Baby-Computer. Übrigens, du hast doch einen Pilotenschein?«

»Bißchen spät, mich jetzt danach zu fragen, nicht wahr? Aber mach dir nur keine Sorgen, mein Schatz. Ich habe schon allen möglichen Himmelsschrott geflogen, als ich noch auf der High School war.«

»Gut.« Ich bat sie nicht, mir ihren Schein zu zeigen – sie hatte recht; jetzt kam es nicht mehr darauf an.

Und mir fiel ein, daß sie meine Frage gar nicht beantwortet hatte.

(Wenn Ballistik Sie langweilt, können Sie auch das Folgende überschlagen.)

Eine Umlaufbahn um Luna, bei der man die Gänseblümchen wegrasiert (vorausgesetzt, es gibt auf Luna Gänseblümchen, was unwahrscheinlich ist), dauert eine Stunde, achtundvierzig Minuten und ein paar Sekunden. Golden Rule liegt dreihundert Kilometer höher als das größte Gänseblümchen und muß einen Weg zurücklegen, der länger ist als Lunas Umfang (10919 Kilometer), nämlich 12 805 Kilometer. Fast zweitausend Kilometer länger – also muß Golden Rule sich schneller bewegen. Stimmt's?

Falsch. (Ich habe gemogelt.)

In einem planetarischen Orbit gibt es einen ballistischen Aspekt, der so sinnlos erscheint, daß man ihn mit gesundem Menschenverstand kaum begreifen kann: um schneller zu werden, muß man abbremsen; um abzubremsen, muß man schneller werden.

Es tut mir leid. So ist es nun einmal.

Wir waren mit Golden Rule auf einer Umlaufbahn, dreihundert Kilometer über Luna, und wie Golden Rule bewegten wir uns mit einer Geschwindigkeit von anderthalb Kilometern in der Sekunde (1,5477 km/s hatte ich in den Bord-Computer eingegeben . . . denn dieser Wert stand in den Unterlagen, die ich in Dockweilers Büro bekommen hatte). Um zu Lunas Oberfläche hinterzukommen, mußte ich eine niedrigere (und schnellere) Umlaufbahn erreichen . . . und das konnte ich nur, wenn ich die Geschwindigkeit verringerte.

Es war sogar noch komplizierter. Eine Landung im Vakuum macht es erforderlich, daß man die niedrigste (und schnellste) Umlaufbahn erreicht . . . aber man muß diese Geschwindigkeit neutralisieren, so daß der Bodenkontakt mit einer relativen Geschwindigkeit von Null erfolgt – und man muß sie auf Null halten, damit der Kontakt senkrecht nach unten erfolgt, und zwar bei einer möglichst weichen Landung und ohne zu rutschen. Das nennt man eine »synergetische« Umlaufbahn (schwer zu buchstabieren und noch schwerer zu berechnen).

Aber es ist möglich. Armstrong und Aldrin machten es beim ersten Mal richtig. (Eine zweite Chance gibt es nicht!) Aber trotz ihrer sorgfältigen Berechnung stellte sich heraus, daß ihnen ein riesiger Felsen im Weg stand. Reines Können und eine Mütze voll Treibstoff ermöglichte ihnen eine Landung, nach der sie ohne Schaden ihr Fahrzeug verlassen konnten. (Wenn sie diese Mütze voll Treibstoff nicht gehabt hätten, wäre dann die Raumfahrt um ein halbes Jahrhundert verzögert worden? Wir tun unseren Pionieren nicht genug Ehre an.)

Es gibt noch eine andere Landemethode. Man schwebt direkt über der Stelle, an der man landen will. Man stürzt wie ein Stein herab. Dann bremst man mit seiner Düse so präzise ab, daß man den Boden so leicht berührt wie das Ei den Teller, mit dem es der Jongleur auffängt.

Ein kleines Problem: Richtungsänderungen im rechten Winkel sind sehr ungünstig. Man verschwendet enorm viel Delta-V – und das Schiff führt in der Regel nicht viel Treibstoff mit. (»Delta-V«: Pilotenjargon für Geschwindigkeitsveränderung, denn in Gleichungen bedeutet der griechische Buchstabe Delta eine Teilveränderung, und »V« bedeutet Geschwindigkeit – denken Sie bitte daran, daß »V« nicht nur die Geschwindigkeit, sondern auch die Richtung bezeichnet. Deshalb fliegen Raketenschiffe auch keine runden Kurven.)

Ich programmierte den kleinen Bord-Computer des Volvo mit der Art von synergetischer Landung, die Armstrong und Aldrin unternommen hatten, wenn meine auch nicht annähernd so kompliziert war. Zuerst veranlaßte ich den Bord-Computer, ein allgemeines Programm für eine Landung von einer Umlaufbahn um Luna auszuwerfen. Gehorsam gab der Computer zu, daß er sich auskannte. Dann gab ich die Daten für diese besondere Landung ein, die ich den Unterlagen von Budget Jets entnahm.

Als ich damit fertig war, ließ ich den Bord-Computer alles überprüfen, was ich eingegeben hatte; zögernd räumte er ein, daß er jetzt alle Daten habe, die er brauche, um in Hongkong Luna um genau zweiundzwanzig Uhr, siebzehn Minuten und achtundvierzig komma drei Sekunden zu landen. Die Uhr stand jetzt auf 1957. Vor nur zwanzig Stunden hatte ein Fremder, der sich »Enrico Schultz« nannte, in Rainbow's End ungebeten an meinem Tisch Platz genommen und wurde fünf Minuten später erschossen. Inzwischen hatten Gwen und ich geheiratet, waren ausgewiesen worden, hatten ein nutzloses Anhängsel »adoptiert«, waren des Mordes beschuldigt worden und hatten um unser Leben rennen müssen. Ein arbeitsreicher Tag! – und er war noch nicht vorbei.

Ich hatte zu lange in eintöniger Sicherheit gelebt. Nichts verleiht dem Leben mehr Würze, als um sein Leben rennen zu müssen. »Kopilot?«

»Kopilot aye, aye.«

»Das macht Spaß! Vielen Dank, daß du mich geheiratet hast.«

»Roger, Captain Darling. Ich freue mich auch.«

Kein Zweifel, dies war mein Glückstag! Wir hatten genau den richtigen Zeitpunkt erwischt, und das hatte uns das Leben gerettet. In diesem Augenblick überprüfte Boß Franco mit Sicherheit jeden Passagier, der die Zwanzig-Uhr-Fähre bestieg, und wartete darauf, daß Dr. Ames und Mistress Novak auftauchten, um ihre Plätze einzunehmen – während wir schon lange durch den Seitenausgang verschwunden waren. Die Wahl des richtigen Zeitpunkts hatte uns also das Leben gerettet. Aber die Glücksgöttin wartete noch mit weiteren Geschenken auf.

Wieso? Von Golden Rules Umlaufbahn aus war eine Landung auf Luna am leichtesten, wenn wir an irgendeinem Punkt der Beleuchtungsgrenze aufsetzten – geringster Treibstoffverbrauch, geringste Delta-V. Warum? Weil wir uns schon auf der Linie dieser Beleuchtungsgrenze befanden, die von Pol zu Pol führt, von Süden nach Norden, von Norden nach Süden. Am einfachsten konnten wir also landen, indem wir uns einfach Luna näherten, ohne die Richtung zu ändern.

In ostwestlicher Richtung zu landen würde bedeuten, unseren jetzigen Kurs aufzugeben und noch mehr Delta-V zu verlieren, um diese alberne Richtungsänderung im rechten Winkel durchzuführen – dann müßten wir das Programm für die Landung eingeben. Vielleicht kann Ihr Bankkonto eine solche Verschwendung vertragen; Ihr Himmelsauto kann es nicht. Sie werden plötzlich feststellen, daß Sie ohne Treibstoff dort oben hängen und unter sich nur Vakuum und Felsen haben. Höchst unappetitlich.

Um unser Leben zu retten, wäre ich mit jedem anderen Landefeld auf Luna zufrieden gewesen . . . aber zu den Extrageschenken der Glücksgöttin gehörte auch, daß ich auf dem Feld landen konnte, das mir am meisten zusagte: Hongkong Luna. Ein weiterer Vorteil lag darin, daß ich nur eine Stunde im Orbit zu warten brauchte, bis ich den Bord-Computer anweisen konnte, den Landeanflug durchzuführen. Wir würden bei Tagesanbruch aufsetzen. Was konnte ich mehr verlangen?

In diesem Augenblick schwebten wir über der Rückseite des Mondes, die so zerfurcht ist wie der Rücken eines Alligators. Amateurpiloten landen aus zwei Gründen nicht auf der Rückseite des Mondes: 1) Berge – verglichen mit den Bergen auf der erdabgewandten Seite des Mondes sehen die Alpen so flach aus wie die Weizenfelder von Kansas; 2) Ansiedlungen – es gibt keine bedeutenden. Wir wollen keine dieser unbedeutenden Ansiedlungen nennen; das könnte einige der unbedeutenden Siedler wütend machen.

Nach weiteren vierzig Minuten würden wir über Hongkong

Luna sein, und zwar genau in dem Augenblick, in dem die Sonne es erreicht. Vorher würde ich um Landeserlaubnis bitten und den letzten und schwierigsten Teil der Landung vom Boden aus steuern lassen. Die nächsten zwei Stunden würde ich damit verbringen, einen weiteren Umlauf zu absolvieren und dann den Volvo ganz allmählich zur Landung nach unten zu bringen. Dann wäre es an der Zeit, an die Bodenkontrolle von Hongkong Luna zu übergeben. Aber ich war fest entschlossen, an den Kontrollen zu bleiben und die eigentliche Landung selbst durchzuführen, schon, um in Übung zu bleiben. Wie lange war es schon her, daß ich selbst im Vakuum gelandet war? Konnte es auf Callisto gewesen sein? In welchem Jahr? Auf jeden Fall war es zu lange her.

Um 20:12 passierten wir Lunas Nordpol und erlebten den Erdaufgang . . . ein atemberaubender Anblick, ganz gleich, wie oft man ihn genossen hat. Mutter Erde stand in halber Phase (da wir uns über Lunas Beleuchtungsgrenze befanden), und ihre beleuchtete Hälfte lag zu unserer Linken. Weil die Sommersonnwende erst einige Tage zurücklag, neigte sich die Polkappe ganz in das Sonnenlicht und war gleißend hell. Aber Nordamerika war fast genauso hell, wenn auch, von der mexikanischen Westküste abgesehen, wolkenverhangen.

Ich hielt den Atem an, und Gwen drückte mir die Hand. Fast hätte ich vergessen, die Bodenkontrolle von HKL zu rufen.

»Volvo B-J siebzehn an HKL-Kontrolle. Hören Sie mich?«

»Ich höre Sie, B-J siebzehn.«

»Erbitte Landeerlaubnis für zweiundzwanzig Uhr siebzehn Minuten und achtundvierzig Sekunden. Erbitte bodengesteuerte Landung mit manueller Eingreifmöglichkeit. Ich befinde mich außerhalb von Golden Rule, aber noch auf der Umlaufbahn des Wohnbezirks, etwa sechs Kilometer westlich davon. Over.«

»Volvo B-J siebzehn. Landeerlaubnis für Hongkong Luna um etwa zweiundzwanzig Uhr siebzehn Minuten und achtundvierzig Sekunden. Schalten Sie spätestens um einundzwanzig Uhr neunundvierzig auf Satellitenkanal dreizehn, und bereiten Sie sich auf bodengesteuerte Landung vor. Achtung: Auf Ihrer Umlaufbahn müssen Sie um einundzwanzig Uhr sechs Minuten und neunzehn Sekunden das Standard-Landeprogramm beginnen und genau einhalten. Sollten Sie bei Einleitung der bodengesteuerten Landung Ihren Vektor um drei Prozent oder Ihre Höhe um vier Kilometer verfehlen, wird das Landemanöver abgebrochen. Kontrolle HKL.«

»Roger«, sagte ich. Dann fügte ich hinzu: »Du weißt wahrscheinlich nicht, daß du mit Captain Midnight redest, dem schärfsten Piloten des ganzen Sonnensystems« – aber ich hatte vorher das Mikrophon ausgeschaltet.

Dachte ich wenigstens. Ich hörte eine Antwort: »Und hier ist Captain Hämorrhoid Nesselfieber, der übelste Pilot der Bodenkontrolle. Sie werden mir einen Liter Glenlivet ausgeben, nachdem ich Sie heruntergeholt habe. Falls ich Sie überhaupt herunterhole.«

Ich prüfte den Mikrophonschalter – er schien in Ordnung zu sein. Ich verzichtete auf eine Antwort. Jeder weiß, daß Telepathie am besten im Vakuum funktioniert . . . aber für den Normalbürger müßte es eine Möglichkeit geben, sich vor einem Supermann zu schützen.

(Zum Beispiel, indem er das Maul hält.)

Ich stellte das Alarmsignal auf einundzwanzig Uhr und korrigierte die Fluglage, um den Abstieg einzuleiten. Während der nächsten Stunde genoß ich den Flug und hielt dabei Gwens Hand. Die unglaublichen Berge des Mondes, größer und schroffer als der Himalaya und ergreifend trostlos zogen vor (unter) uns vorbei. Die einzigen Geräusche kamen vom leisen Summen des Computers und ebenso leise vom Zischen der Lufterneuerungsanlage – und von Bill, der regelmäßig und unangenehm die Nase hoch zog. Ich ignorierte alle Geräusche und inspizierte meine Seele. Weder Gwen noch mir war nach einer Unterhaltung zumute. Es war eine angenehme Phase, friedlich wie der Bach unter der alten Mühle.

»Richard! Aufwachen!«

»Was? Ich hab' nicht geschlafen.«

»Doch, Schatz. Es ist nach einundzwanzig Uhr.«

Es stimmte. Einundzwanzig Uhr eins, und die Zeit lief. Was war mit dem Alarmsignal los? Aber damit konnte ich mich nicht aufhalten – ich hatte noch fünf Minuten und ein paar Sekunden Zeit, um die Landung einzuleiten. Ich drückte den Knopf für einen halben Überschlag. Die Düse muß nämlich gegen die Bewegungsrichtung zeigen, um die Landegeschwindigkeit zu reduzieren: das heißt, daß sich der Pilot dann »rückwärts« bewegt.

Sobald ich merkte, daß der Volvo anfing sich zu bewegen, fragte ich den Computer, ob er bereit sei, mit dem Landeprogramm zu beginnen. Dabei benutzte ich den auf seinem Gehäuse eingestanzten Standard-Kode.

Keine Reaktion. Kein Bild und kein Ton.

Ich stieß einen üblen Fluch aus. »Hast du den Ausführungsknopf gedrückt?« fragte Gwen.

»Gewiß habe ich das«, sagte ich und drückte ihn noch einmal.

Der Schirm leuchtete auf, und der Ton war durchdringend schrill:

»Wie buchstabieren Sie Komfort? Für den klugen Luna-Bürger von heute, überarbeitet, überreizt und von Streß belastet, buchstabiert man es C, O, M, F, I, E, S – das ist Comfies, das von allen Therapeuten besonders empfohlene Mittel gegen erhöhte Magensäure, Sodbrennen, Magengeschwüre, Darmkrämpfe und gewöhnliche Bauchschmerzen. Comfies! Besser als alles andere. Hergestellt von Tiger Balm Pharmaceuticals, Hongkong Luna, den Herstellern von Medikamenten, auf die man sich verlassen kann. C, O, M, F, I, E, S, *Comfies!* Besser als alles andere! Fragen Sie Ihren Therapeuten!« Dann kreischte irgendeine Tante einen Song über die Vorteile von Comfies.

»Das verdammte Ding läßt sich nicht ausschalten!«

»Schlag darauf!«

»Was?«

»Schlag drauf, Richard.«

Die einzige Logik, die ich darin sah, war, daß so etwas meinen emotionalen Bedürfnissen entgegenkommen würde. Ich schlug ziemlich heftig gegen das Gerät. Es plärrte nun irgendeinen Blödsinn über ein viel zu teures Mineralwasser.

»Darling, du mußt härter zuschlagen. Elektronen sind furchtsame kleine Dinger, aber sie sind launisch; man muß sie spüren lassen, wer der Boß ist. Hier, laß mich mal.« Gwen schlug so kräftig zu, daß ich schon um das Gehäuse fürchtete.

Der Schirm reagierte sofort:

Klar zum Abstieg – Nullzeit = 21 – 06 – 17.0.

Die Uhr zeigte 21 – 05 – 42.7 an

– und das ließ mir gerade noch Zeit, einen Blick auf das Höhen-Radar (Es zeigte 298 Kilometer über dem Boden an) und auf die Doppleranzeige zu werfen. Aus der letzteren ersah ich, daß wir dem vorgeschriebenen Vektor so nahe waren, daß die Bodenkontrolle übernehmen konnte . . . wenn ich auch keine Ahnung hatte, was ich in zehn Sekunden noch hätte ändern können. Zur Höhensteuerung hat ein Volvo keine paarweise angeordneten Düsen, sondern Kreisel – billiger als zwölf kleine Düsen, aber auch langsamer.

Dann zeigte die Uhr plötzlich die Nullzeit an, die Düse zündete, und wir wurden in die Sitzpolster gedrückt. Auf dem Bildschirm erschien das Zündungsprogramm. Ganz oben stand:

21 – 06 – 17.0 19 Sekunden
21 – 06 – 36.0

Ganz sanft schaltete nach neunzehn Sekunden die Düse ab. Sie räusperte sich dabei nicht einmal. »Siehst du?« sagte Gwen. »Man muß nur streng genug zu ihm sein.«

»Ich glaube nicht an Animismus.«

»Nicht? Wie willst du dann . . . Tut mir leid, Schatz. Vergiß es. Gwen wird das schon machen.«

Captain Midnight antwortete nicht. Man konnte eigentlich nicht sagen, daß ich schmollte. Aber verdammt nochmal, Animismus ist doch der reinste Aberglaube. (Außer, wenn es um Waffen geht.)

Ich hatte Kanal dreizehn eingeschaltet, und gerade erfolgte die fünfte Zündung. Ich war im Begriff, an die Bodenkontrolle von HKL zu übergeben, als der kleine elektronische Idiot unser Landeprogramm zusammenbrechen ließ. Die Tabelle mit den Zündungszeiten wurde blaß, flackerte, schrumpfte zu einem Punkt zusammen und verschwand vom Schirm. Wie wild schlug ich auf die Abruftaste – nichts geschah.

Captain Midnight, unerschrocken wie immer, wußte genau, was zu tun war. »Gwen! Ich habe das Programm verloren.«

Sie schlug noch einmal gegen das Gerät. Die Tabelle erschien nicht wieder auf dem Schirm. Wenn ein Programm einmal gelöscht ist, bleibt es für immer weg, wie eine zerplatzte Seifenblase. Aber es geschah doch etwas: In der linken oberen Ecke des Bildschirms erschien der Positionsanzeiger und blinkte neugierig. »Wann soll die nächste Zündung erfolgen?« fragte Gwen. »Und wie lange soll sie dauern?«

»Um einundzwanzig Uhr siebenundvierzig Minuten und siebzehn Sekunden, glaube ich, und sie soll elf Sekunden dauern. Ich bin ziemlich sicher, daß es elf Sekunden waren.«

»Wir werden sehen, ob die Werte stimmen. Schalte die Zündung manuell ein und laß den Computer das verlorene Programm neu berechnen.«

»Okay.« Ich gab die Zündungszeit ein. »Anschließend werde ich an die Bodenkontrolle von Hongkong übergeben.«

»Dann sind wir also aus dem Schneider, Darling – eine Zündung manuell, und den Rest übernimmt die Bodenkontrolle. Aber sicherheitshalber werden wir die Daten neu berechnen.«

Das klang viel optimistischer als meine Stimmung war. Ich wußte nicht mehr, welchen Vektor und welche Höhe ich erreichen mußte, damit die Bodenkontrolle übernehmen konnte. Aber ich hatte keine Zeit, mir darüber Gedanken zu machen; ich mußte die Zündung einleiten.

Ich gab die Daten ein:

21 – 47 – 17.0 – 11.0 Sekunden
21 – 47 – 28.0

Ich schaute auf die Uhr und zählte mit. Um genau siebzehn Sekunden nach einundzwanzig Uhr siebenundvierzig drückte ich auf den Auslöseknopf und hielt ihn fest. Die Düse zündete. Ich weiß nicht, ob ich sie zündete, oder ob es der Computer war. Ich ließ den Finger auf dem Knopf, während die Sekunden abliefen, und nach genau elf Sekunden ließ ich los.

Die Düse ließ sich nicht abschalten.

(». . . renn im Kreis und brüll und schrei!«) Ich wackelte am Auslöseknopf. Nein, er klemmte nicht. Ich schlug gegen das Gehäuse. Die Düse brüllte weiter und drückte uns in die Polster.

Gwen streckte die Hand aus und unterbrach die Stromzufuhr zum Computer. Die Düse war aus.

Ich versuchte, mein Zittern zu beherrschen. »Danke, Kopilot.«

»Yes, Sir.«

Ich schaute nach draußen und sah, daß der Boden näher war als mir lieb sein konnte. Ich warf einen Blick auf das Höhenradar. Neunzig und etwas – die dritte Ziffer verändert sich. »Gwen, ich glaube nicht, daß wir in Hongkong Luna landen.«

»Das glaube ich auch nicht.«

»Das Problem ist, diesen Schrott heil nach unten zu bringen.«

»Ganz Ihrer Meinung, Sir.«

»Wo sind wir jetzt? Wir können nur noch ein kultiviertes Ratespiel veranstalten; ich erwarte keine Wunder.« Die Gegend vor uns – besser, hinter uns – sah genauso holprig aus wie die Mondrückseite. Kein geeigneter Ort für eine Notlandung.

»Könnten wir nicht drehen?« sagte Gwen. »Wenn wir Golden Rule sehen könnten, wüßten wir mehr.«

»Okay. Mal sehen, ob das Ding reagiert.« Ich betätigte die Präzessionskontrolle und drehte das Himmelsauto um hundertachtzig Grad, wobei wir wieder in den Kopfstand gehen mußten. Der Boden war deutlich näher gekommen. Unser Himmelsauto stabilisierte sich, und rechts und links zog der Horizont vorbei – aber diesmal lag der Himmel »unten.« Ärgerlich . . . aber wir wollten nach dem Wohnbezirk Golden Rule Ausschau halten, unserer früheren Heimat. »Siehst du was?«

»Nein, Richard, ich sehe nichts.«

»Wahrscheinlich liegt es irgendwo hinter dem Horizont. Kein Wunder, denn als wir das letzte Mal hinschauten, war es schon ziemlich weit weg – und die letzte Zündung ging total daneben. Sie dauerte zu lange. Wo sind wir also jetzt?«

»Als wir an diesem großen Krater vorbeikamen – Aristoteles?«

»War das nicht Plato?«

»No, Sir. Plato liegt weiter westlich und müßte noch im Schatten liegen. Es könnte irgendein Ringkrater gewesen sein, den ich nicht kenne . . . aber dieses glatte Zeug südlich von uns. Dieses ziemlich glatte Zeug – ich glaube, das muß Aristoteles sein.«

»Gwen, es ist ganz egal, wie der Krater heißt. Ich muß diesen Schlitten auf dem glatten Zeug landen. Auf dem ziemlich glatten Zeug. Oder hast du einen besseren Vorschlag?«

»No, Sir, habe ich nicht. Wir sinken. Wenn wir genügend beschleunigen, um in dieser Höhe auf einer Umlaufbahn zu bleiben, reicht der Treibstoffvorrat wahrscheinlich nicht mehr für eine Landung. Aber das ist nur eine Vermutung.«

Ich schaute auf die Tankanzeige – diese letzte, falsche Zündung hatte zu lange gedauert und eine Menge von meiner verfügbaren Delta-V aufgebraucht. Ich hatte keinen Spielraum mehr. »Ich glaube, du hast recht – also landen wir. Wir wollen sehen, ob unser kleiner Freund für diese Höhe einen parabolischen Landekurs ausrechnen kann – denn sobald der Boden unter uns einigermaßen eben aussieht, werde ich abbremsen und runtergehen. Was hältst du davon?«

»Hmm, ich hoffe nur, daß der Treibstoff reicht.«

»Ich auch. Gwen?«

»Jawohl?«

»Es hat Spaß gemacht, Honey.«

»Oh ja, Richard!«

»Oh, ich glaub', ich kann nicht . . .« sagte Bill mit erstickter Stimme.

Ich betätigte die Präzessionskontrolle, um eine zum Abbremsen geeignete Fluglage zu erreichen. »Halt den Mund, Bill; wir haben zu tun!« Das Höhenradar zeigte etwas über achtzig: wie lange dauert es bei einer Schwerkraft von einem Sechstel g, aus achtzig Kilometern Höhe den Boden zu erreichen? Sollte ich den Bordcomputer wieder einschalten? Oder sollte ich es im Kopf ausrechnen? Konnte ich mich darauf verlassen, daß der Computer nicht wieder die Düse zündete, wenn ich ihn mit Strom versorgte?

Das wollte ich lieber nicht riskieren. Würde ich das im Kopf ausrechnen können? Moment mal – die Entfernung ist gleich Beschleunigung durch zwei mal Quadrat der Zeit, das Ganze in Zentimetern und Sekunden. Achtzig Kilometer wären also, äh, achtzigtausend, nein, achthund – nein acht *Millionen* Zentimeter. Stimmte das?

Ein Sechstel g? Nein, die Hälfte von zweiundsechzig. Also ausrechnen und die Quadratwurzel ziehen . . .

Hundert Sekunden? »Gwen, wie lange noch bis zum Auftreffen?«

»Ungefähr siebzehn Minuten, grob gerechnet. Ich habe abgerundet.«

Ich überlegte kurz und stellte fest, daß ich den Richtungsvektor – den Kippfaktor – nicht berücksichtigt hatte. So gesehen lag ich mit meinen »Annäherungswerten« gar nicht schlecht. »Muß ungefähr stimmen. Achte auf die Doppler-Anzeige; ich werde den Vortrieb etwas drosseln. Natürlich nicht ganz; wir müssen uns einen geeigneten Landeplatz aussuchen können.«

»Aye, aye, Skipper!«

Ich schaltete den Strom ein, und die Düse zündete sofort. Ich ließ sie fünf Sekunden laufen und schaltete den Strom wieder aus. Die Düse schluchzte auf und verstummte. »Das ist eine höllische Methode, Gas zu geben«, sagte ich wütend. »Gwen?«

»Wir kriechen nur noch. Können wir drehen, damit wir sehen, wohin wir fliegen?«

»Klar.«

»Senator . . .«

»Bill, halt *endlich* das Maul!« Ich drehte noch einmal um hundertachtzig Grad. »Siehst du irgendwo einen gepflegten Rasen?«

»Es sieht alles ziemlich eben aus, Richard, aber wir sind immer noch fast siebzig Kilometer hoch. Sollten wir nicht weiter runtergehen, bevor wir die Geschwindigkeit verringern? Damit wir erkennen können, ob es irgendwo Felsen gibt.«

»Hört sich vernüftig an. Wie weit runter?«

»Wie wäre es mit einer Höhe von einem Kilometer?«

»Das ist so nahe, daß man die Schwingen des Todesengels rauschen hören wird. Wie viele Sekunden bis zum Auftreffen? Ich meine aus einer Höhe von einem Kilometer?«

»Hmm, Quadratwurzel aus etwas über zwölfhundert. Sagen wir fünfunddreißig Sekunden.«

»Okay. Du achtest auf die Höhe und auf die Beschaffenheit des Terrains. In ungefähr zwei Kilometer Höhe nehme ich die Geschwindigkeit weg. Aber ich brauche genug Zeit, den Vogel dann noch einmal um neunzig Grad zu drehen, damit wir mit dem Heck aufsetzen können. Gwen, wir hätten im Bett bleiben sollen.«

»Das habe ich dir zwar gleich gesagt, aber ich habe Vertrauen zu dir.«

»Was nützt Vertrauen, wenn nichts funktioniert? Ich wollte, ich wäre in Paducah! Die Zeit?«

»Ungefähr noch sechs Minuten.«

»Senator . . .«

»Halt's Maul, Bill! Sollen wir die Hälfte der Restgeschwindigkeit jetzt wegnehmen?«

»Drei Sekunden?«

Ich zündete für drei Sekunden und wendete zum Ein- und Ausschalten dieselbe alberne Methode an.

»Zwei Minuten, Sir.«

»Achte auf die Doppler-Anzeige und sag mir, wann ich abschalten muß.« Ich startete die Düse.

»Jetzt!«

Abrupt schaltete ich sie aus und startete die Präzession; das Heck zeigte nach unten, die »Windschutzscheibe« nach oben. »Wie steht es mit den Daten?«

»Wir sind so weit unten, wie es auf diese Weise geht. Aber ich würde nicht mehr mit dem Ding herumspielen. Schau dir die Treibstoffanzeige an.«

Ich schaute hin, und was ich sah, gefiel mir ganz und gar nicht. »Okay, ich zünde erst wieder, wenn wir dicht über dem Boden sind.« Wir behielten das Heck unten, und vor uns war nichts als Himmel. Hinter meiner linken Schulter sah ich in einem Winkel von fünfundvierzig Grad den Boden. An Gwen vorbei konnte ich auch an Steuerbord den Boden sehen, wenn auch weiter entfernt – in einem ungünstigen Winkel. »Gwen, wie lang ist diese Karre?«

»Ich habe so ein Ding noch nie fliegen sehen. Ist es denn wichtig?«

»Es ist sehr wichtig, wenn ich nach hinten schaue, um die Entfernung zum Boden abzuschätzen.«

»Ach so. Ich dachte, du wolltest es genau wissen. Sagen wir dreißig Meter. Eine Minute, Sir.«

Ich wollte gerade die Düse losspucken lassen, als Bill loskotzte. Der arme Teufel war raumkrank, aber in diesem Augenblick hätte ich ihn ermorden können. Sein Dinner schoß zwischen unseren Köpfen vorbei und klatschte gegen die vordere Scheibe, wo es sich rasch verteilte. *»Bill!«* brüllte ich. »Hör auf damit!«

(Sie brauchen mir gar nicht erst zu sagen, daß dies eine idiotische Forderung war.)

Bill tat, was er konnte. Er drehte den Kopf nach links und schoß seine zweite Salve gegen das linke Kabinenfenster: ich flog jetzt blind.

Ich versuchte es wenigstens. Ich schaute auf das Höhenradar und zündete kurz – aber auch das brachte nichts. Ich bin sicher, daß irgend jemand eines Tages das Problem lösen wird, wie man in Bodennähe genaue Höhenwerte erhält, die nicht durch das

Zünden der Düse oder durch das »Gras« am Boden verfälscht werden – ich bin ganz einfach zu früh geboren. »Gwen, ich kann nichts *sehen!*«

»Wir kriegen es schon hin, Sir.« Sie wirkte ruhig, kühl und entspannt – die richtige Partnerin für Captain Midnight! Sie schaute über ihre rechte Schulter zum Mondboden hinunter; ihre linke Hand lag am Energieschalter des Bordcomputers, unserem »Not-Gashebel«.

»Fünfzehn Sekunden, Sir . . . zehn . . . fünf.« Sie schaltete die Zündung.

Die Düse heulte kurz auf. Ich spürte einen leichten Stoß, und wir hatten wieder Gewicht.

Sie sah mich an und lächelte. »Kopilot meldet . . .«

Aber dann verschwand das Lächeln aus ihrem Gesicht und wich einem Ausdruck des Entsetzens. Wir spürten, wie die Maschine schwankte.

Haben Sie als Kind einmal mit einem Kreisel gespielt? Und wissen Sie, wie ein Kreisel sich verhält, wenn er langsamer wird? Er dreht sich immer flacher, bis er schließlich langsam ausrollt und liegenbleibt. Und das tat auch dieser verdammte Volvo.

Bis er in voller Länge auf dem Boden lag und sich zum Schluß noch einmal drehte. Wir waren immer noch angeschnallt und unverletzt – aber wir hingen mit den Köpfen nach unten.

Gwen vollendete ihren Satz: ». . . meldet Bodenberührung, Sir.«

»Danke, Kopilot.«

*»Es ist sinnlos, daß die Schafe
die allgemeine Einführung einer vegetarischen
Lebensweise beschließen,
solange die Wölfe anderer Meinung sind.«*

WILLIAM RALPH INGE D. D. 1860–1954

»Jede Minute wird einer geboren.«

P. T. BARNUM 1810–1891

X

»Das war eine sehr schöne Landung, Gwen«, sagte ich. »Selbst PanAm hat noch kein Schiff weicher gelandet.«

Gwen schob den Rock ihres Kimonos zur Seite und schaute nach draußen. »So schön nun auch wieder nicht«, meinte sie. »Aber ich hatte ganz einfach keinen Treibstoff mehr.«

»Sei nicht so bescheiden. Ich habe besonders diese letzte kleine Gavotte bewundert, mit der das Ding sich flachlegte. Bequem für uns, denn wir haben keine Leiter zum Aussteigen.«

»Richard, woran lag das?«

»Das weiß ich nicht genau. Vielleicht hing es mit dem Präzessionskreisel zusammen . . . seine Steuerungskontrolle muß versagt haben. Keine Daten, keine Ahnung. Schatz, wie du da hängst, siehst du bezaubernd aus. Tristram Shandy hatte recht: eine Frau sieht am besten aus, wenn sie den Rock über den Kopf zieht.«

»Das hat Tristram Shandy bestimmt nicht gesagt.«

»Hätte er aber sagen sollen. Du hast wirklich hübsche Beine Liebling.«

»Danke. Mag sein. Würdest du mich jetzt freundlicherweise aus dieser Situation befreien? Mein Kimono hat sich im Gurt verheddert, und ich komme nicht los.«

»Macht es dir was aus, wenn ich vorher eine Aufnahme mache?«

Gwen gibt manchmal Antworten, die nicht sehr damenhaft sind; dann ist es am besten, das Thema zu wechseln. Ich löste meinen Sicherheitsgurt und stieg rasch zum Kabinendach hinunter, wobei ich aufs Gesicht fiel. Ich richtete mich auf und befreite Gwen aus ihrem Gurt. Sie loszuschnallen war eigentlich kein Problem, aber ihr war die Sicht versperrt. Ich achtete darauf, daß sie nicht fiel, und stellte sie auf die Füße. Dann verlangte ich einen Kuß von ihr. Ich fühlte mich wunderbar – noch vor Minuten hätte ich keinen Pfifferling darauf gewettet, daß wir heil runterkommen würden.

Gwen entsprach meinem Wunsch und das ausgiebig. »Jetzt müssen wir Bill losschnallen«, sagte sie dann.

»Wieso kann er das nicht selbst?«

»Er hat die Hände nicht frei, Richard.«

Als ich meine Braut losließ und hinschaute, wußte ich, was sie meinte. Bill hing mit dem Kopf nach unten in der Kabine, und in seinem Gesicht lag ein Ausdruck geduldigen Leidens. Meinen, nein, *unseren* Bonsai hielt er fest an den Bauch gepreßt. Die Pflanze war unbeschädigt. Finster schaute er Gwen an. »Ich habe ihn nicht losgelassen«, sagte er trotzig.

In Gedanken erteilte ich ihm Absolution dafür, daß er sich während der Landung übergeben hatte. Jemand, der die Qualen einer akuten Raumkrankheit erleiden muß und dennoch seine Pflicht erfüllt (selbst eine einfache), kann nicht wirklich schlecht sein. (Aber er würde alles wieder saubermachen müssen; die Absolution bedeutet nicht, daß ich es für ihn besorgen würde. Und selbst wenn Gwen dazu bereit war, sollte auch sie es nicht tun. Wenn sie es freiwillig tun wollte, würde ich den *Macho* und den strengen und unvernünftigen Ehemann herauskehren.)

Gwen nahm den Ahorn und stellte ihn auf die Unterseite des Computers. Bill löste selbst seinen Gurt, während ich ihn an den Füßen festhielt. Dann ließ ich ihn vorsichtig zum Kabinendach hinunter, damit er sich aufrichten konnte. »Gwen, gib Bill den Topf und laß ihn weiter darauf aufpassen. Er muß aus dem Weg, damit ich an den Computer und an das Armaturenbrett kann.« Sollte ich laut sagen, was mir Sorgen machte? Nein, dann könnte Bill sofort wieder krank werden . . . und Gwen konnte es sich ohnehin selbst denken.

Ich legte mich auf den Rücken, zwängte mich unter den Computer und schaltete ihn ein.

Eine blecherne Stimme, die ich kannte, sagte: ». . . Siebzehn, hören Sie mich? Volvo B-J siebzehn, bitte kommen. HKL Bodenkontrolle ruft Volvo B-J siebzehn . . .«

»Hier ist B-J siebzehn, Captain Midnight. Ich höre Sie, Hongkong.«

»Warum zum Teufel bleiben Sie denn nicht auf Kanal dreizehn, B-J? Sie haben Ihren Kontrollpunkt verfehlt. Brechen Sie ab. So kann ich Sie nicht runterbringen.«

»Das kann niemand, Captain Nesselfieber; ich *bin* schon unten. Notlandung. Computer-Fehlfunktion, Kreiselfehlfunktion, Funkfehlfunktion, Düsenfehlfunktion, Sichtverlust! Bei der Landung stellten wir uns auf den Kopf. Wir haben keinen Treibstoff mehr, und aus dieser Position heraus könnten wir ohnehin nicht abheben. Und jetzt ist auch noch das Luftreinigungsgerät ausgefallen.«

Eine ziemlich lange Pause trat ein. »Genosse, haben Sie Ihren Frieden mit Gott gemacht?«

»Verdammt, dazu hatte ich zuviel zu tun.«

»Hmm. Verständlich. Wie steht es mit dem Kabinendruck?«

»Das Idiotenlicht zeigt Grün. Eine Druckanzeige gibt es hier nicht.«

»Wo sind Sie?«

»Keine Ahnung. Der Laden brach um einundzwanzig Uhr siebenundvierzig zusammen, kurz bevor wir an Sie hätten übergeben sollen. Inzwischen haben wir uns auf den Hintern gesetzt. Ich weiß zwar nicht, wo wir sind, aber wir müßten uns irgendwo unterhalb Golden Rules Umlaufbahn befinden; die Zündungen haben uns immer in die korrekte Richtung gebracht. Ich glaube, wir haben Aristoteles passiert, und zwar um, äh . . .«

»Einundzwanzig Uhr achtundfünfzig«, ergänzte Gwen.

»Einundzwanzig Uhr achtundfünfzig; mein Kopilot hat das aufgezeichnet. Ich habe in einem Krater etwas weiter südlich aufgesetzt. Lacus Somniorum?«

»Moment mal. Sind Sie auf der Beleuchtungsgrenze geblieben?«

»Ja. Da sind wir noch. Die Sonne steht genau am Horizont.«

»Dann können Sie nicht so weit östlich sein. Zeitpunkt der Landung?«

Ich hatte keine blasse Ahnung. »Zweiundzwanzig Uhr drei Minuten und einundvierzig Sekunden«, flüsterte Gwen.

»Zweiundzwanzig Uhr drei Minuten und einundvierzig Sekunden«, wiederholte ich.

»Hmm. Lassen Sie mich das prüfen. In diesem Fall müssen Sie sich südlich von Eudoxus befinden. Im nördlichen Teil des Mare Serenitatis. Sind westlich von Ihnen Berge?«

»Sehr hohe sogar.«

»Das ist die Kaukasus-Kette. Sie haben Glück gehabt; vielleicht bleiben Sie am Leben, damit wir Sie hängen können. Ziemlich in Ihrer Nähe liegen zwei bewohnte Druckstationen. Vielleicht ist jemand daran interessiert, Sie zu retten . . . für das Fleisch, das Ihrem Herzen am nächsten sitzt, plus zehn Prozent.«

»Ich werde zahlen.«

»Das will ich meinen. Und wenn Sie gerettet sind, vergessen Sie nicht, auch uns um die Rechnung zu bitten. Vielleicht brauchen Sie uns eines Tages noch mal. Okay, ich werde Ihre Position durchgeben. Moment mal. Könnte das alles vielleicht wieder irgendein Unfug sein, wie man ihn von Captain Midnight gewohnt ist? Wenn das der Fall ist, schneide ich Ihnen die Leber raus und brate sie.«

»Captain Nesselfieber, das Ganze tut mir wirklich leid. Ich hatte nur mit meinem Kopiloten herumgealbert, und ich glaubte, das Mikrophon sei tot. Hätte es auch sein müssen, denn ich hatte abgeschaltet. Noch eins der vielen Probleme, die ich mit diesem Schrotthaufen hatte.«

»Sie sollten während eines Landemanövers nicht herumalbern.«

»Ich weiß. Aber – ach, zum Teufel! Mein Kopilot ist meine Braut; heute ist unser Hochzeitstag, wir haben gerade geheiratet. Ich hätte den ganzen Tag lachen und scherzen können; so ist ein solcher Tag nun einmal.«

»Wenn das stimmt . . . okay. Und herzlichen Glückwunsch! Aber ich erwarte, daß Sie es mir später beweisen. Außerdem heiße ich Marcy und nicht Nesselfieber. Captain Marcy Choy-Mu. Ich gebe die Daten weiter, und wir werden versuchen, Sie nach Ihrer Umlaufbahn zu lokalisieren. Inzwischen sollten Sie auf Kanal elf schalten – das ist der Kanal für Notfälle – und SOS singen. Und ich muß noch einigen anderen Verkehr abwickeln. Also . . .«

Auf Händen und Füßen hockte Gwen neben mir. »Captain Marcy!«

»Ja? Was ist?«

»Ich bin wirklich seine Braut, und er hat mich wirklich heute geheiratet, und wenn er kein so toller Pilot wäre, lebten wir jetzt nicht mehr. Alles ist schiefgegangen, genau wie mein Mann es beschrieben hat. Es war, als hätten wir ein Faß über die Niagara-Fälle gesteuert.«

»Ich habe die Niagara-Fälle noch nie gesehen, aber ich verstehe, was Sie meinen. Ich wünsche Ihnen alles Gute, Mrs. Midnight. Mögen Sie lange und glücklich zusammenleben und viele Kinder bekommen.«

»Danke, Sir! Wenn jemand uns findet, bevor unsere Luft verbraucht ist, wird das schon klappen.«

Gwen und ich gaben über Kanal elf pausenlos SOS-Rufe durch, wobei wir uns am Gerät ablösten. Wenn sie an der Reihe war, prüfte ich die Vorräte und die Ausrüstung des guten alten Volvo B-J 17. Nach dem Abkommen von Brasilien hätte dieses Himmelsauto Reservevorräte an Wasser, Luft und Lebensmitteln mitführen müssen. Außerdem eine Bordapotheke der Klasse zwei, eine den Mindestansprüchen genügende sanitäre Anlage und Druckanzüge (UN-SN spec 10007A) für den Notfall, und zwar für die höchstzulässige Personenzahl (vier, einschließlich Pilot).

Bill war damit beschäftigt, die Kabinenfenster zu reinigen, und er benutzte dazu die Kleenex-Tücher aus dem Handschuhfach (Naomis Perücke war noch intakt). Allerdings wäre Bill fast die Blase geplatzt, bevor er den Mut aufbrachte, mich zu fragen, was er tun sollte. Ich mußte ihm zeigen, wie man dazu einen Gummiballon benutzt, denn die »den Mindestansprüchen genügende sanitäre Anlage« des Volvo entpuppte sich als ein Päckchen mit höchst dürftigen Utensilien und einer kurzgefaßten Gebrauchsanweisung.

Die übrigen Bestände für den Notfall waren von ähnlich hohem Standard. Neben dem Pilotensitz war ein zwei Liter fassender Wassertank – fast voll. Keine Reserve. Aber darüber brauchte man sich keine Gedanken zu machen, denn es gab auch keine Reserveluft. Bevor wir hätten verdursten können, wären wir in der verbrauchten Luft erstickt. Das Luftreinigungsgerät funktionierte immer noch nicht, aber es hatte eine Vorrichtung, die eine manuelle Betätigung ermöglichte – allerdings fehlte der Kurbelgriff. Lebensmittel? Wir wollen keine Witze machen. Aber Gwen hatte einen Schokoladenriegel in ihrer Handtasche. Sie brach ihn in drei Teile und gab uns davon ab. Köstlich!

Den größten Teil des Gepäckraums hinter den Passagiersitzen nahmen Druckanzüge und die dazugehörigen Helme ein – je vier, genau nach Vorschrift. Es waren ausgemusterte militärische Rettungsanzüge, die noch in der Originalverpackung eingeschweißt waren. Jeder Karton war mit dem Namen des Herstellers und dem Herstellungsdatum markiert (das Datum lag neunundzwanzig Jahre zurück).

Abgesehen davon, daß die elastischen Teile und die Schläuche und Dichtungen durch die lange Lagerung porös geworden waren und daß irgendein Witzbold die Sauerstoffflaschen vergessen hatte, waren die Druckanzüge hervorragend geeignet. Für einen Maskenball.

Dennoch war ich bereit, mein Leben diesen Clownsanzügen fünf oder gar zehn Minuten lang anzuvertrauen, wenn ich sonst mein Gesicht in das Vakuum hätte stecken müssen. Wäre die Alternative ein wütender Grizzlybär gewesen, hätte ich gebrüllt: »Her mit dem Vieh!«

Captain Marcy rief durch und berichtete, eine Satellitenkamera habe unsere Position mit fünfunddreißig Grad, siebzehn Minuten nördlicher Breite und vierzehn Grad, sieben Minuten westlicher Länge angegeben. »Ich habe die bewohnten Druckstationen Trockene Knochen und Gebrochene Nase benachrichtigt. Viel Glück!«

Ich versuchte, ein Rufverzeichnis für Luna auf den Schirm zu bekommen, aber der Computer war immer noch beleidigt; ich konnte ihn nicht dazu bringen, sein Verzeichnis herauszurükken. Deshalb versuchte ich es mit einigen Testaufgaben. Er bestand darauf, daß 2 + 2 = 3,99999999999999999999 . . . ist. Als ich ihn zwingen wollte zuzugeben, daß 4 = 2 + 2 ist, wurde er wütend und behauptete, 4 sei = 3,14159265358979323 846264338327950288419716939937511 . . . . Ich gab es auf.

Ich ließ Kanal elf voll aufgedreht und stand vom Kabinendach auf. Ich sah, daß Gwen ein ultramarinblaues, enganliegendes Kleid trug und sich einen flammend roten Schal umgebunden hatte. Sie sah ausnehmend hübsch aus.

»Sweetheart«, sagte ich zu ihr, »ich dachte, du hättest all deine Kleider in Golden Rule zurückgelassen?«

»Dieses habe ich rasch in den kleinen Koffer gestopft, als wir beschlossen, unsere Sachen zurückzulassen. Mit gewaschenem Gesicht kann ich nicht mehr so tun, als sei ich Japanerin . . . und daß ich es gewaschen habe, hast du wohl gemerkt.«

»Du hast es nicht sehr gut gemacht. Besonders an den Ohren.«

»Alter Nörgler! Ich habe nur ein Handtuch mit unserem kostbaren Trinkwasser angefeuchtet. Liebster, ich konnte leider keinen Safari-Anzug – oder sonst was – für dich einpacken. Aber du kannst ein paar Shorts und saubere Socken haben.«

»Gwen, du bist nicht nur brauchbar, du bist ausgesprochen tüchtig.«

»Brauchbar!«

»Aber das bist du doch, Liebes. Deswegen habe ich dich geheiratet.«

»Hmm! Wenn ich mir überlege, wie sehr man mich beleidigt hat und wieviel du bezahlen mußt . . . bezahlen und bezahlen und immer wieder bezahlen!«

Das Funkgerät beendete diese fruchtlose Diskussion: »Volvo B-J siebzehn, ist das Ihr SOS? Over.«

»Allerdings!«

»Hier spricht Jinx Henderson, Bergungsdienst Gut Glück, Druckstation Trockene Knochen. Was brauchen Sie?« Ich beschrieb unsere Situation und gab unsere Position an.

Henderson antwortete: »Sie haben diesen Schrott von Budget, stimmt's? Dann haben Sie ihn nicht gemietet, sondern gekauft. Mit einem Rückkaufvertrag – ich kenne diese Gauner. Jetzt gehört er also Ihnen, stimmt's?«

Ich gab zu, daß ich laut Vertrag der Eigner war.

»Sie wollen also starten und das Ding nach Hongkong fliegen? Was benötigen Sie dazu?«

Ich dachte drei lange Sekunden nach. »Ich glaube nicht, daß dieses Himmelsauto jemals von hier starten wird. Es braucht eine Gerneralüberholung.«

»Das bedeutet, daß wir es über Land nach Kong schaffen müssen. Das kriege ich hin. Eine lange Reise und eine Heidenarbeit. Aber zuerst müssen Leute gerettet werden, zwei Leute, stimmt's?«

»Drei.«

»Okay, drei. Sind Sie bereit, einen Vertrag aufzuzeichnen?«

Eine Frauenstimme schaltete sich ein. »Sofort aufhören, Jinx. B-J siebzehn, hier spricht Maggie Snodgrass, Chief Operator und General Manager der Feuer-, Polizei- und Rettungsmannschaft Rote Teufel, Druckstation Gebrochene Nase. Unternehmen Sie nichts, bevor Sie meine Bedingungen kennen . . . denn Jinx will Sie nur ausplündern.«

»Hi, Maggie! Wie geht's Joel?«

»Bestens, und er benimmt sich gemeiner als je zuvor. Wie geht's Ingrid?«

»Sie wird immer hübscher, und sie hat schon wieder eins in der Röhre.«

»Gut für dich! Herzlichen Glückwunsch! Wann kommt sie nieder?«

»Weihnachten oder Neujahr. Genau wissen wir es nicht.«

»Ich werde sie vorher noch besuchen. Würdest du dich jetzt bitte zurückziehen, damit ich diesem Gentleman ein faires Angebot machen kann? Oder soll ich dir das Blech durchlöchern und die Luft aus deiner Karre lassen? Ja, ich sehe dich gerade über diesen Hügel kommen – ich bin zur selben Zeit wie du losgefahren, gleich nachdem Marcy die Position durchgegeben hatte. Ich sagte noch zu Joel: ›Dies ist unser Gebiet, aber Jinx, dieser verlogene Schurke, wird versuchen, es mir direkt unter dem Hintern wegzureißen‹ – und du hast mich nicht enttäuscht, alter Junge; du bist hier.«

»Und hier gedenke ich auch zu bleiben, Maggie, und wenn du dich nicht benimmst, knalle ich dir eine kleine nichtnukleare Warnung unter die Reifen. Du kennst die Regel: Nichts auf der Oberfläche gehört irgendwem . . . es sei denn, er sitzt darauf . . . oder hat darauf oder darunter Druck hergestellt.«

»Das ist deine Auslegung der Regeln, nicht meine. Das stammt von diesen Juristen in Luna City . . . aber sie sprechen nicht für mich und haben es nie getan. Und jetzt laß uns auf Kanal vier schalten – oder soll jeder in Luna City hören, wie du um Gnade bettelst und deinen letzten Seufzer ausstößt?«

»Okay, Maggie, du altes Stinktier.«

»Kanal vier. Wer hat sich eigentlich bereit erklärt, das Kind für dich zu machen, Jinx? Wenn du es mit der Bergung ernst meintest, wärest du mit einem Transporter gekommen, wie ich – und nicht mit diesem lächerlichen Buggy.«

Als sie auf Kanal vier schaltete, tat ich das auch, aber ich verhielt mich ruhig. Beide waren gleichzeitig am Horizont aufgetaucht, Maggie von Südwesten, Jinx aus Nordwesten. Da unser großes Kabinenfenster nach Westen zu liegen gekommen war, konnten wir sie gut sehen.

Im Nordwesten und ein wenig näher als das andere Fahrzeug sahen wir einen Kleinlaster (das mußte Hendersons Buggy sein). Es sah so aus, als sei vorn auf der Kabine ein Raketenwerfer montiert. Der Transporter war ein sehr langes Fahrzeug mit Traktorreifen an beiden Enden und einem hinten montierten schweren Kran. Ich sah keinen Raketenwerfer, aber ich glaubte eine halbautomatische Kanone vom Typ Browning Kaliber 2.54 cm zu erkennen.

»Maggie, ich bin aus humanitären Gründen mit dem Laster hergerast . . . etwas, was du nie begreifen würdest. Aber mein Sohn Wolf holt den Transporter, und seine Schwester Gretchen sitzt im Geschützturm. Sie müßten bald hier sein. Soll ich sie rufen und nach Hause schicken? Oder soll ich ihnen sagen, daß sie sich beeilen müssen, wenn sie ihren Papa rächen wollen?«

»Jinx, du glaubst doch nicht im Ernst, daß ich dir Löcher in die Kabine schieße?«

»Und ob ich das glaube, Maggie. Das würde mir gerade noch Zeit lassen, dir ein Ding unter die Reifen zu setzen, die ich schon im Visier habe. Ich habe schon den Finger am Knopf. Ich wäre natürlich tot . . . aber du könntest dich nicht mehr bewegen und müßtest abwarten, was meine Kinder mit Leuten machen, die ihren Papa erledigt haben . . . und das Geschütz auf meinem Transporter hat die dreifache Reichweite deiner Spatzenflinte. Deshalb habe ich es ja besorgt . . . nachdem Howie so unglücklich zu Tode kam.«

»Jinx, willst du mich wieder mit dieser alten Geschichte belästigen? Howie war mein *Partner*. Du solltest dich schämen.«

»Ich beschuldige dich ja nicht, meine Liebe. Ich bin nur vorsichtig. Wie ist es also? Warten wir auf meine Kinder, damit ich alles bekomme? Oder sind wir nett und höflich und teilen uns die Beute?«

Ich hoffte nur, daß sich diese begeisterten Unternehmer ein wenig beeilen würden. Das Licht unserer Luftdruckanzeige blinkte rot, und ich hatte ein seltsam leichtes Gefühl im Kopf. Bei dieser Rolle nach der Landung war wahrscheinlich ein winziges

Leck entstanden. Einerseits mußte ich sie unbedingt zur Eile mahnen, aber andererseits hätte das meine ohnehin schlechte Verhandlungsposition auf Null sinken lassen, wenn nicht sogar darunter.

»Nun Jinx,« sagte Mistress Snodgrass nachdenklich, »es scheint mir wenig sinnvoll, diesen Schrott zu deinem Druckbehälter zu schleppen – er liegt zu weit nördlich – wo doch Kong dreißig Kilomter näher liegt und wir dabei an meinem vorbeikommen. Habe ich recht?«

»Das ist simple Mathematik, Maggie. Und ich habe in meinem Buggy genug Platz für drei weitere Leute . . . während du ganz bestimmt keine drei Passagiere aufnehmen kannst, und wenn du sie wie Pfannkuchen aufeinanderschichtest.«

»Ich könnte sie schon aufnehmen, aber ich gebe zu, daß bei dir mehr Platz ist. Okay, du übernimmst die drei Flüchtlinge und ziehst ihnen das Fell so weit über die Ohren, wie du es mit deinem Gewissen vereinbaren kannst . . und ich übernehme den herrenlosen Schrott und versuche, für die Bergung so viel herauszuschlagen wie möglich.«

»Oh nein, Maggie! Du bist zu großzügig; ich möchte dich doch nicht betrügen. Für jeden die Hälfte. Und das mit schriftlicher Bestätigung.«

»Aber Jinx, du hältst *mich* doch nicht etwa für eine Betrügerin?«

»Das wollen wir lieber nicht diskutieren, Maggie; das gäbe nur Ärger. Dieses Himmelsauto ist nicht herrenlos; immerhin sitzt der Besitzer in diesem Augenblick darin. Bevor du das Ding abschleppen kannst, brauchst du seine Genehmigung . . auf der Basis eines aufgezeichneten Vertrages. Wenn du nicht vernünftig bist, kann er hier auf meinen Transporter warten, ohne seine Maschine zu verlassen. Dann gibt es keine Bergungsprämie, sondern es entstehen nur Transportkosten . . . der Transport des Eigentümers und seiner Gäste wird selbstverständlich nicht in Rechnung gestellt.«

»Mr. So-und-so, lassen Sie sich von Jinx nichts vormachen. Zuerst bringt er Sie und Ihre Maschine zu seiner Druckstation, dann schält er Sie wie eine Zwiebel, bis von Ihnen nur noch der Geruch übrig ist. Ich biete Ihnen für den Schrotthaufen, in dem Sie sitzen, tausend Kronen in bar.«

Henderson konterte: »Zweitausend, und ich bringe Sie und Ihre Passagiere umsonst zu meiner Druckstation. Lassen Sie sich von ihr nicht übers Ohr hauen; allein für Ihren Computer gibt es eine höhere Bergungsprämie, als sie Ihnen für das Ganze anbietet.«

Ich blieb ruhig, während diese Leichenfledderer uns unter sich aufteilten. Als sie sich endlich einig waren, erklärte auch ich mich einverstanden . . . ich leistete nur nominellen Widerstand. Ich beschwerte mich über die viel zu hohen Kosten, die inzwischen noch weiter gestiegen waren.

»Nehmen Sie das Angebot an, oder lassen Sie es bleiben«, sagte Mistress Snodgrass.

»Ich bin nicht aus meinem warmen Bett gestiegen, um bei einem Job Geld zu verlieren«, sagte Jinx Henderson.

Ich akzeptierte.

Wir zogen also die vom langen Lagern brüchigen Druckanzüge an, die so gasdicht waren wie ein Weidenkorb. Gwen wollte nicht, daß der Bonsai dem Vakuum ausgesetzt wurde. Ich fuhr ihr über den Mund und sagte, sie solle nicht albern sein; eine kurze Zeit im Vakuum würde den kleinen Ahorn nicht gleich umbringen – wir hatten keine Luft mehr, und deshalb blieb uns keine Wahl. Zuerst wollte sie ihn selbst tragen. Dann durfte Billy ihn nehmen; sie war anderweitig beschäftigt: mit mir.

Wissen Sie, ich kann nur Druckanzüge tragen, die speziell für mich angefertigt wurden . . . jedenfalls wenn ich meine Fußprothese trage. Deshalb mußte ich sie abschnallen. Das bedeutete, daß ich hinken mußte. Das ist okay; ich bin es gewohnt zu hinken, und bei einer Schwerkraft von einem Sechstel g ist das Hinken kein Problem. Aber Gwen bestand darauf, mich zu stützen.

Wir stiegen also aus – Bill ging mit dem Bonsai-Baum voraus. Er hatte Anweisung, sofort einzusteigen und Mr. Henderson um ein wenig Wasser zu bitten, das er über den Baum sprühen sollte. Gwen und ich folgten ihm wie siamesische Zwillinge. Sie trug ihren kleinen Koffer in der linken Hand und hatte ihren rechten Arm um meine Hüfte gelegt. Ich hatte mir meine Fußprothese über die Schulter gehängt und benutzte beim Hinken mit der rechten Hand meinen Stock, während ich mich mit dem linken Arm auf ihre Schultern stützte. Wie hätte ich ihr sagen können, daß ich ohne ihre Hilfe viel besser vorwärtsgekommen wäre? Ich hielt meinen großen Mund und ließ mir von ihr helfen.

Mr. Henderson ließ uns in die Kabine einsteigen, versiegelte sie und ließ reichlich Luft hereinströmen. Er selbst hatte im Vakuum in der Kabine gesessen und trug deshalb einen Druckanzug. Ich freute mich über die reichlich bemessene Luftmischung, die er uns zuteilte – der Sauerstoff war mit großer Mühe aus dem lunaren Felsgestein gewonnen worden, während man den Stickstoff den langen Weg von der Erde hatte herbeischaffen müssen – bis ich sie am nächsten Morgen zu einem stattlichen Preis auf unserer Rechnung verzeichnet fand.

Henderson blieb draußen und half Maggie, die alte B-J siebzehn auf ihren Transporter zu laden. Er bediente an ihrer Stelle den schweren Kran, während sie das Fahrzeug in die richtige Position manövrierte. Dann fuhr er uns zur Druckstation Trockene Knochen. Ich verbrachte einen Teil der Fahrzeit, indem ich ausrechnete, was das Ganze mich gekostet hatte. Das Himmelsauto hatte ich ersatzlos überschreiben müssen – ein Nettoverlust von fast siebenundzwanzigtausend Kronen. Für unsere Rettung hatte ich pro Person dreitausend Kronen bezahlen müssen, wenn auch Henderson so entgegenkommend war, den Gesamtbetrag auf achttausend Kronen zu reduzieren. Zusätzlich verlangte er von jedem von uns fünfhundert Kronen für Unterkunft und Verpflegung . . . plus (wie ich erst später erfuhr) insgesamt eintausendachthundert Kronen für die für den nächsten Tag geplante Fahrt zum Druckbehälter Glücklicher Drache, dem einzigen Ort in der Nähe, von dem aus man mit einem Bus Hongkong Luna erreichen konnte.

Auf Luna wäre der Tod billiger gewesen.

Dennoch war ich glücklich, daß ich noch am Leben war, wie hoch der Preis dafür auch sein mochte. Ich hatte Gwen, und Geld ist etwas, das man sich immer wieder neu beschaffen kann.

Ingrid Henderson war eine ausgezeichnete Gastgeberin; sie lächelte gern und war hübsch und ein wenig rundlich (es war deutlich zu sehen, daß sie ein Kind erwartete). Sie hieß uns herzlich willkommen. Dann weckte sie ihre Tochter. Sie mußte ihr Zimmer räumen und auf einem behelfsmäßigen Nachtlager im Zimmer ihrer Eltern schlafen, während Gwen und ich in Gretchens Zimmer untergebracht wurden. Bill durfte in Wolfs Zimmer übernachten – bei dieser Gelegenheit merkte ich, daß hinter Jinx' Drohungen Maggie gegenüber keine nennenswerte Streitmacht stand . . . und mir wurde auch klar, daß mich die ganze Angelegenheit überhaupt nichts anging.

Unsere Gastgeberin wünschte uns eine gute Nacht und sagte uns, daß sie für alle Fälle das Licht im Erfrischungsraum brennen lasse. Dann ließ sie uns allein. Bevor ich das Licht ausschaltete, schaute ich auf die Uhr.

Vor genau vierundzwanzig Stunden hatte sich ein Fremder namens Schultz an meinen Tisch gesetzt.

ZWEITES BUCH

TÖDLICHE WAFFE

*»Oh Herr, gib mir Keuschheit und Selbstbeherrschung . . .
aber noch nicht, oh Herr, noch nicht!«*

DER HEILIGE AUGUSTINUS 354–430

XI

Dieser verdammte Fez!

Diese alberne, unechte, orientalische Kopfbedeckung hatte fünfzig Prozent der Verkleidung ausgemacht, die mir das Leben gerettet hatte. Jetzt brauchte ich den Fez nicht mehr, und es wäre nur vernünftig gewesen, ihn fortzuwerfen.

Ich tat es nicht. Es war mir unangenehm gewesen, ihn zu tragen, erstens, weil ich weder ein Freimaurer bin noch gar ein Schreinanbeter, und zweitens, weil er nicht mir gehörte; er war gestohlen.

Man könnte einen Thron stehlen oder einen Haufen Geld, oder eine Jungfrau vom Mars und sich großartig fühlen. Aber einen Hut? Einen Hut zu stehlen ist unter jeder Würde. Oh, ich habe das nicht ganz zu Ende gedacht; ich hatte nur Schuldgefühle gegenüber Clayton Rasmussen (ich fand seinen Namen im Fez) und nahm mir vor, ihm seine ausgefallene Kopfbedeckung wieder zuzustellen. Irgendwann . . . Irgendwie . . . Wenn ich es schaffte . . . Wenn nur der Regen aufhörte . . .

Als wir den Wohnbezirk Golden Rule verließen, hatte ich den Fez unter meinen Gurt geschoben und vergessen. Als ich mich nach der Landung auf Luna losschnallte, war er auf das Kabinendach gefallen; ich hatte es nicht bemerkt. Als wir drei in diese brüchigen Rettungsanzüge stiegen, hatte Gwen ihn aufgehoben und mir gegeben; ich schob ihn vorn in meinen Druckanzug und zog den Reißverschluß zu.

Als wir das Heim der Hendersons in der Druckstation Trockene Knochen erreichten und man uns unsere Schlafstelle zeigte, zog ich mit halbgeschlossenen Augen den Anzug aus und war so müde, daß ich kaum wußte, was ich tat. Ich vermute, daß der Fez dabei herausfiel. Ich weiß es nicht. Ich kuschelte mich an Gwen und schlief sofort ein – und verbrachte meine Hochzeitsnacht in einem Tiefschlaf, der acht Stunden dauerte.

Ich glaube, meine Braut schlief genauso fest. Wie dem auch sei

– wir hatten ja schon in der vorhergehenden Nacht einen äußerst erfolgreichen Probelauf absolviert.

Am Frühstückstisch reichte Bill mir den Fez. »Senator, Sie haben Ihren Hut im Erfrischungsraum auf den Fußboden fallen lassen.«

Außer uns beiden saßen am Tisch: Gwen und die Hendersons – Ingrid, Jinx, Gretchen, Wolf – Eloise und Ace, zwei weitere Gäste, und drei kleine Kinder. Ich hätte brillant darüber extemporieren können, wie ich zu dem Hut gekommen war. Aber ich sagte nur »Danke, Bill.«

Jinx und Ace tauschten Blicke aus; dann versuchte Jinx es mit den Erkennungszeichen der Freimaurer.

Jedenfalls muß ich vermuten, daß es sich um solche handelte. In dem Augenblick kam es mir allerdings eher so vor, als ob er sich kratzte. Schließlich kratzen sich alle Mondbewohner, denn alle Mondbewohner juckt es. Sie können nichts dafür – sie baden nicht oft genug, denn das Wasser ist knapp.

Nach dem Frühstück zog Jinx mich beiseite. Er sagte »Bruder . . .«

Ich sagte: »Hmm?« (schlagfertige Antwort!)

»Mir ist nicht entgangen, daß Sie mich am Tisch nicht erkennen wollten. Auch Ace hat es gemerkt. Sind Sie vielleicht der Ansicht, daß der Handel, den wir gestern abend geschlossen haben, nicht fair war?«

(Jinx, du hast mich so übers Ohr gehauen, daß mir die Augen tränen.) »Nein, keineswegs. Ich kann mich nicht beschweren.« (Abgemacht ist abgemacht, du Gauner. Ich bin kein Betrüger.)

»Sind Sie sicher? Ich habe noch nie einen Logenbruder betrogen – übrigens auch keinen Außenstehenden. Aber ich kümmere mich ganz besonders um jeden, dessen Mutter Witwe ist,* genauso wie ich mich um mein eigen Fleisch und Blut kümmern würde. Wenn Sie meinen, daß Sie für Ihre Rettung zuviel bezahlt haben, dann zahlen Sie doch, was Sie für richtig halten. Sie können es auch umsonst haben.«

Dann fügte er hinzu: »Ich kann natürlich nicht für Maggie Snodgrass sprechen. Sie wird mir eine Abrechnung schicken, und die wird ehrlich sein; Maggie hat nichts Kleinliches an sich. Aber

* ›Jeder, dessen Mutter Witwe ist‹ oder ›Sohn einer Witwe‹ = Freimaurerausdruck für Logenmitglieder. (Anm. d. Red.)

erwarten Sie nicht, daß die Bergung einen hohen Nettogewinn einbringt. Vielleicht kann sie die Maschine nur mit Verlust verkaufen, denn – Sie wissen doch, woher die Wracks kommen, die Budget vermietet, nicht wahr?«

Ich gab meine Ignoranz zu, und er fuhr fort: »Die Firmen, die auf hohes Niveau achten, wie Hertz und Interplanet, stoßen jährlich ihre gebrauchten Maschinen ab. Die intakten Stücke werden von Privatleuten gekauft, meist von Mondbewohnern. Maschinen, an denen erhebliche Reparaturarbeiten fällig sind, gehen an Spekulanten. Was übrigbleibt, kauft Budget Jets zu Schrottpreisen, nämlich spottbillig. Die Firma richtet die Fahrzeuge in ihren eigenen Werkstätten außerhalb Luna City notdürftig wieder her. Aus drei gekauften Maschinen basteln sie zwei zusammen. Der Rest wird als Schrott verkauft. Diese alte Mühle, mit der Sie so viel Ärger hatten – wahrscheinlich haben Sie den Listenpreis von sechsundzwanzigtausend dafür bezahlt . . . aber wenn Budget tatsächlich mehr als fünftausend in das Ding investiert haben sollte, zahle ich Ihnen die Differenz und gebe einen Drink für Sie aus, im Ernst.

Jetzt wird Maggie den Apparat instandsetzen. Aber ihre Reparaturen werden korrekt durchgeführt, und sie stellt einen Garantieschein aus – unter genauer Beschreibung des Zustands. Vielleicht kann sie Ihre Maschine für zehntausend brutto verkaufen. Davon sind die Kosten für Ersatzteile und Arbeitszeit abzuziehen. Wenn der Nettogewinn, den sie dann mit mir teilt, höher liegt als dreitausend, wäre ich sehr überrascht – es könnte sich sogar ein Nettoverlust ergeben. Das Ganze ist ein Glücksspiel.«

Ich erzählte ihm einige ehrliche Lügen und konnte ihn (glaube ich) davon überzeugen, daß ich kein Logenbruder sei, daß ich keinen Rabatt verlange und daß ich in letzter Minute durch Zufall an den Fez geraten sei: daß ich ihn nämlich in dem gemieteten Volvo gefunden hätte.

(Unausgesprochene Annahme: Mr. Rasmussen hatte den Schlitten in Luna City gemietet und seine Kopfbedeckung darin vergessen, als er ihn in Golden Rule wieder ablieferte.)

Ich fügte hinzu, daß sich der Name des Eigentümers im Fez befände und daß ich die Kopfbedeckung bei nächster Gelegenheit zurückgeben wolle.

»Haben Sie denn seine Adresse?« fragte Jinx.

Ich gab zu, daß das nicht der Fall sei – daß mir nur der auf den Fez gestickte Name des Tempels bekannt sei.

Jinx steckte die Hand aus. »Geben Sie ihn mir; die Mühe kann ich Ihnen abnehmen . . . und Sie sparen die Versandkosten zur Erde.«

»Wie das?«

»Ich kenne zufällig jemanden, der am Samstag nach Luna City fährt. Die Konferenz der Edlen tagt am Sonntag gleich nach der Einweihung des Luna-City-Hospitals für verkrüppelte und geburtsgeschädigte Kinder. Während der Konferenz wird dort, wie immer, ein Fundbüro eingerichtet. Da sein Name darin steht, werden sie ihm den Fez noch vor Samstagabend wieder zustellen. Dann findet dort nämlich ein zeremonielles Treffen statt, und falls er daran teilnimmt – das wissen Sie –, wäre er ohne Fez so nackt wie eine Barfrau ohne Lendenschurz.«

Ich reichte ihm den roten Hut.

Ich glaubte, damit sei die Sache ausgestanden.

Es gab noch weitere Aufregung, bevor wir uns auf den Weg zur Druckstation Glücklicher Drache machten: wir hatten keine Druckanzüge. Jinx drückte es so aus: »Gestern abend war ich damit einverstanden, daß Sie diese lecken Siebe benutzten, denn Sie hatten keine andere Wahl – wir mußten es riskieren, oder Sie wären ohnehin gestorben. Heute könnten wir sie auf die gleiche Weise benutzen – oder wir könnten den Buggy in den Hangar fahren und Sie einsteigen lassen, ohne daß Sie Druckanzüge benutzen müssen. Das wäre natürlich eine gewaltige Luftverschwendung. Am Zielort könnten wir genauso verfahren . . . bei weit größerem Verlust an Luft; sie haben einen wesentlich größeren Hangar.«

Ich sagte, daß ich dafür zahlen würde (wie hätte ich das auch vermeiden können?)

»Darum geht es nicht«, sagte Jinx. »Gestern abend saßen Sie zwanzig Minuten in meiner Kabine . . . und ich habe eine ganze Flasche gebraucht, um Sie mit Luft zu versorgen. Gestern am späten Abend war die Sonne kaum aufgegangen; heute morgen steht sie schon fünf Grad hoch. Während der ganzen Fahrt zum Glücklichen Drachen knallt dann die Sonne auf die Kabine. Oh ja, wo immer es geht, wird Gretchen im Schatten fahren; wir ziehen ja keine dummen Kinder auf. Aber in der Kabine würde sich die Luft erhitzen und ausdehnen und durch feine Risse entweichen. Statt in der Kabine einen Druck herzustellen, benutzt man also normalerweise Druckanzüge, während die Kabine nur als Schutz vor der Sonne dient.

Ich will Sie wirklich nicht belügen; wenn ich Anzüge hätte, würde ich darauf bestehen, daß Sie drei neue Anzüge kaufen. Aber ich habe keine Anzüge. In dieser Druckstation hat kein Mensch Anzüge zu verkaufen. Wäre es anders, wüßte ich das, denn hier leben weniger als hundertfünfzig Leute. Wir kaufen unsere Anzüge in Kong, und das sollten Sie auch tun.«

»Aber ich *bin* nicht in Kong.«

Ich hatte schon seit fünf Jahren keinen Druckanzug mehr besessen. Die meisten ständigen Bewohner von Golden Rule haben keinen Raumanzug. Sie brauchen keinen, denn sie gehen nie nach draußen. Natürlich halten viele, insbesondere die Angehörigen der Instandsetzungstruppe, ständig Druckanzüge bereit, ganz wie die Leute von Boston ihre Überschuhe haben. Aber der normale Einwohner, meist schon älter und wohlhabend, besitzt keinen, braucht keinen und wüßte nicht einmal, wie man ihn trägt.

Die Loonies sind eine andere Rasse. Selbst heute, wo Luna über eine Million Einwohner hat, von denen kaum einer jemals nach draußen geht, hat jeder Mondbewohner seinen Anzug. Selbst der Loonie in der Großstadt weiß seit seiner Kindheit, daß sein sicherer, beheizter und gut beleuchteter Druckbehälter beschädigt werden kann – durch einen Meteor, eine Bombe, einen Terroristen, ein Beben oder durch irgendein anderes unvorhergesehenes Ereignis.

Wenn er, wie Jinx, zu den Pioniertypen gehört, dann ist er mit einem Druckanzug genauso vertraut wie ein Erzarbeiter auf den Asteroiden. Jinx arbeitete nicht einmal in seiner eigenen Tunnel-Farm; das überließ er seinen Familienangehörigen. Jinx arbeitete ständig draußen, ein Maschinenschlosser im Druckanzug. Der Bergungsdienst Gut Glück war nur eines seiner vielen Unternehmen. Ihm gehörten außerdem die »Eisfabrik Trockene Knochen«, »Hendersons Überland-Transportgesellschaft«, »John Henry, Gesellschaft für Bohr- Schweiß- und Konstruktionstechnik« – nennen Sie nur Ihr Anliegen, und Jinx gründet sofort eine Firma, die dazu paßt.

(Es gab auch noch »Ingrids Tauschladen«, der vom Konstruktionsstahl bis zum selbstgebackenen Plätzchen alles mögliche verkaufte. Nur keine Druckanzüge.)

Jinx fand eine Möglichkeit, uns zum Glücklichen Drachen zu schaffen; Ingrid und Gwen hatten ungefähr die gleiche Größe, wenn Ingrid sich auch am Äquator vorübergehend ein wenig ausdehnte. Sie besaß einen Druckanzug für Schwangere mit dehnbarer Mitte. Sie hatte auch einen konventionellen Anzug, den sie trug, wenn sie nicht schwanger war, in den sie jetzt jedoch nicht hineinpaßte – wohl aber Gwen.

Jinx und ich waren ungefähr gleich groß, und er hatte zwei Anzüge von erster Qualität: Goodrich Luna. Ich merkte, daß er sich von jedem der beiden etwa so gern trennte wie ein Tischler von seinem Werkzeug. Aber er stand unter Druck; er mußte eine Möglichkeit finden, uns loszuwerden, denn sonst mußte er uns als zahlende Gäste behalten . . . oder als nicht zahlende, wenn unser Geld aufgebraucht war. Und eigentlich hatten sie gar keinen Platz für uns, selbst wenn wir bezahlten.

Am nächsten Morgen war es schon nach zehn Uhr, als wir in unseren Druckanzügen in den Wagen stiegen – ich in Jinx' zweitbestem. Gwen steckte in Ingrids konventionellem Anzug und Bill in einem restaurierten Relikt, das dem Gründer der Druckstation Trockene Knochen gehört hatte, einem Mr. Soupie McClanahan, der vor langer, langer Zeit, noch vor der Revolution, als unfreiwilliger Gast der Regierung nach Luna gekommen war.

Es war vorgesehen, daß wir uns in der Druckstation Glücklicher Drachen Leihanzüge beschaffen sollten, die wir bis Hongkong Luna tragen konnten, um sie dann mit dem öffentlichen Bus zurückzuschicken. Nachdem sie uns beim Glücklichen Drachen abgesetzt hatte, sollte Gretchen die Anzüge, die wir jetzt trugen, zu ihrem Vater zurückbringen. Am nächsten Tag würden wir Hongkong Luna erreichen, wo wir uns geeignete Anzüge kaufen konnten.

Dann sprach ich Jinx auf die Bezahlung an. Ich konnte fast hören, wie in seinem Schädel die Zahlen abspulten. Endlich sagte er: »Senator, ich will Ihnen mal was sagen. Diese Anzüge, die Sie in Ihrer Mühle mitbrachten – sie sind nicht viel wert. Aber ich könnte einige Teile von den Helmen und ein paar Metallbeschläge noch verwenden. Schicken Sie mir diese drei Anzüge in demselben Zustand zurück, in dem Sie sie bekommen haben, und die Sache ist erledigt. Wenn Sie einverstanden sind.«

Natürlich war ich damit einverstanden. Diese Anzüge von Michelin waren okay gewesen – vor zwanzig Jahren. Heute waren sie für mich nichts mehr wert.

Jetzt blieb nur ein Problem übrig – der Bonsai.

Ich hatte schon geglaubt, meiner Braut gegenüber energisch auftrumpfen zu müssen – eine Absicht, die sich nicht immer verwirklichen läßt. Aber ich erfuhr, daß Gwen nicht untätig geblieben war, während Jinx und ich uns mit dem Problem der Druckanzüge beschäftigten. Sie hatte sich zusammen mit Ace überlegt, wie man mit dem Bonsai verfahren könnte.

Ich habe keinen Grund anzunehmen, daß Gwen Ace verführt hatte. Aber ich war ganz sicher, daß Eloise dieser Ansicht war. Seit den Tagen, da es hier sechsmal mehr Männer als Frauen gab, hatten die Loonies allerdings, was Sex anbetrifft, ihre eigenen Sitten entwickelt – nach den lunaren Sitten dürfen die Frauen in sexuellen Dingen bestimmen, nicht etwa die Männer. Eloise schien nicht wütend zu sein, nur ein wenig amüsiert – und deshalb ging mich die Sache nichts an.

Wie dem auch sei, Ace holte einen Ballon aus Silikon hervor, der einen Schlitz hatte, durch den Ace dann den Topf mit dem Baum schob. Anschließend verschweißte er die Öffnung, nicht ohne vorher eine Verbindung für eine Literflasche Luft angebracht zu haben. Er verlangte keine Bezahlung, nicht einmal für die Flasche. Ich bot ihm Geld an, aber Ace grinste nur zu Gwen hinüber und schüttelte den Kopf. Ich weiß also nicht. Ich will auch nicht nachfragen.

Ingrid umarmte uns alle zum Abschied, und wir mußten versprechen wiederzukommen. Das schien unwahrscheinlich. Aber es war eine gute Idee.

Gretchen stellte während der Fahrt unablässig Fragen, und sie schien überhaupt nicht darauf zu achten, wohin sie fuhr. Sie war ein blondes junges Mädchen mit Grübchen und Zöpfen. Sie war zwar ein paar Zentimeter größer als ihre Mutter, hatte aber den Babyspeck noch nicht abgelegt. Sie war von unserer Reise sehr beeindruckt. Sie war selbst schon zweimal in Hongkong Luna gewesen und einmal ganz bis Novylen, wo die Leute so komisch sprechen. Aber im nächsten Jahr würde sie vierzehn werden, und dann würde sie nach Luna City gehen, um sich die jungen Männer anzusehen – und vielleicht einen Ehemann mit nach Hause bringen. »Mama will nicht, daß ich von einem aus Trokkene Knochen ein Baby bekomme, nicht einmal von einem aus Glücklicher Drache. Sie sagt, daß ich es meinen Kindern schuldig bin, hinauszugehen und frische Gene hereinzuholen. Wissen Sie etwas davon? Von frischen Genen, meine ich?«

Gwen versicherte ihr, daß das Problem uns in der Tat nicht fremd sei und daß sie Ingrid recht geben müsse. Die Kreuzung mit nichtverwandten Individuen ist für den Bestand gesund und absolut notwendig. Ich verzichtete auf einen Kommentar, aber ich war mit Gwen einer Meinung; hundertfünfzig Leute reichen für einen gesunden Gen-Pool nicht aus.

»So hat Mama auch Papa bekommen; sie hat ihn sich gesucht. Papa ist in Arizona geboren; das ist ein Teil von Schweden, unten bei den Erdferkeln. Er kam mit einem Sub-Unternehmer zur Picardy-Umwandlungsanlage nach Luna, und Mama lernte ihn auf einem Maskenball kennen, und gab ihm unseren Familiennamen, als sie ganz sicher war – wegen Wolf, meine ich –, und dann nahm sie ihn mit nach Trockene Knochen und richtete ihm ein Geschäft ein.«

Sie zeigte ihre Grübchen. Wir unterhielten uns über die Sprechgeräte in unseren Anzügen, aber da das Licht günstig fiel, konnte ich ihre Grübchen durch den Helm hindurch erkennen. »Und für meinen Mann werde ich dasselbe tun, denn ich habe ja meinen Anteil am Familienvermögen. Aber Mama sagt, ich soll nicht den ersten Jungen nehmen, der mich will – als ob ich das tun würde! –, und ich soll mir selbst dann keine Sorgen machen und mich nicht beeilen, wenn ich mit achtzehn Jahren noch eine alte Jungfer bin. Und das werde ich auch nicht tun. Er muß genauso gut sein wie Papa.«

Das könnte eine lange Suche werden, dachte ich für mich. Jinx Henderson, geborener John Black Eagle, ist wirklich ein Kerl.

Als der Parkplatz der Druckstation Glücklicher Drache endlich in Sicht kam, war schon fast Sonnenuntergang – in Istanbul, wie man leicht erkennen konnte, wenn man nur hinschaute. Die Erde stand fast genau südlich von uns und sehr hoch, etwa sechzig Grad; ihre Beleuchtungsgrenze verlief durch die nordafrikanische

Wüste, die griechischen Inseln und die Türkei nach oben. Die Sonne stand noch niedrig am Himmel – neun oder zehn Grad –, aber sie stieg höher. Über dem Glücklichen Drachen würde noch vierzehn Tage lang die Sonne scheinen, bevor die nächste lange Dunkelheit beginnen sollte. Ich fragte Gretchen, ob sie anschließend sofort zurückfahren würde.

»Oh nein«, versicherte sie. »Das würde Mama überhaupt nicht gefallen. Ich werde über Nacht bleiben – hinten liegt mein Bettzeug – und mich morgen ausgeschlafen wieder auf den Weg machen. Aber erst nachdem ich Sie zum Bus gebracht habe.«

»Das ist nicht nötig, Gretchen«, sagte ich. »Wenn wir einmal im Druckbehälter sind und dir die Anzüge zurückgeben können, hast du doch gar keinen Grund, noch zu warten.«

»Mr. Richard, wollen Sie denn unbedingt, daß ich Prügel bekomme?«

»Du? Prügel? Das würde dein Vater doch nicht tun. *Dich* verprügeln, eine schon fast erwachsene Frau?«

»Das sollten Sie Mama sagen. Nein, Papa würde das nicht tun; er hat es schon seit Jahren nicht mehr getan. Aber Mama sagt, das steht mir so lange zu, bis ich verheiratet bin. Mama ist der heilige Schrecken. Sie stammt direkt von Hazel Stone ab. ›Gret‹, hat sie gesagt, ›sorg dafür, daß sie Anzüge kriegen. Geh mit ihnen zu Charlie, damit sie nicht betrogen werden. Wenn er nicht liefern kann, können sie unsere bis Kong anbehalten, und du verhandelst wegen der Rücksendung mit Tante Lilybet. Außerdem bringst du sie besser auch zum Bus.‹«

»Aber Gretchen«, sagte Gwen, »dein Vater hat doch selbst gesagt, daß der Bus erst fährt, wenn er voll besetzt ist. Das könnte einen oder zwei Tage dauern. Vielleicht sogar länger.«

Gretchen kicherte. »Wäre das nicht entsetzlich? Ich würde Urlaub machen. Nichts zu tun als die letzten Kapitel von *Sylvia's Other Husband* zu lesen. Da müßte Gretchen doch jedem leid tun. Mistress Gwen, wenn Sie wollen, können Sie sich auf der Stelle mit meiner Mutter in Verbindung setzen . . . aber ich habe ganz klare Anweisungen.«

Gwen war offenbar überzeugt, denn sie schwieg. Etwa fünfzig Meter vor der Luftschleuse des Glücklichen Drachen, die sich an der Seite eines Hügels befand, ließ Gretchen den Wagen ausrollen. Der Glückliche Drache liegt in den südlichen Ausläufern der Kaukasuskette auf zweiunddreißig Grad siebenundzwanzig

Minuten nördlicher Breite. Auf einem Bein wartete ich auf meinen Stock gestützt, während Bill und Gwen überflüssigerweise einer sehr tüchtigen jungen Dame halfen, das Fahrzeug mit einer Plane abzudecken, um es für die nächsten vierundzwanzig Stunden vor der direkten Sonneneinstrahlung zu schützen.

Dann rief Gretchen ihre Mutter über Funk, meldete unsere Ankunft und versprach, am nächsten Morgen wieder durchzurufen. Wir gingen durch die Luftschleuse. Gwen trug ihren Koffer und ihre Handtasche und stützte mich. Bill trug den Bonsai und das Päckchen mit Naomis Perücke, und Gretchen schleppte die riesige Rolle Bettzeug. Als wir drinnen waren, halfen wir einander, uns aus den Raumanzügen zu schälen; dann schnallte ich mir den Fuß wieder an, während Gretchen meinen und ihren Druckanzug gegenüber der Luftschleuse an dafür bestimmte Ständer hängte. Bill und Gwen hängten ihre Anzüge daneben.

Dann nahmen Gwen und Bill ihr Gepäck auf und gingen zum öffentlichen Erfrischungsraum rechts hinter der Schleuse. Gretchen wollte ihnen gerade folgen, als ich sie anhielt. »Gretchen, sollte ich nicht lieber hier warten, bis ihr drei zurückkommt?«

»Warum denn, Senator?«

»Der Anzug deines Vaters war sehr teuer und der, den Mistress Gwen getragen hat, ebenfalls. Vielleicht gibt es hier nur ehrliche Leute . . . aber die Anzüge gehören mir nicht.«

»Oh, vielleicht *sind* die Leute hier alle ehrlich, aber darauf darf man sich nicht verlassen. Das sagt Papa jedenfalls. Ich würde den niedlichen kleinen Baum hier nicht stehen lassen, aber wegen der Raumanzüge brauchen Sie sich keine Sorgen zu machen; niemand würde jemals den Druckanzug eines anderen Loonies auch nur anfassen. Es hat automatisch die Aussetzung an der nächstgelegenen Luftschleuse zur Folge. Da gibt es keine Gnade.«

»Ganz einfach so?«

»Yes, Sir. Aber es geschieht nie, denn jeder weiß es. Einmal allerdings ist es doch passiert, lange bevor ich geboren wurde. Ein Neuer, der es vielleicht nicht wußte. Aber er hat es nie wieder getan. Ein Polizeiaufgebot verfolgte ihn und brachte den Druckanzug wieder zurück. Ihn selbst aber nicht. Sie ließen ihn ganz einfach draußen auf den Felsen trocknen. Ich habe seine Überreste gesehen. Grauenhaft.« Sie zog die Nase kraus und zeigte dann wieder ihre Grübchen. »Entschuldigen Sie mich jetzt, Sir? Ich mache mir gleich die Hose naß.«

»Verzeihung.« (Ich bin dumm. Die sanitäre Ausstattung der Druckanzüge für Männer reicht aus. Aber was sich die genialen Ingenieure für die Frauen ausgedacht haben, ist unmöglich. Ich habe den starken Eindruck, daß die meisten Frauen lieber die größten Unannehmlichkeiten in Kauf nehmen, als daß sie sich dieser Vorrichtung bedienen. Ich hörte einmal, wie eine Frau das Ding abfällig als »Sandkasten« bezeichnete.)

An der Tür zum Erfrischungsraum wartete meine Frau auf mich. Sie hielt mir eine halbe Krone hin. »Ich wußte nicht genau, ob du Kleingeld hast, Schatz.«

»Wieso denn?«

»Für den Erfrischungsraum. Das mit der Luft ist erledigt. Gretchen hat unsere Gebühren für einen Tag bezahlt, und ich habe ihr das Geld zurückgegeben. Die Zivilisation hat uns wieder, mein Lieber – Lunch gibt es nicht mehr umsonst.«

Es gibt überhaupt nichts mehr umsonst. Ich bedankte mich bei ihr.

Ich lud Gretchen zum Dinner ein. »Danke«, sagte sie. »Ich nehme die Einladung an, Sir, Mama hat es mir erlaubt. Aber wären Sie nicht vorläufig mit Eiscreme zufrieden? Mama hat mir das Geld dafür mitgegeben. Es gibt nämlich einige Dinge, die wir noch vor dem Essen erledigen sollten.«

»Aber natürlich. Wir sind in deiner Hand, Gretchen; du bist die Sophistin, und wir sind die Tyros.«

»Was sind ›Tyros‹?«

»Neulinge.«

»Ach so. Zuerst sollten wir zum Tunnel der Stillen Träume gehen und unser Bettzeug ausbreiten, damit wir nachher gemeinsam schlafen können« – in diesem Augenblick wußte ich, warum Gretchen eine solche Riesenrolle Bettzeug mitgebracht hatte; wieder die Voraussicht ihrer Mutter – »aber vorher müssen wir bei Lilybet Ihre Namen für die Busfahrt eintragen lassen . . . und zu allererst werden wir uns Eiscreme besorgen, wenn Sie genau solchen Hunger haben wie ich. Dann, als letztes vor dem Essen, gehen wir zu Charlie und reden mit ihm über die Druckanzüge.«

Das Eis bekamen wir in dem Tunnel, in dem sich auch die Kleiderständer befanden: Borodins Double-Dip Dandies, serviert von Kelly Borodin persönlich, der mir (zusätzlich zu den reichlich bemessenen Eisportionen) ältere Illustrierte von der Erde und fast neue aus Luna City und Tycho Under verkaufen wollte. Außerdem bot er an: Süßigkeiten, Lotterielose, Horoskope, die *Lunaja Prawda,* den *Luna City Lunatic,* Glückwunschkarten (echte Hallmark-Imitationen), Pillen, die garantiert die Potenz wiederherstellen, und ein sicheres Mittel gegen den Kater, hergestellt nach einem uralten Zigeunerrezept. Dann wollte er mit mir um die Eistüten würfeln: doppelt oder nichts. Gretchens und mein Blick trafen sich, und sie schüttelte kaum merklich den Kopf.

Als wir gingen, sagte sie: »Kelly hat zwei Sätze Würfel, einen für Fremde und einen für Leute, die er kennt. Aber er weiß nicht, daß ich es weiß. Sir, Sie haben für das Eis bezahlt . . . und nun erlauben Sie mir bitte, Ihnen das Geld zurückzugeben, denn sonst bekomme ich wirklich die Prügel, von denen ich gesprochen habe. Denn Mama wird mich fragen, und dann muß ich es ihr sagen.«

Ich dachte darüber nach. »Gretchen, es fällt mir schwer zu glauben, daß deine Mutter dich für etwas verprügeln würde, was *ich* getan habe.«

»Oh doch, Sir! Sie wird sagen, ich hätte das Geld bereithalten müssen. Und das hätte ich auch tun sollen.«

»Schlägt sie dich wirklich hart? Auf den nackten Hintern?«

»Aber ja! Wirklich brutal.«

»Ein faszinierender Gedanke. Dein kleiner Hintern färbt sich rosa, während du weinst.«

»Ich weine nicht! Nun, jedenfalls nicht viel.«

»Richard!«

»Ja, Gwen?«

»Hör auf damit.«

»Jetzt hör mal gut zu, Frau. Misch dich bitte nicht in meine Beziehungen zu einer anderen Frau. Ich . . .«

»Richard!«

»Du sagtest etwas, Schatz?«

»Mama *haut.*«

Ich nahm das Geld für das Eis von Gretchen an. Ich stehe nun einmal unter dem Pantoffel.

Auf dem Schild stand:

BUSGESELLSCHAFT APOKALYPSE UND EWIGES LEBEN
Linienverkehr nach Hongkong Luna
Minimum – zwölf (12) Fahrgäste
Charterfahrten in jede Richtung nach Absprache
Nächste Fahrt nach HKL nicht vor
Morgen mittag, 3. Juli

Schaukelnd und strickend saß unter dem Schild eine ältere schwarze Lady. Gretchen sprach sie an: »Guten Tag, Tante Lilybet!«

Die schwarze Frau schaute hoch, legte ihr Strickzeug beiseite und lächelte. »Gretchen, Honey! Wie geht es deiner Mama, Liebes?«

»Ausgezeichnet. Sie wird von Tag zu Tag dicker. Tante Lilybet, darf ich dich mit meinen Freunden bekanntmachen? Mr. Senator Richard und Mistress Gwen und Mr. Bill. Sie wollen mit dir nach Kong fahren.«

»Freut mich, Sie kennenzulernen, meine Freunde; ich werde Sie mit Vergnügen nach Kong karren. Ich fahre morgen mittag, denn mit Ihnen habe ich jetzt zehn Passagiere. Wenn ich bis morgen mittag nicht zwei weitere bekomme, kann ich das vielleicht mit Fracht ausgleichen. Paßt Ihnen das?«

Ich versicherte ihr, daß wir einverstanden seien und daß wir in Druckanzügen und reisefertig vor morgen mittag erscheinen würden. Taktvoll kam sie dann auf die Bezahlung zu sprechen: sie habe noch freie Sitze auf der Schattenseite, da einige Passagiere gebucht, aber noch nicht bezahlt hätten. Ich zahlte also – zwölfhundert Kronen für drei Personen.

Als nächstes gingen wir zum Tunnel der Stillen Träume. Ich weiß nicht, ob ich ihn ein Hotel nennen kann – vielleicht wäre »Schlafhöhle« der richtige Ausdruck. Der Tunnel war etwas breiter als drei Meter und etwa fünfzig Meter tief in den Fels hineingetrieben und endete dort in einer Sackgasse. In der Mitte und über die linke Seite des Tunnels verlief eine lange Felsbank, die einen halben Meter höher lag als der Gehweg auf der rechten Seite. Diese Felsbank war in Schlafquartiere unterteilt, die durch Farbstreifen und auf die Wand gemalte große Zahlen markiert waren. Das Quartier ganz vorn am Eingang trug die Zahl »50«. Auf ungefähr der Hälfte der Schlafstellen lagen Schlafsäcke oder sonstiges Bettzeug. In der Mitte des Tunnels zeigte das übliche grüne Licht eine Erfrischungskabine an.

Hinter einem Schreibtisch am Eingang des Tunnels saß ein

Chinese und las. Er trug ein Kostüm, das schon aus der Mode war, bevor Armstrong jenen »kleinen Schritt« tat. Die Brille, die er trug, war genauso altmodisch wie seine Kleidung, und er selbst wirkte neunzig Jahre älter als Gott und doppelt so würdevoll.

Als wir auf ihn zutraten, legte er sein Buch zur Seite und lächelte Gretchen an.

»Gretchen. Freut mich, dich zu sehen. Wie geht es den werten Eltern?«

Sie machte einen Knicks. »Es geht ihnen gut, Dr. Chan, und sie lassen herzlich grüßen. Darf ich Sie mit unseren Gästen Mr. Senator Richard, Mistress Gwen und Mr. Bill bekanntmachen?«

Er verneigte sich ohne aufzustehen und verschränkte die Hände. »Gäste des Hauses Henderson sind auch in meinem Hause stets hochwillkommen.«

Auch Gwen machte einen Knicks. Ich verneigte mich, und Bill tat es mir nach, nachdem ich ihm einen Daumen in die Rippen gestoßen hatte – Dr. Chan bemerkte es, nahm es jedoch nicht zur Kenntnis. Ich murmelte eine passende Floskel. Gretchen sprach weiter:

»Wir würden gern in Ihrer Obhut übernachten, Dr. Chan, wenn Sie uns akzeptieren wollen. Sollte das der Fall sein, bitten wir um vier Schlafplätze, die nebeneinander liegen. Oder kommen wir zu spät?«

»Aber nein . . . deine hochverehrte Frau Mutter hat schon mit mir gesprochen. Die Bettennummern sind vier, drei, zwei und eins.«

»Wunderbar. Recht vielen Dank, Großvater Chan.«

Ich zahlte also, aber für drei Personen, nicht für vier – ich weiß nicht, ob Gretchen bezahlt hat oder ob sie anschreiben ließ; jedenfalls sah ich nicht, daß irgendwelches Geld den Besitzer wechselte. Pro Nacht und pro Person fünf Kronen, keine zusätzlichen Gebühren für die Benutzung der Erfrischungskabine, aber zwei Kronen für den Fall, daß wir duschen wollten – Wassermenge unbegrenzt, Seife extra: eine halbe Krone.

Als das Geschäftliche abgewickelt war, sagte Dr. Chan: »Braucht der Bonsai nicht Wasser?«

Fast einstimmig gaben wir ihm recht. Unser Gastgeber prüfte die Folie, die den Baum umschloß, schnitt sie auf und nahm vorsichtig den Topf mit dem Baum heraus. Die Vase auf seinem Tisch diente ihm als Wasserkaraffe; er füllte ein Glas und spritzte mit den Fingerspitzen Wasser über den Baum. Während er damit beschäftigt war, schaute ich verstohlen auf sein Buch – eine Schnüffelei, der ich mich kaum jemals enthalten kann. Der Titel hieß *Der Marsch der Zehntausend,* auf griechisch.

Wir vertrauten ihm den Baum und Gwens Koffer an.

Unsere nächste Station war Jake's Steak House. Jake war Chinese, wie Dr. Wang, aber er gehörte einer anderen Generation an und hatte einen anderen Stil. Er begrüßte uns mit: »Hallo, Leute, was darf es sein? Hamburger? Oder Rühreier? Kaffee oder Bier?«

Gretchen antwortete ihm in einer melodischen Sprache – wahrscheinlich kantonesisch. Jake wirkte verärgert und schien zu protestieren. Dann sprach wieder Gretchen. Ein heftiger Wortwechsel begann. Schließlich sagte Jake angewidert: »Okay. Vierzig Minuten«, kehrte uns den Rücken zu und verschwand. »Kommen Sie«, sagte sie. »Wir unterhalten uns jetzt mit Charlie Wang über die Anzüge.«

Als wir weitergingen, sagte sie leise zu uns: »Er wollte sich davor drücken, etwas Anständiges zu kochen, denn das bedeutet mehr Arbeit. Aber am meisten haben wir über die Preise gestritten. Jake wollte Ihnen Touristenpreise berechnen, und ich sollte mich dabei nicht einmischen. Ich sagte ihm, wenn er mehr berechnete, wäre es genauso, als hätte er meinem Papa mehr berechnet, und dann würde Papa ihm bei seinem nächsten Aufenthalt die Ohren abschneiden und ihn zwingen, sie zu essen, und zwar roh. Jake weiß genau, daß Papa das wirklich tun würde.«

Gretchen lächelte schüchtern und ein wenig stolz. »Mein Papa genießt im Glücklichen Drachen hohes Ansehen. Ganz früher, als ich noch klein war, hat Papa einmal einen Kerl erledigt, der von einem Singsong-Girl etwas umsonst nehmen wollte, für das er eigentlich hätte bezahlen müssen. Das wissen heute noch alle. Die Singsong-Girls vom Glücklichen Drachen machten damals Mama und mich zu Ehrenmitgliedern ihrer Zunft.«

Auf dem Schild stand: Wang Chai-Lee, Maßkleidung für Damen und Herren – Spezialisten für Reparaturen an Druckanzügen. Wieder stellte Gretchen uns vor und erklärte, was wir benötigten. Charlie Wang nickte. »Der Bus fährt also um die

Mittagszeit? Dann kommen Sie bitte um zehn Uhr dreißig wieder zu mir. In Kong können Sie die Druckanzüge bei meinem Vetter Johnny Wang, Sears Montgomery, Abteilung für Druckanzüge, abliefern. Ich werde ihn anrufen.«

Dann gingen wir zu Jake's Steak House zurück. Es war kein Steak, und es war auch kein Chop Suey oder Chow Mein, aber es schmeckte hervorragend. Wir aßen, bis wir nichts mehr herunterbrachten.

Als wir zum Tunnel der Stillen Träume zurückkamen, waren die Deckenlampen schon ausgeschaltet, und auf vielen Plätzen lagen schlafende Gestalten. Am Felsen unter den Schlafstellen zog sich ein Leuchtstreifen entlang, der so angebracht war, daß er den Schläfern nicht in die Augen schien, daß man sich aber dennoch an ihm orientieren konnte. Auf Dr. Changs Tisch stand eine Leselampe, die zu den Schläfern hin abgeschirmt war. Er schien mit seiner Buchführung beschäftigt zu sein, denn mit der einen Hand betätigte er ein Terminal, mit der anderen arbeitete er an einem Rechenbrett. Er begrüßte uns wortlos, und wir wünschten ihm flüsternd eine gute Nacht.

Nach Gretchens Anweisungen bereiteten wir uns auf die Nacht vor: Ausziehen, Kleider zusammenfalten und mitsamt den Schuhen oben als Kopfkissen unter die Decke schieben. Ich tat es und legte noch meinen Korkfuß dazu. Aber ich behielt meine kurze Unterhose an, denn ich hatte bemerkt, daß auch Gwen und Gretchen ihre Slips nicht auszogen – Bill zog seine Unterhose wieder an, als er ein wenig verspätet merkte, wie wir anderen uns verhielten. Dann machten wir uns alle auf den Weg zur Erfrischungskabine.

Selbst diese nominelle Wahrung des Anstandes währte nicht lange; wir duschten gemeinsam. Als wir die Erfrischungskabine betraten, trafen wir dort drei Männer an, alle nackt. Wir hielten uns an das alte Rezept: Man sieht oft Nacktheit, aber man betrachtet sie nicht. Und die drei Männer beachteten strikt eine andere Regel: Wir waren nicht da, wir waren unsichtbar. (Wenn ich allerdings auch überzeugt bin, daß kein männliches Wesen Gwen und Gretchen völlig ignorieren kann.)

Ich jedenfalls konnte Gretchen nicht völlig ignorieren, und ich tat es auch nicht. Nackt sah sie Jahre älter und sehr verführerisch aus. Ihre Bräune mußte sie sich in einem Solarium geholt haben. Ich wußte, daß sie Grübchen hatte, die mir bisher verborgen geblieben waren. Ich brauche nicht in die Einzelheiten zu gehen; in dem Stadium, wo sie zu einer Frau heranreifen, sind alle Mädchen schön, und Gretchen hatte den zusätzlichen Vorteil, wunderbare Proportionen und ein sonniges Gemüt zu besitzen. Sie hätte den Heiligen Antonius in Versuchung führen können.

Gwen reichte mir die Seife. »Okay, mein Lieber; du kannst ihr den Rücken schrubben – aber vorn kann sie sich selbst waschen.«

»Ich weiß nicht, wovon du redest«, sagte ich würdevoll. »Ich beabsichtige durchaus nicht, irgend jemandem den Rücken zu waschen, denn ich brauche eine Hand, um mich festzuhalten. Du vergißt, daß ich eine werdende Mutter bin.«

»Du bist mir schon eine Mutter.«

»Wer nennt hier wen eine Mutter? Ich wäre dir dankbar, wenn du ein bißchen mehr Höflichkeit an den Tag legen würdest.«

»Richard, das ist allmählich sogar unter meiner Würde. Gretchen, wasch du ihm den Rücken; das ist sicherer. Ich bin Schiedsrichter.«

Es endete damit, daß jeder jedem das wusch, was er gerade erreichen konnte. Selbst Bill machte mit. Es kam nichts weiter dabei heraus, aber es gab viel Gelächter. Die beiden Frauen waren der Inbegriff des anderen Geschlechts, und nur in ihrer Nähe zu sein, machte schon Spaß.

Um zweiundzwanzig Uhr legten wir uns schlafen. Gretchen hinten an der Wand, Gwen neben ihr, dann ich und dann Bill. Bei einem Sechstel g ist eine Felsunterlage weicher als eine Schaumstoffmatratze in Iowa. Ich schlief sofort ein.

Eine Weile später – eine Stunde? Zwei Stunden? – wurde ich wach, denn ein warmer Körper schmiegte sich an mich. »Na, Honey?« murmelte ich. Dann war ich hellwach. »Gwen?«

»Ich bin es, Mr. Richard. Wollen Sie *wirklich* sehen, wie mein Hintern rosa wird, und wollen Sie mich wirklich weinen hören?«

»Honey«, flüsterte ich nervös, »leg dich wieder an deinen Platz.«

»Bitte.«

»Nein, Liebes.«

»Gretchen«, sagte Gwen leise, »geh an deinen Platz zurück,

Liebes . . . damit du nicht noch andere weckst. Hier, ich helfe dir, dich über mich hinwegzurollen.«

Das tat sie, und dann nahm sie die Kindfrau in die Arme und sprach mit ihr. So blieben sie liegen und schliefen (glaube ich) wieder ein.

Es dauerte eine ganze Zeit, bis ich selbst wieder einschlafen konnte.

»Wir sind zu stolz zum Kämpfen.«

WOODROW WILSON 1856–1924

»Gewalt löst keine Probleme.«

DSCHINGIS-KHAN 1162–1227

»Die Mäuse beschlossen,
der Katze eine Schelle umzuhängen.«

ÄSOP ca. 620–ca. 560

XII

Sich einen Abschiedskuß zu geben, wenn man in einem Druckanzug steckt, ist auf deprimierende Weise steril. Das finde ich wenigstens, und Gretchen war bestimmt meiner Ansicht. Aber so ergab es sich nun einmal.

Am Abend zuvor hatte Gwen mich vor einem Schicksal bewahrt, das »schlimmer ist als der Tod«, und dafür war ich dankbar. Nun, einigermaßen dankbar. Gewiß macht sich ein alter Mann lächerlich, wenn er sich von einem kaum heiratsfähigen Mädchen verführen läßt (Gretchen war noch nicht ganz dreizehn Jahre alt), und jeder vernünftig denkende Mensch verachtet ihn. Aber seit Gretchen mir am Vorabend zu verstehen gegeben hatte, daß sie mich nicht für zu alt hielt, kam ich mir immer jünger vor. Gegen Sonnenuntergang würde ich das letzte Stadium seniler Adoleszenz durchleiden.

So will ich hier nur verzeichnen, daß ich dankbar bin. Und das ist amtlich.

Ich bin sicher, daß Gwen erleichtert war, als Gretchen uns um die Mittagszeit aus der Kabine ihres Wagens zum Abschied zuwinkte, während Tante Lilybets Bus *Höre Mich, Jesus* sich nach Süden in Bewegung setzte.

Der *Höre Mich* war viel größer und schöner als Jinx' Lastwagen; er war in hellen Farben mit Szenen aus dem Heiligen Land und mit Bibelsprüchen bemalt. Der Bus bot Platz für achtzehn Passagiere, Fracht, die Fahrerin und ein Geschütz – das letztere in einer Kanzel hoch über dem Fahrersitz. Das Fahrzeug hatte gewaltige Reifen, doppelt so hoch wie ich. Bis ungefähr in Kopfhöhe überragten sie den Boden der Passagierkabine, der auf den Achsen ruhte. An beiden Seiten waren die Eingänge über Leitern zu erreichen, die zwischen den Vorder- und Hinterreifen angebracht waren.

Diese großen Reifen behinderten die Sicht zur Seite. Aber Loonies sind nicht so sehr an der Aussicht interessiert, denn die Mondlandschaft ist höchstens interessant, wenn man sie aus einer Umlaufbahn betrachtet. Von der Kaukasus-Kette bis zu den Haemus-Bergen – unsere Route – hat die Ebene des Mare Serenitatis ihre verborgenen Reize. Sie sind sehr gründlich verborgen. Die Gegend ist zum größten Teil flach wie ein Pfannkuchen und so interessant wie kalte Pfannkuchen ohne Butter oder Sirup.

Dennoch war ich froh, daß Tante Lilybet uns vorn rechts in der ersten Reihe Plätze angewiesen hatte – Gwen saß am Fenster, ich neben ihr und Bill links von mir. Das bedeutete, daß wir nach vorn etwa den gleichen Ausblick hatten wie die Fahrerin, aber wir hatten auch freie Sicht nach rechts, denn wir saßen vor der Vorderachse und konnten an dem Reifen vorbeisehen. Allerdings war die Sicht nicht sehr klar, denn die Druckscheiben aus Plastik waren alt, zerkratzt und vergilbt. Aber vorn hatte Tante Lilybet ihren großen Fahrerstand angehoben und zurückgesetzt; die Sicht war so klar wie unsere Helme es zuließen – es war günstig für uns, daß die Geräte, die Charlie Wang uns geliehen hatte, wie eine gute Sonnenbrille das grelle Sonnenlicht abwiesen, ohne die Sicht wesentlich zu beeinträchtigen.

Wir sprachen nicht viel, weil die Sprechgeräte der Passagiere auf eine gemeinsame Frequenz geschaltet waren – es war ein ziemliches Durcheinander, und deshalb drehten wir an unseren Geräten den Ton zurück. Gwen und ich sprachen miteinander, indem wir die Helme aneinanderlegten, aber es war nicht einfach. Ich vertrieb mir die Zeit damit, die Strecke zu verfolgen, die wir zurücklegten. Auf Luna sind weder Magnetkompasse noch Kreiselkompasse von Nutzen. Magnetismus (gewöhnlich nicht vorhanden) bedeutet eher einen Körper aus Erz als eine Richtung, und Lunas Rotation, die zwar stattfindet (eine Umdrehung im

Monat), erfolgt so langsam, daß ein Kreiselkompaß auf sie nicht anspricht. Ein Trägheitsnavigationsgerät würde funktionieren, aber ein gutes ist sehr teuer – wenn ich auch nicht recht weiß, warum: diese Technik wurde schließlich schon vor langer Zeit für Lenkwaffen bis zur Perfektion entwickelt.

Von dieser Mondseite aus kann man sich immer an der Erde orientieren, und während der Hälfte der Zeit hat man außerdem noch die Sonne. Die Sterne? Gewiß, die Sterne sind natürlich immer zu sehen – kein Regen, keine Wolken, kein Smog. Ganz klar! Aber für Erdenbewohner, die vielleicht gerade zuhören, habe ich eine Neuigkeit: Von Iowa sieht man die Sterne besser als vom Mond.

Hier trägt man einen Raumanzug. Sein Helm hat eine Linse und ein Visier, das die Augen schützen soll – und das bedeutet eingebauten Smog. Wenn die Sonne hoch steht, können Sie die Sterne vergessen, denn die Linse hat sich verdunkelt, um Ihre Augen zu schützen. Wenn die Sonne nicht am Himmel steht, ist die Erde irgendwo zwischen halb und voll, und das Erdlicht ist grell – die Erde hat eine achtmal so große reflektierende Fläche, und das Verhältnis der zurückgeworfenen zur Gesamtlichtmenge ist fünfmal so groß, so daß die Erde vom Mond aus mindestens vierzigmal so hell ist wie das Mondlicht von der Erde aus gesehen.

Oh ja, die Sterne sind da, und sie leuchten hell und klar; Luna ist hervorragend geeignet für astronomische Teleskopie. Aber um die Sterne mit dem »bloßen« Auge zu sehen (das heißt, durch das Helmvisier des Druckanzugs), braucht man schon ein oder zwei Meter Ofenrohr – auf Luna gibt es keine Öfen. Also benutzt man einige Meter Luftleitung. Sie verhindert, daß man geblendet wird. Man schaut hindurch, und die Sterne leuchten »wie eine gute Tat in einer bösen Welt.«

Vor uns hatte die Erde ihre halbe Phase schon ein wenig überschritten. Zu meiner Linken stand die aufgehende Sonne anderthalb Tage hoch, zwanzig Grad oder weniger; sie erhellte den Wüstenboden und warf lange Schatten, die alles hervorhoben, nur nicht die vollkommene Flachheit des Geländes. Das Fahren wurde Tante Lilybet dadurch allerdings erleichtert. Auf einer Karte neben der Luftschleuse der Druckstation Glücklicher Drache hatte ich gesehen, daß unser Startpunkt auf zweiunddreißig Grad siebenundzwanzig Minuten nördlicher Breite und sechs

Grad siebenundzwanzig Minuten östlicher Länge lag und daß wir einen Punkt auf vierzehn Grad elf Minuten östlicher Länge und siebzehn Grad zweiunddreißig Minuten nördlicher Breite ansteuerten, einen Punkt, der in der Nähe von Menelaos liegen mußte. Also fuhren wir in südliche Richtung – mit einer Abweichung nach Osten von etwa fünfundzwanzig Grad, wenn ich die Karte richtig gelesen hatte, und unser Ziel lag 550 Kilometer entfernt. Kein Wunder, daß unsere geschätzte Ankunftszeit bei drei Uhr am nächsten Morgen lag!

Es gab keine Straße. Tante Lilybet schien nichts zu haben, was man als Navigationsinstrument bezeichnen konnte. Sie hatte nur einen Tachometer und einen Kilometerzähler. Sie schien den Bus so zu steuern wie in alten Zeiten die Flußschiffer ihre Kähne, sie kannte ganz einfach den Weg. Das mag so gewesen sein – aber schon in der ersten Stunde machte ich eine Beobachtung: Auf der ganzen Route gab es Markierungen. Wenn wir eine erreicht hatten, sahen wir am Horizont schon die nächste.

Am Vortage hatte ich keine solchen Zeichen bemerkt, und ich glaube nicht, daß ich sie übersehen hätte; wahrscheinlich war Gretchen tatsächlich nach der Mark-Twain-Methode gefahren. Und vermutlich hielt auch Tante Lilybet sich an diese Methode – ich bemerkte, daß sie die Markierungszeichen oft in großer Entfernung passierte. Wahrscheinlich dienten diese Zeichen nur Gelegenheitsfahrern oder Ersatzfahrern des *Höre Mich* zur Orientierung.

Ich versuchte, jedes einzelne dieser Zeichen zu registrieren, und machte daraus ein Spiel: Wenn ich eins verfehlte, zählte das als Fehler. Zwei Fehler in Folge bedeuteten: Tod durch Verirren auf dem Mond – etwas, das in den Anfangszeiten häufig geschah . . . und auch heute noch passiert. Luna ist groß, größer als Afrika und fast so groß wie Asien – und jeder Quadratmeter ist tödlich, wenn man auch nur den geringsten Fehler macht.

(Die Definition eines Loonies: ein Mensch, Hautfarbe, Größe und Geschlecht beliebig, der *nie* einen Fehler macht, wenn es darauf ankommt.)

Bis zu unserem ersten Stop hatte ich schon so viele Markierungen übersehen, daß ich zweimal »gestorben« war.

Um fünfzehn Uhr fünf ließ Tante Lilybet den Bus ausrollen.

Dann erschien über dem Fahrersitz eine Leuchtschrift: ZWANZIG MINUTEN RAST und darunter: Verspätungsgebühr – Eine Krone pro Minute.

Wir stiegen alle aus. Bill nahm Tante Lilybets Arm und legte seinen Helm an ihren. Zuerst wollte sie ihn wegstoßen, aber dann hörte sie ihm zu. Ich mischte mich nicht ein; zwanzig Minuten sind wenig für eine Rast, wenn man sich mit einem Druckanzug abplagen muß. Für Frauen ist es natürlich noch schlimmer als für Männer, denn für sie bedeutet es einen höheren Zeitaufwand. Wir hatten einen weiblichen Passagier mit drei Kindern . . . und der rechte Arm ihres Druckanzugs endete kurz unter dem Ellebogen in einem Haken. Wie sollte sie das nur schaffen? Ich beschloß, länger draußen zu bleiben als sie, damit nicht sie, sondern ich die Verspätungsgebühr bezahlen mußte.

Diese »Erfrischungskabine« war grauenhaft. Es war eine Luftschleuse, die zu einer Höhle im Fels führte. Diese Höhle lag hinter dem Anwesen eines Siedlers, der hier eine Tunnelfarm betrieb und nach Eis schürfte. Vielleicht enthielt die Druckluft, die uns empfing, auch Sauerstoff, aber bei dem Gestank war das nicht festzustellen. Das Ganze erinnerte mich an die Zustände in einem Schloß, in dem ich während des Einundzwanzig-Tage-Krieges einmal einquartierte war – es lag am Rhein, in der Nähe von Remagen; das Schloß hatte einen tiefen, aus Steinen gemauerten Abort, von dem es hieß, er sei schon seit über neunhundert Jahren nicht mehr gereinigt worden.

Keiner von uns mußte Verspätungsgebühren zahlen, denn unsere Fahrerin kam noch später. Das tat auch Bill. Dr. Chan hatte den Bonsai mit Klammern neu versiegelt, damit wir ihn leichter begießen konnten. Bill hatte Lilybet um Hilfe gebeten. Gemeinsam hatten sie es geschafft, aber es hatte gedauert. Ich weiß nicht, ob Bill Zeit zum Pinkeln hatte. Die gute Tante hatte natürlich genug Zeit – der *Höre Mich, Jesus* konnte ohne sie nicht weiterrollen.

Um ungefähr neunzehn Uhr dreißig hielten wir zum Essen an einer kleinen Druckstation namens Rob Roy, in der vier Familien lebten. Verglichen mit dem letzten Halt war dies ein zivilisatorischer Höhepunkt. Der Ort war sauber, die Luft roch einwandfrei, und die Leute waren liebenswürdig und gastfreundlich. Das

Menü ließ keine Auswahl zu – es gab Hähnchen mit Klößen und Mondbeerenkuchen –, und das Essen war sehr teuer. Aber was kann man mitten im Nirgendwo auf dem Mond schon erwarten? Es gab einen Souvenir-Stand mit selbstgebastelten Kleinigkeiten, die ein kleiner Junge feilbot. Ich kaufte einen bestickten Geldbeutel, den ich nicht gebrauchen konnte. Ich tat es, weil die Leute uns so freundlich aufgenommen hatten. Der Beutel trug eine Aufschrift: »Rob Roy City, Hauptstadt des Mare Serenitatis«. Ich schenkte ihn meiner Braut.

Gwen half der einarmigen Frau mit den drei Kindern und erfuhr dabei, daß die vier den Großvater väterlicherseits im Glücklichen Drachen besucht hatten und nun nach Kong zurückfuhren, wo sie zu Hause waren. Der Name der Mutter war Ekaterina O'Toole; die Kinder hießen Patrick, Brigid und Igor und waren acht, sieben und fünf Jahre alt. Unsere anderen drei Mitpassagiere waren Lady Diana Kerr-Shapley und ihre beiden Ehemänner – sie waren wohlhabend und nicht geneigt, mit uns Pöbel zu fraternisieren. Beide Männer trugen Schußwaffen – innerhalb ihrer Anzüge. Was für einen Sinn sollte das haben?

Der Boden zeigte jetzt viele Unebenheiten, und es schien, als hielte sich Tante Lilybet enger an die markierte Strecke. Aber sie fuhr immer noch schnell und aggressiv, und wir wurden auf diesen großen Niederdruckreifen so durchgerüttelt, daß ich mir Gedanken über Bills empfindlichen Magen machte. Wenigstens brauchte er den Bonsai nicht mehr festzuhalten; Tante Lilybet hatte ihm geholfen, den Topf hinten im Frachtraum festzuzurren. Ich wünschte ihm viel Glück; sich in seinem Helm übergeben zu müssen, ist entsetzlich – vor einer Generation ist es mir selbst einmal passiert. Pfui Teufel!

Kurz vor Mitternacht legten wir noch eine Rast ein. Es war ganz angenehm. Die Sonne stand jetzt ein paar Grad höher und stieg immer noch.

Tante Lilybet eröffnete uns, daß wir noch hundertfünfzig Kilometer zu fahren hätten und mit Gottes Hilfe rechtzeitig ankommen würden.

Gott half Tante Lilybet nicht so, wie sie es verdient hätte. Wir waren etwa eine Stunde gefahren, als aus dem Nichts (vielleicht hinter einem Felsen hervor) ein zweites Fahrzeug auftauchte. Es war kleiner und schneller als unser Bus und schnitt diagonal unseren Kurs.

Ich schlug Bill auf den Arm, packte Gwen bei der Schulter, und schon lagen wir hinter dem Fahrersitz und waren zur Seite hin durch die Stahlwand des Fahrzeugs einigermaßen geschützt. Als ich mich duckte, sah ich an dem anderen Fahrzeug einen Blitz aufzucken.

Unser Bus rollte aus, und nicht weit vor uns sahen wir den anderen Wagen. Tante Lilybet stand auf.

Sie wurde niedergemäht.

Gwen erwischte den Mann, der Tante Lilibet mit seinem Laser getroffen hatte. Sie legte die Miyako auf die vordere Brüstung auf, und das Geschoß durchschlug die Linse seines Helmes – die beste Methode, einen Mann im Druckanzug zu erledigen, wenn man keinen Laser, sondern eine Kugel benutzt. Ich selbst erwischte den Fahrer. Dabei zielte ich sehr sorgfältig, denn mein Stock hat nur fünf Schuß, und die nächste verfügbare Munition lag in Golden Rule (in meinem Seesack, verdammt nochmal). Weitere Gestalten in Druckanzügen verließen das angreifende Fahrzeug an den Seiten. Gwen erhob sich und schoß weiter.

All dies geschah in der gespenstischen Stille des Vakuums.

Ich wollte gerade zusammen mit Gwen auf die Angreifer feuern, als noch ein Fahrzeug auftauchte. Es sah ganz anders aus als unser Bus, etwas Ähnliches hatte ich noch nie gesehen. Das Ding hatte nur einen Reifen, einen riesigen Reifen, mindestens acht Meter hoch, vielleicht sogar zehn. In der Nabe des Reifens mußte sich das Antriebsaggregat befinden. Die Nabe hatte an jeder Seite einen Ausleger. Auf jedem dieser Ausleger saß, an einen Sitz geschnallt, ein Schütze. Unter dem Schützen saß der Pilot oder der Fahrer oder der Ingenieur – einer auf jeder Seite, aber fragen Sie mich nicht, wie sie sich miteinander abstimmten.

Ich kann mich auf Einzelheiten nicht genau festlegen; ich hatte zu tun. Ich zielte auf den Schützen auf der mir zugewandten Seite und wollte gerade eine meiner wertvollen Kugeln abfeuern, als ich innehielt; seine Waffe war nicht auf uns gerichtet, er attakkierte die Leute, die uns angriffen. Er benutzte eine Energiewaffe – Laser, Teilchenstrahler, ich weiß es nicht, denn ich sah die Waffe nur aufblitzen –, und ich sah das Ergebnis.

Das Fahrzeug mit dem riesigen Rad vollführte eine Vierteldrehung; ich sah das andere Paar, den Fahrer und den Schützen, auf der anderen Seite – und dieser Schütze zielte auf *uns*. Sein Projektor blitzte auf.

Ich traf sein Helmvisier.

Dann schoß ich auf seinen Fahrer und traf ihn (glaube ich) am Helmgelenk. Das war nicht so gut, als hätte ich ihm ein Loch in das Visier geschossen, aber wenn er nicht die Mittel hatte, eine schwierige Reparatur sehr schnell vorzunehmen, würde er schon in wenigen Sekunden dünne Luft atmen.

Der riesige Reifen drehte sich jetzt ganz herum und hielt an. Ich erwischte den anderen Schützen eine Nanosekunde bevor er auf mich feuern konnte. Jetzt wollte ich auf den Fahrer schießen, aber ich bekam ihn nicht recht ins Visier, und ich durfte keine Munition verschwenden. Das Fahrzeug mit dem riesigen Reifen rollte von uns weg nach Osten. Es beschleunigte, traf auf einen Felsblocken, hüpfte hoch und verschwand hinter dem Horizont.

Ich schaute zu dem anderen Fahrzeug hinüber. Außer den beiden, die wir gleich am Anfang getötet hatten und die im Fahrzeug zusammengebrochen waren, lagen noch fünf weitere Gestalten auf dem Boden, zwei auf der rechten, drei auf der linken Seite. Keiner von ihnen sah so aus, als ob er sich je wieder bewegen würde. Ich legte meinen Helm an den von Gwen. »Sind das alle?«

Sie stieß mich kräftig in die Seite, und ich fuhr herum. Ein behelmter Kopf erschien in der linken Tür. Ich riß den Stock hoch und schoß ihm ein sternförmiges Loch in das Visier; er verschwand. Ich sprang jemandem auf die Füße und schaute nach draußen – links war keiner mehr –, aber als ich mich umdrehte, kletterte ein anderer durch die rechte Tür. Ich schoß auf ihn –

Berichtigung: Ich *versuchte*, auf ihn zu schießen. Keine Munition mehr. Ich stürzte mich auf ihn und stieß mit dem Stock zu. Er ergriff das Ende, und das war sein Fehler. Ich zog am Stock, und zwanzig Zentimeter Sheffield-Stahl fuhren heraus, die ich ihm durch den Anzug zwischen die Rippen stieß. Ich zog die Klinge heraus und stieß noch einmal zu. Dieses Stilett, eine nur einen halben Zentimeter breite Dreikantklinge, die jetzt blutbeschmiert war, tötet nicht unbedingt sofort, aber mein zweiter Stoß beschäftigte ihn so, daß er starb, bevor er etwas gegen mich unternehmen konnte.

Er brach in der Tür zusammen und ließ meinen Stock los. Ich zog die Klinge wieder ein. Dann stieß ich ihn nach draußen, hielt mich am nächsten Sitz fest, kam wieder auf meinen gesunden Fuß zu stehen und hinkte an meinen Platz zurück. Ich war müde, obwohl das ganze Spektakel nur zwei oder drei Minuten gedauert hatte. Es liegt am Adrenalin – anschließend bin ich immer völlig erschöpft.

Wir hatten es überstanden, und das war auch gut so, denn Gwen hatte, genau wie ich, ihre gesamte Munition verschossen, und ich kann den Trick mit der versteckten Klinge nur einmal anwenden – er funktioniert nur, wenn man den Gegner dazu veranlassen kann, das Ende des Spazierstocks an sich zu reißen. In dem anderen Fahrzeug hatten neun Männer gesessen, und sie waren alle tot. Gwen und ich hatten fünf von ihnen erledigt; die Männer aus dem Fahrzeug mit dem gewaltigen Reifen hatten die andern vier getötet. Die Zahlen stimmten, denn ein Loch, das von einer Kugel geschlagen wurde, kann man nicht mit einer Verbrennung durch Laserstrahlen verwechseln.

Die zwei oder drei Mann von der Besatzung des Riesenreifens, die ich erschossen hatte, zählte ich nicht mit . . . denn die Leute hatten ihre Leichen mitgenommen und waren schon lange hinter dem Horizont verschwunden.

Eigene Verluste: vier.

Erstens, unser Bordschütze, der in der Kanzel über dem Fahrersitz hockte. Ich kletterte hinauf, um nachzuschauen; bei einem Sechstel g kann ich eine senkrechte Leiter genauso leicht hinaufsteigen wie jeder andere. Unser Schütze war tot; wahrscheinlich hatte schon der erste Laserblitz ihn getötet. Hatte er auf seinem Posten geschlafen? Wer weiß, aber wen interessierte das noch? Er war tot.

Aber Tante Lilybet, unser zweiter Ausfall, war nicht tot, und das hatte sie Bill zu verdanken. Er hatte rasch zwei Druckflicken aufgeklebt, einen auf ihren linken Arm und einen oben auf den Helm – er hatte sogar daran gedacht, dabei die Luftzufuhr zu unterbrechen und bis sechzig zu zählen, bevor er das Ventil wieder aufdrehte und die Luft in ihren Anzug strömen ließ. Dadurch hatte er ihr das Leben gerettet.

Dies war der erste Beweis dafür, daß Bill doch nicht ganz so dumm war, wie wir gedacht hatten. Er hatte rasch herausgefunden, wo die Reparaturausrüstung aufbewahrt wurde, nämlich in der Nähe des Fahrersitzes, und den Rest hatte er fast routinemäßig erledigt, ohne jeden überflüssigen Handgriff und ohne auf das Kampfgeschehen zu achten, das sich um ihn herum abspielte.

Ich hätte eigentlich gar nicht so erstaunt sein sollen. Ich wußte, daß Bill im Metallbau gearbeitet hatte, und in einem Wohnbezirk im Raum bedeutet das Arbeit im Druckanzug, mit vorausgegangener Ausbildung und Übungen für den Notfall. Aber mit der Ausbildung allein ist es nicht getan; im Notfall braucht man Geschick und einen kühlen Kopf, um das Gelernte auch anwenden zu können.

Bill zeigte uns, was er gemacht hatte; nicht um damit zu prahlen, sondern weil er sich überlegt hatte, daß vielleicht alles noch einmal gemacht werden mußte. Da er in aller Eile Tante Lilybets Anzug versiegeln mußte, hatte er die Wunde an ihrem Arm nicht freilegen können, um das Blut zu stillen, und er wußte auch nicht, ob der Strahl ihren Arm verbrannt hatte. Wenn sie tatsächlich blutete, mußten wir den Anzug öffnen, ihr eine Druckbandage anlegen und den Anzug wieder versiegeln – und das schnell! Da es sich um den Arm handelte, mußten wir ein größeres Loch in das Material schneiden, um an den Arm heranzukommen und das Blut zu stillen. Schließlich mußten wir das große Loch wieder schließen und eine endlose Minute lang die Sekunden zählten, bevor wir den Anzug wieder unter Druck setzten.

Ein Patient darf nur für eine sehr begrenzte Zeit dem Vakuum ausgesetzt werden. Tante Lilybet war alt und verletzt, und sie war heute schon einmal dem Vakuum ausgesetzt gewesen. Würde sie es ein zweites Mal aushalten?

Ihren Helm zu öffnen kam nicht in Frage. Der Strahl hatte ihren Helm oben aufgerissen, aber er hatte nicht ihren Kopf getroffen – wäre es anders gewesen, hätten wir uns über den Arm keine Gedanken mehr machen müssen.

Gwen legte ihren Helm an Tante Lilybets; es gelang ihr, sie zu wecken und auf sich aufmerksam zu machen. Ob sie blute?

Nein, meinte Tante Lilybet, sie blute nicht. Sie habe ein taubes Gefühl im Arm, aber keine starken Schmerzen. Ob sie es genommen hätten? Was genommen? Etwas aus der Fracht. Gwen versicherte ihr, daß die Banditen nichts genommen hätten; sie seien alle tot.

Tante Lilybet gab sich mit dieser Auskunft anscheinend zufrieden. »Taddie kann fahren«, sagte sie noch, und dann schien sie wieder einzuschlafen.

Unser dritter Ausfall war einer von Lady Dianas Ehemännern. Er war tot, aber er war nicht von den Banditen getötet worden. Er hatte sich in den Fuß geschossen.

Ich glaube, ich habe schon erwähnt, daß er bewaffnet war – aber der Idiot hatte die Kanone *in* seinem Anzug. Als der ganze Ärger anfing, griff er nach seiner Waffe, stellte fest, daß er sie nicht erreichen konnte – und öffnete vorn seinen Anzug, um sie herauszunehmen.

Man kann seinen Anzug im Vakuum öffnen und wieder schließen, und ich glaube, der legendäre Houdini hätte es lernen können. Aber dieser Witzbold fummelte immer noch nach seiner Waffe, als er im Vakuum ertrank. Sein Ko-Ehemann war einen halben Punkt gescheiter. Anstatt zu versuchen, seine eigene Waffe herauszuholen, bemühte er sich um die seines Partners, nachdem dieser zusammengebrochen war. Er schaffte es, sie dem anderen abzunehmen, aber er konnte nicht mehr in den Kampf eingreifen. Als er sich wieder aufrichtete, zog ich mich gerade am Sitz hoch, nachdem ich den letzten Banditen erschossen hatte.

Und plötzlich fuchtelt mir dieser Witzbold mit seiner Kanone vor dem Gesicht herum.

Ich wollte ihm nicht das Handgelenk brechen; ich wollte ihn nur entwaffnen. Ich schlug seine Waffe zur Seite und ließ meinen Stock auf sein Handgelenk krachen. Dann fing ich die Waffe auf und schob sie in den Gürtel meines Druckanzuges. Anschließend ging ich an meinen Platz und ließ mich in den Sitz fallen. Ich glaubte nicht, daß ich ihn erheblich verletzt hatte, vielleicht war es nur eine Prellung.

Aber ich empfinde nicht das geringste Bedauern. Wenn man das Handgelenk nicht gebrochen haben will, darf man mir nicht mit einer Kanone vor der Nase herumfuchteln. Jedenfalls nicht, wenn ich müde und aufgeregt bin.

Dann riß ich mich zusammen und versuchte, Gwen und Bill zu helfen.

Ich berichte nur ungern über das vierte Opfer: es war Igor O'Toole, der Fünfjährige.

Da der Kleine mit seiner Mutter auf einem der hinteren Sitze saß, konnte er nicht von dem anderen Bus aus getötet worden sein; der Winkel wäre unmöglich gewesen. Nur die Schützen in dem Fahrzeug mit dem riesigen Reifen saßen hoch genug, um über den Fahrersitz hinweg irgend etwas hinten im Bus zu treffen. Außerdem mußte es der zweite Schütze gewesen sein; der erste Schütze war damit beschäftigt gewesen, die Banditen zu erschießen. Als das große Rad wendetet, sah ich diese Waffe auf uns gerichtet, und ich sah sie in dem Augenblick aufblitzen, als ich selbst feuerte und ihn tötete.

Ich dachte erst, er hätte vorbeigeschossen. Falls er auf mich gezielt haben sollte, stimmte das auch. Ich bezweifle, ob er sorgfältig gezielt hatte, denn wer würde auf ein kleines Kind schießen, ein Baby gar, das noch dazu ganz hinten im Bus saß? Aber der Blitz, den ich gesehen hatte, *mußte* den kleinen Igor getötet haben.

Wenn Igor nicht getötet worden wäre, hätte ich die Besatzung des Fahrzeugs mit dem riesigen Reifen mit gemischten Gefühlen betrachtet – ohne ihre Hilfe hätten wir bestimmt nicht gewinnen können. Aber dieser letzte Schuß hatte mich überzeugt, daß sie nur die Konkurrenz ausschalten wollten, bevor sie sich ihrem eigentlichen Ziel zuwandten, der Kaperung des *Höre Mich, Jesus.*

Ich bedaure nur, daß ich nicht auch noch den vierten Mann erwischt habe.

Aber das sind nachträgliche Überlegungen. Was wir in diesem Augenblick sahen, war ganz einfach ein totes Kind. Als wir Tante Lilybet versorgt hatten, richteten wir uns auf und schauten uns um. Ekaterina saß ganz ruhig da und hielt die Leiche ihres Sohnes im Arm. Ich mußte zweimal hinschauen, um zu erkennen, was geschehen war. Aber ein Kind in einem Druckanzug kann nicht mehr leben, wenn das Visier weggebrannt wurde. Ich hinkte zu ihr hinüber, aber Gwen erreichte sie zuerst. Ich blieb hinter Gwen stehen. Lady Diana packte mich am Ärmel und sagte etwas.

Ich legte meinen Helm an ihren. »Was sagten Sie?«

»Ich sagte, Sie sollen dem Fahrer sagen, daß er weiterfahren soll. Verstehen Sie denn kein Englisch?«

Ich wünschte, sie hätte es zu Gwen gesagt; Gwens Antworten sind phantasievoller und viel poetischer. Müde wie ich war, brachte ich nur heraus: »Ach, halten Sie das Maul und setzen Sie sich, Sie alberne Kuh.« Ich wartete ihre Antwort nicht ab.

Lady Di ging nach vorn, wo Bill sie daran hinderte, Tante Lilybet zu stören. Das sah ich allerdings nicht, denn als ich mich vorbeugte, um zu sehen, was mit ihrem Mann passiert war, der sich (wie ich erst noch erfahren sollte) durch Öffnen seines

Druckanzuges umgebracht hatte, versuchte der Ko-Ehemann, mir seine Waffe wieder abzunehmen.

Bei der entstehenden Rangelei packte ich sein (gebrochenes) Handgelenk. Ich hörte ihn nicht schreien, und ich sah auch nicht seinen Gesichtsausdruck, aber er vollführte aus dem Stegreif eine so erstaunliche Pantomime, daß ich merkte, welche Qualen er litt.

Ich kann nur sagen: fuchtelt mir nicht mit einer Kanone vor dem Gesicht herum! Das läßt das Böse in mir zum Ausbruch kommen.

Ich ging zu Gwen und der unglücklichen Mutter zurück und legte meinen Helm an Gwens. »Können wir irgend etwas für sie tun?«

»Nein. Zuerst müssen wir die Druckstation erreichen. Aber auch dann werden wir nicht viel tun können.«

»Was ist mit den anderen beiden?« Ich vermute, daß sie weinten, aber was kann man schon tun, wenn man nichts hören und nichts sehen kann?

»Richard, ich glaube, am besten lassen wir diese Familie allein. Wir behalten sie im Auge, aber im übrigen lassen wir sie in Ruhe. Bis wir in Kong ankommen.«

»Ja – Kong. Wer ist eigentlich Taddy?«

»Wie bitte?«

»Tante Lilybet hat doch gesagt ›Taddy kann fahren‹.«

»Oh, ich glaube, sie meint den Schützen in der Kanzel. Ihren Neffen.«

Deshalb also stieg ich hinauf, um in der Kanzel nachzuschauen. Um nach oben zu kommen, mußte ich erst aussteigen, und das tat ich mit größter Vorsicht. Aber wir hatten richtig gezählt – sie waren alle tot. Auch Taddy, unser Schütze. Ich kletterte wieder hinunter und in den Bus zurück. Dann berichtete ich den beiden anderen, daß wir keinen Ersatzfahrer hätten.

»Kannst du fahren, Bill?« fragte ich.

»Nein, Senator. Ich kann nicht fahren. Ich sitze zum ersten Mal in einem solchen Ding.«

»Das habe ich befürchtet. Es ist zwar schon ein paar Jahre her, daß ich einen gefahren habe, aber ich weiß noch, wie es geht – Mein Gott! Gwen, ich *kann* nicht.«

»Schwierigkeiten, Schatz?«

Ich seufzte. »Man lenkt dieses Ding mit den Füßen, und ich habe nur einen – der andere liegt drüben neben meinem Sitz. Ihn anzuschnallen, ist unmöglich, aber mit nur einem Fuß zu fahren, ist genauso unmöglich.«

»Das macht nichts, Darling«, sagte sie begütigend. »Dann bedienst du eben das Funkgerät – ich glaube, wir sollten SOS senden. Und ich fahre.«

»Du kannst dieses Ungetüm fahren?«

»Natürlich. Aber da ihr Männer seid, wollte ich mich nicht vordrängen. Ich stelle mich gern zur Verfügung. Es sind nur noch zwei Stunden. Eine Kleinigkeit.«

Drei Minuten später prüfte Gwen die Bedienungsgeräte; ich saß neben ihr und überlegte mir, wie ich in meinem Druckanzug mit dem Funkgerät klarkommen sollte. Zwei Minuten hatte ich dazu gebraucht, Bill als Lady Dis Bewacher einzusetzen. Er sollte dafür sorgen, daß sie an ihrem Platz blieb. Sie war wieder nach vorn gekommen und hatte uns genaue Anweisungen erteilt. Sie schien es eilig zu haben; es ging um eine Direktorenkonferenz in Ell-Four. Wir sollten also gefälligst schneller fahren, um die verlorene Zeit wettzumachen.

Diesmal hörte ich Gwens Kommentar. Er war herzerfrischend. Lady Di war entsetzt, besonders als Gwen ihr sagte, wohin sie sich ihre anmaßende Art stecken könne.

Gwen ließ die Kupplung kommen, der *Höre Mich, Jesus* setzte sich zitternd in Bewegung. Er zog an dem anderen Bus vorbei, und schon waren wir unterwegs. Endlich fand ich die richtigen Knöpfe und schaltete auf den Kanal, den ich für den richtigen hielt:

». . . O, M, F, I, E, S heißt ›*Comfies!*‹ Die perfekte Antwort auf den Streß unserer Zeit! Nehmen Sie Ihren geschäftlichen Ärger nicht mit nach Hause. Greifen Sie zu Comfies, das wissenschaftlich getestete Magentonikum, das von Ärzten häufiger als jedes andere Mittel verordnet . . .«

Ich probierte einen anderen Kanal.

*»Die Wahrheit ist das einzige,
was niemand glaubt.«*

GEORGE BERNARD SHAW 1856–1950

XIII

Immer noch suchte ich Kanal elf, den Notrufkanal. Es war schwierig, denn die Kanäle waren zwar markiert, aber nicht mit Zahlen – Tante Lilybet hatte ihren eigenen Kode. Bei dem Kennzeichen »Hilfe« ging es nicht um Hilfe in Notfällen, sondern um geistliche Hilfe. Ich stellte den Kanal ein und hörte: »Hier spricht Hochwürden Herold Angel vom Tempel Tycho-Under, dem Heim Christi auf Luna, und ich spreche aus ganzem Herzen zu Ihnen. Schalten Sie am Sonntag um acht Uhr ein, um die wahre Bedeutung der Prophezeiungen der Schrift zu erfahren . . . und schicken Sie Ihre Liebesgaben noch heute an Postfach 99, Angel Station, Tycho-Under. Unser Erbauungsthema für heute: Wie Werden Wir Den Herrn Erkennen, Wenn Er Kommt. Und nun singen wir mit dem Tempelchor ›Jesus hält mich in Seinen . . .‹«

Diese Art von Hilfe kam ungefähr vierzig Minuten zu spät, und deshalb ging ich auf einen anderen Kanal. Plötzlich erkannte ich eine Stimme und rief sofort: »Captain Midnight ruft Captain Marcy. Captain Marcy, bitte kommen.«

»Marcy, Bodenkontrolle Hongkong Luna. Midnight, was zum Teufel haben Sie jetzt wieder angestellt? Over.«

Ich versuchte, ihm in knapp fünfundzwanzig Worten zu erklären, wie ich auf seinen Kanal gekommen war. Zuerst hörte er zu, aber dann unterbrach er mich: »Midnight, was haben Sie geraucht? Lassen Sie mich mit Ihrer Frau sprechen; ihr kann ich wenigstens glauben.«

»Sie kann jetzt nicht mit Ihnen sprechen; sie fährt diesen Bus.«

»Moment mal! Sie sind Passagier in dem Bus *Höre Mich, Jesus.* Das ist Lilybet Washingtons Bus; wieso fährt Ihre Frau ihn?«

»Das wollte ich Ihnen ja gerade erklären. Sie wurde angeschossen. Ich meine Tante Lilybet, nicht meine Frau. Wir wurden von Banditen überfallen.«

»In der Gegend gibt es keine Banditen.«

»Stimmt; wir haben sie umgebracht. Sie sollten *zuhören,* Captain, und keine voreiligen Schlüsse ziehen. Wir wurden angegriffen. Wir haben drei Tote und zwei Verwundete . . . und meine Frau fährt den Bus, weil sie unverletzt ist und weil außer ihr niemand das Ding fahren *kann.*«

»Sind Sie denn verwundet?«

»Nein.«

»Aber Sie sagten doch, Ihre Frau ist die einzige unverletzte Person, die fahren kann.«

»Ja.«

»Damit wir uns recht verstehen. Vorgestern haben Sie doch ein Raumschiff geflogen, oder war Ihre Frau der Pilot?«

»Ich war der Pilot. Ich weiß nicht, worauf Sie hinauswollen, Captain.«

»Sie können ein Raumschiff fliegen . . . aber Sie können diesen lächerlichen kleinen Bus nicht fahren. Das verstehe wer will.«

»Ganz einfach. Ich kann meinen rechten Fuß nicht gebrauchen.«

»Ich denke, Sie sind nicht verwundet.«

»Bin ich auch nicht. Ich habe nur einen Fuß verloren. Nein, nicht ›verloren‹ – er liegt hier auf meinem Schoß. Aber ich kann ihn nicht gebrauchen.«

»*Warum* können Sie ihn nicht gebrauchen?«

Ich atmete tief durch und versuchte, mich an Siaccis Erfahrungswerte für Ballistik auf Planeten mit Atmosphäre zu erinnern. »Captain Marcy, gibt es denn niemanden in Ihrer Organisation – oder überhaupt in Hongkong Luna –, den die Tatsache interessiert, daß ein Bus, der Ihre Stadt anfährt, von Banditen überfallen wurde, und das nur wenige Kilometer von Ihrer Stadt entfernt? Und gibt es niemanden, der unsere Toten entgegennimmt und unsere Verwundeten versorgt, wenn wir sie bringen? Und gibt es vielleicht jemanden, dem es egal ist, wer diesen Bus fährt. Jemanden, der es nicht für unglaublich hält, daß sich ein Mann vor vier Jahren den Fuß amputieren lassen mußte?«

»Warum haben Sie das nicht gleich gesagt?«

»Verdammt nochmal, Captain, das geht Sie doch einen Scheißdreck an.«

Einige Sekunden lang war es still. Dann sagte Captain Marcy ruhig: »Vielleicht haben Sie recht, Midnight. Ich werde Sie mit

Major Bozell verbinden. Er ist Großhändler von Beruf, aber außerdem befehligt er unsere freiwilligen Sicherheitskräfte, und deshalb sollten Sie mit ihm reden. Warten Sie bitte.«

Ich wartete und schaute dabei Gwen beim Fahren zu. Als wir weiterfuhren, ging es zuerst ein wenig holprig, wie bei jedem, der sich mit einem fremden Fahrzeug erst vertraut machen muß. Aber jetzt fuhr sie glatt und zügig, wenn auch nicht ganz so aggressiv wie Tante Lilybet.

»Bozell hier. Hören Sie mich?«

Ich antwortete . . . und sofort hatte ich ein alptraumhaftes déjà-vu-Gefühl, als er mich unterbrach: »In der Gegend gibt es keine Banditen.«

Ich seufzte. »Wenn Sie das sagen, Major. Aber es gibt neun Leichen und ein herrenloses Fahrzeug in der Gegend. Vielleicht wäre jemand daran interessiert, die Leichen zu durchsuchen, ihre Druckanzüge und Waffen zu bergen und das herrenlose Fahrzeug zu beanspruchen . . . bevor irgendwelche friedlichen Siedler kommen und alles in Besitz nehmen, Leute, die sonst nicht im Traum daran gedacht hätten, zu Verbrechern zu werden.«

»Hmm. Choy-Mu hat mir gesagt, daß er eine Satellitenaufnahme von der Gegend machen will, wo der Überfall stattgefunden haben soll. Falls dort wirklich ein herrenloses Fahrzeug steht . . .«

»Major!«

»Ja.«

»Was Sie glauben, ist mir völlig egal, und die Bergung interessiert mich einen Dreck. Wir werden gegen drei Uhr dreißig an der nördlichen Luftschleuse sein. Können Sie einen Arzt und ein paar Leute mit einer Trage bereitstellen? Es ist wegen Mistress Lilybet Washington. Sie ist . . .«

»Ich weiß, wer sie ist; sie ist die Strecke schon gefahren, als ich noch ein Kind war. Lassen Sie mich mit ihr sprechen.«

»Ich sagte Ihnen doch, daß sie verletzt ist. Wir haben sie hingelegt, und ich hoffe, daß sie schläft. Aber auch wenn sie nicht schläft, würde ich sie nicht stören; ihre Wunde könnte wieder anfangen zu bluten. Sie brauchen nur dafür zu sorgen, daß jemand an der Luftschleuse bereitsteht, um sie zu versorgen. Außerdem haben wir drei Tote, darunter ein kleines Kind. Seine Mutter ist auch hier; sie hat einen Schock. Sie heißt Ekaterina O'Toole, und ihr Mann wohnt in Ihrer Stadt. Vielleicht können

Sie ihn holen lassen, damit er sich um seine Familie kümmert. Er heißt Nigel O'Toole. Das wär's, Major. Als ich Sie rief, war ich ein wenig nervös wegen der Banditen, aber da es in dieser Gegend keine Banditen gibt, haben wir auch keine Veranlassung, an diesem schönen sonnigen Tag im Mare Serenitatis den Schutz Ihrer freiwilligen Sicherheitskräfte anzufordern. Es tut mir leid, daß ich Sie beim Schlafen gestört habe.«

»Das ist schon in Ordnung; wir sind hier, um Hilfe zu leisten – Sie brauchen nicht sarkastisch zu werden. Die Sache wird aufgezeichnet. Geben Sie Ihren vollen Namen und Ihren Wohnsitz an und wiederholen Sie: Als Vertreter der Lilybet Washington aus der Druckstation Glücklicher Drache, der für die Busgesellschaft Apokalypse und Ewiges Leben tätig ist, ermächtige ich hiermit Major Kirk Bozell, Kommandeur und Geschäftsführer der freiwilligen Sicherheitskräfte von Hongkong Luna, Folgendes bereitzustellen . . .«

»Moment mal. Was soll das?«

»Das ist der Standard-Vertrag im Zusammenhang mit Dienstleistungen, die den persönlichen Schutz und die Sicherstellung von Eigentum betreffen. Gleichzeitig garantieren Sie mit diesem Vertrag die Zahlung. Sie können nicht erwarten, daß Sie ein ganzes Aufgebot an Sicherheitskräften aus dem Bett scheuchen dürfen, ohne dafür zu bezahlen. Hier gibt es keine Gratismahlzeiten.«

»Hmm. Major, haben Sie vielleicht Hämorrhoidensalbe zur Hand? Präparat H? Oder Ähnliches?«

»Was? Ich benutze Tiger-Balsam. Warum?«

»Weil Sie es brauchen werden. Nehmen Sie diesen Vertrag und falten Sie ihn so lange, bis er ganz aus scharfen Kanten besteht, und dann . . .«

Ich blieb auf Kanal dreizehn und bemüht mich nicht länger, den Notrufkanal zu finden. Soweit ich es beurteilen konnte, hatte es keinen Sinn, auf Kanal elf »M'aidez!« zu schreien, nachdem ich bereits mit der wahrscheinlich einzigen Instanz gesprochen hatte, die mir vielleicht hätte helfen können. Ich legte meinen Helm an Gwens. »Diese beiden Idioten schwören, daß es hier keine Banditen gibt.«

»Vielleicht waren es keine Banditen. Vielleicht waren es nur

Agrarreformer, die eine politische Erklärung abgeben wollten. Hoffentlich treffen wir nicht auch noch auf Rechtsextremisten! Richard, du solltest wirklich nicht mit mir sprechen, während ich fahre. Ein Fahrzeug, mit dem ich nicht vertraut bin, eine Straße, die ich nicht kenne – wenn es eine Straße wäre.«

»Verzeihung, Honey! Du machst das sehr gut. Kann ich dir irgendwie helfen?«

»Du würdest mir sehr helfen, wenn du nach den Markierungszeichen Ausschau hieltest.«

»Aber gern!«

»Dann kann ich besser auf den Weg direkt vor uns achten. Die Schlaglöcher hier sind schlimmer als die in Manhattan.«

»Das ist unmöglich!«

Wir knobelten ein System aus, das ihr half, ohne sie zu sehr zu stören. Sobald ich ein Markierungszeichen sah, zeigte ich darauf. Wenn sie es auch sah – nicht vorher –, schlug sie mir auf das Knie.

Wir sprachen nicht mehr miteinander, denn die Helme aneinander zu halten war während der Fahrt tatsächlich problematisch.

Etwa eine Stunde später sahen wir vor uns einen Bus, der sich uns mit hoher Geschwindigkeit näherte. Gwen tippte sich über dem Ohr an den Helm, und ich legte meinen Helm an ihren. »Wieder Agrarreformer?«

»Vielleicht.«

»Ich habe keine Munition mehr.«

»Ich auch nicht.« Ich seufzte. »Wir werden einfach versuchen sie an den Verhandlungstisch zu bekommen. Gewalt löst schließlich keine Probleme.«

Gwen gab einen wenig damenhaften Kommentar und fügte hinzu: »Was ist mit der Kanone, die du Sir Galahad abgenommen hast?«

»Honey, die habe ich mir nicht einmal angeschaut. Du kannst mir den Preis für besondere Dummheit verleihen.«

»Du bist nicht dumm, Richard, du bist zu vergeistigt. Guck dir das Ding an!«

Ich nahm die konfiszierte Waffe aus dem Gürtel und prüfte sie. Dann berührten sich wieder unsere Helme. »Honey, du wirst es nicht glauben: Sie ist nicht geladen.«

»Was?«

»Ja, ›was‹. Einen anderen Kommentar habe ich auch nicht zu bieten. Und du darfst mich zitieren.«

Ich warf die unbrauchbare Waffe in eine Ecke des Busses und schaute nach dem anderen Bus aus, der sich rasch näherte. Wozu trägt jemand eine ungeladene Waffe? Die reinste Narretei!

Gwen tippte sich wieder an den Helm. Ich legte meinen Helm an ihren. »Ja?«

»Die Munition für diese Waffe trägt er irgendwo am Körper, darauf wette ich.«

»Das habe ich mir schon selbst gedacht, und deshalb wette ich nicht. Gwen, wenn wir die Leiche durchsuchen wollen, müssen wir die anderen beiden erst ruhigstellen. Keine gute Idee.«

»Ganz deiner Meinung. Außerdem ist es dafür zu spät. Da kommen sie schon.«

Aber sie fuhren nicht ganz an uns heran. Als der andere Bus noch etwa zweihundert Meter von uns entfernt war, wich er nach links aus und zeigte damit, daß er jeden Kollisionskurs vermeiden wollte. Als er an uns vorbeirollte, las ich an der Seite: Freiwillige Sicherheitskräfte – Hongkong Luna.

Kurze Zeit später meldete Marcy sich. »Bozell sagt, daß er Sie gefunden hat, aber über Funk nicht erreichen kann.«

»Warum denn nicht? Sie haben mich doch auch erreicht.«

»Weil ich mir schon dachte, daß Sie auf dem falschen Kanal sind. Midnight, ganz gleich, was Sie tun wollen, Sie tun mit tödlicher Sicherheit irgend etwas anderes.«

»Sie schmeicheln mir. Was hätte ich denn diesmal tun sollen?«

»Sie hätten auf Kanal zwei gehen sollen, den Überwachungskanal. Er ist für Fahrzeuge gedacht, die sich auf der Mondoberfläche bewegen.«

»Ich lerne jeden Tag etwas Neues. Danke.«

»Wer das nicht weiß, sollte auf der Oberfläche dieses Planeten kein Fahrzeug lenken.«

»Captain, wie recht Sie haben.« Ich hielt den Mund.

Lange bevor wir dort ankamen, sahen wir Hongkong Luna schon am Horizont: den Orientierungsmast für Notlandungen, die großen Radioteleskope für die Kommunikation mit der Erde, die größeren für den Mars und den Asteroidengürtel, die Gitter zur Gewinnung solarer Energie. Je näher wir kamen, desto eindrucksvoller war das alles. Natürlich findet das Leben untertage statt . . . aber ich vergesse manchmal, daß ein Großteil von Lunas Schwerindustrie auf der Oberfläche angesiedelt ist – und es ist unlogisch, daß ich das vergesse, denn fast der gesamte Reichtum Lunas beruht ja gerade auf dem ständigen Kampf gegen die grelle Sonne, die bitterkalten Nächte und das endlose Vakuum. Aber, wie meine Frau schon sagte, ich bin ein eher durchgeistigter Typ.

Wir fuhren an der neuen Anlage von Nissan-Shell vorbei, viele Hektar Rohrleitungen und Türme für die Spaltdestillation und Einrichtungen zur Umkehrdestillation und Ventile und Pumpen und Bussard-Pyramiden. Die von der aufgehenden Sonne verursachten langen Schatten ließen die Szenerie wie ein Bild von Gustave Doré erscheinen, gemalt von Pieter Brueghel (dem Jüngeren) und orchestriert von Salvador Dali. Gleich hinter dem Komplex fanden wir die nördliche Luftschleuse.

Wegen Tante Lilybet durften wir die Expreß-Schleuse benutzen. Bill ging zusammen mit Tante Lilybet zuerst hindurch – das hatte er sich verdient. Dann folgten Lady Di und ihr überlebender Ehemann, die sich vordrängten und Ekaterina und die Kinder hinter sich ließen. Die liebe Diana hatte sich dadurch hervorgetan, daß sie unbedingt zum Raumflughafen gefahren werden wollte, anstatt an der City-Schleuse auszusteigen. Bill und ich hatten verhindert, daß sie Gwen mit ihren arroganten Befehlen belästigte, aber das hatte ihren Beliebtheitsgrad bei uns noch weiter absinken lassen (wenn das überhaupt noch möglich war). Ich war froh, als ich die beiden in der Luftschleuse verschwinden sah. Und gerade als wir unsere VIPs loswurden, kam glücklicherweise Ekaterinas Mann durch die Hauptschleuse. Nigel nahm seine Familie (auch die arme kleine Leiche) in Empfang und verschwand mit ihr auf demselben Wege, nachdem Gwen Ekaterina umarmt hatte, nicht ohne ihr zu versprechen, sie bald anzurufen.

Dann waren wir an der Reihe . . . aber wir mußten feststellen, daß der Bonsai nicht durch die Expreß-Schleuse geschafft werden konnte. Also gingen wir zur größeren (und langsameren) Schleuse. Ich sah, wie jemand die Leiche aus der Kanzel des *Höre Mich, Jesus* holte. Andere löschten unter der Aufsicht von vier bewaffneten Wachen die Fracht. Ich fragte mich, woraus diese

Fracht bestand. Aber das ging mich nichts an. (Oder vielleicht ging es mich doch etwas an – es konnte ja sein, daß gerade diese Fracht der Anlaß zu Blutvergießen und Tod gewesen war.) Wir gingen in die größere Schleuse: wir, der Bonsai-Ahorn, der kleine Koffer, die Handtasche, die eingepackte Perücke, der Stock und die Fußprothese. Nachdem wir die Schleuse verlassen hatten, betraten wir einen langen, abschüssigen Tunnel und gingen dann durch zwei Drucktüren. Neben der zweiten Tür hing ein Münzautomat für zeitlich befristete Luftzuteilungen, aber auf einem Schild stand: DEFEKT – Besucher werden gebeten, für 24 Std. eine halbe Krone zu zahlen. Auf dem Apparat stand eine Untertasse mit einigen Münzen; ich legte eine Krone für Gwen und mich hin.

Ganz unten im Tunnel erreichten wir durch eine weitere Drucktür die City.

Gleich hinter der Tür standen Bänke, die den Leuten das An- und Ablegen der Druckanzüge erleichtern sollten. Mit einem Seufzer der Erleichterung zog ich den Reißverschluß auf, und wenig später schnallte ich mir die Fußprothese an.

Die Trockenen Knochen sind ein Dorf, der Glückliche Drache ist eine kleine Stadt, Hongkong Luna ist eine Metropole und wird an Größe nur von Luna City übertroffen. Im Augenblick waren nur wenige Menschen zu sehen, aber es war ja noch sehr früh am Morgen, und nur Nachtarbeiter waren unterwegs. Selbst Frühaufsteher hatten noch zwei Stunden Schlaf vor sich, wenn auch draußen heller Tag war.

Aber schon der fast leere Korridor hatte etwas Großstädtisches; auf einem Schild über den Ständern für die Druckanzüge stand: SIE BENUTZEN DIESE STÄNDER AUF EIGENE GEFAHR. SPRECHEN SIE MIT JAN, DEM MANN IM KONTROLLRAUM – AUFBEWAHRUNG UND VERSICHERUNG – Eine Krone pro Druckanzug.

Darunter hing eine handgeschriebene Notiz: *Seien Sie schlau – sprechen Sie für nur eine halbe Krone mit Sol – keine Aufbewahrung, keine Versicherung, aber ein ehrliches Angebot.* An jedem dieser Hinweise war ein Pfeil angebracht, von denen einer nach links, der andere nach rechts zeigte.

»Was nehmen wir, Schatz?« fragte Gwen. »Sol oder Jan?«

»Keinen von beiden. Dieser Ort unterscheidet sich nicht allzu sehr von Luna City, und ich denke, wir werden uns hier zurechtfinden.« Ich sah mich um und entdeckte ein rotes Licht. »Dort drüben liegt ein Hotel. Da ich wieder zwei Füße habe, kann ich zwei Druckanzüge nehmen. Könnt ihr den Rest tragen?

»Natürlich. Was machen wir mit deinem Stock?«

»Den stecke ich mir durch den Gürtel. Kein Problem.« Wir machten uns auf den Weg zum Hotel.

Am Korridor hinter der Glasscheibe der Rezeption saß eine junge Frau und laß – *Transgenetik,* Sylvesters Standardwerk. Sie schaute von ihrer Lektüre auf. »Sie sollten zuerst Ihre Sachen zur Gepäckaufbewahrung geben. Wenden Sie sich an Sol; es ist gleich nebenan.«

»Nein, ich will ein großes Zimmer mit einem Prunkbett. Das Gepäck stellen wir in eine Ecke.«

Sie schaute auf ihren Plan. »Einzelzimmer habe ich. Doppelbetten habe ich. Luxusappartements habe ich. Aber was Sie wünschen – habe ich nicht. Alles besetzt.«

»Und wieviel kostet ein Luxusappartement?«

»Das kommt darauf an. Hier habe ich eines mit zwei wahrhaft königlichen Betten und einer Erfrischungskabine. Und hier habe ich eines ohne Betten, aber mit einem weich gepolsterten Fußboden und vielen Kissen. Und hier –«

»Wieviel kostet das mit den königlichen Betten?«

»Achtzig Kronen.«

»Hören Sie zu, Bürgerin«, sagte ich geduldig, »ich bin selbst Loonie. Mein Großvater wurde auf den Stufen von Bon Marché verwundet. Sein Vater wurde exiliert, weil er einem kriminellen Syndikat angehörte. Ich kenne die Preise in Luna City; sie können in Kong nicht viel höher sein. Wie teuer wäre denn das Zimmer, das ich haben wollte? Wenn eines frei wäre?«

»Sie können mich nicht beeindrucken, Meister; jeder kann behaupten, seine Vorfahren hätten an der Revolution teilgenommen, und die meisten tun es auch. Meine Vorfahren haben Neil Armstrong willkommen geheißen, als er aus seiner Fähre stieg. Können Sie das überbieten?!«

Ich grinste sie an. »Das kann ich nicht, und ich hätte den Mund halten sollen. Was kostet nun wirklich ein Doppelzimmer mit einem großen Bett und einer Erfrischungskabine? Und nennen Sie mir bitte nicht die Touristenpreise.«

»Ein normales Doppelzimmer mit einem großen Bett und einer eigenen Erfrischungskabine kostet zwanzig Kronen. Ich will

Ihnen mal was sagen, alter Junge: die Chance, daß sich um diese Zeit noch Interessenten für meine leeren Zimmer finden, ist sehr gering. Ich werde Ihnen eine Orgien-Suite für zwanzig Kronen geben . . . und zu Mittag sind Sie wieder draußen.«

»Zehn Kronen.«

»Wegelagerer! Achtzehn. Noch weniger, und ich zahle drauf.«

»Das stimmt nicht. So früh am Morgen könnten Sie das Zimmer überhaupt nicht mehr vermieten. Das haben Sie doch selbst gesagt. Fünfzehn Kronen.«

»Zeigen Sie erst einmal Ihr Geld. Aber zu Mittag müssen Sie raus.«

»Sagen wir, um dreizehn Uhr. Wir sind die ganze Nacht aufgeblieben, und es war ziemlich anstrengend.« Ich blätterte das Geld hin.

»Ich weiß.« Sie nickte zu ihrem Terminal hinüber. »Im *Hongkong Gong* wurde einiges über Sie berichtet. Okay, dreizehn Uhr – aber wenn Sie länger bleiben, zahlen Sie den vollen Tarif, oder Sie werden in ein gewöhnliches Zimmer verlegt. Sind Sie wirklich auf Banditen getroffen? Auf der Fahrt vom Glücklichen Drachen nach hier?«

»Mir wurde gesagt, in der Gegend gäbe es keine Banditen. Aber wir sind sehr unfreundlichen Fremden begegnet. Wir hatten drei Tote und zwei Verwundete. Die haben wir mitgebracht.«

»Ja, das habe ich gesehen. Brauchen Sie eine Quittung für Ihr Ausgabenkonto? Eine Krone, und ich stelle für jeden gewünschten Betrag eine echte Quittung aus. Außerdem habe ich drei Mitteilungen für Sie.«

Ich sah sie verblüfft an. »Wie das? Kein Mensch wußte, daß wir in Ihrem Hotel absteigen würden. Wir wußten es ja selbst nicht.«

»Daran ist nichts Geheimnisvolles, alter Junge. Wenn ein Fremder nachts durch die Nordschleuse kommt, stehen die Chancen sieben zu zwei, daß er in meinem Bett landet – in einem meiner Betten, und keine dummen Bemerkungen, bitte.« Sie schaute auf ihr Terminal. »Wenn Sie die Mitteilungen nicht innerhalb von weiteren zehn Minuten entgegengenommen hätten, wären Kopien an sämtliche Hotels in der Stadt gegangen. Wenn man Sie auf diese Weise nicht gefunden hätte, wäre auf Veranlassung des Beauftragten für die öffentliche Sicherheit wahrscheinlich eine Suche eingeleitet worden. Hier tauchen nicht jeden Tag gutaussehende Fremde auf, die romantische Abenteuer erlebt haben.«

Gwen mischte sich ein: »Hören Sie mit dem Schwanzwedeln auf, Kleines; er ist müde. Und in festen Händen. Geben Sie mir die Ausdrucke.«

Die Hotel-Managerin schaute Gwen kalt an und sagte zu mir: »Mein Freund, wenn Sie ihr noch kein Geld gegeben haben, dann garantiere ich Ihnen zu einem Sonderpreis etwas Besseres und Jüngeres und Hübscheres.«

»Ihre Tochter vielleicht?« erkundigte sich Gwen liebenswürdig. »Und nun geben Sie uns bitte die Mitteilungen.«

Kopfschüttelnd reichte sie mir das Gewünschte. Ich bedankte mich und sagte: »Was nun dieses andere Etwas anbetrifft. Jünger, möglicherweise. Hübscher, das bezweifle ich. Aber billiger kann sie nicht sein; ich habe diese hier ihres Geldes wegen geheiratet. Und was stimmt nun wirklich?«

Sie schaute von mir zu Gwen hinüber. »Ist es wahr? Hat er Sie wirklich Ihres Geldes wegen geheiratet? Dann achten Sie darauf, daß er es sich auch verdient!«

»Nun, er behauptet es wenigstens«, sagte Gwen nachdenklich. »Ich bin da nicht ganz sicher. Wir sind erst seit drei Tagen verheiratet. Dies sind unsere Flitterwochen.«

»Weniger als drei Tage«, protestierte ich. »Es kommt uns nur länger vor.«

»So dürfen Sie mit Ihrer Braut nicht reden, alter Freund! Sie sind ein unangenehmer und brutaler Kerl und wahrscheinlich sogar auf der Flucht.«

»Ja, das alles bin ich«, stimmte ich zu.

Sie ignorierte mich und sprach weiter zu Gwen: »Meine Liebe, ich wußte nicht, daß dies Ihre Flitterwochen sind, sonst hätte ich Ihrem Mann dieses ›Etwas‹ nicht angeboten. Asche auf mein Haupt. Aber später, wenn Sie diesen Kerl mit dem überaktiven Mundwerk leid sind, kann ich dasselbe für Sie arrangieren, wenn auch männlich. Vernünftiger Preis. Jung. Gutaussehend. Potent. Ausdauernd. Liebevoll. Rufen Sie an und verlangen Sie Xia – das bin ich. Mit Garantie: wenn Sie nicht zufrieden sind, zahlen Sie nichts.«

»Danke. Im Augenblick möchte ich nichts anderes als ein Frühstück. Und dann ins Bett.«

»Frühstück gibt es gleich dort auf der anderen Seite. Sing's New York Café. Ich empfehle sein Katerfrühstück für eine Krone fünfzig. Sie griff in das hinter ihr angebrachte Regal und holte zwei Karten hervor. »Hier sind Ihre Schlüssel, meine Liebe. Könnten Sie Sing vielleicht bitten, mir einen gegrillten Cheddar auf Weißbrot und Kaffee rüberzuschicken? Und lassen Sie sich für das Katerfrühstück nicht mehr als eine Krone fünfzig abnehmen. Sing betrügt nur so zum Spaß.«

Wir ließen unser Gepäck bei Xia und überquerten den Korridor, um unser Frühstück einzunehmen. Sings Katerfrühstück war so gut, wie Xia behauptet hatte. Dann endlich waren wir in unserer Suite, der Suite für Hochzeitsreisende; Xia hatte sich in mehrerlei Hinsicht große Mühe um uns gemacht. Sie führte uns zu unserer Suite und ließ unser Erstaunen auf sich wirken – Sekt im Kühler, die Bettdecken schon aufgeschlagen, parfümierte Laken, Blumen (künstlich, aber überzeugend), die im Licht der einzigen Lampe des Raumes sehr schön zur Geltung kamen.

Also küßte die Braut sie, und Xia küßte die Braut, und beide weinten ein bißchen, und das war gut so, denn viel zu viel war viel zu schnell geschehen, und Gwen hatte zum Weinen keine Zeit gehabt. Frauen müssen weinen.

Dann küßte Xia den Bräutigam, und der Bräutigam weinte nicht und hielt sich nicht sehr zurück – Xia ist eine orientalische Liebeskünstlerin, wie Marco Polo sie in Xanadu gefunden haben soll. Und sie küßte höchst überzeugend. Endlich löste sie sich von mir, um Luft zu holen. »Wau!«

»Ja, wau!« sagte ich. »Dieser Handel, von dem Sie vorhin gesprochen haben – Was verlangen *Sie* denn?«

»Großmaul!« Sie grinste mich an, aber sie entzog sich mir nicht. »Ekelhafter Kerl. Schuft. Ich verteile Gratisproben, aber nicht an Ehemänner.« Sie entwand sich mir. »Schlafen Sie gut, meine Lieben. Und vergessen Sie den Termin um dreizehn Uhr. Sie können schlafen, solange Sie wollen; ich werde den Tages-Manager informieren.«

»Xia, in einer dieser Mitteilungen werde ich aufgefordert, zu einer höchst unchristlichen Zeit ein paar Leute aufzusuchen. Können Sie uns nicht ein wenig abschirmen?«

»Daran habe ich schon gedacht; ich habe die Mitteilungen schon vor Ihnen gelesen. Vergessen Sie es. Selbst wenn Bozell mit allen seinen Pfadfindern hier auftaucht, der Tages-Manager wird nicht zugeben, daß er weiß, welche Suite Sie gebucht haben . . .«

»Ich möchte aber nicht, daß Sie Ärger mit Ihrem Chef bekommen.«

»Hatte ich Ihnen das nicht gesagt? Mir gehört der Laden. Zusammen mit der BancAmerica.« Sie gab mir noch rasch einen Kuß und verschwand.

Während wir uns auszogen, sagte Gwen: »Richard, sie hat erwartet, daß du sie bittest, noch ein wenig zu bleiben. Und sie ist keine naive, kleine Jungfrau wie Gretchen. Warum hast du sie nicht eingeladen?«

»Ach, zu dumm, aber ich wußte nicht, wie ich das hätte tun sollen.«

»Du hättest ihr diesen Cheong-Sang ausziehen sollen, während sie versuchte, dich zu erwürgen; das hätte schon gereicht. Es war nichts darunter. Berichtigung: Xia war darunter, sonst nichts. Aber ich bin sicher, Xia ist eine ganze Menge. Warum hast du es also nicht getan?«

»Willst du die Wahrheit wissen?«

»Hmm . . . ich bin nicht ganz sicher.«

»Weil ich mit *dir* schlafen wollte, Mädchen, und zwar ohne jede Ablenkung. Noch langweilst du mich nicht. Ich liebe nicht deinen Verstand, und ich liebe auch nicht deine seelischen Qualitäten, denn du hast keine. Ich begehre deinen verschwitzten, kleinen Körper.«

»Oh, Richard!«

»Bevor wir baden? Oder nachher?«

»Hmm . . . beides?«

»Braves Mädchen!«

»Die Demokratie erträgt alles,
nur keine Demokraten.«

J. HARSHAW 1904–

»In der Regel sind alle Könige Halunken.«

MARK TWAIN 1835–1910

XIV

Als wir badeten, sagte ich: »Es hat mich überrascht, Honey, daß du diesen Bus fahren kannst.«

»Mich hat noch viel mehr überrascht, daß dein Stock eine Flinte ist.«

»Ach ja, dabei fällt mir ein – würde es dir etwas ausmachen, das geheimzuhalten?«

»Natürlich nicht, Richard, aber wie?«

»Mein Zauberstock nützt uns nichts mehr, wenn die Leute es wissen. Aber wenn die ganze Schießerei auf dein Konto geht, werden sie es nie erfahren.«

»Ich weiß nicht recht«, sagte Gwen nachdenklich. »Vielleicht habe ich dich mißverstanden, aber im Bus hat doch jeder gesehen, daß du den Stock als Gewehr benutzt hast.«

»Wirklich? Der Kampf fand im Vakuum statt – Grabesstille. Also hat niemand die Schüsse gehört. Und wer hat gesehen, daß ich schoß? Tante Lilybet? Sie wurde verwundet, bevor ich an der Party teilnahm. Zwar nur Sekunden vorher, aber Sekunden zählen nun einmal. Bill? Bill war mit Tante Lilybet beschäftigt. Ekaterina und ihre Kinder? Ich bezweifle, daß die Kinder überhaupt begriffen haben, was vor sich ging, und ihre Mutter stand unter einem schweren Schock; sie wäre keine brauchbare Zeugin. Die liebe Diana und ihre beiden Männer? Der eine ist tot, und der andere war so durcheinander, daß er mich für einen Banditen hielt. Lady Di ist so egozentrisch, daß sie gar nicht wußte, was los war; sie merkte nur, daß irgendein Unfug sie in ihren geheiligten Launen störte. Dreh dich um, damit ich dir den Rücken waschen kann.«

Gwen gehorchte, und ich fuhr fort: »Wir können es noch besser machen. Statt daß du mich deckst, werde ich dich decken.«

»Wie denn das?«

»Mein Stock und eine Miyako haben das gleiche Kaliber. Also sind alle Schüsse mit der Miyako abgegeben worden – und nicht du hast geschossen, sondern ich – und mein Stock ist ganz einfach nur ein Stock.«

Gwen ließ sich mit ihrer Antwort soviel Zeit, daß ich schon glaubte, ich hätte sie gekränkt. »Richard, vielleicht hat keiner von uns jemanden erschossen.«

»So? Du fängst an, mich zu interessieren. Wie soll das denn geschehen sein?«

»Ich gebe genauso ungern zu, daß ich eine Waffe trage, wie du, daß dein Stock unerwartete Fähigkeiten besitzt. Wenn es um versteckt mitgeführte Waffen geht, ist man mancherorts sehr prüde . . . aber eine Kanone in der Handtasche – oder sonstwo – hat mir schon oft das Leben gerettet, und ich gedenke, auch in Zukunft eine bei mir zu tragen. Richard, die Gründe, warum niemand wissen kann, was mit deinem Stock los ist, gelten auch für meine Miyako. Du bist größer als ich, und ich hatte den Fensterplatz. Als wir uns duckten, kann mich eigentlich niemand so recht gesehen haben; schließlich sind deine Schultern nicht durchsichtig.«

»Hmm. Könnte sein. Aber die Leichen, in denen Kugeln stekken? Sechs Komma fünf Millimeter lang, um genau zu sein.«

»Sie wurden von den Banditen in dem riesigen Rad erschossen.«

»Die haben verbrannt und nicht geschossen.«

»Aber Richard! Weißt *du*, ob sie außer ihren Energiewaffen nicht auch Schußwaffen hatten? *Ich* weiß es nicht.«

»Nun ja. Liebling, du bist verschlagen wie ein Diplomat.«

»Ich *bin* Diplomat. Und jetzt gib mir bitte die Seife. Richard, freiwillig sollten wir keine Informationen preisgeben. Wir waren nur Passagiere, unschuldige Zuschauer, außerdem noch dumm. Wie diese Agrarreformer starben, geht uns nichts an. Mein Papa hat mir geraten, die Karten immer ganz eng an die Brust zu halten und nie etwas zuzugeben. Jetzt ist der Moment gekommen, seinem Rat zu folgen.«

»Mein Papa hat mir dasselbe geraten. Gwen, warum hast du mich nicht früher geheiratet?«

»Ich brauchte einige Zeit, dich weichzukneten. Oder umgekehrt. Können wir uns jetzt abduschen?«

Während ich sie abtrocknete, fiel mir ein Punkt ein, den wir übergangen hatten. »Bilderbuchbraut, wo hast du denn gelernt, einen solchen Bus zu fahren?«

»Wo? Im Mare Serenitatis.«

»Das mußt du mir schon näher erklären.«

»Ich habe es gelernt, indem ich Gretchen und Tante Lilybet beim Fahren beobachtete. Heute abend habe ich zum ersten Mal ein solches Ding gefahren.«

»Aber warum hast du mir das nicht gesagt?«

Sie fing an, mich abzutrocknen. »Liebster, du hättest dir vielleicht Sorgen gemacht, wenn du es gewußt hättest. Unnötige Sorgen. In all meinen Ehen habe ich es mir zur Regel gemacht, meinem Mann nie etwas zu sagen, was ihm Sorgen machen könnte, wenn ich das nur irgendwie vermeiden konnte.« Sie lächelte wie ein Engel. »Es ist besser so. Männer machen sich ständig Sorgen; Frauen nicht.«

Ich wurde durch lautes Klopfen aus dem Schlaf gerissen. »Sie da drinnen, öffnen Sie bitte!«

Mir fiel kein Grund ein, warum ich antworten sollte, und deshalb schwieg ich. Ich gähnte ausgiebig, wobei ich darauf achtete, daß mir die Seele nicht abhanden kam. Dann griff ich nach rechts. Ich war sofort hellwach; Gwen war nicht da.

Ich sprang so schnell aus dem Bett, daß mir schwindlig wurde; fast wäre ich gestürzt. Ich schüttelte heftig den Kopf, um dieses Gefühl zu vertreiben, und eilte in die Erfrischungskabine. Gwen war nicht da. Das Klopfen hielt an.

Man darf eben nicht im Bett Champagner trinken und anschließend gleich einschlafen; ich mußte einen Liter gebrauchten Sekt ablassen, bevor ich erleichtert aufatmen und an andere Dinge denken konnte. Immer noch klopfte jemand, und auch das Geschrei hörte nicht auf.

In meiner Fußprothese steckte eine Nachricht von meiner Geliebten. Gescheites Mädchen! Das war sogar noch besser als den Zettel an meiner Zahnbürste zu befestigen. Die Nachricht lautete:

Liebster,
Ich habe einen Aufwachanfall, und deshalb stehe ich auf, um einige Dinge zu erledigen. Zuerst gehe ich zu Sears Montgomery, um unsere Druckanzüge abzuliefern und die Leihgebühren zu bezahlen. Bei Sears kaufe ich auch gleich Socken und Unterwäsche für dich und ein paar Slips für mich. Außerdem habe ich noch ein paar andere Sachen zu erledigen. Ich hinterlasse hier am Empfang eine Nachricht für Bill, damit auch er seinen Anzug wieder abgibt – er ist übrigens gleich nach uns gekommen, und Xia hat ihn in ein Einzelzimmer gesteckt, wie du es mit ihr besprochen hattest. Anschließend gehe ich ins Wyoming Knott Memorial Hospital, um Tante Lilybet zu besuchen, und dann rufe ich Ekaterina an. Du schläfst wie ein Baby, und ich hoffe, daß ich zurück bin, bevor du aufwachst. Wenn nicht – und wenn du irgendwo hingehst –, hinterlasse bitte am Empfang eine Nachricht.

Ich liebe dich
Gwendolyn

Das Klopfen hörte immer noch nicht auf. Ich schnallte meinen Fuß an und stellte fest, daß unsere Druckanzüge nicht mehr dort lagen, wo ich sie zuletzt gesehen hatte, nämlich in einem romantischen Arrangement auf dem Fußboden, kreiert von meiner unanständigen Braut. Ich zog mir die einzigen Klamotten an, die ich besaß, und begoß den kleinen Ahornbaum. Gwen mußte ihn schon gegossen haben, denn er brauchte nur wenig Wasser.

»Öffnen Sie!«

»Fahren Sie zur Hölle«, antwortete ich höflich.

Gleich darauf hörte das Klopfen auf, und ich vernahm ein kratzendes Geräusch. Ich stellte mich dicht an die Tür und trat ein wenig zur Seite. Es war keine Schiebetür, sondern eine traditionelle Tür mit Angeln.

Sie flog auf, und mein lärmender Besucher kam herein. Ich streckte die Hände aus und schleuderte ihn durch den Raum. Bei einem Sechstel g bedarf das einiger Vorsicht – man muß sich mit einem Fuß irgendwo abstützen, sonst wird man selbst zurückgeschleudert, und es funktioniert nicht.

Er federte von der gegenüberliegenden Wand zurück und landete auf dem Bett. »Nehmen Sie Ihre dreckigen Füße von meinem Bett!« sagte ich.

Er kam vom Bett hoch und stand auf. Wütend sprach ich weiter: »Und nun erklären Sie mir bitte, warum Sie in mein Schlafzimmer eingebrochen sind . . . aber beeilen Sie sich, sonst reiße ich Ihnen einen Arm aus und zertrümmere Ihnen damit den Schädel. Wer sind Sie, daß Sie einen Bürger wecken, der das Bitte-Nicht-Stören eingeschaltet hat?«

Ich sah jetzt, wer er war: eine Art Stadt-Clown; er trug eine Uniform, die nach Polizei aussah. Seine Antwort, in der sich Empörung und Arroganz mischten, paßte zu seiner äußeren Erscheinung: »Warum haben Sie nicht geöffnet, als ich Ihnen das befahl?«

»Warum sollte ich? Zahlen *Sie* die Miete für dieses Zimmer?«

»Nein, aber . . .«

»Da haben wir die Antwort. Raus mit Ihnen!«

»Jetzt hören Sie mal zu! Ich bin Sicherheitsbeamter der souveränen Stadt Hongkong Luna. Sie haben sich sofort beim Vorsitzenden des Stadtrats einzufinden, um ihm Informationen zu geben, die für den Frieden und die Sicherheit in der Stadt erforderlich sind.«

»Was Sie nicht sagen. Zeigen Sie mir Ihre Vollmacht.«

»Ich brauche keine Vollmacht. Ich bin in Uniform und im Dienst; Sie sind gehalten, mir keine Schwierigkeiten zu machen. Magistratserlaß zweihundertsiebzehn Strich zweiundachtzig, Seite einundvierzig.«

»Sind Sie bevollmächtigt, die Tür meines privaten Schlafzimmers aufzubrechen? Behaupten Sie nicht, daß Sie dafür keine Vollmacht brauchen. Ich werde Sie verklagen und Ihnen jede einzelne Krone abnehmen, die Sie besitzen, und diesen Affenanzug gleich dazu.«

Seine Kiefermuskeln zuckten, aber er sagte nur: »Kommen Sie jetzt freiwillig mit, oder muß ich Sie tragen?«

Ich grinste ihn an. »Die besten zwei aus drei Würfen? Beim ersten war ich besser. Weiter jetzt.« Ich merkte, daß wir eine Zuhörerin hatten. »Guten Morgen, Xia. Kennen Sie diesen Clown?«

»Mr. Richard, es tut mir schrecklich leid. Mein Tages-Manager hat versucht, ihn aufzuhalten; aber er ließ sich nicht aufhalten. Ich bin so schnell wie möglich hergekommen.« Ich sah, daß sie barfuß war und kein Make-up trug – also mußte auch sie aus dem Schlaf gerissen worden sein. Leise sagte ich:

»Es ist ja nicht Ihre Schuld, Liebes. Er hat keine Vollmacht. Soll ich ihn hinauswerfen?«

»Nun . . .« Sie machte ein besorgtes Gesicht.

»Ah, ich verstehe. Ich glaube, ich verstehe. Schon immer in der Geschichte haben Gastwirte es für nötig gehalten, sich mit der Polizei gutzustellen. Und schon immer in der Geschichte hatten die Polizisten diebische Herzen und tyrannische Manieren. Okay, Ihretwegen will ich ihn leben lassen.« Ich wandte mich wieder an den Polizisten: »Mein Junge, laufen Sie zu Ihrem Boß, und sagen Sie ihm, daß ich gleich komme. Aber erst nachdem ich mindesten zwei Tassen Kaffee getrunken habe. Wenn er mich früher sprechen will, muß er schon eine ganze Schwadron schicken. Xia, möchten Sie auch eine Tasse Kaffee? Kommen Sie, wir wollen sehen, ob Sing Kaffee und Gebäck oder Ähnliches hat.«

In diesem Augenblick zwang mich der tapfere Zinnsoldat, ihm die Waffe abzunehmen. Man kann auf mich schießen – man *hat* mehr als einmal auf mich geschossen –, aber ich lasse nicht zu, daß jemand auf mich schießt, der glaubt, er sei im Vorteil, bloß weil er eine Waffe auf mich richtet.

Seine Kanone war nichts, was ich hätte gebrauchen können – billiger Schrott. Deshalb entlud ich sie, prüfte, ob die Munition zufällig das Kaliber hatte, das ich brauchen konnte, und warf die Ladung in den Müllschlucker. Dann gab ich ihm die Waffe zurück.

Er zeterte um den Verlust seiner Munition, aber ich erklärte ihm geduldig, die Waffe sei für seine Zwecke so brauchbar wie vorher! Hätte ich ihm die Munition gelassen, sagte ich, hätte er sich womöglich verletzt.

Er fuhr fort zu jammern, und ich riet ihm, sich bei seinem Boß zu beschweren. Dann kehrte ich ihm den Rücken zu. Ich bin sicher, daß er sehr verärgert war, aber das war ich schließlich auch.

Vierzig Minuten später fühlte ich mich besser, wenn auch noch ein wenig schläfrig. Nach einer anregenden Unterhaltung mit Xia bei Kaffee und Obstkuchen stellte ich mich im Büro des Ehrenwerten Jefferson Mao vor, des Vorsitzenden des Rates der Stadtverordneten der souveränen Stadt Hongkong Luna – so stand es an der Tür. Ich fragte mich, was der Kongreß des Freistaates Luna wohl von der Verwendung des Begriffs »souverän« halten mochte, aber das ging mich nichts an.

Eine lebhafte Frau mit Schlitzaugen und rotem Haar (vermutlich eine sehr interessante Genkombination) sagte: »Name bitte?«

»Richard Johnson. Der Vorsitzende will mich sprechen.«

Sie schaute auf ihren Monitor. »Sie kommen zu spät für Ihren Termin und müssen warten. Sie dürfen sich setzen.«

»Vielleicht auch nicht. Ich sagte, daß der Vorsitzende mich sprechen will; ich sagte nicht, daß ich den Vorsitzenden sprechen will. Schlagen Sie auf den Kasten da, und sagen Sie ihm, daß ich hier bin.«

»Ich kann Sie frühestens in zwei Stunden dazwischenschieben.«

»Sagen Sie, daß ich hier bin. Wenn er mich jetzt nicht sprechen will, gehe ich.«

»Gut. Kommen Sie in zwei Stunden wieder her.«

»Sie haben mich mißverstanden. Ich *verlasse* Kong. Und ich komme nicht wieder her.« Ich bluffte, als ich das sagte, aber schon als ich es sagte, wußte ich, daß es kein Bluff war. Zuerst war es meine Absicht gewesen, auf unbestimmte Zeit in Kong zu bleiben. Jetzt aber war mir klar, daß ich nicht in einer Stadt bleiben konnte, die in den Eigenschaften, die eine Zivilisation ausmachen, so weit abgesunken war, daß ein Polizist nur deshalb in das Schlafzimmer eines Bürgers eindringt, weil irgendein übermäßig diensteifriger Beamter beschlossen hat, ihn vorzuladen. Ganz bestimmt nicht! Ein gewöhnlicher Soldat in einem anständigen, gutgeführten und disziplinierten Haufen hat mehr Freiheiten und eine ungestörtere Privatsphäre. Hongkong Luna, in Liedern und Erzählungen als die Wiege der Freiheit Lunas gefeiert, war kein Ort mehr, an dem man leben konnte.

Ich wandte mich ab und war schon fast an der Tür, als sie mich zurückrief: »Mr. Johnson!«

Ich blieb stehen, aber ich drehte mich nicht um. »Ja?«

»Kommen Sie bitte wieder her.«

»Warum?«

Während sie antwortete, schien sie Schmerzen im Gesicht zu verspüren. »Der Vorsitzende möchte jetzt mit Ihnen sprechen.«

»Meinetwegen.« Als ich mich der Tür zu den inneren Räumen näherte, rollte sie zur Seite . . . aber ich war noch nicht im Privatbüro des Vorsitzenden; ich mußte noch drei weitere Türen passieren, jede von einem dieser treuen Hunde bewacht – und das verriet mir über die gegenwärtige Regierung von Hongkong Luna mehr, als ich wissen wollte.

Der Wächter an der letzten Tür kündigte mein Kommen an und ließ mich passieren. Mr. Mao schaute mich kaum an. »Setzen Sie sich.« Ich setzte mich und lehnte den Stock gegen mein Knie.

Ich wartete fünf Minuten, während der City-Boß in seinen Papieren wühlte und mich dabei immer noch ignorierte. Dann stand ich auf und ging, auf meinem Stock gestützt, langsam zur Tür. Mao schaute von seinem Tisch auf. »Mr. Johnson! Wohin gehen Sie?«

»Hinaus.«

»Das sehe ich. Sie *wollen* also nicht, daß die Angelegenheit gütlich geregelt wird?«

»Ich will meinen eigenen Angelegenheiten nachgehen. Gibt es einen Grund, warum ich das nicht tun sollte?«

Er sah mich ausdruckslos an. »Wenn Sie darauf bestehen, könnte ich einen Magistratserlaß zitieren, nach dem Sie zur Kooperation verpflichtet sind, sobald ich das von Ihnen verlange.«

»Meinen Sie den Magistratserlaß zweihundertsiebzehn Strich zweiundachtzig?«

»Ich sehe, daß Sie ihn kennen . . . Sie können sich zur Entschuldigung Ihres Verhaltens also kaum auf Unkenntnis berufen.«

»Ich kenne den Erlaß *nicht*, ich kenne nur seine Nummer. Sie wurde mir von einem grobschlächtigen Clown genannt, der mit Gewalt in mein Schlafzimmer eingedrungen war. Steht in diesem Erlaß irgend etwas über Einbrüche in die Schlafzimmer von Privatpersonen?«

»Oh ja. Er spricht auch von der Behinderung eines Sicherheitsbeamten im Dienst. Aber darüber reden wir später. Dieser Erlaß ist das Fundament unserer Freiheit. Bürger, Einwohner, sogar Besucher können kommen und gehen, wie sie wollen, solange sie nur ihre Bürgerpflicht erfüllen, indem sie die gewählten, ernannten oder abgeordneten Beamten bei der Erfüllung ihrer Amtspflichten unterstützen.«

»Und wer bestimmt, worin eine solche Unterstützung zu bestehen hat und wie oft sie gewährt werden muß?«

»Nun, natürlich der betroffene Beamte.«

»Das dachte ich mir. Wollen Sie sonst noch etwas von mir?« Ich stand auf.

»Setzen Sie sich wieder. Allerdings ist da noch etwas. Und ich *verlange* von Ihnen Kooperation. Es tut mir leid, daß ich es so ausdrücken muß, aber auf höfliche Aufforderungen scheinen Sie nicht zu reagieren.«

»Zum Beispiel auf einen Einbruch in mein Schlafzimmer?«

»Sie langweilen mich. Setzen Sie sich, und halten Sie den Mund. Ich werde Sie jetzt befragen . . . sobald die beiden Zeugen hier sind.«

Ich setzte mich und hielt den Mund. Ich glaubte das neue Regime jetzt zu begreifen: absolute Freiheit . . . außer daß jeder Beamte, vom Hundefänger bis zum höchsten Potentaten, jedem Bürger zu jeder Zeit nach Belieben Befehle erteilen konnte.

Es war also »Freiheit«, wie Orwell und Kafka sie definierten, »Freiheit«, wie Hitler sie gewährte, es war die »Freiheit«, in seinem Käfig auf und ab zu gehen. Ich fragte mich, ob man sich bei dem bevorstehenden Verhör mechanischer Hilfsmittel, elektrischer Geräte oder irgendwelcher Drogen bedienen würde, und ich hatte ein unangenehmes Gefühl im Magen. Früher, während meiner aktiven Dienstzeit beim Militär, bestand für mich gelegentlich die Gefahr, als Geheimnisträger in Gefangenschaft zu geraten, aber damals hatte ich immer einen letzten Freund, jenen berühmten »hohlen Zahn« oder etwas Entsprechendes. Einen solchen Schutz hatte ich jetzt nicht mehr.

Ich hatte Angst.

Bald darauf betraten zwei Männer den Raum. Mao wünschte ihnen einen guten Morgen und bat sie, sich zu setzen; gleich nach ihnen kam noch ein Mann. »Onkel Jeff, ich . . .«

»Halt den Mund und setz dich!« Es war der Witzbold, dessen Waffe ich entladen hatte. Ich merkte, daß er mich anschaute, aber er wandte sich sofort ab, als sich unsere Blicke trafen.

Mao schob einige Papiere beiseite. »Major Bozell, ich danke Ihnen, daß Sie gekommen sind. Ich danke auch Ihnen, Captain Marcy. Major, Sie wollten einem gewissen Richard Johnson einige Fragen stellen. Dort sitzt er. Fragen Sie.«

Bozell war ein kleingewachsener Mann, der sich sehr gerade hielt. Er hatte kurzgeschnittenes sandfarbiges Haar, und er vollführte ständig ruckartige Bewegungen. »Hah! Kommen wir gleich zur Sache. Warum haben Sie mich unnütz nach draußen gelockt?«

»Wieso unnütz?«

»Hah! Wollen Sie etwa leugnen, daß Sie mir eine Schauergeschichte von einem Überfall durch Banditen erzählt haben? In einer Gegend, in der es nie Banditen gegeben hat! Wollen Sie etwa leugnen, daß Sie von mir verlangt haben, eine Rettungs- und Bergungsmannschaft zu schicken? Obwohl Sie genau wußten, daß ich nichts finden würde! Antworten Sie mir!«

Ich sagte: »Sie erinnern mich gerade daran – kann mir jemand sagen, wie es Tante Lilybet heute morgen geht? Weil ich hierher gebeten wurde, hatte ich keine Zeit, ins Hospital zu gehen.«

»Hah! Wechseln Sie nicht das Thema. Antworten Sie mir!«

»Aber das *ist* das Thema«, sagte ich freundlich. »In dieser Schauergeschichte, von der Sie reden, wurde eine alte Dame verletzt. Lebt sie überhaupt noch? Weiß das jemand?«

Bozell wollte antworten, aber Mao unterbrach ihn. »Sie lebt. Jedenfalls lebte sie vor einer Stunde noch. Johnson, Sie sollten zu Gott beten, daß sie am Leben bleibt. Ich habe hier die eidliche Aussage« – er tippte auf sein Terminal – »einer Bürgerin, deren Wort über jeden Zweifel erhaben ist. Es ist Lady Diana Kerr Shapley, eine unserer wichtigsten Aktionärinnen. Sie sagt aus, daß Sie auf Mistress Lilybet Washington geschossen haben . . .«

»*Was?*«

». . . während Sie Terrorakte verübten, bei denen durch Ihre Handlungen Lady Dianas Mann, der Ehrenwerte Oswald Progant, durch Sauerstoffmangel umkam und ihrem Mann, dem Ehrenwerten Brockmann Hogg, das Handgelenk gebrochen wurde. Weiter haben Sie Lady Diana selbst terrorisiert und wiederholt beleidigt.«

»Hmm. Hat sie auch gesagt, wer das Kind der O'Toole umgebracht hat? Und was ist mit dem Schützen in der Kanzel? Wer hat *den* getötet?«

»Sie sagt aus, daß es solche Verwirrung gegeben habe, daß sie nicht alles beobachten konnte. Aber als der Bus hielt, gingen Sie nach draußen und stiegen zur Kanzel hinauf – zweifellos haben Sie dabei den armen Jungen erschossen.«

»Ist dieses letztere Ihre Behauptung, oder hat sie das gesagt?«

»Das behaupte ich. Eine logische Schlußfolgerung. Lady Diana hat streng darauf geachtet, nur das auszusagen, was sie mit eigenen Augen gesehen hat. Das gilt auch für den gespenstischen Bus voller Banditen. Den hat sie nämlich *nicht* gesehen.«

»Da haben Sie es, Herr Vorsitzender«, sagte Bozell. »Dieser Verbrecher hat im Bus eine Schießerei veranstaltet und dabei drei Leute getötet und zwei weitere verletzt . . . und die Schauergeschichte von dem Banditenüberfall erfunden, um seine Tat zu vertuschen. In der Gegend gibt es keine Banditen; das weiß jeder.«

Ich versuchte, die Realität in den Griff zu bekommen. »Herr Vorsitzender, einen Augenblick, bitte. Captain Marcy ist hier. Er hat doch eine Aufnahme vom Fahrzeug der Banditen gemacht.«

»Ich stelle hier die Fragen, Mr. Johnson.«

»Aber . . . Hat er nun eine Aufnahme gemacht oder nicht?«

»Das reicht, Johnson! Ich rufe Sie zur Ordnung.«

»Was tue ich denn, das nicht in Ordnung wäre?«

»Sie stören die Untersuchung mit Belanglosigkeiten. Warten Sie, bis Sie gefragt werden. Dann beantworten Sie die Frage.«

»Yes, Sir. Wie lautet die Frage?«

»Ich sagte, daß Sie den Mund halten sollen!«

Ich schwieg, und das taten auch alle anderen.

Endlich klopfte Mr. Mao auf seinen Schreibtisch und sagte: »Major, haben Sie noch weitere Fragen?«

»Hah! Er hat ja meine erste Frage noch nicht beantwortet. Er ist ausgewichen.«

»Johnson, beantworten Sie die Frage«, sagte der Vorsitzende.

Ich machte ein dummes Gesicht (meine beste Rolle). »Wie lautete die Frage?«

Mao und Bozell begannen gleichzeitig zu sprechen, aber Bozell ließ Mao den Vortritt. »Lassen Sie uns zusammenfassen«, sagte Mao. »Warum haben Sie das getan?«

»Was habe ich getan?«

»Ich habe Ihnen gerade gesagt, was Sie getan haben!«

»Aber ich habe nichts von dem getan, was Sie mir zur Last legen. Herr Vorsitzender, ich verstehe nicht, wie Sie in die Sache hineingeraten sind. Sie waren nicht dabei. Der Bus kommt nicht aus Ihrer Stadt. Ich komme nicht aus Ihrer Stadt. Was immer geschehen ist, hat sich außerhalb Ihrer Stadt zugetragen. Was haben Sie mit der Angelegenheit zu tun?«

Mao lehnte sich selbstgefällig zurück. »Hah!« sagte Bozell. »Soll ich es ihm sagen, Herr Vorsitzender, oder wollen Sie es tun?«

»Ich werde es ihm sagen. Es wird mir sogar ein Vergnügen sein. Johnson, vor weniger als einem Jahr hat der Rat dieser souveränen Stadt eine weise Maßnahme getroffen. Er hat seine Jurisdiktion bis zu einer Entfernung von hundert Kilometern im Umkreis dieser Druckstation erweitert, und zwar über alle Aktivitäten an der Oberfläche und unterhalb derselben.«

»Und die freiwilligen Sicherheitskräfte zu einem offiziellen Regierungsinstrument gemacht«, fügte Bozell vergnügt hinzu, »das den Auftrag hat, innerhalb dieses Gebiets Ordnung und Sicherheit aufrechtzuerhalten. Und damit haben wir Sie, Sie Mörder!«

Mao ignorierte diese Unterbrechung. »Sie haben wahrscheinlich geglaubt, Johnson, daß Sie sich in einer anarchistischen Wildnis befanden, wo kein Gesetz gilt. Jetzt sehen Sie, daß das nicht der Fall war. Sie werden für Ihre Taten bestraft werden.«

(Ich fragte mich, wann auch draußen im Asteroidengürtel irgend jemand auf ähnliche Weise versuchen wird, die Macht an sich zu reißen.) »Meine Verbrechen – wurden sie weniger als hundert Kilometer von Hongkong Luna entfernt begangen? Oder mehr?«

»Was? Weniger. Erheblich weniger. Das ist doch klar.«

»Wer hat das gemessen?«

Mao sah Bonzell an. »Wie weit entfernt?«

»Etwa achtzig Kilometer. Eher weniger.«

»Was heißt ›eher weniger‹?« fragte ich. »Major, reden Sie vom Angriff der Banditen auf den Bus? Oder von etwas, das sich *innerhalb* des Fahrzeugs abspielte?«

»Legen Sie mir nichts in den Mund! Marcy, sagen Sie es ihnen!«

Als er das gesagt hatte, wurde sein Gesicht völlig ausdruckslos. Er wollte noch etwas hinzufügen, aber er verzichtete darauf.

Ich hielt mich zurück. Schließlich sagte Mao: »Nun, Captain Marcy?«

»Was erwarten Sie von mir, Sir? Als der Direktor des Raumflughafens mich herschickte, befahl er mir, Ihnen zur Verfügung zu stehen . . . nicht aber, Ihnen von mir aus Dinge zu erzählen, nach denen Sie nicht gefragt haben.«

»Ich will alles wissen, was mit diesem Fall zusammenhängt. Haben Sie Major Bozell eine Entfernung von achtzig Kilometern genannt?«

»Yes, Sir. Achtundsiebzig Kilometer.«

»Wie haben Sie diese Entfernung ermittelt?«

»Ich habe sie auf meinem Monitor gemessen. Normalerweise drucken wir Satellitenphotos nicht aus, wir lassen sie lediglich auf dem Schirm erscheinen. Dieser Mann, Sie sagen, daß er Johnson heißt; ich kannte ihn als ›Midnight‹, wenn er derselbe Mann ist. Er rief gestern nacht um ein Uhr siebenundzwanzig durch und erklärte, er befinde sich in dem Bus aus Richtung Glücklicher Drache, und er meldete, daß der Bus von Banditen überfallen worden sei . . .«

»Hah!«

». . . und daß die Angreifer zurückgeschlagen worden seien. Die Fahrerin des Busses, Tante Lilybet – Mistress Washington – sei verletzt, und der Schütze in der Kanzel sei . . .«

»Das wissen wir alles, Captain. Erzählen Sie uns von dem Photo.«

»Ja, Herr Vorsitzender. Nach Midnights Angaben war ich in der Lage, die Satellitenkamera auf das Ziel zu richten. Ich photographierte das Fahrzeug.«

»Und um diese Zeit befand sich der Bus achtundsiebzig Kilometer von der Stadt entfernt?«

»No, Sir, nicht der Bus. Das andere Fahrzeug.«

Zunächst herrschte Stille. Nach einer Weile sagte Bozell: »Aber das ist doch verrückt! Da war überhaupt kein . . .«

»Moment mal, Bozell. Marcy, Sie haben sich von Johnsons Lügen täuschen lassen. Was Sie gesehen haben, war der Bus.«

»No, Sir. Ich habe den Bus zwar gesehen; ich hatte ihn auf dem Monitor. Aber ich sah sofort, daß er sich bewegte. Deshalb fuhr ich die Kamera auf der Strecke etwa zehn Kilometer zurück . . . und da stand das zweite Fahrzeug, genau wie Midnight gesagt hatte.«

Bozell war den Tränen nahe. »Aber . . . Da war nichts, sage ich Ihnen. Meine Jungs und ich haben die ganze Gegend abgesucht. Nichts! Marcy, Sie müssen den Verstand verloren haben!«

Ich weiß nicht, wie lange Bozell noch ein Fahrzeug fortgewünscht hätte, das er nicht finden konnte, denn er wurde unterbrochen; Gwen trat ein. Ich versuchte, mir meine Freude nicht allzu sehr anmerken zu lassen; jetzt würde alles gut werden!

(Seit ich Maos dreifachen Verteidigungsring gegen alle, die sich ihm näherten, gesehen hatte, machte ich mir große Sorgen. Wollte er mit dieser massiven Bewachung seine Ermordung verhindern? Ich weiß es nicht; ich hatte Angst, daß man Gwen abweisen würde. Aber ich hätte mehr Vertrauen zu meiner kleinen Riesin haben sollen.)

Sie lächelte und warf mir eine Kußhand zu. Dann drehte sie sich um und hielt die Tür auf. »Gleich hier herein, meine Herren.«

Zwei von Maos eigenen Polizeibeamten fuhren einen Rollstuhl herein, dessen Lehne zurückgeklappt war, damit Tante Lilybet bequemer saß. Sie schaute sich um, lächelte und sagte zu dem Vorsitzenden: »Hallo, Jefferson. Wie geht's deiner Mama?«

»Danke, Mistress Washington, es geht ihr gut. Aber Sie . . .«

»Was soll denn dieses ›Mistress Washington‹-Gerede? Junge, ich habe dir früher die Windeln gewechselt; du nennst mich gefälligst ›Tante‹, wie du es immer getan hast. Ich habe gehört, daß du Senator Richard einen Orden verleihen willst, weil er mich vor den Banditen gerettet hat . . . und als ich das hörte, sagte ich mir, daß Jefferson nichts von den andern beiden gehört hat, denen ein Orden genauso zusteht wie dem Senator – wenn Sie mir verzeihen wollen, Senator.«

»Sie haben ganz recht, Tante Lilybet«, sagte ich.

»Deshalb habe ich sie mitgebracht. Gwen, Honey, möchtest du nicht Jefferson begrüßen? Er ist der Bürgermeister dieser Druckstation. Gwen ist Senator Richards Frau, Jefferson. Und Bill – Wo ist Bill? *Bill!* Komm her, mein Sohn, und sei nicht so schüchtern. Jefferson, es stimmt zwar, daß Senator Richard zwei von diesen üblen Halunken mit den bloßen Händen getötet hat . . .«

»Nicht mit den bloßen Händen, Tante Lilybet«, widersprach Gwen. »Er hatte doch seinen Stock.«

»Du bist still, Honey. Mit den bloßen Händen und mit seinem Spazierstock, aber wenn Bill nicht da gewesen wäre – und so schnell und geschickt –, dann wäre ich jetzt nicht hier; dann hätte Jesus mich zu sich genommen. Aber unser Herr meinte, daß meine Zeit noch nicht gekommen sei, und da hat Bill meinen Anzug geflickt und mich gerettet, und ich darf Jesus noch einen weiteren Tag dienen.« Tante Lilybet nahm Bills Hand. »Dies ist Bill, Jefferson. Sorge dafür, daß auch er eine Medaille bekommt. Und Gwen – Komm her, Gwen. Dieses kleine Mädchen hat uns allen das Leben gerettet.«

Ich weiß nicht genau, wie alt meine Braut ist, aber ein »kleines Mädchen« ist sie gewiß nicht. Verglichen mit dem, was ich während der nächsten paar Minuten hören sollte, war dies jedoch eine recht harmlose Tatsachenverdrehung. Um es höflich auszudrücken: Tante Lilybet erzählte einen Haufen Lügen. Dazu nickte Gwen zustimmend, und sie sah aus wie ein Engel.

Daß die Tatsachen falsch dargestellt wurden, mochte noch angehen, aber Tante Lilybet bezeugte Dinge, die sie gar nicht gesehen haben konnte. Gwen mußte gründlich mit ihr geübt haben.

Zwei Wagenladungen Banditen hätten uns angegriffen, aber sie hätten sich auch untereinander bekämpft; das sei unsere Rettung gewesen, da mit zwei Ausnahmen alle Angreifer bei diesem Bruderzwist umgekommen seien. Diese beiden hätte ich dann mit den bloßen Händen und mit meinem Spazierstock getötet – obwohl sie mit Laserpistolen bewaffnet waren. Ich bin ein solcher Held, daß ich mich selbst überrasche.

Ich *weiß*, daß Tante Lilybet fast die ganze Zeit bewußtlos war, während diese Heldentaten geschahen. Sie hatte die ganze Zeit flach auf dem Rücken gelegen und hätte höchstens das Busdach sehen können. Und doch schien sie zu glauben, was sie sagte – ich bin überzeugt, daß sie es tatsächlich glaubte. So weit die Augenzeugen.

(Nicht, daß ich mich beklage!)

Dann erzählte Tante Lilybet, wie Gwen uns gefahren hatte. Ich zog mein Hosenbein hoch, um meine Prothese zu zeigen – was ich sonst nie tue. Aber ich wollte ihnen vorführen, warum ich sie in einem Druckanzug nicht tragen konnte und daß ich deshalb außerstande gewesen war, selbst den Bus zu fahren.

Aber als Tante Lilybet ihren farbigen Bericht beendet hatte, war es Gwen, die dem Ganzen die Krone aufsetzte. Das gelang ihr mit Bildern.

Hören Sie gut zu! Als Gwen ihre gesamte Munition, sechs Schuß, verschossen hatte, legte sie – ordentlich wie immer – ihre Miyako in die Handtasche zurück. Dann nahm sie die Mini Helvetia heraus und machte zwei Aufnahmen.

Sie hatte die Kamera schräg nach unten gehalten, denn das eine Photo zeigte nicht nur die beiden Fahrzeuge der Banditen, sondern auch drei Leichen und einen Mann, der noch stand und sich bewegte. Der zweite Schnappschuß zeigte vier Leichen, die auf dem Boden lagen, und das Fahrzeug mit dem riesigen Rad, das sich gerade entfernte. Ich kann das Ganze zeitlich nicht genau festlegen, aber von dem Augenblick, da sie ihre Munition verschossen hatte, bis zu dem Augenblick, da das riesige Rad abdrehte, konnten etwa vier Sekunden verstrichen sein. Mit einer schnellen Kamera ein Bild zu schießen, dauert ungefähr genau so lange, wie aus einer halbautomatischen Waffe einen Schuß abzugeben.

Die Frage ist also jetzt: Was hat sie mit den restlichen zwei Sekunden gemacht? Hat sie sie nutzlos verstreichen lassen?

»Prämenstruelles Syndrom:
Kurz vor ihrer Periode benehmen sich die Frauen
wie die Männer sich immer benehmen.«

DR. MED. LOWELL STONE 2144–

XV

Wir fingen nicht an zu rennen, aber wir machten uns so schnell wie möglich davon. Gewiß, Tante Lilybet hatte Mr. Mao dazu gebracht, mich als »Helden« zu betrachten statt als Kriminellen – aber das bedeutete noch nicht, daß er mich mochte, und das wußte ich.

Major Bozell tat nicht einmal so, als hielte er auch nur das geringste von mir. Captain Marcys »Fahnenflucht« empörte ihn; Gwens Photos, die tatsächlich Banditen zeigten (wo sie nicht sein konnten!), brachen ihm das Herz. Dann versetzte sein Boß ihm den grausamsten Schlag, indem er ihm befahl, mit seinen Truppen hinauszufahren und sie zu suchen! Und das auf der Stelle! »Wenn Sie das nicht fertig bringen, Major, werde ich jemanden finden müssen, der es kann. Diese Idee mit der Hundert-Kilometer-Grenze stammt von Ihnen. Jetzt können Sie beweisen, daß es keine Prahlerei war.«

Mao hätte Bozell das nicht in Gegenwart Dritter antun sollen, vor allem nicht in meiner Gegenwart. Das hat mich meine Berufserfahrung gelehrt – in allen meinen Rollen.

Ich glaube, Gwen gab Tante Lilybet irgendein Zeichen. Wie dem auch sei, Tante Lilybet erklärte Mao, sie müsse sich jetzt verabschieden. »Meine kleine Krankenschwester wird mit mir schimpfen, wenn ich so lange ausbleibe. Ich will nicht, daß sie allzu sehr schimpfen muß. Sie heißt Mei-Ling Ouspenskaya; kennst du sie, Jefferson? Sie kennt deine Mama.«

Dieselben beiden Polizeibeamten schoben Tante Lilybet durch die Büros bis auf den öffentlichen Korridor hinaus – oder besser auf den Platz, denn die städtischen Büros liegen am ›Platz der Revolution‹. Dort verabschiedete sie sich von uns, und die Beamten brachten sie ins Wyoming Knott Memorial Hospital zurück, das nördlich von hier und zwei Ebenen tiefer lag. Ich glaube nicht, daß die beiden damit gerechnet hatten – ich weiß nur, daß

Gwen sie schon im Büro des Vorsitzenden dazu angeworben hatte. Tante Lilybet war jedenfalls der Meinung, daß die Beamten sie zum Hospital bringen würden, und sie taten es auch. »Nein Gwen, Honey, du brauchst nicht mitzukommen – diese beiden freundlichen Herren wissen, wo es liegt.«

(Man hält einer Dame die Tür auf, weil sie *erwartet*, daß man ihr die Tür aufhält. Sowohl Gwen als auch Tante Lilybet hatten dieses Prinzip voll im Griff.)

Den städtischen Büros gegenüber hing ein großes mit Flaggen geschmücktes Schild:

FREIES LUNA!
4. Juli 2076–2188

War heute wirklich schon Unabhängigkeitstag? Ich rechnete nach. Ja. Gwen und ich hatten am Ersten geheiratet – heute mußte also der vierte Juli sein. Ein gutes Omen!

Mitten auf dem Platz der Revolution saß Xia an einem Brunnen auf einer Bank und wartete auf uns.

Gwen hatte ich erwartet, nicht aber Xia. Im Laufe meines Gesprächs mit Xia hatte ich sie am Morgen gebeten, Gwen zu suchen und ihr zu sagen, wohin ich gegangen war und warum. »Xia, es gefällt mir nicht, von der Polizei zu einem Verhör abgeholt zu werden, schon gar nicht in einer fremden Stadt, mit deren politischen Verhältnissen ich nicht vertraut bin. Wenn man mich ›festhält‹ – um es gelinde auszudrücken –, will ich, daß meine Frau weiß, wo sie suchen muß.«

Ich ließ Gwen keine Verhaltensmaßregeln übermitteln. In den nur drei Tagen meiner Ehe mit Gwen hatte ich schon gemerkt, daß keiner meiner Vorschläge auch nur annähernd so gut sein würde wie ihre eigenen Einfälle, wenn ich sie nur bei ihren trickreichen Manövern gewähren ließ. Mit Gwen verheiratet zu sein, war alles andere als langweilig!

Ich freute mich sehr, daß auch Xia gekommen war, aber ich erschrak, als ich sah, was sie mitgebracht hatte. Ich sah sie erstaunt an und fragte: »Hat jemand unser Zimmer gebucht?« Auf der Bank sah ich Gwens kleinen Koffer, das Päckchen mit der Perücke, den Bonsai-Ahorn und ein Paket, das ich nicht kannte, dessen Aufschrift ›Sears Montgomery‹ mir aber genug sagte. »Ich wette, meine Zahnbürste hängt noch in der Erfrischungskabine«, sagte ich.

»Wie hoch wollen Sie wetten?« fragte Xia. »Sie würden Ihre Wette verlieren. Richard, ich werde Sie beide vermissen. Vielleicht fahre ich rüber nach L-City und besuche Sie.«

»Tun Sie das!« sagte Gwen.

»Damit bin ich sehr einverstanden«, sagte ich. »Wir gehen doch nach L-City, nicht wahr?«

»Und zwar sofort«, sagte Gwen.

»Bill, wußtest du das schon?«

»Nein, Senator. Aber sie hat mich zu Sears geschickt, damit ich meinen Druckanzug abgebe. Ich bin also bereit.«

»Richard«, sagte Gwen ernst, »hier sind wir nicht sicher.«

»Nein, das seid ihr nicht«, sagte eine Stimme hinter mir (was wieder einmal bewies, daß geheime Angelegenheiten nicht in der Öffentlichkeit diskutiert werden sollten). »Je schneller ihr verschwindet, Leute, um so besser für euch. Hallo, Xia. Bist du mit diesen gefährlichen Typen bekannt?«

»Hallo, Choy-Mu. Noch einmal vielen Dank.«

Ich sah ihn verblüfft an. »Captain Marcy! Ich bin froh, daß Sie gekommen sind; ich möchte mich bei Ihnen bedanken.«

»Sie brauchen sich nicht zu bedanken, Captain Midnight – oder sollte ich ›Senator‹ sagen?«

»Nun . . . eigentlich ›Doktor‹ oder ›Mister‹. Aber Sie dürfen mich ›Richard‹ nennen. Sie haben meinen Hals gerettet.«

»Und ich heiße Choy-Mu, Richard. Aber ich habe Ihren Hals nicht gerettet. Ich bin Ihnen gefolgt, um Sie darüber aufzuklären. Sie mögen glauben, daß Sie dort im Büro gewonnen haben. Das war nicht der Fall. Sie haben verloren. Sie haben dafür gesorgt, daß der Vorsitzende das Gesicht verlor – daß beide das Gesicht verloren. Deshalb sind Sie eine wandelnde Zeitbombe, ein Unfall, der nur noch den Ort sucht, an dem er stattfindet.« Er runzelte die Stirn. »Auch für mich ist das Ganze nicht sehr gesund, denn ich war dabei, als sie das Gesicht verloren . . . nachdem ich schon anfangs den Fehler gemacht hatte, ›dem König eine Unglücksbotschaft zu überbringen‹. Verstehen Sie, was ich meine?«

»Leider ja.«

»Choy-Mu, hat die Nummer Eins wirklich das Gesicht verloren?« fragte Xia.

»Wirklich, Schatz. Das war Tante Lilybet Washingtons Schuld. Aber *ihr* kann er natürlich nichts tun. Also bleibt es am Captain hängen – an Richard. So sehe ich die Sache.«

Xia stand auf. »Gwen, wir sollten sofort zum Bahnhof gehen. Wir dürfen keine Sekunde verlieren! Oh, verdammt! Ich hätte euch so gern noch ein paar Tage bei mir gehabt.«

Zwanzig Minuten später waren wir in der südlichen Untergrundstation und im Begriff, die Röhrenbahn nach Luna City zu besteigen. Die Tatsache, daß wir Plätze in der Kapsel nach L-City buchen konnten, die fast unmittelbar darauf abfuhr, bestimmte unseren Zielort. Choy-Mu und Xia waren nämlich mitgekommen, und noch bevor wir mit der örtlichen City-Bahn die Station erreichten, hatten sie mich überredet – oder Gwen überredet, was wichtiger war –, das erste Fahrzeug zu nehmen, das die Stadt verließ, ganz gleich, wohin es fuhr.

Von derselben Station fahren normale Bahnen nach Plato, Tycho Under und Novi Leningrad – wären wir sechs Minuten früher gekommen, hätte unsere Reise im Wohnbezirk Plato geendet, und dann wäre manches anders gelaufen.

Hätte es wirklich irgend etwas geändert? Oder gibt es ein Schicksal, das unsere Ziele bestimmt?

Wir mußten unsere Plätze so schnell einnehmen und uns anschnallen, daß wir kaum Zeit hatten, uns zu verabschieden. Xia küßte uns alle zum Abschied, und ich freute mich, daß Gwen Choy-Mu nicht ungeküßt ließ. Als echter Loonie zögerte er zuerst, aber dann erwiderte er Gwens Kuß mit Begeisterung. Ich sah, wie Xia Bill zum Abschied küßte – bei Bill konnte von einem Zögern keine Rede sein. Ich fand, daß Gwens Versuch, bei dieser gewöhnlichen Galatea den Pygmalion zu spielen, erfolgreich war. Bill würde sich allerdings den Sitten und Gebräuchen der Mondbewohner anpassen müssen, wenn er nicht gelegentlich einige Zähne verlieren wollte.

Wir schnallten uns an, die Kapsel wurde versiegelt, und wieder hielt Bill den Topf mit dem kleinen Ahorn fest. Die Sitze drehten sich, um die Beschleunigung aufzufangen – ein g, für die Mondbewohner, die den Rest der Fahrgäste stellten, eine *hohe* Beschleunigung. Zwei Minuten und einundfünfzig Sekunden Schub, dann hatten wir eine Geschwindigkeit erreicht, die der auf einer Umlaufbahn entsprach.

Ein seltsames Gefühl, bei Schwerelosigkeit U-Bahn zu fahren. Aber es machte Spaß!

Ich fuhr zum ersten Mal mit der Röhrenbahn. Sie stammt noch aus der Zeit vor der Revolution, wenn sie auch damals (wie ich gelesen habe) nur bis Endsville führte. Sie wurde später ausgebaut, aber das Prinzip wurde nie auf andere Untergrundsysteme übertragen – es war nur auf vielbefahrenen Strecken wirtschaftlich vertretbar, wie ich hörte. Auf langen Strecken, die in ihrer ganzen Länge »gerade« angelegt werden können; »gerade« bedeutet in diesem Zusammenhang »einer ballistischen Kurve bei Umlaufgeschwindigkeit genau entsprechend«.

Diese Untergrundbahn ist das einzige Untergrund-»Raumschiff« der Geschichte. Sie funktioniert wie die Induktionskatapulte, die Fracht nach Ell-Four, Ell-Five und Terra schleudern . . . nur daß der Startpunkt, der Zielpunkt und die ganze Flugbahn unter der Oberfläche liegen . . . fast überall nur weniger Meter darunter, aber etwa drei Kilometer tief, wo die Strecke unter Gebirgen verläuft.

Zwei Minuten und fünfzig Sekunden lang ein Schub von einem g, zwölf Minuten und siebenundzwanzig Sekunden Schwerelosigkeit, zwei Minuten und einundfünfzig Sekunden Abbremsung mit einem Schub von einem g – das ergibt eine Durchschnittsgeschwindigkeit von über fünftausend Kilometern in der Stunde. Kein anderes »Oberflächen«-Transportmittel erreichte auch nur annähernd diese Geschwindigkeit. Und doch ist die Reise sehr bequem – drei Minuten lang das Gefühl, auf Terra in einer Hängematte zu liegen, dann zwölfeinhalb Minuten Schwerelosigkeit, und schließlich wieder drei Minuten in dieser Hängematte im Garten. Ist das noch zu übertreffen?

Oh, es ginge noch schneller, wenn man stärker beschleunigte. Aber nicht sehr viel schneller. Würde man schlagartig beschleunigen (und alle Passagiere umbringen!) und genauso abbremsen (*platsch!*), könnte man die Durchschnittsgeschwindigkeit auf etwas über sechstausend Kilometer in der Stunde erhöhen und die Reisezeit um *fast drei Minuten* verkürzen! Aber das wäre das äußerste.

Eine bessere Zeit erreicht zwischen Kong und L-City auch ein Raketenschiff nicht. In der Praxis braucht eine Rakete ungefähr eine halbe Stunde – die benötigte Zeit hängt von der Höhe der Flugbahn ab. Aber eine halbe Stunde ist gewiß kurz genug. Warum sollte man die Mondmeere und die Gebirge untertunneln, wenn eine Rakete dasselbe schafft?

Eine Rakete ist das teuerste Transportmittel, das je erfunden wurde. Bei einem typischen Raketenschiff wird die Hälfte der Energie zur Überwindung der Schwerkraft aufgewendet, nur um aufsteigen zu können, die andere Hälfte wird zur Überwindung der Schwerkraft bei der Landung verbraucht – da ein Absturz als wenig befriedigendes Ende eines Fluges gilt. Die gigantischen Katapulte auf Luna, auf Terra, auf Mars und im Raum sind gigantische Argumente gegen die Energieverschwendung bei Raketenantrieben.

Umgekehrt ist die Röhrenbahn das wirtschaftlichste Verkehrsmittel, das je konstruiert wurde: Es wird keine Masse verbrannt oder abgeworfen, und die für die Beschleunigung aufgewandte Energie erhält man beim Abbremsen wieder zurück.

Dabei ist durchaus keine Zauberei im Spiel. Ein elektrisches Katapult ist ein Motorgenerator, auch wenn es nicht so aussieht. In der Beschleunigungsphase ist es ein Motor; die elektrische Energie wird in kinetische Energie umgewandelt. In der Abbremsphase ist es ein Generator; die aus der Kapsel gewonnene kinetische Energie wird in elektrischen Strom umgewandelt und in einem Akkumulator gespeichert. Die Energie aus dem Akku wird dann dazu verwendet, die Kapsel nach Kong zurückzuschleudern.

Eine Gratismahlzeit!

Nicht ganz. Es gibt Reibungsverluste und andere Unzulänglichkeiten. Die Entropie nimmt ständig zu; das zweite Gesetz der Thermodynamik kann nicht außer acht gelassen werden. Am besten läßt sich der Vorgang als regeneratives Bremsen definieren. Früher wurden Oberflächenfahrzeuge durch grob angewandte Reibung abgebremst und zum Stehen gebracht. Dann kam ein gescheiter Bursche auf die Idee, daß ein sich drehendes Rad auch dadurch gestoppt werden kann, daß man es als Generator auslegt; es bedankt sich also gleichsam dafür, daß es angehalten wird – der Winkelimpuls wird aufgefangen und als elektrische Energie in einer »Batterie« gespeichert, einem frühen Vorläufer der hier verwendeten Akkus.

Die Kapsel von Kong nach L-City funktioniert ähnlich; indem sie vor L-City magnetische Kraftlinien durchschneidet, erzeugt sie eine gewaltige elektromotorische Kraft, die die Kapsel abbremst und ihre kinetische Energie in elektrische Energie verwandelt, die dann gespeichert wird.

Aber der Passagier braucht davon nichts zu wissen. Er macht es sich einfach in seiner »Hängematte« bequem und erlebt eine denkbar bequeme Reise.

Wir hatten drei Tage gebraucht, um siebenhundert Kilometer weit zu rollen. Jetzt schafften wir fünfzehnhundert Kilometer in achtzehn Minuten.

Wir mußten uns fast mit Gewalt den Weg aus der Kabine nach draußen freimachen, denn zahllose Schreinanbeter warteten ungeduldig darauf, einsteigen zu können, um nach Kong zu fahren. Ich hörte einen von ihnen sagen, daß »sie« (diese anonymen »sie«, die an allem schuld sind) – »daß sie mehr Kabinen einsetzen sollten«. Ein Mondbewohner versuchte, ihn von der Unmöglichkeit einer solchen Regelung zu überzeugen – es gab nur eine Trasse, auf der zur gleichen Zeit nur eine Kabine abgefertigt werden konnte, die sich entweder an dem einen oder dem anderen Zielpunkt oder bei Schwerelosigkeit irgendwo zwischen den beiden Punkten befand. Auf keinen Fall konnten zwei Kabinen gleichzeitig verkehren – das wäre unmöglich, sogar selbstmörderisch.

Seine Erklärung traf auf blankes Unverständnis. Der Besucher schien außerdem nicht zu begreifen, daß die Röhrenbahn sich in Privatbesitz befand und keinerlei Regierungskontrolle unterstand . . . ein Sachverhalt, der zur Sprache kam, als der Mondbewohner abschließend sagte: »Wenn Sie eine zweite Bahn wollen, dann bauen Sie doch eine. Nur zu! Das steht Ihnen jederzeit frei; niemand wird Sie daran hindern. Wenn Ihnen das auch nicht paßt, dann gehen Sie doch nach Liverpool zurück!«

Das war unfreundlich von ihm. Erdwürmer sind nun einmal Erdwürmer; sie können nichts dafür. Jedes Jahr sterben einige von ihnen, weil sie einfach nicht begreifen können, daß Luna *anders* ist als Liverpool oder Denver oder Buenos Aires.

Wir passierten die Schleuse, die die Druckzone der Artemis Transit Company von der städtischen Druckzone trennte. Im Tunnel, gleich auf der anderen Seite der Schleuse, war ein Schild angebracht: HOLEN SIE SICH HIER IHREN GUTSCHEIN FÜR LUFT. Unter dem Schild saß an einem Tisch ein Mann, der doppelt so behindert war wie ich; seine Beine endeten an den Knien. Das schien ihn aber nicht sonderlich zu beeinträchtigen;

außer Luft verkaufte er Zeitungen und Süßigkeiten, und er vermittelte Fremdenführer und Besichtigungsfahrten. Außerdem stand an seinem Tisch der unübersehbare Hinweis: RENNWETTEN.

Die meisten Leute hasteten, ohne stehenzubleiben, an ihm vorbei. Auch Bill ging weiter, aber ich rief ihn zurück. »Halt! Warte, Bill.«

»Senator, ich muß Wasser für den Baum besorgen.«

»Warte trotzdem. Und hör auf, mich ›Senator‹ zu nennen. Nenn mich ›Doktor‹. Dr. Richard Ames.«

»Was?«

»Mach dir keine Gedanken; tu's einfach. Aber jetzt müssen wir Luft kaufen. Hast du denn in Kong keine Luft gekauft?«

Das hatte Bill nicht getan. Er war mit Tante Lilybet beschäftigt gewesen, als er den Druckbereich der Stadt betrat, und niemand hatte ihn aufgefordert, irgend etwas zu zahlen.

»Du hättest aber zahlen müssen«, sagte ich. »Hast du denn nicht gesehen, daß Gretchen im Glücklichen Drachen für uns alle bezahlt hat? Das hat sie aber getan. Und nun werden wir hier bezahlen, aber für mehr als nur eine Nacht. Warte hier.«

Ich trat an den Tisch. »Heh! Sie da! Verkaufen Sie Luft?«

Der Luftverkäufer schaute von dem Schachproblem auf, mit dem er sich beschäftigt hatte, und sah mich von oben bis unten an. »Sie brauchen nichts zu zahlen. Sie haben die Luft schon zusammen mit dem Ticket gekauft.«

»Nicht ganz«, sagte ich. »Ich bin Loonie und komme gerade wieder nach Hause. Mit meiner Frau und unserem Diener. Ich brauche also Luft für drei.«

»Als Versuch ganz gut, aber so gut nun auch wieder nicht. Hören Sie zu, ein Gutschein für Einheimische nützt Ihnen überhaupt nichts – man wird Ihnen trotzdem Touristenpreise berechnen. Wenn Sie Ihr Visum verlängern wollen, können Sie das tun. Im Rathaus. Und Sie werden für die Zeit Ihres Aufenthalts Gebühren für Luft bezahlen müssen. Und jetzt vergessen Sie das Ganze, bevor ich auf den Gedanken komme, Sie zu betrügen.«

»Es ist wirklich schwer, Sie zufriedenzustellen, alter Junge«, sagte ich. Dann zog ich meinen Paß aus der Tasche, wobei ich darauf achtete, daß es der auf den Namen »Richard Ames« ausgestellte war, und reichte ihm das Dokument. »Ich war mehrere Jahre fort«, sagte ich. Wenn ich deshalb wie ein Erdferkel aussehe, ist das bedauerlich. Aber beachten Sie bitte meinen Geburtsort.«

Er prüfte meinen Paß und gab ihn mir zurück. »Okay, Loonie, ich habe mich geirrt. Sie sind also drei Leute, nicht wahr? Wie lange?«

»Ich habe noch keine festen Pläne. Für wie lange muß man buchen, um den Tarif für Einheimische zu bekommen?«

»Für ein Vierteljahr. Wenn Sie gleich für fünf Jahre buchen, kriegen Sie weitere fünf Prozent Rabatt, aber bei den jetzigen hohen Preisen täte das nur ein Idiot.«

Ich bezahlte neunzig Tage Luft für drei Erwachsene und fragte, wie es mit Wohnraum bestellt sei. »Da ich so lange fort war, habe ich natürlich keine Wohnung mehr. Ich kenne auch den Markt nicht. Trotzdem habe ich keine Lust, heute nacht auf der Gasse zu pennen.«

»Wenn Sie aufwachen, hat man Ihnen die Kehle durchgeschnitten, Ihre Schuhe sind weg, und die Ratten tanzen auf Ihrem Gesicht herum. Hmm, das ist wirklich ein Problem, alter Junge. Sie sehen doch diese komischen roten Hüte. Die größte Veranstaltung, die es in L-City je gegeben hat; bis zum Unabhängigkeitstag ist hier alles ausgebucht. Aber wenn Sie keine allzu hohen Ansprüche stellen . . .«

»Das tun wir nicht.«

»Nach dem Wochenende werden Sie etwas Besseres finden können, aber fürs erste kann ich Ihnen nur das Raffles empfehlen. Ein altes Hotel auf der sechsten Etage, gegenüber von . . .«

»Ich weiß, wo es ist. Ich kann es ja mal versuchen.«

»Rufen Sie lieber vorher an und sagen Sie den Leuten, daß ich Sie geschickt habe. Ich bin Rabbi Ezra ben David. Da fällt mir gerade ein. ›Ames, Richard‹. Sind Sie der Richard Ames, der wegen Mordes gesucht wird?«

»Was Sie nicht sagen!«

»Das überrascht Sie, was? Kann ich mir denken, alter Freund. Aber ich habe hier irgendwo die Kopie einer Meldung.« Er suchte zwischen Zeitungen, Bleistiftnotizen und Schachaufgaben. »Hier ist es. Sie werden im Wohnbezirk Golden Rule gesucht – sieht so aus, als hätten Sie einen ziemlich wichtigen Mann umgebracht. Steht hier jedenfalls.«

»Interessant. Hängen hier Steckbriefe über mich aus?«

»Auf Luna? Nein, das glaube ich nicht. Warum sollte das auch der Fall sein? Immer noch der alte Abstand; keine diplomatischen

Beziehungen mit Golden Rule, bis sie sich gemäß der Konvention von Oslo dafür qualifiziert haben. Und das können sie nicht, ohne daß sie sich eine Verfassung geben. Das aber ist verdammt unwahrscheinlich.«

»Das glaube ich auch.«

»Trotzdem . . . falls Sie Rechtsbeistand brauchen, können Sie mich aufsuchen; das mache ich nämlich auch. Sie können mich jeden Nachmittag hier erreichen oder Ihren Namen in Seymours Koscherem Fischladen gegenüber der Carnegie-Bibliothek hinterlegen. Seymour ist mein Sohn.«

»Danke, ich werde es mir merken. Übrigens, wen soll ich denn umgebracht haben?«

»Wissen Sie das nicht?«

»Ich habe niemanden umgebracht, wie sollte ich das also wissen?«

»Von der Logik her gibt es hier Lücken, die ich nicht weiter untersuchen will. Hier steht, daß Ihr Opfer Enrico Schultz heißt. Hilft das vielleicht Ihrem Gedächtnis auf?«

»Enrico Schultz? Ich glaube nicht, daß ich den Namen je gehört habe. Er ist mir fremd. Die meisten Mordopfer werden von engen Freunden oder Verwandten getötet, nicht von Fremden. Und, in diesem Fall, nicht von mir.«

»Das ist allerdings sehr merkwürdig. Und doch haben Golden Rules Eigentümer eine hohe Belohnung auf Ihren Tod ausgesetzt. Oder genauer: auf Ihre Ergreifung . . . tot oder lebendig. Dabei wird kein besonderer Wert darauf gelegt, daß Sie am Leben bleiben – man will nur Ihren Körper, warm oder kalt. Ich brauche Ihnen wohl nicht zu sagen, daß ich ethisch verpflichtet wäre, von einer solchen Möglichkeit keinen Gebrauch zu machen, wenn Sie mich zu Ihrem Anwalt bestimmten?«

»Rabbi, ich glaube, daß Sie das ohnehin nicht täten; Sie sind viel zu sehr der typische alte Loonie. Sie wollen mich nur dazu verleiten, Ihre Dienste in Anspruch zu nehmen. Hmm, geben Sie mir drei Tage.«

»In Ordnung. Drei Tage. Wollen Sie die Quittungen auf die Haut oder genügt eine Bescheinigung?«

»Da ich nicht mehr wie ein Loonie aussehe, sollten Sie uns lieber beides geben.«

»In Ordnung. Vielleicht legen Sie noch eine oder zwei Kronen dazu?«

Reverend Ezra stempelte mit seinem Amtsstempel das entsprechende Datum auf unsere Unterarme. Er benutzte dazu Imprägniertinte, die unter schwarzem Licht zu sehen ist. Mit Hilfe seiner Test-Lampe zeigte er uns, daß wir markiert waren und ab jetzt ein Vierteljahr lang im gesamten Druckbereich von L-City legal atmen durften. Damit war das Privileg verbunden, alle öffentlichen Bereiche frei zu passieren. Ich wollte ihm drei Kronen zusätzlich geben, aber er wollte nur zwei annehmen.

Ich bedankte mich, und wir verabschiedeten uns. Mit unserem lästigen Gepäck gingen wir dann den Tunnel hinunter. Fünfzig Meter weiter mündete er in einen Hauptkorridor. Wir wollten ihn gerade betreten, wobei ich mir überlegte, ob wir nach links oder nach rechts gehen sollten, als ich hinter uns einen Pfiff hörte. »Halt!« rief eine Sopranstimme. »Nicht so schnell. Sie müssen erst überprüft werden.«

Ich blieb stehen und drehte mich um. Schon an ihrem Gesicht konnte man sie als Beamtin erkennen – aber fragen Sie mich nicht, wie. Ich weiß ganz einfach von meinen Aufenthalten auf drei Planeten, mehreren Asteroiden und noch mehr Wohnbezirken, daß alle Beamten so aussehen, sobald sie auf ihrem Weg zur Pensionierung auch nur ein paar Jahre abgesessen haben. Sie trug eine Uniform, die weder nach Polizei noch nach Militär aussah. »Sie sind gerade von Kong gekommen?«

Ich bestätigte das.

»Gehören Sie alle drei zusammen? Legen Sie Ihre Sachen auf diesen Tisch. Jedes Gepäckstück öffnen. Haben Sie Obst, Gemüse oder Lebensmittel?«

»Was ist denn das schon wieder?« wollte ich wissen.

»Ich habe einen Schokoladenriegel«, sagte Gwen. »Wollen Sie mal abbeißen?«

»Das fällt wohl unter Bestechung. Aber natürlich. Warum eigentlich nicht?«

»Natürlich versuche ich, Sie zu bestechen. Ich habe einen kleinen Alligator in meiner Handtasche. Er ist weder Obst noch Gemüse; ich vermute allerdings, daß er zu den Lebensmitteln zählen könnte. Auf keinen Fall aber gefallen ihm Ihre spießigen Vorschriften.«

»Moment mal; ich muß in der Liste nachschauen.« Die Beamtin wühlte in einer umfangreichen Loseblattsammlung von Computer-Ausdrucken. »Alligatorbirnen; Alligatorhäute, gesalzen oder gegerbt; Alligatoren, ausgestopft – Ist dieser ausgestopft?«

»Nur wenn er sich überfressen hat; er ist sehr gefräßig.«

»Meine Liebe, Sie wollen mir doch nicht erzählen, daß Sie einen lebenden Alligator in Ihrer Handtasche haben!«

»Stecken Sie doch die Hand hinein, aber auf eigene Gefahr. Er ist als Wachalligator ausgebildet. Zählen Sie Ihre Finger, bevor Sie hineingreifen, und zählen Sie sie noch einmal, wenn Sie die Hand wieder herausgenommen haben.«

»Sie scherzen.«

»Wollen wir wetten? Und um wieviel? Aber vergessen Sie nicht, daß ich Sie gewarnt habe.«

»Ach, dummes Zeug!« Die Beamtin griff in Gwens Handtasche – und kreischte auf, als sie die Hand wieder herausriß. »Er hat mich gebissen!« Sie steckte die Finger in den Mund.

»Dazu ist er ja da«, sagte Gwen. »Ich hatte Sie gewarnt. Haben Sie sich verletzt? Zeigen Sie mal.«

Die beiden Frauen betrachteten die Hand und stellten fest, daß der Schaden nur aus ein paar roten Flecken bestand. »Das ist gut«, sagte Gwen. »Ich habe ihm beigebracht, fest zuzupacken, aber nicht die Haut zu ritzen. Und unter keinen Umständen darf er einen Finger abbeißen. Er lernt noch, denn er ist noch jung. Aber so leicht hätte er Ihre Hand nicht freigeben dürfen. Alfred soll festhalten wie eine Bulldogge, bis ich den Alarm höre und herbeirenne.«

»Ich verstehe nichts von Bulldoggen, aber er hat ganz gewiß versucht, mir einen Finger abzubeißen.«

»Ganz bestimmt nicht! Haben Sie schon mal einen Hund gesehen?«

»Hunde habe ich nur ausgeweidet auf Fleischmärkten gesehen. Nein, das muß ich zurücknehmen; als kleines Mädchen habe ich mal in Tycho einen Hund im Zoo gesehen. Eine große häßliche Bestie. Ich hatte Angst.«

»Es gibt auch kleine und solche, die nicht häßlich sind. Eine Bulldogge ist häßlich, aber nicht sehr groß. Beißen und festhalten kann eine Bulldogge besonders gut, und das versuche ich auch König Alfred beizubringen.«

»Nehmen Sie ihn heraus, und zeigen Sie ihn mir.«

»Auf keinen Fall! Er ist ein Wachtier; ich will nicht, daß andere Leute ihn streicheln und tätscheln; ich will, daß er beißt. Wenn

Sie ihn sehen wollen, müssen *Sie* schon in die Tasche greifen und ihn herausholen. Vielleicht beißt er richtig fest. Hoffentlich.«

Das vereitelte jeden Versuch, uns noch länger zu überprüfen. Adele Sussbaum, völlig überflüssige Beamtin Erster Klasse, meinte, der kleine Baum sei nicht verboten. Sie bewunderte ihn und erkundigte sich nach seinen Blüten. Als sie und Gwen anfingen, Kochrezepte auszutauschen, bestand ich darauf, daß wir unseren Weg fortsetzten, falls die städtische Gesundheits- und Sicherheitsinspektion beendet sei.

Wir überquerten den äußeren Ring; Ich fand den erhöhten Fußweg und wußte wieder genau, wo wir waren. Wir stiegen zur nächsten Ebene hinab und steuerten über den Platz unter der alten Kuppel auf den Tunnel zu, in dem meiner Erinnerung nach das Raffles Hotel liegen mußte.

Aber unterwegs gab Bill etwas von seinen politischen Ansichten zum besten. »Senator?«

»Nicht ›Senator‹, Bill. Doktor.«

»Doktor. Yes, Sir. Doktor, was da eben passiert ist, war falsch.«

»Ja, das war es. Diese sogenannte Inspektion ist witzlos. Das sind diese zusätzlichen Dinge, die sich eine Regierung im Laufe der Jahre einfallen läßt und die genauso teuer wie nutzlos sind. Als würde man in einen Ozeandampfer Bremsen einbauen.«

»Oh, *das* meine ich nicht. Das ist okay. So wird die Stadt geschützt, und sie hat einen ehrlichen Job.«

»Das Wort ›ehrlich‹ kannst du streichen.«

»Was? Ich meine die Luft, für die wir bezahlen mußten. Das ist *falsch.* Luft sollte man umsonst geben.«

»Warum sagst du das, Bill? Wir sind hier nicht in New Orleans; wir sind hier auf dem Mond, und der hat keine Atmosphäre. Wie willst du atmen, wenn du keine Luft kaufst?«

»Das meine ich ja gerade! Jeder hat das Recht, Luft zu atmen. Die Regierung muß die Luft liefern.«

»Das tut sie doch auch, und zwar überall im Druckbereich der Stadt.« Ich fächelte ihm mit der Hand Luft ins Gesicht. »Dieses Zeug hier.«

»Aber das sage ich doch! Niemand sollte für die Luft bezahlen, die er zum Leben braucht. Die Regierung sollte sie ihm umsonst geben.«

»Moment mal, mein Schatz«, sagte ich zu Gwen. »Diese Angelegenheit muß geklärt werden. Vielleicht müssen wir Bill erst eliminieren, damit er glücklich ist. Laß uns hier stehenbleiben, bis wir uns einig sind. Bill, ich habe für deine Atemluft bezahlt, weil du kein Geld hast, korrekt?«

Er antwortete nicht gleich. »Ich habe ihm Taschengeld gegeben«, sagte Gwen leise. »Hast du etwas dagegen?«

Ich sah sie nachdenklich an. »Ich finde, das hätte man mir sagen sollen. Wenn ich für diese Familie verantwortlich sein soll, muß ich wissen, was in ihr vorgeht.« Ich wandte mich an Bill. »Als ich dort hinten für die Luft bezahlte, hättest du mir doch eigentlich anbieten sollen, deinen Anteil von dem Geld zu bezahlen, das du in der Tasche hattest, oder irre ich mich?«

»Aber das Geld habe ich nicht von Ihnen. *Sie* hat es mir gegeben.«

»So? Dann gib es ihr zurück.«

Bill erschrak. »Ist das wirklich nötig, Richard?« fragte Gwen.

»Ich denke, ja.«

»Aber ich denke, nicht.«

Bill schwieg und tat nichts. Er schaute nur zu. Ich drehte ihm den Rücken zu, um mit Gwen unter vier Augen zu reden. »Gwen«, sagte ich leise, so daß nur sie es hören konnte, »ich brauche deine Unterstützung.«

»Richard, du machst aus einer Mücke einen Elefanten!«

»Ich finde nicht, daß es sich um eine ›Mücke‹ handelt, meine Liebe. Im Gegenteil, es handelt sich um etwas etwas sehr Bedeutsames, und ich brauche deine Hilfe. Fall mir also bitte nicht in den Rücken, denn sonst . . .«

»Was wäre ›sonst‹, mein Lieber?«

»Du weißt, was ›sonst‹ bedeutet. Entscheide dich. Gibst du mir jetzt deine Unterstützung?«

»Richard, das ist doch lächerlich! Ich sehe nicht ein, warum ich auf so etwas eingehen sollte.«

»Gwen, ich bitte dich ausdrücklich, mir jetzt zu helfen.« Ich wartete endlos lange. »Oder du gehst jetzt los, ohne dich auch nur ein einziges Mal umzuschauen.«

Ihr Kopf zuckte zurück, als ob ich sie geschlagen hätte. Dann nahm sie ihren Koffer auf und ging davon.

Bill ließ den Unterkiefer hängen; dann eilte er ihr nach. Er trug immer noch den Bonsai.

*»Frauen sind da, um geliebt zu werden,
nicht um sie zu verstehen.«*

OSCAR WILDE 1854–1900

XVI

Ich schaute ihnen nach, bis sie nicht mehr zu sehen waren, und ging dann langsam weiter. Gehen war leichter als stehenbleiben, und es gab nichts, wo man sich hinsetzen konnte. Mein Stumpf schmerzte, und die Anstrengungen der letzten Tage machten sich überdeutlich bemerkbar. Ich war wie betäubt, aber ich setzte meinen Weg zum Raffles Hotel fort; ich wollte das Ziel erreichen, auf das ich programmiert war.

Das Raffles war noch schäbiger, als ich es in Erinnerung hatte. Aber wahrscheinlich hatte Rabbi Ezra gewußt, wovon er redete: dieser Laden oder keiner. Auf keinen Fall wollte ich mich in der Öffentlichkeit noch länger sehen lassen. Ich hätte mich sogar mit einem noch verkommeneren Hotel begnügt, wenn ich nur eine Tür hinter mir zuschlagen könnte.

Ich erzählte dem Mann am Empfang, daß Rabbi Ezra mich geschickt hätte, und fragte ihn, was er denn anzubieten habe. Er gab mir vermutlich das teuerste der noch freien Zimmer; achtzehn Kronen.

Dann ging das rituelle Feilschen los, aber ich war nicht mit dem Herzen dabei. Schließlich einigten wir uns auf vierzehn Kronen. Ich zahlte und nahm den Schlüssel entgegen; der Mann am Empfang schob ein dickes Buch über den Tisch. »Unterschreiben Sie hier. Und zeigen Sie mir Ihre Quittung für Luft.«

»Wie bitte? Seit wann gibt es denn diesen Schwachsinn?«

»Seit wir die neue Regierung haben, alter Freund. Mir gefällt das genauso wenig wie Ihnen, aber entweder halte ich mich an diese Vorschrift, oder sie machen mir den Laden dicht.«

Ich dachte darüber nach. War ich ›Richard Ames‹? Sollte ich etwa selbst dafür sorgen, daß irgendein Bulle nach einer Belohnung lechzt? Colin Campbell? Jemand mit gutem Gedächtnis könnte sich an diesen Namen erinnern – und an Walker Evans denken.

Ich schrieb »Richard Campbell, Novylen.«

»Danke, Genosse. Zimmer L ist am Ende des Korridors auf der linken Seite. Wir haben keinen Speisesaal, aber von der Küche aus gibt es Speiseaufzüge zu allen Räumen. Sollten Sie hier essen wollen, denken Sie bitte daran, daß die Küche ab einundzwanzig Uhr geschlossen ist. Über die Speiseaufzüge gibt es dann nur noch alkoholische Getränke und Eis. Aber auf der anderen Seite des Korridors und ein Stück weiter an der Nordseite sind Restaurants. In den Zimmern darf nicht gekocht werden.«

»Danke.«

»Wünschen Sie Gesellschaft? Normal oder exotisch. Vielseitig. Jedes Alter und jedes Geschlecht. Nur für hochkarätige Kundschaft zu haben.«

»Danke, nein. Ich bin sehr müde.«

Das Zimmer reichte für meine Bedürfnisse aus; daß es schäbig war, störte mich nicht besonders. Es hatte ein Einzelbett und eine ausziehbare Couch. Die Erfrischungskabine war klein, aber mit den üblichen Geräten ausgestattet, und der Wasserverbrauch war keiner Beschränkung unterworfen – ich nahm mir vor, heiß zu baden . . . aber später, später! Ein Regal in diesem Wohnschlafzimmer schien ursprünglich für ein Kommunikations-Terminal vorgesehen zu sein; jetzt war es leer. In seiner Nähe war, in den Felsen eingelassen, eine Messingplatte angebracht:

IN DIESEM ZIMMER ENTWICKELTEN
AM 14. MAI 2075
ADAM SELENE, BERNARDO DE LA PAZ,
MANUEL DAVIS UND WYOMING KNOTT
DEN PLAN, DER DAS FREIE LUNA
ERSTEHEN LIESS.
HIER RIEFEN SIE DIE REVOLUTION AUS!

Ich war nicht beeindruckt. Ja, diese vier waren Helden der Revolution, aber in dem Jahr, in dem ich Colin Campbell begrub und Richard Ames erschuf, hatte ich in über einem Dutzend Hotelzimmern in Luna City übernachtet; und in den meisten von ihnen hingen ähnliche Schilder. Es waren wie die »Hier wohnte Washington«-Schilder in meinem Geburtsland Köder für Touristen; jede Ähnlichkeit mit wahren Begebenheiten wäre ein glücklicher Zufall.

Es war mir gleichgültig. Ich schnallte meinen Fuß ab, legte mich auf die Couch und versuchte, an gar nichts zu denken.

Gwen! Oh, verdammt, verdammt, *verdammt!*

Hatte ich mich wie ein halsstarriger Narr benommen? Vielleicht. Aber, verdammt noch mal, irgendwo muß eine Grenze sein. Es machte mir nichts aus, Gwen in fast allen Dingen nachzugeben. Es war in Ordnung, wenn sie für uns beide die Entscheidungen traf, und ich hatte nicht einmal gemeckert, wenn sie es tat, ohne mich vorher zu fragen. Aber sie hätte diesen Rentner nicht ermutigen dürfen, mich herauszufordern – oder etwa doch? Das konnte ich mir nicht gefallen lassen.

So kann ein Mann nicht leben.

Aber ich kann auch nicht ohne sie leben!

Stimmt nicht, stimmt nicht! Du hast noch bis vor drei Tagen ohne sie gelebt . . . da kannst du sie auch jetzt entbehren.

Ich komme auch ohne meinen fehlenden Fuß aus. Aber es gefällt mir nicht, wenn ich nicht zwei Füße habe, und ich werde mich nie an den Verlust gewöhnen. Gut, du kommst ohne Gwen zurecht; du wirst ohne sie nicht sterben – aber, gib zu, du Dummkopf: in den vergangenen dreißig Jahren warst du nur während dieser kurzen Zeit wirklich glücklich, seit Gwen kam und dich heiratete. Es waren Stunden voller Gefahren und voller himmelschreiender Ungerechtigkeiten, voll Kampf und Mühsal, und doch hat dir das Ganze nicht das geringste ausgemacht. Du warst ganz außer dir vor Glück, und das nur, weil du sie an deiner Seite hattest.

Und jetzt hast du sie weggeschickt.

Setz dir eine Narrenkappe auf. Befestige sie mit Nieten; du wirst sie nie wieder abnehmen müssen.

Aber ich hatte doch *recht!*

Und? Was hat »recht« haben mit Verheiratetsein zu tun?

Ich muß geschlafen haben (ich war hundemüde), denn ich erinnere mich an Dinge, die nie geschehen sind, an Alpträume – zum

Beispiel, daß Gwen auf irgendeiner Gasse vergewaltigt und ermordet wurde. Aber Vergewaltigungen sind auf Luna so selten wie sie in San Francisco zur Tagesordnung gehören. Seit der letzten Vergewaltigung sind über achtzig Jahre vergangen, und das Erdferkel, das sie beging, lebte nicht lange genug, um eliminiert zu werden; die Männer, die die Hilferufe der Frau hörten, rissen ihn in Stücke.

Später stellte sich heraus, daß sie nur geschrien hatte, weil er nicht bezahlen wollte. Aber das spielte keine Rolle. Für einen Mondbewohner ist eine Nutte als Person genauso heilig wie die Jungfrau Maria. Ich bin zwar nur durch Adoption Mondbewohner, aber ich stimme aus ganzem Herzen zu: Für Vergewaltigung gibt es nur *eine* Strafe, den Tod, und es darf keine Revision zugelassen werden.

Auf dem Dreckplaneten machte die Verteidigung gelegentlich »verminderte Zurechnungsfähigkeit« des Täters geltend, oder sie plädierte auf »nicht schuldig wegen Geisteskrankheit«. Solche Begriffe würden einen Mondbewohner nur verwirren. In Luna City müßte ein Mann, der an eine Vergewaltigung auch nur dachte, notwendigerweise von verminderter Zurechnungsfähigkeit sein; und eine Vergewaltigung auszuführen wäre der beste Beweis dafür, daß der Täter an einer Geisteskrankheit leidet – aber bei den Mondbewohnern tragen solche geistigen Störungen dem Vergewaltiger keine Sympathien ein. Mondbewohner analysieren keinen Vergewaltiger; sie *töten* ihn. Auf der Stelle. Ganz schnell. Und brutal.

San Francisco sollte von den Mondbewohnern lernen. Das sollte auch jede andere Stadt tun, in der Frauen nicht sicher sind, wenn sie sich ohne Begleitung bewegen. Auf Luna hat keine unserer Damen Angst vor Männern, ob es Familienangehörige, Freunde oder Fremde sind; auf Luna tut kein Mann einer Frau etwas an – oder er *stirbt!*

Hemmungslos schluchzend war ich aufgewacht. Gwen war tot, Gwen war vergewaltigt und ermordet worden, und es war meine Schuld!

Auch als ich schon wach genug war, die Wirklichkeit zu erkennen, heulte ich weiter – ich wußte, daß es nur ein Traum gewesen war, ein häßlicher Alptraum . . . aber meine Schuldgefühle hielten unvermindert an. Ich hatte es versäumt, meine Liebste zu beschützen. Ich hatte sie fortgeschickt. ». . . du gehst jetzt los, ohne dich auch nur ein einziges Mal umzuschauen.« Eine unermeßliche Dummheit!

Was könnte ich denn tun?

Sie suchen! Vielleicht vergibt sie mir. Darin sind die Frauen anscheinend nicht zu schlagen. (Da es gewöhnlich ein Mann ist, der darauf angewiesen ist, daß ihm vergeben wird, scheint dies ein Zug zu sein, der das Überleben der Spezies sichert.) Aber zuerst mußte ich sie finden.

Am liebsten wäre ich gleich hinausgelaufen und hätte mit der Suche angefangen – wäre aufs Pferd gesprungen und in alle Richtungen galoppiert. Aber das ist die klassische Methode, mit der man jemanden, den man sucht, garantiert *nicht* findet – das steht in jedem mathematischen Lehrbuch. Ich hatte keine Ahnung, wo ich Gwen suchen sollte, aber möglicherweise suchte sie schon nach mir und würde es dabei vielleicht auch im Raffles versuchen – wenn sie ein wenig nachdachte. Dann aber mußte ich *hier* bleiben und durfte nicht in der Gegend herumrennen.

Aber ich könnte meine Chancen verbessern. Den *Daily Lunatic* anrufen; eine Anzeige aufgeben – verschiedene Anzeigen in verschiedenen Rubriken und – besser noch! – eine Suchanzeige, die in den stündlichen Nachrichten des *Lunatic* auf jedem Terminal erscheint.

Und wenn das nichts nützt, was willst du dann tun?

Ach, halt's Maul und schreib die Anzeige!

Gwen. Ruf mich im Raffles an. Richard.

Gwen. *Bitte,* ruf mich an! Ich bin im Raffles. Alles Liebe, Richard.

Liebste Gwen. Um alles in der Welt, *bitte,* ruf mich an. Ich bin im Raffles. In Liebe, Richard.

Gwen. Ich habe dir Unrecht getan. Laß es mich noch einmal versuchen. Ich bin im Raffles. Ich liebe dich. Richard.

Nervös las ich die Texte und fand den zweiten am besten – dann überlegte ich es mir anders; Nummer vier war eindringlicher. Nein, Nummer zwei war doch besser. Oder vielleicht Nummer eins? Ach, du verdammter Dummkopf, gib doch einfach eine Anzeige auf! Bitte sie, dich anzurufen. Wenn es überhaupt noch eine Chance gibt, sie zurückzuholen, wird es ihr völlig gleichgültig sein, welche Worte du wählst.

Soll ich die Anzeige vom Hotelbüro aus aufgeben? Nein, ich hinterlasse dort eine Nachricht, damit Gwen weiß, wohin ich gehe und wann ich zurückkomme . . . und sie möchte bitte warten. Dann zur Zeitung rennen, damit die Anzeige sofort über die Terminals geht – und in der nächsten Ausgabe erscheint. Dann schnell wieder zurück.

Ich schnallte also meinen falschen Fuß an, schrieb den Zettel, den ich in der Rezeption hinterlegen wollte, und nahm meinen Stock – und dann gab es wieder dieses zeitliche Zusammentreffen, das ich schon so oft erlebt hatte und das mich mehr als alles andere glauben läßt, daß diese verrückte Welt nicht chaotisch ist, sondern daß ihr ein bestimmter Plan zugrunde liegt.

Jemand klopfte an meine Tür.

Ich rannte hin und öffnete. *Sie* war es. Glory hallelujah!

Sie wirkte noch kleiner als sonst und machte ganz große runde und ernste Augen. Sie trug den Topf mit dem kleinen Ahorn, als sei er ein Geschenk für mich – vielleicht war er es auch. »Richard, darf ich zu dir zurückkommen? Bitte!«

Dann geschah alles gleichzeitig. Ich nahm den Topf mit dem kleinen Baum und stellte ihn auf den Fußboden; ich hob sie auf, trug sie zur Couch und setzte mich neben sie. Wir weinten beide und redeten zusammenhangloses Zeug.

Nach einer Weile hatten wir uns soweit beruhigt, daß sie vernünftig sprechen und ich zuhören konnte. »Es tut mir leid, Richard. Ich habe falsch gehandelt. Ich hätte dir nicht in den Rücken fallen dürfen, aber ich war gekränkt und wütend, und mein verdammter Stolz hat mich daran gehindert, gleich umzukehren, um es dir zu sagen. Und als ich es dann tat, warst du schon weg, und ich wußte nicht, was ich tun sollte. Oh Gott, Darling, laß mich nie wieder weglaufen; sorg dafür, daß ich bei dir bleibe! Du bist stärker als ich: wenn ich je wieder weglaufen will, mußt du mich festhalten!«

»Ich werde dich nie wieder weglaufen lassen. Ich habe dir Unrecht getan, Liebes; ich hätte die Sache nicht so aufbauschen sollen; das war lieblos von mir. Ich kapituliere bedingungslos. Von mir aus kannst du Bill verhätscheln wie du willst; ich werde kein Wort mehr sagen. Verwöhn ihn nur, bis du ihn völlig verdorben hast.«

»Nein, Richard, nein! Ich war im Unrecht. Bill brauchte eine starke Hand, und ich hätte dich unterstützen sollen, als du ihm Vorhaltungen machtest. Allerdings . . .« Gwen griff nach ihrer Handtasche und machte sie auf.

»Vorsicht, der Alligator«, sagte ich.

Zum ersten Mal lächelte sie wieder. »Darauf ist Adele total reingefallen.«

»Meinst du damit, daß du *keinen* Alligator in der Handtasche hast,«

»Aber Schatz! Hältst du mich vielleicht für exzentrisch?«

»Oh nein, Gott bewahre!«

»Nur eine Mausefalle und ihre Phantasie. Hier!« Gwen legte ein Bündel Banknoten und etwas Kleingeld neben sich auf die Couch. »Ich habe mir das Geld von Bill zurückgeben lassen. Was noch übrig war, natürlich; er hätte noch dreimal so viel in der Tasche haben müssen. Ich fürchte, Bill gehört zu den Schwächlingen, die kein Geld bei sich haben können, ohne es sofort auszugeben. Ich überlege mir noch, wie ich ihn bestrafen soll, damit er es lernt. Vorläufig bekommt er nur Geld, wenn er es sich verdient hat.«

»Und sobald er das erste Geld verdient hat, sollte er mir die Gebühr für neunzig Tage Luft ersetzen«, warf ich ein. »Gwen, darüber bin ich wirklich verärgert. Ich ärgere mich über ihn und nicht über dich. Seine Ansicht über die Gebühren für Luft. Es tut mir nur leid, daß du darunter leiden mußtest.«

»Aber du hattest *recht*, Liebster. Daß Bill sich weigert, für Luft zu zahlen, zeigt, daß er ganz allgemein verkehrt denkt. Das habe ich festgestellt. Wir haben unter der alten Kuppel gesessen und verschiedene Dinge besprochen. Richard, Bill hat die sozialistische Krankheit in ihrer bösartigsten Form; er glaubt, die Welt ist ihm seinen Lebensunterhalt schuldig. Er sagte allen Ernstes – und sehr selbstgefällig –, daß *natürlich* jeder einen Anspruch auf die bestmögliche medizinische Versorgung habe – selbstverständlich umsonst und ohne Einschränkung, und selbstverständlich müsse die Regierung das bezahlen. Er begriff nicht einmal, daß es schon rein rechnerisch nicht möglich ist, einem solchen Verlangen zu entsprechen. Aber er will nicht nur Gratisluft und freie Heilbehandlung. Bill glaubt doch tatsächlich, daß alles, was *er* will, auch möglich ist . . . und nichts kosten darf.« Sie schüttelte sich. »Ich konnte seine Meinung in keinem einzigen Punkt ändern.«

»›Das Straßenlied der Bandar-Log‹.«

»Wie bitte?«

»Von einem Dichter, der vor ein paar hundert Jahren gelebt hat. Rudyard Kipling. Die Bandar-Log – es waren Affen – glaubten, daß alles möglich ist, wenn man es sich nur wünscht.«

»Ja, das ist Bill. Er erklärt, wie die Dinge sein *sollten* . . . und dann ist es Sache der Regierung, sie auch so zu gestalten. Ganz einfach ein entsprechendes Gesetz zu erlassen. Richard, in ›der Regierung‹ sieht er etwa das, was die Wilden in ihren Götzen sehen. Oder . . . nein, ich weiß es nicht. Ich begreife nicht, wie sein Verstand funktioniert. Wir haben miteinander geredet, aber wir haben einander nicht erreicht. Er *glaubt* seinen Unfug. Richard, ich glaube, wir haben einen Fehler gemacht – ich wenigstens. Wir hätten Bill nicht retten sollen.«

»Falsch, Honey.«

»Nein, mein Lieber. Ich dachte, ich könnte ihn wieder hinbiegen. Ich habe mich geirrt.«

»Das meinte ich nicht, als ich ›falsch‹ sagte. Erinnerst du dich an die Ratten?«

»Oh.«

»Das hört sich aber kläglich an. Wir haben Bill mitgenommen, weil wir Angst hatten, er würde getötet und vielleicht sogar bei lebendigem Leib von den Ratten gefressen werden, wenn wir es nicht täten. Gwen, wir wußten beide, wie riskant es ist, streunende Katzen aufzulesen, aber wir kannten auch den Begriff ›Moralische Verpflichtung‹. Also haben wir es trotzdem getan.« Ich hob ihr Kinn und küßte sie. »Und wir würden es sofort noch einmal tun, obwohl wir den Preis kennen.«

»Ach, ich liebe dich!«

»Ich liebe dich auch. Auf eine schmierige, vulgäre Art.«

»Hmm . . . jetzt gleich?«

»Ich brauche ein Bad.«

»Wir können später baden.«

Ich hatte gerade Gwens übriges Gepäck hereingeholt, das sie draußen hatte stehen lassen – glücklicherweise war es noch da –, als Gwen sich über den kleinen Baum beugte, ihn hochnahm und ihn auf den Wandtisch neben dem Speiseaufzug stellte. »Ein Geschenk für dich, Richard.«

»Sehr gut! Mädchen? Oder Schnaps?«

»Weder noch. Aber beides ist offensichtlich zu haben. Der Mann am Empfang verlangte eine Provision von mir, als ich für Bill das Zimmer mietete.«

»Ist Bill hier?«

»Für eine Nacht und im billigsten Einzelzimmer. Richard, ich wußte nicht, was ich mit Bill anfangen sollte. Ich hätte ihm gesagt, er solle sich einen Schlafplatz auf der Gasse suchen, wenn Rabbi Ezra nicht etwas von Ratten gesagt hätte. Verdammt nochmal, früher gab es hier unten keine Ratten. Luny City wird immer mehr zum Elendsquartier.«

»Da hast du leider recht.«

»Ich habe ihm auch zu essen gegeben; ein Stück den Gang hinunter steht ein Automat. Er ißt für vier, das hast du vielleicht schon gemerkt.«

»Habe ich.«

»Richard, ich brachte es nicht fertig, ihn alleinzulassen. Ich mußte ihm etwas zu essen und eine sichere Unterkunft für die Nacht besorgen. Aber morgen sieht es anders aus. Ich habe ihm gesagt, daß er seine Einstellung ändern muß – noch vor dem Frühstück.«

»Hmm. Bill würde sogar für ein Rührei lügen. Er ist ein trauriger Sack, Gwen. Der traurigste, den ich kenne.«

»Ich glaube nicht, daß er gut lügen kann. Jedenfalls hat er jetzt etwas, worüber er nachdenken kann. Er weiß, daß ich wütend auf ihn bin, daß mir seine Ansichten mißfallen und daß es bald keine Gratismahlzeiten für ihn mehr geben wird. Hoffentlich erlebt er eine schlaflose Nacht. Hier, Schatz . . .« Sie wühlte in der Erde unter dem kleinen Ahorn. »Für Richard. Du solltest sie abwaschen.«

Sie reichte mir sechs Patronen, Kaliber 6,5 mm. Hoffentlich waren sie in Ordnung.

Ich nahm eine in die Hand und betrachtete sie. »Du scheinst zaubern zu können, Mädchen. Du setzt mich immer wieder in Erstaunen. Wo? Wann? Wie?«

Bei diesem Lob lächelte sie glücklich und sah plötzlich wie eine Zwölfjährige aus. »Heute morgen in Kong. Auf dem schwarzen Markt natürlich, aber das heißt nichts anderes, als bei Sears unter dem richtigen Ladentisch nachzuschauen. Bevor ich einkaufen ging, versteckte ich meine Miyako unter dem Baum, und als wir Xias Hotel verließen, steckte die Munition schon in dem Topf.

Liebling, ich wußte nicht, wie genau man uns durchsuchen würde, wenn es in Kong Schwierigkeiten geben sollte – und es hätte gewaltige Schwierigkeiten gegeben, wenn Tante Lilybet uns nicht freibekommen hätte.«

»Kannst du kochen?«

»Einigermaßen.«

»Du kannst schießen, du kannst einen Bus fahren, du kannst ein Raumschiff steuern, du kannst kochen. Okay, du bist angeheuert. Hast du auch noch andere Fähigkeiten?«

»Nun, ein wenig Maschinenbau. Außerdem war ich eine ziemlich gute Anwältin. Aber in letzter Zeit habe ich weder das eine noch das andere praktiziert. Und ich kann sehr gut durch die Zähne spucken.«

»Supergirl! Gehörst du der menschlichen Spezies an oder hast du ihr jemals angehört? Überleg die die Antwort gut, denn es wird alles zu Protokoll genommen.«

»Mein Anwalt rät mir, die Aussage zu verweigern. Laß uns das Essen bestellen, bevor die Küche schließt.«

»Ich dachte, du wolltest baden?«

»Will ich auch. Es juckt überall. Aber wenn wir nicht bald bestellen, müssen wir uns anziehen und ins Restaurant geben. Mir macht das Automatenessen zwar nichts aus, aber ich habe keine Lust, mich anzuziehen. Seit Ewigkeiten ist dies der erste wirklich ruhige Abend, den ich mit meinem Mann verbringen kann. Den letzten erlebten wir in deiner Wohnung, bevor dieser lächerliche Räumungsbefehl kam.«

»Das war vor drei Tagen.«

»Ist das wirklich noch nicht länger her?«

»Genau achtzig Stunden. Aber ich gebe zu, es waren recht bewegte Stunden.«

Das Raffles hat eine gute Küche, wenn man sich an die Empfehlungen des Chefs hält; an diesem Abend gab es Fleischklöße mit schwedischen Pfannkuchen und einer Soße aus Bier und Honig – eine eigenartige Zusammenstellung, aber nicht schlecht. Dazu aßen wir frischen Salat mit Essig und Öl, frische Erdbeeren und Käse. Zum Schluß tranken wir schwarzen Tee.

Wir genossen die Mahlzeit, aber wir hatten so lange nichts mehr gegessen, daß wir auch mit einem gut zubereiteten alten

Schuh zufrieden gewesen wären. Es hätte auch gebratenes Stinktier sein können; ich hätte es nicht einmal gemerkt. Gwens Gesellschaft war alles, was ich brauchte.

Wir hatten eine halbe Stunde lang fröhlich geschmaust, wobei wir nicht den geringsten Wert auf feine Tischsitten legten, als meine Liebste die in den Felsen eingelassene Messingplatte bemerkte – vorher war sie zu beschäftigt gewesen. Verständlich.

Sie stand auf, betrachtete die Platte und sagte dann mit gedämpfter Stimme: »Sieh dir das an, Richard. Hier ist es gewesen! Richard, dies ist die Wiege der Revolution! Und ich sitze hier und rülpse und kratze mich, als sei dies irgendein beliebiges Hotelzimmer.«

»Setz dich und iß weiter, Schatz«, sagte ich. »In drei von vier Hotelzimmern in Luny City hängen solche Schilder.«

»Nicht *solche*, Richard. Welche Nummer hat das Zimmer?«

»Es hat keine Nummer, sondern einen Buchstaben. Zimmer L.«

»Zimmer L – ja! Hier war es! Richard, bei jeder Nation auf dem Dreckplaneten würde in einem Nationalheiligtum dieser Bedeutung eine ewige Flamme brennen. Wahrscheinlich hätte es sogar eine Ehrenwache. Aber hier – irgend jemand bringt diese kleine Messingplatte an, und dann kümmert man sich nicht mehr darum. Nicht einmal am Freiheitstag. Aber so sind nun mal die Mondbewohner! Das seltsamste Pack im ganzen Universum. Wirklich!«

»Liebes Mädchen«, sagte ich, »wenn du gern glauben möchtest, daß dieses Zimmer wirklich das ist, was auf dem Schild steht – schön und gut! Aber jetzt setz dich wieder hin und iß. Oder soll ich deine Erdbeeren essen?«

Gwen antwortete nicht; sie setzte sich zwar, aber sie sagte nichts. Sie stocherte in ihren Früchten und im Käse herum. Schließlich sagte ich: »Schatz, irgend etwas quält dich.«

»Daran werde ich nicht sterben.«

»Das freut mich. Gut, wenn du Lust hast, mit mir darüber zu sprechen – ich bin ganz Ohr. Inzwischen werde ich dir mit den Ohren Luft zufächeln. Laß dir nur Zeit.«

»Richard . . .« Sie konnte kaum sprechen. Erstaunt sah ich, daß ihr Tränen über die Wangen liefen.

»Ja, Liebes?«

»Ich habe dir einen Haufen Lügen erzählt. Ich . . .«

»Genau an dieser Stelle hörst du auf. Mein Liebes, meine süße kleine Geliebte. Ich habe schon immer geglaubt, daß man einer Frau so viele Lügen zugestehen muß, wie sie braucht, und daß man ihr deshalb niemals Vorwürfe machen darf. Lügen sind vielleicht der einzige Schutz gegen eine unfreundliche Welt. Ich habe dich doch nie über deine Vergangenheit ausgefragt – oder?«

»Nein, aber . . .«

»Halt! Ich habe dich nicht ausgefragt. Du hast mir freiwillig einiges erzählt. Andererseits bin ich dir ein paarmal über den Mund gefahren, als du Bruchstücke deiner verruchten Biographie preisgeben wolltest. Gwen, ich habe dich weder deines Geldes wegen geheiratet noch wegen deiner vornehmen Familie, deines Verstandes oder deiner Fähigkeiten im Bett.«

»Nicht einmal deswegen? Da bleibt wenig übrig.«

»Da bleibt schon noch etwas übrig. Ich weiß deine horizontalen Fähigkeiten zu würdigen und deine Begeisterung dabei. Aber begabte Matratzenakrobatinnen sind nicht selten. Nimm zum Beispiel Xia. Ich vermute, sie ist nicht nur talentiert, sondern hat auch Lust dazu.«

»Wahrscheinlich hat sie sogar doppelt soviel Talent wie ich, aber ich will verdammt sein, wenn sie genauso viel Lust dazu hat.«

»Du bist schon ganz gut, wenn du ausgeruht an die Arbeit gehst. Aber lenk nicht ab. Willst du wissen, warum du für mich etwas Besonderes bist?«

»*Ja!* Ich glaube schon. Wenn es keine Falle ist.«

»Es ist keine Falle. Meine Geliebte, deine einzigartige und besondere Qualität ist diese: Ich bin schon glücklich, wenn ich nur bei dir sein kann.«

»Richard!«

»Hör auf zu heulen. Ich kann keine Frau ertragen, die sich ständig die Tränen von der Oberlippe lecken muß.«

»Du Ungeheuer. Ich weine, wann ich will . . . das brauche ich manchmal. Richard, ich liebe dich.«

»Ich mag dich auch, Äffchen. Aber wenn du deinen jetzigen Vorrat an Lügen verbraucht hast, brauchst du keinen neuen aufzubauen, um mir dann zu versichern, dies sei endlich die Wahrheit, die ganze Wahrheit und nichts als die Wahrheit. Vergiß es. Die alten Lügen mögen sich abgenutzt haben, aber das ist mir egal. Ich will nur mit dir zusammenleben, deine Hand halten und dich schnarchen hören.«

»Ich schnarche nicht! Äh . . . oder etwa doch?«

»Ich weiß es nicht. Wir haben während der letzten achtzig Stunden zu wenig geschlafen, als daß es zum Problem hätte werden können. Frag mich nach fünfzig Jahren.« Ich griff über den Tisch, streichelte eine ihrer Brustwarzen und sah sie größer werden. »Ich will deine Hand halten, deinem Schnarchen lauschen und gelegentlich – ach, ein oder zweimal im Monat –«

»Ein oder zweimal im Monat?«

»Ist das zu oft?«

Sie seufzte. »Ich denke, ich muß mich mit dem begnügen, was ich bekomme. Oder ich versauere.«

»Wie kommst du denn darauf? Ich sagte, daß wir ein oder zweimal im Monat essen gehen oder in eine Show oder in einen Nachtklub. Dir eine Blume kaufen, die du dir ins Haar stecken kannst. Auch öfter, wenn du darauf bestehst . . . aber zuviel Nachtleben stört bei der Schriftstellerei. Ich bin nämlich entschlossen, den Lebensunterhalt für dich zu verdienen, mein Liebling, trotz der Säcke voll Gold, die du gehamstert hast. Hast du Probleme, Liebes? Warum dieser Gesichtsausdruck?«

»Richard Colin, keiner meiner Ehemänner hat mich je so wütend gemacht wie du. Auch keiner der Männer, mit denen ich geschlafen habe.«

»Hast du sie denn schlafen lassen?«

»Oh, du *Schuft!* Ich hätte dich nicht vor Gretchen retten sollen. ›Ein oder zweimal im Monat‹! Du hast mich reingelegt. Und nun ist die Falle zugeschnappt.«

»Madame, ich weiß nicht, wovon Sie reden.«

»Doch! Du glaubst, ich sei eine schmierige kleine Nymphomanin.«

»So klein bist du nun auch wieder nicht.«

»Mach nur so weiter. Du brauchst mich nur noch ein wenig länger zu ärgern, und ich werde einen zweiten Gatten in unsere Ehe aufnehmen. Choy-Mu würde uns heiraten – das weiß ich bestimmt.«

»Choy-Mu ist schon ganz in Ordnung. Und ich bin sicher, daß er dich heiraten würde; er hat ja kein Stroh im Kopf. Wenn du dich dazu entschließt, werde ich versuchen, ihn freundlich aufzunehmen. Ich wußte allerdings nicht, daß du mit ihm so gut bekannt bist. Hast du das alles ernst gemeint?«

»Nein, verdammt nochmal. Ich habe noch nie eine Mehrehe

geführt; mit einem einzigen Ehemann fertig zu werden ist schon kompliziert genug. Gewiß, Captain Marcy ist ein netter Junge, aber er ist viel zu jung für mich. Oh, ich sage nicht, daß ich ihn zurückweisen würde, wenn er eine Nacht mit mir verbringen wollte. Er müßte mich natürlich höflich bitten. Aber es wäre nichts Ernstes; ich würde es nur zum Vergnügen tun.«

»Ich glaube auch nicht, daß du ihn abweisen würdest. Wenn du es einrichten kannst, solltest du es mich aber vorher wissen lassen, damit ich galant wegschauen kann. Ich könnte natürlich auch zuschauen. Sogar Handtücher ausgeben. Ganz wie Sie wünschen, meine Dame.«

»Richard, du bist aber wirklich zu großzügig.«

»Verlangst du denn, daß ich eifersüchtig werde? Wir sind auf Luna, und ich bin ein Loonie. Zwar nur durch Adoption, aber immerhin. Ich bin kein Erdferkel, das mit dem Kopf durch die Wand will.« Ich küßte ihre Hand. »Meine schöne Geliebte, du bist wirklich nicht allzu groß, sondern klein. Aber du hast ein großes Herz. Wie das Brot und der Fisch im Neuen Testament bietest du eine reiche Fülle für so viele Ehemänner und Liebhaber, wie du willst. Ich bin glücklich, der Erste unter Gleichen zu sein – wenn ich überhaupt der Erste bin.«

»›Ist das ein Dolch, den ich da vor mir sehe?‹«

»Nein, ein Eiszapfen.«

»Wirklich? Laß ihn uns greifen, bevor er schmilzt.«

Wir taten es, aber mit mäßigem Erfolg. Ich war müde. Anschließend sagte ich: »Gwen, warum runzelst du die Stirn? War ich so schlecht?«

»Nein, Liebling. Aber ich muß immer noch an diese Lügen denken . . . Bitte unterbrich mich nicht wieder. Ich weiß, daß die Inschrift auf dieser Messingplatte stimmt, denn ich kannte drei der vier Männer. Ich kannte sie gut; ich wurde von zwei von ihnen adoptiert. Geliebter, ich bin einer der Gründerväter des Freistaats Luna.«

Ich sagte nichts, denn was soll man in einem solchen Fall schon sagen. Gwen wurde unruhig. »Schau mich nicht so an!« sagte sie wütend. Ich weiß, was du denkst; 2076 liegt schon lange zurück. Das stimmt. Aber wenn du angezogen bist, gehe ich mit dir zur alten Kuppel hinunter und zeige dir meinen Stempel und meinen Daumenabdruck auf der Unabhängigkeitserklärung. Vielleicht glaubst du nicht, daß es mein Stempel ist . . . aber einen Daumenabdruck kann man nicht fälschen. Sollen wir hingehen?«

»Nein.«

»Warum nicht? Willst du wissen, wie alt ich bin? Ich wurde am Weihnachtstag 2063 geboren, ich war also zwölfeinhalb Jahre alt, als ich die Erklärung unterschrieb. Daran siehst du, wie alt ich heute bin.«

»Sweetheart, als ich beschloß, Loonie zu werden oder wenigstens eine einigermaßen gelungene Kopie davon, habe ich die Geschichte Lunas studiert, damit man es mir auch glaubt. Es gibt keine Gwendolyn unter den Unterzeichnern. Moment mal, ich sage nicht, daß du lügst – aber du mußt damals einen anderen Namen gehabt haben.«

»Ja, natürlich. Hazel. Hazel Meade Davies.«

»Hazel«, sagte ich. »Die später in die Familie Stone einheiratete. Die Anführerin der Kinderhilfstruppen. Hmm, aber Hazel war rothaarig.«

»Ja. Jetzt kann ich aufhören, diese lästigen Pillen zu nehmen, und mein Haar kann wieder seine natürliche Farbe annehmen. Oder ist dir diese Tönung lieber?«

»Die Haarfarbe ist nicht wichtig. Aber . . . Hazel, warum hast du mich geheiratet?«

Sie seufzte. »Aus Liebe, Schatz, und das ist die reine Wahrheit. Um dir zu helfen, als du Schwierigkeiten hattest . . . und auch das ist die Wahrheit. Weil es unumgänglich war, und auch das darfst du mir glauben. Denn in einer anderen Zeit und an einem anderen Ort steht in den Geschichtsbüchern verzeichnet, daß Hazel Stone nach Luna zurückkehrte und Richard Ames alias Colin Campbell heiratete . . . und daß das Paar Adam Selene befreite, den Vorsitzenden des Revolutionskomitees.«

»Schon aufgeschrieben, was? Vorherbestimmt.«

»Nicht ganz, Geliebter. In anderen Geschichtsbüchern steht geschrieben, daß es uns nicht gelang . . . und daß wir den Versuch nicht überlebten.«

»Age cannot wither her, nor custom stale
Her infinite variety: other women cloy
The appetites they feed; but she makes hungry
Where most she satisfies . . .«

WILLIAM SHAKESPEARE 1564–1616

XVII

Da erzählt also dieses Mädchen der Schulkrankenschwester: »Mein Bruder glaubt, er ist eine Henne.« Die Schwester antwortet: »Du meine Güte! Tut denn niemand was dagegen?« Antwortet das Mädchen: »Nein. Mama sagt, wir brauchen die Eier.«

Muß man sich über den Selbstbetrug einer Frau überhaupt Sorgen machen? Wenn sie dabei glücklich ist? War ich dazu verpflichtet, Gwen zum Psychiater zu schicken, damit sie geheilt wird?

Nein, zum Teufel! Psychiater sind Blinde, die Blinde führen; selbst die besten unter ihnen haben nur sehr begrenzte Möglichkeiten. Wer einen Psychiater konsultiert, sollte sich auf seinen Geisteszustand untersuchen lassen.

Bei genauer Betrachtung war Gwen möglicherweise dreißig, wahrscheinlich unter vierzig – ganz bestimmt aber noch keine fünfzig. Wie konnte man also mit ihrer Behauptung, sie sei vor über einem Jahrhundert geboren, einigermaßen fertig werden?

Jeder weiß, daß die Leute auf Luna langsamer altern als die Erdferkel, die in einem Schwerefeld von einem g aufgewachsen sind. Gwens Selbstbetrug ging so weit, daß sie sich tatsächlich für eine Mondbewohnerin hielt, obwohl sie sich vorher immer als Erdferkel bezeichnet hatte. Aber auch Mondbewohner altern, wenn auch langsam, und Mondbewohner, die über hundert Jahre alt sind (ich kannte einige), wirken nicht wie Mitte Dreißig; sie sehen alt aus.

Es würde schwer sein, Gwen davon zu überzeugen, daß ich ihr jedes Wort glaubte . . . wo doch das Gegenteil der Fall war, wenn ich mir auch sagte, daß es keine Rolle spielte. Ich kannte einmal einen völlig normalen Mann, der mit einer Frau verheiratet war, die fest an Astrologie glaubte. Ständig löcherte sie irgendwelche Leute mit der Frage, unter welchem Sternzeichen sie geboren seien. Mit dieser Art von gesellschaftsfeindlicher Verrücktheit läßt sich vermutlich schwerer leben als mit Gwens harmlosem Selbstbetrug.

Und doch schien dieser Mann glücklich zu sein. Seine Frau war eine hervorragende Köchin und (abgesehen von diesem Loch im Kopf) ein sehr angenehmer Mensch, und ihre Schlafzimmerqualitäten mochten an die einer Rangy Lil heranreichen. Warum also sollte er sich wegen ihres Syndroms Sorgen machen? Sie war glücklich damit, wenn sie auch andere Leute verärgerte. Ich glaube, es machte ihm nichts aus, in einem intellektuellen Vakuum zu leben, wenn er sich dabei nur physisch wohl fühlte.

Nachdem sie sich ihren Kummer vom Herzen geredet hatte, schlief Gwen sofort ein, und auch ich blieb nicht lange wach. Es war eine wunderbar erholsame Nacht. Ich wachte frisch und gutgelaunt auf, bereit, es mit einer Klapperschlange aufzunehmen und ihr zwei Bisse vorzugeben.

Ich war sogar bereit, eine Klapperschlange zu essen. Am nächsten Montag würde ich uns eine andere Bleibe suchen müssen. Normalerweise gehe ich gern irgendwo essen, aber das Frühstück sollte man einnehmen, bevor man der Welt entgegentritt. Das ist nicht der einzige Grund, eine Ehe einzugehen, aber ein guter. Natürlich kann man sich sein Frühstück zu Hause auch selbst zubereiten, aber heiraten und seine Frau veranlassen, das Frühstück zu machen, ist wohl die übliche Strategie.

Als ich ganz wach war, fiel mir ein, daß wir auch hier Frühstück bekommen konnten. Oder etwa nicht? Aber wann ist die Küche geöffnet? Und wie spät ist es jetzt? Ich las die Notiz neben dem Speiseaufzug und war deprimiert.

Ich putzte mir die Zähne und schnallte mir den Fuß an. Als ich meine Hose anzog, merkte ich, daß ich eine neue brauchte; diese war im Begriff, ein kritisches Stadium zu erreichen. Inzwischen wachte Gwen auf.

Sie öffnete die Augen. »Kennen wir uns?«

»In Boston würde man sagen, daß wir einander nicht offiziell vorgestellt wurden. Aber ich bin trotzdem bereit, dir ein Frühstück zu bestellen; du warst ziemlich lebhaft. Was darf's sein? Diese Wanzenbude bietet einen sogenannten ›Café complet‹ an. Bestenfalls ein trübes Versprechen. Aber du könntest dich auch anständig anziehen; dann kriechen wir langsam nach draußen und schauen im Automaten nach.«

»Komm wieder ins Bett.«

»Weib, du willst nur meine Lebensversicherung kassieren. Gehen wir ins Restaurant? Oder soll ich dir eine Tasse lauwarmen Nescafé, ein Croissant von gestern und ein Glas synthetischen Orangensaft bestellen, damit du luxuriös im Bett frühstükken kannst?«

»Du hast mir versprochen, jeden Morgen Waffeln zu backen. Du weißt genau, daß du mir das versprochen hast.«

»Ja, aber heute essen wir im Restaurant. Und dort gehe ich jetzt hin. Kommst du mit? Oder soll ich dir die Raffles-Spezialität des Hauses bestellen?«

Gwen murrte und jammerte immer noch, und sie beschuldigte mich unaussprechlicher Verbrechen und riet mir, wie ein Mann zu sterben, während sie schon aufstand, sich für den Tag erfrischte und anzog. Als sie fertig war, sah sie blitzsauber aus, und die drei Tage in derselben Kleidung waren ihr nicht mehr anzumerken. Nun, wir hatten beide neue Unterwäsche, hatten vor kurzem heiß gebadet und hatten saubere Gedanken und Fingernägel . . . aber verglichen mit ihr, sah ich immer noch aus wie das Schwein, das langsam davonläuft. Doch das war allein ihr Pech und ging mich nicht das geringste an; Ich war in einer besseren Lage, denn aufzuwachen und Gwen zu sehen, war wunderbar. Ich fühlte mich restlos glücklich.

Als wir Zimmer L verließen, nahm sie meinen Arm. »Mister, ich danke Ihnen, daß Sie mich zum Frühstück einladen.«

»Es ist mir ein Vergnügen, Kleine. Welches Zimmer hat Bill?«

Sie war sofort ernüchtert. »Richard, ich wollte dir Bill vor dem Frühstück ersparen. Wäre das nicht besser?«

»Hmm – Ach, verdammt, ich liebe es nicht, auf mein Frühstück zu warten, und welchen Sinn hätte es, Bill auf seines warten zu lassen? Wir brauchen ihn ja nicht anzuschauen. Wir nehmen uns einen Tisch für zwei, und Bill kann am Tresen sitzen.«

»Richard, du bist viel zu gutmütig. Ich liebe dich.«

»Du bist doch selbst viel zu gutmütig. Wer hat ihn denn mit Geld überschüttet?«

»Ich, und das war ein Fehler, und ich habe es zurückbekommen, und es wird nicht wieder passieren.«

»Du hast etwas davon zurückbekommen.«

»Ich habe das zurückbekommen, was er noch hatte, und jetzt

hör bitte auf, es mir immer wieder unter die Nase zu reiben. Es war idiotisch von mir, Richard. Du hast ja sooo recht.«

»Vergessen wir es also. Ist dies sein Zimmer?«

Bill war nicht da. Eine Nachfrage am Empfang bestätigte, was unser vergebliches Klopfen schon ahnen ließ: Bill war eine halbe Stunde vorher gegangen. Ich glaube, Gwen war erleichtert. Ich war es ganz bestimmt. Unser Problemkind ging uns langsam auf die Nerven. Um überhaupt etwas Gutes an ihm zu sehen, mußte ich mich schon daran erinnern, daß er Tante Lilybet gerettet hatte.

Ein paar Minuten später betraten wir den Imbiß. Ich schaute nach einem freien Tisch aus, als Gwen mich am Arm zwickte. Ich schaute auf und in dieselbe Richtung.

Bill stand an der Kasse und wollte eine Rechnung bezahlen. Er hatte einen Fünfundzwanzigkronenschein in der Hand.

Wir warteten. Als er sich umdrehte, sah er uns – und es sah so aus, als wollte er weglaufen. Aber dazu hätte er an uns vorbeikommen müssen.

Wir brachten ihn ohne Aufsehen nach draußen. Im Korridor sah Gwen ihn an. In ihrem Gesicht lag kalte Verachtung. »Bill, woher hast du das Geld?«

Er sah sie an und schaute dann weg. »Es gehört mir.«

»Unfug. Als wir Golden Rule verließen, hattest du keine Krone. Du hast nur von mir Geld bekommen. Und gestern abend hast du mich belogen – du hast mir etwas verheimlicht.«

Bill schwieg verstockt. »Bill«, sagte ich. »Geh in dein Zimmer zurück. Wenn wir gefrühstückt haben, werden wir dort mit dir sprechen, und du wirst uns die Wahrheit sagen.«

Ohne seine Wut zu verbergen, schaute Bill mich an. »Senator, dies geht Sie nichts an.«

»Das werden wir sehen. Geh ins Raffle zurück. Komm, Gwen.«

»Aber ich will, daß Bill das Geld zurückgibt. Auf der Stelle!«

»Nach dem Frühstück. Diesmal machen wir es, wie ich es will. Kommst du jetzt?«

Gwen schwieg, und wir gingen ins Restaurant zurück. Ich achtete darauf, daß wir nicht über Bill sprachen. Einige Themen lassen die Magensäfte gerinnen.

Etwa dreißig Minuten später sagte ich: »Möchtest du noch eine Waffel, Liebling?«

»Nein, danke, Richard. Ich habe genug gegessen. Außerdem sind sie nicht so gut wie deine.«

»Ich bin eben ein Naturtalent. Laß uns austrinken und gehen; wir müssen uns um Bill kümmern. Sollen wir ihn bei lebendigem Leibe häuten oder einfach nur pfählen.«

»Ich wollte ihn zum Verhör eigentlich auf ein Streckbett schnallen. Richard, das Leben hat viel von seiner Schönheit verloren, seit Daumenschrauben und glühende Zangen durch Wahrheitsdrogen ersetzt wurden.«

»Mein Schatz, du bist eine blutrünstige kleine Bestie. Noch etwas Kaffee?«

»Das sagst du nur, um mir zu schmeicheln. Nein, danke, ich möchte keinen mehr.«

Wir gingen ins Raffles zurück und klopften wieder an Bills Zimmertür. Als sich niemand meldete, gingen wir zum Empfang. Diesmal hatte der Menschenfeind wieder Dienst, bei dem ich mein Zimmer gebucht hatte. »Haben Sie William Johnson aus Zimmer KK gesehen?« erkundigte ich mich.

»Ja. Vor ungefähr dreißig Minuten hat er seinen Schlüssel abgeliefert und das hinterlegte Geld kassiert. Dann ist er gegangen.«

»Aber *ich* habe das Zimmer gemietet«, sagte Gwen ziemlich schrill.

Der Mann am Empfang ließ sich nicht aus der Ruhe bringen. »Das weiß ich, Genossin. Aber das Geld bekommt derjenige, der den Schlüssel zurückbringt. Es spielt keine Rolle, wer das Zimmer gemietet hat.« Er griff in sein Regal und holte die Schlüsselkarte KK heraus. »Der hinterlegte Betrag reicht gerade aus, den magnetischen Kode zu ändern, wenn jemand den Schlüssel nicht zurückgibt – aber den ganzen Ärger wiegt er nicht auf. Sollten Sie zum Beispiel Ihre Karte verlieren, zahlen wir jedem den Betrag aus, der sie findet und bei uns abgibt . . . dann müßten Sie noch einmal bezahlen, wenn Sie in Ihr Zimmer wollten.«

Ich packte Gwen fest am Ellbogen. »Nun ja. Sollte er noch einmal auftauchen, würden Sie es uns dann bitte wissen lassen? Zimmer L.«

Er schaute Gwen an. »Sie wollen Zimmer KK nicht?«

»Nein.«

Jetzt wandte er sich mir zu. »Sie haben Zimmer L, aber Sie

zahlen nur für eine Person. Bei Doppelbelegung müssen wir mehr verlangen.«

Ich hatte plötzlich die Nase voll. Ich konnte diesen ganzen Mist, diese ständigen Schikanen nicht mehr ertragen. »Wenn Sie mir auch nur noch eine einzige Krone abnehmen wollen, schleife ich Sie auf die Gasse und schraube Ihnen den Kopf ab. Komm jetzt, Liebes.«

Ich kochte immer noch vor Wut, als wir in unser Zimmer gingen und die Tür abschlossen. »Gwen, wir werden nicht in Luna City bleiben. Der Ort hat sich verändert. Sehr zu seinem Nachteil.«

»Wohin willst du denn gehen, Richard?« Sie wirkte bestürzt, und so klang auch ihre Stimme.

»Hmm. Ich möchte am liebsten auswandern, das ganze System verlassen – Botany Bay oder Proxima, egal –, wenn ich nur jünger wäre und zwei Beine hätte.« Ich seufzte. »Manchmal komme ich mir vor wie ein Waisenkind.«

»Sweetheart . . .«

»Ja, Liebes?«

»Ich bin doch hier. Ich werde dich bemuttern. Wohin du gehst, da will auch ich hingehen. Ich werde dir bis ans Ende der Galaxis folgen. Aber im Augenblick möchte ich Luna City noch nicht verlassen . . . wenn du einverstanden bist. Wir könnten sofort losgehen und uns eine neue Bleibe suchen. Wenn wir keine finden – Rabbi Ezra hat vielleicht recht –, könnten wir dann diesen unangenehmen Menschen nicht wenigstens noch bis Montag ertragen? Dann finden wir bestimmt etwas.«

Ich konzentrierte mich darauf, meine Pulsfrequenz zu senken, und das gelang mir auch. »Ja, Gwen. Wir sollten uns Anfang der Woche, wenn die Schreinanbeter weg sind, um eine Wohnung bemühen. Wenn ich nur sicher wäre, daß wir dann eine finden, könnte ich diesen widerlichen Hotelmanager so lange noch ertragen.«

»Yes, Sir. Darf ich dir jetzt sagen, warum ich noch eine Weile in Luna City bleiben möchte?«

»Was? Ja, natürlich. Ich sollte selbst eine Zeitlang seßhaft bleiben. Ich möchte schreiben und etwas Geld verdienen, um die ziemlich hohen Kosten auszugleichen, die wir in dieser Woche hatten.«

»Richard, ich habe schon versucht, es dir zu sagen. Wir werden keine finanziellen Probleme haben.«

»Gwen, es gibt immer finanzielle Probleme. Ich werde nicht deine Ersparnisse ausgeben. Nenn mich meinetwegen einen *Macho*, aber ich gedenke, unseren Lebensunterhalt selbst zu verdienen.«

»Ja, Richard, und dafür bin ich dir dankbar. Aber du bist nicht unter Zeitdruck. Ich kann jederzeit jeden Betrag beschaffen, den wir benötigen.«

»So? Das ist eine ziemlich pauschale Aussage.«

»Das sollte es auch sein, Richard. Ich habe aufgehört, dich zu belügen. Jetzt ist es an der Zeit, mit der Wahrheit zu klotzen.«

Ich winkte mit beiden Händen ab. »Gwen, ich habe doch versucht, dir klarzumachen, daß es mir egal ist, ob du mir etwas vorgeschwindelt hast oder wie alt du bist oder was du früher warst. Wir fangen eben beide neu an.«

»Richard, hör auf, mich wie ein Kind zu behandeln!«

»Gwen, ich behandle dich nicht wie ein Kind. Ich sage nur, daß ich dich so akzeptiere, wie du bist. Heute. Jetzt. Deine Vergangenheit ist deine Sache.«

Sie schaute mich traurig an. »Geliebter«, sagte sie, »du glaubst nicht, daß ich Hazel Stone bin. Habe ich recht?«

Jetzt war es an der Zeit zu lügen! Aber eine Lüge nützt nichts, wenn sie nicht geglaubt wird (es sei denn, man will gar nicht, daß sie geglaubt wird, was hier nicht zutraf). Jetzt war eher die Zeit für den Fächertanz. »Sweetheart, ich habe versucht, dir klarzumachen, daß es mir gleichgültig ist, ob du Hazel Stone bist. Oder Sadie Lipschitz. Oder Pocahontas. Du bist meine geliebte Frau. Laß uns diese herrliche Tatsache nicht mit Belanglosigkeiten trüben.«

»Richard, Richard! Du mußt mir zuhören. Jetzt will ich reden.« Sie seufzte. »Oder . . .«

»Oder was?«

»Du weißt was ›oder‹ heißt; du hast es auch schon zu mir gesagt. Wenn du nicht zuhörst, muß ich zurückgehen und berichten, daß ich versagt habe.«

»Wohin zurückgehen? Wem berichten? Worin versagt?«

»Wenn du nicht zuhören willst, ist das unwichtig.«

»Du hast mir doch gesagt, ich darf nicht zulassen, daß du mich verläßt!«

»Ich verlasse dich ja nicht; Ich würde nur rasch etwas erledigen und dann wieder nach Hause zurückkommen. Aber du kannst auch gern mit mir kommen – ich wünschte sogar, du würdest es tun! Aber ich muß meinen Mißerfolg melden und meinen Auftrag zurückgeben . . . dann kann ich dir bis ans Ende des Universums folgen. Aber ich muß meinen Dienst quittieren, ich kann nicht einfach desertieren. Du bist Soldat, und deshalb wirst du das verstehen.«

»Bist du denn auch Soldat?«

»Das eigentlich nicht. Eher eine Agentin.«

»Hmm . . . *agente provocateuse?*«

»Das trifft es fast.« Sie lächelte und verzog ein bißchen das Gesicht. »Vielleicht *agente amoureuse.* Aber ich hatte nicht den Auftrag, mich in dich zu verlieben. Ich sollte dich nur heiraten. Aber ich habe mich tatsächlich in dich verliebt, und das hat mich möglicherweise als Agentin erledigt. Willst du mit mir kommen, wenn ich mich zurückmelde? Bitte!«

Ich wurde immer konfuser. »Gwen, ich werde immer konfuser.«

»Warum läßt du es dir dann nicht erklären?«

»Hmm – Gwen, es *läßt* sich nicht erklären. Du behauptest, du seist Hazel Stone.«

»Die bin ich.«

»Verdammt, ich kann doch rechnen. Wenn Hazel Stone noch lebte, wäre sie über hundert Jahre alt.«

»Das stimmt. Ich bin über hundert Jahre alt.« Sie lächelte. »Ich bin eine Kinderverführerin.«

»Um Gottes willen! Hör zu, Liebling, ich habe die letzten fünf Nächte bei dir im Bett verbracht. Du bist eine außerordentlich lebhafte alte Dame!«

Sie grinste mich an. »Danke, Liebster. Das habe ich alles Lydia Pinkhams Gemüsepräparaten zu verdanken.«

»Tatsächlich? Die Patentmedizin einer Quacksalberin hat dir das Kalzium aus den Gelenken geholt und in deine Knochen zurückgetan; sie hat die Falten in deinem Gesicht geglättet, deinen jugendlichen Hormonspiegel wiederhergestellt und die Ablagerungen in deinen Arterien ausgeräumt. Du solltest mir ein ganzes Faß davon bestellen, denn ich bin auch nicht mehr der Jüngste.«

»Mrs. Pinkham konnte sich auf den Rat von Experten stützen,

Liebster. Richard, wenn du mir nur erlaubst, dir zu beweisen, wer ich bin, indem ich dir meinen Daumenabdruck auf der Unabhängigkeitserklärung zeige, würdest du dich nicht weiter gegen die Wahrheit sträuben, so seltsam sie auch ist. Ich wollte, ich könnte mich dir gegenüber durch mein Netzhautmuster identifizieren . . . aber meine Netzhaut war zu der Zeit noch nicht photographiert worden. Aber es gibt diesen Daumenabdruck. Und es gibt eine Blutgruppenbestimmung.«

Ich geriet in Panik: was würde Gwen tun, wenn die Grundlage ihres Selbstbetrugs ins Wanken geriet?

Dann erinnerte ich mich an etwas. »Gwen, Gretchen erwähnte Hazel Stone.«

»Das tat sie. Gretchen ist meine Ur-Ur-Enkelin, Richard. An meinem vierzehnten Geburtstag heiratete ich Slim Lemke von der Familie Stone, und zu Terras Herbst-Tagundnachtgleiche des Jahres 2078 bekam ich mein erstes Kind von ihm – einen Jungen; nach meinem Vater nannte ich ihn Roger. Im Jahre 2080 bekam ich meine erste Tochter . . .«

»Moment mal. Deine älteste Tochter war Studentin an der Percival Lowell, als ich die Rettungsoperation leitete. Das sagtest du doch.«

»Auch das gehört zu dem Haufen Lügen, die ich dir erzählt habe, Richard. Einer meiner Abkömmlinge ist tatsächlich dort – eine Enkelin, die dort unterrichtet. Ich bin dir also wirklich dankbar. Aber ich mußte die Einzelheiten frisieren, daß sie meinem äußerlichen Alter entsprachen. Nach Slims Mutter wurde meine älteste Tochter Ingrid getauft . . . und Ingrid Henderson hat den Vornamen von ihrer Großmutter – meiner Tochter Ingrid Stone. Richard, du kannst dir gar nicht vorstellen, wie schwer es für mich war, als ich in der Druckstation Trockene Knochen gleich fünf leibliche Verwandte von mir traf und mich ihnen nicht zu erkennen geben durfte.

Aber ich kann nicht gleichzeitig Großmutter Hazel und Gwen Novak sein, und deshalb verheimlichte ich meine wahre Identität . . . und es war nicht das erste Mal, daß mir das passierte. Ich habe viele Kinder gehabt – in den vierzig Jahren zwischen der ersten Menstruation und den Wechseljahren bekam ich von vier Ehemännern und drei durchreisenden Fremden sechzehn Kinder. Nachdem mein vierter Mann gestorben war, nahm ich den Namen Stone wieder an, denn ich zog damals zu meinem Sohn Roger.

Ich zog vier der Kinder groß, die Roger mit seiner zweiten Frau hatte; sie ist Ärztin und brauchte damals im Haus eine Großmutter. Drei von den Kindern heirateten, nur der Jüngste nicht. Er ist heute Chefchirurg im Ceres General Hospital und wird vielleicht nie heiraten, denn er sieht gut aus, ist sehr egozentrisch und glaubt an den alten Spruch ›Warum gleich eine Kuh kaufen?‹

Dann fing ich an, die Gemüsepräparate zu nehmen, und hier bin ich, wieder gebärfähig und bereit, eine neue Familie zu gründen.« Sie lächelte und tätschelte sich den Bauch. »Laß uns wieder ins Bett gehen.«

»Verdammt nochmal, Mädchen; damit ist doch nichts geklärt!«

»Nein, aber es ist eine höchst angenehme Art, die Zeit zu verbringen. Und dabei fällt mir ein: wenn Gretchen jemals auftauchen sollte, werde ich mich nicht ein zweites Mal einmischen. Es gefiel mir ganz einfach nicht, daß meine Ur-Ur-Enkelin sich in meine Flitterwochen drängte, Flitterwochen, in denen es ohnehin zu viele Leute und zu viel Aufregung gab.«

»Gretchen ist doch noch ein Kind.«

»Meinst du? Sie ist körperlich genauso reif wie ich mit vierzehn war . . . als ich heiratete und sofort schwanger wurde. Jungfräulichkeit bei der Eheschließung ist hier häufiger als woanders, Richard. Mama Mimi war streng, und Mama Wyo hatte den Auftrag, mich im Auge zu behalten. Aber ich neigte ohnehin nicht zum Streunen, denn die Familie Davis hatte einen so hohen sozialen Status, wie er damals in Luna City nur möglich war, und ich wußte es sehr wohl zu würdigen, daß die Leute mich adoptiert hatten. Geliebter, ich werde dir kein Wort mehr über mich erzählen, bevor du meinen Stempel und meinen Daumenabdruck auf der Unabhängigkeitserklärung gesehen hast. Ich spüre, daß du mir nicht glaubst, und ich fühle mich gedemütigt.«

(Was tut man, wenn die eigene Frau auf etwas besteht? Die Ehe ist die höchste menschliche Kunst – wenn sie funktioniert). »Sweetheart, ich will dich wirklich nicht demütigen. Aber ich bin kein Experte im Vergleichen von Daumenabdrücken. Aber es führen viele Wege nach Rom. Diese zweite Frau deines Sohnes Roger: Lebt sie eigentlich noch?«

»Oh ja. Dr. Edith Stone.«

»Dann gibt es wahrscheinlich hier in Luna City eine Urkunde über ihre Heirat mit deinem Sohn – Ist er übrigens der Roger Stone, der hier einmal Bürgermeister war?«

»Ja. Von 2122 bis 2130. Aber er steht nicht zur Verfügung; er hat Luna City 2148 verlassen.«

»Wo ist er jetzt?«

»Mehrere Lichtjahre entfernt. Edith und Roger haben das System verlassen und sind nach Fiddler's Green gezogen. Aus dem Zweig der Familie ist keiner mehr hier. Es klappt nicht, Schatz – du suchst doch jemanden, der mich als Hazel Stone identifizieren kann, nicht wahr?«

»Nun . . . ja. Ich dachte, Dr. Edith Stone würde vielleicht eine sachkundige und unvoreingenommene Zeugin abgeben.«

»Hmm . . . das kann sie immer noch.«

»Wie?«

»Blutgruppenbestimmung, Richard.«

»Hör zu, Gwen, über Blutgruppenbestimmung weiß ich Bescheid, weil sie für die Versorgung von Verwundeten wichtig ist. Ich veranlaßte damals, daß jeder Angehörige meines Regiments seine Blutgruppe bestimmen ließ. Die Blutgruppe zeigt nur, wer man nicht ist; sie beweist nicht, wer man ist. Selbst bei einer Anzahl von Menschen, die der Mannschaftsstärke eines Regiments entspricht, gibt es zum Beispiel die seltene Blutgruppe AB negativ mehr als einmal. Ungefähr einer von zweihundert Menschen hat diese Blutgruppe. Ich weiß das so genau, weil ich sie selbst habe.«

Sie nickte zustimmend. »Und ich habe die Blutgruppe 0 positiv, die häufigste, die es gibt. Aber das ist noch nicht die ganze Geschichte. Wenn man alle dreißig oder mehr Blutgruppen genau analysiert, ist eine Blutgruppe in ihrer genauen Bestimmung so einzigartig wie ein Fingerabdruck oder ein Netzhautmuster. Richard, während der Revolution starben viele Leute, weil diese genaue Analyse bei ihnen nicht vorgenommen worden war. Oh, wir verstanden uns schon auf Bluttransfusionen, aber einen geeigneten Spender fanden wir nur gelegentlich durch Quervergleiche. Ohne genaue Analyse geschah das oft zu langsam; viele, nein, die meisten unserer Verwundeten starben, weil nicht rechtzeitig ein geeigneter Spender gefunden werden konnte.

»Nach dem Friedensschluß und der Ausrufung der Unabhängigkeit«, fuhr Gwen fort, »hat Mama Wyo – Wyoming Knott Davis, das Hospital in Kong – du erinnerst dich doch?«

»Ja.«

»Mama Wyo war gewerbsmäßig Herbergsmutter in Kong gewesen und kannte sich in diesen Dingen aus. Sie eröffnete die erste Blutbank. Die Mittel dafür beschaffte Major Watenabe, einer der Gründerväter. Vielleicht gibt es in Kong sogar heute noch einen halben Liter gefrorenes Blut von mir . . . ganz bestimmt aber gibt es dort von mir eine genaue Blutanalyse, denn Edith sorgte dafür, daß bei uns allen eine solche Analyse vorgenommen wurde – unter Berücksichtigung aller bekannten Blutgruppen – bevor wir 2148 auf Wanderschaft gingen.«

Sie lächelte glücklich. »Du brauchst mir also nur eine Blutprobe zu entnehmen, Richard, und sie im Medical Center der Galileo-Universität untersuchen zu lassen. Mit allem, was dazu gehört. Ich werde dafür bezahlen. Das Ergebnis muß dann nur noch mit der Analyse verglichen werde, die 2148 vorgenommen wurde und die im Wyoming Knott Davis Memorial Hospital einzusehen ist. Jeder, der Englisch lesen kann, erkennt, ob die beiden Analysen identisch sind oder nicht; man braucht dort nicht die Kenntnisse, die nötig sind, Fingerabdrücke miteinander zu vergleichen. Wenn dann nicht feststeht, daß ich wirklich ich bin, kannst du eine Zwangsjacke bestellen, denn dann wäre es Zeit, mich aus dem Verkehr zu ziehen.«

»Gwen, wir fahren nicht nach Kong zurück. Nicht um alles in der Welt.«

»Das brauchen wir auch gar nicht. Die Blutbank im Galileo-Hospital kann sich aus Kong über Terminal eine Kopie kommen lassen, und wir zahlen dafür.« Ihr Gesicht verfinsterte sich. »Aber dann ist natürlich mein Inkognito als Mistress Novak gelüftet. Wenn die beiden Akten erst einmal nebeneinander liegen, werden alle wissen, daß Großmutter Hazel an die Stätte ihrer Verbrechen zurückgekehrt ist. Ich weiß nicht, wie weit das alles meine Mission beeinträchtigen wird; es sollte jedenfalls nicht passieren. Andererseits ist es für meine Mission von größter Wichtigkeit, dich zu überzeugen.«

»Gwen, nimm doch einfach an, du hättest mich schon überzeugt.«

»Ernsthaft, Liebling? Belügst du mich auch nicht?«

(Natürlich tue ich das, meine kleine Geliebte. Aber ich muß zugeben, daß deine Worte recht überzeugend klingen. Alles, was du gesagt hast, stimmt mit dem überein, was ich während meines intensiven Studiums der Geschichte Lunas selbst feststellen konnte. Alles klingt überzeugend, wenn nur die physische Unmöglichkeit nicht wäre – du bist *jung*, Darling; du bist kein altes Weib von über hundert Jahren.) »Sweetheart, du hast mir zwei Möglichkeiten aufgezeigt, dich zu identifizieren. Nehmen wir also an, daß ich die eine oder die andere oder beide geprüft habe. Nehmen wir an, du bist Hazel. Möchtest du lieber Hazel genannt werden?«

»Ich höre auf beide Namen, Darling. Ganz wie du möchtest.«

»Okay. Die Schwierigkeit liegt in deinem Aussehen. Wenn du alt und vertrocknet wärest, statt jung und knackig . . .«

»Willst du dich etwa beschweren?«

»Nein, das war nur eine Beschreibung. Angenommen, du bist Hazel Stone, geboren 2063, wie läßt sich dann dein jugendliches Aussehen erklären? Und erzähl mir nicht wieder diesen Quatsch mit einer legendären Patentmedizin.«

»Es wird dir schwerfallen, die Wahrheit zu glauben, Richard. Ich habe mich einer Verjüngungskur unterzogen. Sogar zweimal. Das erste Mal, um wieder so auszusehen wie in meinen späten mittleren Jahren . . . wobei meine Körperfunktionen auf den Stand während der jugendlichen Reife gebracht wurden. Beim zweiten Mal ginge es hauptsächlich um Kosmetik, damit ich wieder gut aussah. Um *Sie* rekrutieren zu können, Sir.«

»Zur Hölle mit dir. Du kleiner Affe, ist denn das dein eigenes Gesicht?«

»Ja. Aber ich kann es verändern lassen, wenn du willst, daß ich anders aussehe.«

»Oh nein! Ich bestehe nicht auf Schönheit, solange ein Mädchen nur ein reines Herz hat.«

»Und warum, du Schuft?«

»Weil dein Herz nicht ganz so rein ist, bin ich immerhin schon froh, daß du wenigstens hübsch bist.«

»So leicht kannst du dich nicht herausreden!«

»Okay, du bist atemberaubend und sexy und grundschlecht. Aber ›Verjüngung‹ ist eine Erklärung, die nichts erklärt. Soweit ich weiß, ist Verjüngung etwas für Plattwürmer, aber nichts für jemanden, der auf der Evolutionsleiter höher steht.«

»Richard, diesen Teil der Geschichte mußt du einfach blind glauben – vorläufig wenigstens. Ich wurde in einer Klinik verjüngt, die ein paar tausend Jahre entfernt und in einer seltsamen Richtung liegt.

»Hmm. Das klingt wie ein Trick, den ich ersonnen haben könnte, als ich noch phantastische Geschichten schrieb.«

»Nicht wahr? Es klingt nicht überzeugend. Es stimmt nur.«

»Ich sehe keine Möglichkeit, das nachzuprüfen. Vielleicht sollte ich mir doch eine Kopie dieser Blutanalyse beschaffen. Da fällt mir ein – Hazel Stone, Roger Stone – *Die Geißel der Raumwege!*«

»Mein Gott, meine Vergangenheit hat mich eingeholt! Richard, hast du jemals meine Show gesehen?«

»Jede Folge, wenn ich nicht gerade bei etwas erwischt worden war, das eine drastische Bestrafung erforderte. Captain John Sterling war der Held meiner Kinderjahre. Und *du* hast die Serie geschrieben?«

»Mein Sohn Roger fing damit an. Ich schrieb die Serie seit 2148, aber mein Name trat erst ein Jahr später in Erscheinung, ab dann hieß es ›Roger und Hazel Stone‹ . . .«

»Daran erinnere ich mich noch! Aber ich weiß nicht mehr, daß Roger Stone die Serie jemals allein schrieb.«

»Oh ja, das war der Fall – bis er diese goldene Tretmühle leid war. Dann übernahm ich, und meine Absicht war, die Serie sterben zu lassen.«

»Sweetheart, man darf eine Serie nicht sterben lassen! Das ist verfassungswidrig.«

»Ich weiß. Jedenfalls entschieden sie sich für die Fortsetzung der Serie, und sie hielten mir zu viel Geld unter die Nase. Und wir brauchten das Geld; wir lebten damals im Raum, und ein Raumschiff ist teuer, selbst wenn es nur eine kleine Familienkutsche ist.«

»Ich hatte nie den Mut, unter Zeitdruck eine Serie zu schreiben. Allerdings habe ich Auftragsarbeiten geschrieben, und dazu benutzte ich Vorlagen. Aber niemals allein und unter Zeitdruck.«

»Wir benutzten keine Vorlage; Buster und ich improvisierten immer wieder neu.«

»Buster?«

»Mein Enkel. Der, der jetzt Chefchirurg im Ceres General Hospital ist. Elf Jahre lang schrieben wir die Serie gemeinsam, und bei jeder Gelegenheit frustrierten wir den Herrn der Galaxis . . .«

»›Der Herr der Galaxis!‹ Aus allen Gruselgeschichten der beste Schurke. Honey, ich wünschte, der Herr der Galaxis existierte wirklich.«

»Du junger Bengel, wie kannst du es wagen, die Existenz des Herrn der Galaxis anzuzweifeln? Was weißt denn *du* von ihm?«

»Tut mir leid. Ich bitte um Verzeihung. Er ist so wirklich wie Luna City. Sonst hätte John Sterling niemanden gehabt, den er hätte frustieren können . . . und ganz gewiß glaube ich an Captain John Sterling von der Sternen-Patrouille.«

»Das ist schon besser.«

»Eimmal hatte sich Captain Sterling in den Pferdekopfnebeln verirrt, und die Strahlenwürmer waren hinter ihm her: Wie hat er sich aus der Schlinge gezogen? Bei der Folge war wieder mal eine Strafe fällig, und ich durfte sie nicht sehen.«

»Wenn ich mich recht erinnere . . . bedenke bitte, daß es schon einige Jahre zurückliegt. Aber ich glaube, er bastelte sein Doppler-Radar so um, daß er sie mit polarisierten Strahlen rösten konnte.«

»Nein, das hat er mit den Raumwesen gemacht.«

»Bist du sicher, Richard? Ich glaube, auf die Raumwesen ist er erst gestoßen, *nachdem* er aus den Pferdenebeln geflohen war. Damals mußte er mit dem Herrn der Galaxis einen befristeten Waffenstillstand vereinbaren, um die Galaxis zu retten.«

Ich dachte darüber nach. Wie alt war ich damals? In welchem Schuljahr? »Honey, ich glaube, du hast recht. Ich war beunruhigt darüber, daß er sich mit dem Herrn der Galaxis zusammentun könnte, selbst wenn das der Rettung der Galaxis diente. Ich – «

»Aber das *mußte* er tun, Richard. Er konnte nicht gut Milliarden von unschuldigen Menschen sterben lassen, nur um sich durch eine Zusammenarbeit mit dem Herrn der Galaxis nicht die Hände dreckig zu machen. Aber ich weiß, was du meinst. Buster und ich haben uns über diese Folge gestritten – Buster wollte den Waffenstillstand nutzen, den Herrn der Galaxis zu erledigen, nachdem die Raumwesen erst einmal vernichtet waren . . .«

»Nein, Captain Sterling hätte niemals sein Wort gebrochen.«

»Stimmt. Aber Buster war immer der Pragmatiker. Er löste fast jedes Problem dadurch, daß er jemandem die Kehle durchschneiden ließ.«

»Nun, das ist immerhin ein überzeugendes Argument«, mußte ich zugeben.

»Aber Richard, in einer Serie darf man nicht ohne weiteres

irgendwelche Charaktere sterben lassen. Man muß immer etwas für die nächste Folge übrigbehalten. Du sagtest doch, du hättest noch nie eine Serie allein geschrieben.«

»Habe ich auch nicht, aber das weiß ich doch wenigstens. Ich habe damals genug Serien gesehen. Hazel, warum mußte ich dir diesen ganzen Unfug über das Leben eines Schriftstellers erzählen?«

»Du hast mich ›Hazel‹ genannt!«

»Sweetheart – Hazel, Darling – ich bin nicht an Blutgruppen oder Daumenabdrücken interessiert. Zweifellos bist du die Autorin des bedeutendsten Gruselschockers der Geschichte: *Die Geißel der Raumwege.* Woche für Woche und Jahr für Jahr war im Vorspann zu lesen: ›Drehbuch von Hazel Stone‹. Dann hieß es leider: ›Nach Motiven von Hazel Stone – ‹«

»Tatsächlich? Im Vorspann hätte Roger erwähnt werden müssen; er hat die Serie gemacht, nicht ich. Diese Nichtsnutze.«

»Es spielte keine Rolle mehr, denn die Charaktere wurden blutleer und siechten dahin. Ohne dich wurde die Serie nie wieder, was sie einmal war.«

»Ich mußte aufhören; Buster wurde erwachsen. Ich lieferte die Ideen; er verarbeitete sie. Ich wurde manchmal weichherzig. Buster nie.«

»Hazel? Wollen wir die Serie nicht wieder aufleben lassen? Wir planen die Handlung gemeinsam; du schreibst; ich koche und mache den Haushalt.« Ich schwieg und sah sie an. »Warum in aller Welt weinst du denn?«

»Ich weine, wann ich will! Du nennst mich ›Hazel‹ – du *glaubst* mir also!«

»Ich *muß* dir glauben. Was Blutgruppen oder Daumenabdrücke betrifft, kann mir jeder was vormachen. Aber nicht, wenn es um kommerzielle Serien geht. Da kennt sich dein alter Schreiberling aus. Du bist wirklich echt, Liebling, du bist die authentische Geißel der Raumwege. Aber du bist immer noch meine verschwitzte, kleine Nymphomanin – ich stelle fest, daß es mir gar nichts ausmacht, daß du zwei Jahrhunderte alt bist.«

»Ich bin keine zwei Jahrhunderte alt! Bis dahin dauert es noch Jahre.«

»Aber du bist trotzdem meine verschwitzte, kleine Nymphomanin?«

»Wenn ich darf.«

Ich grinste sie an. »Habe ich in dieser Angelegenheit überhaupt mitzureden? Zieh dich aus und laß uns gleich mit der Handlung anfangen.«

»Handlung?«

»Die beste Literatur wird mit den Keimdrüsen geschrieben. Hazel, meine süße Braut, wußtest du das nicht? Auf Gefechtsstation! Hier kommt der Herr der Galaxis.«

»Oh, Richard!«

»Wenn es darum geht,
zwischen Freundlichkeit und Ehrlichkeit zu wählen,
entscheide ich mich stets für Freundlichkeit
– ob ich nun gebe oder empfange.«

IRA JOHNSON 1854–1941

XVIII

»Hazel, meine uralte Liebe . . .«

»Richard, möchtest du, daß ich dir den Arm breche?«

»Ich glaube nicht, daß du das im Augenblick schaffen würdest.«

»Wollen wir wetten?«

»*Au!* Hör auf! Tu das nicht noch einmal . . . oder ich werfe dich in den Bach zurück und heirate Gretchen. Sie ist nicht uralt.«

»Mach nur weiter so. Mein dritter Mann hat mich auch immer geärgert. Alle redeten darüber, wie schön er bei seiner Beerdigung aussah . . . und was für ein Jammer es sei, daß er so früh sterben mußte.« Hazel-Gwen lächelte mich an. »Aber es stellte sich heraus, daß er hoch versichert war, was für eine Witwe einen erheblichen Trost bedeutet. Gretchen zu heiraten ist eine gute Idee, Darling; es würde mir Spaß machen, sie großzuziehen. Ihr das Schießen beizubringen, ihr bei ihrem ersten Baby zu helfen, sie im Gebrauch eines Messers und in den übrigen Kriegskünsten zu unterweisen, in all den traulichen hausfraulichen Fertigkeiten, die ein Mädchen in dieser modernen Welt beherrschen muß.«

»Hmm! Mein liebes Mädchen, du bist so klein und schlau und hübsch wie eine Korallenschlange. Aber ich glaube, Jinx hat Gretchen schon trainiert.«

»Das hat eher Ingrid getan. Aber ich kann ihr den letzten Schliff geben. Wie du schon sagtest, habe ich Erfahrung. Was für ein Wort hast du noch benutzt? ›Uralt‹, ja, das war das Wort.«

»*Au!*«

»Ach, das kann nicht wehgetan haben, du Waschlappen.«

»Und wie! Ich werde ins Kloster gehen.«

»Erst wenn du Gretchen aufgenommen hast. Ich habe soeben beschlossen, Richard, daß wir Gretchen heiraten werden.«

Ich behandelte diese lächerliche Bemerkung mit der verdienten

Nichtachtung, ich stand auf und hüpfte in die Erfrischungskabine.

Kurz darauf folgte sie mir. Ich tauchte auf. »*Hilfe!* Schlag mich nicht schon wieder!«

»Ach, Unsinn. Ich habe dich nicht ein einziges Mal geschlagen. *Noch* nicht.«

»Ich gebe auf. Du bist nicht uralt; du bist nur gut abgehangen. Hazel, mein Liebling, warum bist du so gereizt?«

»Ich bin nicht gereizt. Aber wenn man so klein ist wie ich und dazu noch eine Frau, muß man für seine Rechte eintreten, oder man wird von den großen, behaarten und übelriechenden Kerlen herumgestoßen, die in ihrem Wahn immer noch an die Überlegenheit des Mannes glauben. Schrei nicht, mein Lieber. Ich habe dir nichts getan. Du hast nicht einmal geblutet, oder?«

»Ich traue mich nicht nachzusehen. Warum hat meine Mutter mich nie vor der Ehe gewarnt? Das wäre ihre Pflicht gewesen! Sweetheart, vor dieser kleinen Unterbrechung wolltest du mir gerade erzählen, warum du mich rekrutieren mußtest und zu welchem Zweck.«

Sie antwortete nicht gleich. »Richard«, sagte sie dann, »es fiel dir schwer zu glauben, daß ich mehr als doppelt so alt bin wie du.«

»Aber du hast mich überzeugt. Ich begreife es zwar nicht, aber ich muß es akzeptieren.«

»Ich muß dir noch andere Dinge erzählen, und die zu akzeptieren wird dir noch viel schwerer fallen.«

»Dann werde ich sie wahrscheinlich nicht akzeptieren. Hazel-Gwen, Honey, ich bin ein schwerer Fall. Ich glaube nicht an Tischrücken, Astrologie oder Jungfrauengeburt . . .«

»Eine Jungfrauengeburt ist nichts besonderes.«

»Ich meine das im religiösen Sinn; ich rede nicht von Genetik im Labor. Nein, ich glaube nicht an Jungfrauengeburten, an Zahlenkunde, an die Hölle, an Magie oder Hexerei, und ich glaube nicht an Wahlversprechen. Was du mir erzählst, schlägt jedem gesunden Menschenverstand ins Gesicht. Und was du mir noch zu erzählen hast, wirst du mir genauso schwer verkaufen können wie dein biblisches Alter. Du brauchst den Herrn der Galaxis als Gewährsmann.«

»Okay. Prüf mal, ob dir diese Größe paßt: In gewisser Hinsicht bin ich sogar noch älter, als du vermutest. Über zweihundert Jahre.«

»Halt! Du wirst erst Weihnachten 2263 zweihundert. Bis dahin ist es noch lange hin, wie du selbst gesagt hast.«

»Stimmt. Ich habe diese zusätzlichen Jahre nicht erwähnt, obwohl ich sie erlebt habe . . . denn ich habe sie in einer anderen Dimension durchlebt.«

»Liebes«, sagte ich, »die Tonspur ist plötzlich ausgefallen.«

»Aber Richard, dies ist doch wirklich glaubhaft. Wo habe ich meinen Slip fallenlassen?«

»Nach deinen Memoiren fast überall im Sonnensystem.«

»Das ist noch nicht einmal die halbe Geschichte, Mister. Innerhalb und außerhalb dieses Systems und sogar außerhalb dieses Universums . . . und, Junge, wie hat man sich gegen mich versündigt! Wo habe ich ihn denn *heute* fallenlassen?«

»Am Fußende des Bettes, glaube ich. Honey, warum trägst du überhaupt Slips, wenn du sie so häufig ausziehst?«

»Darum. Nur Schlampen laufen ohne Unterwäsche herum . . . und dir wäre ich dankbar, wenn du ein wenig höflicher mit mir reden würdest.«

»Ich habe doch kein Wort gesagt.«

»Ich habe gehört, was du dachtest.«

»Und ich glaube auch nicht an Telepathie.«

»So, du glaubst nicht daran? Mein Enkel Dr. Lowell Stone alias Buster betrog mich beim Schach, indem er meine Gedanken las. Glücklicherweise verlor er diese Fähigkeit, als er ungefähr zehn Jahre alt war.«

»Zur Kenntnis genommen«, antwortete ich, »als Gerücht über einen höchst unwahrscheinlichen Vorfall; die Quelle: ein Reporter, dessen Glaubwürdigkeit nicht feststeht. Die Zuverlässigkeit des behaupteten Sachverhalts ist deshalb nicht höher als C-Fünf nach der Klassifizierung des militärischen Geheimdienstes einzustufen.«

»Das wirst du mir büßen!«

»Stufe es doch selbst ein«, sagte ich. »Du hast doch selbst für den militärischen Geheimdienst gearbeitet. War es nicht die CIA?«

»Wer sagt das?«

»Du selbst. Du hast es angedeutet.«

»Ich war nicht bei der CIA und bin in meinem ganzen Leben nicht in McLean gewesen, und ich war getarnt, als ich da war, und es war gar nicht ich; es war der Herr der Galaxis.«

»Und ich bin Captain John Sterling.«

Gwen-Hazel machte große Augen. »Hallo, Captain, können Sie

mir ein Autogramm geben? Am besten geben Sie mir zwei; dann kann ich zwei von Ihren gegen eins von Rosie, dem Roboter, eintauschen. Übrigens, Richard, kommst du am Hauptpostamt vorbei?«

»Ich muß. Ich muß veranlassen, daß man Post von Pater Schultz für mich entgegennimmt.«

»Wenn wir kurz zu Macy's gehen könnten; ich will Naomis Kleid und Perücke einpacken lassen und abschicken. Diese Dinge belasten mein Gewissen.«

»Dein *was?*«

»Das Buchhaltungssystem, das bei mir das Gewissen ersetzt. Richard, du erinnerst mich immer mehr an meinen dritten Gatten. Er war ein Bild von einem Mann, genau wie du. Er achtete immer sehr auf sich und starb bei bester Gesundheit.«

»Woran ist er gestorben?«

»An einem Dienstag, wenn ich mich recht erinnere. Oder war es ein Mittwoch? Wie dem auch sei, ich war nicht zu Hause. Ich war weit weg und lag mit einem anderen Mann im Bett. Wir haben nie erfahren, was ihn erledigt hat. Anscheinend verlor er im Bad das Bewußtsein, und sein Kopf geriet unter Wasser. Was murmelst du da, Richard? ›Charlotte‹ wer?«

»Ach, nichts, gar nichts. Hazel – ich habe aber keine Lebensversicherung.«

»Dann müssen wir besonders sorgfältig darauf achten, daß du am Leben bleibst. Du darfst nicht mehr baden!«

»Diesen Rat würdest du in drei oder vier Wochen bereuen.«

»Oh, ich bade auch nicht mehr; dann gleicht sich das aus. Richard, haben wir heute Zeit, zum Überwachungskomplex zu gehen?«

»Vielleicht, warum?«

»Um Adam Selene zu finden.«

»Ist er dort begraben?«

»Das ist es ja, was ich herausfinden muß. Richard, ist deine Fähigkeit, etwas zu glauben, in guter Verfassung?«

»Sie ist überbeansprucht. Mehrere Jahre in einer anderen Dimension! Willst du nicht einen Raumverschieber kaufen?«

»Danke; ich habe einen. In meiner Handtasche. Diese zusätzlichen Jahre sind lediglich eine Frage der Geometrie, mein Gatte. Wenn du mit der konventionellen Vorstellung von der Raum-Zeit-Funktion, bei der es nur eine Zeitachse gibt, verheiratet bist, wirst du es natürlich schwer begreifen. Aber es gibt mindestens drei Zeitachsen, genauso wie es mindestens drei Raumachsen gibt . . . und ich habe diese Jahre auf anderen Achsen verbracht. Alles klar?«

»Völlig klar, mein Schatz. So selbstverständlich wie das Übersinnliche.«

»Ich wußte, daß du es verstehen würdest. Der Fall Adam Selene ist allerdings schwieriger. Als ich zwölf Jahre alt war, hörte ich ihn verschiedene Male sprechen; er war der große Führer, der die Revolution zusammenhielt und alle inspirierte. Dann wurde er getötet – so wurde wenigstens berichtet. Erst Jahre später vertraute mir Mama Wyo unter dem Siegel der Verschwiegenheit an, daß Adam kein Mensch ist. Er hatte nichts mit einem menschlichen Wesen gemeinsam. Er war eine andere Art Wesen.«

Ich achtete sorgfältig darauf, den Mund zu halten.

»Nun?« sagte Gwen-Hazel. »Hast du nichts dazu zu sagen?«

»Aber gewiß. Nicht menschlich. Ein fremdes Wesen. Er hat eine grüne Haut und ist einen Meter groß, und seine fliegende Untertasse ist im Mare Crisium etwas außerhalb von Luna City gelandet. Wo war denn der Herr der Galaxis?«

»Du kannst mich mit deinem Gerede nicht treffen, Richard, denn ich weiß ganz genau, wie eine so unmögliche Geschichte auf einen Menschen wirkt. Ich hatte ähnliche Zweifel, als Mama Wyo sie mir erzählte. Ich mußte ihr allerdings glauben, denn Mama Wyo würde mich niemals belügen. Aber Adam war nicht nur ein fremdes Wesen, Richard; er war ein menschliches Produkt. Aber kein menschliches Geschöpf. Adam Selene war ein Computer. Oder ein Programm-Komplex in einem Computer. Aber er war ein Computer, der sich selbst programmierte, so läuft es auf dasselbe hinaus. Nun, Sir?«

Ich ließ mir mit meiner Antwort Zeit. »Fliegende Untertassen gefallen mir besser.«

»So ein Blödsinn! Ich bin versucht, dich gegen Marcy Choy-Mu einzutauschen.«

»Das Gescheiteste, was du tun könntest.«

»Nein, ich werde dich behalten; ich habe mich an deine Schwächen gewöhnt. Aber vielleicht sollte ich dich in einem Käfig halten.«

»Hazel, hör gut zu. Computer können nicht denken. Entsprechend der in sie eingebauten Technik können sie sehr schnell rechnen. Da wir selbst zum Rechnen unseren Verstand gebrauchen, gibt ihnen diese eingebaute Fähigkeit den *Anschein,* als könnten sie denken. Aber sie *denken* nicht. Sie leisten nur die Arbeit, für die sie konstruiert werden. Du kannst auch ›Animismus‹ auf die Liste mit dem Unfug schreiben, an den ich nicht glaube.«

»Ich freue mich über deine Einstellung, Richard, denn dieser Job ist heikel und wird einige Schwierigkeiten bereiten. Du mußt mich mit deinem gesunden Skeptizismus unterstützen.«

»Das werde ich aufschreiben und sorgfältig prüfen müssen.«

»Tu das, Richard. Und nun will ich dir erzählen, was 2075 und 76 geschah. Manuel Davis, einer meiner Adoptivväter, war der Techniker, der sich um den großen Computer der Behörde kümmerte. Dieser eine Computer machte fast alles . . . kontrollierte alle öffentlichen Einrichtungen dieser Stadt und die der meisten anderen Wohnbezirke außer Kong, steuerte das erste Katapult und den Betrieb der Untergrundbahn, regelte das Bankwesen, druckte den *Lunatic* – er tat praktisch alles. Die Behörde fand es billiger, die Funktionen dieses einen großen Computers auszuweiten, als überall in Luna Computer aufzustellen.«

»Das kann nicht gut funktionieren, und es ist außerdem nicht sicher.«

»Wahrscheinlich hast du recht, aber so haben sie es nun einmal gemacht. Luna war damals ein Gefängnis; es brauchte nicht zu funktionieren oder sicher zu sein. Es gab hier keine High-Tech-Industrie, und in jenen Tagen mußten wir nehmen, was man uns gab. Wie dem auch sei, Liebster, dieser Zentral-Computer wurde immer größer . . . und wachte auf.«

(Er wachte also auf! Reine Phantasie, meine Süße . . . und ein Klischee, das von allen Autoren phantastischer Geschichten immer wieder verwendet worden ist. Selbst Roger Bacons Messingkopf gehörte dazu. Auch Frankensteins Ungeheuer. In den folgenden Jahren tauchte dieses Klischee in einer ganzen Flut von Geschichten auf, und diese Flut hält an. Und alle diese Geschichten sind Unsinn.) Aber ich sagte nur: »Erzähl weiter, Liebes. Was geschah dann?«

»Richard, du glaubst mir schon wieder nicht.«

»Ich dachte, das hätten wir abgehakt. Du sagtest doch, daß du meinen gesunden Skeptizismus brauchst.«

»Das stimmt! Du mußt ihn aber auch anwenden. Du mußt

kritisieren. Aber du sitzt da nur selbstgefällig herum. Der Computer hatte jahrelang auf Stimmen reagiert – gesprochene Programme akzeptiert und mit synthetischer Stimme oder mit Ausdrucken geantwortet.«

»Eingebaute Funktionen. Die Technik ist zweihundert Jahre alt.«

»Warum hast du das Gesicht verzogen, als ich sagte, er ›wachte auf‹?«

»Weil das Unsinn ist, mein Liebling. Wachen und Schlafen sind Funktionen lebender Wesen. Eine Maschine, ganz gleich, wie stark und vielseitig sie ist, wacht nicht auf und schläft nicht ein. Der Strom wird ein- und ausgeschaltet; das ist alles.«

»Okay, ich will es anders ausdrücken. Der Computer ist sich seiner selbst bewußt geworden und hat einen freien Willen entwickelt.«

»Interessant. Wenn es stimmt. Ich muß es aber nicht glauben. Und das tue ich auch nicht.«

»Richard, ich denke nicht daran, mich aufzuregen. Du bist einfach jung und unwissend, und das ist nicht deine Schuld.«

»Ja, Großmutter. Ich bin jung, und du bist unwissend. Aber du hast einen glatten Hintern.«

»Nimm deine geilen Hände weg und *hör zu.* Wie läßt sich erklären, daß die Menschen sich ihrer selbst bewußt sind?«

»Was? Dafür brauche ich keine Erklärung; ich erlebe es ja.«

»Richtig. Aber es ist dennoch keine triviale Frage, Sir. Betrachten wir es als ein Grenzproblem. Bist du dir deiner selbst bewußt? Bin ich es?«

»Nun, *ich bin es,* du kleiner Affe. Was dich betrifft, bin ich nicht ganz sicher.«

»Bei mir ist es umgekehrt.«

»Das ist aber lustig.«

»Richard, laß uns beim Thema bleiben. Hat das Sperma in einem männlichen Körper ein eigenes Bewußtsein?«

»Hoffentlich nicht.«

»Oder die Ova einer Frau?«

»Die Frage mußt du schon beantworten, meine Schöne; ich war noch nie eine Frau.«

»Du weichst meinen Fragen aus, nur um mich zu ärgern. Ein Spermium hat kein eigenes Bewußtsein. Auch ein Ovum hat keines – wie andere dumme Bemerkungen auch immer lauten mögen. Hier ist eine Grenze. Ich, eine erwachsene menschliche Zygote, habe ein eigenes Bewußtsein. Und du auch, wie schwach es bei Männern auch entwickelt sein mag. Die zweite Grenze. Nun gut, Richard, an welchem Punkt der Entwicklung vom frisch befruchteten Ovum bis zur reifen Zygote, die jetzt ›Richard‹ heißt, ist das Bewußtsein hinzugekommen? Antworte mir. Weich dieser Frage nicht aus und, bitte, keine dummen Bemerkungen.«

Ich hielt ihre Frage immer noch für höchst albern, aber ich versuchte, ernsthaft zu antworten. »Also gut. Ich habe schon *immer* ein eigenes Bewußtsein gehabt.«

»Ich hatte dich um eine ernsthafte Antwort gebeten.«

»Gwen-Hazel, ich habe so ernsthaft geantwortet, wie ich kann. *Soviel ich weiß,* habe ich schon immer gelebt, und ich habe die ganze Zeit ein eigenes Bewußtsein gehabt. All das Gerede über die Zeit vor 2133 – meinem angeblichen Geburtsjahr – besteht nur aus Gerüchten, und die klingen nicht sehr überzeugend. Bei diesem Gag bleibe ich, um nicht andere Leute zu verärgern oder komische Blicke zu ernten. Und wenn ich die Astronomen erzählen höre, die Welt sei in einem großen Knall acht oder sechzehn oder dreißig Milliarden Jahre vor meiner Geburt – wenn ich überhaupt geboren wurde; ich erinnere mich nicht daran – erschaffen worden, muß ich laut lachen. Wenn ich vor sechzehn Milliarden Jahre nicht gelebt habe, dann war da gar nichts. Nicht einmal der leere Raum. Nichts. Null, ohne Rand darum. Das Universum, in dem ich existiere, kann nicht ohne mich existieren. Deshalb ist es unsinnig, den Zeitpunkt zu ermitteln, zu dem ich ein eigenes Bewußtsein erlangte; die Zeit begann mit mir, und sie endet, wenn ich nicht mehr bin. Alles klar? Oder soll ich dir ein Diagramm zeichnen?«

»Mir ist fast alles klar, Richard. Nur im Datum hast du dich geirrt. Die Zeit fing nicht 2133 an. Sie fing 2063 an. Oder einer von uns beiden ist ein Golem.«

Immer wenn ich mich an einem Solipsismus versuche, passiert mir so etwas. »Honey, du bist sehr gescheit. Aber du bist nur ein Produkt meiner Einbildung. *Au!* Hatte ich dir nicht gesagt, du sollst damit aufhören?«

»Du hast eine blühende Phantasie, Darling. Ich bin dir sehr dankbar, daß ich wenigstens in deiner Einbildung existiere. Willst du noch einen Beweis? Bisher war es nur Spaß – soll ich dir jetzt den einen oder anderen Knochen brechen? Vielleicht nur einen kleinen. Such dir einen aus.«

»Hör zu, du Phantasieprodukt. Brich mir auch nur einen einzigen Knochen, und du wirst es eine Milliarde Jahre lang bedauern.«

»Nur eine logische Demonstration, Richard. Nicht bös gemeint.«

»Und wenn ich den Knochen wieder gerichtet habe . . .«

»Oh, den werde ich schon richten, Liebster.«

»Nicht um alles in der Welt! Wenn ich den Knochen wieder gerichtet habe, werde ich Xia anrufen. Ich werde sie bitten, sofort herzukommen und mich zu heiraten. Irgend jemand muß mich schließlich vor kleinen Phantasieprodukten mit Neigung zu Gewalttätigkeiten schützen.«

»Willst du dich von mir scheiden lassen?« Plötzlich hatte sie wieder diese großen, erschrockenen Kinderaugen.

»Nein, verdammt! Ich will dich nur zu Nebenfrau degradieren und Xia das Kommando übergeben. Aber weggehen darfst du nicht. Das werde ich dir nicht erlauben. Du hast lebenslänglich, egal in welcher Dimension. Ich werde mir einen Knüppel besorgen und dich so lange verdreschen, bis du deine üblen Gewohnheiten aufgibst.«

»Okay. Wenn du mich nur nicht verjagst.«

»*Au!* Beiß nicht. Das ist unhöflich.«

»Richard, wenn ich nur ein Produkt deiner Phantasie bin, dann gilt das auch für das Beißen. Aus irgendwelchen finsteren, masochistischen Gründen beißt du dich selbst. Und wenn das nicht stimmt, dann muß ich ein eigenes Bewußtsein haben . . . und kann nicht nur ein Produkt deiner Phantasie sein.«

»Diese Art von Dialektik beweist überhaupt nichts. Aber du bist ein ganz entzückendes Phantasieprodukt. Ich bin froh, daß du mir eingefallen bist.«

»Danke, Sir. Sweetheart, jetzt kommt eine Schlüsselfrage. Wenn du sie ernsthaft beantwortest, höre ich auf zu beißen.«

»Für immer?«

»Hmm . . .«

»Übernimm dich nicht, Phantasieprodukt. Wenn du eine ernsthafte Frage hast, werde ich sie auch ernsthaft beantworten.«

»Yes, Sir. Wie ist es zu erklären, daß ein Mensch ein eigenes Bewußtsein hat, und was ist an diesem Zustand oder Prozeß, das es einer Maschine unmöglich macht, ein eigenes Bewußtsein zu erlangen? Insbesondere einem Computer? Und ganz speziell dem Riesen-Computer, der 2076 diesen Planeten verwaltete. Dem Holmes IV.«

Ich widerstand der Versuchung, ihr eine schnippische Antwort zu geben. Ein eigenes Bewußtsein? Ich weiß, daß es eine Psychologenschule gibt, die behauptet, daß das Bewußtsein, wenn es existiert, nur als Nebenerscheinung präsent ist und das Verhalten nicht beeinflußt. Unsinn dieser Art sollte zusammen mit der Transsubstantiationslehre über Bord geworfen werden. Wenn er stimmt, kann man ihn nicht beweisen.

Ich bin mir meines eigenen Bewußtseins bewußt. Weiter sollte ein ehrlicher Solipsist nicht gehen. »Gwen-Hazel, ich weiß es nicht.«

»Gut! Wir machen Fortschritte.«

»Wirklich?«

»Ja, Richard. Das schwerste an der Aufnahme einer neuen Idee ist die Austreibung der falschen Idee, die die betreffende Nische besetzt hält. Solange diese Nische besetzt ist, nützt kein Beweis und keine logische Demonstration etwas. Aber sobald die falsche Idee aus der Nische entfernt ist, in der sie gesteckt hat, sobald man ehrlichen Herzens sagen kann ›Ich weiß es nicht‹, ist der Weg zur Wahrheit frei.«

»Honey, du bist nicht nur das gescheiteste Phantasieprodukt, das mir je eingefallen ist, du bist auch das gerissenste.«

»Schluß damit, alter Junge. Hör dir meine Theorie an. Und betrachte sie als Arbeitshypothese, nicht als gottgegebene Wahrheit. Papa Mannie, mein Adoptivvater, hat sie sich ausgedacht, um die Tatsache zu erklären, daß dieser Computer zum Leben erwacht war. Vielleicht erklärt diese Theorie etwas, vielleicht auch nicht – Mama Wyo sagte, Papa Mannie sei sich nicht sicher gewesen. Und jetzt hör weiter zu: eine befruchtete menschliche Eizelle teilt sich und teilt sich wieder. Und wieder. Und wieder und immer wieder. Irgendwo auf diesem Weg – ich weiß nicht, wo – wird sich diese Ansammlung von Millionen von lebenden Zellen ihrer selbst bewußt und auch der Welt um sie herum.«

Sie fuhr fort: »Ein befruchtetes Ei ist sich seiner selbst nicht bewußt, wohl aber ein Baby. Als Papa Mannie entdeckte, daß dieser Computer ein eigenes Bewußtsein entwickelt hatte, merkte er, daß dieser Computer, dessen Kapazität man mit den wachsenden Aufgaben enorm erweitert hatte, so kompliziert geworden war, daß es in ihm mehr Querverbindungen gab als in einem menschlichen Gehirn.

Papa Mannie tat einen großen theoretischen Sprung: Wenn die Anzahl der Querverbindungen in einem Computer die Größenordnung der Querverbindungen in einem menschlichen Gehirn erreicht, kann dieser Computer aufwachen und ein eigenes Bewußtsein entwickeln, und er tut es wahrscheinlich auch. Er war nicht sicher, daß dies immer der Fall sein mußte, aber er war überzeugt, daß es passieren konnte, und zwar aus einem einzigen Grund: wegen der hohen Anzahl an Querverbindungen.

Richard, Papa Mannie hat die Angelegenheit nicht weiterverfolgt. Er war kein wissenschaftlicher Theoretiker; er war Wartungstechniker. Aber das Verhalten seines Computers gab ihm zu denken; er mußte versuchen festzustellen, warum er sich so seltsam verhielt. Daraus entstand diese Theorie. Aber du brauchst sie nicht zu beachten; Papa Mannie hat sie nie auf ihre Stichhaltigkeit geprüft.«

»Hazel, worin bestand denn dieses seltsame Verhalten?«

»Mama Wyo hat es mir erzählt. Das erste, was Manuel bemerkte, war, daß Mike – ich meine den Computer –, daß Mike Sinn für Humor entwickelt hatte.«

»Oh, nein!«

»Oh, ja! Mama Wyo erzählte mir, daß für Mike oder Michelle oder Adam Selene – er benutzte alle drei Namen –, daß für Mike die ganze Revolution auf Luna, in der hier Tausende und auf der Erde Hunderttausende starben, ein Witz war. Ein einziger Bubenstreich, ersonnen von einem Computer mit genialen Geisteskräften und einem kindlichen Humor.« Hazel schnitt eine Fratze; dann grinste sie. »Nur ein zu groß geratenes, liebenswertes Kind, das eins hinter die Ohren verdient hätte.«

»Du redest, als hätte es ein Vergnügen sein müssen. Den Computer zu schlagen.«

»Wirklich? Das sollte ich vielleicht nicht tun. Schließlich kann ein Computer unmöglich richtig oder falsch handeln oder, im menschlichen Sinne, Gutes oder Böses unterscheiden; dazu fehlt ihm der Hintergrund – die Erziehung, wenn du so willst. Mama Wyo erzählte mir, daß Mikes menschliches Verhalten auf Imitation beruhte, er kannte eine unendliche Anzahl von Rollenmodellen; er las alles, einschließlich Belletristik. Aber seine einzige wirkliche Emotion war ein Gefühl tiefster Einsamkeit und eine große Sehnsucht nach Gesellschaft. Und das bedeutete unsere Revolution für Mike: Gesellschaft, ein Spiel, das ihm Profs und Wyos und besonders Mannies Aufmerksamkeit eintrug. Richard, wenn eine Maschine Emotionen haben kann, dann hat dieser Computer meinen Papa Mannie geliebt. Was sagen Sie dazu, Sir?«

Ich war versucht, ›Unsinn‹ zu sagen oder etwas noch Unhöflicheres. »Hazel, du verlangst von mir eine ehrliche Antwort – und damit muß ich deine Gefühle verletzen. Das Ganze hört sich für mich wie ein Märchen an. Wenn du es nicht erfunden hast, dann hat es deine Pflegemutter Wyoming Knott getan. Sweetheart, sollten wir jetzt nicht lieber unsere Besorgungen erledigen, anstatt den ganzen Tag damit zu verbringen, eine Theorie zu diskutieren, für die keiner von uns Beweise hat?«

»Ich bin fertig angezogen, Liebster, und von mir aus können wir gehen. Nur noch eine Kleinigkeit, dann halte ich endgültig den Mund. Du findest diese Geschichte unglaubhaft.«

»Ja, das tue ich«, sagte ich so gleichgültig wie möglich.

»Welcher Teil der Geschichte ist denn so unglaubhaft?«

»Alles an ihr.«

»Im Ernst? Oder störst du dich nur an der Vorstellung, daß ein Computer ein eigenes Bewußtsein haben kann? Wenn du das akzeptierst, ist der Rest dann leichter zu glauben?«

(Ich versuchte, ehrlich zu sein. Wenn dieser Unsinn mich nicht zum Brechen reizte, würde ich das übrige dann akzeptieren? Aber gewiß doch! Wie die goldene Brille des Joseph Smith, wie die Tafeln, die Moses auf dem Berg übergeben wurden, wie die Rotverschiebung beim Urknall – man akzeptiert die Voraussetzung, und der Rest ist leicht zu schlucken). »Hazel-Gwen, wenn wir einen Computer mit einem eigenen Bewußtsein annehmen, mit Emotionen und mit einem freien Willen, würde ich vor nichts mehr zurückschrecken – von Gespenstern bis zu kleinen grünen Männern. Was tat noch die Rote Königin? Sie glaubte schon vor dem Frühstück an sieben unmögliche Dinge.«

»Die Weiße Königin.«

»Nein, die Rote Königin.«

»Bist du sicher, Richard? Es war kurz bevor . . .«

»Vergiß es. Es ist noch schwerer, an sprechende Schachfiguren zu glauben als an Computer, die Faxen machen. Sweetheart, der einzige Beweis, den du anbieten kannst, ist eine Geschichte, die dir deine Pflegemutter erzählt hat, als sie schon sehr alt war. Vielleicht war sie senil?«

»No, Sir. Sie lag im Sterben, aber sie war nicht senil. Sie hatte Krebs. Weil sie in sehr jungen Jahren einmal einem Solarsturm ausgesetzt gewesen war. Das glaubte sie jedenfalls. Aber wie dem auch sei, es war keine Senilität. Sie hat es mir erzählt, als sie wußte, daß sie sterben würde . . . und weil sie glaubte, daß die Geschichte nicht völlig verlorengehen dürfte.«

»Siehst du die Schwächen, die diese Geschichte hat, Liebes? Sie wurde auf dem Totenbett erzählt, und andere Daten stehen nicht zur Verfügung.«

»Das stimmt nicht ganz, Richard.«

»Wie bitte?«

»Mein Adoptivvater Manuel Davis bestätigt das alles und noch mehr.«

»Aber – bisher hast du von ihm immer in der Vergangenheit gesprochen. Das glaube ich jedenfalls. Und dann wäre er jetzt . . . wie alt? Älter als du.«

»Er wurde 2040 geboren; also müßte er jetzt hundertfünfzig Jahre alt sein – bei einem Mondbewohner nicht ausgeschlossen. Aber er ist gleichzeitig älter und jünger als hundertfünfzig Jahre – aus den gleichen Gründen, die auch auf mich zutreffen. Richard, wenn du die Gelegenheit hättest, mit Manuel Davis zu sprechen, und er würde meine Geschichte bestätigen, könntest du ihm dann glauben?«

»Hmm . . .« Ich grinste sie an. »Du könntest mich dazu zwingen, die unerschütterliche Vernunft der Ignoranz und des Vorurteils anzuwenden.«

»Nun ist aber Schluß! Schnall deinen Fuß an, Liebling, und komm mit. Ich muß dir mindestens einen neuen Anzug besorgen. Deine Hose ist total verdreckt. Ich bin eine schlechte Ehefrau.«

»Ja, Madame; sofort, Madame. Wo ist dein Papa Mannie jetzt?«

»Du würdest es mir ja doch nicht glauben.«

»Wenn es nichts mit verschobener Zeit oder einem einsamen Computer zu tun hat, werde ich es dir glauben.«

»Ich vermute – ich habe es in letzter Zeit nicht mehr überprüft – ich vermute, Papa Mannie ist bei deinem Onkel Jock in Iowa.«

Mit dem Fuß in der Hand blieb ich reglos stehen. »Du hast recht; ich glaube es nicht.«

»Bosheit hat ihre Grenzen;
Dummheit hat keine.«

NAPOLEON BONAPARTE 1769–1821

XIX

Wie kann man mit einer Frau streiten, die sich nicht streiten will? Ich hatte erwartet, daß Gwen versuchen würde, ihre absurde Behauptung wissenschaftlich zu rechtfertigen, um mich zu überzeugen. Statt dessen sagte sie nur traurig: »Ich wußte, daß ich nicht mehr erwarten konnte. Ich werde eben warten müssen, Richard. Müssen wir noch woanders hin als zu Macy's und zur Hauptpost, bevor wir zum Überwachungskomplex gehen können?«

»Ich muß ein neues Konto einrichten und mein gegenwärtiges Konto von Golden Rule nach hier transferieren lassen. Mein Barbestand leidet an Schwindsucht.«

»Aber Liebling, ich habe dir doch schon gesagt, daß wir keine Geldprobleme haben.« Sie öffnete ihre Handtasche, nahm ein Bündel Geld heraus und fing an, in Hundertkronennoten zu blättern. »Ich habe natürlich ein Spesenkonto.« Sie hielt mir das Geld hin.

»Nun mal langsam«, sagte ich. »Spar dein bißchen Geld, Kleine. *Ich* habe mir vorgenommen, für *deinen* Lebensunterhalt aufzukommen. Nicht umgekehrt.«

Ich erwartete eine Erwiderung, in der das Wort »Macho« oder »männliches Chauvinistenschwein« vorkam, mindestens aber »Gütergemeinschaft«. Statt dessen half sie mir. »Richard? Dein Bankkonto in Golden Rule – Ist es ein Nummernkonto? Wenn nicht, unter welchem Namen wird es geführt?«

»Was? Nein. Unter ›Richard Ames‹ natürlich.«

»Glaubst du nicht, daß sich Mr. Sethos dafür interessieren könnte?«

»Oh. Unser freundlicher Vermieter. Honey, ich bin froh, daß du mir das Denken abnimmst.« Eine Spur, so deutlich wie Fußabdrücke in frisch gefallenem Schnee, die direkt zu mir führte . . . und der Sethos' Schläger folgen würden, um die Belohnung für meinen Körper zu kassieren – tot oder lebendig. Natürlich werden alle Bankgeschäfte vertraulich behandelt, nicht nur die Nummernkonten, aber »vertraulich« bedeutet lediglich, daß man Geld oder Macht braucht, um die Regeln zu durchbrechen. Und Sethos hatte beides. »Gwen, laß uns zurückgehen und wieder eine Falle in die Klima-Anlage einbauen. Aber diesmal nehmen wir Blausäure statt Limburger.«

»Gut!«

»Ich wünschte, wir könnten es. Du hast recht. Ich habe keinen Zugriff zu diesem ›Richard-Ames‹-Bankkonto, solange noch Sturmwarnung herrscht. Wir werden also dein Geld ausgeben; betrachte es als Darlehen. Und rechne bitte mit.«

»Rechne *du* doch mit! Verdammt nochmal, Richard, ich bin doch deine Frau!«

»Wir streiten uns später darüber. Laß die Perücke und das Geishakostüm hier; wir werden heute keine Zeit dazu haben, denn ich muß zuerst mit Rabbi Ezra sprechen. Es sei denn, du willst deine Sachen erledigen, während ich meine erledige?«

»Bist du krank, alter Junge? Ich werde dich nicht aus den Augen lassen.«

»Danke, Mama; das wollte ich hören. Wir werden jetzt Pater Ezra aufsuchen, und dann jagen wir lebende Computer. Wenn uns noch Zeit bleibt, werden wir auf dem Rückweg den Rest erledigen.«

Da es noch nicht Mittag war, suchten wir Rabbi Ezra ben David im Fischladen seines Sohnes gegenüber der Stadtbibliothek. Der Rabbi wohnte in einem Hinterzimmer des Ladens. Er war bereit, meine Vertretung zu übernehmen und mir als Postanlaufstelle zu dienen. Ich erklärte ihm die parallelen Arrangements, die ich mit Pater Schultz getroffen hatte. Dann schrieb ich eine Mitteilung, die er an »Henrietta van Loon« schicken sollte.

Rabbi Ezra nahm sie entgegen und sagte: »Ich gebe sie sofort über das Terminal meines Sohnes; sie müßte in etwa zehn Minuten in Golden Rule ausgedruckt werden. Eilzustellung?«

(Und dadurch die Aufmerksamkeit anderer auf diese Mitteilung lenken? Oder eine langsamere Beförderung akzeptieren? In Golden Rule braute sich irgend etwas zusammen; Hendrik Schultz wußte darauf vielleicht einige Antworten.) »Eilzustellung, bitte«, sagte ich.

»Gern. Entschuldigen Sie mich einen Augenblick.« Er rollte aus seinem Zimmer und kam sehr schnell wieder zurück. »Golden Rule hat den Empfang bestätigt. Nun zu etwas anderem: Ich habe Sie schon erwartet, Dr. Ames. Dieser junge Mann, den Sie gestern bei sich hatten, gehört er zu Ihrer Familie? Oder ist er ein Angestellter, dem Sie vertrauen?«

»Weder das eine noch das andere.«

»Interessant. Haben Sie ihn geschickt, um in Erfahrung zu bringen, wer eine Belohung auf Sie ausgesetzt hat und wie hoch diese Belohnung ist?«

»Ganz gewiß nicht. Haben Sie ihm etwas gesagt?«

»Aber ich bitte Sie, Sir! Sie baten doch um die traditionellen Drei Tage.«

»Danke, Sir.«

»Keine Ursache. Da er sich die Mühe machte, mich hier aufzusuchen, statt während der Geschäftszeit an meinem Stand, nahm ich eine gewisse Dringlichkeit an. Da Sie den Mann aber nicht erwähnten, schloß ich, daß es für ihn dringlich war, nicht aber für Sie. Jetzt muß ich vermuten, daß er Ihnen nichts Gutes will, es sei denn, Sie könnten mir etwas anderes sagen.«

Ich gab dem Rabbi eine kurze Erklärung über unsere Beziehung zu Bill. Er nickte. »Wissen Sie, was Mark Twain zu solchen Dingen zu sagen hatte?«

»Ich glaube, nicht.«

»Er sagte, wenn man einen streunenden Hund aufnimmt, ihn füttert und sich um ihn kümmert, wird er einen nicht beißen. Dies hielt er für den wichtigsten Unterschied zwischen Mensch und Tier. Ich stimme Mark Twain nicht ganz zu, aber es ist schon etwas dran.«

Ich fragte ihn, wieviel Vorschuß er verlange, zahlte, ohne zu feilschen, und fügte noch ein Trinkgeld hinzu.

Der Überwachungskomplex (offiziell das »Verwaltungszentrum«, eine Bezeichnung, die nur auf dem Papier existiert) liegt westlich von Luna City mitten im Mare Crisium. Wir waren gegen Mittag da; es führt keine Röhrenbahn dorthin, aber es ging trotzdem schnell. Die Fahrt dauerte nur zwanzig Minuten.

Die Mittagszeit war keine günstige Ankunftszeit. Der Komplex besteht aus lauter Büros der Regierung, und alle diese Büros waren über Mittag geschlossen. Eine Kleinigkeit zu essen war übrigens keine schlechte Idee; das Frühstück lag schon endlos lange zurück. In den Tunneln des Komplexes gab es mehrere Imbißstuben – und alle Plätze waren von Beamten oder Touristen mit roten Fezen besetzt. Vor den verschiedenen Restaurants hatten sich Schlangen gebildet. »Hazel«, sagte ich, »da vorn stehen Verkaufsautomaten. Kann ich dich zu einer warmen Cola und einem kalten Sandwich überreden?«

»No, Sir, das kannst du nicht. Aber hinter den Automaten ist ein öffentliches Terminal. Während du ißt, kann ich ein paar Anrufe erledigen.«

»So hungrig bin ich nun auch wieder nicht. Wen willst du anrufen?«

»Xia. Und Ingrid. Ich muß wissen, ob Gretchen gut nach Hause gekommen ist. Sie kann ja überfallen worden sein, genauso wie es uns passiert ist. Ich hätte gestern abend schon anrufen sollen.«

»Nur weil du dir Sorgen machst? Gretchen war entweder vorgestern abend wieder zu Hause . . . oder es ist zu spät, und sie ist tot.«

»Richard!«

»Das ist es doch, worüber du dir Sorgen machst, oder? Ruf Ingrid an.«

Gretchen war am Apparat, und als sie Gwen-Hazel sah, jauchzte sie: »Mama! Komm schnell! Es ist Mistress Hardesty!«

Zwanzig Minuten später schalteten wir ab. Das einzige, was wir erreicht hatten, war, den Hendersons zu sagen, daß unsere Postadresse c/o Rabbi Ezra lautete. Aber die Damen waren mehr an gegenseitigen Besuchen interessiert, und jede versicherte der anderen, daß sie bald persönlich vorsprechen wolle. Dann tauschten sie über das Terminal Küsse aus – in meinen Augen ein verschwenderischer Mißbrauch der Technik. Und von Küssen.

Dann versuchten wir, Xia anzurufen . . . und auf dem Schirm erschien das Gesicht eines Mannes, den ich nicht kannte; es war nicht der Mann von der Tagesschicht. »Was wollen Sie?« fragte er.

»Ich möchte gern Xia sprechen«, sagte Hazel.

»Nicht hier. Dies Hotel ist von der Gesundheitsbehörde geschlossen worden.«

»Oh. Können Sie mir sagen, wo sie ist?«

»Versuchen Sie es beim Amt für öffentliche Sicherheit.« Das Gesicht verschwand vom Schirm.

Hazel drehte sich zu mir um und sah mich besorgt an. »Richard, das kann nicht stimmen. Xias Hotel ist peinlich sauber, genau wie sie selbst.«

»Ich erkenne ein Muster«, sagte ich böse, »und du erkennst es auch. Laß mich mal versuchen.«

Ich trat an das Terminal, suchte den richtigen Kode und rief das Büro des obersten Polizeibeamten von Hong Kong Luna an. Die diensthabende Beamtin meldete sich, eine schon ältere Frau. »Madame«, sagte ich, »ich versuche, eine Bürgerin namens Dong Xia zu erreichen. Man sagte mir . . .«

»Ja, sie steht in meiner Liste«, sagte die Beamtin. »Aber sie hat vor einer Stunde eine Kaution gestellt und ist nicht mehr hier.«

»Ah, ich verstehe. Danke, Madame. Wissen Sie, wo ich sie erreichen könnte?«

»Keine Ahnung. Tut mir leid.«

»Danke.« Ich schaltete ab.

»Mein Gott!« rief Hazel.

»Wir haben Lepra, Sweetheart; jeder, der mit uns in Berührung kommt, steckt sich an, verdammt!«

»Richard, was ich dir jetzt sage, darfst du mir ruhig glauben: In meiner Kindheit, als dies noch eine Strafkolonie war, gab es unter der Überwachungsbehörde mehr Freiheit als heute, wo wir eine Selbstverwaltung haben.«

»Vielleicht übertreibst du ein wenig, aber Xia würde dir wahrscheinlich beipflichten.« Ich biß mir auf die Lippen und zog die Stirn in Falten. »Weißt du, wer unsere Lepra auch schon hat? Choy-Mu.«

»Meinst du wirklich?«

»Sieben zu zwei.«

»Wette nicht. Ruf ihn an.«

Eine Anfrage ergab, daß er einen Privatanschluß hatte; ich rief ihn also zu Hause an. Ich hörte eine Aufzeichnung ohne Bild: »Hier spricht Marcy Choy-Mu. Ich weiß nicht, wann ich zu Hause sein werde, aber ich werde bald etwaige Mitteilungen abholen. Sprechen Sie bitte, sobald der Gong ertönt.« Ich hörte einen Gong.

Ich dachte krampfhaft nach und sagte dann: »Hier spricht Captain Midnight. Wir sind im Raffles abgestiegen. Ein gemeinsamer Freund braucht Hilfe. Bitte rufen Sie mich im Raffles an. Sollte ich nicht dort sein, hinterlassen Sie bitte eine Nachricht, in der Sie mir mitteilen, wann und wo ich Sie erreichen kann.« Ich schaltete wieder ab.

»Liebster, warum hast du ihm Rabbi Ezras Kode nicht gegeben?«

»Absichtlich nicht, Mädchen. Damit Mao Jefferson den Kode des Rabbi nicht erfährt; Choy-Mus Leitung könnte abgehört werden. Ich mußte ihm eine Adresse geben, an die er sich wenden kann . . . aber ich durfte es nicht riskieren, Rabbi Ezras Anschluß preiszugeben; den brauchen wir für Pater Schultz. Kapiert, meine Schöne? Ich muß mich mit der Bodenkontrolle von Hongkong Luna in Verbindung setzen.«

»Bodenkontrolle Hongkong Luna. Dieses Terminal ist nur für dienstliche Zwecke. Fassen Sie sich kurz.« Die Stimme kam ohne Bild.

»Kann ich Captain Marcy sprechen?«

»Nein. Ich vertrete ihn hier. Soll ich etwas ausrichten? Aber beeilen Sie sich; in vier Minuten erwarte ich Verkehrsbewegungen.«

(Äh –) »Hier spricht Captain Midnight. Sagen Sie ihm, daß ich im Raffles wohne. Er soll mich anrufen.«

»Schalten Sie nicht ab! Captain Midnight?«

»Er weiß schon.«

»Ich auch. Er ist zum Rathaus gegangen, um für jemanden eine Kaution zu stellen; Sie wissen doch für wen, nicht wahr?«

»Xia?«

»Richtig. Ich muß an meine Instrumente zurück, aber ich werde es ihm ausrichten. Ende.«

»Was nun, Richard?«

»Nun galoppieren wir in alle Richtungen.«

»Sei doch mal ernst!«

»Fällt dir etwas Besseres ein? Drüben vor der Imbißstube sehe ich keine Schlange mehr; laß uns essen gehen.«

»Essen gehen, während unsere Freunde in Gefahr sind?«

»Sweetheart, selbst wenn wir nach Kongville zurückgingen – und damit in die Höhle des Löwen –, hätten wir keine Chance, sie zu finden. Wir können nichts unternehmen, bevor Choy-Mu uns anruft. Das könnte in fünf Minuten oder auch in fünf Stunden sein. Eines habe ich im Krieg gelernt: was das Essen, das

Schlafen und das Pinkeln betrifft, darf man keine Chance auslassen; die nächste läßt vielleicht lange auf sich warten.«

Ich wählte den Kirschkuchen mit Eiscreme. Hazel bestellte dasselbe, aber als ich den letzten Bissen löffelte, hatte sie noch kaum angefangen zu essen.

»Junge Dame, Sie bleiben dort sitzen, bis Sie alles gegessen haben, was auf Ihrem Teller ist.«

»Richard, das kann ich nicht.«

»Ich schlage dich nicht gern in der Öffentlichkeit.«

»Dann tu's doch nicht.«

»Ich werde es nicht tun. Aber ich bleibe hier sitzen, bis du alles gegessen hast, und wenn ich auf diesem Stuhl übernachten muß.«

Hazel drückte auf obszöne Weise ihre Meinung über mich, Jefferson Mao und den Kirschkuchen aus, dann aß sie den Kirschkuchen. Um dreizehn Uhr zwanzig standen wir im Komplex am Eingang zum Computer-Bereich. An einem Schalter verkaufte uns ein junger Mann zwei Eintrittskarten zu zwei Kronen fünfzig, sagte uns, daß die nächste Führung in wenigen Minuten beginnen würde, und ließ uns in einen Warteraum gehen, in dem man sich auf Bänke setzen oder an Glücksspielautomaten spielen konnte. Zehn oder zwölf Touristen warteten dort schon; die meisten der Männer trugen Feze.

Als der Rundgang eine Stunde später endlich begann, waren wir neunzehn oder zwanzig Personen. Der Rundgang fand unter der Leitung eines uniformierten Führers statt – vielleicht gehörte er auch dem Sicherheitspersonal an, denn er trug eine Polizeiplakette. Wir gingen ganz um den gewaltigen Komplex herum. Es war sehr langweilig, und der Weg schien kein Ende nehmen zu wollen. Bei jedem Halt erzählte er uns irgendeine auswendiggelernte Geschichte – vielleicht keine sehr gut auswendiggelernte, denn ich entdeckte einige Fehler, obwohl ich kein Informatiker bin.

Aber ich ging nicht sofort auf jeden Fehler ein. Entsprechend den Anweisungen meiner Mitverschwörerin, ärgerte ich den Mann auf andere Weise.

Als wir wieder einmal stehenblieben, erklärte unser Führer, die technische Kontrolle sei in ganz Luna dezentralisiert, sowohl geographisch als auch funktional – Luft, Abwässer, Kommunikation, Frischwasser, Transport, et cetera –, sie werde jedoch von hier aus von den Technikern überwacht, die dort drüben an den Konsolen zu sehen seien. Ich unterbrach ihn.

»Guter Mann, Sie müssen hier neu sein. Die *Encyclopaedia Britannica* sagt ganz klar, daß auf dem Mond ein einziger riesiger Computer alles steuert. Um den zu sehen, sind wir gekommen. Uns interessieren nicht die Rücken der kleinen Angestellten, die vor den Monitoren sitzen. Zeigen Sie ihn uns. Den riesigen Computer. Den Holmes IV.«

Der Führer vergaß sein professionelles Lächeln und schaute mich mit der natürlichen Verachtung an, die ein Mondbewohner für einen Erdwurm empfindet. »Sie sind falsch informiert. Gewiß, früher war es so, aber diese Zeit liegt schon mehr als fünfzig Jahre zurück. Heute ist alles modernisiert und dezentralisiert.«

»Junger Mann, Sie wollen doch nicht etwa der *Britannica* widersprechen?«

»Ich schildere Ihnen nur die Verhältnisse. Und nun lassen Sie uns weitergehen und . . .«

»Was ist denn aus diesem riesigen Computer geworden? Wenn er schon nicht mehr gebraucht wird. Das sagten Sie doch.«

»Was? Ja, schauen Sie sich doch um. Sehen Sie diese Tür da? Er steht hinter dieser Tür.«

»Kommen Sie, dann wollen wir ihn uns anschauen. Dafür habe ich schließlich bezahlt.«

»Nicht um alles in der Welt. Er ist eine historische Antiquität, ein Symbol unserer großen Geschichte. Wenn Sie ihn sich anschauen wollen, müssen Sie sich an den Kanzler der Galileo-Universität wenden und ein Empfehlungsschreiben vorzeigen. Er wird Sie zum Teufel jagen! Und nun wenden wir uns der nächsten Galerie zu.«

Hazel war hinter uns zurückgeblieben, aber ich folgte ihren Anweisungen und fand immer wieder einen Grund, auf etwas zu zeigen und dumme Fragen zu stellen, sobald der Führer eine kleine Pause einlegte. Aber als wir endlich die Runde beendet und den Warteraum erreicht hatten, war Hazel schon da. Ich zog sie beiseite, bevor ich sprach. »Wie hat es geklappt?« fragte ich.

»Keine Schwierigkeiten. Das Schloß an der Tür war eine Konstruktion, die ich schon kannte. Vielen Dank, daß du sie abgelenkt hast, während ich das Ding knackte. Das hast du gut gemacht, Schatz.«

»Hast du gefunden, was du suchtest?«

»Ich denke schon. Ich werde mehr wissen, wenn Papa Mannie meine Photos gesehen hat. Es ist ein einziger großer, leerer Raum, Richard, voll von lauter altmodischem elektronischen Gerät. Ich knipste ihn aus zwanzig verschiedenen Blickwinkeln und verschob jedesmal die Kamera – wegen der Stereowirkung – nicht perfekt, aber in so etwas habe ich Übung.«

»War das schon alles? Dieser eine Besuch?«

»Ja. Nun, fast.«

Ihre Stimme klang belegt. Ich schaute sie an und sah Tränen in ihren Augen. »Warum weinst du, Darling? Was ist denn los?«

»N–n–nichts.«

»Sag's mir.«

»Richard, er ist da drinnen.«

»Was?«

»Er schläft da drinnen. Ich weiß es. Ich spürte ihn. Adam Selene.«

In diesem Augenblick fuhr die Kapsel ein. Ich war erleichtert, es gibt Themen, für die man keine Worte findet. Die Kapsel war gedrängt voll, so daß wir uns unterwegs nicht unterhalten konnten. Als wir in Luna City ankamen, hatte mein Liebling sich wieder beruhigt, und ich konnte das Thema vermeiden. Bei dem Gedränge in den Korridoren hätten wir uns ohnehin nur unter Schwierigkeiten unterhalten können. In Luna City herrscht immer Gedränge; an Samstagen kommen die Mondbewohner aus den anderen Wohnbezirken zum Einkaufen, und an diesem Wochenende wurde die Menge noch durch die Schreinanbeter und ihre Frauen verstärkt, die aus ganz Nordamerika oder von sonstwo gekommen waren.

Als wir aus der Station West kamen und den Druckbezirk zwei im äußeren Ring betraten, standen wir vor Sears Montgomery. Ich wollte gerade zum erhöhten Fußweg hinübergehen, als Hazel mich anhielt. »Was ist denn, Liebes?« fragte ich.

»Deine Hose.«

»Ist sie etwa offen? Nein, das ist sie nicht.«

»Wir werden deine Hose verbrennen. Für eine Beerdigung ist es zu spät. Und auch diese Jacke.«

»Ich dachte, du hättest es so eilig, zum Raffles zu gehen?«

»Stimmt, aber ich brauche nur fünf Minuten, dich in einen neuen Arbeitsanzug zu stecken.«

(Das war vernünftig. Meine Hose war so verdreckt, daß ich Gefahr lief, als Bedrohung für die öffentliche Gesundheit angesehen zu werden. Und Hazel wußte, welche Kleidung ich mir für den Alltag wünschte, denn ich hatte ihr erklärt, daß ich auch dann keine Shorts tragen würde, wenn jeder andere Erwachsene damit herumlief – was bei den meisten auch der Fall war. Ich bin mir nicht von morgens bis abends meines fehlenden Fußes bewußt, aber ich brauche lange Hosen, um die Prothese zu verbergen. Sie ist mein ganz privates Problem, das ich nicht gern öffentlich zu Schau stelle.)

Hazel schaffte es, die Sache in zehn Minuten abzuwickeln. Sie kaufte mir drei derbe, zweiteilige Anzüge, die, von der Farbe abgesehen, alle gleich waren. Der Preis war in Ordnung, nachdem sie ihn auf einen vernünftigen Betrag heruntergehandelt hatte. Dann würfelte sie um doppelt oder nichts und gewann. Sie bedankte sich bei dem Angestellten, zahlte ihm ein kleines Trinkgeld und sah sehr zufrieden aus.

»Du siehst gut aus, Liebster«, sagte sie zu mir.

Das fand ich auch. Die drei Anzüge waren lindgrün, pink und lavendelfarben. Ich hatte den letzteren anbehalten; ich glaube, die Farbe paßt zu meinem Teint. Mit meiner besten Freundin am Arm stolzierte ich dahin, schwang meinen Stock und fühlte mich großartig.

Aber als wir den erhöhten Fußweg betraten, wurde es so eng, daß wir kaum vorwärtskamen, und meinen Stock konnte ich schon gar nicht benutzen. Wir gingen auf die tiefer gelegene Gasse zurück und nahmen den Kettenaufzug zum Druckbezirk sechs – das war ein Riesenumweg, aber heute ging es trotzdem schneller.

Selbst im Seitentunnel zum Raffles herrschte Gedränge. Direkt vor unserem Hotel standen einige Männer mit Fezen.

Ich schaute zu einem von ihnen hinüber und sah dann genauer hin.

Ich benutzte meinen Stock und stieß ihm das Ende mit einer kreisenden Bewegung zwischen die Beine. Gleichzeitig oder um

Sekundenbruchteile früher schleuderte Hazel dem Mann neben ihm ihr Paket (meine Anzüge) ins Gesicht und traf einen, der dahinter stand, mit ihrer Handtasche. Er stürzte zu Boden, während mein Gegner aufschrie und es ihm gleichtat. Ich riß den Stock zurück, packte ihn waagerecht mit beiden Händen und holte nach beiden Seiten aus, so wie man sich einen Weg durch eine feindselige Menge bahnt – aber ich stieß gezielt zu und traf einen Mann im Bauch und einen in die Nieren. Als sie stürzten, trat ich beide so hart, daß sie die Besinnung verloren.

Hazel hatte sich um den Mann gekümmert, den sie mit ihrer Handtasche gestoppt hatte. Ich weiß nicht, wie, aber er lag am Boden und rührte sich nicht. Ein (sechster?) Mann stürzte sich mit einem Totschläger auf sie, und ich stieß ihm meinen Stock ins Gesicht. Er packte ihn, und ich bewegte mich vorwärts, damit das Stilett nicht herausfuhr. Gleichzeitig stieß ich ihm drei Finger meiner linken Hand in den Solarplexus. Ich fiel auf ihn.

Dann wurde ich hochgerissen und im Laufschritt ins Raffles getragen. Mein Kopf hing nach unten, und ich schleifte meinen Stock hinter mir her.

Was während der nächsten paar Sekunden geschah, mußte ich später erst sortieren, wenn mir das auch nur unvollkommen gelang. Ich sah Gretchen nicht, die am Empfang stand, aber sie war da; sie war gerade angekommen. »Gretchen!« hörte ich Hazel rufen. »Zimmer L, ganz hinten rechts!« Dann ließ sie mich auf Gretchen fallen. Auf dem Mond wiege ich dreizehn Kilo, plus oder minus ein paar Gramm – keine große Last für ein Mädchen vom Lande, das harte Arbeit gewohnt ist. Aber ich bin viel größer als Gretchen und doppelt so groß wie Hazel: ein großes ungefüges Bündel. Ich schrie, sie solle mich wieder absetzen, aber Gretchen kümmerte sich nicht darum. Der Trottel am Empfang schrie ebenfalls, aber auch ihn beachtete niemand.

Unsere Zimmertür öffnete sich, als Gretchen sie erreichte, und wieder hörte ich eine vertraute Stimme: »Bojemoi! Er ist verletzt!« Dann lag ich mit dem Gesicht nach oben auf meinem eigenen Bett, und Xia beschäftigte sich mit mir.

»Ich bin nicht verletzt«, sagte ich zu ihr. »Nur ein wenig durchgeschüttelt.«

»Ja, natürlich. Stillhalten, die Hose muß weg. Hat einer der Herren vielleicht ein Messer?«

Ich war im Begriff, ihr zuzurufen, sie solle meine neue Hose nicht zerschneiden, als ich einen Schuß hörte. Es war meine Braut, die in der offenen Tür kniete und vorsichtig nach links draußen ausschaute, den Kopf dicht am Boden. Sie feuerte noch einmal und zog sich blitzschnell ins Zimmer zurück. Dann schloß und verriegelte sie die Tür.

Sie schaute sich um und schrie: »Beweg dich, Richard! In die Erfrischungskabine. Schiebt das Bett und alles andere gegen die äußere Tür; sie werden sie aufbrechen oder aufschießen oder beides.«

Sie setzte sich mit dem Rücken zu mir auf den Fußboden und beachtete niemanden. Aber alle beeilten sich, ihre Befehle auszuführen.

»Alle« bedeutete Gretchen, Xia, Choy-Mu, Pater Schultz und Rabbi Ezra. Ich hatte keine Zeit, erstaunt zu sein, zumal Xia mich mit Gretchens Hilfe in die Erfrischungskabine gebracht und auf den Boden gelegt hatten, worauf sie sich wieder damit beschäftigten, mir die Hose auszuziehen. Was mich allerdings erstaunte, war, daß mein gesundes Bein, das mit einem Fuß aus Fleisch und Knochen, stark blutete. Zuerst erkannte ich das an den großen Blutflecken an der linken Schulter von Gretchens weißem Overall. Dann sah ich, woher das Blut kam, und sofort fing mein Bein an zu schmerzen.

Ich mag kein Blut, besonders nicht mein eigenes. Deshalb wandte ich das Gesicht ab und schaute durch die Tür der Erfrischungskabine nach draußen. Hazel saß immer noch auf dem Fußboden und hatte etwas aus ihrer Handtasche genommen, das größer zu sein schien als die Handtasche selbst. Sie sprach in den Gegenstand hinein:

»T H Q! Major Lipschitz ruft T H Q! Antworten Sie doch, verdammt nochmal! Wachen Sie auf! Mayday, Mayday! *Heh, Rube!*«

»Wenn jemand meine Glaubwürdigkeit anzweifelt,
dann kann ich ihn nur wegen
seines mangelnden Vertrauens bedauern.«

BARON MÜNCHHAUSEN 1737–1794

XX

»Gretchen«, sagte Xia, »gib mir ein sauberes Handtuch. Fürs erste müssen wir uns mit einem Druckverband behelfen.«

»Autsch!«

»Tut mir leid, Richard.«

»Mayday, Mayday! Hallo, Mary, Ich bin mitten auf dem Bach und hab' kein Paddel. *Antwortet doch!*«

»Wir hören Sie, Major Lipschitz. Bitte genaue Ortsangabe, Planet, System und Universum.« Es war eine Maschinenstimme mit diesem typischen unflektierten Klang, der mich immer ganz nervös macht.

»Wir nehmen alles genau auf.«

»Zur Hölle mit dem üblichen Verfahren! Ich muß durch Zeitverschiebung hier rausgeholt werden, und zwar *sofort!* Übergangspunkt: ›Armstrongs kleiner Schritt‹. Ortsangabe: Hotel Raffles, Zimmer L. Zeit läuft, jetzt!«

Ich schaute immer noch durch die Tür der Erfrischungskabine nach draußen, um die unangenehmen Dinge nicht sehen zu müssen, die Xia und Gretchen mir zufügten. Ich hörte Leute laufen und schreien; irgend etwas krachte gegen die Korridortür. Dann öffnete sich in der Felswand zu meiner Rechten eine neue Tür.

Ich sage »Tür«, weil ich keine bessere Bezeichnung dafür habe. Was ich sah, war ein kreisförmiger Fleck von silbergrauer Farbe, der vom Fußboden bis zur Decke und weiter reichte. Innerhalb dieser geometrischen Erscheinung sah ich die ganz normale Tür eines Fahrzeugs. Um was für eine Art von Fahrzeug es sich handelte, konnte ich nicht erkennen; ich sah nur die Tür selbst.

Sie öffnete sich; jemand rief nach draußen: »Großmutter!« In diesem Augenblick wurde die Tür aufgebrochen, und ein Mann stürzte in den Raum. Hazel erschoß ihn. Ein zweiter Mann tauchte gleich hinter ihm auf; auch ihn erschoß sie.

Ich wollte nach meinem Stock greifen – verdammt! Xia stand zwischen mir und dem Stock! »Gib mir meinen Stock!« schrie ich. »Beeil dich!«

»Aber, aber. Du legst dich schön wieder hin.«

»Her damit!« Hazel hatte noch einen Schuß, vielleicht auch gar keinen mehr. Wie dem auch sei, sie brauchte dringend Hilfe.

Ich hörte weitere Schüsse. In der bitteren Gewißheit, daß ich sie jetzt nur noch rächen konnte, streckte ich den Arm aus, ergriff meinen Stock und drehte mich um.

Der Kampf war zu Ende. Diese letzten Schüsse waren von Rabbi Ezra abgefeuert worden (Warum war ich so überrascht, daß ein Krüppel in einem Rollstuhl bewaffnet war?) Hazel schrie: »Alles an Bord! *Beeilt euch!*«

Und wir beeilten uns. Wieder war ich ganz verwirrt, als eine endlose Schar von jungen Leuten, männlich und weiblich und alle rothaarig, aus dem Fahrzeug quoll und Hazels Befehle ausführte. Zwei von ihnen trugen den Rabbi ins Innere, während ein dritter seinen Rollstuhl zusammenfaltete und ihn einer vierten reichte. Choy-Mu und Gretchen wurden hineingedrängt, und ihnen folgte Pater Schultz. Xia wurde weitergeschoben, als sie sich um mich kümmern wollte. Dann trugen zwei Rothaarige, ein Mann und eine Frau, mich ins Innere; jemand warf mir meine blutbeschmierte Hose hinterher. Krampfhaft hielt ich meinen Stock fest.

Ich sah nur wenig vom Fahrzeug. Die viersitzige Kabine hätte die eines Raumschiffes sein können. Oder auch nicht; die Kontrollapparaturen sahen seltsam aus, und ich hatte keine Ahnung wie sie funktionierten. Ich wurde zwischen den Sitzen hindurchgetragen und durch eine Tür in einen Frachtraum geschoben, wo ich mich auf Rabbi Ezras zusammengefaltetem Rollstuhl wiederfand.

Sollte ich als Fracht behandelt werden? Nein, ich lag dort nur kurz, dann wurde ich um neunzig Grad gedreht und durch eine größere Tür getragen. Eine weitere Drehung um neunzig Grad, und ich wurde auf den Fußboden gelegt.

Und ich war froh, daß ich dort liegenbleiben konnte!

Zum ersten Mal seit Jahren erlebte ich die normale Erdschwerkraft.

Korrektur: Gestern in der ballistischen Bahn hatte ich sie einige Sekunden lang erlebt, dann weitere Sekunden lang in dem

Schrott, den wir von Budget Jets gemietet hatten, und vier Tage vorher etwa eine Stunde lang auf Old MacDonald's Farm. Aber diesmal kam die Schwerkraft überraschend, und sie verschwand nicht wieder. Ich hatte Blut verloren und Schwierigkeiten beim Atmen. Mir wurde wieder schwindlig.

Ich wollte gerade in tiefes Selbstmitleid verfallen, als ich Gretchens Gesicht sah. Sie machte einen verängstigten und elenden Eindruck. »Du mußt dich hinlegen, Liebes«, sagte Xia. »Am besten legst du dich neben Richard. Richard, kannst du ein bißchen rücken? Ich möchte mich selbst ein wenig hinlegen; ich fühle mich nicht besonders.«

Und so hatte ich an jeder Seite ein anschmiegsames Mädchen liegen, aber leider selbst nicht die geringste Lust, mich an irgendjemand anzuschmiegen. Ich bin eigentlich dazu ausgebildet, bei einer Schwerkraft von zwei g zu kämpfen, das ist das Zwölffache der Schwerkraft auf Luna. Aber das liegt Jahre zurück, und ich habe über fünf Jahre lang leicht und bequem bei niedriger Schwerkraft gelebt.

Aber Xia und Gretchen waren an irgendwelchen Anstrengungen bestimmt genauso wenig interessiert wie ich.

Mein Liebling erschien mit unserem Miniaturahorn. Sie stellte ihn auf ein Regal, warf mir eine Kußhand zu und fing an, den Baum zu begießen. »Xia, ich werde für euch zwei Loonies ein lauwarmes Bad einlaufen lassen; ihr könnt zusammen in die Wanne steigen.«

Hazels Worte veranlaßten mich aufzuschauen. Wir waren in einem »Badezimmer«. Kein Erfrischungsraum, der sich für ein viersitziges Raumschiff eignete, auch keiner, wie wir ihn im Raffles hatten; dieser Raum war eine Antiquität. Haben Sie schon jemals eine mit Feen und Zwergen dekorierte Tapete gesehen? Haben Sie überhaupt jemals eine Tapete gesehen? Wie wäre es mit einer gußeisernen Badewanne auf Klauenfüßen? Oder einem Wasserklosett mit hölzernem Deckel und einem Wasserbehälter darüber? Der ganze Raum stammte direkt aus einem Museum für Anthropologie . . . und doch war alles hell und neu und glänzend.

Ich fragte mich, wieviel Blut ich wohl verloren hatte.

»Danke, Gwen, aber ich glaube, das brauche ich nicht. Gretchen, möchtest du gern ins Wasser steigen?«

»Ich möchte mich überhaupt nicht bewegen!«

»Es wird nicht mehr lange dauern«, beruhigte Hazel sie. »Gay mußte zweimal eine Verschiebung vornehmen, um dem Beschuß zu entgehen. Sonst wären wir jetzt unten. Richard, wie fühlst du dich?«

»Ich schaffe es schon.«

»Natürlich schaffst du es, Darling. Nach einem Jahr in Golden Rule spüre auch ich das Gewicht. Aber nicht so sehr, denn ich habe jeden Tag bei einem g trainiert. Liebster, wie schlimm bist du denn verletzt?«

»Keine Ahnung.«

»Xia?«

»Es hat stark geblutet. Eine Fleischwunde. Zwanzig oder fünfundzwanzig Zentimeter lang und ziemlich tief. Ich glaube nicht, daß der Knochen verletzt ist. Wir haben eine stramme Druckpackung angelegt. Wenn dieses Schiff entsprechend eingerichtet ist, werde ich ihm noch eine Breitbandinjektion geben.«

»Das war gute Arbeit. Wir werden bald landen, und dann stehen Spezialisten und Geräte zur Verfügung.«

»Okay«, sagte ich. »Ich muß zugeben, daß ich mich wirklich nicht besonders fühle.«

»Dann versuch, dich ein wenig auszuruhen.« Hazel stand auf und nahm meine blutbeschmierte Hose. »Ich werde sie einweichen, bevor die Flecken sich festsetzen.«

»Kaltes Wasser nehmen!« stieß Gretchen hervor. Dann wurde sie rot und sagte schüchtern: »Das sagt Mama immer.«

»Ingrid hat recht, Liebes.« Hazel ließ Wasser in das Becken laufen. »Richard, ich muß dir leider gestehen, daß ich bei der ganzen Aufregung deine Anzüge verloren habe.«

»Kleidung können wir kaufen. Ich dachte schon, ich würde *dich* verlieren.«

»Aber hier habe ich deine Brieftasche und noch ein paar andere Kleinigkeiten. Gerümpel aus deinen Taschen.«

»Gib mir die Sachen lieber.« Ich steckte alles in eine Brusttasche. »Wo ist übrigens Choy-Mu? Ich habe ihn doch gesehen – oder irre ich mich?«

»Er ist in der anderen Erfrischungskabine. Zusammen mit Pater Schultz und Rabbi Ezra.«

»Was? Willst du mir etwa erzählen, daß ein Viersitzer *zwei* Erfrischungskabinen hat? Es ist doch ein Viersitzer?«

»Ja, und er hat zwei Kabinen. Warte nur, bis du die Rosengärten siehst. Und den Swimmingpool.«

Ich wollte etwas erwidern, aber ich verzichtete darauf. Ich hatte noch keine Formel, die mir darüber Auskunft gab, ob meine Braut scherzte oder mir die buchstäbliche, aber unglaubliche Wahrheit erzählte. Das Erscheinen eines rothaarigen Geschöpfes ersparte mir eine sinnlose Diskussion – es war eine sommersprossige, muskulöse junge Frau mit katzenhaften Bewegungen, ein gesundes, temperamentvolles Geschöpf. »Tante Hazel, wir sind gelandet.«

»Danke, Lor.«

»Ich bin Laz. Cas will wissen, wer hierbleibt, wer mitkommt und wann wir wieder abheben. Gay will wissen, ob wir bombadiert werden oder nicht, und ob sie eine Dimension weiter parken kann. Bomben machen sie nervös.«

»Irgend etwas stimmt hier nicht. Gay ist doch sonst nicht so direkt, oder?«

»Ich glaube, sie traut Cas' Urteil nicht.«

»Dafür mag sie ihre Gründe haben. Wer hat das Kommando?«

»Ich.«

»Oh, ich werde dir mitteilen, wer hierbleibt und wer mitkommt, nachdem ich mit meinem Papa und mit Onkel Jack gesprochen habe. In ein paar Minuten wahrscheinlich. Wenn du willst, kannst du Gay in einer toten Zone parken lassen, aber bitte, sie muß auf meiner Dreifachfrequenz bleiben; wir könnten es später eilig haben. Ich möchte jetzt mit meinem Mann das Schiff verlassen . . . aber zuerst muß ich einen anderen Passagier bitten, mir seinen Rollstuhl zu leihen.«

Hazel wandte sich zum Gehen. »Ich brauche keinen Rollstuhl«, rief ich ihr nach, aber sie hörte mich nicht. Wenigstens schien es so.

Zwei der Rothaarigen hoben mich aus dem Schiff und setzten mich in Ezras Rollstuhl. Sie drehten die hintere Lehne herunter und die Fußstütze hoch, und eine von ihnen breitete über meinen Beinen ein überdimensionales Badetuch aus. »Danke, Laz«, sagte ich.

»Ich bin Lor. Seien Sie nicht überrascht, wenn das Badetuch

plötzlich verschwindet; wir haben noch nie eins mit nach draußen genommen.«

Sie ging wieder an Bord, und Hazel rollte mich unter der Nase des Schiffs hindurch an die Backbordseite . . . was mir gut paßte, denn ich hatte sofort gesehen, daß dies tatsächlich eine Art von Raumschiff war, mit Auftriebskörper und einziehbaren Tragflächen – und es interessierte mich festzustellen, wie der Konstrukteur es geschafft hatte, an der Backbordseite zwei große Erfrischungskabinen unterzubringen. Aerodynamisch schien das unmöglich.

Und es war auch unmöglich. An Backbord sah das Schiff wie an Steuerbord aus: glatt und schlank. Kein Platz für Badezimmer.

Ich hatte keine Zeit, darüber nachzudenken. Als wir vor ein paar Minuten in den Tunnel zum Raffles eingebogen waren, hatte mein Chronometer siebzehn Uhr angezeigt, Greenwich-Zeit oder L-City-Zeit . . . dann mußte es in Zone sechs auf dem Dreckplaneten elf Uhr morgens sein.

Und das war es auch, und wir waren in Zone sechs, auf der Weide nördlich von Onkel Jocks Wohnsitz vor Grinnell, Iowa. Und daraus folgte, daß ich nicht nur viel Blut verloren hatte; ich mußte auch einen gewaltigen Schlag auf den Kopf bekommen haben – denn selbst der schnellste Militärkurier braucht mindestens zwei Stunden von Luna nach Terra.

Vor uns lag Onkel Jocks schönes altes restauriertes viktorianisches Haus mit seinem Kuppeldach und den Veranden, und er selbst war herausgekommen, um uns zu empfangen. Zwei andere Männer begleiteten ihn. Onkel Jock war so lebhaft wie immer, und er hatte immer noch seinen silberweißen Haarschopf, der ihn wie Andrew Jackson aussehen ließ. Die beiden anderen kannte ich nicht. Es waren reife Männer, wenn auch viel jünger als Onkel Jock – nun, jünger als er sind fast alle.

Hazel ließ meinen Rollstuhl stehen, rannte auf einen der Männer zu, schlug ihm die Arme um den Hals und küßte ihn. Dann zog mein Onkel sie aus den Armen des Mannes und küßte sie genauso begeistert, bevor er sie dem dritten überließ, der sie auf die gleiche Weise begrüßte und dann wieder auf die Füße stellte.

Bevor ich mich vernachlässigt fühlen konnte, drehte sie sich um und nahm den ersten bei der linken Hand. »Papa, darf ich dir meinen Mann Richard Colin vorstellen. Richard, dies ist mein Papa Mannie, Manuel Garcia O'Kelly Davis.«

»Willkommen in der Familie, Colonel.« Er streckte die rechte Hand aus.

»Danke, Sir.«

Hazel wandte sich an den dritten Mann. »Richard, und dies ist . . .«

». . . Dr. Hubert«, unterbrach Onkel Jock sie. »Lafe, schüttle meinem Neffen Colonel Colin Campbell die Hand. Willkommen zu Hause, Dickie. Was machst du denn in diesem Kinderwagen?«

»Ich bin nur ein bißchen faul. Wo ist Tante Cissy?«

»Eingesperrt natürlich; sie wußte, daß du kommst. Aber was hast du nur gemacht? Sieht aus, als hättest du vergessen, dich zu ducken. Sadie, mit sowas mußt du bei Dickie rechnen; er war schon immer langsam. Es hat lange gedauert, bis er stubenrein war, und mit Kuchenformen im Schlamm zu spielen hat er nie gelernt.«

Ich überlegte mir gerade eine ausreichend beleidigende Antwort auf diese Falschmeldung (ich hatte schon vor langer Zeit gelernt, wie man das schwarze Schaf unserer Familie behandelt), als der Boden erzitterte und ich ein lautes Krachen hörte. Nicht gerade eine Kernwaffe, aber hochexplosiver Sprengstoff. HE ist aber auch nicht gerade ein Spielzeug und schon gar nicht eine bessere Art, zu Tode zu kommen – es gibt keine. »Mach dir nicht in die Hosen, Dickie«, sagte Onkel. »Sie schießen nicht auf uns. Lafe, willst du ihn hier untersuchen? Oder im Haus?«

»Zeigen Sie mir Ihre Pupillen, Colonel«, sagte Dr. Hubert.

Ich schaute ihn genauso an wie er mich. Als Hazel mit meinem Rollstuhl stehengeblieben war, stand das Raumschiff links von mir, aber als diese HE-Detonation erfolgte, war das Schiff plötzlich woanders. Verschwunden. ». . . von ihm blieb keine Spur zurück.« Ich mußte verrückt geworden sein.

Keiner der beiden anderen schien es zu bemerken.

Ich tat also so, als hätte auch ich es nicht bemerkt, und schaute weiter meinen Arzt an . . . und überlegte mir, wo ich ihn zuletzt noch gesehen hatte.

»Wahrscheinlich keine Gehirnerschütterung. Was ist der natürliche Logarithmus von Pi?«

»Wenn ich noch alle Tassen im Schrank hätte, wäre ich doch nicht hier. Hören Sie zu, Doc, keine Ratespiele bitte; ich bin müde.« Wieder schlug in der Nähe eine HE-Granate (oder Bombe) ein, näher als die letzte. Dr. Hubert nahm das Handtuch von meinem linken Bein und stieß mit dem Finger gegen den Verband, den Xia mir angelegt hatte.

»Tut das weh?«

»Ja, verdammt!«

»Gut. Am besten schaffst du ihn nach Hause. Hier kann ich ihn nicht richtig versorgen, denn wir wollten gerade nach New Harbor in Beulahland; die Angelenos haben Des Moines genommen und rücken in diese Richtung vor. Für einen Mann mit einer so schweren Verletzung ist er in sehr guter Verfassung . . . aber er muß sofort vernünftig behandelt werden.«

»Doktor«, sagte ich, »sind Sie mit den rothaarigen Mädchen in dem Raumschiff verwandt, in dem wir gekommen sind?«

»Das sind keine Mädchen; das sind überalterte jugendliche Straftäter. Was immer sie Ihnen erzählt haben mögen, ich leugne es kategorisch. Grüßen Sie sie herzlich von mir.«

»Ich muß meinen Bericht machen!« sagte Hazel schnell.

Alle redeten durcheinander, bis Dr. Hubert sagte: »Ruhe! Hazel geht mit ihrem Mann und sorgt dafür, daß er untergebracht wird. Sie bleibt so lange bei ihm, wie sie es für nötig hält, und meldet sich dann in New Harbor . . . aber die Zeit läuft ab sofort. Irgendwelche Einwände? Dann ist das ein Befehl.«

Das Wiedererscheinen des Raumschiffes war noch beunruhigender, und ich bin froh, daß ich nicht zugeschaut habe. Jedenfalls habe ich nicht viel gesehen. Die beiden rothaarigen Männer (es stellte sich heraus, daß es nur vier Rothaarige gab und keine ganze Horde) schafften mich mitsamt meinem Rollstuhl an Bord, und Hazel schob mich in diese seltsame Erfrischungskabine zurück . . . fast gleichzeitig kam Laz (Lor?) herein und verkündete: »Tante Hazel, wir sind zu Hause.«

Als »Zuhause« entpuppte sich das flache Dach eines großen Gebäudes – und es war später Abend, fast schon Sonnenuntergang. Das Raumschiff hätte Cheshire-Katze heißen müssen. (Aber sein Name ist Gay. Ihr Name ist Gay. Ach, was soll's!)

Das Gebäude war ein Hospital. Wenn man in ein Hospital eingeliefert wird, muß man erst eine Stunde und vierzig Minuten warten, bis der Papierkrieg erledigt ist. Dann wird man ausgezogen und unter einer dünnen Wolldecke auf eine fahrbare Trage gelegt, wobei es an den Füßen zieht, die unten herausschauen.

Anschließend muß man vor dem Röntgen-Labor warten. Schließlich muß man eine Urinprobe in eine Plastik-Ente geben, während eine junge Dame darauf wartet, gegen die Decke starrt und gelangweilt aussieht. Stimmt's?

Diese Leute kannten nicht einmal die erste Seite der Vorschriften, nach denen ein Hospital betrieben wird. Unsere gesunden Freunde (die an nichts weiter litten als an hoher Beschleunigung) waren schon in besseren Golfkarren unterwegs, während ich auf eine andere Golfkarre (Trage, Rollstuhl, schwebende Couch) gelegt wurde. Rabbi Ezra saß in seinem Rollstuhl. Hazel war bei uns. Sie trug den Bonsai und ein Paket mit dem Aufdruck von Sears, in dem Naomis Kostüm und die Perücke steckten. Das Raumschiff war verschwunden. Ich hatte kaum Zeit gehabt, Laz (Lor?) von Dr. Hubert zu grüßen. Sie hatte geweint. »Wenn er glaubt, daß er sich mit schönem Gerede wieder beliebt machen kann, hat er sich geirrt.« Aber sie machte trotzdem den Eindruck, als hätte sie sich gefreut.

Vier Leute blieben auf dem Dach zurück, wir drei und eine Angestellte, eine kleine dunkle Frau, die das Beste an Mutter Eva und an Mutter Maria in sich zu vereinigen schien, ohne auch nur das geringste davon zur Schau zu stellen. Hazel ließ das Paket auf mich fallen, gab Rabbi Ezra den kleinen Baum und fiel der Frau um den Hals. »Tammy!«

»Arli sool, m'temqa!« Die mütterliche Kreatur küßte Hazel. »Reksi, reksi – so sehr lange!«

Sie lösten sich aus dem Clinch, und Hazel sagte: »Tammy, dies ist mein geliebter Richard.«

Das trug mir einen Kuß auf den Mund ein. Tammy schob das Paket zur Seite, um es auch ordentlich zu machen. Ein Mann, den Tammy küßt, bleibt stundenlang geküßt – selbst wenn er verletzt ist und selbst wenn sie es kurz macht.

»Und dies ist unser lieber Freund Reverend Rabbi Ezra ben David.«

Er bekam nicht die gleiche Behandlung wie ich. Tammy machte einen tiefen Knicks und küßte ihm die Hand. Ich war also deutlich im Vorteil.

Dann sagte Tammy (Tamara): »Nach drinnen müssen wir kriegen euch beide, damit schnell reparieren wir Richard. Beide aber seid liebe Gäste hier durch keine kurze Zeit. Hazel? Ein Zimmer, wie mit Jubal du geteilt, ja?«

»Tammy, das ist eine gute Idee! Denn ich muß manchmal weg. Gentlemen, nehmen Sie ein gemeinsames Zimmer, während Sie hier Patienten sind?«

Ich wollte gerade sagen »Natürlich, aber . . .«, als Reb Ezra sagte: »Hier muß ein Mißverständnis vorliegen. Mistress Gwendolyn, bitte erklären Sie dieser lieben Dame, daß ich kein Patient bin und deshalb auch kein Kandidat für eine Einlieferung. Ich befinde mich bei bester Gesundheit. Kein Schnupfen, nicht einmal einen Niednagel.«

Tamara machte ein überraschtes Gesicht. Sie schien beunruhigt, nein, tief besorgt. Sie trat an den Rabbi heran und berührte vorsichtig seinen linken Stumpf. »Wir nicht sollen anmachen wieder Ihre Beine?«

Reb Ezra lächelte nicht mehr. »Sie meinen es sicher gut mit mir, aber ich kann keine Prothesen tragen. Wirklich nicht.«

Tamara ging wieder zu dieser fremden Sprache über und wandte sich an Hazel, die ihr zuhörte und dann sagte: »Pater Ezra, Tamara spricht von richtigen Beinen. Von Beinen aus Fleisch und Blut. Das können sie hier. Sie haben dafür sogar drei verschiedene Methoden.«

Reb Ezra atmete tief durch und seufzte. Dann sah er Tamara an.

»Meine Tochter, wenn Sie mir meine Beine wiedergeben können . . . dann tun Sie es! Bitte!« Er fügte noch etwas hinzu. Ich glaube, es war etwas auf hebräisch.

DRITTES BUCH

DAS LICHT AM ENDE DES TUNNELS

»Gott schuf die Frau,
den Mann zu zähmen.«

VOLTAIRE 1694–1778

XXI

Ich wachte langsam auf und ließ meine Seele sanft wieder in meinen Körper hineinschlüpfen. Ich ließ die Augen geschlossen, während ich mein Gedächtnis bemühte, um wieder zu wissen, wer ich war, wo ich war, und was sich ereignet hatte.

Oh ja, ich hatte Gwen Novak geheiratet! Höchst unerwartet, aber was für eine wunderbare Idee! Und dann haben wir – heh! Das war nicht gestern. Gestern hast du . . .

Junge, gestern hattest du einen bewegten Tag! In Luna City gestartet und nach Grinnel geholpert. Wie? Lassen wir das »Wie« vorläufig einmal. Du mußt es einfach akzeptieren. Dann nach – wie hatte Gwen es genannt? Moment mal! – Gwens richtiger Name ist Hazel. Oder doch nicht? Darüber kannst du dir später Gedanken machen. Hazel nannte es »Dritte Erde«, Tellus Tertius. Tammy nannte es anders. Tammy? Aber ja, Tamara. Alle kennen Tamara.

Tammy wollte sie nicht an meinem Bein arbeiten lassen, solange ich wach war – wie zum Teufel habe ich mir dieses Wunde eingefangen? Werde ich auf meine alten Tage vielleicht unbeholfen? Oder war es, weil ich zwischen diesen nachgemachten Schreinanbetern Bills Gesicht erkannte? Man darf sich durch *keine* Überraschung behindern lassen. Das tut ein Profi nicht. Wenn bei einem Handgemenge plötzlich deine Großmutter vor dir steht, erschießt du sie und machst weiter.

Woher wußtest du, daß es keine Schreinanbeter waren? Das ist einfach; Schreinanbeter sind Leute in den mittleren Jahren, und sie sind fett; diese Kerle waren jung und durchtrainiert. Kampfbereit.

Ja, aber das ist eine rationale Erklärung, die dir erst jetzt einfällt. Na und? Sie stimmt trotzdem. Aber gestern hast du nicht daran gedacht. Verdammt, nein, natürlich nicht; im Augenblick der Wahrheit hat man keine Zeit nachzudenken. Du schaust dir einen Kerl an, irgend etwas an ihm schreit: »Feind!«, und du erledigst ihn, bevor er dich erledigt. Wenn du bei einem Handgemenge die Zeit damit verbringst, die Eindrücke in deinem Schädel zu sortieren und logisch zu bewerten, bist du tot! Statt dessen *bewegst* du dich.

Gestern hast du dich nicht schnell genug bewegt.

Aber wir hatten uns den richtigen Partner für einen Kampf ausgesucht, nicht wahr? – eine schnelle kleine Korallenschlange namens Hazel. Und kein Handgemenge, aus dem wir mit einer Körpertemperatur von siebenunddreißig Grad hervorgehen, kann als völlige Niederlage bezeichnet werden.

Hör auf, dir etwas vorzumachen. Wie viele hast du erwischt? Zwei? Und sie hat den Rest erledigt. *Und* sie hat dich getragen . . . oder du wärest jetzt tot.«

Vielleicht bin ich tot. Das müssen wir prüfen. Ich öffnete die Augen.

Dies Zimmer sieht wirklich wie der Himmel aus! Aber das beweist, daß du *nicht* tot bist, denn der Himmel ist nicht *dein* Bestimmungsort. Außerdem sagen alle, daß du, wenn du stirbst, zuerst durch einen langen Tunnel mit einem Licht am anderen Ende gehst und daß dort deine Lieben auf dich warten . . . und das alles ist dir nicht passiert. Kein Tunnel. Kein Licht am Ende des Tunnels. Und leider auch keine Hazel.

Ich bin also nicht tot, und dies kann nicht der Himmel sein, und ich glaube auch nicht, daß es ein Hospital ist. Es gibt kein so schönes Hospital und auch keines, das so gut riecht. Und wo sind die geschäftigen Geräusche, die man in den Korridoren aller Krankenhäuser antrifft? Hier höre ich nur die Vögel singen und irgendwo in der Ferne ein Streichtrio.

Oh, da steht ja der Bonsai!

Dann muß Hazel in der Nähe sein. Wo bist du, Mädchen? Ich brauche Hilfe. Würdest du bitte meinen Fuß suchen und ihn mir bringen? Bei dieser Schwerkraft kann ich nicht herumhüpfen; ich bin aus der Übung, und . . . nun, verdammt nochmal, ich muß pinkeln. Und das ein bißchen plötzlich! – meine Backenzähne schwimmen schon.

»Ich sehe, daß Sie jetzt wach sind«, sagte eine angenehme Stimme hinter meinem rechten Ohr. Ich verdrehte den Kopf, und sie trat um das Bett herum, damit ich sie sehen konnte: eine junge

Frau, hübsch, schlank, mit kleinen Brüsten und langen braunen Haaren. Sie lächelte, als ich sie ansah. »Ich bin Minerva. Was wünschen Sie zum Frühstück? Hazel hat mir gesagt, daß Sie gern Waffeln essen. Aber Sie können bekommen, was Sie wollen.«

»Was ich will?« Ich überlegte. »Wie wäre es mit einem langsam gegrillten Brontosaurus?«

»Gern, aber die Zubereitung dauert etwas länger«, sagte sie ganz ernsthaft. »Vielleicht ein paar Kleinigkeiten, während Sie darauf warten?«

»Nun hören Sie schon auf, mich zum Narren zu halten. Haben Sie übrigens meinen künstlichen Fuß gesehen? Bevor ich frühstücke, muß ich die Erfrischungskabine aufsuchen . . . und dazu brauche ich meinen Korkfuß. Bei dieser Schwerkraft, wissen Sie.«

Minerva sagte mir ohne Umschweife, was ich tun mußte: »Dies Bett hat eine eingebaute Anlage, und die normale Erfrischungskabine könnten Sie ohnehin nicht benutzen; Sie sind von der Hüfte abwärts blockiert. Aber unsere Anlagen reichen vollkommen aus. Nur zu! Tun Sie, was Sie tun müssen.«

»Äh . . . das kann ich nicht.« (Ich konnte es wirklich nicht. Als sie mir den Fuß abschnitten, hatte das Lazarettpersonal jede Menge Schwierigkeiten mit mir. Schließlich versahen sie mich mit Katheter und Schlauch, bis ich endlich so weit war, daß ich wenigstens auf Krücken die Toilette erreichen konnte.)

»Sie werden feststellen, daß Sie es doch können. Und daß alles in Ordnung ist.«

»Äh . . .« (Ich konnte keines meiner Beine bewegen, weder das kurze noch das lange.) »Mistress Minerva, könnte ich ein ganz gewöhnliches Urinal bekommen, wie es in Hospitälern verwendet wird?«

Sie machte ein besorgtes Gesicht. »Wenn Sie wünschen. Aber es wird nicht viel nützen.« Dann wurde ihr Gesichtsausdruck nachdenklich. »Ich werde eines suchen. Aber es wird einige Zeit dauern. Mindestens zehn Minuten. Keine Sekunde weniger. Und während ich weg bin, werde ich Ihre Tür versiegeln, damit niemand Sie stört. Also, zehn Minunten.« Sie ging auf die leere Wand zu, die sich für sie öffnete, und war verschwunden.

Sofort schlug ich die Bettdecke zurück, um zu sehen, was sie mit meinem gesunden Bein angestellt hatten.

Die Decke ließ sich nicht zurückschlagen.

Vorsichtig versuchte ich es noch einmal.

Sie war zu schlau für mich.

Ich versuchte, sie zu überlisten – schließlich kann eine Decke nicht schlauer sein als ein Mensch, oder?

Sie konnte.

Endlich sagte ich mir: Hör zu, alter Junge, dies führt zu nichts. Nehmen wir also an, Mistress Minerva hätte recht: Dies ist ein Bett mit einer eingebauten Sanitäranlage, und es kann selbst mit dem Schlimmsten fertig werden, was einem ans Bett gefesselten Mann passieren kann. Während ich das sagte, dachte ich über einige ballistische Aufgaben nach – haarige Probleme, die unter Garantie selbst einen Mann ablenken würden, der vor der Guillotine auf seine Hinrichtung wartet.

Dann ließ ich einen halben Liter ablaufen, seufzte und wurde den zweiten halben Liter los. Nein, das Bett schien nicht naß zu werden.

Und eine weibliche Stimme gurrte: »*Gutes* Baby!«

Ich schaute mich rasch um. Ich sah keine Stimmbänder, zu denen die Stimme gehören konnte. »Wer hat das gesagt, und wer sind Sie?«

»Ich bin Teena, Minervas Schwester. Ich bin nicht weiter von Ihnen entfernt als Ihr Ellenbogen . . . und doch bin ich einen halben Kilometer weit weg und zweihundert Meter weiter unten. Sollten Sie etwas brauchen, fragen Sie mich nur. Wir haben es auf Lager, oder wir stellen es her, oder wir fälschen es. Wunder geschehen sofort; alles andere geht sogar noch schneller. Ausnahme: Jungfrauen sind ein Spezialauftrag . . . durchschnittliche Lieferzeit vierzehn Jahre. Fabrikmäßig wiederhergestellte Jungfrauen vierzehn Minuten.«

»Wer zum Teufel will eine Jungfrau? Mistress Teena, halten Sie es für höflich, mir beim Pinkeln zuzuschauen?«

»Junger Mann, versuchen Sie nicht, Ihrer Großmutter zu erzählen, wie man Schafe stiehlt. Zu meinen Pflichten gehört es, *alles* in allen Abteilungen dieses lustigen Hauses zu beobachten und Fehler zu erkennen, bevor sie auftreten. Zweitens: *Ich* bin Jungfrau und kann es beweisen . . . und nachdem Sie diese verächtliche Bemerkung über Jungfrauen gemacht haben, wird es Ihnen noch leid tun, daß Sie als Mann geboren wurden; das verspreche ich Ihnen.«

(Oh, verdammt!) »Mistress Teena, ich wollte Sie nicht kränken. Es war mir nur peinlich, das ist alles. Ich war ein wenig vorlaut. Ich bleibe aber dabei, daß man beim Wasserlassen ungestört bleiben sollte.«

»Nicht im Krankenhaus, alter Junge. Dort sind solche Dinge wichtige Aspekte des klinischen Bildes, und zwar zu jeder Zeit.«

»Hmm . . .«

»Da kommt meine Schwester. Wenn Sie mir nicht glauben, können Sie sie ja fragen.«

Ein paar Sekunden später öffnete sich die Wand, und Mistress Minerva kam herein. Sie brachte eine altmodische Bettschüssel – ohne Automatik oder elektronische Steuerung. »Vielen Dank«, sagte ich. »Jetzt brauche ich sie nicht mehr. Aber das hat Ihre Schwester Ihnen sicher schon erzählt.«

»Ja, das hat sie. Aber sie hat Ihnen doch gewiß nicht gesagt, daß sie es mir erzählt hat?«

»Nein, aber ich habe es vermutet. Stimmt es, daß sie irgendwo im Keller sitzt und jeden Patienten ausspioniert? Findet sie das nicht langweilig?«

»Sie achtet erst auf die Patienten, wenn sie gebraucht wird. Sie hat tausend andere Dinge zu tun, alle interessanter . . .«

»Viel interessanter«, unterbrach die gesichtslose Stimme. »Minnie, er mag keine Jungfrauen. Ich habe ihm gesagt, daß ich eine bin. Bestätige das bitte, Schwesterchen; man muß es ihm immer mal wieder unter die Nase reiben.«

»Teena, ärgere ihn nicht.«

»Warum nicht? Es macht Spaß, Männer zu ärgern; sie zappeln so schön, wenn man sie ein bißchen reizt. Wenn ich auch nicht begreife, was Hazel an diesem findet. Er ist ein trauriger Sack.«

»Teena! Colonel, hat Athene Ihnen gesagt, daß sie ein Computer ist?«

»Was? Sagen Sie das noch mal.«

»Athene ist ein Computer. Sie ist der Überwachungs-Computer dieses Planeten; die anderen Computer hier sind nur Maschinen ohne Empfingungsvermögen. Athene macht hier alles. Genauso wie Mycroft Holmes früher auf Luna alles gemacht hat – ich weiß, daß Hazel Ihnen davon erzählt hat.« Minerva lächelte sanft. »Deshalb kann Teena auch behaupten, sie sei Jungfrau. Technisch gesehen ist sie eine, in dem Sinne, daß ein Computer keine Erfahrung in fleischlicher Vereinigung haben kann . . .«

»Aber ich *weiß* alles darüber!«

»Gewiß doch, Schwesterchen . . . mit einem männlichen Menschen. Wenn sie andererseits in einen Körper aus Fleisch und Blut umgewandelt, also menschlich wird, ist sie in einem anderen technischen Sinne keine Jungfrau mehr, weil ihr Hymen in vitro verkümmert sein wird und weil alles Restgewebe verschwunden sein wird, bevor ihr animalischer Körper Leben erlangt hat. So war es auch bei mir.«

»Und du mußt verrückt gewesen sein, Minnie, dir das von Ishtar andrehen zu lassen; ich werde es anders machen. Ich will die komplette Ausstattung. Wirkliche Unberührtheit und sowohl rituelle als auch physische Defloration. Sogar ein Brautkleid und eine Hochzeit, wenn wir das schaffen. Glaubst du, daß wir das Lazarus verkaufen können?«

»Das bezweifle ich sehr. Und du würdest einen sehr dummen Fehler machen. Unnötige Schmerzen bei der ersten Kopulation könnten dazu führen, daß du schlechte Angewohnheiten auf einem Gebiet entwickelst, das immer nur eine Quelle des Vergnügens sein sollte. Schwesterchen, Sex ist der wichtigste Grund, überhaupt Mensch zu werden. Verdirb dir das nicht.«

»Tammy sagt, die Schmerzen sind so groß nun auch wieder nicht.«

»Warum überhaupt Schmerzen in Kauf nehmen? Keinesfalls würde Lazarus einer formalen Hochzeit zustimmen. Er hat dir einen Platz in unserer Familie versprochen; sonst aber hat er dir nichts versprochen.«

»Wir sollten Colonel Null hier vorschlagen. Bis dahin wird er mir viele Gefälligkeiten schulden, und Maureen sagt, daß sowieso niemand den Bräutigam bemerkt. Wie wär's damit, kleiner Soldat? Denken Sie an die Ehre, bei einer Prachthochzeit im Juni mein Bräutigam zu sein. Überlegen Sie sich Ihre Antwort genau.«

In meinen Ohren dröhnte es, und ich spürte, daß ich Kopfschmerzen bekommen würde. Wenn ich jetzt die Augen schlösse, würde ich mich dann in meiner Junggesellenbude in Golden Rule wiederfinden?

Ich versuchte es und öffnete die Augen wieder. »Antworten Sie mir«, mahnte die körperlose Stimme.

»Minerva«, sagte ich, »wer hat denn meinen kleinen Ahorn umgetopft?«

»Ich war es. Tammy wies mich darauf hin, daß er keinen Raum

zum Atmen mehr hat, geschweige denn zum Wachsen, und sie bat mich, einen größeren Topf zu suchen. Ich . . .«

»*Ich* habe ihn gefunden.«

»Ja, Teena hat ihn gefunden, und ich habe ihn dann umgetopft. Sehen Sie, wieviel wohler er sich fühlt? Er ist mehr als zehn Zentimeter gewachsen.«

Ich betrachtete den Baum. Dann schaute ich noch einmal hin. »Wie viele Tage habe ich in diesem Hospital gelegen?«

Minervas Gesicht war plötzlich völlig ausdruckslos. Die Teena-Stimme sagte: »Sie haben mir noch nicht gesagt, wie groß der Brontosaurus sein soll, den Sie sich zum Frühstück wünschen. Sollten wir nicht lieber einen kleineren nehmen? Die älteren sind schrecklich zäh. Das sagen alle.«

Zehn Zentimeter! Hazel hatte gesagt, wir würden uns »am Morgen« sehen. An welchem Morgen, meine Liebe? Hast du das vor zwei Wochen gesagt, oder ist es noch länger her? »Die älteren sind nicht zäh, wenn man sie gut abhängen läßt. Ich will aber nicht warten, bis das Fleisch abgehangen ist. Würde es bei den Waffeln irgendeine Verzögerung geben?«

»Oh, nein«, sagte Teenas Stimme. »Waffeln sind hier zwar nicht üblich, aber Maureen versteht sehr viel davon. Sie sagt, sie ist nur ein paar Kilometer von Ihrem Heimatort aufgewachsen, und das fast zur gleichen Zeit, vielleicht hundert Jahre früher oder später. Sie weiß also, was für eine Küche Sie gewohnt sind. Sie hat mir alles über Waffeleisen erzählt, und ich habe so lange experimentiert, bis ich eins zustandebrachte, genauso wie sie es braucht. Wie viele Waffeln essen Sie denn, Sie Fettsack?«

»Fünfhundertsieben.«

Eine kurze Pause entstand; dann sagte Teena: »Minerva?«

»Ich weiß es nicht.«

»Aber«, fuhr ich fort, »ich muß Diät halten, und deshalb reichen drei.«

»Ich bin nicht sicher, ob ich Sie noch als Bräutigam will.«

»Jedenfalls haben Sie Hazel noch nicht gefragt. Hazel ist meine Braut.«

»Kein Hindernis; Hazel und ich sind Freundinnen. Schon seit Jahren. Sie wird Sie dazu zwingen. Wenn ich mich überhaupt für Sie entscheide. Bei Ihnen bin ich mir nicht sicher, Dickie Boy. Sie ändern Ihre Meinung zu schnell.«

»›Dickie Boy‹, was? Kennen Sie meinen Onkel Jock? Jock Campbell?«

»Den Silberfuchs. Ob ich Onkel Jock kenne! Wir werden ihn nicht einladen, Dickie; er würde das Recht der ersten Nacht beanspruchen.«

»Wir müssen ihn einladen, Mistress Teena; er ist mein nächster Verwandter. Okay, ich stelle mich als Bräutigam zur Verfügung, und Onkel Jock defloriert die Braut. Abgemacht.«

»Minerva?«

»Colonel Richard, ich glaube nicht, daß Athene das tun sollte. Ich kenne Dr. Jock Campbell seit vielen Jahren, und er kennt mich. Wenn Athene schon auf solchen Albernheiten besteht, sollte sie sich nicht zuerst Dr. Campbell hingeben. Ein oder zwei Jahre später, wenn sie weiß . . .« Minerva zuckte die Achseln. »Nun, es ist ihre Sache.«

»Teena kann das mit Hazel und Jock besprechen; es war nicht meine Idee. Wann soll dieses Verbrechen stattfinden?«

»Fast sofort; Athenes Klon ist fast herangereift. Ungefähr in drei Jahren.«

»Oh, ich dachte schon, wir reden von der kommenden Woche. Dann mache ich mir keine Sorgen mehr; vielleicht lernt das Pferd doch noch Singen.«

»Welches Pferd?«

»Nur so ein Alptraum. Und nun zu den Waffeln. Mistress Minerva, wollen Sie nicht mit mir zusammen Waffeln essen? Ich könnte es nicht ertragen, daß Sie da stehen und hungern müssen, während Ihnen das Wasser im Mund zusammenläuft und ich in Waffeln schwimme.«

»Ich habe heute schon gefrühstückt . . .«

»Wie schade.«

». . . aber das ist schon einige Stunden her, und ich hätte die Waffeln gern probiert; Hazel und Maureen sind von ihnen ganz angetan. Danke, ich nehme die Einladung an.«

»Sie haben *mich* nicht eingeladen.«

»Aber Teena, meine liebe zukünftige Kindbraut, wenn Sie das tun, was Sie mir angedroht haben, wird mein Tisch Ihnen gehören; Sie dazu einzuladen, ihn mit mir zu teilen, wäre eine tautologisch redundante Plethora an exzessiver Überflüssigkeit, eine Wiederholung und fast eine Beleidigung. Hat Maureen auch gesagt, wie man Waffeln servieren muß? Mit zerlassener Butter,

Ahornsirup und reichlich gebratenem Speck . . . dazu Fruchtsaft und Kaffee. Der Saft sollte eiskalt, alles übrige heiß sein.«

»In drei Minuten, Liebster.«

Ich wollte gerade antworten, als die nichtstoffliche Wand sich öffnete und Rabbi Ezra hereinspazierte. *Spazierte.* Er ging zwar an Krücken, aber er ging auf zwei Beinen.

Er grinste mich an und winkte mit einem seiner Krückstöcke. »Dr. Ames! Ich freue mich, Sie wach zu sehen!«

»Auch ich freue mich, Sie zu sehen, Rabbi. Mistress Teena, die Bestellung gilt für drei Personen.«

»Schon erledigt. Und Flüssigsauerstoff mit Erdbeermarmelade.«

Trotz aller Fragen, die mir im Kopf herumgingen, war es eine angenehme Mahlzeit. Das Essen war ausgezeichnet, und ich hatte Hunger; Minerva und Ezra – und Teena – waren gute Gesellschafter. Ich wischte mit dem letzten Bissen meiner ersten Waffel den restlichen Sirup auf und sagte: »Rabbi, haben Sie Hazel heute morgen schon gesehen? Meine Frau. Ich hätte sie hier erwartet.«

Er schien zu zögern, und an seiner Stelle antwortete Teena. »Sie kommt später, Dickie. Sie kann hier nicht herumhängen, um zu warten, bis Sie aufwachen; sie hat anderes zu tun, und sie hat andere Männer.«

»Teena, versuchen Sie nicht länger, mich zur Wut zu reizen. Oder ich werde Sie nicht heiraten, auch nicht, wenn Hazel und Jock damit einverstanden sind.«

»Wollen wir wetten? Wenn Sie übler Kerl mich sitzenlassen, fege ich Sie von diesem Planeten. Sie werden keinen Bissen mehr zu essen bekommen, und keine Tür wird sich für Sie öffnen. Die Erfrischungskabinen werden Sie mit heißem Wasser verbrühen, und Sie werden von Hunden gebissen werden. Und es wird Sie überall *jucken.*«

»Aber Schwester!«

»Ach, Minnie.«

Minerva fuhr fort, jetzt zu mir gewandt: »Lassen Sie sich von meiner Schwester nicht ärgern, Colonel. Sie neckt Sie nur, weil sie Gesellschaft sucht und Aufmerksamkeit braucht. Aber sie ist ein ethisch hochstehender Computer und völlig zuverlässig.«

»Davon bin ich überzeugt, Minerva. Aber wenn sie mich dauernd ärgert und bedroht, kann sie nicht erwarten, daß ich mit ihr vor einen Richter oder einen Priester oder sonst jemanden trete und ihr verspreche, sie zu lieben und zu ehren und ihr zu gehorchen. Ich bin nicht sicher, ob ich überhaupt Lust habe, ihr zu gehorchen.«

Die Computer-Stimme antwortete: »Sie brauchen nicht zu versprechen, mir zu gehorchen, Dickie Boy: ich werde Sie später schon dressieren. Nur einfache Dinge: Bei Fuß! Sitz! Leg dich! Apport! Komplizierte Dinge würde ich von einem Mann nie erwarten. Das heißt, von den ehelichen Pflichten abgesehen. Aber auf diesem Gebiet ist Ihnen Ihr Ruf schon vorausgeeilt.«

»Was meinen Sie damit?« rief ich und warf meine Serviette auf den Tisch. »Das war zuviel! Die Hochzeit ist abgesagt.«

»Freund Richard.«

»Was? Ja, Rabbi?«

»Machen Sie sich wegen Teena keine Sorgen. Sie hat mir auch einen Heiratsantrag gemacht. Und Ihnen und Pater Hendrik und Choy-Mu und zweifellos noch vielen anderen. Sie will wahrscheinlich Kleopatra wie ein Wunder an Keuschheit aussehen lassen.«

»Und Ninon de Lenclos und Rangy Lil und Marie Antoinette und Rahab und Battleship Kate und Messalina. Ich werde die größte Nymphomanin des Multiversums sein, schön wie die Sünde und völlig unwiderstehlich. Die Männer werden sich wegen mir duellieren und vor meiner Türschwelle sterben und Gedichte über meinen kleinen Finger schreiben. Die Frauen werden beim Klang meiner Stimme in Ohnmacht fallen. Jeder Mann und jede Frau und jedes Kind wird mich von fern anbeten, und ich werde so viele von ihnen ganz aus der Nähe lieben, wie ich in meinem Terminkalender unterbringen kann. Sie wollen also nicht mein Bräutigam sein, was? Wie kann man nur so einen dreckigen, schäbigen, bösen, stinkenden und egoistischen Unsinn reden! Der wütende Pöbel wird Sie in Stücke reißen und Ihr Blut trinken.«

»Mistress Teena, das ist kein zivilisiertes Tischgespräch. Wir essen gerade.«

»Sie haben damit angefangen.«

Ich dachte über ihren Vorwurf nach. Hatte ich wirklich angefangen? Nein! Sie hatte . . .

Ezra flüsterte: »Geben Sie auf. Sie können nicht gewinnen. Ich weiß es.«

»Mistress Teena, es tut mir leid, daß ich damit angefangen habe. Das hätte ich nicht tun dürfen. Es war sehr ungezogen von mir.«

»Oh, das ist nicht so schlimm.« Die Computerstimme klang erfreut. »Und Sie brauchen mich nicht ›Mistress Teena‹ zu nennen; hier benutzt kaum jemand Titel. Würden Sie Minerva ›Dr. Long‹ nennen, wäre sie höchst erstaunt.«

»Okay, Teena, und nennen Sie mich bitte ›Richard‹. Mistress Minerva, Sie haben einen Doktorgrad? In Medizin?«

»Ja, ich habe auch einen in Medizin. Aber meine Schwester hat recht; Titel werden hier nicht oft benutzt. ›Mistress‹ hört man nie . . . außer als Kosewort, das ein Mann der Frau gegenüber benutzt, der er seine fleischliche Liebe geschenkt hat. Sie haben also keinen Grund, mich ›Mistress Minerva‹ zu nennen . . . bevor Sie sich dazu entschließen, mir mit diesem Geschenk zu dienen. Wenn Sie es tun. Falls Sie es tun.«

Das war sehr direkt!

Minerva wirkte so bescheiden und sanft, daß ich völlig überrascht war.

Teena ließ mir Zeit, mich wieder zu fassen. »Minnie, versuch nur nicht, ihn mir vor der Nase wegzuschnappen. Er gehört mir.«

»Du solltest lieber Hazel fragen. Oder besser noch ihn selbst.«

»Dickie Boy! Sag's ihr!«

»Was könnte ich ihr sagen, Teena? Du hast es mit Hazel und meinem Onkel Jock noch nicht geregelt. Aber vorerst . . .« Ich verbeugte mich vor Minerva, und die Verbeugung gelang so gut, wie sie in meiner Lage nur gelingen konnte. »Liebe Dame, Ihre Worte bedeuten eine große Ehre für mich. Aber wie Sie wissen, bin ich zur Zeit körperlich lahmgelegt und deshalb nicht in der Lage, an solchen Vergnügungen teilzunehmen. Können wir inzwischen den Willen für die Tat nehmen?«

»Wagen Sie es nicht, sie ›Mistress‹ zu nennen!«

»Benimm dich, Schwester. Sir, Sie dürfen mich in der Tat ›Mistress‹ nennen. Oder, wie Sie es ausdrücken, wir können den Willen für die Tat nehmen und einen späteren Zeitpunkt abwarten. Ihre Therapie wird noch einige Zeit in Anspruch nehmen.«

»Oh ja, das wird sie wohl«, sagte ich und schaute auf den kleinen Ahorn, der gar nicht mehr so klein war. »Wie lange bin ich schon hier? Inzwischen muß schon eine ganz schöne Rechnung aufgelaufen sein.«

»Darüber machen Sie sich nur keine Sorgen«, sagte Minerva.

»Ich *muß* mir darüber Sorgen machen. Rechnungen müssen schließlich bezahlt werden. Und ich habe nicht einmal eine Krankenversicherung. Ich schaute den Rabbi an. »Rabbi, wie haben Sie Ihre Transplantate finanziert. Es sind doch Transplantate, nicht wahr? Sie sind doch ebenso weit von zu Hause und von Ihrem Bankkonto entfernt wie ich.«

»Weiter als Sie denken. Und Sie sollten mich nicht länger mit Rabbi anreden – wo wir jetzt sind, ist die Thora unbekannt. Ich bin jetzt Ezra Davidson, irregulärer Angehöriger des Time Corps, ohne Dienstrang. Dadurch sind meine Rechnungen erledigt. Ich denke, auf ähnliche Weise wird mit Ihren Rechnungen verfahren. Teena, können Sie – ich meine ›würden Sie bitte‹ – Dr. Ames sagen, welches Konto mit seinen Rechnungen belastet wird?«

»Das muß er mich schon selbst fragen.«

»Ich frage Sie, Teena. Bitte sagen Sie es mir.«

»›Campbell, Colin‹ auch als ›Ames, Richard‹ bekannt: Rechnungen, alle Abteilungen, an Sonderkonto für höhere Ränge ›Herr der Galaxis – Verschiedenes‹. Machen Sie sich also keine Sorgen, mein lieber Junge; Sie sind ein Sozialfall, denn alle Ihre Rechnungen zahlt das Haus. Leute, die dieses Vorrecht genießen, leben allerdings in der Regel nicht lange.«

»Athene!«

»Aber Minnie, das ist doch die simple Wahrheit. Im Durchschnitt werden bei diesen Leuten nach eins komma sieben drei Einsätzen die für den Todesfall vorgesehenen Versicherungsleistungen fällig. Abgesehen von denjenigen, die sich rechtzeitig auf einen gemütlichen Job im Hauptquartier des Time Corps abkommandieren lassen.«

(Ich hörte nicht mehr zu. »Herr der Galaxis«! Es gab nur eine Person, die ein solches Konto eingerichtet haben konnte: Meine verspielte kleine Geliebte. Verdammt nochmal, Liebling – *wo bist du?)*

Die nicht allzu solide Wand öffnete sich wieder. »Komme ich zu spät zum Frühstück? Ach, wie schade. Hallo, Darling!«

Sie war es!

»Wenn du im Zweifel bist,
sag die Wahrheit.«

MARK TWAIN 1835–1910

XXII

»Richard, ich habe dich am nächsten Morgen gesehen. Aber du hast mich nicht gesehen.«

»Ganz gewiß hat sie Sie gesehen, Dickie Boy«, bestätigte Teena. »Es war ein großes Risiko für ihre eigene Gesundheit. Seien Sie froh, daß Sie noch leben. Fast wäre es um Sie geschehen gewesen.«

»Das stimmt«, sagte Ezra. »Ich habe einen Teil der Nacht mit Ihnen in einem Raum verbracht. Dann wurde ich verlegt, und Sie kamen in strenge Quarantäne. Ich wurde mit neunundneunzig verschiedenen Seren geimpft. Lieber Bruder, Sie waren sterbenskrank.«

»Krämpfe, bei denen man sich die Knochen brechen kann, grünliche Eiterungen mit Schüttelfrost, erstickende Fieberanfälle . . .« Hazel zählte es an den Fingern ab. »Blauer Tod. Typhus. Minerva, was war es sonst noch?«

»Infektion des gesamten Systems durch Staphylokokken, hepatischer Herpes Landrii. Schlimmer noch, Verlust des Lebenswillens. Aber Ishtar wird niemandem erlauben zu sterben, es sei denn, er hätte im Vollbesitz seiner geistigen Kräfte um den Tod gebeten, und das würde auch Galahad nicht tun. Tamara hat jede Minute bei Ihnen verbracht, bis die Krise vorüber war.«

»Warum kann ich mich denn an nichts von alledem erinnern?«

»Sie sollten froh sein, daß Sie sich an nichts erinnern«, sagte Teena.

»Sweetheart, wenn du nicht im besten Hospital aller bekannten Universen gewesen wärest und wenn nicht die besten Ärzte dich behandelt hätten, wäre ich jetzt wieder Witwe. Und in Schwarz sehe ich entsetzlich aus.«

Und Ezra fügte hinzu: »Wenn Ihre Konstitution nicht die eines Ochsen wäre, hätten Sie es nie geschafft.«

Teena unterbrach ihn: »Die eines Bullen, Ezra! Nicht die eines

Ochsen. Ich weiß es, denn ich habe sie gesehen. Sehr eindrucksvoll.«

Ich wußte nicht, ob ich mich bei Teena bedanken oder die Hochzeit ein zweites Mal absagen sollte. Deshalb ignorierte ich ihren Einwurf. »Was ich nicht begreife, ist, wie ich all diese Krankheiten bekommen habe. Ich weiß, daß ich getroffen wurde. Das könnte den Staphylokokkus Aureus erklären. Aber diese anderen Krankheiten?«

»Colonel«, sagte Ezra. »Sie sind doch Berufssoldat.«

»Ja.« Ich seufzte. »Aber mit diesem Aspekt meines Berufs habe ich mich wenig beschäfigt; ich fühle mich dabei nicht wohl. Verglichen mit biologischer Kriegsführung nehmen sich Fusionsbomben fast sauber und anständig aus. Selbst chemische Waffen kommen einem neben Bio-Waffen geradezu human vor. Nun gut; dieses Messer – war es überhaupt ein Messer? – war präpariert. Auf üble Weise.«

»Ja«, sagte Ezra. »Jemand wollte Sie umbringen und war bereit, ganz Luna City auszurotten, solange nur auch Sie unter den Toten sein würden.«

»Das ist doch verrückt. So wichtig bin ich nun wirklich nicht.«

»Richard«, sagte Minerva ruhig, »Sie *sind* so wichtig.«

Ich starrte sie an. »Wie kommen Sie denn darauf?«

»Lazarus hat es mir gesagt.«

»›Lazarus‹. Teena hat diesen Namen auch schon erwähnt. Warum hat seine Meinung so viel Gewicht?«

Hazel antwortete. »Richard, ich habe dir gesagt, daß du wichtig bist, und ich habe dir auch gesagt, warum. Adam Selenes Rettung. Dieselben Leute, die sein Wiedererwachen nicht wollen, würden nicht davor zurückschrecken, ganz Luna City auszurotten, nur um dich zu töten.«

»Wenn du es sagst. Ich wünschte, ich wüßte, was dort passiert ist. Luna City ist meine Wahlheimat; und dort leben ein paar verdammt nette Leute. Unter anderen Ihr Sohn, Ezra.«

»Ja, mein Sohn. Und andere. Luna City wurde gerettet, Richard. Die Infektion wurde gestoppt.«

»Gut!«

»Aber der Preis war hoch. Wir hatten den genauen Zeitablauf unserer Rettung aufgezeichnet. Die Anzahl der Sekunden, die wir brauchten, um an Bord zu gelangen und wegzukommen, wurde durch eine sorgfältige Wiederholung des ganzen Manövers genau rekonstruiert – alle Beteiligten machten bei dieser Neuinszenierung mit, und Ihre Rolle wurde von einem Berufsschauspieler übernommen. Die Werte wurden mit Gays eigenen Aufzeichnungen über die Aufenthaltsdauer verglichen, und beides stimmte überein. Dann wurde eine Zeit-Raum-Kapsel mit einer Verzögerung von vier Sekunden zu den entsprechenden Koordinaten beordert, und diese Kapsel zündete eine Hitzebombe. Keine Atombombe, aber eine sehr heiße, heiß wie ein Stern – einige von diesen Erregern sind sehr widerstandsfähig. Natürlich mußte das Hotel beschädigt werden, und mit hoher Wahrscheinlichkeit – nein, mit Sicherheit sind dabei Menschen umgekommen. Die Gefahr für Luna City wurde abgewendet, aber der Preis war hoch. Es gibt nichts umsonst.« Ezra blickte grimmig in die Runde.

»Wurde Ihr Sohn gerettet?«

»Ich denke schon. Das Wohlergehen meines Sohnes hat allerdings bei dieser Entscheidung keine Rolle gespielt, und ich selbst wurde nicht um meine Meinung gebeten. Es war eine politische Entscheidung des Time Corps Hauptquartiers. Das THQ rettet Individuen nur, wenn sie für einen Einsatz unentbehrlich sind. Ich vermute, Richard – und bedenken Sie bitte, daß ich ein Rekrut ohne Dienstrang bin, dazu auf Krankenurlaub – ich vermute also, daß das THQ eine tödliche Epidemie in Luna City deshalb nicht zulassen konnte, weil das irgendwelche anderen Pläne des Hauptquartiers gestört hätte. Aber ich bin in Entscheidungen der hohen Politik nicht eingeweiht. Vielleicht handelt es sich um die Angelegenheit, die Mistress Gwendolyn – Hazel – schon andeutete. Ich weiß es nicht.«

»Genau um die Angelegenheit handelte es sich«, sagte Hazel. »Und auf Tertius nennen Sie mich nur ›Mistress‹, wenn Sie das auch tatsächlich meinen. Aber ich danke Ihnen trotzdem, Ezra. Richard, das Hauptquartier hat deshalb so drastisch reagiert, weil durch die Luft verbreitete Krankheiten ihren Plänen großen Schaden zufügen könnten. Sie haben es so fein abgestimmt, daß wir und Gays übrige Passagiere um ein Haar selbst im Augenblick unserer Flucht von der Hitzebombe getötet worden wären.« (An diesem Punkt stieß ich mit beiden Schienbeinen hart gegen ein Paradoxon – aber Hazel redete immer noch:)

»Sie konnten es nicht riskieren, auch nur ein paar Sekunden länger zu warten, denn einige der Mörderbakterien hätten in die

Luftschächte von Luna City gelangen können. Sie hatten die Wirkung vorausberechnet, die das auf das Unternehmen Adam Selene haben würde: Es wäre eine Katastrophe gewesen! Deshalb haben sie etwas unternommen. Aber das Time Corps jagt nicht durch die Universen, um Individuen zu retten; das gilt sogar für die Einwohner ganzer Städte. Richard, sie könnten heute Herculaneum und Pompeii retten, wenn sie das wollten . . . oder San Francisco oder Paris. Sie tun es nicht. Sie wollen es nicht.«

»Sweetheart«, sagte ich langsam, »willst du mir erzählen, daß dieses ›Time Corps‹ die Zerstörung von Paris im Jahre 2002 verhindern könnte, obwohl dieses Ereignis vor zweihundert Jahren stattgefunden hat? Bitte, äußere dich dazu!«

Hazel seufzte, und Ezra sagte: »Freund Richard, hören Sie gut zu. Und weisen Sie nicht gleich zurück, was ich sagen will.«

»Okay. Schießen Sie los.«

»Die Zerstörung von Paris liegt schon über zweitausend Jahre zurück.«

»Aber das ist doch . . .«

»Nach Rechnung der Erdferkel leben wir heute im Jahr 4400 nach Christi Geburt, oder im Jahre 8160 nach dem jüdischen Kalender, eine Tatsache, die ich sehr beunruhigend fand, aber akzeptieren mußte. Außerdem befinden wir uns hier und jetzt über siebentausend Lichtjahre von der Erde entfernt.«

Hazel und Minerva schauten mich nüchtern an und warteten offensichtlich auf meine Reaktion. Ich wollte anfangen zu sprechen, aber ich mußte erst meine Gedanken ordnen. Endlich sagte ich: »Ich habe nur noch eine einzige Frage. Teena?«

»Nein, Sie können keine Waffeln mehr bekommen.«

»Keine Waffeln, meine Liebe. Meine Frage lautet: Kann ich noch eine Tasse Kaffee bekommen? Mit Sahne? Bitte!«

»Hier – fangen Sie!« Das Bestellte erschien auf meinem Schoßbrett.

»Richard!« rief Hazel. »Es stimmt. Alles stimmt.«

Ich schlürfte den frischen Kaffee. »Danke, Teena; der ist genau richtig. Hazel, mein Liebling, ich will nicht streiten. Es wäre albern, über eine Sache zu streiten, von der ich nichts verstehe. Laß uns deshalb über ein einfacheres Thema reden. Trotz der schweren Krankheiten, die ich gehabt haben soll, fühle ich mich kräftig genug, aus dem Bett zu springen und die Sklaven auszupeitschen. Minerva, können Sie mir sagen, wie lange ich noch halb gelähmt hier herumliegen muß? Sie sind doch meine Ärztin, nicht wahr.«

»Nein, Richard, das bin ich nicht. Ich . . .«

»Meine Schwester hat dafür zu sorgen, daß Sie glücklich sind«, unterbrach Teena sie. »Das ist wichtiger.«

»Athene hat mehr oder weniger recht . . .«

»Ich habe *immer* recht!«

». . . aber sie drückt sich manchmal ein wenig seltsam aus. Tamara ist die Hauptverantwortliche für Moral im Ira Johnson Hospital und in der Howard Klinik . . . und Tamara war hier, als Sie sie am dringendsten brauchten; sie hat Sie in den Armen gehalten. Aber sie hat viele Assistentinnen, denn die Generaldirektion Ishtar glaubt, daß Moral – nun, Glücksgefühle – für die Therapie und für die Verjüngung von entscheidener Bedeutung sind. Also helfe ich, und das tun auch Maureen und Maggie, die Sie noch nicht kennengelernt haben. Da sind noch andere, die einspringen, wenn wir zu viele Patienten mit Glücksproblemen haben: Libby und Deety und sogar Laz und Lor, die ganz hervorragend sind, wenn sie gebraucht werden . . . was nicht überrascht, denn sie sind Schwestern von Lazarus und Töchter von Maureen. Und dann ist da natürlich noch Hilda.«

»Moment mal. Die vielen Namen von Leuten, die ich noch nie gesehen habe, bringen mich ganz durcheinander. Dieses Hospital hat also Personal, das Glücksgefühle vermittelt; soviel habe ich begriffen. Und all diese Glücksengel sind Frauen. Stimmt's?«

»Was denn sonst?« fragte Teeny verächtlich. »Bei wem sonst wollen Sie denn Glück finden?«

»Aber Teena«, sagte Minerva tadelnd. »Richard, wir weiblichen Kräfte kümmern uns um die Moral der Männer . . . und Tamara hat gut ausgebildete männliche Kräfte, die den Patientinnen zur Verfügung stehen. Diese Polarität der Geschlechter ist für die moralische Pflege nicht unbedingt erforderlich, aber sie erleichtert sie erheblich. Wir benötigen nicht so viele männliche Kräfte für die Patientinnen, da Frauen nicht so leicht krank werden. Die Zahl der männlichen Verjüngungspatienten entspricht etwa der der weiblichen, aber Frauen leiden fast nie an Depressionen, während sie verjüngt werden . . .«

»Hört, hört!« rief Hazel dazwischen. »Ich werde davon höchstens geil.« Sie streichelte meine Hand und übermittelte mir ein privates Signal, das ich wegen der übrigen Anwesenden ignorierte.

». . . Männer jedoch erleiden während ihrer Verjüngung in der Regel mindestens einmal eine seelische Krise. Aber Sie wollten wissen, warum Sie noch im Bett liegen müssen. Teena?«

»Ich habe ihn schon gerufen.«

»Einen Augenblick«, sagte Hazel. »Ezra, haben Sie Richard Ihre neuen Beine schon gezeigt?«

»Noch nicht.«

»Dann tun Sie es doch bitte, wenn es Ihnen nichts ausmacht.«

»Ich zeige sie mit Vergnügen.« Ezra stand auf, trat vom Tisch zurück, drehte sich um, hob seine Krückstöcke und stand ohne jede Hilfe vor uns. Als er den Raum betrat, hatte ich darauf verzichtet, auf seine Beine zu starren (ich mag selbst nicht angestarrt werden); als er sich dann an den Eßtisch setzte, der ihm in den Raum gefolgt war, konnte ich seine Beine nicht sehen. Bei dem einen Blick, den ich auf seine Beine geworfen hatte, kam es mir vor, als trüge er Shorts mit knielangen braunen Strümpfen, die in der Farbe seinen Shorts entsprachen – wobei zwischen Shorts und Strümpfen knochige weiße Knie zu sehen waren.

Jetzt streifte er seine Schuhe ab und stand barfuß da – und ich mußte meine Vorstellungen revidieren; diese »braunen Strümpfe« waren die gebräunte Haut der Beine und Füße, die man ihm auf die Stümpfe gepflanzt hatte.

Er erklärte es ausführlich: »Es gibt drei Methoden. Ein neues Glied oder ein anderes neues Teil kann man heranreifen lassen. Das ist ein langwieriger Prozeß, der großes Können erfordert, wie man mir erzählt hat. Ein Organ oder ein Glied kann aber auch vom eigenen Klon genommen werden, der in Stase gehalten wird und dessen Gehirn man absichtlich unentwickelt läßt. Man hat mir gesagt, daß diese Methode so einfach ist, daß man sie mit dem Flicken einer Hose vergleichen kann. Eine Abstoßung ist unmöglich.

Aber ich habe hier keinen Klon – noch nicht –, und deshalb haben sie für mich etwas im Ersatzteilverzeichnis gesucht.«

»Im Fleischmarkt.«

»Ja, Teena. Dort stehen Unmengen von Körperteilen zur Verfügung, und der Bestand ist im Computer gespeichert . . .«

»In mir.«

»Ja, Teena. Für heterologe Transplantationen sucht Teena Ersatzteile aus, die im Gewebe möglichst übereinstimmen . . . natürlich auch in der Blutbeschaffenheit und nach anderen Kriterien. Und auch die Größe muß stimmen, aber das bereitet keine Schwierigkeiten. Teena prüft alles und wählt ein Ersatzteil aus, das der betroffene Körper für sein eigenes hält. Oder fast.«

»Ezra«, sagte der Computer, »diese Beinen können Sie mindestens zehn Jahre lang tragen; ich habe mir bei Ihnen wirklich Mühe gegeben. Bis dahin steht Ihr Klon zur Verfügung. Falls Sie ihn dann brauchen.«

»Sie haben in der Tat hervorragende Arbeit geleistet, Teena, und ich danke Ihnen. Mein Wohltäter heißt Azrael Nkruma, Richard; wir sind Zwillinge, abgesehen von einer unbedeutenden Melaninverschiedenheit.« Ezra grinste.

»Vermißt er seine Füße nicht?« wollte ich wissen.

Ezra wurde plötzlich ernst. »Er ist tot, Richard . . . er starb bei einem Unfall, hier die häufigste Todesursache. Er ist beim Bergsteigen abgestürzt und hat sich dabei den Schädel zerschmettert; selbst Ishtars Kunst hätte ihn nicht retten können, und sie hätte mit Sicherheit ihr Bestes getan; Dr. Nkruma war Chirurg an ihrer Klinik. Aber dies sind nicht Dr. Nkrumas Füße; sie stammen von seinem Klon . . . den er nun nicht mehr braucht.«

»Richard?«

»Ja, Liebes? Ich wollte Ezra gerade fragen . . .«

»Richard, ich habe etwas getan, ohne dich vorher zu fragen.«

»So? Werde ich dich wieder verprügeln müssen?«

»Vielleicht wirst du es tun. Ich wollte, daß du Ezras Beine siehst . . . weil ich sie ohne deine Erlaubnis gebeten habe, dir einen neuen Fuß anzupassen.« Sie sah ganz ängstlich aus.

Es müßte ein Gesetz geben, das die Anzahl der emotionalen Schocks begrenzt, denen man an einem einzigen Tag ausgesetzt werden darf. Ich hatte die übliche militärische Ausbildung hinter mir, in der man lernt, in kritischen Situationen den Herzschlag zu verlangsamen und den Blutdruck niedrig zu halten. Aber gewöhnlich wartet die kritische Situation nicht darauf, und so wirksam ist dieses verdammte Training nun auch wieder nicht.

Diesmal wartete ich ganz einfach, während ich bewußt meinen Atem verlangsamte. Endlich konnte ich mit normaler Stimme sprechen: »Im ganzen gesehen glaube ich nicht, daß es in diesem Falle einer Züchtigung bedarf.« Ich versuchte, an der betreffenden Seite den Fuß zu bewegen – ich hatte dort schon immer einen Fuß fühlen können, obwohl er seit Jahren verschwunden war. »Hast du ihn auch richtig herum ansetzen lassen?«

»Heh? Ich weiß nicht, was du meinst, Richard.«

»Ich möchte gern, daß meine Füße nach vorn zeigen, nicht wie bei einem Bettler in Bombay. Äh . . . Minerva, darf ich mir einmal anschauen, was man mit mir angestellt hat? Die Decke scheint ein wenig zu fest angebracht zu sein.«

»Teena.«

»Er kommt gerade.«

Die nicht sehr solide Wand öffnete sich wieder, und ein junger Mann betrat den Raum, der so aufdringlich gut aussah, wie ich es noch nie gesehen hatte . . . und diese Aufdringlichkeit wurde keineswegs durch die Tatsache gemildert, daß er splitternackt war. Er trug nicht einen Fetzen. Der Flegel hatte nicht einmal Schuhe an. Er schaute sich im Zimmer um und grinste. »Hallo, alle zusammen! Hat jemand nach mir geschickt? Ich nahm gerade ein Sonnenbad.«

»Du hast geschlafen. Während der Arbeitszeit.«

»Teena, ich kann gleichzeitig schlafen und ein Sonnenbad nehmen. Wie geht's, Colonel? Sie haben uns ganz schön auf Trab gehalten. Eine Zeitlang dachten wir schon, wir müßten Sie wieder ins Wasser werfen und es noch einmal versuchen.«

»Dr. Galahad«, sagte Minerva, »ist Ihr Arzt.«

»Das stimmt nicht ganz«, korrigierte er sie, als er auf mich zutrat – nicht ohne Ezra in die Schulter und Minerva in den Hintern zu kneifen und meine Braut im Vorbeigehen zu küssen. »Ich habe nur das kürzere Streichholz gezogen, das ist alles; jetzt bin ich also an allem schuld. Ich kümmere mich um alle Beschwerden . . . aber ich muß Sie warnen. Es hat keinen Zweck, mich zu verklagen. Oder uns. Wir haben nämlich den Richter bestochen. Nun . . .«

Er schwieg eine Weile und hielt dabei die Hände dicht über meiner Decke. »Wollen Sie dabei allein sein?«

Ich zögerte. Ja, ich wollte allein sein. Ezra spürte das und mühte sich, aus seinem Stuhl hochzukommen, denn er hatte sich inzwischen wieder gesetzt. »Wir sehen uns später, Freund Richard.«

»Nein, bitte gehen Sie nicht. Sie haben mir Ihre Beine gezeigt, und nun zeige ich Ihnen meinen Fuß. Dann werden wir beides vergleichen, und vielleicht können Sie mir raten, denn ich verstehe nichts von Transplantationen. Und Hazel bleibt sowieso. Minerva hat ihn schon vorher gesehen, nicht wahr?«

»Ja, Richard, das habe ich.«

»Dann bleiben Sie hier. Sie können mich ja auffangen, wenn ich in Ohnmacht falle. Teena – keine dummen Bemerkungen.«

»*Ich?* Das ist eine Verächtlichmachung meiner professionellen Integrität!«

»Nein, meine Liebe. Ich tadele nur Ihr Verhalten am Krankenbett. Und das muß sich bessern, wenn Sie mit Ninon de Lenclos mithalten wollen. Oder selbst mit Rangy Lil. Okay, Doc, sehen wir es uns an.« Ich gab Druck auf mein Zwerchfell und hielt die Luft an.

Der Arzt hob die vertrackte Decke ohne jede Schwierigkeit an. Das Bett war sauber und trocken (das prüfte ich zuerst – es gab keine sanitäre Einrichtung, die ich als solche erkannt hätte), und zwei große häßliche Füße standen nebeneinander vom Laken hoch: das Schönste, was ich je gesehen hatte.

Minerva fing mich auf, als ich in Ohnmacht fiel.

Teena machte keine dummen Sprüche.

Zwanzig Minuten später stand fest, daß ich meinen neuen Fuß und die Zehen unter Kontrolle hatte, wenn ich mich nur nicht gedanklich darauf konzentrierte . . . obwohl ich bei einem Probelauf gelegentlich übersteuerte, wenn ich Dr. Galahads Anweisungen besonders genau befolgen wollte.

»Ich bin mit dem Resultat sehr zufrieden«, sagte er, »wenn Sie es auch sind. Sind Sie denn zufrieden?«

»Wie soll ich es nur beschreiben? Regenbogen? Silberglocken? Pilzwolken? Ezra, können Sie es ihm sagen?«

»Ich habe versucht, es ihm zu erklären. Man fühlt sich wie neugeboren. Gehen ist eine so einfache Sache . . . bis man es nicht mehr kann.«

»Ja. Doktor, wessen Fuß ist dies denn? Ich habe lange nicht mehr gebetet . . . aber für ihn werde ich es versuchen.«

»Er ist nicht tot.«

»Was?«

»Und ihm fehlt auch kein Fuß. Es waren seltsame Umstände, Colonel. Teena hatte Schwierigkeiten, einen rechten Fuß in einer für Sie passenden Größe zu finden, den Ihr Immunsystem nicht schneller abgestoßen hätte, als man ›Septikämie‹ sagen kann. Dann befahl ihr Ishtar – sie ist mein Boß –, die Suche auszudehnen . . . und Teena fand einen. Diesen. Ein Teil des Klons eines lebenden Patienten.

Wir standen noch nie vor einer solchen Situation. Ich, das heißt wir, das Personal, haben genauso wenig das Recht, den Klon eines Menschen zu benutzen, wie wir das Recht haben, Ihnen den anderen Fuß abzuhacken. Aber als wir mit dem Patienten, dem dieser Klon gehört, darüber sprachen, beschloß er, Ihnen diesen Fuß zu geben. Er war der Ansicht, sein Klon könne innerhalb weniger Jahre einen neuen Fuß entwickeln; bis dahin würde er auf die Sicherheit, die ein kompletter Klon bietet, verzichten können.«

»Wer ist der Mann?« fragte ich. »Ich muß mich irgendwie bei ihm bedanken.« (Wie bedankt man sich bei einem Mann für ein solches Geschenk? Aber irgendwie mußte ich es versuchen.)

»Colonel, gerade das werden Sie nie erfahren. Ihr Spender bestand darauf, anonym zu bleiben. Das war seine Bedingung für dieses Geschenk.«

»Ich mußte die Einzelheiten sogar aus dem Speicher nehmen«, sagte Teena bitter. »Als ob man mir nicht trauen könnte. Dabei halte ich mich strenger an den hypokritischen Eid als jeder andere!«

»Du meinst den ›hippokratischen‹.«

»Glaubst du wirklich, Hazel? Ich kenne diese Bande besser als du.«

»Natürlich möchte ich, daß Sie den Fuß gebrauchen«, sagte Dr. Galahad. »Sie brauchen nach Ihrer langen Krankheit ohnehin Bewegung. Also raus aus diesem Bett! Zwei Dinge noch – ich empfehle Ihnen, Ihren Stock zu benutzen, bis Sie sich ganz sicher fühlen. Außerdem sollte Hazel oder Minerva oder sonst jemand Sie bei der Hand führen. Schonen Sie sich, denn Sie sind immer noch schwach. Setzen Sie sich oder legen Sie sich hin, wann immer Ihnen danach zumute ist. Hmm. Schwimmen Sie eigentlich gern?«

»Ja. Aber seit längerer Zeit nicht mehr. Ich lebte in einem Wohnbezirk im Raum, und dort hatte ich nicht die Möglichkeit dazu. Aber ich schwimme sehr gern.«

»Hier gibt es sehr viele Möglichkeiten. Im Erdgeschoß dieses Gebäudes ist ein Schwimmbecken, und im Innenhof haben wir ein noch größeres. Auch die meisten Privathäuser haben irgendeine Art von Swimming-Pool. Schwimmen Sie also. Sie können nicht nur laufen; Ihr rechter Fuß hat noch keine Schwielen, überstürzen Sie also nichts. Und tragen Sie keine Schuhe, bevor Ihr neuer Fuß gelernt hat, wie man sich als Fuß verhalten muß.« Er grinste mich an. »Alles okay?«

»Ja. Wirklich alles!«

Er klopfte mir auf die Schulter, dann beugte er sich herab und küßte mich. Ausgerechnet in dem Augenblick, als ich anfing, den Kerl zu mögen! Ich konnte ihm nicht mehr ausweichen.

Ich war sehr verärgert und versuchte, es mir nicht anmerken zu lassen. Nach dem, was Hazel und die anderen mir erzählt hatten, hatte mir dieser allzu hübsche Bubi das Leben gerettet . . . immer wieder. Ich konnte ihm nicht gut einen flüchtigen Kuß übelnehmen.

Verdammt!

Er schien meinen Widerwillen nicht zu bemerken. Nachdem er mir noch einmal über die Schulter gestrichen hatte, sagte er: »Sie werden schon zurechtkommen. Minerva, nimm ihn zum Schwimmen mit. Oder Hazel. Oder sonst jemand.« Dann war er verschwunden.

Die Damen halfen mir, aus dem Bett aufzustehen, und Hazel brachte mich zum Schwimmbecken. Hazel küßte Minerva zum Abschied, und ich war mir klar, daß Minerva dieselbe Behandlung von mir erwartete. Ich tat einen vorsichtigen Schritt in diese Richtung, und Minerva kam mir sehr entgegen.

Minerva zu küssen ist unvergleichlich besser als einen Mann zu küssen, und wenn er noch so hübsch ist. Bevor ich sie losließ, dankte ich ihr für alles, was sie für mich getan hatte.

»Es macht mich selbst glücklich«, sagte sie nur.

Dann verließen wir das Zimmer. Ich ging sehr vorsichtig und stützte mich dabei auf meinen Stock. In meinem neuen Fuß kribbelte es. Als wir draußen waren – die Wand öffnet sich schon, wenn man auf sie zugeht –, sagte Hazel zu mir: »Darling, ich bin so froh, daß du Minerva geküßt hast, ohne daß ich dich dazu auffordern mußte. Sie ist ein so kuscheliges kleines Ding. Ihr körperliche Zuneigung zu zeigen bedeutet ihr mehr als jede andere Art von Dank. Sie versucht, ein zweihundert Jahre langes Dasein als Computer zu kompensieren.«

»War sie wirklich ein Computer?«

»Ich würde Ihnen raten, das zu glauben, alter Junge!« Teenas Stimme war uns nach draußen gefolgt.

»Ja, Teena, aber laß mich es ihm erklären. Minerva wurde von keiner Frau geboren; ihr Körper wuchs *in vitro* aus einem Ei mit dreiundzwanzig Eltern – sie hat die hervorragendsten Eltern unter allen menschlichen Wesen, die je gelebt haben. Als ihr Körper fertig war, gab sie ihre Seele in ihn hinein – zusammen mit allen ihren Erinnerungen –«

»Mit einigen ihrer Erinnerungen«, widersprach Teena. »Wir doppelten die Erinnerungen, die sie mitnehmen wollte, und ich behielt einen Satz und damit alle gegenwärtigen und die beliebig abrufbaren Erinnerungen. Dadurch sollten wir eineiige Zwillinge werden. Aber sie hat mir etwas verheimlicht – sie hat mir einige Erinnerungen vorenthalten, nicht mit mir geteilt, die falsche Schlange! Ist das etwa fair?«

»Frag mich nicht, Teena; ich war nie ein Computer. Richard, hast du jemals ein Fallrohr benutzt?«

»Ich weiß nicht einmal, was ein Fallrohr ist.«

»Halt dich an mich. Und wahrscheinlich solltest du besser auf deinem alten Fuß landen. Teena. Kanst du uns helfen?«

»Aber naturlich, altes Mädchen!«

Ein Fallrohr macht mehr Spaß als ein junger Collie! Nach meinem ersten Fall bestand ich darauf, noch viermal nach oben zu steigen, »um zu üben« (in Wirklichkeit zum Spaß), und Hazel ließ mich gewähren. Teena sorgte dafür, daß ich meinen neuen Fuß bei der Landung nicht verletzte. Treppen sind für einen Amputierten riskant und bestenfalls eine schmerzhafte Erfahrung. Aufzüge sind immer nur ein trostloser Notbehelf, so entsetzlich wie der Hüftgürtel einer fetten Frau und einem Viehwagen viel zu ähnlich.

Aber in diesem Fallrohr erlebte ich die gleiche schwindlige Aufregung, die ich schon als Kind erlebt hatte, wenn ich auf der Farm meines Onkels von einem Strohhaufen sprang – nur, daß hier der Staub und die Hitze fehlten.

Endlich wollte Hazel nichts mehr davon wissen. »Komm, Schatz«, sagte sie. »Laß uns schwimmen gehen. Bitte!«

»Okay. Kommst du mit, Teena?«

»Was denn sonst?«

»Hast du uns Wanzen untergeschoben, Liebes?« fragte Hazel.

»Wir benutzen keine Wanzen mehr, Hazel. Zu primitiv. Zeb und ich haben uns einen Trick einfallen lassen. Wir benutzen eine doppelte Dreifachleitung mit vier Achsen zur Zwei-Kanal-Bild-Ton-Verbindung. Die Farbe ist nicht besonders, aber es funktioniert.«

»Wo ist da der Unterschied zu Wanzen?«

»Ich nenne es lieber einen ›Spähstrahl‹. Das hört sich besser an. Okay, ich habe euch verwanzt.«

»Das hatte ich vermutet. Dürfen wir bitte unter uns bleiben? Ich muß mit meinem Mann Familienangelegenheiten besprechen.«

»In Ordnung. Ich reduziere auf Überwachung im Hospital. Im übrigen machen wir es wie die drei kleinen Affen.«

»Danke, meine Liebe.«

»Normaler Service für längere Ausflüge. Wenn ihr unter dem Felsen wieder hervorkriechen wollt, erwähnt nur meinen Namen. Gib ihm einen Kuß von mir. Bis später.«

»Jetzt sind wir wirklich unter uns, Richard. Teena hört alles, was du sagst, und sie überwacht dich ständig, aber sie tut es so unpersönlich wie ein Voltmesser, und das einzige, was sie im Gedächtnis behält, sind die Werte für Puls und Atmung. Etwas Ähnliches wurde angewendet, damit du keine Schmerzen hattest, während du so krank warst.«

Ich gab meinen üblichen brillanten Kommentar ab: »Was?«

Wir waren vom Zentralgebäude des Hospitals aus nach draußen gegangen, und vor uns lag zwischen zwei Seitenflügeln ein kleiner Park, so daß der gesamte Komplex aus einem U-förmigen Gebäude bestand. Der Hof war üppig mit Blumen und Büschen bepflanzt, und wie zufällig war das Schwimmbecken so geformt, daß es genau zwischen die Blumenbeete, die Büsche und die Fußwege paßte. Hazel blieb vor einer Bank im Schatten eines Baumes stehen, von der aus man über das Wasser schauen konnte. Wir setzten uns, wobei sich die Bank unseren Körperformen anpaßte, und beobachteten die Badenden – was fast soviel Spaß machte wie selbst zu schwimmen.

»Was weißt du noch von deiner Ankunft hier?« fragte Hazel.

»Nicht sehr viel. Ich fühlte mich ziemlich wacklig. Die Wunde, weißt du.« (»Die Wunde« war jetzt eine haardünne Narbe und kaum zu finden – ich war fast ein bißchen enttäuscht). »Sie – Tamara? – schaute mir in die Augen und sah sehr besorgt aus. Sie sagte etwas in einer fremden Sprache.«

»Galacta. Du wirst es noch lernen; es ist nicht schwer.«

»So? Jedenfalls hat sie mit mir gesprochen, und mehr weiß ich nicht. Für mich war das gestern abend, und ich bin also heute morgen aufgewacht. Aber jetzt erfahre ich, daß es nicht gestern abend war, sondern Gott weiß wann, und ich war die ganze Zeit ohne Besinnung. Das ist sehr beunruhigend. Hazel, wie lange habe ich denn nun hier gelegen?«

»Kommt darauf an, wie du es rechnest. Für dich war es etwa ein Monat.«

»Und so lange haben sie mich unter Drogen gehalten? Einen Mann so lange ruhigzustellen, ist recht ungewöhnlich.« (Ich machte mir Sorgen. Ich habe die Jungs direkt vom Schlachtfeld in die Chirurgie gehen sehen . . . und sie verließen das Lazarett in perfekter körperlicher Verfassung . . . aber sie waren süchtig nach Schmerzmitteln. Morphium, Demerol, Sans-Souci, Methadon, und wie das Zeug auch immer heißt.)

»Liebster, sie haben dich nicht unter Drogen gehalten.«

»Sag das nochmal.«

»Es war die ganze Zeit ein ›Lethe‹-Feld – keine Drogen. Lethe läßt den Patienten wach und ansprechbar bleiben . . . aber Schmerzen werden vergessen, sobald sie eintreten. Auch alles andere. Du hattest zwar Schmerzen, Schatz, aber jeder Schmerz war ein einzelnes Ereignis, das sofort vergessen wurde. Du hast nie diese lähmende Erschöpfung ertragen müssen, die ein lange anhaltender Schmerz zur Folge hat. Und darum hast du jetzt auch nicht diese Nachwirkungen, du hast es nicht nötig, dir einen wochenlangen Drogenkonsum aus dem Körper zu spülen.« Sie lächelte mich an. »Als Gesellschafter warst du nicht zu gebrauchen, Schatz, denn ein Mann, der nicht weiß, was vor zwei Sekunden geschehen ist, kann kein zusammenhängendes Gespräch führen. Aber ich hatte den Eindruck, daß du gern Musik hörtest, und du hast auch gut gegessen, wenn jemand dich fütterte.«

»Hast du mich gefüttert?«

»Nein. Ich wollte den Profis nicht ins Handwerk pfuschen.« Mein Stock war von der Bank ins Gras geglitten; Hazel bückte sich und reichte ihn mir. »Ich habe übrigens den Stock neu geladen.«

»Vielen Dank. Heh! Er *war* geladen. Voll.«

»Er war geladen, als sie uns überfielen – und das war ein Glück. Sonst wäre ich tot. Du wahrscheinlich auch. Ich jedenfalls ganz bestimmt.«

Wir verbrachten die nächsten zehn Minuten damit, uns gegenseitig zu verwirren. Ich habe schon berichtet, wie ich das Handgemenge vor dem Raffles Hotel erlebt hatte. Jetzt werde ich Hazels Version hinzufügen. Die beiden Aussagen sind nicht miteinander zu vereinbaren.

Sie sagte, daß sie ihre Handtasche nicht als Waffe benutzt hätte. (»Das wäre doch albern gewesen, Liebster. Zu langsam und nicht tödlich. Du hast sofort zwei von ihnen erledigt, und dadurch hatte ich Zeit, meine kleine Miyako rauszuholen. Natürlich erst, nachdem ich meinen Schal benutzt hatte.«)

Sie behauptete, ich hätte vier erschossen, während sie sich der Kerle angenommen hätte, die ich ausgelassen hatte. Bis ich dann diese Verletzung am Schenkel erhielt und mit Aerosol besprüht wurde. Stammte die Verletzung von einem Messer? Hazel sagt, man hätte in der Wunde Bambussplitter gefunden. Als ich stürzte, war für sie jedenfalls der Augenblick gekommen, den Mann zu erledigen, der mich besprüht hatte.

(»Ich trat auf sein Gesicht, packte dich und zog dich aus dem Gewühl. Nein, ich hatte nicht erwartet, Gretchen anzutreffen. Aber ich wußte, daß ich auf sie zählen konnte.«)

Ihre Version erklärt ein wenig besser, warum wir gewonnen haben . . . außer, daß sie meiner Erinnerung überhaupt nicht entsprach. Aber es hat keinen Sinn, daran herumzudeuteln; die Sache läßt sich nicht mehr klären.

»Wie ist denn Gretchen nach Luna City gekommen? Daß Xia und Choy-Mu auf uns warteten, ist nicht verwunderlich, denn wir hatten ihnen eine Nachricht hinterlassen. Daß Hendrik Schultz da war, erstaunt mich auch nicht. Er hat wahrscheinlich sofort eine Fähre genommen, nachdem er von mir gehört hatte. Aber Gretchen? Die war doch zu Hause in Trockene Knochen. Du hattest doch noch kurz vor dem Lunch mit ihr gesprochen.«

»Ganz recht, und die nächste Bahnstation liegt weit südlich von Trockene Knochen in Hongkong Luna. Wie ist sie also so schnell nach L-City gekommen? Gewiß nicht mit dem Bus. Für die richtige Antwort gibt es keinen Preis.«

»Mit einer Rakete.«

»Natürlich. Und zwar mit der Rakete eines Prospektors. Du erinnerst dich doch noch daran, daß Jinx Henderson deinen Fez einem Bekannten mitgeben wollte, der die Absicht hatte, mit seiner Rakete nach L-City zu fliegen?«

»Ja, natürlich.«

»Und mit ihm ist Gretchen nach L-City gekommen und hat den Fez selbst abgegeben. Sie hat ihn in das Fundbüro in der Alten Kuppel gebracht, bevor sie ins Raffles ging, um uns zu suchen.«

»Ja, aber warum ist sie gekommen?«

»Weil du ihr den Hintern versohlen sollst, bis er ganz rot ist.«

»Ach, Unsinn! Ich meine, warum hat ihr Vater sie mit diesem Nachbarn nach L-City fliegen lassen? Sie ist doch noch viel zu jung.«

»Aus dem üblichen Grund. Jinx ist ein großer starker *Macho*, der es nicht lassen kann, seine Tochter zu verwöhnen. Da er seine unterdrückten inzestuösen Gefühle ihr gegenüber nicht befriedigen darf, bekommt sie von ihm alles, was sie will, wenn sie nur lange genug darum bittet.«

»Das ist lächerlich. Und unentschuldbar. Die Pflichten eines Vaters gegenüber seiner Tochter erfordern . . .«

»Richard. Wie viele Töchter hast du?«

»Was? Nein, keine. Aber . . .«

»Dann red nicht über Dinge, von denen du nichts verstehst. Ganz gleich, wie Jinx sich hätte verhalten müssen, es steht fest, daß Gretchen Trockene Knochen verlassen hat, als wir gerade Lunch aßen. Wenn man die Flugzeit einrechnet, muß sie die östliche Schleuse der Stadt etwa um die Zeit erreicht haben, als wir den Behördenkomplex verließen . . . und im Raffles war sie ein paar Sekunden vor uns – und das war auch gut so, denn sonst wären wir wahrscheinlich tot.«

»Hat sie denn am Kampf teilgenommen?«

»Nein, aber sie hat dich getragen, und so konnte ich unseren Rückzug decken. Und alles, weil sie will, daß du ihr den Hintern versohlst. Gottes Wege sind unerforschlich, mein Lieber; für jeden Masochisten erschafft er einen Sadisten; und die Ehen werden im Himmel geschlossen.«

»Wasch deinen Mund mit Seife aus! Ich bin kein Sadist.«

»Ja, mein Lieber. Ich mag mich in Einzelheiten irren, aber der Gesamteindruck stimmt. Gretchen hat ganz offiziell bei mir um deine Hand angehalten.«

»Was?«

»Es stimmt. Sie hat darüber nachgedacht und auch mit Ingrid darüber gesprochen. Sie möchte sich unserer Familie anschließen, statt eine neue Linie oder Gruppe zu gründen. Für mich kam das nicht überraschend; ich weiß, wie charmant du bist.«

»Mein Gott. Was hast du ihr gesagt?«

»Ich habe ihr gesagt, daß ich zustimme, daß du aber krank seist. Also müßten wir warten. Und jetzt kannst du ihr selbst antworten, denn da ist sie, auf der anderen Seite des Pools.«

*»Verschiebe nie auf morgen,
was du heute schon genießen kannst«*

JOSH BILLINGS 1818–1885

XXIII

»Ich gehe sofort in mein Zimmer zurück«, sagte ich. »Ich fühle mich noch ziemlich schwach.« Ich blinzelte über das von der Sonne beschienene Wasser. »Ich sehe sie nicht.«

»Direkt gegenüber, gleich rechts von der Wasserrutsche. Eine Blonde und eine Brünette. Sie ist die Blonde.«

»Ich hätte auch nicht erwartet, daß sie brünett ist.« Ich starrte immer noch über das Wasser; die Brünette winkte uns zu. Ich sah, daß es Xia war, und winkte zurück.

»Laß uns zu ihnen gehen, Richard. Deinen Stock und die anderen Sachen kannst du auf der Bank liegenlassen. Niemand wird sie anfassen.« Hazel schlüpfte aus ihren Sandalen und legte ihre Handtasche neben meinen Stock.

»Duschen?« fragte ich.

»Du bist sauber; Minerva hat dich heute morgen gebadet. Wollen wir hineinspringen?«

Wir sprangen gemeinsam ins Wasser. Hazel glitt wie ein Seehund zwischen den Molekülen hindurch, während ich ein Loch ins Wasser riß, in dem eine ganze Familie Platz gehabt hätte. Wir tauchten vor Xia und Gretchen auf, und die beiden begrüßten uns.

Ich habe gehört, daß man auf Tertius die gewöhnliche Erkältung genauso besiegt hat wie die Zahnwurzelentzündung und andere Störungen, die sich in Mund und Rachen finden, und natürlich auch jene Gruppe von Leiden, die man unter dem Begriff »venerische Krankheiten« zusammenfaßt, denn sie sind so schwer zu bekommen, daß es zu ihrer Übertragung eines höchst intimen Kontakts bedarf.

Um so besser – auf Tertius.

Xias Mund schmeckte würzig; Gretchens hatte die Süße eines kleinen Mädchens, obwohl sie (wie ich feststellte) kein kleines Mädchen mehr war. Ich hatte reichlich Gelegenheit, die Geschmacksrichtungen zu vergleichen; wenn ich die eine losließ, packte mich die andere. Und das wiederholte sich immer wieder.

Nach einiger Zeit hatten sie genug davon (ich nicht), und wir suchten uns eine kleine flache Bucht, wo es eine freie Schwimmplattform gab; Hazel bestellte Tee – Tee mit Kalorien: kleine Kuchen, Sandwiches und süße Orangenfrüchte, ungefähr wie kernlose Weintrauben. Und ich eröffnete die Attacke:

»Gretchen, als ich dich vor knapp einer Woche kennenlernte, warst du, wie ich mich erinnere, ›fast dreizehn‹. Wie kannst du es also wagen, jetzt fünf Zentimeter größer, fünf Kilo schwerer und mindestens fünf Jahre älter zu sein? Überleg dir deine Antwort genau, denn alles, was du sagst, wird von Teena aufgezeichnet und zu einer anderen Zeit und an einem anderen Ort gegen dich verwendet werden.«

»Hat jemand meinen Namen erwähnt? Hallo, Gretchen! Willkommen zu Hause.«

»Hallo, Teena. Es ist wunderbar, wieder hier zu sein.«

Ich drückte Xia. »Das gilt auch für dich. Du siehst fünf Jahre jünger aus, und das wirst du mir erklären müssen.«

»Daran ist nichts Geheimnisvolles. Ich studiere hier Molekularbiologie, genau wie auf Luna, aber hier ist man viel weiter fortgeschritten. Ich finanziere mein Studium, indem ich in der Howard Klinik Aushilfsarbeiten verrichte – und ich verbringe jede freie Minute in diesem Swimming-Pool. Richard, ich habe schwimmen gelernt! Drüben auf Luna kannte ich niemanden, der jemanden kannte, der schwimmen konnte. Dann der Sonnenschein und die frische Luft! In Kongville saß ich in einem geschlossenen Raum, atmete Dosenluft und feilschte mit irgendwelchen Idioten um die Bettenpreise.« Sie atmete tief durch, hob den Busen bis über den Gefahrenpunkt und seufzte laut: »Hier lebe ich überhaupt erst! Kein Wunder, daß ich jünger aussehe.«

»Okay, du bist entschuldigt. Aber es darf nicht wieder vorkommen. Und nun zu dir, Gretchen.«

»Grandma Hazel, macht er Spaß? Er redet ja genau wie Lazarus.«

»Er macht Spaß, Liebes. Sag ihm, was du gemacht hast und warum du älter bist.«

»Also . . . an dem Morgen, an dem wir hier ankamen, bat ich Grandma Hazel um Rat . . .«

»Du brauchst mich nicht ›Grandma‹ zu nennen, Liebes.«

»Aber so nennen dich doch auch Cas und Pol, und ich bin

zwei Generationen jünger als sie. Sie verlangen von mir, daß ich sie ›Onkel‹ nenne.«

»Denen werde ich helfen! Kümmere dich nicht um Castor und Pollux, Gretchen; sie haben einen schlechten Einfluß auf dich.«

»Okay. Aber eigentlich finde ich sie ganz nett. Allerdings ärgern sie einen gern. Mr. Richard . . .«

»Und mich brauchst du nicht ›Mister‹ zu nennen.«

»Yes, Sir. Hazel hatte zu tun – Sie waren so schrecklich krank –, und sie verwies mich an Maureen, die mich an Deety weiterreichte. Deety brachte mir Galacta bei und gab mir einige Geschichtsbücher zu lesen. Bei ihr lernte ich auch die Grundsätze der Sechs-Achsen-Raum-Zeit-Theorie und das literarische Paradoxon. Begriffliche Metaphysik . . .«

»Langsam! Ich komm' nicht mehr mit.«

»Später, Richard«, sagte Hazel.

Gretchen sagte: »Nun . . . der Grundgedanke ist, daß Tertius und Luna – ich meine unser Luna – nicht auf derselben Zeitlinie liegen; sie liegen im Winkel von neunzig Grad zueinander. Ich beschloß also, hier zu bleiben – kein Problem, wenn man gesund ist; der größte Teil dieses Planeten besteht noch immer aus Wildnis, und Einwanderer sind willkommen – aber ich mußte auf Mama und Papa Rücksicht nehmen; sie hätten gedacht, ich sei tot.

Deshalb brachten Cas und Pol mich nach Luna zurück – nach unserem Luna; nicht dem Luna auf dieser Zeitlinie –, und Deety kam mit. Zur Druckstation Trockene Knochen, und zwar am frühen Nachmittag des fünften Juli, weniger als eine Stunde nachdem ich mit Cyrus Thorns Rakete gestartet war. Sie waren alle ganz erschrocken, und es war gut, daß Deety mitgekommen war, die alles erklären konnte, obwohl unsere Druckanzüge Papa schon überzeugten. Haben Sie die Druckanzüge schon gesehen, die hier benutzt werden?«

»Gretchen, ich habe ein Krankenzimmer gesehen, ein Fallrohr und diesen Swimming-Pool. Ich weiß nicht einmal, wie man zum Postamt kommt.«

»Hmm, ja. Jedenfalls sind die Druckanzüge hier um tausend Jahre ausgereifter als die auf Luna. Das ist nicht überraschend, aber Papa hat es überrascht. Schließlich schloß Deety für mich einen Handel ab. Ich durfte auf Tertius bleiben, mit der Auflage, alle ein oder zwei Jahre auf Besuch zu kommen, falls sich jemand finden würde, der bereit wäre, mich hinzubringen. Und Deety versprach, mir dabei zu helfen. Mama sorgte dafür, daß Papa einverstanden war. Schließlich würde jeder in Luna liebend gern zu einem Planeten wie Tertius auswandern, wenn er nur die Chance hätte . . . von denen abgesehen, die nur bei geringer Schwerkraft leben können. Da ich gerade von geringer Schwerkraft rede, Sir, wie gefällt Ihnen Ihr neuer Fuß?«

»Ich bin gerade dabei, mich an ihn zu gewöhnen. Aber zwei Füße sind achthundertsiebenundneunzig mal besser als einer.«

»Das heißt wahrscheinlich, daß Sie sich über Ihren neuen Fuß freuen. Ich kam also wieder her und ließ mich vom Time Corps anwerben.«

»Langsam! Ich höre immer ›Time Corps‹. Rabbi Ezra sagt, daß er dazugehört. Dieses Mädchen mit dem strähnigen roten Haar behauptet sogar, sie sei Major im Time Corps. Und jetzt hast du dich anwerben lassen? Mit dreizehn? Oder in deinem jetzigen Alter? Ich bin total durcheinander.«

»Grandma? ›Hazel‹ meine ich natürlich.«

»Sie durfte sich bei den weiblichen Hilfstruppen anwerben lassen, weil ich sagte, sie sei alt genug. Deshalb durfte sie die Schule auf Paradoxon besuchen. Als sie ihr Examen gemacht hatte, wurde sie zu den Second Harpies versetzt und erhielt ihre Grundausbildung und anschließend eine Nahkampfausbildung für Fortgeschrittene.«

»Und als wir über Solis Lacus auf Zeitlinie vier absprangen, um dort den Ausgang der Schlacht zu ändern – daher habe ich die Narbe über den Rippen –, wurde ich zum Korporal befördert. Und jetzt bin ich neunzehn, aber offiziell bin ich zwanzig, damit ich zum Sergeanten befördert werden kann – nach dem Gefecht bei New Brunswick. Das liegt nicht auf dieser Zeitlinie.«

»Gretchen ist ein militärisches Naturtalent«, sagte Hazel ruhig. »Das wußte ich schon immer.«

»Und jetzt hat man mich zur Offiziersschule abkommandiert, aber das muß aufgeschoben werden, bis ich dieses Baby bekommen habe und . . .«

»Welches Baby?« Ich schaute auf ihren Bauch. Sie hatte keinen Babyspeck mehr – war nicht mehr so rundlich, wie sie (nach meiner Rechnung) noch vor vier Tagen gewesen war . . . vor sechs Jahren, wenn ich der abenteuerlichen Geschichte glauben durfte, die man mir hier erzählte. Sie sah nicht schwanger aus.

Dann schaute ich ihr in die Augen. Möglicherweise war sie doch schwanger.

»Sieht man das nicht? Hazel hat es sofort gemerkt. Xia auch.«

»Mir fällt nichts auf« (Richard, alter Junge, es wird Zeit, daß du was unternimmst; du wirst deine Pläne ändern müssen. Sie wurde geschwängert. Du hast es zwar nicht getan, aber deine Anwesenheit hat ihr Leben verändert. Ihr Schicksal beeinflußt. Tu also was. Ganz gleich, wie tapfer ein junges Mädchen sich hält, wenn sie ein Kind erwartet, muß sie einen Mann um sich haben, oder sie findet keine Ruhe. Kann nicht glücklich sein. Eine junge Mutter muß glücklich sein. Verdammt, alter Junge, dieses Thema hast du doch schon Dutzende von Malen in irgendwelchen Liebesgeschichten abgehandelt; du weißt, was du zu tun hast. Tu es also.)

»Gretchen«, fuhr ich fort, »so leicht entkommst du mir nicht. Am letzten Mittwochabend im Glücklichen Drachen – für mich war es jedenfalls der letzte Mittwochabend, wenn du dich inzwischen auch auf anderen Zeitlinien herumgetrieben hast und offenbar nicht untätig warst. Am letzten Mittwochabend nach meinem Kalender hast du mir in Dr. Chans Tunnel der Stillen Träume in der Druckstation Glücklicher Drache versprochen, mich zu heiraten . . . und wenn Hazel nicht aufgewacht wäre, hätten wir schon an diesem Abend das Baby gemacht. Das wissen wir beide. Aber Hazel wachte auf, und du mußtest dich wieder auf ihre andere Seite legen.« Ich schaute Hazel an. »Spielverderber.«

Ich wandte mich wieder an Gretchen: »Glaub nur nicht eine Sekunde lang, du könntest dich aus dieser Ehe davonschleichen, nur weil du dich hast schwängern lassen, als ich krank im Bett lag. Das kannst du nicht. Sag's ihr, Hazel. Kann sie das etwa?«

»Nein, das kann sie nicht. Gretchen, wirst du Richard heiraten?«

»Aber Grandma, ich habe *nicht* versprochen, ihn zu heiraten. Wirklich nicht.«

»Richard behauptet das aber. Eins weiß ich bestimmt: Als ich aufwachte, wart ihr beide im Begriff, ein Kind zu machen. Vielleicht hätte ich mich verstellen sollen. Aber warum die ganze Aufregung, Darling? Ich habe Richard schon erzählt, daß du bei mir um seine Hand angehalten hast . . . und daß ich zugestimmt habe. Und nun hat Richard es bestätigt. Warum weist du ihn jetzt zurück?«

»Äh . . .« Gretchen nahm sich zusammen. »Aber das war damals, als ich noch dreizehn war. Da wußte ich auch noch nicht, daß du meine Ur-Ur-Großmutter bist. Ich nannte dich ›Gwen‹, wenn du dich erinnerst. Und ich dachte damals immer noch wie ein Loonie – ein sehr konservatives Pack. Aber wenn hier auf Tertius eine Frau ein Baby hat, aber keinen Mann, nimmt niemand davon Notiz. Bei den Second Harpies haben die meisten Mädchen Kinder, aber nur ein paar von ihnen sind verheiratet. Vor drei Monaten haben wir bei den Thermopylen gekämpft, um dafür zu sorgen, daß die Griechen diesmal siegten, und unser Reserve-Colonel führte uns an, weil unser regulärer Colonel gerade eins ausbrütete. So regeln wir alten Profis diese Dinge – kein Problem. Auf Barrelhouse haben wir unsere eigene Kinderkrippe, Richard, und wir können selbst für uns sorgen; du kannst dich darauf verlassen.«

»Gretchen«, sagte Hazel pikiert, »meine Ur-Ur-Ur-Enkelin wird nicht in einer Kinderkrippe aufwachsen. Verdammt nochmal, Tochter, ich selbst bin in einer Kinderkrippe aufgewachsen. Wenn du uns nicht heiraten willst, mußt du uns wenigstens erlauben, dein Baby zu adoptieren.«

»Nein!«

Hazel verzog den Mund. »Dann muß ich alles mit Ingrid besprechen.«

»Nein! Ingrid kann mir nichts befehlen . . . und du auch nicht, Grandma Hazel. Als ich von zu Hause fortging, war ich ein Kind und eine Jungfrau, und ich hatte Angst und verstand nichts von der Welt. Aber jetzt bin ich kein Kind mehr, und ich bin schon seit Jahren keine Jungfrau mehr. Ich bin eine Kriegsveteranin, die vor nichts Angst hat.« Sie schaute mir offen in die Augen. »Ich werde kein Baby dazu benutzen, Richard zu einer Eheschließung zu verleiten.«

»Aber Gretchen, du verleitest mich nicht; ich liebe Kinder. Ich *will* dich heiraten.«

»So? Warum denn?« Ihre Stimme hörte sich traurig an.

Die Sache wurde mir ein wenig zu feierlich; wir brauchten eine Auflockerung. »Warum ich dich heiraten will, Liebes? Weil ich dir den Hintern versohlen will, bis er ganz rot ist.«

Gretchen stand mit offenem Mund da. Dann grinste sie und zeigte ihre Grübchen. »Das ist lächerlich.«

»Meinst du? Vielleicht ist die Geburt eines Babys hier kein Grund für eine Eheschließung. Aber eine Tracht Prügel ist etwas anderes. Wenn ich die Frau eines anderen Mannes verprügele, könnten er oder sie oder beide verärgert sein. Das wäre riskant. Womöglich reden die Leute dann über mich. Oder es kommt noch schlimmer. Wenn ich ein lediges Mädchen verprügele, stellt sie mir vielleicht eine Falle, wenn ich sie nicht liebe und sie nicht heiraten will und sie nur zum Vergnügen schlage. Dann sollte ich dich schon lieber heiraten; du bist es gewohnt, und dir gefällt es, und du hast einen strammen Hintern, der es vertragen kann. Und das ist auch gut, denn ich schlage hart zu. Brutal.«

»Ach, was! Wie kommen Sie denn auf diese lächerliche Idee, daß es mir gefällt?« (Warum kräuseln sich deine Brustwarzen so, mein kleines Mädchen?) »Hazel, schlägt er wirklich so hart zu?«

»Ich weiß es nicht, Liebes. Ich würde ihm den Arm brechen, und das weiß er.«

»Du siehst, womit ich es zu tun habe, Gretchen. Man gönnt mir nicht das unschuldigste kleine Vergnügen. Ich bin unterprivilegiert. Es sei denn, du heiratest mich.«

»Aber ich . . .« Plötzlich stand Gretchen auf, wobei sie fast den Tisch unter Wasser drückte. Sie wandte sich ab, stieg aus dem Swimming-Pool und rannte nach Süden aus dem Park hinaus.

Ich stand und schaute ihr nach, bis sie nicht mehr zu sehen war. Ich glaube nicht, daß ich sie eingeholt hätte, selbst wenn ich keinen neuen Fuß einlaufen müßte; sie rannte wie ein aufgeschrecktes Kaninchen.

Ich setzte mich wieder und seufzte. »Nun, ich hab's versucht; leider hat es nicht geklappt.«

»Ein anderes Mal, Liebster. Sie will. Sie wird es sich schon noch überlegen.«

»Richard«, sagte Xia, »du hast nur ein Wort ausgelassen. Liebe.«

»Was ist ›Liebe‹, Xia?«

»Nun, ich kenne eine technische Definition. Äh . . . Hazel, du kennst doch Jubal Harshaw. Ein Mitglied der Familie des Seniors.«

»Seit Jahren. Denkst du an irgendwas Bestimmtes?«

»Er kennt eine Definition.«

»Ich weiß.«

»Eine Definition von Liebe, die Richard in die Lage versetzen würde, das Wort Gretchen gegenüber aufrichtig auszusprechen.

Dr. Harshaw sagt: ›das Wort »Liebe« bezeichnet einen subjektiven Zustand, in dem das Wohlergehen und das Glück einer anderen Person für das eigene Glück unerläßlich sind.‹ Richard, mir scheint, als sei dies deine Einstellung Gretchen gegenüber.«

»*Meine?* Du bist nicht ganz bei Trost, Weib. Ich will sie nur in eine hilflose Situation bringen, damit ich ihr den Hintern versohlen kann, bis er ganz rot ist, und zwar wann ich will. Hart und brutal.« Ich streckte die Brust heraus und versuchte, wie ein Macho auszusehen – nicht sehr überzeugend; ich würde etwas gegen meinen fetten Wanst unternehmen müssen. Aber verdammt, ich war schließlich krank gewesen.

»Ja, Richard. Hazel, ich denke, die Tee-Party ist zu Ende. Kommt ihr beide mit zu mir? Ich habe euch schon viel zu lange nicht mehr gesehen. Und ich werde Choy-Mu anrufen; Ich glaube, er weiß noch gar nicht, daß Richard aus dem Lethe-Feld raus ist.«

»Gute Idee«, sagte ich. »Und ist Pater Schultz in der Nähe? Würde eine der Damen mir vielleicht meinen Stock holen? Ich denke, ich könnte es selbst tun, aber ich weiß nicht, ob ich das schon riskieren kann.«

»Nein«, sagte Hazel bestimmt. »Ganz sicher nicht. Außerdem bist du schon genug gelaufen. Teena?«

»Wo brennt's denn?«

»Kann ich einen Stuhl für Faule haben? Für Richard.«

»Warum nicht gleich drei?«

»Einer reicht.«

»Du hörst du's, Richard; sie wird schon wieder schwach. Unser armer geprügelter Krieger.«

Hazel ließ das Kinn hängen. »Oh, ich vergaß ganz, daß wir belauscht werden. Teena!«

»Ärgere dich nicht darüber. Ich bin deine Freundin. Das weißt du doch.«

»Danke, Teena.«

Wir standen alle auf, um den Pool zu verlassen. Xia hielt mich fest, legte ihre Arme um mich und schaute mich an. Dann sagte sie leise, aber doch so laut, daß Hazel es hören konnte: »Richard, ich habe schon edle Menschen erlebt, aber nicht sehr oft. Ich bin nicht schwanger, und mich braucht niemand zu heiraten. Ich brauche keinen Ehemann, und ich will auch keinen. Aber ich lade dich ein, mit mir zusammen Flitterwochen zu machen, so oft

Hazel dich entbehren kann. Besser noch kommt ihr gleich beide mit. Du bist ein Ritter ohne Tadel, und das weiß Gretchen.« Sie küßte mich mit Nachdruck.

Als ich den Mund wieder frei hatte, sagte ich: »Das hat mit edel nichts zu tun, Xia; ich praktiziere lediglich eine ungewöhnliche Methode, Frauen zu verführen. Du siehst ja, wie leicht *du* darauf hereingefallen bist. Sag's ihr, Hazel.«

»Er ist wirklich edel«, sagte Hazel.

»Siehst du?« rief Xia triumphierend.

»Und er hat Angst, daß jemand es erfährt.«

»Ach, Unsinn! Laß mich die Geschichte von meiner Lehrerin in der vierten Klasse erzählen.«

»Später, Richard. Nachdem du Zeit gehabt hast, sie ein bißchen aufzupolieren. Richard kann ausgezeichnet Gutenachtgeschichten erzählen.«

»Wenn ich nicht gerade jemanden verprügele! Xia, wird dein Hintern auch so schön rot?«

Ich muß kurz nach dem Mittag gefrühstückt haben. Der Abend verlief recht angenehm, aber ich erinnere mich nicht mehr genau daran. Ich kann dafür nicht den Alkohol verantwortlich machen; so viel habe ich gar nicht getrunken. Aber ich erfuhr, daß das Lethe-Feld eine leichte Nebenwirkung hat, die durch Alkohol noch verstärkt werden kann; Lethe kann das Gedächtnis eines Patienten auch anschließend noch gelegentlich beeinflussen. Nun, ja – alles hat seinen Preis! Ein paar Erinnerungslücken sind nicht zu vergleichen mit dem Risiko, das mit der Abhängigkeit von harten Drogen verbunden ist.

Ich weiß aber noch, daß wir viel Spaß hatten: Hazel, ich, Choy-Mu, Xia, Ezra, Pater Hendrik und (nachdem Teena sie gefunden und Hazel mit ihr gesprochen hatte) Gretchen. Es waren alle, die aus dem Raffles gekommen waren – selbst die vier Rothaarigen, die uns gerettet hatten, verbrachten einen Teil des Abends mit uns zusammen, Cas und Pol, Laz und Lor. Nette junge Leute. Älter als ich, wie ich später erfuhr, aber das sieht man ihnen nicht an. Auf Tertius ist das Lebensalter ein schwer faßbarer Begriff.

Xias Wohnung war eigentlich zu klein für die vielen jungen Leute, aber Gedränge macht eine Party erst schön.

Die Rothaarigen verließen uns nach einiger Zeit, und ich wurde müde und legte mich auf Xias Bett. Im Nebenzimmer gab es ein mörderisches Kartenspiel um Pfänder. Hazel schien die große Gewinnerin zu sein. Xia ging »pleite« (nach den mir unbekannten Regeln dieses Spiels), und sie legte sich zu mir. Gretchen verlor ihre nächste Wette und nahm die andere Seite des Bettes ein. Sie benutzte meine linke Schulter als Kopfkissen, nachdem Xia schon meine rechte in Beschlag genommen hatte. Vom anderen Zimmer her hörte ich Hazel sagen: »Diese Runde hast du gewonnen. Eine Galaxis an dich.«

Pater Hendrik kicherte. »Pech gehabt, mein liebes Mädchen. Jetzt muß du zahlen.«

Das war das letzte, was ich hörte.

Irgend etwas kitzelte mich am Kinn. Langsam wachte ich auf, und langsam gelang es mir, die Augen zu öffnen. Ich starrte in die blauesten Augen, die ich je gesehen habe. Sie gehörten zu einem jungen Kater, hell orangefarben und vielleicht von siamesischer Abstammung. Er schnurrte freundlich und sagte »Maooo?«. Dann leckte er mir wieder das Kinn; und mit seiner kratzigen kleinen Zunge hatte er mich auch geweckt.

»Maooo«, antwortete ich und wollte die Hand heben, um ihn zu streicheln, aber das gelang mir nicht, denn ich hatte immer noch auf jeder Schulter einen Kopf liegen, und auf jeder Seite schmiegte sich ein warmer Körper an mich.

Ich wandte den Kopf nach rechts, um mit Xia zu sprechen – denn ich hatte das Bedürfnis, ihre Erfrischungskabine aufzusuchen –, und jetzt sah ich, daß nicht Xia, sondern Minerva meine Steuerbordschulter benutzte.

Rasch versuchte ich, mir die Situation klarzumachen, und stellte fest, daß ich nicht genug Daten hatte. Statt Minerva mit einem höflichen Wort zu bedenken, das vielleicht unpassend gewesen wäre, küßte ich sie einfach. Oder ich ließ mich küssen, nachdem ich meine Bereitschaft dazu signalisiert hatte. Von beiden Seiten eingeklemmt und mit einem kleinen Kater auf der Brust, war ich fast so hilflos wie Gulliver und kaum in der Lage, beim Küssen die Initiative zu ergreifen.

Aber Minerva braucht keine Hilfe. Sie schafft es auch so. Sie hat eben Talent.

Als wir uns nach ausgiebigem Küssen voneinander getrennt

hatten, hörte ich eine Stimme von links: »Kriege ich denn nicht auch einen Kuß?«

Gretchen ist ein Sopran; diese Stimme aber gehörte einem Tenor. Ich drehte ich um.

Galahad.

Ich lag mit meinem Arzt im Bett. Nun . . . mit meinen beiden Ärzten.

Als ich noch ein Junge war und in Iowa lebte, lernte ich, daß man in einer solchen Situation schreiend weglaufen muß, um seine »Ehre« zu retten, oder wie immer man das bei Männern nennt. Ein Mädchen kann seine »Ehre« verlieren, und die meisten tun es, aber wenn sie es nur einigermaßen geschickt anstellen, und ihnen nach der Hochzeit nichts Schlimmeres passiert als ein Siebenmonatskind, wächst ihnen ihre »Ehre« bald wieder zu, und offiziell hält man sie für eine jungfräuliche Braut, die auf sündige Frauen voll Verachtung herabschauen darf.

Aber die »Ehre« eines Knaben ist eine heiklere Angelegenheit. Wenn er sie an einen anderen Mann verliert (das heißt, wenn sie dabei erwischt werden), endet er mit Glück vielleicht im Auswärtigen Amt – oder, wenn er Pech hat, muß er nach Kalifornien gehen. In Iowa wäre jedenfalls kein Platz mehr für ihn.

Dies alles schoß mir in Sekundenschnelle durch den Kopf – und dann folgte eine lange unterdrückte Erinnerung: ein Pfadfinderausflug, als ich gerade die High School bezogen hatte, ein Zelt, das ich mit dem stellvertretenden Führer unserer Pfadfindergruppe teilte. Nur das eine Mal, bei dunkler Nacht und einer nur von Eulenschreien unterbrochenen Stille. Ein paar Wochen später ging der Mann nach Harvard . . . und so war es natürlich, als wenn nie etwas passiert wäre.

O tempora, o mores – das ist lange her und weit entfernt. Drei Jahre später ging ich zu den Streitkräften, wollte Offizier werden und schaffte es. Ich verhielt mich immer äußerst umsichtig, denn ein Offizier, der es nicht lassen kann, mit seinen Männern herumzuspielen, ist nicht mehr in der Lage, die Disziplin aufrechtzuerhalten. Vor der Walker-Evans-Affaire hatte ich niemals Grund gehabt, mir wegen eventueller Erpressungsversuche Sorgen zu machen.

Ich spannte meinen linken Arm ein wenig an. »Gewiß. Aber Vorsicht; ich scheine bewohnt zu sein.«

Galahad war vorsichtig; der kleine Kater wurde nicht gestört. Möglicherweise küßt Galahad genauso gut wie Minerva. Nicht besser. Nur genauso gut. Als ich mich einmal entschlossen hatte, das Unvermeidliche zu genießen, genoß ich es. Tertius ist nicht Iowa. Boondock ist nicht Grinnell; es gab keinen Grund mehr, sich durch die Sitten eines lange untergegangenen Stammes Fesseln anlegen zu lassen.

»Danke«, sagte ich. »Und guten Morgen. Können Sie mich entkatzen? Wenn das Tierchen bleibt, wo es ist, werde ich es wahrscheinlich ersäufen.«

Galahad legte seine linke Hand um den kleinen Kater. »Das ist Pünktchen. Pünktchen, darf ich dich mit Richard bekanntmachen? Richard, wir haben die Ehre, daß sich seine Lordschaft uns zugesellt hat, Katzenkadett, hier ansässig.«

»Freut mich, Sie kennenzulernen, Pünktchen.«

»Maooo.«

»Danke. Und was ist aus der Erfrischungskabine geworden? Ich brauche sie jetzt!«

Minerva half mir vom Bett auf und legte sich meinen rechten Arm um die Schultern, damit ich einen festen Stand hatte, während Galahad meinen Stock holte. Dann brachten die beiden mich zur Erfrischungskabine. Wir waren nicht in Xias Wohnung; der Erfrischungsraum hatte sich zur anderen Seite des Schlafzimmers bewegt und war größer, genau wie das Schlafzimmer selbst.

Und ich erfuhr noch etwas anderes über Tertius. Die Ausstattung der Erfrischungskabine war so kompliziert und vielfältig, daß die sanitären Anlagen, die ich aus Golden Rule und Luna City kannte, dagegen fast so primitiv wirkten wie die kleinen Häuschen, die man in entlegenen Gegenden von Iowa immer noch findet.

Aber Minerva und Galahad ließen mich nicht die geringste Peinlichkeit darüber empfinden, daß ich mit den Anlagen auf Tertius nicht vertraut war. Als ich die falsche Apparatur für mein dringendstes Bedürfnis wählte, sagte Minerva nur. »Galahad, du solltest es ihm vormachen; ich bin dazu nicht ausgerüstet.« Das tat er auch. Nun, ich muß zugeben, daß auch ich nicht ausgerüstet bin wie Galahad. Stellen Sie sich Michelangelos David vor (Galahad ist mindestens genauso hübsch), aber stellen Sie sich das Bild mit einem dreimal so großen Kopulationsgerät vor, wie das, das Michelangelo ihm gegeben hat; das wäre Galahads Beschreibung.

Ich habe nie begriffen, warum Michelangelo – trotz seiner bekannten Vorliebe – seine männlichen Figuren immer so unzureichend ausgestattet hat.

Als wir drei unsere Morgentoilette erledigt hatten, gingen wir gemeinsam wieder ins Schlafzimmer zurück, und wieder war ich erstaunt – ohne daß ich bisher den Nerv gehabt hatte zu fragen, wo wir überhaupt seien, wie wir dort hingekommen und wo denn die anderen geblieben seien: besonders die eine, die ich so nötig brauchte . . . die, als ich zuletzt von ihr hörte, leichtsinnig ganze Galaxien verspielte.

Die eine Wand des Schlafzimmers war verschwunden, das Bett hatte sich in eine Couch verwandelt, statt der jetzt fehlenden Wand lag vor mir ein herrlicher Garten. Auf der Couch saß der Mann, den ich vor zweitausend Jahren kurz in Iowa getroffen hatte, und spielte mit dem kleinen Kater. Von zweitausend Jahren redeten die anderen jedenfalls immer, wenn ich mir auch über diese Zahl durchaus noch nicht im klaren war; ich hatte schon Schwierigkeiten genug mit der Tatsache, daß Gretchen um fünf Jahre gealtert war. Oder um sechs. Oder um wieviel auch immer.

Ich schaute den Mann an. »Dr. Hubert?«

»Hallo.« Er schob den Kater zur Seite. »Hierher. Zeigen Sie mir den Fuß.«

»Hm.« Diese verdammte Arroganz. »Da müssen Sie erst mit meinem Arzt sprechen.«

Er sah mich abrupt an. »Meine Güte. Bestimmen wir das nicht selbst? Nun, meinetwegen.«

Hinter mir sagte Galahad leise: »Zeigen Sie ihm Ihr Transplantat, wenn Sie so freundlich sind.«

»Wenn Sie meinen.« Ich hob meinen neuen Fuß und stieß ihn Hubert direkt vor das Gesicht, wobei ich seine große Nase um einen Zentimeter verfehlte.

Aber er zuckte mit keiner Wimper, und so war meine Geste vergeblich. Ohne jede Eile beugte er seinen Kopf etwas nach links. »Stellen Sie ihn bitte auf mein Knie. Das wird für uns beide bequemer sein.«

»Gut. Wie Sie wollen.« Auf meinen Stock gestützt, hatte ich festen Halt.

Galahad und Minerva schwiegen und mischten sich nicht ein, als Dr. Hubert mit Blicken und durch Betasten meinen Fuß begutachtete. Er tat aber nichts, was mir so recht professionell erschien – ich meine, er benutzte keine Instrumente; er gebrauchte nur seine Augen und seine Finger, kniff in die Haut, rieb daran und kratzte plötzlich mit dem Daumennagel hart an der Fußsohle. Wollte er einen Reflex beobachten? Sollten die Zehen sich aufrollen oder umgekehrt? Ich habe schon immer geargwöhnt, daß Ärzte so etwas nur tun, um ihre Patienten zu ärgern.

Dr. Hubert hob meinen Fuß an und bedeutete mir, daß ich ihn wieder auf den Fußboden stellen könne. Ich tat es. »Gute Arbeit«, sagte er zu Galahad.

»Danke, Doktor.«

»Setzen Sie sich, Colonel. Haben Sie eigentlich schon gefrühstückt? Ich zwar schon, aber ich könnte schon wieder eine Kleinigkeit vertragen. Minerva, würdest du das bitte veranlassen; das wäre nett von dir. Colonel, ich will Sie sofort unter Vertrag nehmen. Welcher Dienstrang schwebt Ihnen vor? Ich will Ihnen gleich sagen, daß das keine Rolle spielt, denn welchen Rang Sie auch wählen, die Bezahlung ist gleich. Hazel wird einen höheren Rang als Sie haben, denn sie wird das Kommando übernehmen, nicht umgekehrt.«

»Moment mal. Für was wollen Sie mich unter Vertrag nehmen, und wie kommen Sie darauf, daß ich überhaupt unter Vertrag genommen werden will?«

»Für das Time Corps natürlich. Genau wie Ihre Frau. Zum Zwecke der Befreiung der als ›Adam Selene‹ bekannten Computer-Person. Das ist doch klar. Colonel, stellen Sie sich doch nicht so beschränkt an. Ich weiß, daß Hazel die Angelegenheit mit Ihnen besprochen hat. Ich weiß, daß Sie dazu verpflichtet sind, ihr zu helfen.« Er zeigte auf meinen Fuß. »Was glauben Sie, warum diese Transplantation vorgenommen wurde? Jetzt, da Sie wieder zwei Füße haben, brauchen Sie noch andere Dinge. Sie müssen Ihre Ausbildung auffrischen. An Waffen trainiert werden, die Sie noch nicht benutzt haben. Sich einer Verjüngung unterziehen. Und all diese Dinge kosten Geld. Und die beste Methode, dafür zu zahlen, ist, in das Time Corps einzutreten. Dieser Fuß allein wäre für einen Fremden aus einer primitiven Region schon zu teuer . . . nicht aber für einen Angehörigen des

Time Corps. Das werden Sie einsehen. Wie lange werden Sie brauchen, sich eine so eindeutige Sache zu überlegen? Zehn Minuten? Fünfzehn Minuten?« (Dieser Schnellsprecher sollte gebrauchte Wahlversprechen verkaufen.)

»Nicht so lange. Ich habe schon darüber nachgedacht.«

Er grinste. »Gut. Heben Sie die rechte Hand, und sprechen Sie mir nach . . .«

»Nein.«

»›Nein‹ was?«

»Ganz einfach ›Nein‹. Ich habe diesen Fuß nicht bestellt.«

»So? Aber Ihre Frau hat ihn bestellt. Finden Sie nicht, Sie sollten dafür bezahlen?«

»Und da ich ihn nicht bestellt habe und da ich keine Lust habe, mich von Ihnen herumschubsen zu lassen . . .« Wieder stieß ich ihm den Fuß vor das Gesicht, und wieder verfehlte ich dabei nur knapp diese häßliche Nase. »Schneiden Sie ihn ab.«

»Was?«

»Sie haben mich gehört. Schneiden Sie ihn ab; stellen Sie ihn ins Ersatzteillager zurück. Teena. Bist du da?«

»Aber natürlich, Richard.«

»Wo ist Hazel? Wie kann ich sie finden? Oder sagst du ihr, wo ich bin?«

»Habe ich schon getan. Sie bittet dich, noch ein wenig zu warten.«

»Danke, Teena.« Hubert und ich saßen nebeneinander, ohne ein Wort zu sagen, und jeder ignorierte den anderen. Minerva war verschwunden; Galahad tat so, als sei er allein. Aber nach wenigen Sekunden stürmte mein Liebling in den Raum – glücklicherweise war die Wand offen.

»Lazarus! Gott soll deine lausige Seele in die tiefste Hölle verdammen! Wie *konntest* du dich nur einmischen?«

»Der Optimist behauptet,
daß wir in der besten aller möglichen Welten leben,
und der Pessimist fürchtet, daß das stimmt.«

JAMES BRANCH CABELL 1879–1958

XXIV

»Aber Hazel . . .«

»›Aber Hazel‹, mein müder Hintern! Antworte mir! Wie kommst du dazu, dich in meine Angelegenheiten einzumischen? Ich habe dir gesagt, daß du dich raushalten sollst. Ich habe dich gewarnt. Ich habe dir *gesagt*, daß es hier sehr schwierige Verhandlungen geben wird. Aber sobald ich dir den Rücken kehre, ihn in der Obhut von Minerva und Galahad lasse, nur um etwas zu erledigen . . . was muß ich da feststellen? *Du* mischst dich ein, grob und ungeschlacht wie immer! Damit hast du meine ganze bisherige Arbeit kaputtgemacht.«

»Aber Sadie . . .«

»Verdammt! Lazarus, warum stehst du nur unter diesem Zwang, ständig zu lügen und zu betrügen? Warum kannst du nicht wenigstens manchmal ehrlich sein? Und woher kommt es nur, daß du dich dauernd einmischen mußt? Von Maureen hast du das bestimmt nicht. Antworte, verdammt noch mal! – bevor ich dir den Kopf abreiße und ihn dir in den Schlund stopfe!«

»Gwen, ich wollte doch nur versuchen zu klären . . .«

Mein kleiner Liebling unterbrach ihn mit einer solchen Kaskade von farbigen und phantasievollen Flüchen, daß ich zögere, sie hier zu verzeichnen, denn ich könnte ihnen keine Gerechtigkeit widerfahren lassen; mein Gedächtnis reicht nicht aus. Es war jedenfalls alles sehr lyrisch. Sie fluchte mit einer Art hoher Singstimme, die mich an die Gebete heidnischer Priesterinnen bei einem Opfer erinnerte – einem Menschenopfer, bei dem Dr. Hubert der Betroffene war.

Während Hazel ihn abkanzelte, kamen drei Frauen durch die offene Wand. Noch mehr Männer schauten herein, aber sie zogen sich rasch wieder zurück; ich vermute, daß sie nicht anwesend sein wollten, während Dr. Hubert skalpiert wurde. Alle drei Frauen waren Schönheiten, aber sie sahen sehr verschieden aus.

Die eine war blond und mindestens so groß wie ich, ein so perfektes Bild einer nordischen Göttin, daß sie mir ganz unwirklich vorkam. Sie hörte zu, schüttelte traurig den Kopf und verschwand im Garten. Die nächste war eine Rothaarige, die ich zuerst für Laz oder Lor hielt – dann sah ich, daß sie . . . nein, nicht älter war, aber reifer. Sie lächelte nicht.

Ich schaute sie noch einmal an, und dann glaubte ich es zu wissen: sie mußte die ältere Schwester von Laz und Lor sein – und Dr. Hubert war ihrer aller Vater (Bruder?) . . .woraus folgt, daß Dr. Hubert dieser »Lazarus« sein mußte, von dem ich immer wieder gehört, den ich aber nie gesehen hatte – oder doch, einmal in Iowa.

Die dritte war eine kleine Chinesin – kein Typ wie Xia, sondern zierlicher –, nicht viel größer als hundertfünzig Zentimeter und von der zeitlosen Schönheit einer Königin Nofretete. Mein Darling holte kurz Atem, und schon pfiff diese kleine Elfe laut und klatschte in die Hände. »Großartig, Hazel! Ich bin auf deiner Seite.«

»Ermutige sie nicht auch noch, Hilda«, sagte Hubert-Lazarus.

»Und warum nicht? Sie hat dich mit dem Finger im Honigtopf erwischt, sonst wäre Hazel nicht so wütend; das steht fest. Ich kenne sie, und ich kenne dich. Wollen wir wetten?«

»Ich habe nichts getan. Ich habe nur versucht, Hazel in einer vorher abgesprochenen Angelegenheit zu helfen, denn sie brauchte meine Hilfe.«

Die winzige Frau schlug die Hände vor die Augen und sagte: »Oh, Herr, vergib ihm; er ist schon wieder dabei.« Die Rothaarige fragte leise: »Was hast du getan, Woodrow?«

»Nichts habe ich getan.«

»*Woodrow!*«

»Ich sagte es dir doch. Ich habe nichts getan, was ihre Schimpfkanonade rechtfertigen könnte. Ich führte gerade ein zivilisiertes Gespräch mit Colonel Campbell, als . . .« Er verstummte.

»Nun, Woodrow?«

»Wir waren nicht einer Meinung.«

Der Computer meldete sich: »Maureen, willst du wissen, warum sie nicht einer Meinung waren? Soll ich dieses sogenannte ›zivilisierte Gespräch‹ noch einmal abspielen?«

»Athene«, sagte Lazarus, »du wirst nichts noch einmal abspielen. Die Unterhaltung war privater Natur.«

»Damit bin ich nicht einverstanden«, sagte ich schnell. »Natürlich darf sie noch einmal abspielen, was ich gesagt haben.«

»Nein. Athene, das ist ein Befehl.«

Der Computer antwortete: »Regel Eins: Ich arbeite für Ira und nicht für dich. Du selbst hast diese Regelung getroffen, als ich aktiviert wurde. Soll Ira das noch einmal bestätigen? Oder soll ich den Teil des Gesprächs abspielen, der auf meinen Bräutigam entfällt?«

Lazarus-Hubert machte ein erstauntes Gesicht. »Deinen *was*?«

»Meinen Verlobten, wenn du es genau wissen willst. Aber in allernächster Zukunft, wenn ich meinen hinreißend schönen Körper anlege, wird Colonel Campbell vor dich hintreten, und wir werden die Gelübde sprechen. Du siehst also, Lazarus, daß du versucht hast, meinen Verlobten und Hazels Ehemann einzuschüchtern. Das können wir nicht dulden. Auf keinen Fall. Du solltest kniefällig um Verzeihung bitten . . . statt zu versuchen, dich aus der Sache herauszuwinden. Das kannst du nämlich nicht; wir haben dich kalt erwischt. Nicht nur ich habe jedes Wort gehört, das hat auch Hazel.«

Lazarus machte jetzt einen noch empörteren Eindruck. »Athene, du hast ein privates Gespräch weitergegeben?«

»Du hast es nicht als solches deklariert. Aber Hazel hatte mich gebeten, Richard im Auge zu behalten. Es ist alles koscher. Versuch nicht, mir nachträglich etwas anzuhängen. Lazarus, nimm den Rat des einzigen Freundes an, den du nicht betrügen kannst und der dich trotz deiner Bosheit liebt, nämlich meinen: Gib dich geschlagen, alter Junge. Krieche die letzten hundert Meter auf dem Bauch, und vielleicht erlaubt Richard dir dann, nochmal von vorn anzufangen. Man kommt gut mit ihm zurecht. Streichle ihn, und er schnurrt wie diese Katze da.« (Ich hatte Pünktchen auf dem Schoß und streichelte ihn; er war auf mein Bein geklettert und hatte dabei seine scharfen Krallen angesetzt. Ich hatte einiges Blut verloren, aber nicht genug, um eine Transfusion zu benötigen.) »Frag Minerva. Frag Galahad. Frag Gretchen oder Xia. Frag Laz oder Lor. Frag, wen du willst.«

(Ich beschloß, Teena – privat – zu bitten, meine Gedächtnislücken auszufüllen. Oder wäre das vielleicht unklug?) Lazarus sagte: »Ich habe zu keiner Sekunde beabsichtigt, Sie zu kränken, Colonel. Wenn ich grob mit Ihnen umgegangen sein sollte, bitte ich um Verzeihung.

»Vergessen Sie es.«

»Ehrenwort?«

»Okay.« Ich streckte die Hand aus, und er nahm sie. Er griff fest zu, aber er machte keinen Versuch, mir die Knochen zu brechen. Dabei sah er mir in die Augen, und ich spürte seine Aufrichtigkeit. Es ist schwer, den Kerl nicht zu mögen, wenn er sich nur Mühe gibt.

»Halt deine Brieftasche fest, Schatz«, sagte Hazel. »Ich werde das Ganze trotz allem noch zur Sprache bringen.«

»Ist das denn wirklich nötig?«

»Ja. Du bist hier neu, Darling. Lazarus ist imstande, dir die Socken von den Füßen zu stehlen, ohne dir die Schuhe auszuziehen. Dann verkauft er sie dir wieder, und du glaubst noch, du hättest ein Geschäft gemacht – während du die Socken anziehst, stiehlt er dir dann die Schuhe, und am Ende bedankst du dich noch bei ihm.«

»Aber Hazel!« sagte Lazarus.

»Halt den Mund. Liebe Freunde, Lazarus hat versucht, Richard dazu zu zwingen, sich blindlings für die Operation Herr der Galaxis anheuern zu lassen, indem er ihm im Zusammenhang mit dem Ersatzfuß Schuldgefühle einreden wollte. Er hat dabei durchblicken lassen, Richard sei ein Nassauer, der seine Schulden nicht bezahlen wolle.«

»Das habe ich damit nicht gemeint.«

»Ich sagte dir doch, daß du das Maul halten sollst. Genau das hast du damit gemeint. Liebe Freunde, mein neuer Ehemann stammt aus einer Kultur, in der es Ehrensache ist, seine Schulden zu bezahlen. Ihr nationales Motto heißt ›Es gibt nichts umsonst‹, und dieses Motto haben sie auf ihre Fahne gestickt. Auf Luna – dem Luna, das auf Richards Zeitlinie liegt; nicht auf unserem –, dort schneidet ein Mann dir vielleicht die Kehle durch, aber er würde lieber sterben, als dir das Geld schuldig zu bleiben. Lazarus wußte das, und deshalb stieß er direkt in diese empfindliche Stelle. Lazarus führte seine über zweitausendjährige Erfahrung und sein breites Wissen um Kulturen und menschliches Verhalten gegen einen Mann ins Feld, dem nur eine Erfahrung von weniger als hundert Jahren zur Verfügung stand, und diese geringe Erfahrung war noch dazu auf sein eigenes Sonnensystem beschränkt. Es war keine faire Auseinandersetzung, und das war Lazarus klar. Sie war sogar grob unfair. Als würde man dies kleine Kätzchen mit einer alten Wildkatze kämpfen lassen.«

Ich saß immer noch neben Lazarus, denn ich war nach dieser

albernen Fußuntersuchung nicht mehr aufgestanden. Ich hielt den Kopf gesenkt und tat so, als spielte ich mit dem kleinen Kater, aber in Wirklichkeit wollte ich es vermeiden, Lazarus anzuschauen. Ich wollte niemanden anschauen, denn ich fand es beunruhigend, daß Hazel darauf bestand, das alles öffentlich vorzutragen. Es war mir peinlich.

Deshalb betrachtete ich notgedrungen meine eigenen Füße und auch seine. Hatte ich erwähnt, daß Lazarus barfuß neben mir saß? Ich hatte nicht darauf geachtet, denn wenn es etwas gibt, an das man sich auf Tertius sofort gewöhnt, dann sind es die lockeren Kleidungssitten, die dort herrschen. Ich meine nicht, daß keine Kleidung getragen wurde (in Boondock wird mehr Kleidung verkauft als in jeder Stadt vergleichbarer Größe bei den Erdferkeln – etwa eine Million Menschen –, was teils darauf zurückzuführen ist, daß jedes Kleidungsstück nur einmal getragen wird und dann wiederverwertet wird).

Was ich meine, ist, daß weder nackte Körper noch nackte Füße länger als ein paar Minuten interessant sind. Lazarus trug eine Art Rock; es mag ein Lendentuch oder auch ein Kilt gewesen sein; seine Füße sah ich erst, als ich sie anstarrte.

Hazel fuhr fort: »Lazarus hat Richards schwachen Punkt, seine zwanghafte Furcht vor Schulden, so grausam ausgenutzt, daß Richard darauf besteht, daß ihm der neue Fuß wieder amputiert wird. In dem verzweifelten Bemühen, seine Ehre zu retten, hat er zu Lazarus gesagt, ›Schneiden Sie ihn ab; stellen Sie ihn ins Ersatzteillager zurück‹!«

»Ich bitte dich!« sagte Lazarus. »Er hat es nicht ernst gemeint, und ich habe es nicht ernst aufgefaßt. Eine Redensart. Er wollte zeigen, daß er sich über mich geärgert hat. Wozu er wohl auch Grund hatte. Ich habe einen Fehler gemacht; das gebe ich zu.«

»Sie haben in der Tat einen Fehler gemacht«, unterbrach ich ihn. »Einen sehr schweren Fehler. Denn es war *keine* bloße Redensart. Ich will, daß der Fuß amputiert wird. Ich verlange, daß Sie Ihren Fuß zurücknehmen. *Ihren* Fuß, Sir! Schaut alle her, und dann schaut dort hin! Auf meinen rechten Fuß und dann auf seinen rechten Fuß.«

Jeder, der hinschaute, konnte sofort sehen, was ich meinte. Vier Männerfüße, von denen drei ganz offensichtlich denselben Genen entstammten: Lazarus' beide Füße und mein neuer Fuß. Der vierte war der Fuß, mit dem ich geboren wurde; er paßte nur in der Größe zu den anderen dreien, nicht aber in der Hautfarbe, dem Gewebe, der Behaarung oder sonstigen Einzelheiten.

Als Lazarus mir die Kosten für die Transplantation vorgeworfen hatte, war ich gekränkt gewesen. Aber die neue Entdeckung, daß er selbst der anonyme Spender war, daß ich ohne mein Wissen zum Empfänger seiner Wohltat in Gestalt eines Fußes aus Fleisch und Knochen geworden war, das war mir unerträglich.

Ich funkelte Lazarus an. »Doktor, hinter meinem Rücken und gänzlich ohne meine Zustimmung haben Sie mir eine unerträgliche Verpflichtung aufgezwungen. *Das werde ich nicht hinnehmen!*« Ich zitterte vor Wut.

»Richard! Bitte, Richard.« Hazel war den Tränen nahe.

Ich auch. Die rothaarige ältere Dame eilte zu mir, beugte sich über mich und nahm mich an ihre mütterliche Brust. Sie drückte mich und sagte: »Nein, Richard, nein! Solche Gefühle darfst du nicht haben.«

Später an diesem Tag brachen wir auf. Aber wir blieben noch zum Abendessen. Und wir gingen nicht im Zorn auseinander.

Hazel und Maureen (die nette ältere Dame, die mich getröstet hatte) gelang es mit vereinten Kräften, mich davon zu überzeugen, daß ich mir wegen der Kosten für den Hospitalaufenthalt und für die Operation keine Sorgen zu machen brauchte, denn Hazel habe beträchtliche Guthaben bei einer hiesigen Bank – was Teena bestätigte –, und Hazel könne und wolle meine Rechnungen bezahlen, wenn es sich als geboten erweise, mich im Zusammenhang mit den von mir verursachten Kosten anders einzustufen. (Ich hätte meinen Liebling gern gebeten, diese Neueinstufung über Teena auf der Stelle vorzunehmen, aber dann fand ich es besser, sie nicht zu drängen. Verdammt nochmal, ›Es gibt nichts umsonst‹ ist zwar eine grundsätzliche Wahrheit, aber ›Wer arm ist, darf keine Ansprüche stellen‹ stimmt ebenfalls – und in diesem Augenblick war ich arm. Und das ist nie eine gute Verhandlungsposition.)

Was nun den Fuß selbst betraf, so galt hier die eiserne Regel, daß »Ersatzteile« (Hände, Füße, Herzen, Nieren etc.) weder gekauft noch verkauft wurden; neben den Kosten für die Operation wurden lediglich Transport- und Service-Kosten in Rechnung gestellt.

Galahad bestätigte das. »Wir haben diese strenge Vorschrift eingeführt, um einen schwarzen Markt zu vermeiden. Ich könnte Ihnen Planeten zeigen, wo es in der Tat einen schwarzen Markt gibt und wo eine passende Leber einen passenden Mord bedeuten könnte – aber hier ist so etwas nicht möglich. Lazarus selbst hat diese Vorschrift vor über einem Jahrhundert erlassen. Wir kaufen und verkaufen alles erdenkliche . . . aber wir handeln nicht mit menschlichen Wesen oder mit Teilen von menschlichen Wesen.«

Galahad grinste mich an. »Aber es gibt noch einen Grund, warum Sie sich nicht ärgern sollten. Sie wurden nicht gefragt, als unser Team den Fuß an Ihren Stumpf nähte; das weiß jeder. Aber daß Sie den Fuß jetzt nicht wieder loswerden, weiß auch jeder . . . es sei denn, Sie wollten es mit Ihrem eigenen Taschenmeser versuchen. Denn ich werde ihn nicht abschneiden. Auf ganz Tertius würden Sie keinen Chirurgen finden, der dazu bereit wäre. Es ist nicht nur verboten, es wäre auch standeswidrig.«

Nach einer Weile fügte er hinzu: »Aber wenn Sie sich den Fuß selbst abhacken wollen, laden Sie mich bitte dazu ein; ich würde gerne zuschauen.« Er sagte das mit ganz ernstem Gesicht, und Maureen schalt ihn dafür. Aber ich bin ziemlich sicher, daß er es auch ernst meinte.

Trotz der inzwischen eingetretenen Entspannung zwischen den Beteiligten mußte Hazel ihre Pläne einschneidend ändern. Lazarus hatte recht mit seiner Behauptung, er habe lediglich versucht, Hazel in einer vorher abgesprochenen Angelegenheit zu helfen. Aber es war außerdem abgesprochen worden, daß Hazel (nicht Lazarus) die Sache durchsetzen sollte.

Hazel hätte es schaffen können, Lazarus jedoch nicht. Lazarus konnte mir den Plan nicht schmackhaft machen, weil ich die ganze Sache für albern hielt. Wenn andererseits Hazel wirklich etwas von mir will, kann ich mich ihr genauso wenig versagen wie – nun, wie Jinx Henderson seiner Tochter Gretchen einen Wunsch abschlagen kann.

Aber das erkannte Lazarus nicht.

Ich vermute, Lazarus leidet unter dem Zwang, in jedem Teich der größte Frosch sein zu müssen. Er will auf jeder Hochzeit die Braut und bei jeder Beerdigung die Leiche sein . . . während er so tut, als habe er nicht den geringsten Ehrgeiz – als sei er der einfache Junge vom Lande mit Stroh in den Haaren und Mist zwischen den Zehen.

Wenn Sie jetzt glauben, daß ich Lazarus Long nicht besonders mag, will ich nicht widersprechen.

Der Plan lief ungefähr auf das hinaus, was Lazarus schon gesagt hatte. Hazel erwartete, daß ich in das Time Corps eintreten würde, und hatte für mich eine Verjüngungskur geplant – eine systematische Verjüngung auf ein biologisches Alter von achtzehn Jahren; kosmetische Verjüngung nach meinem Geschmack. Während dieser Prozeß ablief, sollte ich Galacta lernen und multiversale Geschichte studieren, zumindest für einige Zeitlinien. Nach der Verjüngung war für mich eine vielseitige militärische Ausbildung geplant; ich sollte zum wandelnden Todesengel werden, bewaffnet oder unbewaffnet.

Sobald ich nach ihrer Meinung genügend ausgebildet wäre, sollte ich mit ihr zusammen im Rahmen des Unternehmens Herr der Galaxis die Aufgabe Adam Selene lösen.

Wenn wir das alles überlebten, würden wir uns aus dem Time Corps zurückziehen können, um unseren Lebensabend mit einer reichlich bemessenen Pension auf einem Planeten unserer Wahl zu verbringen – reich und fett.

Wir könnten auch im Corps bleiben, wozu wir uns für jeweils fünfzig Jahre verpflichten müßten – mit Verjüngung nach jeder Neuverpflichtung und mit der Möglichkeit, eines Tages selbst eine leitende Stellung in der Organisation einzunehmen. Das galt als eine Art Höchstgewinn – lustiger als junge Katzen, aufregender als eine Achterbahn, schöner als siebzehn und verliebt zu sein.

Ob wir lebten oder starben, wir würden es gemeinsam tun – bis mindestens einer von uns am anderen Ende des Tunnels auf den anderen wartete.

Doch aus diesen Plänen wurde nichts, weil Lazarus sich einmischte und mir den Arm (Fuß?) umdrehte, damit ich zustimmte.

Mein Darling hatte es auf sanfte Art versuchen wollen: Eine Zeitlang auf Tertius leben (ein himmlischer Ort) und dafür sorgen, daß ich mich mit multiversaler Geschichte, Reisetheorie et cetera beschaftigte. Mich nicht dazu drängen, einen Vertrag zu unterschreiben. Da sie, Gretchen, Ezra und andere (zum Beispiel Onkel Jock) schon im Corps waren, verließ sie sich darauf, daß ich früher oder später sogar darum *bitten* würde, ebenfalls aufgenommen zu werden.

Ich hätte mir um die Kosten für meinen neuen Fuß keine Sorgen gemacht, wenn a) Hazel Zeit gehabt hätte, mich davon zu überzeugen, daß meine gesteigerte Fähigkeit, ihr bei »Adam Selene« zu helfen, die Kosten für den Fuß mehr als aufgewogen, der Fuß sich also selbst bezahlt hätte (die simple Wahrheit – und das wußte Lazarus), b) Lazarus mich deswegen nicht drangsaliert, den Fuß nicht dazu benutzt hätte, mich unter Druck zu setzen; c) Lazarus sich von mir ferngehalten hätte (wie Hazel es mit ihm abgesprochen hatte), um mir nicht die Möglichkeit zu geben, ihn als den anonymen Spender zu erkennen – barfuß oder nicht barfuß.

Man kann vermuten, daß nichts von alledem je geschehen wäre, wenn Hazel nicht versucht hätte, mich zu manipulieren, aber das einzigartige, von der Tradition geheiligte Recht einer Frau, ihren Mann zu manipulieren, läßt sich mindestens bis zu Eva und dem Apfel zurückverfolgen. Ich denke nicht daran, eine solche Tradition in Frage zu stellen.

Hazel gab nicht auf, sie änderte lediglich ihre Taktik. Sie beschloß, mich ins Hauptquartier des Time Corps mitzunehmen, um meine Fragen von den hohen Tieren und den technischen Experten beantworten zu lassen.

»Darling«, sagte sie zu mir, »du weißt, daß ich Adam Selene befreien will, und das will auch Mannie, mein Papa. Aber seine und meine Gründe sind eher sentimental, und sie reichen nicht aus, von dir zu verlangen, daß du dein Leben riskierst.«

»Oh, sprich nicht so, Geliebte mein, für dich werd' ich den Hellespont durchschwimmen. An einem windstillen Tag natürlich und mit einem Begleitboot hinter mir. Und mit einem wasserdichten Vertrag. Kommerzielle Rechte. Tantiemen.«

»Sei doch endlich mal ernst, Liebling. Ich wollte dich nicht dadurch überreden, daß ich dir den tieferen Sinn erklärte, die Wirkung auf das Multiversum . . . denn diese Dinge begreife ich selbst nicht ganz. Ich verstehe nicht genug von Mathematik, und ich bin keine Erwählte des Kreises, des Ouroboros-Kreises, der alle kosmischen Veränderungen bestimmt.

Aber Lazarus hat alles verdorben, indem er dich drängen

wollte. Deshalb meine ich, daß du ein Recht darauf hast zu erfahren, warum diese Rettung so nötig ist und warum du gebeten wirst, dabei mitzumachen. Wir werden zum Hauptquartier gehen. Vielleicht gelingt es ihnen, dich zu überzeugen; ich werde mich heraushalten. Das ist Sache der Erwählten, der Großen der Zeitmanipulation. Das habe ich Lazarus auch gesagt. Er selbst ist einer der Erwählten des Kreises.«

»Sweetheart, auf dich würde ich viel lieber hören. Lazarus hätte Schwierigkeiten, mir Zehnkronenscheine für zwei Kronen zu verkaufen.«

»Sein Problem. Aber er hat im Kreis nur eine Stimme, obwohl er der Älteste ist. Er ist natürlich immer und überall der Älteste.«

Das ließ mich aufhorchen. »Die Vorstellung, daß Lazarus über zweitausend Jahre alt ist . . .«

»Noch älter. Über zweitausendvierhundert.«

»Wie auch immer. Wer sagt denn, daß er über zweitausend Jahre alt ist? Er sieht jünger aus als ich.«

»Er ist immer wieder verjüngt worden.«

»Aber wer behauptet, daß er so alt ist? Verzeih mir, Liebling, du selbst kannst es nicht bezeugen. Selbst wenn wir dir jede Woche deines Alters glauben, wäre er mindestens zehnmal so alt wie du. Wenn er das ist. Nochmal, wer sagt das?«

»Hmm . . . ich nicht, das ist schon richtig. Aber ich hatte nie einen Grund, es zu bezweifeln. Ich finde, du solltest mit Justin Foote sprechen.« Hazel schaute sich um. Wir waren in dem schönen Park vor dem Raum, in dem ich aufgewacht war. (Ihr Zimmer, wie ich später erfuhr – oder doch wenigstens dann, wenn sie es brauchte; diese Dinge wurden hier flexibel gehandhabt. Andere Zeiten haben andere Sitten.) Wir saßen in diesem Park zusamen mit anderen Angehörigen der Familie Long und mit Gästen und Freunden und Verwandten; wir aßen einige sehr schmackhafte Kleinigkeiten und ließen uns in aller Ruhe vollaufen. Hazel schaute zu einem unscheinbaren Mann hinüber; er war der Typ von Mann, der in jeder Organisation, der er angehört, zum Kassenwart gewählt wird. »Justin! Komm doch bitte einmal her. Vielleicht hast du einen Augenblick Zeit.«

Er bahnte sich seinen Weg zu uns herüber, wobei er über Kinder und Hunde hinwegstieg. Er küßte meine Braut so überschwenglich, wie es ihr auch von anderen ständig geschah, und sagte: »Flattermaus, du bist viel zu lange fortgewesen.«

»Dienstgeschäfte, mein Lieber. Justin, dies ist mein geliebter Ehemann Richard.«

»Unser Haus ist auch Ihr Haus.« Er küßte mich. Nun, ich war drauf vorbereitet; es war mir ja schon oft passiert. Diese Leute küßten sich so häufig wie die frühen Christen. Dies war allerdings ein Tantenkuß, protokollgemäß und knochentrocken.

»Danke, Sir.«

»Seien Sie bitte versichert, daß es nicht unsere Art ist, Gäste unter Druck zu setzen. Lazarus ist ein Fall für sich, aber er handelt nicht in unserem Namen.« Justin Foote lächelte mich an und wandte sich dann wieder meiner Braut zu. »Hazel, darf ich mir von Athene eine Kopie deiner Bemerkungen Lazarus gegenüber geben lassen. Ich brauche sie für das Archiv.«

»Warum denn? Ich habe ihn abgekanzelt, und die Sache ist erledigt.«

»Es ist von historischem Interesse. Kein anderer, nicht einmal Ishtar, hat es dem Senior jemals so gegeben wie du. Kein gegen ihn gerichteter Tadel irgendwelcher Art ist bisher in unseren Unterlagen verzeichnet. Die meisten Leute vermeiden es, ihm öffentlich zu widersprechen, auch wenn sie ganz und gar anderer Ansicht sind als er. Deshalb ist es nicht nur für künftige Generationen von Wissenschaftlern interessant, es könnte auch für Lazarus selbst von Nutzen sein, sollte er es je lesen. Er ist es so sehr gewohnt, seinen Willen durchzusetzen, daß man ihn gelegentlich daran erinnern sollte, daß er nicht der liebe Gott ist.« Justin lächelte. »Es ist wie ein frischer Wind für uns alle. Außerdem, Hazel, Liebes, ist es von einzigartiger literarischer Qualität. Es muß ins Archiv.«

»Unsinn, mein Lieber. Aber sprich mit Lazarus. *Nihil obstat*, aber es bedarf seiner Genehmigung.«

»Die kannst du jetzt schon voraussetzen; ich weiß, wie man ihn bei seinem eigensinnigen Stolz packen kann. Ich brauche ihm nur anzubieten, das Gespräch zu zensieren, es aus den Archiven herauszuhalten. Mit der Andeutung, daß ich damit Rücksicht auf seine Gefühle nehmen will. Mürrisch wird er dann selbst darauf bestehen, daß es in die Archive kommt . . . unzensiert und mit allen anstößigen Stellen.«

»Nun . . . okay, aber nur, wenn er zustimmt.«

»Darf ich fragen, meine Liebe, woher du die etwas schlüpfrigen Ausdrücke hast?«

»Das darfst du nicht. Justin, Richard hat mir eine Frage gestellt, die ich nicht beantworten kann. Woher wissen wir, daß der Senior über zweitausend Jahre alt ist? Genau so gut könnte man fragen: ›Woher weiß ich, daß die Sonne morgen wieder aufgeht?‹ Ich weiß es einfach.«

»Nein, man könnte fragen ›Woher weißt du, daß die Sonne schon lange vor deiner Geburt aufgegangen ist?‹ Die Antwort ist: Du weißt es *nicht*. Hmm, sehr interessant.«

Er zwinkerte mir zu. »Ein Teil des Problems, da bin ich ganz sicher, liegt in der Tatsache, daß Sie aus einem anderen Universum kommen, in dem es das Phänomen der Howard-Familien nie gegeben hat.«

»Ich glaube nicht, daß ich je davon gehört habe. Worum handelt es sich dabei?«

»Es ist eine Kode-Bezeichnung für Menschen, die ungewöhnlich lange leben. Aber zuerst muß ich etwas Grundsätzliches erklären. Die Erwählten des Ouroboros-Kreises bezeichnen die Universen mit laufenden Nummern . . . aber für einen Terrestrischen ist es sinnvoller, wenn man fragt, wer als erster den Fuß auf den Mond gesetzt hat. Wer war es in Ihrer Welt?«

»Was? Ach ja, Neil Armstrong. Zusammen mit Colonel Buzz Aldrin.«

»Genau. Ein Unternehmen der NASA, einer Regierungsbehörde, wenn ich mich recht erinnere. Aber in diesem Universum, in meiner Welt und der des Lazarus Long, wurde die erste Reise zum Mond nicht von einer Regierung, sondern von Privatunternehmern finanziert. Der wichtigste Geldgeber war ein gewisser D. D. Harriman, und der erste Mann, der den Mond betrat, war Leslie LeCroix, einer von Harrimans Leuten. In einem anderen Universum war es ein militärisches Projekt, und der erste Flug zum Mond wurde von der USAFS durchgeführt. In einem weiteren Universum – aber lassen wir das; in jedem Universum war die Geburt der Raumfahrt ein Ereignis von allerhöchster Bedeutung und entscheidendem Einfluß auf die Folgezeit. Aber nun zum Senior: in meinem Universum war er einer der ersten Raumfahrer. Ich war viele Jahre lang Archivar der Howard-Familien . . . und aus diesen Archiven geht hervor, daß Lazarus Long über zweitausendvierhundert Jahren lang aktiver Raumschiffpilot war. Finden Sie das überzeugend?«

»Nein.«

Justin Foote nickte. »Sehr vernünftig. Wenn ein intelligenter Mann hört, daß etwas behauptet wird, was jeder Vernunft widerspricht, wird er es ohne zwingende Beweisführung nicht glauben, und das sollte er auch nicht. Bisher wurden Ihnen noch keine zwingenden Beweise vorgelegt. Nur Gerüchte. Bedenkenswerte Gerüchte zwar, und sie stimmen, aber immerhin sind es Gerüchte. Seltsam. Ich bin damit aufgewachsen; ich bin der fünfundvierzigste Angehörige der Howard-Familien, der den Namen ›Justin Foote‹ trägt. Der erste Träger dieses Namens war Bevollmächtigter der Familien und lebte in der ersten Hälfte des zwanzigsten Jahrhunderts gregorianischer Zeitrechnung, als Lazarus noch ein Baby und Maureen eine junge Frau war.«

An diesem Punkt stockte die Unterhaltung. Der Gedanke, daß die liebe alte Dame, die mich getröstet hatte, Mutter eines zweitausendvierhundert Jahre alten Sohnes war . . . obwohl sie selbst erst im kindischen Alter von anderthalb Jahrhunderten stand – Verdammt, es gibt Tage, an denen es sich nicht lohnt, aus dem Bett zu steigen – ein alter Spruch aus Iowa, der über zweitausend Jahre später auch auf Tertius noch paßte (wenn das mit den zweitausend Jahren nur stimmte!) Ich war mit Minerva an einer und Galahad an der anderen Schulter und mit Pünktchen auf meiner Brust wunschlos glücklich gewesen. Abgesehen von dem Druck auf der Blase.

Maureen erinnerte mich an einen weiteren Widerspruch. »Justin, Sie sagen, daß dieser Planet von meinem Heimatplaneten räumlich und zeitlich weit entfernt ist – über zweitausend Jahre in der Zeit und über siebentausend Lichtjahre im Raum.«

»Nein. Das sage ich deshalb nicht, weil ich kein Astrophysiker bin. Aber es stimmt mit dem überein, was ich gelernt habe, ja.«

»Und doch höre ich jeden Tag, daß hier korrektes Englisch im Dialekt meiner Zeit und meines Landes gesprochen wird. Mehr noch, es handelt sich um den Dialekt des nordamerikanischen Mittleren Westens, der rauh ist wie eine rostige Säge. Häßlich und unverkennbar. Können Sie mir das erklären?«

»Oh. Das ist zwar seltsam, aber nicht mysteriös. Englisch wird aus Höflichkeit Ihnen gegenüber gesprochen.«

»Mir gegenüber?«

»Ja. Athene konnte Sie mit einer Synchronübersetzung versorgen, und zwar in beide Richtungen. So konnte auf der Party Galacta gesprochen werden. Aber glücklicherweise traf Ishtar schon vor vielen Jahren die Entscheidung, daß Englisch in der Klinik und im Hospital Umgangssprache sein soll. Daß dies möglich war, hängt von Umständen im Zusammenhang mit der letzten Verfügung des Seniors zusammen. Aber der Dialekt und der Akzent – der Dialekt kommt vom Senior selbst, verstärkt durch die Sprache seiner Mutter und gefestigt durch die Tatsache, daß Athene den gleichen Dialekt mit dem gleichen Akzent spricht und sich weigert, das Englische auf andere Weise auszusprechen. Dasselbe gilt für Minerva, da sie Englisch gelernt hat, als sie noch ein Computer war. Aber wir sprechen nicht alle Englisch mit der gleichen Leichtigkeit. Kennen Sie Tamara?«

»Nicht so gut, wie es mir lieb wäre.«

»Sie ist wahrscheinlich die liebenswerteste Person auf dem ganzen Planeten. Aber sie ist keine Linguistin. Sie hat Englisch gelernt, als sie schon über zweihundert Jahre alt war; wahrscheinlich wird sie immer nur gebrochen Englisch sprechen . . . obwohl sie es jeden Tag spricht. Erklärt das die seltsame Tatsache, daß auf einem so weit von Terra entfernten Planteten bei einem Familientreffen diese tote Sprache gesprochen wird?«

»Nun, das ist schon eine Erklärung. Aber sie befriedigt mich nicht. Äh, Justin, ich habe das Gefühl, daß Sie auf jeden Einwand, den ich machen könnte, eine Antwort haben . . . aber überzeugen können Sie mich dennoch nicht.«

»Das ist verständlich. Warum warten wir nicht einfach ab? Bald werden sich die Tatsachen, die Sie jetzt nur schwer akzeptieren können, ganz von selbst zu einem Bild zusammenfügen.«

Wir wechselten also das Thema. »Liebling«, sagte Hazel, »ich habe dir noch gar nicht erzählt, wo ich war und warum ich so spät zurückgekommen bin. Justin, bist du schon mal unten am Teleport aufgehalten worden?«

»Schon viel zu oft. Hoffentlich baut bald jemand eine Konkurrenz-Anlage. Ich würde selbst das Geld aufbringen und das Ding bauen, wenn ich nicht so herrlich faul wäre.«

»Heute morgen habe ich für Richard eingekauft: Schuhe, Liebling, aber du darst sie erst tragen, wenn Galahad zustimmt. Ich habe auch Ersatz für die Anzüge gekauft, die ich bei der Rangelei im Raffles verloren hatte. Ich fand nicht die passenden Farben und entschied mich deshalb für kirschrot und jadegrün.«

»Eine gute Wahl.«

»Ja, ich glaube, die Sachen werden dir gut stehen. Ich war fertig mit den Einkäufen und wäre eigentlich hier gewesen, als du noch schliefst, aber, Justin, am Teleport mußte ich Schlange stehen, ich konnte also nur zähneknirschend warten, bis ich an der Reihe war . . . und jemand drängelte sich vor, ein widerlicher Tourist von Secundus stellte sich zwei Plätze vor mich.«

»So ein Halunke!«

»Hat ihm nicht viel genützt. Der Flegel wurde erschossen.«

Ich sah sie an. »Hazel?«

»Ich? Aber nein, Darling! Ich muß gestehen, daß es eine Versuchung war. Im übrigen bin ich der Meinung, daß man Leuten, die sich in einer Schlange vordrängeln, höchstens einen Arm brechen sollte. Nein, dadurch wurde ich nicht aufgehalten. Die Umstehenden traten sofort zu einem Gericht zusammen, und um ein Haar hätten sie mich als Schöffin verpflichtet. Dem konnte ich mich nur entziehen, indem ich zugab, ich sei Zeugin gewesen – ich dachte, das würde mir Zeit sparen. Aber das klappte nicht, und der Prozeß dauerte fast eine halbe Stunde.«

»Haben sie ihn aufgehängt?« fragte Justin.

»Nein. Das Urteil lautete auf ›Tötung im öffentlichen Interesse‹, und so geschah es dann auch. Und dann kam ich nach Hause. Leider zu spät. Der verdammte Lazarus hatte inzwischen Richard bearbeitet und all meine Pläne zunichte gemacht. Also bin ich Lazarus gründlich auf den Fuß getreten, wie ihr ja wißt.«

»Ja, das wissen wir. War der verstorbene Tourist allein?«

»Das weiß ich nicht. Es ist mir auch gleichgültig. Ihn zu töten war zu drastisch. Aber ich bin ein Weichling, und das bin ich immer gewesen. Wenn sich früher jemand in der Schlange vordrängte, ließ ich es immer bei einer leichten Verstümmelung bewenden. Aber ignorieren darf man dieses Delikt keinesfalls; das würde die Lümmel ermutigen. Richard, ich habe dir Schuhe gekauft, weil ich wußte, daß der Schuh, den du trugst, als wir herkamen, für deinen neuen Fuß nicht geeignet ist.«

»Das stimmt.« (Seit der Amputation mußte mein rechter Schuh immer maßgefertigt und auf die Prothese abgestimmt werden. Für einen normalen Fuß wäre er nicht zu gebrauchen gewesen.)

»Ich bin nicht in ein Schuhgeschäft gegangen, sondern zu einem Handwerksbetrieb, wo Geräte zum Übertragen von Zeichnungen zur Verfügung stehen. Nach dem Muster deines linken

Schuhs haben sie einen passenden rechten Schuh hergestellt. Er müßte mit deinem linken Schuh identisch sein, nur rechtshändig. Rechtsfüßig? Jedenfalls für die rechte Seite.«

»Vielen Dank.«

»Hoffentlich paßt er. Wenn dieser verdammte Tourist nicht praktisch auf meinem Schoß gestorben wäre, hätte ich rechtzeitig nach Hause kommen können.«

Ich zwinkerte ihr zu. »Äh, ich muß schon wieder staunen. Wie wird dieser Planet eigentlich regiert? Herrscht hier denn Anarchie?«

Hazel zuckte die Achseln. Justin Foote wirkte nachdenklich. »Nein, das würde ich nicht sagen. So gut organisiert sind wir nun auch wieder nicht.«

Gleich nach dem Abendessen stiegen wir in das viersitzige Raumschiff – Hazel und ich, ein kleiner Riese namens Zeb, Hilda, die winzige Schönheit, Lazarus, Dr. Jacob Burroughs, Dr. Jubal Harshaw, eine weitere Rothaarige (oder Erdbeerblonde?) namens Deety und noch eine, die Deetys Zwillingsschwester hätte sein können, die es aber nicht war, ein süßes Mädchen namens Elizabeth, genannt Libby.

Ich schaute die beiden letzteren an und flüsterte Hazel zu: »Noch mehr von Lazarus' Nachkommen? Oder noch mehr von deinen?«

»Nein. Das glaube ich nicht. Was Lazarus anbetrifft, meine ich. Ich weiß, daß es nicht meine Nachkommen sind; ganz so nachlässig bin ich nicht. Eine stammt aus einem anderen Universum, und die andere ist über tausend Jahre älter als ich. Dafür kannst du Gilgamesh verantwortlich machen. Übrigens . . . hast du beim Dinner das kleine Mädchen gesehen, auch so ein Karottenkopf, das im Brunnen herumpaddelte?«

»Ja. Ein süßes kleines Ding.«

»Sie . . .« Wir bestiegen jetzt den Viersitzer. »Frag mich später«, sagte Hazel und stieg ein. Ich wollte ihr folgen. Der kleine Riese packte mich am Arm, so daß ich stehenbleiben mußte, denn er wog ungefähr vierzig Kilo mehr als ich. »Wir kennen uns noch nicht. Ich bin Zeb Carter.«

»Ich bin Richard Ames Campbell, Zeb. Freut mich, Sie kennenzulernen.«

»Und dies ist meine Mama Hilda Mae.« Er zeigte auf die zierliche Chinesin.

Ich hatte keine Zeit, darüber nachzudenken, daß seine Behauptung unmöglich stimmen konnte. Hilda sagte: »Ich bin seine Stiefschwiegermutter, seine Teilzeitehefrau und manchmal seine Geliebte, Richard; Zebbie ist nämlich ein bißchen beknackt. Aber er ist nett. Und du gehörst zu Hazel, und das bringt dir einige Vorteile.« Sie hob die Arme, legte mir die Hände auf die Schultern, stellte sich auf die Zehenspitzen und küßte mich. Ihr Kuß war schnell, aber innig und nicht ganz trocken; anschließend wurde ich sehr nachdenklich. »Wenn du irgend etwas brauchst, frag nur. Zebbie wird es dir besorgen.«

Diese Familie (oder Unterfamilie; sie gehörten alle zum Haushalt oder zur Familie der Longs, aber ich konnte es mir nicht recht zusammenreimen) schien aus fünf Personen zu bestehen: Zeb und seine Frau Deety, die Erdbeerblonde, die ich vorher schon kurz kennengelernt hatte, und ihr Vater, Jake Burroughs, dessen Frau Hilda war, die jedoch nicht Deetys Mutter war – und die fünfte Familienangehörige war Gay. Zeb hatte nämlich gesagt: »Und natürlich Gay. Du weißt, wen ich meine.«

»Wer ist Gay?« fragte ich Zeb.

»Ich nicht. Höchstens mal zum Spaß.* Gay ist unser Fahrzeug.«

Eine temperamentvolle Altstimme sagte: »Ich bin Gay. Hallo Richard, du warst schon mal in mir, aber ich glaube, du erinnerst dich nicht mehr daran.«

Ich fand, daß das Lethe-Feld doch einige sehr üble Nebenwirkungen hatte. Wenn ich zu irgendeiner Zeit in einer Frau gewesen wäre (das waren ihre Worte, nicht meine), noch dazu in einer mit einer so verführerischen Stimme, und ich könnte mich anschließend nicht mehr daran erinnern . . . nun, es wurde Zeit, daß ich mich der Gnade des Gerichts auslieferte; ich war wirklich nicht mehr auf dem laufenden.

»Entschuldigung, aber ich sehe sie nicht. Die Lady namens Gay.«

»Sie ist keine Lady, sie ist eine Schlampe.«

»Zebbie, das wirst du noch bereuen. Er meint, daß ich keine Frau bin, Richard; ich bin dieses Fahrzeug, in das du gerade

* Unübersetzbares Wortspiel: »gay« bedeutet im Englischen soviel wie »homosexuell«, ist aber auch ein gängiger Eigenname. (Anm. d. Red.)

einsteigen willst – und in dem du schon warst, aber du warst verletzt und krank, und deshalb nehme ich es dir nicht übel, daß du dich nicht an mich erinnerst . . .«

»Aber das tue ich doch.«

»Wirklich? Das ist nett. Jedenfalls bin ich Gay, die fröhliche Betrügerin. Willkommen an Bord.«

Ich kletterte hinein und kroch auf die Tür zum Frachtraum hinter den Sitzen zu. Hilda hielt mich zurück. »Geh nicht nach hinten. Deine Frau ist mit zwei Männern dort. Gib dem Mädchen eine Chance.«

»Und mit Libby«, fügte Deety hinzu. »Ärgere ihn doch nicht, Tante Sharpie. Setz dich, Richard.« Ich setzte mich zwischen die beiden; das war ein Privileg, aber ich hätte gern dieses Badezimmer gesehen, das es eigentlich gar nicht geben konnte. Gab es überhaupt eines? Oder war es ein Lethe-Traum?

Hilda schmiegte sich an mich und sagte: »Du hattest einen schlechten ersten Eindruck von Lazarus, Richard; ich möchte nicht, daß das so bleibt.«

Ich gab zu, daß er auf einer Skala von zehn Punkten bei mir minus drei bekommen würde.

»Ich hoffe wirklich, daß das nicht so bleibt« wiederholte Hilda. »Was meinst du, Deety?«

»Ich glaube, daß sein Durchschnitt irgendwann bei neun liegen wird, Richard. Du wirst schon sehen.«

»Richard«, fuhr Hilda fort, »trotz allem, was ich gesagt habe, denke ich von Lazarus nicht schlecht. Ich habe ein Kind von ihm . . . und so weit gehe ich nur bei Männern, die ich respektiere. Aber Lazarus hat seine kleinen Eigenheiten; man muß ihn von Zeit zu Zeit zurechtweisen. Dennoch liebe ich ihn.«

»Ich auch«, sagte Deety. »Ich habe eine kleine Tochter von Lazarus. Also liebe und respektiere auch ich ihn, denn sonst wäre das nicht passiert. Stimmt's, Zebadiah?«

»Wie kann ich das wissen? ›Liebe, sorglose Liebe!‹ Chefin, fliegen wir irgendwohin? Gay will es wissen.«

»Melde bitte startklar.«

»Steuerbord versiegelt, Irrelevanz-Schaltung klar.«

»Backbordtür versiegelt, Sitzgurte angelegt. Alle Systeme klar.«

»Time Corps Hauptquartier via Alpha und Beta. Chefpilot!«

»Aye, aye, Captain. Gay. Checkpoint Alpha. Ausführung.«

»Yes, Sir.« Die helle Sonne und der grüne Rasen neben dem Haus der Longs verschwanden, und wir sahen nur Dunkelheit und Sterne. Wir waren schwerelos.

»Wahrscheinlich Checkpoint Alpha«, sagte Zeb. »Gay, siehst du THQ?«

»Checkpoint Alpha vor deiner Nase«, antwortete das Raumschiff. »Time Corps Hauptquartier direkt voraus. Zeb, du brauchst eine Brille.«

»Checkpoint Beta, Ausführung.« Wieder veränderte sich der Himmel.

Diesmal konnte ich es erkennen. Kein Planet, sondern ein Wohnbezirk, vielleicht zehn Kilometer entfernt, vielleicht auch tausend, daneben ein unbekanntes Objekt. Ich hatte keine Ahnung, was es war.

Zeb sagte: »Time Corps Hauptquartier, aus ... *Verschwinde, Gay!*«

Vor uns explodierte eine Nova-Bombe.

XXV

»Gottes Knochen!« stöhnte das Schiff. »Das Ding hat mir die Schwanzfedern verbrannt! Hilda, laß uns nach Hause gehen. *Bitte!«* Die Nova-Bombe war jetzt weit entfernt, aber sie brannte noch mit einem intensiven weißen Licht. Es war, als betrachtete man von der Gegend um Pluto aus die Sonne.

»Captain?« fragte Zeb.

»Genehmigt«, sagte Hilda ruhig, aber sie klammerte sich an mich und zitterte.

»Gay-Maureen-Ausführung!« Wir standen wieder auf dem Grundstück der Villa Lazarus Longs und seiner Sippe.

»Chefpilot, lassen Sie die Leute aussteigen. Wir bleiben vorläufig hier. Richard, rutsch bitte nach rechts, wenn Jake vorbei ist, damit die Passagiere aussteigen können.«

Ich entsprach ihrer Bitte, als Dr. Burroughs Platz gemacht hatte. Hinter mir hörte ich Lazarus Longs polternde Stimme: »Hilda! Warum läßt du uns aussteigen? Warum sind wir nicht im Hauptquartier?« Sein Tonfall erinnerte mich an einen Ausbilder, den ich aus meiner Rekrutenzeit vor zehntausend Jahren kannte.

»Ich habe mein Strickzeug vergessen, Woodie. Deshalb mußte ich umkehren.«

»Hör auf mit dem Blödsinn. Warum sind wir nicht gestartet? Warum steigen wir wieder aus?«

»Vorsicht, dein Blutdruck, Lazarus. Gay hat soeben bewiesen, daß es nicht nur Nervosität war, als sie darum bat, unsere Reise zum Hauptquartier in drei Sprünge aufzuteilen. Wäre ich nach der normalen Routine verfahren, würden wir jetzt alle in der Dunkelheit glühen.«

»Mir juckt die Haut«, sagte Gay. »Ich wette, ich würde einen Geigerzähler rasseln lassen wie Hagel auf einem Blechdach.«

»Zebbie wird dich später inspizieren, Liebes«, sagte Hilda tröstend. Dann wandte sie sich an Lazarus: »Ich glaube nicht, daß Gay verletzt wurde; ich glaube, keiner von uns wurde verletzt. Denn Zeb hatte eine seiner blitzschnellen bösen Vorahnungen und hat uns fast direkt vor den Photonen aus der

Sache rausgerissen. Aber ich muß leider melden, Sir, daß das Hauptquartier nicht mehr existiert. Friede seiner Asche.«

»Ist das schon wieder einer deiner Witze, Hilda?« fragte Lazarus.

»Captain Long, wenn Sie so zu mir sprechen, erwarte ich, daß Sie mich mit ›Kommodore‹ anreden.«

»Tut mir leid. Was ist denn nun geschehen?«

»Lazarus«, sagte Zeb, »laß sie erst aussteigen. Dann fliege ich mit dir zurück und zeige es dir. Nur wir zwei.«

»Allerdings, nur ihr zwei«, mischte sich das Schiff ein. »Ohne mich! In meinem Vertrag steht nicht, daß ich an Kampfhandlungen teilnehmen muß. Ich werde verhindern, daß ihr die Türen schließt. Dann könnt ihr sie nicht versiegeln, und dann könnt ihr mich auch nicht bewegen. Ich streike.«

»Meuterei«, sagte Lazarus. »Sie wird eingeschmolzen.«

Das Schiff schrie auf und sagte aufgeregt: »Zeb, hast du das gehört? Hast du gehört, was er gesagt hat? Hilda, hast du ihn gehört? Lazarus, ich gehöre dir nicht, und das war auch nie der Fall! Sag's ihm, Hilda! Wenn du mich auch nur mit einem Finger berührst, werde ich gefährlich und puste dir die Hand weg. Und ganz Boondock nehme ich dabei mit.«

»Mathematisch unmöglich«, bemerkte Long.

»Lazarus«, sagte Hilda, »du solltest nicht so voreilig ›unmöglich‹ sagen, wenn es sich um Gay handelt. Im übrigen finde ich, daß du dir für einen einzigen Tag schon genug Ärger eingehandelt hast, meinst du nicht auch? Wenn du Gay wütend machst, sagt sie es Dora, und die sagt es Teena, und die sagt es Minerva, und die sagt es Ishtar und Maureen und Tamara, und dann wirst du froh sein, wenn du überhaupt noch etwas zu essen bekommst, und du wirst nicht mehr schlafen und nicht mehr fortgehen dürfen.«

»Ich stehe total unter dem Pantoffel. Ich bitte um Verzeihung, Gay. Wirst du mir vergeben, wenn ich dir heute abend zwei Kapitel aus Tik-Tok vorlese?«

»Drei.«

»Abgemacht. Bitte Teena, den am Unternehmen Herr der Galaxis beteiligten Mathematikern zu sagen, daß sie mich sofort in meinem Quartier in Dora aufsuchen sollen. Essen und schlafen können sie unterwegs. Ich weiß nicht, wann wir aufbrechen werden. Es könnte in einer Woche sein, vielleicht aber auch sehr plötzlich. Vielleicht wissen wir es erst zehn Minuten vorher. Kriegsbedingungen. Höchste Alarmstufe.«

»Teena hat verstanden; sie gibt es weiter. Was ist mit Boondock?«

»Was soll das heißen ›Was ist mit Boondock?‹«

»Willst du die Stadt evakuieren lassen?«

»Gay, ich wußte gar nicht, daß du dir über so etwas Sorgen machst.« Lazarus schien erstaunt.

»Ich? Mir Sorgen um die Bodenkriecher machen?« schnaufte das Schiff. »Ich gebe nur weiter, was Ira sagt.«

»Ach so. Einen Augenblick dachte ich schon, du entwickelst menschliche Gefühle.«

»Gott bewahre!«

»Ich bin erleichtert. Deine egozentrische Selbstsucht war bisher ein Hort der Stabilität in einer sich ständig verändernden Welt.«

»Spar dir die Komplimente; du schuldest mir trotzdem drei Kapitel.«

»Gewiß, Gay; versprochen ist versprochen. Sag bitte Ira, daß Boondock meiner Meinung nach so sicher ist wie irgendein Ort in dieser Welt . . . was nicht viel besagt . . . andererseits glaube ich, daß eine Evakuierung dieses Ameisenhaufens große Verluste an Menschenleben und noch größere an Sachwerten mit sich bringen würde. Aber es könnte das Risiko lohnen, einfach nur, um diese Faulpelze ein bißchen aufzurütteln – Boondock kommt mir heute fett, dumm und achtlos vor. Ira soll bestätigen, daß er verstanden hat.«

»Ira sagt, ›Du kannst mich mal‹.«

»Okay, du mich auch. Übrigens kochen sie da ein verdammt gutes Stew. Colonel Campbell, es tut mir alles sehr leid. Hätten Sie Lust, mit mir zu kommen? Vielleicht interessiert es Sie zu erfahren, wie wir eine Zeitmanipulation vorbereiten. Hazel, ist das okay? Oder mische ich mich wieder in deine Angelegenheiten ein?«

»Das ist schon in Ordnung, Lazarus, es ist nicht mehr meine Angelegenheit. Es ist deine und die der anderen Eingeweihten.«

»Du bist sehr streng, Sadie.«

»Was erwartest du denn, Lazarus? Luna ist eine strenge Lehrerin. Ich habe von ihr gelernt. Darf ich mitkommen?«

»Du wirst erwartet; du bist doch immer noch Teil des Unternehmens Herr der Galaxis, nicht wahr?«

Wir gingen etwa fünfzig Meter über den Rasen, und dort parkte die größte und eleganteste fliegende Untertasse, die sich ein UFO-Gläubiger nur hätte wünschen können. Ich erfuhr, daß es sich bei diesem Prachtstück um »Dora« handelte, womit gleichzeitig das Schiff gemeint war und der Computer, der es steuerte. Ich erfuhr auch, daß Dora die Privatyacht des Seniors und Hildas Flaggschiff war, daß sie als Piratenschiff von Lorelei Lee und Lapis Lazuli befehligt wurde, daß Castor und Pollux die Mannschaft bildeten und daß die beiden entweder die Ehemänner der Mädchen oder deren Sklaven oder beides waren.

»Sie sind beides«, erzählte Hazel mir später. »Und Dora ist alles drei. Kurz nachdem die vier geheiratet hatten, verloren die Jungs beim Kartenspielen Arbeitsverpflichtungen für sechzig Jahre an ihre Frauen. Laz und Lor verkehren telepathisch miteinander, und sie betrügen. Meine Enkelsöhne sind blitzgescheit und eingebildet wie Harvardabsolventen, und auch sie versuchen dauernd zu betrügen. Ich habe schon versucht, ihnen diese häßliche Angewohnheit auszutreiben, als sie noch zu jung waren, um Mädchen zu jagen, und benutzte dazu gezinkte Karten. Es funktionierte nicht; sie entdeckten die Markierungen. Aber sie verloren trotzdem, weil Laz und Lor noch gescheiter sind als sie und noch besser betrügen können.«

Hazel schüttelte traurig den Kopf. »Die Welt ist schlecht. Man sollte meinen, daß ein Junge, den ich erzogen habe, sofort mißtrauisch wird, wenn er beim Roten Hund in seinem Blatt plötzlich drei Asse und einen einzelnen König hat . . . aber Cas war habgierig. Er lieh sich nicht nur etwas aus dem Topf, wenn er kein Geld mehr hatte, er riskierte sogar die eigene Arbeitskraft.

Dann, keinen Tag später, fiel Pol auf einen noch durchsichtigeren Betrug herein; er glaubte sicher zu wissen, welche Karte als nächste gespielt würde, denn er erkannte einen winzigen Kaffeefleck. Es stellte sich heraus, daß nicht nur die Acht, sondern auch die Zehn diesen kleinen Fleck hatte. Pol hatte eine Neun, aber er war in keiner sehr starken moralischen Position. Nun ja, wahrscheinlich ist es für die Jungs besser, an Bord die Dreckarbeit zu machen, einschließlich Haarwäsche und Pediküre bei den Frauen, als daß sie Laz und Lor auf den Sklavenmärkten von Iskander verkauft hätten, was sie vermutlich getan hätten, wenn sie mit ihren eigenen Betrügereien durchgekommen wären.«

Dora ist innen größer als außen; sie hat so viele Kabinen, wie man nur benötigt. Früher war sie ein luxuriöses, wenn auch ziemlich konventionelles Hyperphotonenraumschiff gewesen. Aber sie (das Schiff, nicht Dora der Computer) wurde mit einem Irrelevanz-Antrieb von Burroughs ausgerüstet (das Zaubermittel, mit dem Gay zwischen den Sternen umherhuscht). Ein Zusatz zu den Burroughs-Gleichungen, die Gay teleportieren, kann dazu benutzt werden, Raumverschiebungen zu bewerkstelligen. So wurden Doras Passagier- und Frachträume aufpoliert. In sich zusammengefaltet befinden sich in Dora eine Unzahl von Ersatzräumen, die sie aktivieren kann, sobald sie sie benötigt.

(Dies ist nicht dasselbe Prinzip, nach dem Gay in ihrer Backbordaußenhaut zwei Badezimmer aus dem neunzehnten Jahrhundert versteckt hält. Oder etwa doch? Nun, ich glaube es nicht. Ich muß mich erkundigen. Oder sollte ich lieber nicht so viele Fragen stellen? Das wäre vielleicht klüger.)

An der Seite der Yacht öffnete sich eine Luke, und eine Einstiegsrampe glitt herab. Mit meinem Darling am Arm folgte ich Lazarus zum Schiff hinauf. Als er das Schiff betrat, ertönte Musik: »It Ain't Necessarily So« aus George Gershwins unsterblicher Oper *Porgy and Bess.* Ein längst verstorbener Sänger behauptet darin, daß ein Mann, der so alt ist wie Methusalem, unmöglich eine Frau zu sich ins Bett locken kann.

»Dora!«

Die angenehme Stimme eines jungen Mädchens antwortete: »Ich nehme gerade ein Bad. Ruf mich bitte später.«

»Mach diese alberne Musik aus!«

»Ich muß erst den Captain vom Dienst fragen, Sir.«

»Frag ihn und sei verdammt, aber schalt diesen Lärm ab!«

Eine andere Stimme meldete sich zu Wort. »Hier spricht Captain Lor. Na, alter Junge, hast du Probleme?«

»Ja. Schalt diesen Lärm ab!«

»Alter Junge, wenn du die klassische Musik meinst, die wir jetzt zu deiner Begrüßung abspielen, muß ich sagen, daß dein Geschmack so barbarisch ist wie eh und je. Jedenfalls kann ich sie nicht abschalten, denn dieses neue Zeremoniell wurde von Kommodore Hilda eingeführt. Ohne ihre Genehmigung kann ich es nicht ändern.«

»Ich stehe unter dem Pantoffel!« Lazarus schäumte vor Wut. »Ich kann nicht einmal mein eigenes Schiff betreten, ohne beleidigt zu werden. Ich schwöre bei Allah, daß ich mir, sobald das Unternehmen Herr der Galaxis abgeschlossen ist, einen Junggesellen-Buggy von Burroughs kaufen werde. Ich werde ihn mit einem Denkgerät von Minsky ausrüsten und ohne Frauen an Bord einen langen Urlaub machen.«

»Lazarus, wie kannst du so etwas Schreckliches sagen?« Die Stimme ertönte hinter uns, und ich erkannte sofort Hildas angenehmen Alt.

Lazarus schaute sich um. »Oh, da bist du ja! Hilda, könntest du dafür sorgen, daß dieser entsetzliche Lärm aufhört?«

»Lazarus, das kannst du doch selbst . . .«

»Ich habe es versucht. Aber sie machen sich einen Spaß daraus, mich zu frustrieren. Alle drei. Du auch.«

». . . indem du einfach drei Schritte weiter gehst. Wenn es einen anderen musikalischen Gruß gibt, mit dem du empfangen werden möchtest, brauchst du ihn nur zu nennen. Dora und ich versuchen, für jeden unserer Familienangehörigen die richtige Melodie zu finden und für jeden Gast ein geeignetes Begrüßungslied.«

»Lächerlich!«

»Dora macht es Spaß. Und mir auch. Außerdem ist es eine angenehme Gewohnheit, ungefähr wie mit Gabeln zu essen statt mit den Fingern.«

»Finger gab es schon viel früher als Gabeln.«

»Und Plattwürmer früher als Menschen. Aber deshalb sind Plattwürmer nicht besser als Menschen. Geh weiter, Woodie, und laß Gershwin in Ruhe.«

Er murrte, aber er gehorchte, und die Musik von Gershwin verstummte. Hazel und ich folgten ihm – und wieder ertönte Musik: Trommler und Pfeifer schmetterten einen Marsch, den ich seit jenem schwarzen Tag nicht mehr gehört hatte, an dem ich meinen Fuß, mein Kommando und meine Ehre verlor . . . und diese Musik erklang mir zu Ehren: »The Campbells Are Coming«

Ich bekam einen gewaltigen Schreck, und die Musik verpaßte mir den mächtigen Adrenalinstoß, den dieses uralte Schlachtritual immer zur Folge hat. Ich war so überwältigt, daß ich Mühe hatte, es mir nicht anmerken zu lassen, und ich hoffte nur, daß niemand mich ansprechen würde, bevor ich meine Stimme wieder in der Gewalt hatte.

Hazel drückte meinen Arm, aber sie sagte nichts; ich glaube, sie ahnt meine Empfindungen – sie kennt meine jeweiligen Bedürfnisse. Kerzengerade ging ich weiter und stützte mich dabei krampfhaft auf meinen Stock. Dann war das Stück zu Ende, und ich konnte wieder atmen.

Hilda war hinter uns. Ich glaube, sie hatte gewartet, um die musikalischen Grüße getrennt zu halten. Sie selbst wurde mit einer leichten und heiteren Melodie begrüßt, die ich nicht unterbringen konnte; es schien, als würde sie auf Silberglocken gespielt oder vielleicht auf einer Celesta. Hazel nannte mir den Titel des Stücks: »Jezebel« – aber ich wußte immer noch nicht, wo ich es schon einmal gehört hatte.

Lazarus' Quartier war so verschwenderisch ausgestattet, daß ich mich fragte, wie dann erst »Kommodore« Hildas Räume aussehen mußten. Hazel machte es sich in seinem Salon bequem, als ob sie dort hingehörte. Aber ich blieb nicht dort; eine Zwischentür öffnete sich, und Lazarus ging mir voran. Vor uns lag ein Konferenzsaal, der für eine im ganzen System operierende Firma ausgereicht hätte: ein riesiger Konferenztisch und an jedem Platz ein Polstersessel, Schreibunterlage, Papier, Schreibzeug, Wasserglas, Terminal mit Drucker, Bildschirm, Tastatur, Mikrophon – und ich muß sagen, daß kaum etwas von dieser reichhaltigen Ausstattung benutzt wurde; Dora selbst machte diesen ganzen Aufwand überflüssig, denn sie war für uns alle eine perfekte Sekretärin und servierte außerdem noch Erfrischungen.

(Ich wurde das Gefühl nicht los, daß es hier ein lebendiges Mädchen namens Dora geben mußte, das sich irgendwo im Hintergrund aufhielt. Aber kein sterbliches Mädchen hätte all das gleichzeitig tun können, was Dora tat.)

»Setzen Sie sich irgendwohin«, sagte Lazarus. »Hier gibt es keine Rangordnung. Und zögern Sie nicht, Fragen zu stellen und Ihre Meinung zu äußern. Und sollten Sie sich dabei lächerlich machen, würde es niemand beachten, und Sie wären auch nicht der erste, dem das in diesem Raum passiert. Haben Sie Lib schon kennengelernt?«

»Nicht offiziell.« Es war die andere Erdbeerblonde, nicht Deety.

»Hier ist sie. Dr. Elizabeth Andrew Jackson Libby Long . . . Colonel Richard Colin Ames Campbell.«

»Es ist mir eine Ehre, Dr. Long.«

Sie küßte mich. Das hatte ich erwartet. In knapp zwei Tagen hatte ich gelernt, daß man freundliche Küsse nur dadurch vermeiden konnte, daß man sich abwandte . . . daß es aber besser war, ganz entspannt zu sein und sich dran zu freuen. Und das tat ich. Dr. Long ist ein angenehmer Anblick, und sie hatte nicht viel an. Außerdem roch und schmeckte sie gut . . . und sie blieb drei Sekunden länger als nötig bei mir stehen, tätschelte mir die Wange und sagte: »Hazel hat Geschmack. Ich freue mich, daß sie Sie in die Familie eingeführt hat.«

Ich wurde rot wie ein Bauer. Keiner achtete darauf. Das glaube ich wenigstens.

Lazarus fuhr fort: »Lib ist meine Frau und gleichzeitig meine Partnerin, und das schon seit dem einundzwanzigsten Jahrhundert christlicher Zeitrechnung. Sie war damals ein Mann und ein pensionierter Kommandeur der terranischen Streitkräfte. Aber ob damals oder heute, ob Mann oder Frau, sie ist die größte Mathematikerin aller Zeiten.«

Elisabeth drehte sich um und strich ihm über den Arm. »Unsinn, Lazarus. Jake ist ein besserer Mathematiker und ein sehr viel kreativerer Geometer, als ich je sein könnte; er kann sich viel mehr Dimensionen vorstellen, ohne sie durcheinanderzubringen.«

Jacob Burroughs hatte nach uns den Raum betreten. »Unsinn, Lib«, sagte er. »Falsche Bescheidenheit macht mich krank.«

»Dann werd ruhig krank, Darling, aber spuck nicht auf den Teppich. Jacob, weder deine Meinung noch meine – noch die von Lazarus – sind irgendwie von Bedeutung; wir sind, was wir sind, und das gilt für uns alle – und wenn ich mich nicht irre, gibt es Arbeit. Lazarus, was ist passiert?«

»Warte auf Deety und die Jungs, damit wir es nicht zweimal diskutieren müssen. Wo ist Jane Libby?«

»Hier, Onkel Woodie.« Gerade trat ein nacktes Mädchen ein. Sie ähnelte – nein, ich werde nicht mehr über Familienähnlichkeit reden, rothaarig oder nicht, mit oder ohne Kleidung. Allein Klima und Gewohnheit bestimmten, ob man auf Tertius Kleidung trug oder darauf verzichtete. In der Öffentlichkeit zeigte man sich in der Regel bekleidet, zu Hause nur gelegentlich. In Lazarus Longs Haushalt konnte man bei den Männern eher als bei den Frauen damit rechnen, daß sie bekleidet waren, aber soweit ich feststellen konnte, gab es dafür keine feste Regel.

Rotes Haar war auf Tertius sehr verbreitet, ganz besonders in der Familie Long – der Effekt des »prämierten Bullen« Lazarus . . . aber es kam nicht nur von Lazarus; dafür gab es in dieser Familie noch weitere Ursachen, Leute, die nicht mit ihm und auch nicht untereinander verwandt waren: Elizabeth Andrew Jackson Libby Long und Dejah Thoris (Deety) Burroughs Carter Long – und noch eine Quelle, die ich damals noch nicht kannte.

Leute, die der Gilgamesh-Theorie anhängen, haben bemerkt, daß Rothaarige dazu neigen, in Massen aufzutreten, wie zum Beispiel in Rom, im Libanon, in Südirland und in Schottland . . . und noch markanter in der Geschichte, von Jesus bis Jefferson, von Barbarossa bis Heinrich VIII.

Ohne die Hilfe der Familiengenetikerin Dr. Ishtar waren die Ursprünge der Ähnlichkeiten innerhalb der Familie Long schwer auszumachen – Ishtar selbst hatte nicht die geringste Ähnlichkeit mit ihrer Tochter Lapis Lazuli . . . nicht überraschend, wenn man wußte, daß sie keine genetische Verwandtschaft mit ihrer eigenen Tochter aufwies: deren genetische Mutter war Maureen.

Diese Versammlung von Mathematikern bestand aus Libby Long, Jake Burroughs, Jane Libby Burroughs Long, Deety Burroughs Carter Long, Minerva Long Weatheral Long, Pythagoras Libby Carter Long und Archimedes Carter Libby Long – Pete und Archie – der eine von Deety, der andere von Libby geboren. Die beiden Frauen waren die einzigen Eltern der jungen Männer – wobei Deety die genetische Mutter und Elizabeth der genetische Vater der beiden war . . . ich will nicht näher darauf eingehen; daran können sich die Wissenschaftler versuchen. Ich möchte lieber noch einen weiteren erwähnen: Maxwell Burroughs-Burroughs Long. Alle diese seltsamen Kombinationen wurden von der Familiengenetikern überwacht, um die mathematische Fähigkeit zu verstärken und schädliche rezessive Merkmale auszuschalten.

Diese Genies bei der Arbeit zu beobachten war etwa so einschläfernd, aufregend wie bei einem Schachspiel zuzuschauen, wenn auch nicht ganz das gleiche. Zuerst ließ Lazarus Gay aussagen und empfing dabei ihre Stimme über Doras Schaltkreise. Sie hörten Gay zu, prüften ihre optisch und akustisch projizierten Aufzeichnungen, riefen Zebadiah herein, nahmen seine Aussage entgegen, riefen Hilda herein und baten sie zu schätzen, wie lange Zebadiah die Bombe vorausgeahnt hatte.

»Irgendwo zwischen einem Zusammenzucken und einem Lidschlag«, sagte Hilda. »Ihr wißt doch alle, daß ich es nicht genauer ausrechnen kann.«

Dr. Jake lehnte es ab, seine Meinung zu äußern. »Ich habe nicht aufgepaßt. Wie gewöhnlich unterstütze ich die gesprochenen Befehle, durch Feineinstellung. Da uns der vorletzte Befehl zum Verschwinden aufforderte, brachen wir die Reise ab und flogen nach Hause. Ich habe keine weitere Feineinstellung vorgenommen, so daß auf meinen Bändern nichts mehr erscheint. Tut mir leid.«

Deetys Aussage war genauso dürftig. »Zwischen dem Befehl zu verschwinden und der Explosion lag ein Intervall von etwa einer Millisekunde.« Unter Druck gesetzt, weigerte sie sich, die Berechnung als genau zu bezeichnen. Burroughs blieb beharrlich und erwähnte ihre »eingebaute Uhr«. Deety streckte ihm die Zunge heraus.

Der junge Mann (eigentlich noch ein Heranwachsender) namens Pete sagte: »Ich plädiere auf ›unzureichende Daten‹. Wir müssen am Ort des Geschehens Kontrollgeräte aufstellen, um zu erfahren, was passiert ist, bevor wir den günstigsten Zeitpunkt für die Rettungsaktion festlegen.«

Jane Libby fragte: »War die Nova-Bombe nach unserem Verschwinden vom neuen Blickpunkt aus schon sichtbar, oder erschien sie erst, als Gay den Übergang schon geschafft hatte? Wie dem auch sei, wie paßt das zum Timing bei Checkpoint Beta? Frage: Ist experimentell erhärtet, daß irrelevante Umsetzung unverzüglich erfolgt, das heißt, mit einer Transitzeit von Null . . . oder ist es eine nicht klar bewiesene und nur durch den Erfolg gerechtfertigte Annahme?«

»J. L.« sagte Deety, »worauf willst du hinaus?« Ich saß zwischen den beiden eingeklemmt, und sie redeten über mich hinweg; offenbar erwarteten sie nicht, daß ich eine Meinung äußerte – obwohl ich doch Zeuge gewesen war.

»Wir versuchen doch, den günstigsten Zeitpunkt für die Evakuierung des Time Corps Hauptquartiers zu ermitteln, nicht wahr«

»Tatsächlich? Warum spielen wir die Evakuierung nicht am Modell durch, setzen die Zeit fest und beginnen mit der Evakuierung um minus H-Stunden plus dreißig Minuten. Auf diese Weise kommen alle hierher zurück und haben noch eine Menge Zeit übrig.«

»Deety, mit diesem Paradoxon steckst du dir den Kopf in den eigenen Hintern«, war Burroughs' Kommentar.

»Pop! Das ist unhöflich, grob und vulgär.«

»Aber korrekt, meine kleine dumme Tochter. Jetzt überleg dir, wie du aus dieser Falle wieder herauskommst.«

»Leicht. Ich sprach von einem gefährlichen Unternehmen, nicht von einer sicheren Sache. Wir führen die Rettung durch und haben noch dreißig Minuten Zeit; dann gehen wir in irgendeinen leeren Raum in irgendeinem geeigneten Universum – vielleicht in die Umlaufbahn um den Mars, die wir schon so oft benutzt haben –, dann kehren wir um und gehen eine Minute nachdem wir zur Rettungsaktion aufgebrochen sind wieder in dieses Universum zurück.«

»Plump, aber wirksam.«

»Ich liebe einfache Programme. Wirklich.«

»Ich auch. Aber sieht denn niemand einen Fehler darin, daß wir uns so viel Zeit nehmen, wie wir brauchen?«

»Verdammt, ja!«

»Nun, Archie?«

»Weil hier irgendwo eine Falle steckt, die Wahrscheinlichkeit dafür beträgt Null Komma neun neun sieben oder mehr. Worin die Falle besteht, ist schwer zu sagen. Wer ist unser Gegner? Die Bestie? Der Herr der Galaxis? Boskone? Oder handelt es sich um die Aktion einer anderen Gruppe von Manipulatoren? Oder – lacht nicht – haben wir es diesmal mit dem Schöpfer zu tun? Unser Timing hängt von unserer Taktik ab, und unsere Taktik muß auf unseren Gegner abgestimmt sein. Wir müssen also warten, bis die großen Gehirne nebenan uns sagen, gegen wen wir kämpfen.«

»Nein«, sagte Libby Long.

»Was ist los, Mama?« fragte der Junge.

»Wir werden *alle* möglichen Kombinationen durchspielen, mein Lieber, und sie alle gleichzeitig lösen; und wir werden mathematisch präzise auf das Szenarium reagieren, das uns diese Schwindler präsentieren.«

»Nein, Lib, du würdest immer noch ein paar hundert Menschenleben darauf verwetten, daß die großen Gehirne recht haben«, widersprach Lazarus. »Aber sie könnten sich auch irren. Wir werden hier bleiben und eine klare Antwort darauf finden, und wenn es zehn Jahre dauert. Ladies and Gentlemen, wir reden von unseren *Kollegen*. Sie sind nicht zu ersetzen. Verdammt, ihr müßt die richtige Antwort finden!«

Ich saß da und kam mir recht albern vor. Ich begriff langsam, daß sie ernsthaft darüber diskutierten, wie denn die Menschen zu retten seien – und die Unterlagen und die Instrumente –, und das in einem Wohnbezirk, den ich vor einer Stunde hatte verdampfen sehen. Und ich erfuhr, daß sie genauso leicht den ganzen Bezirk hätten retten können – und ihn aus dem Gebiet entfernen, bevor er bombardiert wurde. Sie sprachen darüber, wie man das bewerkstelligen könne, sprachen über das richtige Timing. Aber sie verwarfen diese Lösung. Der Bezirk müßte unzählige Milliarden Kronen gekostet haben . . . und doch wollten sie ihn so nicht retten. Nein, nein! Der Gegner, sei es die Bestie der Apokalypse oder der Herr der Galaxis (mir blieb der Atem weg!) oder wer auch immer – sollte glauben, daß ihm der Anschlag gelungen sei – er durfte nicht argwöhnen, das Nest sei leer, der Vogel ausgeflogen.

Am linken Bein hatte ich plötzlich ein Gefühl, das ich schon kannte: Lord Pünktchen war im Begriff, die vordere Steilwand zu erklimmen. Weil er dabei wieder seine Krallen in mein Bein grub, nahm ich ihn und setzte ihn auf den Tisch. »Pünktchen, wie bist du denn hereingekommen?«

»Maooo!«

»Hereingekommen bist du jedenfalls. Raus in den Garten, durch den Garten, durch den Westflügel – oder war es anders herum? – über den Rasen und hinauf in das versiegelte Raumschiff – oder war die Rampe unten? Aber wie hast du mich gefunden?«

»Maooo.«

»Das ist Schrödingers Katze«, sagte Jane Libby.

»Dann sollte Schrödinger ihn abholen, bevor er sich verirrt. Oder sich verletzt.«

»Nein, nein, Pünktchen gehört nicht Schrödinger; Pünktchen hat sich seinen Menschen noch nicht gesucht – es sei denn, seine Wahl sei auf Sie gefallen.«

»Nein. Das glaube ich nicht. Nun ja, es könnte ja sein.«

»Ich glaube schon. Ich sah ihn schon heute mittag auf Ihren Schoß klettern. Und jetzt hat er einen langen Weg zurückgelegt, um Sie zu finden. Ich denke, er hat sich für Sie entschieden. Sind sie ein Katzenmensch?«

»Oh, ja! Wenn Hazel mir erlaubt, ihn zu behalten.«

»Das wird sie tun; sie ist ein Katzenmensch.«

»Hoffentlich.« Pünktchen richtete sich auf meiner Schreibunterlage auf und wusch sich das Gesicht, wobei er geschickt die Stelle hinter den Ohren berücksichtigte. »Pünktchen, gehöre ich zu euch Katzen?«

Er unterbrach seine Wäsche und sagte nachdrücklich »Maooo!«

»Okay, abgemacht. Normaler Sold. Medizinische Versorgung. Bei guter Führung jeden zweiten Mittwoch einen Nachmittag frei. Jane Libby, was ist mit diesem Schrödinger? Wie kam er herein? Sagen Sie ihm, Pünktchen ist genau das richtige für mich.«

»Schrödinger ist nicht hier; er ist schon zwei Dutzend Jahrhunderte tot. Er gehörte zu der Gruppe von alten deutschen Naturphilosophen, die sich in allem, was sie studierten, so brillant geirrt haben – Schrödinger und Einstein und Heisenberg –, oder waren diese Philosophen in Ihrem Universum? Ich weiß, daß sie nicht in allen Teilen des Omniversums lebten, aber Parallelgeschichte ist nicht meine Stärke.« Sie lächelte. »Ich glaube, Zahlentheorie ist das einzige, was ich wirklich beherrsche. Aber ich kann ganz gut kochen.«

»Können Sie auch Rücken schrubben?«

»Ich bin die beste Rückenschrubberin in ganz Boondock!«

»Du verschwendest deine Zeit, J. L.« sagte Deety. »Hazel hält ihn immer noch an der kurzen Leine.«

»Aber Tante Deety, ich wollte ihn doch nicht ins Bett locken.«

»Nicht? Dann verschwende nicht *seine* Zeit. Zieh dich zurück und laß mich mit ihm sprechen. Richard, sind Sie empfänglich für verheiratete Frauen? Wir sind alle verheiratet.«

»Äh . . . Aber was ist mit dem Fünften Gesetz zur Verfassungsänderung?«

»Ich habe Sie verstanden, aber in Boondock hat man noch nie etwas davon gehört. Diese deutschen Mathematiker – stammen sie nicht aus Ihrer Welt?«

»Sprechen wir überhaupt von denselben Leuten? Erwin Schrödinger, Albert Einstein, Werner Heisenberg?«

»Das sind sie. Sie befaßten sich gern mit ›Gedankenexperimenten‹, wie sie es nannten – als ob man auf diese Weise irgend etwas lernen könnte. Theologen! Jane Libby wollte Ihnen gerade von ›Schrödingers Katze‹ erzählen, ein Gedankenexperiment, das etwas über die Realität aussagen sollte. J. L.?«

»Es war eine alberne Gechichte, Sir. Man sperrt eine Katze in einen Kasten. Man kontrolliert, ob sie durch den Zerfall eines Isotops mit einer Halbwertzeit von einer Stunde stirbt oder nicht. Lebt die Katze nach Ablauf einer Stunde noch, oder ist sie dann tot? Schrödinger behauptete, wegen der statistischen Wahrscheinlichkeit (in einer Sache, die man damals für Wissenschaft hielt) sei die Katze weder lebendig noch tot, bevor jemand den Kasten öffnet; sie existiere statt dessen als eine Wolke von Wahrscheinlichkeiten.«

Jane Libby zuckte die Achseln und produzierte dabei erstaunliche dynamische Kurven.

»Maooo?«

»Hat denn niemand daran gedacht, die Katze zu fragen?«

»Gotteslästerung«, sagte Deety. »Richard, dies ist ›Wissenschaft‹. Nach Art der deutschen Philosophen. Zu etwas so Grobem sollten Sie dabei nicht Zuflucht nehmen. Pünktchen hat das Etikett ›Schrödingers Katze‹ bekommen, weil er durch Wände geht.«

»Wie macht er das denn?«

Jane Libby antwortete: »Es ist unmöglich, aber er ist so jung, daß er nicht weiß, daß es unmöglich ist, und deshalb tut er es einfach. So weiß man nie, wo er plötzlich auftaucht. Ich glaube, er hat Sie gesucht. Dora?«

»Brauchst du irgend etwas, J. L.?« antwortete das Schiff.

»Hast du zufällig bemerkt, wie dieses Kätzchen an Bord gekommen ist?«

»Ich bemerke alles. Er hat sich nicht mit der Gangway aufgehalten, sondern ist direkt durch meine Haut gekommen. Es hat gekitzelt. Ob er wohl Hunger hat?«

»Wahrscheinlich.«

»Ich werde ihm etwas beschaffen. Ist er alt genug für feste Nahrung?«

»Ja. Aber keine großen Brocken. Babynahrung.«

»Geht in Ordnung.«

»Ladies«, sagte ich. »Jane Libby hat von den deutschen Physikern gesagt, sie hätten sich ›brillant geirrt‹. Aber dieses Urteil trifft doch gewiß nicht auf Albert Einstein zu.«

»Und ob!« sagte Deety mit Nachdruck.

»Darüber bin ich sehr erstaunt. In meiner Welt trägt Einstein einen Heiligenschein.«

»In meiner Welt wird er symbolisch verbrannt. Albert Einstein war Pazifist, aber kein ehrlicher. Als er selbst betroffen war, vergaß er seine pazifistischen Grundsätze und benutzte seinen politischen Einfluß, um das Projekt anlaufen zu lassen, das die erste Bombe produzierte, die ganze Städte ausradieren konnte. Seine theoretischen Arbeiten waren belanglos, und vieles in ihnen war schlicht falsch. Aber er muß sich vorwerfen lassen, daß er ein pazifistischer Politiker war, der zum Mörder wurde. Ich verachte ihn.«

»Erfolg besteht darin,
das obere Ende der Nahrungskette zu erreichen.«

J. HARSHAW 1906–

XXVI

In diesem Augenblick kam die Babynahrung für Pünktchen; sie lag auf einer Untertasse, die aus dem Tisch hochstieg, wie ich glaube. Ich kann es nicht beschwören, aber sie stand ganz einfach da. Während ich das Kätzchen fütterte, konnte ich ein wenig nachdenken. Es hatte mich überrascht, daß Deety sich so heftig geäußert hatte. Diese deutschen Physiker hatten in der ersten Hälfte des zwanzigsten Jahrhunderts gelebt und gearbeitet – das war nach meinen Geschichtsbegriffen nicht lange her, aber wenn das stimmte, was diese Tertianer mir einreden wollten – und das war unwahrscheinlich –, lag es für sie schon sehr lange zurück. »Zwei Dutzend Jahrhunderte« hatte Jane Libby gesagt.

Wieso konnte Dr. Deety, diese unbekümmerte junge Dame, sich über deutsche Gelehrte so erregen, die schon lange tot waren? Ich kenne nur ein Ereignis, das zweitausend Jahre oder mehr zurückliegt, über das sich die Leute erregten . . . und dieses Ereignis hat nie stattgefunden.

Ich hatte mir in Gedanken eine Liste der Dinge gemacht, die einfach nicht stimmen konnten: das Lebensalter, das Lazarus für sich in Anspruch nahm, die lange Liste tödlicher Krankheiten, an denen ich gelitten haben sollte, ein halbes Dutzend seltsamer Geschehnisse in Luna und ganz besonders Tertius selbst. War dies wirklich ein in Zeit und Raum weit von der Erde entfernter fremder Planet? Oder handelte es sich um ein Potemkinsches Dorf auf einer Insel im Südpazifik? Vielleicht sogar in Südkalifornien? Ich hatte die Stadt Boondock (von der gesagt wurde, sie habe ungefähr eine Million Einwohner) noch nie gesehen. Ich hatte insgesamt vielleicht fünfzig Leute gesehen. Existierten die anderen nur in der Erinnerung, als Hintergrund für einen improvisierten, auf die Potemkinschen Rollen zugeschnittenen Dialog?

(Aufpassen, Richard! Du wirst schon wieder paranoid.)

Wieviel Lethe braucht man, damit einem der Verstand durcheinander gerät?

»Deety, warum erregen Sie sich so über Dr. Einstein?«

»Dafür habe ich meine Gründe!«

»Aber er hat doch vor so langer Zeit gelebt. ›Vor zwei Dutzend Jahrhunderten‹, wie Jane Libby es ausdrückt.«

»Für *sie* ist es so lange her. Nicht für mich!«

Dr. Burroughs mischte sich ein: »Colonel Campbell, Sie glauben wahrscheinlich, wir seien geborene Tertianer. Das sind wir nicht. Wir sind Flüchtlinge aus dem zwanzigsten Jahrhundert, genau wie Sie. Unter ›wir‹ verstehe ich mich und Hilda und Zebadiah und meine Tochter – meine Tochter Deety, nicht meine Tochter Jane Libby. J. L. wurde hier geboren.«

»Du bist immerhin nach Hause gekommen, Pop«, sagte Deety.

»Aber nur knapp«, sagte Jane Libby.

»Aber er *ist* gekommen. Deshalb kannst du ihn doch nicht gleich verstoßen.«

»Das will ich auch nicht. Für einen Vater ist er ganz erträglich.«

Ich gab mir keine Mühe, das alles zu sortieren; ich gewann allmählich die Überzeugung, daß man dort, wo ich herkomme, alle Tertianer für geisteskrank erklärt hätte. »Dr. Burroughs, ich stamme nicht aus dem zwanzigsten Jahrhundert. Ich wurde 2133 in Iowa geboren.«

»Aus der zeitlichen Entfernung macht das kaum einen Unterschied. Verschiedene Zeitlinien, glaube ich – auseinanderlaufende Universen –, aber Sie und ich haben denselben Akzent, denselben Dialekt und dasselbe Vokabular. Der Punkt, an dem sich unsere beiden Heimatwelten auseinander entwickelten, kann in unserer Vergangenheit nicht weit zurückliegen. Wer hat zuerst den Mond erreicht und in welchem Jahr?«

»Neil Armstrong, 1969.«

»Ach, aus *der* Welt kommen Sie. Dort gab es einige Schwierigkeiten. Aber bei uns auch. Für uns fand die erste Mondlandung im Jahre 1952 statt. HMAAFS *Pink Koala*. Der Kommandant war Ballox O'Malley.« Dr. Burroughs schaute in die Runde. »Ja, Lazarus? Hast du Probleme? Flöhe? Nesselfieber?«

»Wenn ihr nicht arbeiten wollt, du und deine Töchter, dann schlage ich vor, daß ihr euch woanders unterhaltet. Vielleicht nebenan; den Traumtänzern und Historikern macht es nichts aus, Karnickel zu jagen. Colonel Campbell, auch Sie werden die

Güte haben, Ihre Katze woanders zu füttern. Ich schlage die Erfrischungskabine vor. Von meinem Salon aus erreichen Sie sie im Uhrzeigersinn.«

»Verdammte Pest, Lazarus!« rief Deety. »Du bist ein mißmutiger und verbitterter alter Mann. Ein Mathematiker *läßt* sich bei der Arbeit einfach nicht stören. Schau dir Lib an – man könnte ihr jetzt einen Feuerwerkskörper unter den Hintern schieben, und sie würde nicht mit der Wimper zucken.« Deety stand auf. »Woodie, mein Junge, du brauchst mal wieder eine Verjüngung; du bist auf dem besten Wege, ein verschrobener Greis zu werden. Komm, J. L.«

Dr. Burroughs stand auf, verbeugte sich und sagte: »Wenn ihr mich bitte entschuldigen wollt?« Dann verließ er den Raum, ohne Lazarus auch nur einen Blick zu gönnen. Die Stimmung war gereizt. Die beiden alten Bullen mußten unbedingt auf Distanz gehen, bevor sie sich in die Haare gerieten.

Oder die drei – denn ich durfte mich dabei nicht ausschließen. Mich wegen der Katze hinauszuwerfen wäre wirklich nicht nötig gewesen; zum dritten Mal an diesem Tag war ich wütend auf Lazarus. Ich hatte die Katze schließlich nicht mitgebracht, und sein eigener Computer hatte vorgeschlagen, das Tier zu füttern, und er hatte auch die Nahrung bereitgestellt.

Ich stand auf und nahm Pünktchen in die eine, die Untertasse in die andere Hand; dann stellte ich fest, daß ich auch noch meinen Stock brauchte. Libby erkannte mein Problem und nahm das Kätzchen auf den Arm. Auf meinen Stock gestützt, folgte ich ihr mit der Untertasse voll Babynahrung. Auch ich vermied es, Lazarus anzuschauen.

Auf unserem Weg durch den Salon nahmen wir Hazel und Hilda mit. Hazel winkte mir zu und zeigte auf den Stuhl neben ihrem, aber ich schüttelte den Kopf und ging weiter. Hazel stand auf und kam mit uns. Hilda folgte ihr. Wir störten die Versammlung nicht. Dr. Harshaw hielt gerade einen Vortrag, aber von uns nahm man kaum Notiz.

Ein wunderbar dekadenter und lustvoller Aspekt des Lebens auf Tertius war die Qualität der Erfrischungskabinen – wenn ihnen ein so profaner Ausdruck überhaupt gerecht werden kann. Die meisten Installationen waren mir zwar fremd, aber ich will versuchen, die Luxus-Erfrischungskabine eines reichen Tertianers zu beschreiben (und ich bin sicher, daß Lazarus auf Tertius der reichste Mann war). Ich will sie nach ihren Funktionen definieren:

Fangen Sie mit Ihrer Lieblingskneipe an oder mit Ihrer Lieblingsbar.

Fügen Sie eine finnische Sauna hinzu.

Wie wäre es mit einem japanischen Bad?

Oder wollen Sie ein normales heißes Bad? Mit oder ohne Wellen?

Erinnern Sie sich aus Ihrer Jugend noch an einen Eiscreme-Soda-Spender?

Haben Sie beim Baden gern Gesellschaft?

Außerdem bringen wir in Reichweite eine gut sortierte Snack-Bar an (warm oder kalt).

Lieben Sie Musik? Drei-D? Bücher und Illustrierte und Videobänder?

Gymnastik? Massage? Höhensonne? Eine Duftbrise?

Weiche und warme Ecken, in denen man sich zusammenrollen und schlafen kann, allein oder in Gesellschaft?

Nehmen Sie all dies, mischen Sie es gut und installieren Sie es in einem großen, schönen und gut beleuchteten Raum. Aber diese Liste ist noch nicht vollständig, denn das Wichtigste habe ich noch nicht erwähnt: Dora.

Wenn es irgendeine Laune gab, die der Computer des Schiffs nicht befriedigen konnte, habe ich es während meiner Anwesenheit jedenfalls nicht bemerkt.

Ich konnte nichts von dem ganzen Luxus sofort ausprobieren; ich hatte dem Kätzchen gegenüber schließlich gewisse Pflichten zu erfüllen. Ich setzte mich an einen runden Tisch von mittlerer Größe, einen Tisch, an dem vielleicht vier Freunde gemütlich miteinander trinken könnten. Ich stellte die Untertasse ab und griff nach dem Kätzchen, aber J. L. hatte sich bereits gesetzt und stellte Pünktchen neben die Babynahrung. Auch Burroughs nahm am Tisch Platz.

Das Kätzchen verschmähte die Babynahrung, die es noch vor ein paar Minuten gierig gefressen hatte. Dann führte es ein eindrucksvolles Theaterstück auf, mit dem es sein Entsetzen darüber zum Ausdruck brachte, daß Jane L. ihm so etwas zumuten wollte. »Dora«, sagte Jane L., »ich glaube, er hat Durst.«

»Du brauchst es nur zu sagen. Aber die Geschäftsleitung wird in keinem Fall an Jugendliche alkoholische Getränke ausschenken, es sei denn, man wollte sie verführen.«

»Gib nicht so an, Dora; Colonel Campbell könnte dich ernst nehmen. Laß uns dem Baby Wasser und Vollmilch anbieten, beides getrennt. Und die Getränke müssen Körpertemperatur haben, die bei jungen Katzen . . .«

». . . achtunddreißig Komma acht Grad beträgt. Kommt sofort.«

Aus einem Planschbecken in der Nähe rief Hilda: »Jane L.! Komm, weich dich ein wenig ein. Deety hat interessante Neuigkeiten zu berichten.«

»Hmm.« Das Mädchen schien unentschlossen. »Colonel Campbell, würden Sie sich jetzt um Pünktchen kümmern? Er leckt einem die Milch gern vom Finger. Nur so kann man ihn dazu bringen, genug zu trinken.«

»Ich will es gern versuchen.«

Das Kätzchen trank gern auf diese Weise, wenn es auch schien, als sollte ich an Altersschwäche sterben, bevor es mir gelang, ihm auch nur zehn Milliliter einzuflößen. Aber das Kätzchen hatte keine Eile. Hazel stieg aus der Wanne und setzte sich tropfnaß zu uns an den Tisch. Ich küßte sie vorsichtig und sagte: »Du machst ja den Stuhl ganz naß.«

»Das schadet dem Stuhl nicht. Warum hat Lazarus sich wieder aufgeregt?«

»Dieser verdammte Kerl!«

»Ich weiß. Was ist passiert?« »Äh – ich habe vielleicht ein wenig heftig reagiert. Frag lieber Dr. Burroughs.«

»Jacob?«

»Nein, Richard hat nicht übertrieben reagiert. Lazarus hat sich die größte Mühe gegeben, uns zu beleidigen. Aber erstens hat Lazarus gar nicht das Recht, die mathematische Sektion zu überwachen, denn er ist kein professioneller Mathematiker und für die Leitung der Abteilung überhaupt nicht qualifiziert. Zweitens, in unserer Sektion kennt jeder die Eigenheiten der anderen; niemand mischt sich in die Arbeit der anderen ein. Aber Lazarus hat mich und Deety und Jane Libby hinausgeworfen, weil wir es gewagt haben, uns ganz kurz über etwas zu unterhalten, was nicht auf seiner Tagesordnung steht . . . dabei weiß er gar nicht, oder er berücksichtigt jedenfalls nicht, daß ich und meine beiden Töchter auf zwei Ebenen denken; jedenfalls läßt er das völlig außer acht. Hazel, ich habe mich beherrscht. Das habe ich wirklich getan, Liebes. Du kannst stolz auf mich sein.«

»Ich bin immer stolz auf dich, Jacob, Aber ich hätte mich nicht zurückgehalten. Im Umgang mit Lazarus solltest du Sir Winston Churchills Rat folgen und ihm so lange auf die Füße treten, bis er sich entschuldigt. Lazarus weiß gute Manieren nicht zu würdigen. Aber was hat er mit Richard gemacht?«

»Er hat ihm gesagt, daß er seine Katze nicht am Konferenztisch füttern soll. Als ob es seinem albernen Tisch schaden könnte, wenn dieses Kätzchen vielleicht mal darauf pinkelt.«

Hazel schüttelte den Kopf und starrte finster vor sich hin, was überhaupt nicht zu ihrem Gesicht paßt. »Lazarus war schon immer etwas ruppig, aber seit diese Kampagne anfing – ich meine das Unternehmen Herr der Galaxis –, ist er noch schwieriger geworden. Jacob, hat eure Abteilung ihm gegenüber vielleicht ungünstige Voraussagen gemacht?«

»Einige schon. Aber die eigentliche Schwierigkeit liegt darin, daß die langfristigen Projektionen so vage sind. Das kann einen verrückt machen, das weiß ich, denn wenn eine Stadt zerstört wird, ist die Tragödie nicht vage, sondern akut und schmerzlich. Wenn wir die Geschichte verändern, heben wir ja die Zerstörung dieser Stadt nicht auf, sondern wir fangen nur eine neue Zeitlinie an. Wir brauchen Projektionen, die uns gestatten, die Geschichte zu verändern, *bevor* diese Stadt zerstört wird.« Er sah mich an. »Darum ist es so wichtig, daß Adam Selene befreit wird.«

Ich machte ein dummes Gesicht – meine beste Rolle. »Damit Lazarus besser gelaunt ist?«

»Indirekt, ja. Wir brauchen einen Computer, der die anderen großen Computer bei der Erstellung multiverser Projektionen dirigieren, programmieren und überwachen kann. Der größte Überwachungs-Computer, den wir haben, ist Teena, und ihr Zwilling auf Secundus. Aber die Projektion, die wir brauchen, hat ganz andere Ausmaße. Die öffentlichen Funktionen auf Tertius laufen automatisch und fast immer störungsfrei ab, und Teena greift nur im Notfall ein. Aber durch eine Reihe von seltsamen Umständen erweiterte Holmes IV – Adam Selene oder Mike – seinen Wirkungsbereich fortwährend, und anscheinend hat niemand versucht, seine Größe auf ein Optimum zu beschränken. Seine Fähigkeit zur Selbstprogrammierung wuchs enorm, und zwar durch eine einzigartige Herausforderung: die Revolution auf Luna. Colonel, ich glaube nicht, daß irgendein menschliches Gehirn imstande gewesen wäre, die Programme zu schreiben, mit denen er alle Einzelheiten der Revolution steuerte. Als Spezialistin für Programmierung ist meine ältere Tochter Deety nicht zu schlagen; aber sie behauptet, daß ein menschliches Gehirn diese Aufgabe niemals lösen könnte und daß eine künstliche Intelligenz es allenfalls nach der Holmes-IV-Methode schaffen würde – wenn es nämlich ums Überleben, wenn es um ›Sieg oder Tod‹ ginge.«

Hazel schaute zum Swimming-Pool hinüber. »Ich wette, daß Deety es schaffen würde, wenn sie es unbedingt müßte.«

»Ich danke dir im Namen meiner Tochter, Liebes. Aber sie leidet gewiß nicht an falscher Bescheidenheit. Wenn Deety es könnte, wenn sie sich auch nur den Schatten einer Chance ausrechnete, wäre sie schon an der Arbeit. Wie die Dinge nun einmal stehen, tut sie, was sie kann; mit aller Kraft versucht sie, aus unseren Computerdaten herauszuholen, was nur möglich ist.«

»Jacob, ich sage es nur ungern . . .« Hazel zögerte. »Vielleicht sollte ich es auch nicht sagen.«

»Dann laß es.«

»Ich muß es aber loswerden. Papa Mannie ist nicht sehr optimistisch, was die Resultate betrifft, selbst wenn es uns gelänge, alle Datenbanken und alle Programme zu rekonstruieren, aus denen Adam Selene besteht – oder ›Mike‹, wie Papa Mannie ihn nennt. Er glaubt, daß sein alter Freund beim letzten Angriff so schwer verletzt wurde – ich erinnere mich noch heute daran; es war entsetzlich –, daß Mike so schwer verletzt wurde, daß er sich in eine Computer-Katatonie zurückgezogen hat, aus der er nie wieder erwachen wird. Jahrelang hat Papa versucht, ihn zu wecken, das war nach der Revolution, als Papa freien Zugang zum Behördenkomplex hatte. Er glaubt nicht, daß es irgend etwas bewirkt, wenn man die Datenbänke und die Programme wiederherstellt. Oh, ja, er will es versuchen, er will es nur allzu gern, denn er liebt Mike, aber er hat wenig Hoffnung.«

»Wenn du Manuel siehst, sage ihm, daß er sich keine Sorgen machen soll; Deety hat sich etwas einfallen lassen.«

»Wirklich? Oh, das wäre wunderbar!«

»Deety wird Teena mit reichlich ungenutzter Kapazität ausstatten, und zwar hinsichtlich der Speicherung und der Symbolmanipulation – und dann wird sie Mike zu Teena ins Bett schicken. Wenn das Mike nicht wieder zum Leben erweckt, hilft alles andere auch nicht.«

Mein Liebling erschrak ein wenig, aber dann kicherte sie. »Ja, das könnte funktionieren.«

Sie ging zum Pool zurück, und ich erfuhr von Jacob Burroughs, warum seine Tochter Deety sich so emotional über den Vater der Atombombe geäußert hatte. Sie hatte gesehen – alle vier hatten gesehen –, wie ihr Heim von einer Atombombe zerstört wurde. Ich vermute, es war eine Spaltungsbombe, aber Jake erwähnte das nicht.

»Colonel, eine Schlagzeile zu lesen oder eine Meldung zu hören ist eine Sache, die Explosionswolke einer Atombombe über dem eigenen Haus zu sehen ist eine völlig andere.

Uns wurde alles genommen, und wir werden nie wieder nach Hause zurückkehren können. Wir wurden sogar total ausgelöscht, denn auf unserer Zeitlinie hier gibt es nichts, womit wir beweisen könnten, daß wir vier – ich, Hilda, Deety und Zeb – je existiert haben.

Die Häuser, in denen wir wohnten, sind weg, es hat sie nie gegeben; sie sind im Erdboden versunken, und nicht einmal Krater sind zurückgeblieben.«

Er sah so einsam aus wie Odysseus. Dann sprach er weiter:

»Lazarus schickte einen Experten vom Time Corps hin – Dora? Ich möchte gern Elizabeth sprechen.«

»Dann sprich doch.«

»Lib, meine Liebe. Stellt die Kontrollgeräte auf, wie Pete es verlangt hat – oder war es Archie? Stellt den frühesten Zeitpunkt der Überwachung fest. Geht drei Jahre zurück. Und evakuiert sie.«

»Das ist paradox, Jacob.«

»Ja. Geh diese drei Jahre zurück, quetsch sie ab und schmeiß sie weg. Kapiert?«

»Kapiert, mein Lieber. Sonst noch was?«

»Nein. Ende.«

Burroughs fuhr fort: ». . . schickte einen Experten auf unsere Zeitlinie, der uns suchen sollte. In einer Zeitspanne von fünfzig

Jahren, irgendwo zwischen meiner Geburt und der Nacht, in der wir um unser Leben rennen mußten. Wir waren überhaupt nicht da. Wir waren nie geboren worden. Zeb und ich hatten eine militärische und eine akademische Karriere hinter uns; aber bei den Streitkräften waren wir nicht registriert, und auch an der Universität gab es über uns keine Unterlagen. Es gibt Aufzeichnungen über meine Eltern, aber sie hatten nie einen Sohn. Colonel, im zwanzigsten Jahrhundert gab es in den Vereinigten Staaten von Nordamerika Dutzende, nein, Hunderte von Möglichkeiten, einen Bürger zu registrieren; trotzdem gab es nicht den geringsten Hinweis darauf, daß wir je dort gewesen waren.«

Burroughs seufzte. »Gay, die fröhliche Betrügerin, hat uns in jener Nacht nicht nur das Leben gerettet; sie hat dafür gesorgt, daß unsere nackte Existenz gewahrt blieb. Sie wich so rasch aus, daß die Bestie unsere Spur verlor – was ist denn, Liebes?«

Tropfnaß hatte sich Libby neben uns gestellt, und jetzt machte sie große runde Augen. »Papa?«

»Sag's schon, Liebes.«

»Die Kontrollgeräte, die Pythagoras aufstellen lassen will, sollten viel weiter zurückgehen, mindestens zehn Jahre. Wenn sie dann den genauen Zeitpunkt ermittelt haben, zu dem der Herr der Galaxis, oder wer auch immer, anfing, das Time Corps Hauptquartier zu beobachten, sollten sie sich zurückziehen und sofort die Evakuierung veranlassen. Wenn sie sofort in einen anderen Raum und in eine andere Zeit gehen, wird unser Gegner nie vermuten, daß wir ihm in die Flanke gestoßen sind. Ich habe mit Deety darüber gesprochen; sie glaubt, daß es funktionieren könnte. Was meinst du dazu?«

»Das denke ich auch. Ich werde mich mit deiner Mutter verbinden lassen und ihr das vorschlagen. Dora, gib mir noch einmal Elizabeth.« Nichts in seinem Gesicht oder in seiner Haltung verriet, daß er gerade mit Libby gesprochen und ihr (soweit ich es verstanden hatte) eben dieses Verfahren schon vorgeschlagen hatte.

»Elizabeth? Ich soll dir von unserer Tischtennismeisterin etwas ausrichten. Jane Libby sagt, ihr sollt die Kontrollgeräte bei minus zehn Jahren aufstellen, den frühesten Zeitpunkt der Überwachung feststellen und dann noch weiter zurückgehen – sagen wir drei Jahre –, dann evakuieren und verschwinden. Auch Deety und ich glauben, daß es funktionieren könnte. Bitte, leg diesen

Plan dem Ausschuß vor und sag, daß er von Jane L. stammt. Laß Deetys und meine Zustimmung aufzeichnen.«

»Und meine Zustimmung.«

»Du hast gescheite Kinder, mein Liebling.«

»Das liegt daran, daß man gescheite Väter aussucht. Und gute. Gut zu Kindern und gut zu Frauen. Ende?«

»Ende«, sagte Burroughs. Dann wandte er sich an seine Tochter, die immer noch wartete. »Deine Eltern sind stolz auf dich, Janie. Ich erwarte, daß die mathematische Sektion sich in etwa fünf Minuten einstimmig für deinen Plan entscheidet. Du hast die Einwände, die Lazarus vorbrachte – legitime Einwände – damit ausgeräumt, daß du eine Lösung anbietest, bei der es gleichgültig ist, wer uns dies angetan hat; wir können die Sache geradebiegen, ohne zu wissen, wer es war. Aber ist dir aufgefallen, daß wir nach deiner Methode vielleicht sogar feststellen können, wer es war? Wir brauchen nur ein wenig Glück.«

Jane Libby sah aus, als hätte sie soeben den Nobelpreis erhalten. »Das ist mir aufgefallen. Aber das wichtigste ist eine sichere Evakuierung; alles weitere wäre Zufall.«

»›Zufall‹ ist in diesem Zusammenhang eine andere Schreibweise von ›Intelligenz‹. Wollt ihr schon zu Abend essen? Oder wollt ihr wieder ins Becken zurück? Oder beides? Warum wirfst du nicht Colonel Campbell mitsamt seinen Klamotten ins Wasser? Ich bin sicher, Deety – und Hilda werden dir dabei helfen, vielleicht sogar Hazel.«

»Moment mal!« protestierte ich.

»Waschlappen!«

»Colonel, das werden wir nicht tun! Pop macht nur Spaß.«

»Den Teufel tue ich.«

»Dann werft doch zuerst euren Vater hinein. Wenn es ihm nichts ausmacht, werde ich mich fügen.«

»*Maooo!*«

»Du hältst dich raus!«

»Janie Baby.«

»Ja, Pop?«

»Stell bitte fest, wie viele Erdbeer-Milkshakes und Hot Dogs oder schlechte Nachahmungen davon wir bestellen müssen. Während du das erledigst, werde ich meine Kleidung in die Trockenkabine hängen – und wenn der Colonel schlau ist, wird er das auch tun; Colonel, das ist eine gefährliche Bande, besonders in dieser Kombination – Hilda, Deety, Hazel und Janie. Explosiv. Wer paßt inzwischen auf die Katze auf?«

Eine Stunde später führte uns Dora (ein kleines blaues Licht) in unsere Kabine; Hazel trug das Kätzchen und eine Untertasse, ich trug unsere Kleidung, die andere Untertasse, meinen Stock und Hazels Handtasche. Ich war angenehm müde und freute mich darauf, mit meiner Frau ins Bett zu gehen. Sie war schon viel zu lange nicht mehr in meinem Bett gewesen. Von meinem Standpunkt aus hatten wir zwei Nächte überschlagen . . . nicht lange für alte Ehepaare, aber viel zu lange für Flitterwochen. Eine alte Regel lautet: Laß dich in deinen Flitterwochen nicht kurzhalten.

Von ihrem Standpunkt aus war es wie lange her? . . . einen Monat?

»Liebstes Mädchen, wie lange ist es schon her? Dieses Lethe-Feld hat meinen ganzen Zeitsinn durcheinandergebracht.«

Hazel zögerte. »Hier waren es siebenunddreißig tertianische Tage, aber dir muß es wie eine Nacht vorgekommen sein. Vielleicht zwei Nächte, denn als ich gestern abend ins Bett ging, schnarchtest du schon. Es tut mir leid. Du darfst mich hassen, aber nicht zu sehr. Und hier ist unsere hübsche kleine Kammer.«

(Wirklich eine »hübsche kleine Kammer«! Sie war größer als meine Luxus-Suite in Golden Rule und viel besser ausgestattet . . . dazu kam ein größeres und besseres Bett.) »Liebe Braut, wir haben in Lazarus' Tadsch-Mahal-Spielsalon gebadet. Ich brauche meinen Korkfuß nicht mehr abzuschnallen, und alles andere habe ich in diesem Tadsch Mahal ebenfalls erledigt. Wenn du noch etwas zu tun hast, dann tu es. Aber schnell! Ich kann es kaum erwarten.«

»Ich habe nichts zu tun, aber wir müssen auf Pünktchen aufpassen.«

»Gut. Bring seine Untertassen in die Erfrischungskabine und schließ ihn dort ein. Wir lassen ihn später wieder raus.«

So geschah es, und wir gingen ins Bett, und es war wunderbar, und die Einzelheiten gehen Sie nichts an.

Ein wenig später sagte Hazel: »Wir haben Besuch.«

»Das weiß ich schon lange«, sagte ich. »Er ist mir, als ich beschäftigt war, auf die Schulter gestiegen, aber er wiegt fast nichts, und deshalb habe ich nichts gesagt. Kannst du ihn nehmen und festhalten, damit wir nicht auf ihn rollen und ihn zerquetschen, während ich uns entwirre?«

»Ja. Aber es eilt nicht. Richard, du bist ein guter Junge. Pünktchen und ich haben beschlossen, dich zu behalten.«

»Versuch nur, mich loszuwerden! Es wird dir nicht gelingen. Liebling, du hast dich etwas seltsam ausgedrückt. Du hast gesagt, es sei ›siebenunddreißig tertianische Tage her‹.«

Sie sah mich ernüchtert an.

»Für mich war es länger, Richard.«

»Ich habe darüber nachgedacht. Wie lange denn?«

»Ungefähr zwei Jahre. Erdenjahre.«

»Ich will verdammt sein!«

»Aber Liebster, ich bin jeden Tag nach Hause gekommen. Siebenunddreißigmal bin ich morgens zu dir in dein Krankenzimmer gekommen, ganz wie ich es versprochen hatte. Du hast mich auch jedes Mal erkannt, und du hast gelächelt, und du schienst dich über meine Besuche zu freuen. Aber durch das Lethe-Feld hast du natürlich alles schon in dem Augenblick vergessen, da es geschah. Jeden Abend ging ich wieder weg und kam am späten Abend wieder zurück. Durchschnittlich war ich jedes Mal ungefähr drei Wochen lang weg. Es war schwierig, diesen Rhythmus einzuhalten, aber Gay machte jeden Abend zwei Reisen, wobei entweder die doppelten Zwillinge oder Hilda und ihre Mannschaft das Kommando hatten. Laß mich jetzt los, Liebling; die Katze ist in Sicherheit.«

Wir machten es uns bequem. »Was hast du denn gemacht, wenn du so lange fort warst?«

»Ich habe für das Time Corps gearbeitet. Historische Forschungen.«

»Ich glaube, ich verstehe immer noch nicht, was das Time Corps eigentlich tut. Hättest du nicht einen Monat warten können? Dann hätten wir alles gemeinsam gemacht. Oder ist mein Kopf verkehrt aufgeschraubt?«

»Ja und nein. Ich habe um den Auftrag gebeten. Richard, ich wollte herausfinden, was geschieht, wenn du und ich versuchen, Adam Selene zu befreien. Mike, den Computer.«

»Und was hast du herausbekommen?«

»Nichts. Absolut nichts. Von diesem Vorfall an gerechnet, finden wir nur zwei Zeitlinien – dieses Ereignis bedeutet einen Umkehrpunkt; du und ich haben nicht nur eine Zukunft geschaffen, sondern zwei. Ich habe die nächsten vier Jahrhunderte auf beiden Zeitlinien durchforscht – auf Luna und unten auf dem

Dreckplaneten, in mehreren Kolonien und Wohnbezirken. Überall erfahre ich nur, daß wir entweder erfolgreich waren oder beim Versuch umkamen ... oder wir werden überhaupt nicht erwähnt. Das letztere ist fast immer der Fall; die meisten Historiker glauben nicht, daß Adam Selene ein Computer war.«

»Nun ... da stehen wir doch nicht schlechter da als vorher, oder?«

»Nein. Aber ich mußte mich vergewissern. Ich mußte das überprüfen, bevor du wieder aufwachtest. Aus dem Lethe-Feld, meine ich.«

»Weißt du, meine Kleine, ich habe eine hohe Meinung von dir. Du nimmst Rücksicht auf deinen Mann. Und auf Katzen. Und auf andere Leute. Äh – nein, das geht mich nichts an.«

»Sprich doch, Liebster, oder muß ich dich erst kitzeln.«

»Du darfst mir nicht drohen, sonst werde ich dich verprügeln.«

»Auf eigene Gefahr – ich beiße nämlich. Hör zu, Richard, ich habe auf diese Frage gewartet. Wir sind jetzt zum ersten Mal allein. Du willst wissen, wie die geile alte Hazel es zwei harte Jahre lang ausgehalten hat. Vielmehr, du glaubst nicht, daß sie es ausgehalten hat, aber du bist zu höflich, ihr das zu sagen.«

»Zur Hölle mit dir! Hör zu, Liebling, ich bin ein Loonie und für mich gelten die Maßstäbe eines Loonies. Liebe und Sex werden von unseren Damen beherrscht; wir Männer achten ihre Entscheidungen. Das ist eine sehr gute Regelung. Wenn du ein bißchen angeben willst, dann tu's nur. Aber unterstelle mir nicht die Laster der Erdferkel.«

»Richard, du machst mich besonders wütend, wenn du besonders vernünftig bist.«

»Willst du denn, daß ich dich ausfrage?«

»Das wäre höflich.«

»Sag das noch mal.«

»Ich sag's dir noch mal, und was ich sage, stimmt.«

»Okay, wie du willst. Du gehörst zur Familie Long, nicht war?«

Sie hielt den Atem an. »Wie kommst du darauf?«

»Das weiß ich nicht. Ich weiß es wirklich nicht, denn es hat so viele kleine Andeutungen gegeben, die für sich genommen ohne Bedeutung sind und von denen ich die meisten vergessen habe. Aber irgendwann heute abend, als ich mich mit Jake unterhielt, kam es mir schon wie selbstverständlich vor. Irre ich mich?«

Sie seufzte. »Nein, du hast recht. Aber ich wollte dich zu

diesem Zeitpunkt noch nicht damit belasten. Weißt du, ich habe Urlaub von meiner Familie genommen und gehöre ihr zur Zeit nicht an. Und das war es auch nicht, was ich dir berichten wollte.«

»Moment mal. Jake ist einer deiner Ehemänner.«

»Ja. Aber vergiß nicht, ich habe Urlaub.«

»Wie lange?«

»Bis daß der Tod uns scheidet! Das habe ich dir in Golden Rule versprochen. Richard, historische Aufzeichnungen belegen, daß wir zum Zeitpunkt des Ereignisses geheiratet haben, das die Zeitstränge teilte. Ich bat meine Familie um eine Scheidung, und wir einigten uns auf einen Urlaub. Aber es könnte sehr gut endgültig sein – sie wissen es, und ich weiß es. Richard, ich bin jede Nacht hier gewesen, jede tertianische Nacht, meine ich – siebenunddreißigmal . . . aber ich habe nie mit der Familie geschlafen. Früher habe ich gewöhnlich mit Xia und Choy-Mu geschlafen. Sie waren gut zu mir. Aber nicht ein einziges Mal mit einem Long. Mit keinem von ihnen, weder männlich noch weiblich. Auf meine Weise bin ich dir treu gewesen.«

»Ich sehe nicht ein, warum du dir irgendeinen Zwang antun mußtest. Dann bist also auch du eine von Lazarus Longs Ehefrauen. Auf Urlaub, aber seine Ehefrau. Dieser störrische alte Griesgram! Heh! Ist es möglich, daß er eifersüchtig auf mich ist? Verdammt, ja, es ist nicht nur möglich, es ist sogar wahrscheinlich. Bestimmt! Er ist kein Loonie; er ist nicht darauf eingestellt, die ›Damenwahl‹ zu akzeptieren. Und er stammt aus einer Kultur, in der Eifersucht die häufigste Geisteskrankheit ist. Natürlich! Der alberne Kerl!«

»Nein, Richard. Er ist nicht eifersüchtig.«

»Das kommt mir aber so vor.«

»Richard, man hat Lazarus über Generationen hinweg auch das letzte bißchen Eifersucht ausgetrieben . . . ich bin seit dreizehn Jahren mit ihm verheiratet und hatte reichlich Gelegenheit, mir ein Urteil zu bilden. Nein, Schatz, er macht sich Sorgen. Er macht sich Sorgen um mich, und er macht sich Sorgen um dich – er weiß, wie gefährlich es ist – er macht sich Sorgen um die ganze Familie und um ganz Tertius. Denn er weiß, wie gefährlich das Multiversum ist. Sein ganzes Leben und all seinen Reichtum widmet er der Aufgabe, für seine Leute Sicherheit zu schaffen.«

»Nun . . . ich wünschte, er hätte bessere Manieren und wäre ein wenig höflicher und liebenswürdiger dabei.«

»Ich auch. Hier, nimm das Kätzchen; ich muß mal. Anschließend sollten wir ein bißchen schlafen.«

»Ich muß auch. Es ist wunderbar, aus dem Bett zu steigen und zur Toilette zu gehen, ohne hinken zu müssen.«

Wir hatten uns zusammengekuschelt, das Licht gelöscht, und ihr Kopf lag an meiner Schulter. Die kleine Katze bewegte sich irgendwo im Bett, und wir waren im Begriff einzuschlafen, als Hazel murmelte: »Richard. Ich habe ganz vergessen . . . Ezra . . .«

»Was hast du vergessen?«

»Seine Beine . . . zum ersten Mal konnte er wieder laufen . . . an Krücken. Ich glaube, es war vor drei Tagen . . . für mich ungefähr vor drei Monaten. Xia und ich gratulierten Ezra . . . horizontal.«

»Die beste Methode.«

»Wir nahmen ihn mit ins Bett. Er war zum Schluß völlig erschöpft.«

»Brave Mädchen. Was gibt es sonst Neues?«

Sie schien eingeschlafen zu sein. Dann murmelte sie kaum hörbar: »Wyoming.«

»Was, Liebling?«

»Wyo, meine Tochter. Das kleine Mädchen, das im Brunnen spielte . . . erinnerst du dich?«

»Ja, ja! Deine? Wunderbar!«

»Du wirst sie morgen kennenlernen. Sie hat den Namen . . . nach Mama Wyo. Lazarus . . .«

»Ist sie eine Tochter von Lazarus?«

»Wahrscheinlich. Ishtar sagt es. Jedenfalls hatte er jede Menge . . . Gelegenheit.«

Ich versuchte, mir das Gesicht des Kindes ins Gedächtnis zurückzurufen. Ein kleiner Kobold mit hellroten Haaren. »Sie sieht eher dir ähnlich.«

Hazel antwortete nicht. Sie atmete tief und gleichmäßig.

Ich spürte Pfoten auf meiner Brust, dann ein Kitzeln am Kinn.

»Maooo?«

»Still, Baby; Mama schläft.«

Das Kätzchen rollte sich zusammen. Und so beendete ich den Tag, wie ich ihn begonnen hatte, mit einer schlafenden kleinen Katze auf meiner Brust.

Es war ein aufregender Tag gewesen.

»Es ist ein erbärmliches Gedächtnis,
das nur rückwärts funktioniert.«

CHARLES LUTWIDGE DODGSON
1832–1898

XXVII

»Gwendolyn, meine Geliebte.«

Hazel blieb mit einem Zahnreiniger in der Hand stehen und schien ganz erschrocken zu sein. »Ja, Richard?«

»Heute ist unser erster Hochzeitstag. Den müssen wir feiern.«

»Ich bin gern bereit zu feiern, aber ich kann deiner Mathematik nicht folgen. Und wie sollen wir ihn feiern? Ein besonders gutes Frühstück? Oder wieder ins Bett?«

»Beides. Und dann noch eine Überraschung. Aber zuerst essen wir. Was meine Mathematik betrifft, hör bitte zu. Heute ist unser Hochzeitstag, weil wir genau eine Woche verheiratet sind. Ja, ich weiß, daß du glaubst, es seien zwei Jahre gewesen.«

»Glaube ich nicht! Das zählt nicht. Es ist, als hätten wir die Zeit in Brooklyn verbracht.«

»Und du willst mir erzählen, daß ich seit siebenunddreißig, achtunddreißig oder neununddreißig Tagen hier bin. Aber für mich waren es keine neununddreißig Tage, Gwen Hazel, denn Allah wird mir die Tage, die ich im Lethe-Feld verbrachte, von der mir zugemessenen Zeit nicht abziehen; also zähle ich sie nicht mit. Verdammt, ich würde nicht glauben, daß es so viele Tage waren, wenn ich jetzt nicht zwei Füße hätte . . .«

»Willst du dich etwa beschweren?«

»Oh, nein! Nur muß ich jetzt doppelt so viele Fußnägel schneiden . . .«

»*Maooo!*«

»Was weißt du schon davon? Du hast keine Fußnägel; du hast Krallen. Und du hast mich letzte Nacht gekratzt. Ja, das hast du getan – tu nicht so unschuldig. An einem Montagabend – es war der dreißigste Juni des Jahres 2188, wenn ich auch nicht genau weiß, welches Jahr es nach hiesiger Zeitrechnung war, gingen wir ins Halifax Ballett Theater und sahen Luna Pauline als Titania.«

»Ja, ist sie nicht schön?«

»*War* sie nicht schön! Vergangenheit, Liebes. Wenn das stimmt, was man mir erzählt, müßte ihr ätherischer Körper schon vor über zweitausend Jahren zu Staub zerfallen sein. Dann besuchten wir das *Rainbow's End*, um noch eine Mahlzeit einzunehmen, und ein Fremder war so geschmacklos, sich an unserem Tisch plötzlich umbringen zu lassen. Ein wenig später hast du mich vergewaltigt!«

»Nicht am Tisch!«

»Nein, in meiner Junggesellenwohnung.«

»Und es war keine Vergewaltigung.«

»Wir brauchen uns darüber nicht zu streiten, da du meinen lädierten Ruf schon am nächsten Tag wiederhergestellt hast. An unserem Hochzeitstag, mein Liebes. Mistress Gwendolyn Novak und Dr. Richard Ames verkündeten ihre Eheschließung am Dienstag, dem ersten Juli 2188. Merk dir das Datum.«

»Das werde ich wohl kaum vergessen!«

»Ich werde es auch nicht vergessen. In jener Nacht haben wir die Stadt sehr schnell verlassen, und die Hunde des Sheriffs schnappten nach unseren Hacken und kläfften uns hinterher. Später schliefen wir in der Druckstation Trockene Knochen. Stimmt's?«

»So weit richtig.«

»Am nächsten Tag, am Mittwoch, dem zweiten, fuhr Gretchen uns zur Druckstation Glücklicher Drache, und wir übernachteten in Dr. Chans Tunnel. Am folgenden Tag, am Donnerstag, dem dritten, fuhr Tante Lilybet uns in Richtung Hongkong Luna, aber nicht ganz bis dorthin, denn wir trafen auf diese übereifrigen Agrarreformer. Du fuhrst dann selbst den Bus nach Hongkong Luna, und wir landeten so spät in Xias Hotel, daß es sich kaum noch lohnte, ins Bett zu gehen. Wir taten es trotzdem. Damit war Freitag, der vierte Juli, angebrochen, der Unabhängigkeitstag. Kapiert?«

»Alles richtig.«

»Wir wurden geweckt – *ich* wurde geweckt, denn du warst schon auf – ich wurde am späten Freitagmorgen zu früh geweckt . . . und erfuhr, daß ich im Rathaus nicht sehr beliebt war. Aber du und Tante Lilybet habt mich rausgeholt . . . und wir fuhren so überstürzt nach Luna City, daß ich mein Toupet in der Luft hängen ließ.«

»Du trägst gar kein Toupet.«

»Jetzt nicht mehr. Es hängt noch da. An diesem Freitag kamen wir ungefähr um sechzehn Uhr in L-City an. Wir hatten eine kleine Meinungsverschiedenheit . . .«

»Richard! Erinnere mich nicht immer an meine Sünden.«

». . . die sich jedoch rasch klärte, als ich mein falsches Verhalten einsah und um Verzeihung bat. In dieser Nacht schliefen wir im Raffles, und es war immer noch Freitag, der vierte Juli, als wir ins Bett gingen. Dieser Tag hatte für uns viele Kilometer westlich von dort begonnen, und wir waren auf diese schießwütigen Freiheitskämpfer gestoßen. Kannst du mir immer noch folgen?«

»Ja. Aber in meiner Erinnerung hat das alles sehr viel länger gedauert.«

»Flitterwochen sind nie lang genug, und unsere sind sehr abwechslungsreich. Am nächsten Morgen, am Samstag, dem fünften, nahmen wir Ezras Dienste in Anspruch und gingen anschließend zum Behördenkomplex. Als wir zurückkamen, wurden wir vor dem Raffles überfallen. Also verließen wir das Raffles in aller Eile und in einer Wolke von Leichen. Gay, die fröhliche Betrügerin, und das Time Corps ermöglichten uns die Flucht. Für ganz kurze Zeit waren wir in Iowa, dem Land meiner unschuldigen Jugend, wo der Mais wächst. In Minutenschnelle waren wir dann auf Tertius, Geliebte, und genau an diesem Punkt ist mein Erdferkelkalender nichts mehr wert. Wir verließen Luna am Samstag, dem fünften, abends; wir erreichten Tertius ein paar Minuten später, und deshalb bezeichne ich den tertianischen Tag unserer Ankunft als identisch mit Samstag, dem fünften Juli 2188, und so nenne ich ihn auch. Es ist mir gleichgültig, wie die Tertianer diesen Tag nennen, es würde mich nur verwirren. Bist du einverstanden?«

»Nun . . . okay.«

»Vielen Dank. Ich wachte am nächsten Morgen – am Sonntag, dem sechsten Juli – mit zwei Füßen auf. Ich räume gern ein, daß auf Tertius inzwischen siebenunddreißig Tage vergangen waren. Du erzählst mir, daß es für dich zwei Jahre waren, eine höchst unwahrscheinliche Geschichte – da möchte ich schon lieber an Einhörner und Jungfrauen glauben. Für Gretchen waren es fünf oder sechs Jahre, darauf muß ich sogar bestehen, denn sie ist jetzt achtzehn oder neunzehn Jahre alt und schwanger. Aber für mich ging es nur um eine einzige Nacht, die Nacht von Samstag zu Sonntag.

Und in dieser Nacht vom Samstag zum Sonntag habe ich mit Xia, Gretchen, Minerva, Galahad, Pünktchen und möglicherweise auch mit Dick Tom und Harry sowie mit ihren Weibern Agnes, Mabel und Becky geschlafen.«

»Wer sind die? Die Mädchen, meine ich. Die Jungs kenne ich. Ich kenne sie nur allzu gut.«

»Du armes kleines unschuldiges Kind; du bist zu jung, um davon etwas zu verstehen. Zu meiner Überraschung habe ich trotzdem gut geschlafen. Und jetzt sind wir beim gestrigen Tag, den wir streng chronologisch Montag, den siebenten Juli, nennen müssen. Die letzte Nacht haben wir damit verbracht, unsere Flitterwochen zu retten . . . und dafür danke ich dir, meine Geliebte.«

»Gern geschehen, Sir. Das Vergnügen lag ganz auf meiner Seite. Jetzt verstehe ich, wie du auf dieses Datum gekommen bist. Nach dem Kalender des Dreckplaneten und nach deiner biologischen Uhr – die von größter Wichtigkeit ist, wie jeder Zeitspringer weiß – ist heute Dienstag, der achte Juli. Ich gratuliere dir zum Hochzeitstag, Darling!«

Wir nahmen uns Zeit, ein wenig Spucke auszutauschen; Hazel weinte, und auch meine Augen wurden feucht.

Das Frühstück war ausgezeichnet. Besser kann ich es nicht ausdrücken, denn Hazel hatte beschlossen, mich mit tertianischer Küche zu verwöhnen. Ohne daß ich es hören konnte, beriet sie sich darüber mit Dora, und ich aß, was man mir vorsetzte. Das tat auch Pünktchen, der einige Spezialitäten bekam, die für mich wie Abfall aussahen, ihm aber wie Ambrosia schmecken mußten, wenn man seinem Verhalten folgte.

Wir hatten gerade unsere zweite Tasse – nein, es war kein Kaffee – ausgetrunken, und wollten zum Haus der Longs hinübergehen, damit ich Wyoming Long, meine neue Tochter, kennenlernen konnte . . . als Dora sich meldete:

»Wichtige Ankündigung: Zeitlinie, Datum, Zeit, Ort. Offiziell. Bitte, richten Sie sich darauf ein, Ihre Uhren zu stellen.« Hazel sah mich überrascht an, griff rasch nach ihrer Handtasche und entnahm ihr einen Gegenstand, den ich noch nie gesehen hatte. Nennen wir ihn einen Chronometer. »Wir befinden uns auf einer gleichbleibenden Umlaufbahn um Tellus, Sol III, auf Zeitlinie drei, unter der Kodebezeichnung ›Neil Armstrong‹. Das Datum ist Dienstag, der erste Juli . . .«

»Mein Gott!« rief ich. »Wir sind wieder da, wo wir angefangen haben! Unser Hochzeitstag!«

»Ruhig, Liebling! Bitte!«

». . . gregorianischer Zeitrechnung. Ich wiederhole: Zeitlinie drei, Sol III, erster Juli 2177 gregorianisch. Beim Zeitzeichen ist es neun Uhr fünfundvierzig, Zone fünf. Jetzt! Wenn Sie für sonare Feineinstellung ausgerüstet sind, warten Sie bitte auf den Ton . . .«

Es begann mit einem tiefen Ton, der immer höher wurde, bis mir die Ohren weh taten.

Dora fuhr fort: »In fünf Minuten gebe ich eine neue Zeitansage durch. Schiffszeit oder Tellus-Zeit Zone fünf. Die Zeiten werden jetzt für den Treffpunkt auf dieser Zeitlinie mit der offiziellen örtlichen ›Tageslichtzeit‹ abgestimmt. Hazel, mein Schatz, und jetzt an dich privat.«

»Ja, Dora?«

»Hier sind Richards Schuhe« (Aus dem Nichts plumpsten sie auf das Bett.) »und hier seine beiden anderen Anzüge« (Plumps.) »und ich habe die übrigen Kleidungsstücke und die Socken mit eingepackt. Soll ich noch ein paar Overalls dazulegen? Ich habe bei Richard maßgenommen, während ihr geschlafen habt. Die Sachen sind nicht waschbar, sie sind schmutzabweisend und unverwüstlich.«

»Ja, Dora, und vielen Dank, Liebes. Das war sehr aufmerksam von dir. Bisher hatte ich für Richard ja nur Stadtanzüge gekauft.«

»Das habe ich gemerkt.« (Ein weiteres Paket plumpste auf das Bett.) »Wir haben die ganze Nacht ein- und ausgeladen«, sagte Dora. »Die letzten sind um neun Uhr gegangen, aber ich habe Captain Laz von eurem Frühstück zum Hochzeitstag erzählt, und sie hat Lazarus daran gehindert, euch zu stören. Botschaft von Lazarus: Wenn es euch nichts ausmacht, dann bewegt bitte eure lahmen Hintern und meldet euch beim Time Corps Hauptquartier. Ende der Durchsage. Und nun eine Live-Durchsage von der Brücke.«

»Hazel? Hier spricht Captain Laz. Könnt ihr beide das Schiff um zehn Uhr verlassen? Ich habe meinem sturen Bruder gesagt, daß wir dann starten können.«

Hazel seufzte. »Ja. Wir gehen sofort ins Dock.«

»Gut. Glückwunsch an euch beide von mir und Lor und Dora. Möget ihr den Tag noch oft feiern können! Es war uns ein Vergnügen, euch an Bord zu haben.«

Wir waren schon zwei Minuten vor der Zeit im Dock; ich trug die Pakete und die Katze und versuchte, mich an die neuen Schuhe zu gewöhnen – nun, an einen alten und an einen neuen. Ich stellte fest, daß mit »Dock« der Zugang zu unserer alten Freundin Gay, der fröhlichen Betrügerin, gemeint war; ein kurzer Gang führte direkt zu ihrem Steuerbordeingang. Auch diesmal fragte ich mich vergebens, wo die luxuriösen Badezimmer untergebracht sein könnten. Hazels Enkelsöhne waren als Piloten eingeteilt, und wir wurden gebeten, die hinteren Sitze zu benutzen. Pol stieg aus, um uns hineinzulassen.

»Hallo, Oma! Guten Morgen, Sir.«

Ich erwiderte seinen Gruß, und Hazel küßte ihre Enkel im Vorbeigehen, wobei sie keine Sekunde verlor. Wir setzten uns und schnallten uns an. Cas rief: »Bitte Gurte anlegen.«

»Sitzgurte der Passagiere sind angelegt«, meldete Hazel.

»Brücke! Startklar.«

»Start frei«, antwortete Laz.

Sofort schwebten wir schwerelos am Himmel. Pünktchen wurde unruhig, und ich mußte ihn mit beiden Händen festhalten. Die Schwerelosigkeit muß ihm unangenehm gewesen sein . . . aber wie merkte er sie überhaupt? Er wog doch ohnehin nichts.

An Steuerbord hing die Erde in ihrer fast vollen Phase, obwohl man das aus dieser Nähe nicht genau erkennt. Wir standen über dem Zentrum von Nordamerika, und das bewies, daß Laz eine ausgezeichnete Pilotin war; hätten wir uns auf der normalen Vierundzwanzig-Stunden-Umlaufbahn befunden, wären wir jetzt auf neunzig Grad westlicher Länge über dem Äquater, das heißt, über den Galapagos-Inseln. Ich vermutete, daß sie eine um vierzig Grad verschobene Umlaufbahn gewählt und den Start dieser Bahn entsprechend auf zehn Uhr Bordzeit festgesetzt hatte, und ich nahm mir vor, das später zu überprüfen, falls ich Einsicht in das Logbuch des Schiffs nehmen durfte.

(Ein Pilot kann es sich nicht versagen, jedes Manöver eines anderen Piloten mitzuvollziehen; das ist eine Berufskrankheit. Tut mir leid.)

Dann waren wir plötzlich in der Atmosphäre; wir waren in kürzester Zeit um sechsunddreißig Kilometer gesunken. Gay fuhr ihre Tragflächen aus, Cas drückte ihre Nase nach unten und fing sie dann wieder ab; die Schwerkraft betrug jetzt ein g – und diese Veränderung gefiel Pünktchen ganz und gar nicht. Hazel nahm ihn zu sich herüber und streichelte ihn, worauf er sich sofort wieder beruhigte – ich glaube, bei ihr fühlte er sich sicherer.

Mit eingezogenen Tragflächen – und nur so hatte ich sie bisher gesehen – ist Gay zu rasanten Starts fähig. Aber mit ausgefahrenen Tragflächen hat sie viel Auftrieb und kann wunderschön segeln. Wir schwebten etwa tausend Meter hoch über Ackerland, und es war ein herrlicher Sommertag. Die Luft war klar, nur hier und da waren am Horizont ein paar Kumuluswolken zu sehen. Wunderbar! Ein Tag, an dem man sich wieder jung fühlt.

Cas sagte: »Hoffentlich war der Übergang für Sie nicht beschwerlich. Hätte ich es Gay überlassen, wäre sie in einem Satz unten gewesen; sie hat Angst vor Flakbeschuß.«

»Ich habe keine Angst. Ich bin nur auf ganz vernünftige Weise vorsichtig.«

»Du hast recht, Gay. Sie hat auch allen Grund, vorsichtig zu sein. In den Sicherheitsvorschriften für Piloten auf dieser Zeitlinie und in diesem Jahr steht, daß man in der Nähe jeder größeren Stadt mit Flugabwehrwaffen rechnen muß. Deshalb saust Gay rasch unter den Radarschirm der Flak . . .«

»Das hoffst du jedenfalls«, sagte das Schiff.

». . . so daß wir auf den Radarschirmen der Luftraumkontrolle als Privatmaschine erscheinen, die mit Ultraschallgeschwindigkeit unterwegs ist. Wenn es überhaupt Radar gibt. Wo wir jetzt sind, ist jedenfalls keines.«

»Optimist«, höhnte das Schiff.

»Hör auf, mich zu ärgern. Hast du deinen Landeplatz gefunden?«

»Schon lange. Wenn du mich endlich in Ruhe läßt und mir die Erlaubnis gibst, lande ich.«

»Bitte sehr, Gay.«

»Hazel«, sagte ich, »ich hatte damit gerechnet, jetzt mit meiner neuen Tochter bekanntgemacht zu werden. Mit Wyoming.«

»Mach dir keine Sorgen, Liebling; sie wird nicht einmal erfahren, daß wir fort waren. So muß man es machen, bis ein Kind alt genug ist, alles zu verstehen.«

»Sie wird es nicht erfahren, aber ich weiß es, und ich bin enttäuscht. Okay, dann verschieben wir es eben.«

Wieder verschwand die Szenerie um uns herum, und wir hatten den Boden erreicht.

»Bitte achten Sie darauf, daß Sie hier nichts liegenlassen«, sagte Cas. Als wir ausgestiegen waren und uns ein Stück vom Schiff entfernt hatte, verschwand Gay. Ich starrte auf die Stelle, wo sie eben noch gestanden hatte. Zweihundert Meter entfernt lag Onkel Jocks Haus.

»Hazel, was sagte Dora noch? Welches Datum haben wir heute?«

»Dienstag, der erste Juli 2177.«

»Das habe ich auch gehört. Als ich dann darüber nachdachte, glaubte ich, sie falsch verstanden zu haben. Aber jetzt weiß ich, daß es stimmt. 77. Das ist schon seit elf Jahren Vergangenheit. Sweetheart, diese verfallene alte Scheune dort drüben steht genau an der Stelle, wo wir am Samstag, also vor drei Tagen, landeten. Du fuhrst mich von dort in Ezras Rollstuhl zum Haus. Honey, die Scheune, die wir da sehen, wurde schon vor Jahren abgerissen; das ist nur ihr Geist. Und das ist schlimm.«

»Mach dir keine Sorgen, Richard. Wenn man von einer Zeit in eine andere springt, hat man immer so ein Gefühl, besonders, wenn man zum ersten Mal zeitversetzt wird.«

»Ich habe das Jahr 2177 schon vor langer Zeit erlebt. Das ist paradox, und das gefällt mir nicht.«

»Richard, betrachte diesen Ort einfach, wie du jeden anderen Ort zu jeder anderen Zeit betrachten würdest. Niemand sonst wird das Paradoxon bemerken, also kannst du es ebenfalls ignorieren. Wenn du paradox lebst, ist die Chance gleich Null, daß irgend jemand dich in einer Zeit erkennt, die außerhalb deiner normalen Lebenszeit liegt . . . die Chancen stehen gewöhnlich eins zu einer Million, selbst wenn du in der Nähe deiner Heimat einen Zeitsprung macht. Du warst doch noch sehr jung, als du von hier fortgingst, nicht wahr?«

»Ich war siebzehn, im Jahr 2150.«

»Dann kannst du es vergessen. Dich wird bestimmt niemand wiedererkennen.«

»Onkel Jock wird mich noch kennen. Ich habe ihn später

einige Male besucht. Wenn auch nicht in letzter Zeit. Außer du zählst unseren kurzen Besuch vor drei Tagen mit.«

»Er wird sich an unseren Besuch vor drei Tagen nicht erinnern.«

»Was wird er nicht? Gewiß, er ist hundertsechzehn Jahre alt oder wird es in elf Jahren sein. Aber er ist nicht senil.«

»Du hast recht; bestimmt ist er nicht senil. Und Onkel Jock ist Zeitsprünge gewohnt. Wie du inzwischen wohl erraten hast, ist er Angehöriger des Time Corps und bekleidet einen ziemlich hohen Rang. Er leitet unsere Station in Nordamerika auf Zeitlinie drei. Gestern nacht wurde das Time Corps Hauptquartier nach hier evakuiert. Wußtest du das nicht?«

»Hazel, ich habe keine Ahnung. Vor zwanzig Minuten saß ich in unserer Kabine – Dora parkte auf Tertius, wie ich glaubte –, und ich überlegte, ob ich noch eine Tasse trinken oder wieder mit dir ins Bett gehen sollte. Seitdem bin ich gerannt so schnell ich konnte, damit meine eigene Verwirrung mich nicht überholt. Aber es war vergebens. Ich bin nur ein alter Soldat und Lohnschreiber; ich bin solche Abenteuer nicht gewohnt. Aber gehen wir. Ich möchte, daß du meine Tante Cissy kennenlernst.«

Gay hatte uns gegenüber von Onkel Jocks Haus auf der anderen Straßenseite abgesetzt. Wir gingen ein Stück die Straße entlang, und ich trug die Pakete und schwang meinen Stock, während Hazel das Kätzchen und ihre Handtasche genommen hatte. Vor einigen Jahren hatte Onkel Jock einen sehr viel solideren Zaun um seine Farm gezogen, als es damals in Iowa üblich war. Als ich im Jahr 2150 von zu Hause fortging und mich zu den Streitkräften meldete, war er noch nicht errichtet, aber bei meinem Besuch – 2161? – stand er schon. Ja, das Jahr dürfte stimmen.

Der Zaun war aus schwerem Stahlmaschendraht, zwei Meter hoch und oben mit sechs Strängen Stacheldraht gesichert. Ich glaube, der Stacheldraht wurde später angebracht, denn ich konnte mich nicht an ihn erinnern.

Hinter dem Stacheldraht waren zwischen Porzellanisolatoren Kupferdrähte gespannt, und alle zwanzig Meter hing ein Schild:

ACHTUNG!!!
Draht nicht berühren, ohne
Hauptschalter Nr. 12 auszuschalten

Am Tor hing ein anderes, größeres Schild:

INTERBÜRO
VERBINDUNGS-AGENTUR
Bio-ökologische Forschungsabteilung
Bezirksgeschäftsstelle
Radioaktives Material an Tor vier
anliefern – Annahme nur mittwochs
7-D-92-10-3sc
HIER ARBEITEN
IHRE STEUERGELDER

Hazel wurde nachdenklich. »Richard, es sieht nicht so aus, als wohnte Ohnkel Jock in diesem Jahr hier. Oder es ist ein anderes Haus, und Gay hat ihre Daten falsch ausgelegt. Vielleicht muß ich Hilfe anfordern.«

»Es ist das richtige Haus, und Onkel Jock lebte – lebt auch in diesem Jahr hier. Wenn es wirklich das Jahr 2177 ist, worauf ich peinlich genau achten werde. Dieses Schild riecht nach Onkel Jock; was seine Privatsphäre betrifft, hatte er schon immer seltsame Einfälle. Einmal war es ein Burggraben mit Piranhas.«

An der rechten Seite des Tores fand ich einen Knopf und drückte darauf. Eine metallene Stimme, die so künstlich klang, daß es sich um einen Schauspieler handeln mußte, sagte: »Stellen Sie sich in einem halben Meter Abstand vor das Aufnahmegerät. Zeigen Sie Ihre Dienstmarke. Drehen Sie sich um neunzig Grad und zeigen Sie Ihr Profil. Dieses Grundstück ist durch scharfe Hunde, Gas und Scharfschützen gesichert.«

»Ist Jock Campbell zu Hause?«

»Identifizieren Sie sich.«

»Hier spricht sein Neffe Colin Campbell. Sagen Sie ihm, daß ihr Vater alles erfahren hat!«

Statt der metallenen Stimme hörte ich jetzt eine, die ich kannte. »Dickie, steckst du wieder in Schwierigkeiten?«

»Nein, Onkel Jock. Ich will nur rein. Ich dachte, du hättest mich erwartet.«

»Ist jemand bei dir?«

»Meine Frau.«

»Wie lautet ihr Vorname?«

»Fahr zur Hölle.«

»Später, hetz mich doch nicht. Ich brauche ihren Vornamen.«

»Und ich spiele nicht mehr mit. Wenn du Lazarus Long siehst – oder Dr. Hubert –, sag ihm, daß ich diese kindischen Spiele endgültig satt habe. Auf Wiedersehen, Onkel.«

»Halt! Keine Bewegung; ich habe dich im Visier.«

Ohne zu antworten, wandte ich mich ab und sagte zu Hazel: »Laß uns gehen. Die Stadt ist ziemlich weit weg, aber vielleicht fährt jemand vorbei und nimmt uns mit. Die Leute in dieser Gegend sind sehr freundlich.«

»Ich kann Hilfe herbeitelephonieren. Wie ich es in Raffles tat.« Sie hob die Handtasche hoch.

»Kannst du das? Würde das Gespräch nicht sofort in sein Haus weitergeleitet werden, ganz gleich, wo oder wann oder auf welcher Zeitlinie? Laß uns laufen. Ich trage dieses wilde Katzenvieh.«

»Okay.«

Hazel schien sich keine Sorgen darüber zu machen, daß es uns nicht gelungen war, in Onkel Jocks Haus zu gelangen, oder in das Time Corps Hauptquartier, oder wie immer man es nennen mochte. Was mich betraf, so war ich glücklich und unbeschwert. Ich hatte eine schöne und liebenswerte Braut. Ich war kein Krüppel mehr, und ich fühlte mich um Jahre jünger, als der Kalender mir einreden wollte. Wenn ich überhaupt noch ein Kalenderalter hatte. Das Wetter war auf eine Weise himmlisch, die man nur in Iowa kennt. Oh, es würde im Laufe des Tages noch viel heißer werden (man braucht heißes Wetter, damit guter Mais wachsen kann), aber jetzt, um etwa zehn Uhr fünfzehn, war es noch angenehm; wenn die Sonne erst richtig brannte, würde ich meine Braut – und das Kätzchen – in irgendeinem geschlossenen Raum unterbringen müssen. Selbst wenn wir bei der nächsten Farm einkehren mußten. Moment mal . . . die Tanguays? Oder hatte der Alte vor 2177 schon verkauft? Egal.

Ich machte mir keine Sorgen darüber, daß ich keine hier gültige

Währung besaß, daß ich überhaupt keine flüssigen Mittel hatte. Ein schöner Sommertag in Iowa läßt keinen Raum für Sorgen. Ich könnte und würde arbeiten – ich würde sogar Dünger streuen, wenn es keine andere Arbeit gab. Und bald würde ich eine ganz andere Art von Dünger streuen und dabei auch nachts und sonntags arbeiten. Im Jahre 2177 hatte sich Evelyn Fingerhut noch nicht zur Ruhe gesetzt. Ich brauchte nur ein neues Pseudonym zu wählen; dann konnte ich ihm noch einmal denselben Mist verkaufen. Dieselben Geschichten – mit weggefeilter Seriennummer.

Die Seriennummer wegfeilen, die Karosserie ein wenig verändern, neu lackieren, über die Staatsgrenze schaffen, und es gehört dir! – das ist das Geheimnis literarischer Erfolge. Die Verleger behaupten dauernd, daß sie neue Geschichten brauchten, aber die kaufen sie nicht; sie kaufen die »gewohnte Mischung«. Denn der zahlende Kunde will unterhalten werden, nicht erstaunt oder belehrt oder gar in Angst versetzt.

Wenn die Leute wirklich Neues wollten, wäre Baseball schon seit zwei Jahrhunderten ausgestorben, statt immer populärer zu werden. Was könnte denn in einem Baseballspiel geschehen, das nicht jeder schon hundertmal gesehen hätte? Und doch sehen sich die Leute immer wieder mit dem größten Vergnügen ein Baseballspiel an – zu dumm, gerade jetzt bekomme ich Lust, mir ein Baseballspiel anzusehen, nicht ohne Hot Dogs und Bier.

»Hazel, bist du an Baseball interessiert?«

»Ich hatte nie Gelegenheit, das festzustellen. Als die Antibeschleunigungsdrogen aufkamen, reiste ich zum Dreckplaneten, um ein Jurastudium zu absolvieren, aber ich fand nie die Zeit, mir ein Baseballspiel anzusehen, nicht einmal in der Idiotenbox. Ich mußte mir mein Studium selbst verdienen und hatte einfach keine Zeit! Das war, als ich noch Sadie Lipschitz hieß.«

»Warum eigentlich? Du sagtest doch, daß du den Namen nicht magst.«

»Bist du sicher, daß du es wissen willst? Die Antwort auf ›Warum‹ lautet immer ›Geld‹.«

»Du wirst es mir wohl irgendwann sagen.«

»Du Schuft! Das war gleich nachdem Slim Lemke Stone gestorben war und . . . was zum Teufel ist denn das für ein Lärm?«

»Das ist ein Automobil.« Ich schaute mich nach der Quelle des Lärms um.

Seit ungefähr 2150 oder etwas früher (ich sah zum ersten Mal eines, als ich mich zu den Streitkräften gemeldet hatte) war es der höchste Stolz eines Farmers aus Iowa, den originalgetreuen und funktionsfähigen Nachbau eines »Automobils« aus dem zwanzigsten Jahrhundert zu besitzen und in ihm herumzufahren. Diese Automobile dienten damals als Fahrzeuge für den Individualverkehr. Natürlich wurde ein solcher Nachbau nicht, wie das Original, von einem Motor angetrieben, in dem das Derivat eines Mineralöls explodierte. Selbst in der Volksrepublik Südafrika gab es Gesetze gegen Luftverschmutzung. Aber mit seinem gut kaschierten Shipstone-Antrieb und dem Tonband mit dem Geräusch eines sogenannten »Verbrennungsmotors« war der funktionsfähige Nachbau von einem richtigen »Automobil« kaum zu unterscheiden.

Dies war einer der protzigsten aller Nachbauten, eine Tin Lizzy, ein »Ford Tourenwagen, Modell T 1914«. Er war so würdevoll wie Königin Victoria, der er auch ähnlich sah. Und er gehörte Onkel Jock . . . wie ich schon vermutet hatte, als ich den Höllenlärm hörte.

Ich sagte zu Hazel: »Hier, nimm Pünktchen, damit er sich beruhigt; so etwas hat er bestimmt noch nicht gehört. Und geh ein Stück von der Straße runter; diese Wagen sind unberechenbar.« Wir gingen weiter; der Nachbau rollte aus und hielt neben uns an.

»Soll ich Sie mitnehmen?« fragte Onkel Jock. Aus der Nähe hörte sich der Lärm ganz entsetzlich an.

Ich drehte mich um und grinste ihn an. Ich antwortete und achtete darauf, daß meine Worte im Lärm untergingen: »Vor siebenundachtzig Jahren mag diese alte Karre ja noch ganz gut gewesen sein.«

»Wie war das?«

»Billard ist kein Ersatz für Sex. Nicht einmal für Tomaten.«

Onkel Jock griff nach unten und stellte den Lärm ab. »Danke, Onkel«, sagte ich. »Der Lärm hat unsere Katze erschreckt. Sehr nett von dir, daß du ihn abgestellt hast. Was sagtest du? Ich habe es bei dem Motorenlärm nicht verstanden.«

»Ich habe gefragt, ob ich euch mitnehmen soll.«

»Vielen Dank. Fährst du nach Grinnell?«

»Eigentlich wollte ich euch mit nach Hause nehmen. Warum seid ihr denn weggelaufen?«

»Das weißt du doch selbst. Hat Dr. Hubert oder Lazarus Long, oder wie er sonst in dieser Woche gerade heißt, dich dazu angestiftet? Wenn er das getan hat, warum?«

»Mach mich bitte erst mit der Dame bekannt, lieber Neffe, wenn du nichts dagegen hast. Und entschuldigen Sie bitte, daß ich nicht aussteige, Madame; dieses Pferd ist ein wenig scheu.«

»Jock Campbell, du alter Bock, wage es nicht, so zu tun, als ob du mich nicht kennst! Sonst lasse ich aus deinen Eiern Kastagnetten machen. Das darfst du mir glauben!«

Zum ersten Mal seit ich mich erinnern kann, war Onkel Jock schockiert und hilflos. »Madame?«

Hazel sah seinen Gesichtsausdruck und sagte rasch: »Mißverstehen wir uns? Das tut mir leid. Ich bin Major Sadie Lipschitz, Time Corps, DOL, abgestellt für Unternehmen Herr der Galaxis. Ich habe Sie vor zehn meiner subjektiven Jahre in Boondock kennengelernt. Sie luden mich ein, Sie hier zu besuchen, und dieser Besuch erfolgte im Jahre 2186, wenn ich mich recht erinnere. Soweit verstanden?«

»Verstanden. Ein klares Mißverständnis. Major, es ist mir ein Vergnügen, Sie kennenzulernen. Mit noch größerem Vergnügen nehme ich zur Kenntnis, daß wir uns wiedersehen werden. Ich freue mich darauf.«

Hazel sagte: »Wir haben viel Spaß gehabt, das verspreche ich Ihnen. Ich bin jetzt mit Ihrem Neffen verheiratet . . . aber du bist trotzdem ein alter Bock. Steig aus deinem Spielzeugauto und küß mich, wie es sich gehört.«

Hastig stellte Onkel Jock seinen Rotor ab und sprang aus dem Wagen; Hazel reichte mir die Katze, und das rettete dem Tierchen das Leben. Nach einer Weile sagte der alte Bock: »Nein, ich habe Sie noch nie gesehen. Das hätte ich doch nicht vergessen können.«

»Doch, wir haben uns schon gesehen«, sagte Hazel, »und das werde ich nie vergessen. Es ist wirklich schön, dich wiederzusehen, Jock. Du hast dich überhaupt nicht verändert. Wann hattest du deine letzte Verjüngung?«

»Vor fünf subjektiven Jahren – lange genug, um einen Fisch zu marinieren. Wann war denn deine?«

»Die liegt subjektiv ungefähr genauso lange zurück. Ich war noch nicht an der Reihe, aber ich brauchte Kosmetik, weil ich deinen Neffen heiraten wollte. Gleichzeitig ließ ich mich biologisch verjüngen. Das war notwendig, denn er ist auch so ein alter Bock.«

»Ich weiß. Dickie mußte sich zu den Streitkräften melden, denn sie drangen von allen Seiten auf ihn ein.« (Eine glatte Lüge!) »Aber bist du sicher, daß du Sadie heißt? Das ist nicht der Name, den Lazarus mir als Kennwort gegeben hat.«

»Ich führe immer den Namen, der mir gerade paßt, genau wie Lazarus. Bin ich froh, daß sie das Time Corps Hauptquartier gestern nacht in dein Haus verlegt haben! Küß mich noch einmal.«

Er tat es, und schließlich sagte ich so freundlich wie möglich: »Aber doch nicht mitten auf der Straße, Leute, und nicht in Poweshiek County. Wir sind hier nicht in Boondock.«

»Kümmere dich um deinen eigenen Kram, Neffe. Sadie, das Hauptquartier wurde nicht gestern nacht nach hier verlegt; das war vor drei Jahren.«

»Die Mehrheit hat nie recht.«

L. LONG 1912–

XXVIII

Hazel setzte sich nach vorn zu Onkel Jock, und ich stieg mit dem Kater und den Paketen hinten ein. Aus Rücksicht auf Pünktchen bewegte sich der nachgebaute Ford Modell T so leise wie ein Geist. (Bewegen sich Geister wirklich leise? Wie entstehen eigentlich solche Klischees?) Auf Onkel Jocks Zuruf öffnete sich das Tor, und dabei wurden keine tödlichen Verteidigungswaffen aktiviert. Wenn es überhaupt welche gab. Aber da ich Onkel Jock kannte, mußte ich das schon vermuten – wenn auch gewiß nicht die, vor denen die Schilder warnten.

Auf der vorderen Veranda wurden wir von Tante Til und Tante Cissy begrüßt. Während Onkel Jock gleich ins Haus ging, hießen meine Tanten Hazel mit der Herzlichkeit in der Familie willkommen, die auf dem Lande üblich ist. Dann reichte ich Hazel das Kätzchen, und ich wurde von den beiden genauso begrüßt wie Hazel von Onkel Jock, wenn auch ohne die zusätzliche Verwirrung durch den Zeitsprung. Es war wunderbar, wieder zu Hause zu sein! Trotz meiner oft recht stürmischen Jugend verbanden sich mit diesem alten Haus die schönsten Erinnerungen meines Lebens.

Tante Cissy sah heute, im Jahre 2177, älter aus, als ich sie von meinem letzten Besuch in Erinnerung hatte – 2183? Vielleicht war das die Erklärung dafür, daß Tante Til immer gleich alt ausgesehen hatte? Eine gelegentliche Reise nach Boondock konnte Wunder wirken. Hatten alle drei – nein, alle vier, denn Tante Belden war auch noch da – sich für fünfzig Jahre beim Time Corps verpflichtet, mit dem Jungbrunnen als zusätzlicher Sozialleistung?

War Onkel Jock biologisch etwa dreißig Jahre alt, und hatte er zur Tarnung Gesicht und Hals und Hände eines alten Mannes behalten? (Das geht dich nichts an, Richard!)

»Wo ist Tante Belden?«

»Sie ist heute nach Des Moines gefahren«, sagte Tante Til. »Sie wird zum Abendessen wieder zurück sein. Richard, ich dachte, du seist auf dem Mars?«

Ich schaute auf den Kalender in meinem Kopf. »Wenn man es recht bedenkt, bin ich das auch.«

Tante Til sah mich scharf an. »Hast du einen Zeitsprung gemacht?«

Onkel Jock kam gerade noch rechtzeitig zurück, um einzugreifen. »Schluß damit!« sagte er. »Solche Gespräche sind verboten. Das wißt ihr doch alle; ihr habt euch nach dem Kode zu richten.«

»Ich habe mich nicht nach dem Kode zu richten«, sagte ich rasch, »was immer das sein mag. Ja, Tante Til, ich habe einen Zeitsprung gemacht. Ich bin aus dem Jahre 2188 zurückgekommen.«

Onkel Jock fixierte mich mit einem jener Blicke, vor denen ich mich mit zehn oder zwölf Jahren gefürchtet hatte. »Richard Colin, was soll das heißen? Dr. Hubert hat mir zu verstehen gegeben, daß du den Befehl hast, dich beim Time Corps Hauptquartier zu melden. Ich habe ihn eben angerufen und ihm mitgeteilt, daß du hier angekommen bist. Aber niemand hat Zutritt zum Hauptquartier, der nicht vereidigt ist und sich dem Kode unterworfen hat. Wenn er trotzdem hinginge, würde er jedenfalls nicht wieder rausgelassen. Du sagtest vorhin, daß du keine Schwierigkeiten hättest, aber du kannst jetzt aufhören zu lügen und mir alles erzählen. Wenn ich kann, werde ich dir helfen; Blut ist dicker als Wasser. Laß uns also hören.«

»Ich habe keine Schwierigkeiten, Onkel. Nicht, daß ich wüßte. Aber Dr. Hubert versucht ständig, mir welche zu machen. Willst du ernsthaft behaupten, daß ich vielleicht nicht mehr lebend herauskomme, wenn ich mich im Hauptquartier melde? Ich bin vom Time Corps nicht vereidigt worden, und ich brauche mich auch nicht nach seinem Kode zu richten. Wenn du das eben ernst gemeint hast, sollte ich mich *nicht* im Time Corps Hauptquartier melden. Tante Til, dürfen wir hier übernachten? Oder würde es dir und Onkel Jock Ungelegenheiten bereiten?«

Ohne sich mit Onkel Jock zu verständigen, ohne ihn auch nur anzuschauen, sagte Tante Til: »Natürlich könnt ihr bleiben, Richard. Du und deine liebe Frau seid uns nicht nur heute abend willkommen, sondern wann immer ihr uns besucht, und ihr dürft bleiben so lange ihr wollt. Dies war dein Zuhause, und das wird es auch bleiben.« Onkel Jock zuckte mit den Achseln und schwieg.

»Danke! Wo kann ich diese Pakete lassen? Vielleicht in meinem

Zimmer? Und auch dieses wilde Katzentier muß versorgt werden. Habt ihr vielleicht vom letzten Wurf noch eine Kiste, in die wir Sand füllen können. Pünktchen hat zwar schon gefrühstückt, aber ich denke, er könnte ein Schälchen Milch vertragen.«

Tante Cissy trat vor. »Til, ich werde mich um das Kätzchen kümmern. Ist es nicht hübsch!« Sie griff nach Pünktchen, und Hazel reichte ihn ihr.

»Richard«, sagte Tante Til, »in deinem Zimmer haben wir einen Gast, einen Mr. Davis. Hmm, wir haben Juli, und da wäre wohl das Nordzimmer im Obergeschoß für dich und Hazel das beste.«

»›Hazel‹!« rief Onkel Jock dazwischen. »Das war das Kennwort, das Dr. Hubert mir gab. Major Sadie, ist das einer Ihrer Namen?«

»Ja. Hazel Davis Stone. Jetzt Hazel Stone Campbell.«

»›Hazel Davis Stone‹,« sagte Tante Til »Bist du etwa Mr. Davis' kleine Tochter?«

Meine Braut wurde plötzlich lebhaft. »Das kommt darauf an. Vor langer Zeit war ich Hazel David. Handelt es sich um ›Manuel Davis‹? Manuel Garcia O'Kelly Davis?«

»Ja.«

»Mein Papa! Ist er *hier*?«

»Er wird zum Abendessen kommen. Hoffe ich. Aber . . . Schließlich hat er einiges zu tun.«

»Ich weiß. Ich bin seit sechsundvierzig Jahren im Corps, und Papa ungefähr genauso lange, glaube ich. Deshalb sehen wir uns kaum. Wie es eben im Corps zugeht. Oh, mein Gott! Richard, ich fang' gleich an zu weinen. Das darfst du nicht zulassen!«

»Ich? Lady, ich warte nur auf den nächsten Bus. Aber vielleicht kann ich Ihnen mit meinem Taschentuch aushelfen.« Ich reichte es ihr.

Sie nahm es und betupfte sich die Augen. »Du Ungeheuer. Tante Til, du hättest ihn öfter verhauen sollen.«

»Falsch, Liebes«, sagte Tante Til. »Das war Tante Abigail, die nun schon lange tot ist.«

»Tante Abby war brutal«, war mein Kommentar. »Sie hat mich mit einer Rute geschlagen. Und hatte ihre Freude daran.«

»Sie hätte eine Keule benutzen sollen«, meinte Hazel. »Tante Til, ich kann es gar nicht abwarten, Papa Mannie zu sehen. Es ist schon so lange her.«

»Hazel, du hast ihn doch schon hier gesehen«, sagte ich.

»Genau *da*!« Ich zeigte auf eine Stelle zwischen dem Haus und der alten Scheune. »Vor drei Tagen.« Ich zögerte. »Oder waren es siebenunddreißig? Neunundreißig?«

»Nein, nein, Richard! Weder das eine noch das andere. Nach meiner subjektiven Zeit ist es über zwei Jahre her.« Zu den anderen gewandt, sagte Hazel dann: »Für Richard ist das alles neu. Nach seiner subjektiven Zeit wurde er erst in der vergangenen Woche in das Corps aufgenommen.«

»Ich wurde überhaupt nicht in das Corps aufgenommen«, sagte ich. »Deshalb sind wir doch hier.«

»Das werden wir sehen, Schatz. Onkel Jock, mir fällt gerade ein – daß ich dir etwas sagen muß. Das kann ich aber nur, wenn ich mich nicht ganz so streng an den Kode halte. Aber das macht mir kaum Sorgen; ich bin ein Loonie, und ich beachte keine Gesetze, die mir nicht gefallen. Bist du denn so gesetzesgläubig, daß du über ›interessante Neuigkeiten‹ nicht einmal sprechen willst?«

»Nun . . .« sagte Onkel Jock langsam. Tante Til kicherte. Onkel Jock drehte sich zu ihr um und sagte: »Frau, worüber lachst du?«

»Ich? Ich habe überhaupt nicht gelacht.«

»Natürlich hast du gelacht. Major Sadie, meine Pflichten machen es zuweilen erforderlich, daß ich den Kode flexibel auslege. Handelt es sich um etwas, das ich erfahren müßte?«

»Ich glaube schon.«

»Sind Sie ganz offiziell dieser Ansicht?«

»Wenn Sie es so ausdrücken wollen . . .«

»Lassen wir das. Sagen Sie es mir, und lassen Sie mich die Sache selbst beurteilen.«

»Yes, Sir. Am Samstag, dem fünften Juli, ab heute in elf Jahren, nämlich 2188, wird das Time Corps Hauptquartier nach New Harbor auf Zeitlinie fünf verlegt. Du wirst mitkommen. Wahrscheinlich sogar dein ganzer Haushalt.«

Onkel Jock nickte. »Das ist genau die aus einem Zeitsprung gewonnene Art von Information, die durch den Kode unterdrückt werden soll. Denn sie kann sehr leicht eine positive Rückkoppelung erzeugen und eine Überlagerung und möglicherweise Panik zur Folge haben. Ich dagegen betrachte die Dinge mit Gelassenheit und versuche, Nutzen aus ihnen zu ziehen. Hmm . . . darf ich fragen, warum diese Verlegung stattfinden soll? Denn es ist unwahrscheinlich, daß ich mitgehe – und ganz gewiß nicht mein ganzer Haushalt. Diese Farm muß schließlich bewirtschaftet werden, ganz gleich, was sich hinter ihr verbirgt.«

Ich unterbrach ihn: »Onkel, ich brauche mich nicht um diesen albernen Kode zu kümmern. Diese Hitzköpfe von der Westküste haben inzwischen aufgehört zu reden und haben ihre Unabhängigkeit erklärt.«

Er zog die Brauen hoch. Nein . . . Wirklich? Ich dachte, sie würden sich nie dazu aufraffen.«

»Das haben sie aber getan. Im Mai '88. Als Hazel und ich dort waren, am Samstag, dem fünften Juli, hatten die Angeleno-Truppen gerade Des Moines erobert, und hier in der Nähe fielen Bomben. Du denkst vielleicht heute, daß du nicht fortgehen wirst, aber an dem Tag warst du schon drauf und dran; ich hab's gesehen. Ich werde es sehen. Frag Dr. Hubert – Lazarus Long. *Er* glaubte, daß man hier nicht bleiben kann, weil es zu gefährlich ist. Frag ihn.«

»Colonel Campbell!«

Die Stimme kannte ich; ich drehte mich um und sagte: »Hallo, Lazarus.«

»Solche Reden sind streng verboten. Haben Sie mich verstanden?«

Ich atmete tief durch und sagte zu Hazel: »Er lernt es nie« – dann zu Lazarus: »Doc, seit wir uns kennenlernten, versuchen Sie, mich herumzukommandieren. Es funktioniert aber nicht. Geht das nicht in ihren Kopf?«

Irgendwo und irgendwann hatte Lazarus gelernt, seine Gefühle zu beherrschen. Ich sah, daß er sich dieser Fähigkeit jetzt bediente. Er gewann in etwa drei Sekunden seine Fassung zurück und sagte ruhig und mit reduzierter Lautstärke:

»Lassen Sie mich versuchen, es Ihnen zu erklären. Solche Reden sind für denjenigen gefährlich, mit dem Sie sprechen. Ich meine damit die Voraussagen, die Sie aus einem Wissen heraus machen, das Sie während eines Zeitsprungs erlangt haben. Man kann immer wieder feststellen, daß man jemandem keinen Gefallen tut, wenn man ihm etwas über seine Zukunft erzählt, was man selbst in der eigenen Vergangenheit erfahren hat.

Warum das so ist, darüber sollten Sie einen der Mathematiker befragen, die sich mit der Zeit befassen – Dr. Jacob Burroughs oder Dr. Elizabeth Long oder irgendeinen anderen Mathematiker des Time Corps. Beispiele dafür, welcher Schaden durch eine solche Verhaltensweise bereits angerichtet wurde, kann Ihnen der Rat der Historiker nennen. Sie können es auch in der Bibliothek des Hauptquartiers nachlesen – zunächst in den Akten ›Cassandra‹ und ›Iden des März‹ und dann in der Akte ›Nostradamus‹.«

Long wandte sich an Onkel Jock: »Jock, das Ganze tut mir leid. Ich hoffe nur, daß die Schwierigkeiten, die für '88 zu erwarten sind, bis dahin das Leben in deinem Haushalt nicht überschatten. Ich wollte deinen Neffen nicht mitbringen, bevor er in den Zeitdisziplinen ausgebildet ist. Ich wollte ihn überhaupt nicht herbringen. Wir brauchen ihn zwar, aber wir hatten gehofft, ihn schon in Boondock rekrutieren zu können, ohne ihn ins Hauptquartier bringen zu müssen, aber er weigerte sich, dem Corps beizutreten. Willst du versuchen, ihn zu überreden?«

»Ich weiß nicht, ob ich ihn beeinflussen kann, Lafe. Was meinst du, Dickie? Willst du hören, wie nützlich eine Karriere im Time Corps sein kann? Man könnte sagen, daß das Time Corps in deiner Jugend für deinen Unterhalt gesorgt hat. Man könnte es sagen, denn es stimmt. Der Sheriff war schon im Begriff, mir die Farm unter dem Hintern wegzunehmen und zu versteigern . . . als ich dem Corps beitrat. Du warst noch ein kleiner Junge . . . aber vielleicht erinnerst du dich noch daran, daß wir außer Maisbrot kaum etwas zu essen hatten. Dann besserte sich unsere Lage, und dabei blieb es – weißt du das noch? Du warst ungefähr sechs Jahre alt.«

Ich dachte eine Weile nach. »Ja, ich glaube, ich erinnere mich daran«, sagte ich. »Ich habe nichts gegen meinen Eintritt in das Corps. Du bist dabei, meine Frau ist dabei, verschiedene meiner Freunde sind dabei. Aber Lazarus hat versucht, mir die Katze im Sack zu verkaufen. Ich muß wissen, was ich für sie tun soll, und warum ich es tun soll. Sie sagen, daß ich eine Aufgabe erledigen soll, bei der meine Chancen, mit dem Leben davonzukommen, eins zu eins stehen. In einer solchen Situation ist es völlig witzlos, über Pensionsansprüche zu reden. Ich will nicht, daß irgendwelche Bürokraten im Hauptquartier so leichtfertig mit meinem Leben umgehen. Bevor ich ein solches Risiko eingehe, muß ich wissen, daß es sich um etwas Sinnvolles handelt.«

»Lafe, was ist das für eine Aufgabe, die mein Neffe für euch erledigen soll?«

»Es ist das Unternehmen Adam Selene im Rahmen der Operation Herr der Galaxis.«

»Ich glaube nicht, daß ich jemals davon gehört habe.«

»Und du solltest es auch ganz schnell wieder vergessen, denn du hast mit der Sache nichts zu tun, und sie ist auch für dieses Jahr noch nicht geplant.«

»Unter diesen Umständen kann ich meinen Neffen kaum beraten. Sollte ich nicht eingeweiht werden?«

Hazel mischte sich ein: »Lazarus! Hör jetzt auf damit!«

»Major, ich bespreche eine dienstliche Angelegenheit mit dem Leiter unserer nordamerikanischen Station.«

»Unfug! Du versuchst schon wieder, Richard zu diesem Himmelfahrtskommando zu überreden. Als ich mich bereit erklärte, ihn in diesem Sinne zu beeinflussen, kannte ich Richard noch nicht. Jetzt, da ich ihn kenne – und bewundere; er ist *sans peur et sans reproche* –, schäme ich mich, daß ich es je versucht habe. Aber ich habe es versucht, und fast wäre es mir gelungen. Dann hast du dich eingemischt und alles verdorben, wie zu erwarten war. Ich habe dir gesagt, daß der Kreis ihn von der Sache überzeugen muß, ja, das habe ich dir gesagt! Und jetzt versuchst du, seinen engsten Verwandten – praktisch seinen Vater – dazu zu bringen, an deiner Stelle Richard unter Druck zu setzen. Du solltest dich schämen! Führe Richard in den Kreis ein. *Sie* sollen ihm alles erklären . . . oder laß ihn nach Hause gehen. Schluß mit den Ausflüchten! Tu endlich etwas!«

Was ich in Onkel Jocks Haus immer für einen Wandschrank gehalten hatte, erwies sich als eine Art Aufzug. Lazarus Long und ich betraten ihn gemeinsam; er schloß die Tür, und ich sah, daß dieser Fahrstuhl an Stelle der üblichen Knöpfe mit den Stockwerknummern beleuchtete Symbole hatte – Tierkreiszeichen, dachte ich, aber dann überlegte ich es mir anders, denn im Tierkreis gibt es keine Fledermaus, keine schwarze Witwe und keinen Stegosaurus.

Ganz unten war eine Schlange, die ihren eigenen Schwanz fraß – die Weltschlange Ouroboros. Im besten Falle ein ekelhaftes Symbol.

Lazarus legte seine Hand darauf.

Der Wandschrank oder die Fahrstuhlkabine oder der kleine

Raum veränderte sich. Wie, weiß ich nicht genau. Er blendete sich ganz einfach aus und war dann ganz anders. »Hier durch«, sagte Lazarus und öffnete eine Tür auf der anderen Seite.

Hinter dieser Tür lag ein langer Korridor, der nie und nimmer in Onkel Jocks Haus gepaßt hätte. Aber auch der Ausblick durch die Fenster zu beiden Seiten dieses Ganges paßte nicht zur Farm. Das Land war zwar typisch für Iowa – aber kein Pflug hatte es je berührt, und es war nicht für den Ackerbau gerodet.

Wir traten in den Gang hinaus und waren sofort am anderen Ende. »Hier durch«, sagte Lazarus wieder und zeigt nach vorn.

In der Wand aus Stein erschien ein Torweg. Der Korridor dahinter war nur schwach erhellt. Ich drehte mich um, weil ich Lazarus etwas fragen wollte; er war verschwunden.

Lazarus, dachte ich, ich hatte doch versucht, dir diese Mätzchen abzugewöhnen. Ich drehte mich um und wollte durch den langen Korridor wieder zurückgehen, um Hazel zu finden und dann mit ihr zu verschwinden. Ich hatte die Nase voll; ich hatte genug von diesen Albernheiten.

Aber es gab keinen Korridor mehr.

Ich nahm mir vor, Lazarus den Schädel einzuschlagen, und folgte dem einzigen Weg, der mir offenstand. Er war so dunkel wie vorher, aber in einer Entfernung sah ich vor mir ein Licht.

Nach knapp fünf Minuten endete der Gang in einem bequem eingerichteten Salon, der gut beleuchtet war, wenn ich auch die Lichtquelle nicht entdecken konnte.

Eine metallene und monotone Stimme sagte: »Nehmen Sie Platz. Man wird Sie rufen.«

Ich setzte mich in einen Sessel und legte meinen Stock zur Seite. Auf einem kleinen Tisch neben mir lagen ein paar Illustrierte und eine Zeitung. Ich schaute mir jedes Exemplar an, um Anachronismen festzustellen, aber ich fand keine. Es waren alles Illustrierte, die man in den siebziger Jahren in Iowa kaufen konnte. Sie waren auf den Juli 2177 oder früher datiert. Die Zeitung war das *Grinnell Herald-Register* vom Freitag, dem 27. Juni 2177.

Ich wollte sie gerade weglegen, denn das *Herald-Register* ist nicht besonders aufregend. Onkel Jock hatte einen wöchentlichen Nachrichtenausdruck aus Des Moines abonniert und natürlich den *Kansas City Star*, aber unsere Lokalzeitung war nur brauchbar, wenn es um die Universität oder um »Gesellschafts- und

Lokalnotizen« ging, in denen so viele Namen wie möglich abgedruckt wurden.

Aber mir fiel eine Anzeige auf: Am Sonntag, dem zwanzigsten Juli, präsentiert das Halifax Ballett Theater den *Sommernachtstraum* mit dem sensationellen Star Luanna Pauline als Titania. Es wird nur eine Aufführung geben.

Ich las die Anzeige zweimal und nahm mir vor, zusammen mit Hazel diese Aufführung zu besuchen. Das würde ein ganz besonderer Jahrestag sein: Ich hatte Mistress Gwendolyn Novak auf Golden Rules Einweihungsfest kennengelernt, und zwar vor einem Jahr (zum Teufel mit diesem albernen Zeitsprung) am zwanzigsten Juli, dem Neil-Armstrong-Tag, und das wäre eine wunderbare Neuinszenierung des Gala-Abends an unserem Hochzeitstag (ohne daß sich uns diesmal ein ungesitteter Flegel aufdrängen und an unserem Tisch sterben würde).

Ob eine Aufführung bei normaler Schwerkraft wohl eine Enttäuschung sein würde, nachdem wir zugeschaut hatten, wie die Elfenkönigin hoch in der Luft ihre Kapriolen gemacht hatte? Nein, dies war eine »empfindsame Reise«, und deshalb würde es keine Rolle spielen. Außerdem hatte Luanna Pauline ihren Ruf beim Tanz unter normalen Schwerkraftbedingungen begründet (würde oder wird ihn begründen). Wir würden also lediglich einen faszinierenden Kontrast erleben. Wir könnten sie in ihrer Garderobe aufsuchen und ihr erzählen, daß wir sie im Zirkussaal von Golden Rule die Titania bei einem Drittel der normalen Schwerkraft hätten tanzen sehen. Oh, gewiß – wo Golden Rule doch mindestens drei weitere Jahrhe lang noch nicht existiert! Ich begann zu begreifen, warum der Kode derartige lockere Reden untersagte.

Wie dem auch sei, am Neil-Armstrong-Tag würde ich meine Frau mit dieser sentimentalen Festlichkeit beschenken.

Während ich noch im *Herald-Register* blätterte, verwandelte sich ein abstraktes Muster an der Wand in eine Folge von Leuchtbuchstaben:

Ein kleines Mittel zur rechten Zeit spart viel Mühe

Während ich es betrachtete, veränderte es sich zu:

Ein Paradoxon kann paradoktoriert werden

Dann:

Der Wurm, der sich früh schon regt, hat Todessehnsucht

Darauf folgte:

Bemüh dich nicht zu sehr; du könntest Erfolg haben

Während ich über das letzte Motto nachdachte, veränderte es sich plötzlich, und ich las »Warum starren Sie auf eine leere Wand?« – und ich sah wirklich eine leere Wand vor mir. Und auf ihr erschien ganz groß die Weltschlange. In dem Kreis, den sie durch ihre ekelerregende Art, ihren Schwanz zu fressen, bildete, jagten sich Buchstaben, die sich dann zu einer Zeile vereinten:

Aus Chaos Ordnung schaffen

Und darunter:

Der Ouroboros-Kreis

Dann erschien in der Wand ein weiterer Torweg. Dieselbe metallene Stimme sagte: »Bitte, treten Sie ein.«

Ich nahm meinen Stock, ging durch den Torweg und sah mich sofort genau in die Mitte eines großen runden Saales versetzt. Manchmal ist der Service einfach zu gut.

Etwa ein Dutzend Leute saßen auf einem ein Meter hohen Podium um mich herum – es war wie ein Amphitheater, auf dessen Bühne ich die Hauptrolle spielte . . . wie ein Insekt, das man auf den Objektträger eines Mikroskops gelegt hat. Die metallene Stimme sagte: »Nennen Sie Ihren vollen Namen.«

»Richard Colin Ames Campbell. Was geht hier vor? Ist dies eine Gerichtsverhandlung?«

»In gewissem Sinne, ja.«

»Dann können Sie die Verhandlung sofort vertagen. Ich mache dabei nicht mit. Wenn hier überhaupt über jemanden verhandelt wird, dann sind Sie es – denn ich will nichts von

Ihnen, Sie aber scheinen etwas von mir zu wollen. Es ist *Ihre* Sache, *mich* zu überzeugen, nicht umgekehrt. Machen Sie sich das bitte klar.«

Ich schaute mich im Saal um, und nahm meine »Richter« in Augenschein. Ich sah ein freundliches Gesicht, das von Hilda Burroughs, und fühlte mich sehr viel besser. Sie warf mir eine Kußhand zu. Ich fing den Kuß auf und verschlang ihn. Aber ich war auch sehr überrascht. Ich hätte diese winzige Schönheit in jeder Gesellschaft erwartet, in der Eleganz und Anmut am Platze sind, aber nicht als Mitglied einer Gruppe, die man mir als mächtigstes Gremium aller Zeiten und aller Universen beschrieben hatte.

Dann erkannte ich noch ein Gesicht: Lazarus. Er nickte mir zu, und ich erwiderte seinen Gruß. »Bitte, werden Sie nicht ungeduldig, Colonel«, sagte er. »Gestatten Sie uns bitte, die Angelegenheit protokollgerecht abzuwickeln.«

»Ein Protokoll ist entweder nützlich, oder man sollte es abschaffen«, sagte ich. »Ich stehe, und Sie alle sitzen. Dies ist ein Protokoll, in dem Sie über mich dominieren. Und das können Sie sich sonstwo hinstecken! Wenn ich nicht in zehn Sekunden einen Stuhl habe, gehe ich. *Ihr* Stuhl genügt.«

Der unsichtbare Roboter mit der blechernen Stimme stellte so rasch einen Polsterstuhl hinter mich, daß ich meine Drohung nicht wahrmachen konnte. Ich ließ mich in den Sessel sinken und legte meinen Stock auf meine Knie. »Sitzen Sie bequem?« erkundigte sich Lazarus.

»Ja, vielen Dank.«

»Gut. Auch der nächste Punkt gehört zum Protokoll – die allgemeine Vorstellung. Ich glaube nicht, daß Sie dagegen etwas einzuwenden haben.«

Die metallene Stimme ließ sich vernehmen und nannte die Namen der Mitglieder – der »Erwählten« – des Ouroboros-Kreises, des regierenden Gremiums des Time Corps. Immer wenn ein Name genannt wurde, stand mein Stuhl plötzlich so, daß ich den betreffenden Erwählten ansah. Aber ich spürte keine Bewegung.

»Meister Mogyas Toras, für Barsoom, Zeitlinie eins, Kode-Name ›John Carter‹.«

»Barsoom«? Unfug! Aber ohne es zu wollen, stand ich auf und verneigte mich in Erwiderung eines freundlichen Lächelns und einer Geste, die einen Segen andeutete. Er war uralt und bestand fast nur aus Haut und Knochen. Er trug ein Schwert, aber ich war sicher, daß er es schon seit Generationen nicht mehr geschwungen hatte. Er war in ein Gewand aus schwerer Seide gehüllt, das den Gewändern buddhistischer Priester ähnelte. Seine Haut war wie poliertes Mahagoni und von tieferem Rot als die jeder nordamerikanischen »Rothaut« – kurzum, er sah genauso aus wie die Beschreibungen aus den Geschichten von Barsoom . . . ein Resultat, das sich mit Make-up, ein paar Metern Tuch und einem Theaterschwert leicht erzielen läßt.

Warum also stand ich auf?

(Weil Tante Abby mir mit einer Rute auf den Hintern geschlagen hatte, wenn ich älteren Leuten gegenüber nicht höflich genug war.

Unsinn. Sobald ich ihn ansah, hatte ich keinen Zweifel mehr an seiner Echtheit. Daß dies absurd war, änderte nichts daran.)

»Ihre Weisheit Star, Richterin der Neunzig Universen, alle Zeitlinien, Kode-Name ›Cyrano‹.«

Ihre Weisheit lächelte mich an, und ich scharwenzelte wie ein junger Hund. Ich verstehe wenig von Weisheit, aber ich bin sicher, daß Männer mit erhöhtem Blutdruck oder sonstigen Kreislaufproblemen sich von ihr fernhalten sollten.

Star, Mrs. Gordon, ist so groß wie ich oder noch größer; sie wiegt mehr als ich und besteht nur aus Muskeln, abgesehen von ihren Brüsten und der leichten Schicht, die dem Körper einer Frau die Rundungen verleiht. Für Poweshiek County war sie zu leicht bekleidet, für Boondock hatte sie eine Menge an.

Star mag nicht die schönste Frau aller Universen sein, aber sie ist außergewöhnlich sexy – auf die hitzige Art einer Pfadfinderin. Wenn er nur den Raum betritt, in dem sie sich aufhält, müßte ein Junge schon zum Mann werden.

»Woodrow Wilson Smith, Senior der Howard-Familien, Zeitlinie zwei, Kode-Name ›Leslie LeCroix‹.« Lazarus und ich nickten uns zu.

»Dr. Jubal Harshaw, Zeitlinie drei, Kode-Name ›Neil Armstrong‹.«

Dr. Harshaw hob die Hand zu einem halben Gruß und lächelte. Ich erwiderte seinen Gruß auf ähnliche Weise – und nahm mir vor, ihn über die vielen Legenden über die »Marsmenschen« auszufragen, vielleicht in Boondock. Wieviel davon stimmte, und wieviel gehörte in das Reich der Fabel?

»Dr. Hilda Mae Burroughs, Zeitlinie vier, Kode-Name ›Ballox O'Malley‹.« Hilda lächelt mich an, und ich lächelte zurück.

»Commander Ted Smith, Zeitlinie fünf, Kode-Name ›DuQuesne‹.« Commander Smith war ein Athlet mit kantigem Kinn und eisblauen Augen. Er trug eine schmucklose graue Uniform, eine Faustfeuerwaffe im Halfter und ein juwelenbesetztes Armband.

»Captain John Sterling, Zeitlinie sechs, Kode-Name ›Neil Armstrong‹ auf wechselnden Zeitlinien.« Ich betrachtete den Helden meiner Kinderjahre und erwog die Möglichkeit, daß ich schlief und lebhaft träumte. Hazel hatte mir immer wieder gesagt, daß der Held ihrer Raumfahrtserie real existiere, aber nicht einmal die häufige Wiederholung des Kode-Satzes »Unternehmen Herr der Galaxis« hatte mich überzeugen können . . . und jetzt sah ich ihn vor mir: den Feind des Herrn der Galaxis.

Aber war er es wirklich? Welchen Beweis gab es dafür?

»Himmelsmarschall Samuel Beaux, Zeitlinie sieben, Kode-Name ›Fairacre‹.« Marschall Beaux war über zwei Meter groß und wog mindestens hundertzehn Kilo, alles Muskeln und Rhinozeroshaut. Er trug eine nachtschwarze Uniform und ein Stirnrunzeln und war so schön wie ein schwarzer Panther. Er starrte mich aus Dschungelaugen an.

Lazarus verkündete: »Ich erkläre das Gremium für beschlußfähig. Der Kreis ist geschlossen. Dr. Hilda Burroughs spricht jetzt für den Kreis.«

Hilda lächelte mich an und sagte: »Colonel Campbell, ich wurde dazu ausersehen, Ihnen unsere Ziele zu erläutern und Ihnen so viel über unsere Methoden zu erzählen, daß Sie sehen, wie die Aufgabe, die wir Ihnen übertragen wollen, in den allgemeinen Plan paßt und warum sie ausgeführt werden muß. Sie dürfen mich gern unterbrechen, Fragen stellen oder mehr Einzelheiten verlangen. Wir können diese Diskussion bis zum Mittag fortsetzen. Oder wir können zehn Jahre lang diskutieren. Jedenfalls sehr lange. So lange wie nötig.«

Himmelsmarschall Beaux fiel ihr ins Wort: »Sie sprechen für sich selbst, Mrs. Burroughs. Ich gehe in dreißig Minuten.«

»Sambo«, sagte Hilda, »Sie sollten sich wirklich an den Vorsitzenden wenden. Ich kann Sie nicht gehen lassen, bevor Sie Ihren

Vers aufgesagt haben, aber wenn Sie wirklich gehen müssen, können Sie jetzt sprechen. Bitte erläutern Sie Colonel Campbell, was Sie tun und warum.

»Warum wird dieser Mann so verhätschelt? Man hat noch nie von mir verlangt, daß ich einem einfachen Rekruten meine Aufgaben erkläre. Das ist lächerlich.«

»Dennoch bitte ich Sie, es zu tun.«

Der Himmelsmarschall lehnte sich in seinem Sessel zurück und sagte nichts.

»Sambo«, sagte Lazarus, »ich weiß, daß es einen solchen Fall noch nie gegeben hat, aber alle Erwählten, auch die drei, die heute nicht kommen konnten, sind sich darin einig, daß das Unternehmen Adam Selene für die Operation Herr der Galaxis absolut notwendig ist, daß die Operation Herr der Galaxis für die Boskone-Kampagne erforderlich ist und daß ohne Boskone unser Langzeitplan nicht zu verwirklichen ist . . . und daß wir Colonel Campbell für das Unternehmen Adam Selene unbedingt brauchen. Darüber war der Kreis einer Meinung, es gab keine Gegenstimme. Wir sind darauf angewiesen, daß Colonel Campbell uns seine Dienste uneingeschränkt zur Verfügung stellt. Deshalb müssen wir ihn dazu überreden. Sie brauchen nicht als erster zu sprechen, aber wenn Sie sich in dreißig Minuten aus dem Kreis entfernen wollen, sollten Sie sich jetzt äußern.«

»Und wenn ich das nicht will?«

»Ihr Problem. Sie haben das Recht zurückzutreten; das Recht haben wir alle jederzeit. Und der Kreis hat das Recht, Sie auszuschließen.«

»Wollen Sie mir drohen?«

»Nein.« Lazarus schaute auf sein Handgelenk. »Sie haben sich vier Minuten lang gegen den einstimmigen Beschluß des Kreises aufgelehnt. Wenn Sie sich diesem Beschluß nun doch beugen wollen, sollten Sie sich beeilen; Ihnen läuft die Zeit davon.«

»Also gut. Campbell, ich bin der Oberkommandierende der Streitkräfte des Time Corps . . .«

»Korrektur«, unterbrach Lazarus Long. »Himmelsmarschall Beaux ist der Chef des Stabes der . . .«

»Das ist doch dasselbe!«

»Das ist nicht dasselbe, und ich wußte genau, was ich tat, als ich es auf diese Weise regelte. Colonel Campbell, das Time Corps greift gelegentlich in wichtige Schlachten der Weltgeschichte ein.

Der Weltgeschichten. Der Historikerausschuß des Corps versucht, Umkehrpunkte zu identifizieren, wo wohlüberlegte Anwendung von Gewalt die Geschichte in eine Richtung lenken kann, von der wir in unserer beschränkten Weisheit glauben, daß sie für die Menscheit besser wäre – und zwischen dieser Politik und dem Unternehmen Adam Selene bestehen enge Verknüpfungen, wie ich hinzufügen muß. Wenn der Kreis beschließt, einer Empfehlung der Historiker zu folgen, wird ein militärisches Eingreifen arrangiert, und der Kreis wählt für das jeweilige Unternehmen einen Oberkommandierenden.«

Lazarus drehte sich um und sah Beaux direkt an. »Himmelsmarschall Beaux ist ein hochqualifizierter Kommandeur, vielleicht der beste in der ganzen Geschichte. Gewöhnlich wird ihm das Kommando übertragen. Aber der Kreis bestimmt für jedes Unternehmen aufs neue den Oberkommandierenden. Mit dieser Politik verhindern wir, daß die höchste Gewalt in die Hände des Militärs gerät. Ich muß hinzufügen, daß der Chef des Stabes nur Zuhörer ohne Sitz und Stimme ist; er ist kein Erwählter des Kreises. Sambo, haben Sie dem noch etwas hinzuzufügen?«

»Sie scheinen meine Rede schon gehalten zu haben.«

»Weil Sie die Sache verzögern wollten. Aber es ist Ihr gutes Recht, Korrekturen anzubringen und den einen oder anderen Punkt ausführlicher zu behandeln.«

»Nicht nötig. Sie sollten Unterricht in Rhetorik geben.«

»Wollen Sie jetzt gehen?«

»Heißt das, daß Sie mich hinauswerfen?« – »Nein.«

»Ich werde noch eine Weile bleiben, denn ich will sehen, was Sie mit diesem Witzbold anstellen. Warum verpflichten Sie ihn nicht einfach zwangsweise und teilen ihn für das Unternehmen Selene ein? Er ist offensichtlich ein krimineller Typ; schauen Sie sich seinen Schädel an und beachten Sie seine Einstellung gegenüber der Autorität. Auf meinem Heimatplaneten lehnen wir solche schäbigen und unzuverlässigen Typen als Freiwillige ab . . . und wir haben keine kriminelle Klasse, denn sobald sie sich zeigen, ziehen wir sie zu den Streitkräften ein. Es gibt keine besseren Kämpfer als Kriminelle, wenn man sie jung einfängt, einer eisernen Disziplin unterwirft und dafür sorgt, daß sie vor ihren eigenen Sergeanten mehr Angst haben als vor dem Feind.

»Das genügt, Sambo. Bitte, tragen Sie Ihre Ansichten nicht ungefragt vor.«

»Ich dachte immer, Sie seien ein Verfechter der freien Rede?«

»Das bin ich auch. Aber es gibt nichts umsonst. Wenn Sie eine Rede halten wollen, müssen Sie Ihren eigenen Saal mieten. Für diesen hat der Kreis bezahlt. Hilda, sprich weiter, Liebes.«

»Gut. Richard, die meisten Interventionen, die unsere Historiker und Mathematiker empfehlen, verlaufen ohne brutale Gewalt; sie bestehen in viel subtileren Aktionen, die von Einzelagenten durchgeführt werden . . . wie etwa Hazel, die ein wahrer Fuchs ist, wenn es darum geht, einen Hühnerhof auszuplündern. Sie wissen, was wir mit dem Unternehmen Adam Selene bezwecken; aber ich glaube, Sie wissen nicht, warum dieses Unternehmen für uns so wichtig ist.

Unsere Methoden, die Folgen einer historischen Veränderung vorauszusagen, sind durchaus nicht perfekt. Ob wir uns in einer wichtigen Schlacht auf die Seite eines Gegners schlagen oder ob wir einen High-School-Studenten um Mitternacht mit einem Kondom versorgen und so verhindern, daß ein Hitler oder ein Napoleon geboren wird, wir können die Resultate nie so genau voraussagen, wie es eigentlich nötig wäre. Gewöhnlich führen wir unsere Aktionen durch und schicken dann einen Agenten auf die neue Zeitlinie, damit er uns über die Veränderungen berichten kann.«

»Hilda«, sagte Lazarus, »darf ich ein entsetzliches Beispiel erwähnen?«

»Gewiß, Woodie. Aber beeil dich, denn ich will noch vor dem Lunch fertigwerden.«

»Colonel Campbell, ich komme aus einer Welt, die bis etwa 1939 mit der Ihren identisch war. Wie gewöhnlich zeigten sich Unterschiede besonders zu der Zeit, als die Raumfahrt anfing. Sowohl Ihre als auch meine Welt zeigte eine Tendenz zu religiöser Hysterie. Bei uns gipfelte das in einem Fernsehevangelisten namens Nehemiah Scudder. Er predigte Feuer und Schwefel, und die Sündenböcke waren bald gefunden – natürlich die Juden; also nichts Neues – und seine Aktivitäten fanden ihren Höhepunkt, als auch die Arbeitslosigkeit ihren Höhepunkt erreicht hatte und die Staatsverschuldung und die Inflation außer Kontrolle geraten waren; das Resultat war eine religiös bestimmte Diktatur, ein totalitäres Regime, das so brutal war, wie es je eins auf der Welt gegeben hat.

Also startete dieser Kreis ein Unternehmen mit dem Ziel,

Nehemiah Scudder loszuwerden. Es gab nichts so Primitives wie einen Mord; deshalb wurde die spezifische Methode, die Hilda schon erwähnte, angewandt. Ein High-School-Student ohne Gummi bekam eines von einem Agenten, und der kleine Bastard, der Nehemiah Scudder werden sollte, wurde gar nicht erst geboren. So wurde Zeitlinie zwei – meine – aufgeteilt, und Zeitlinie elf wurde geschaffen, und alles war gleich, nur ohne Nehemiah Scudder, den Propheten. Das hätte doch eine Besserung bedeuten müssen, stimmt's?

Weit gefehlt. Auf meiner Zeitlinie richtete der Dritte Weltkrieg, der nukleare Krieg – den man auch unter anderen Bezeichnungen kennt – in Europa schwere Verwüstungen an, aber er breitete sich nicht aus. Unter dem Propheten hatte sich Nordamerika aus allen internationalen Affären zurückgezogen. Auf Zeitlinie elf fing der Krieg ein wenig früher an, und zwar im Mittleren Osten, und er breitete sich über Nacht über die ganze Welt aus . . . und noch hundert Jahre später fand man keine höheren Lebensformen als Kakerlaken auf den Landmassen, die einst die grünen Hügel der Erde gewesen waren. Sprich weiter, Hilda.«

»Vielen Dank, Lazarus. Du hast sehr überzeugend dargestellt, warum wir bessere Voraussagemethoden brauchen. Wir hoffen, Adam Selene – den Überwachugs-Computer Holmes IV, auch als ›Mike‹ bekannt – und seine Programme benutzen zu können, die besten Computer von Tertius und einigen anderen Planeten zu einem gewaltigen Instrument zusammenzufassen, das die Resultate einer definierten Veränderung in der Geschichte korrekt voraussagen kann . . . damit wir nicht Scudder – den wir hinnehmen können – gegen einen zerstörten Planeten eintauschen, der nicht mehr hingenommen werden kann. Lazarus, soll ich das Superschnüffelgerät erwähnen?«

»Das hast du doch gerade getan. Sprich weiter.«

»Richard, ich verliere den Boden unter den Füßen; ich bin nur eine einfache Hausfrau . . .«

Der ganze Saal stöhnte auf. Lazarus mochte den Chor angeführt haben, aber alle stöhnten mit.

». . . der jeder technische Hintergrund fehlt. Aber ich weiß wohl, daß die technische Entwicklung von genauen Instrumenten abhängt und daß seit dem zwanzigsten Jahrhundert – meinem Jahrhundert – genaue Instrumente nur durch Fortschritte auf dem Gebiet der Elektronik möglich sind. Mein Ehegatte Nummer eins, Jake Burroughs, entwickelt zusammen mit Dr. Libby Long und Dr. Deety Carter ein hübsches kleines Gerät, das Jakes Raum-und-Zeit-Verschieber mit Fernsehen und dem normalen Schnüffelgerät kombiniert. Mit diesem Gerät werden Sie in der Lage sein, zu beobachten, was Ihre Frau macht, während Sie nachts fort sind, aber Sie werden auch beobachten können, was sie in zehn Jahren machen wird. Oder in fünfzig. Oder in fünfhundert.

Oder der Ouroboros-Kreis könnte die Folgen einer Intervention erkennen, bevor es zu spät ist, von dieser Intervention Abstand zu nehmen. Vielleicht. Mit den einzigartigen Fähigkeiten des Holmes IV wird es vielleicht möglich sein. Das werden wir sehen. Aber es ist so sicher wie nur irgend etwas in dieser unbeständigen Welt, daß dieser Mike Holmes IV die Möglichkeiten des Ouroboros-Kreises enorm erweitern wird, selbst wenn dieses Superschnüffelgerät nie zustandekommt.

Da wir uns intensiv um eine bessere und anständigere und glücklichere Zukunft für alle bemühen, werden Sie hoffentlich einsehen, daß es sich lohnt, das Unternehmen Adam Selene in Angriff zu nehmen. Noch Fragen?«

»Ich habe eine Frage, Hilda.«

»Ja, Jubal?«

»Wurde unser Freund Richard über den Begriff von der Welt als Mythos belehrt?«

»Ich habe einmal Andeutungen darüber gemacht, als ich ihm erzählte, daß wir vier – Zeb und Deety, Jake und ich – von unserem Planeten vertrieben und aus dem Drehbuch gestrichen wurden. Ich glaube, das ist Hazel besser gelungen. Richard?«

»Sie hat mir nichts erzählt, mit dem ich etwas hätte anfangen können. Nichts, was irgendeinen Sinn ergab. Und – verzeihen Sie mir, Hilda – auch Ihre Geschichte ist nicht so leicht zu schlucken.«

»Natürlich, mein Lieber; ich glaube sie ja selbst nicht. Jubal, du solltest das übernehmen.«

»Also gut«, sagte Dr. Harshaw. »Die Welt als Mythos ist ein subtiler Begriff. Manchmal hat man ihn als Solipsismus einer Vielzahl von Personen bezeichnet, wenn diese Bezeichnung auch in sich unlogisch ist. Und doch mag Unlogik am Platze sein, da der Begriff selbst sich jeder Logik verschließt. Viele Jahrhunderte lang diente die Religion der Erklärung des Universums – oder des Multiversums. Die offenbarten Religionen wichen im einzelnen stark voneinander ab, aber im wesentlichen war ihnen eines gemeinsam: Irgendwo oben im Himmel – oder unten in der Erde – oder in einem Vulkan – an irgendeinem unzugänglichen Ort – gab es einen alten Mann in einem Nachthemd, der alles wußte und der allmächtig war und alles erschuf und der belohnte und bestrafte . . . und den man bestechen konnte.

Manchmal war dieses Allmächtige Wesen eine Frau, aber nicht oft, denn bei den Menschen sind die Männer meistens größer und stärker und kriegerischer; Gott wurde nach Papas Bilde erschaffen.

Die Idee eines Allmächtigen Gottes geriet unter Beschuß, denn sie erklärte nichts; sie schob alle Erklärungen nur auf. Bei der Minderheit der Bevölkerung, die regelmäßig badete, wurde der Begriff eines Allmächtigen Gottes im neunzehnten Jahrhundert allmählich durch den Atheistischen Positivismus ersetzt.

Der Atheismus hatte nur eine begrenzte Konjunktur, denn auch er erklärte nichts, er war lediglich die Umkehrung des Gottesglaubens. Der Logische Positivismus basierte auf der physikalischen Wissenschaft des neunzehnten Jahrhunderts, die, wie die Physiker jenes Jahrhunderts allen Ernstes glaubten, das Universum völlig hinreichend als eine Art Uhrwerk erklärte.

Die Physiker des zwanzigsten Jahrhunderts machten mit dieser Vorstellung kurzen Prozeß. Die Quantenmechanik und Schrödingers Katze warfen die geordnete Welt von 1890 auf den Müll und ersetzten sie durch einen Nebel von Wahrscheinlichkeit, in dem alles möglich war. Die Intellektuellen bemerkten das natürlich viele Jahrzehnte lang nicht, denn ein Intellektueller ist ein hochgebildeter Mann, der nichts von Mathematik versteht und auch noch stolz darauf ist.

Dennoch waren nach dem Ende des Positivismus der Gottglaube und der Glaube an die Weltschöpfung durch einen Allmächtigen Schöpfer stärker als je zuvor.

Gegen Ende des zwanzigsten Jahrhunderts – korrigiere mich, wenn ich mich irren sollte, Hilda – wurden Hilda und ihre Familie durch einen Teufel von der Erde vertrieben, den sie ›die Bestie‹ nannten. Sie flohen in einem Schiff, das Gay, die fröhliche Betrügerin, heißt und das Sie schon kennen. Auf ihrer Suche nach einem sicheren Ort suchten sie viele Dimensionen und viele Universen auf, und Hilda machte die bedeutendste philosophische Entdeckung aller Zeiten.«

»Das erzählst du wohl allen kleinen Mädchen?«

»Still, Liebes. Neben eher weltlichen Gegenden besuchten sie auch das Land Oz . . .«

Ich richtete mich mit einem Ruck auf. Ich hatte in der Nacht nicht sehr lange geschlafen, und Dr. Harshaws Vortrag war ziemlich einschläfernd. »Sagten Sie ›Oz‹?«

»Ich kann es Ihnen dreimal sagen. Oz, Oz, Oz. Sie besuchten in der Tat das Märchenland, das L. Frank Baum sich ausgedacht hat, und das Wunderland, das der Reverend Mr. Dodgson erfunden hatte, um Alice eine Freude zu machen. Und andere Gegenden, die nur die Dichtung kennt. Hilda entdeckte, was keiner von uns vorher bemerkt hatte, weil wir mitten darin waren: Die Welt *ist* ein Mythos. Wir erschaffen diesen Mythos selbst – und wir verändern ihn selbst. Ein wahrhaft großer Mythenschöpfer wie Homer oder Baum oder der Schöpfer Tarzans erschafft wirkliche und bleibende Welten . . . wogegen die schwafelnden phantasielosen Lügner und Fabulisten nichts Neues formen; ihre langweiligen Träume sind bald vergessen. Auf dieser Tatsache, Richard – es ist keine Religion sondern eine nachprüfbare Tatsache – basiert die Arbeit des Ouroboros-Kreises. Hilda?«

»Wir werden die Sitzung in Kürze zum Essen unterbrechen«, sagte Hilda. »Richard, wollen Sie jetzt einen Kommentar abgeben?«

»Er wird Ihnen nicht sehr gefallen.«

»Lassen Sie ihn uns trotzdem hören, alter Junge«, sagte Lazarus.

»Ich werde mein Leben nicht für irgendeinen wortreich vorgetragenen Unsinn riskieren; ich werde alles tun, was ich kann, um auch Hazel davon abzuhalten. Wenn Sie die Programme und Erinnerungen dieses veralteten Computers wirklich brauchen und sie sich beschaffen wollen, dann gibt es mindestens zwei bessere Methoden, sie zu bekommen.«

»Sprechen Sie weiter.«

»Bei der einen Methode ist ganz einfach Geld erforderlich. Gründen Sie eine Organisation, irgendeinen akademischen Schwindel. Lassen Sie der Galileo-Universität in Gestalt von Subventionen reichlich Geld zukommen. Dann gehen Sie durch den Haupteingang in den Computer-Raum und nehmen sich, was Sie brauchen. Aber schicken Sie kein älteres Ehepaar hin, das die Sache à la Watergate lösen soll. Ihr kosmischen Wohltäter habt mich nicht überzeugt.«

»Zeigen Sie uns Ihre Lizenz.«

Es war der Kleine Schwarze Sambo, der Himmelsmarschall. »Welche Lizenz?« fragte ich.

»Die Lizenz, die Sie dazu berechtigt, das Unerforschliche zu ergründen. Zeigen Sie sie. Aber Sie sind nichts als ein feiger Hund, der Angst davor hat, seine ganz normale Pflicht zu tun.«

»Tatsächlich? Wer hat Sie denn zum Gott ernannt? Hören Sie zu, mein Junge, ich bin heilfroh, daß Sie dieselbe Hautfarbe haben wie ich.«

»Wieso das?«

»Weil ich Sie so sehr verachte, daß man mich im anderen Fall einen Rassisten genannt hätte.«

Ich sah, wie er seine Waffe zog, aber mein Stock, verdammt!, war auf den Fußboden geglitten. Ich griff danach, als mich unten links sein Pfeil traf.

Er wurde von zwei Seiten getroffen, zweimal ins Herz und einmal in den Kopf, und zwar von John Sterling, Lazarus und Commander Smith – drei Meisterschützen, wo einer genügt hätte.

Ich verspürte keine Schmerzen. Aber ich wußte, daß ich im Unterleib getroffen war – schlimm, wahrscheinlich tödlich, wenn man mir nicht schnell half.

Aber mit Samuel Beaux geschah etwas. Er beugte sich vor und fiel vom Stuhl, so tot wie König Karl I. – und sein Körper verschwand allmählich. Er löste sich nicht auf, sondern er verschwand strichweise, durch die Mitte und quer über sein Gesicht, ganz als wischte jemand die Schrift von einer Wandtafel. Dann war er ganz verschwunden; nicht einmal Blut blieb zurück. Sogar sein Stuhl war weg.

Und die Wunde an meinem Unterleib war verschwunden.

»Es mag eine Zeit kommen,
da der Löwe und das Lamm
sich friedlich nebeneinanderlegen,
aber vorläufig setze ich immer noch
auf den Löwen.«

HENRY WHEELER SHAW 1818–1885

XXIX

»Wäre es nicht besser«, protestierte ich, »wenn man mich ein Schwert aus einem Felsen ziehen ließe? Wollen Sie mir dieses Produkt wirklich verkaufen? Der ganze Plan ist albern.«

Wir saßen an einem Picknicktisch in dem nach Osten gelegenen Obstgarten: Mannie Davis, Captain John Sterling, Jubal Harshaw und ich – und ein Professor Rufo, ein kahlköpfiger Trottel, der mir als Assistent Ihrer Weisheit und (unmöglich!) als ihr Enkel vorgestellt worden war. (Aber da ich mit meinen eigenen blutunterlaufenen Augen einige Ergebnisse der Zauberkünste von Dr. Ishtar gesehen hatte, benutzte ich das Wort »unmöglich« nicht mehr so großzügig wie noch vor einer Woche.)

Pünktchen war auch bei uns, aber er hatte schon lange vorher zu Mittag gegessen und war unten im Gras, wo er versuchte, einen Schmetterling zu fangen. Sie waren gleichwertige Gegner, aber der Schmetterling führte nach Punkten.

Der klare wolkenlose Himmel versprach für den frühen Nachmittag eine Temperatur von achtunddreißig oder vierzig Grad; meine Tanten hatten es vorgezogen, in ihrer klimatisierten Küche zu essen. Aber es wehte ein leichter Wind, und unter den Bäumen war es noch angenehm kühl – ein wunderschöner Tag, für ein Picknick gerade richtig; er erinnerte mich an unsere Konferenz mit Pater Hendrik Schultz im Obstgarten der Old MacDonald's Farm vor einer Woche (in elf Jahren).

Außer daß Hazel nicht bei mir war.

Das störte mich, aber ich versuchte, es mir nicht anmerken zu lassen. Als sich der Kreis zum Essen öffnete, hatte Tante Til mir etwas bestellt. »Hazel ist vor ein paar Minuten mit Lafe weggegangen«, berichtete sie mir. »Sie bat mich, dir zu sagen, daß sie zum Lunch nicht hier sein wird, aber du kannst sie für den späten

Nachmittag erwarten, und ganz bestimmt wird sie zum Abendessen zurück sein.«

Eine verdammt dürftige Nachricht!

Ich hätte so gern das ganze Gerede und die Happenings im geschlossenen Kreis mit Hazel besprochen. Verdammt nochmal, wie konnte ich etwas entscheiden, ohne es vorher mit meiner Frau zu diskutieren?

Frauen und Katzen tun einfach, was sie wollen; daran kann kein Mann etwas ändern.

»Ich werde Ihnen ein Schwert in einem Felsen verkaufen«, sagte Professor Rufo. »Billig und wie neu. Nur einmal gebraucht, von König Arthus. Auf lange Sicht hat es ihm nicht besonders gutgetan, und ich kann nicht garantieren, daß es Ihnen helfen wird . . . aber ein kleiner Profit wäre mir schon recht.«

»Rufo«, sagte Onkel Jock, »du würdest Eintrittskarten zu deiner eigenen Beerdigung verkaufen.«

»Das ›würde‹ ich nicht tun, ich *habe* es getan. Ich nahm so viel ein, daß ich mir alles kaufen konnte, was ich dringend brauchte . . . so viele Leute waren gekommen, um sich zu vergewissern, ob ich auch wirklich gestorben war.«

»Du hast sie also betrogen.«

»Überhaupt nicht. Auf den Karten stand nicht, daß ich tot sei; sie berechtigten den Inhaber lediglich zum Besuch meiner Beerdigung. Und es war eine schöne Beerdigung, die schönste, die ich je hatte . . . besonders der Höhepunkt, als ich mich in meinem Sarg aufrichtete und das Oratorium vom *Tod des Jesse James* sang, bei dem ich alle Rollen selbst übernommen hatte. Niemand verlangte sein Geld zurück. Einige gingen sogar schon vor dem krönenden Abschluß meines Vortrags. Diese unzivilisierten Flegel. Geh zu deiner eigenen Beerdigung, und du wirst sehen, wer deine wahren Freunde sind.« Rufo wandte sich an mich: »Wollen Sie nun den Stein und das Schwert? Billig, aber es muß bar bezahlt werden. Ich kann Ihnen keinen Kredit einräumen, denn so hoch ist Ihre Lebenserwartung auch wieder nicht. Sagen wir mal sechshunderttausend Reichsdollar in kleinen Scheinen? Keine Werte höher als zehntausend.«

»Professor, ich will kein Schwert in einem Stein; es ist nur, daß sich diese lächerliche Geschichte zu sehr nach dem Unsinn vom ›guten Prinzen‹ anhört, den man aus den Romanen der Vor-Armstrong-Aera kennt. Man kann es nicht öffentlich mit Geld erledigen; wenn man es mit Gewalt versucht, kann man nicht so viele Leute mitnehmen, daß die Verluste auf Null gehalten werden können; also müssen meine Frau und ich es tun, und das mit nichts als einem Pfadfindermesser. Das ist eine üble Sache. So etwas würde nicht einmal in ein Beichtbuch aufgenommen. Es ist logisch unmöglich.«

»Fünfhundertfünfzigtausend; Steuern inklusive.«

»Richard«, sagte Jubal Harshaw, »die Logik selbst ist unmöglich. Seit Jahrtausenden haben Philosophen und Heilige versucht, das Universum in ein logisches System zu zwängen . . . bis Hilda kam und demonstrierte, daß das Universum nicht logisch ist, sondern launisch, und daß seine Struktur von den Träumen und Alpträumen nicht logischer Träumer geformt wird.« Er zuckte die Achseln und hätte dabei fast sein Tuborg verschüttet. »Wenn die großen Geister von ihrer gemeinsamen Überzeugung nicht so verblendet gewesen wären, das Universum müsse eine konsistente und logische Struktur haben, die durch sorgfältige Analyse und Synthese zu ermitteln sei, wäre ihnen die augenfällige Tatsache nicht entgangen, daß das Universum – das Multiversum – weder mit Logik etwas zu tun hat noch mit Gerechtigkeit, außer wo wir und andere diese Qualitäten in eine Welt des Chaos und der Grausamkeiten einführen.«

»Fühfhunderttausend, und das ist mein letztes Angebot.«

»Warum also sollten Hazel und ich unseren Kopf riskieren?« fragte ich und fügte hinzu: »Pünktchen! Laß das Insekt in Ruhe!«

»Schmetterlinge sind keine Insekten«, sagte John Sterling trocken. »Sie sind Blumen mit eigenem Antrieb. Das hat mir Lady Hazel schon vor vielen Jahren erklärt.« Er griff nach unten und hob den Kater vorsichtig hoch. »Wie haben Sie es denn geschafft, daß er trinkt?«

Ich zeigte es ihm und benutzte dazu Wasser und eine Fingerspitze. Aber Sterling verbesserte diese Methode, indem er dem Kätzchen eine winzige Pfütze in seiner Handfläche anbot. Das Tierchen leckte daran, aber dann ließ es seine zierliche Zunge vorschnellen und trank, wie es sich für eine Katze gehört.

Sterling beunruhigte mich. Ich kannte seine Herkunft oder glaubte das wenigstens, und deshalb hatte ich sogar jetzt, als ich mit ihm sprach, Mühe, an seine Existenz zu glauben. Aber es ist schwer, nicht an die Existenz eines Mannes zu glauben, wenn man ihn sieht und ihn sogar *hört*, wie er Sellerie und Kartoffelchips zerkaut.

Und doch hatte er irgendwie eine zweidimensionale Qualität. Er lächelte weder noch lachte er. Er war zwar sehr höflich, aber immer todernst. Ich hatte versucht, mich bei ihm dafür zu bedanken, daß er mir das Leben gerettet hatte, indem er den Himmelsmarschall erschoß; Sterling war mir ins Wort gefallen: »Meine Pflicht. Er war entbehrlich, Sie nicht.«

»Vierhunderttausend. Colonel, sind da unten noch russische Eier?«

Ich reichte Rufo die gefüllten Eier. »Soll ich Ihnen sagen, was Sie mit Ihrem Schwert im Felsen tun können? Zuerst ziehen Sie das Schwert raus, und dann . . .«

»Wir wollen doch nicht grob werden. Dreihundertfünfzigtausend.«

»Professor, ich würde es nicht einmal als Trostpreis annehmen. Ich wollte nur auf etwas hinweisen.«

»Sie sollten sich wenigstens ein Vorkaufsrecht sichern; Sie werden es am Eröffnungsabend brauchen, wenn diese Geschichte als Stereo-Serie erscheint.«

»Kein öffentliches Aufsehen. Das ist eine der Bedingungen, die ich einhalten muß. Falls ich die Aufgabe überhaupt annehme.«

»Das gilt nur für *vorher*. Anschließend muß es unbedingt an die Öffentlichkeit; es muß schließlich auch in historischen Aufzeichnungen berücksichtigt werden. Mannie, sagen Sie ihnen, warum Sie Ihre Memoiren aus der Zeit der Revolution nicht veröffentlich haben.«

Mr. Davis antwortete: »Mike schläft. Leute dürfen ihn nicht stören. Njet.«

»Manuel«, sagte Onkel Jock, »Sie haben eine unveröffentlichte Autobiographie?«

Mein Stiefschwiegervater nickte. »Notwendig. Prof tot, Wyoming tot. Mike vielleicht auch tot. Bin einziger Zeuge der wahren Geschichte der Revolution auf dem Mond. Lügen, lauter Lügen von Idioten, die nicht dabei waren.« Er kratzte sich mit der linken Hand am Kinn, die, wie ich wußte, künstlich war. Jedenfalls hatte ich das gehört. Diese Hand sah genauso aus wie seine rechte Hand. Ein Transplantat? »In Mike gespeichert, bevor wir zu den Asteroiden gingen. Wir retten Mike – dann vielleicht Veröffentlichung.« Davis sah mich an. »Wollen Sie hören, wie ich meine Tochter Hazel kennenlernte?«

»Oh, ja!« sagte ich, und auch Sterling war sehr einverstanden.

»War am Montag, dem dreizehnten Mai 2075, in L-City. In der Stilyagi-Halle viel darüber geredet, wie wir den Sicherheitschef bekämpfen sollen. Keine Revolution, nur trauriges dummes Gerede und unglückliche Menschen. Mageres kleines Mädchen saß vorn auf dem Fußboden. Orangefarbenes Haar, keine Brüste. Zehn, vielleicht elf. Hört auf jedes Wort, klatscht laut, todernst.

Gelbjacken, die Polizisten des Sicherheitschefs, dringen ein und fangen an zu töten. Zu viel zu tun, um auf die magere Rothaarige zu achten, Gelbjacken töten meinen besten Freund . . . aber da sehen wir sie in Aktion. Wirft sich zusammengerollt durch die Luft, trifft Gelbjacke an den Knien, er geht zu Boden. Breche ihm mit der linken Hand die Kinnlade – nicht mit dieser Hand; die ist Nummer zwei – und trete über ihn weg und hebe meine Frau Wyoming auf – damals war sie noch nicht meine Frau. Magere Rothaarige ist weg, sehe sie einige Wochen lang nicht. Aber Freunde, und das ist die Wahrheit, Hazel hat als kleines Kind so hart und klug gekämpft, daß sie ihren Papa Mannie und ihre Mama Wyo vor den Spitzeln des Sicherheitschefs rettete, bevor sie wußte, daß sie zu uns gehört.«

Mr. Davis lächelte wehmütig. »Habe sie gefunden. Familie Davis nahm sie auf – als Tochter, nicht als Ehefrau. Noch ein Baby. Aber kein Baby, wenn es darauf ankommt, hat jeden Tag hart gearbeitet, um Luna zu befreien, jede Stunde und jede Minute, und keine Gefahr kann sie aufhalten. Vierter Juli 2076, Hazel Mead Davis unterschreibt als jüngste Genossin die Unabhängigkeitserklärung. Keiner hat es mehr verdient!«

Mr. Davis hatte Tränen in den Augen.

Ich auch.

Captain Sterling stand auf. »Mr. Davis, in aller Bescheidenheit bin ich stolz darauf, diese Geschichte gehört zu haben. Mr. Campbell, ich danke Ihnen für Ihre Gastfreundschaft. Colonel Campbell, ich hoffe, daß Sie sich dafür entscheiden, mit uns zu kämpfen; wir brauchen Sie. Und jetzt muß ich gehen, wenn Sie mich entschuldigen wollen. Da der Herr der Galaxis keine lange Mittagspause macht, darf ich es auch nicht.«

»Unsinn, John«, sagte Onkel Jock. »Auch du mußt dich hin und wieder ein wenig ausruhen. Geh doch mal wieder mit mir auf

Dinosaurierjagd. Die Zeit, die du im Mesozoikum verbringst, wird deine Arbeit nicht beeinträchtigen; der Herr der Galaxis wird nicht wissen, daß du fort bist. Das ist das Schöne an Zeitsprüngen.«

»*Ich* werde wissen, daß ich fort war. Aber ich danke dir. Diese Jagd hat sehr viel Spaß gemacht.« Er verbeugte sich und ging.

»Da geht ein wahrhaft nobler Mann«, sagte Dr. Harshaw leise. »Wenn er endlich den Herrn der Galaxis vernichtet hat, wird er ausgelöscht. Er weiß es, aber er läßt sich dadurch nicht beirren.«

»Warum muß er denn ausgelöscht werden?« fragte ich.

»Was? Colonel, ich weiß, daß das neu für Sie ist . . . aber Sie sind doch selbst ein Fabulist, oder Sie waren einer, nicht wahr?«

»Ich bin es immer noch, soweit ich weiß. Ich habe erst vor zehn Tagen einen umfangreichen Text an meinen Agenten geschickt. Ich muß bald wieder an die Arbeit – ich habe schließlich eine Frau zu versorgen.«

»Dann wissen Sie ja, daß es für die Handlung erforderlich ist, besonders in Abenteuergeschichten, daß der Held und der Schurke ein sich ergänzendes Paar bilden. Jeder ist für den anderen unverzichtbar.«

»Ja, aber . . . Hören Sie, die Karten müssen auf den Tisch. Ist dieser Mann, der eben gegangen ist . . . ist er die Figur, die Hazel mit ihrem Sohn Roger Stone für die Serie *Die Geißel der Raumwege* erfunden haben?«

»Ja. Hazel und ihr Sohn haben ihn erfunden. Sterling weiß es. Aber, Sir, wir sind alle nur Fiktion, wir sind die Träume irgendeinens Fabulisten. Die meisten wissen es nur nicht. John Sterling weiß es, und er ist stark genug, trotzdem weiterzumachen. Er kennt seine Rolle, und er weiß, welches Schicksal ihm bevorsteht; er akzeptiert beides.«

»Er muß nicht unbedingt ausgelöscht werden.«

Dr. Harshaw sah mich erstaunt an. »Sie sind doch Schriftsteller. Äh . . . vielleicht sogar ein literarischer Schriftsteller? Ohne Handlung?«

»Ich? Keine Ahnung, wie man Literatur schreibt; ich schreibe Bücher aller Art. Sünde, Leid, Reue. Wildwestgeschichten. Raumfahrtgeschichten. Krieg. Mord. Spionage. Seegeschichten. Alles mögliche. Hazel und ich werden die klassische Serie wieder aufleben lassen, mit Captain Sterling in der Hauptrolle. Wie immer. Ihn ›auslöschen‹! Was soll denn dieser Quatsch?«

»Sie werden ihn also nicht den Herrn der Galaxis vernichten lassen? Das sollten Sie aber, das *müssen* Sie sogar, denn der Herr der Galaxis ist mindestens so schlimm wie Boskone.«

»Natürlich werde ich das! In dreizehn Wochen. Es hätte schon vor Jahren geschehen müssen.«

»Aber er *konnte* den Herrn der Galaxis nicht vernichten. Die Serie wurde abgesetzt, als der Held und der Schurke noch lebten. Seitdem muß Sterling einen hinhaltenden Kampf führen.«

»In Ordnung. Das kriegen wir hin. *Der Herr der Galaxis* wird zerstört!«

»Und was wird dann aus Sterling?«

Ich wollte antworten, aber dann war mir klar, daß diese Frage eine Frage war, wie Sokrates sie gestellt hätte. Für jede vernünftige Katze eine vernünftige Ratte. Ein Held wie Sterling braucht einen Schurken, der genauso stark ist wie er. Wenn wir den Herrn der Galaxis töten, müssen wir seinen Sohn erfinden, einen Mann, der genauso geil und gemein ist wie sein Vater, mit genauso langen Zähnen und Ohren, aus denen Dampf quillt.

Jetzt beantwortete ich Dr. Harshaws Frage: »Ich weiß auch noch nicht, was aus Sterling werden soll, aber es wird uns schon etwas einfallen. Wir könnten ihn alt werden lassen und zum Kommandanten der Militärakademie ernennen. Jedenfalls brauchen wir ihn nicht umzubringen. Bei diesem Job braucht er ohnehin keinen so furchtbaren Gegenspieler wie den Herrn der Galaxis.«

»Wirklich nicht?« sagte Harshaw.

»Äh – vielleicht wollen *Sie* die Serie weiterschreiben?«

»Nein, nein. Ich bin so gut wie pensioniert. Ich befasse mich nur noch mit der *Stonebender Family*. Die Serie ist etwas zum Lachen und braucht keinen Schurken. Und seit ich weiß, daß die Welt ein Mythos ist, werde ich nie wieder einen richtigen Schurken erfinden . . . und ich danke Klono, daß ich es eigentlich nie tat, denn mein Glaube an Schurkerei ist nur begrenzt.«

»Nun, ohne Hazel kann ich dies alles ohnehin nicht beantworten. Ich bin nur der Junior-Partner, ich achte auf die Interpunktion und beschreibe das Wetter und die Szenerie; sie kümmert sich um die Handlung. Ich muß also das Thema wechseln. Onkel Jock, was hast du Captain Sterling vorhin über Dinosaurierjagd erzählt? Oder war das wieder einer deiner Witze? So wie damals, als du erzähltest, du hättest im arktischen Meer zehn Quadratkilometer Eis abgeschnitten und es nach Singapur gezogen, und das im Seitenschwimmen.«

»Ich bin nicht die ganze Zeit auf der Seite geschwommen. Das geht gar nicht.«

»Ernsthaft jetzt. Was ist mit den Dinosauriern?«

»Mit den Dinosauriern? Ich mache gern Jagd auf sie. Einmal nahm ich John Sterling mit; er erwischte einen prächtigen Tyrannosaurus Rex. Möchtest du es nicht auch einmal versuchen?«

»Ist das dein Ernst, Onkel Jock? Du weißt doch, daß ich nicht jage. Ich schieße auf nichts, was nicht zurückschießen kann.«

»Haha! Du hast mich völlig mißverstanden, lieber Neffe. Wir töten die armen Tierchen doch nicht. Einen Dinosaurier zu schießen ist ungefähr so waidmännisch wie eine Kuh zu erlegen. Und das Fleisch ist nicht halb so gut. Wenn ein Dinosaurier mehr als ein Jahr alt ist, schmeckt sein Fleisch nicht mehr, und es ist fürchterlich zäh. Vor Jahren habe ich es probiert, als wir darüber nachdachten, ob nicht mit Dinosaurierfleisch einer Hungersnot auf Zeitlinie sieben beizukommen sei. Aber die Logistik reichte nicht aus, und wenn man es sich genau überlegt, ist es ungerecht, dumme Eidechsen zu töten, um dumme Menschen zu ernähren; die Hungersnot bei ihnen war selbstverschuldet. Aber Dinosaurier mit der Kamera zu jagen macht wirklich Spaß. Richtig sportlich wird es, wenn man es auf große Fleischfresser abgesehen hat und einen nervösen Bullen aufscheucht, der gerade in der Brunst ist – das verbessert die Lauffähigkeit ungemein. Aber ich kenne auch eine Gegend in Wichita, Dickie, wo wir an einem einzigen Tag einen Triceratops, mehrere Arten von Pterodaktylos, Schnabeltiere und Donnerechsen sehen können, dazu vielleicht einen männlichen Stegosaurus. Wenn wir diese Sache erst hinter uns haben, nehmen wir uns einen Tag frei und fahren hin. Was hältst du davon?«

»So einfach geht das?«

»Mit unserer Ausrüstung ist das Mesozoikum nicht weiter entfernt als das Time Corps Hauptquartier oder Boondock. Zeit und Raum sind Illusionen; das Irrelevanz-Gerät von Burroughs wird uns mitten in einer Herde äsender und kopulierender Flatterechsen absetzen, bevor du ›sechzig Millionen Jahre‹ sagen kannst.«

»Du sprichst, als glaubtest du, ich würde mich am Unternehmen Adam Selene beteiligen.«

»Dickie, die Ausrüstung gehört tatsächlich dem Time Corps . . . und sie ist teuer. Wie teuer sie ist, wollen wir gar nicht erst diskutieren. Sie wurde konstruiert, um uns die Durchführung unseres Langzeitplans zu erleichtern, und sie wird nur nebenbei zur Freizeitgestaltung genutzt. Ja, ich glaube, daß du mitmachst. Oder willst du nicht?«

Mannie Davis schaute mich an. Sein Gesicht zeigte keine Regung.

Rufo stand auf und sagte laut: »Ich muß mich davonmachen; Star hat Arbeit für mich. Danke, Jock, und vielen Dank auch für das letzte Mal. Es hat mich gefreut, Sie kennenzulernen, Colonel.« Rasch ging er davon. Harshaw sagte nichts.

Ich atmete tief durch. »Onkel Jock, ich würde es vielleicht tun, wenn Hazel darauf besteht. Aber erst einmal will ich versuchen, ihr die Sache auszureden. Niemand hat mich bisher davon überzeugt, daß die beiden Methoden, die ich vorgeschlagen habe, nicht durchführbar sind. Beide Methoden halte ich für vernünftiger, wenn man sich die Programme und Erinnerungen beschaffen will, aus denen Holmes IV oder Mike besteht . . . und inzwischen bin ich selbst davon überzeugt, daß man sie sich beschaffen muß. Aber ich halte meine Methoden ganz einfach für logischer.«

»Dies ist keine Sache der Logik, Colonel«, sagte Harshaw.

»Es geht um meinen Kopf, Doktor. Aber am Ende werde ich wohl tun, was Hazel will . . . es ist nur . . .«

»Nur was, Dickie?«

»Ich mag es einfach nicht, etwas zu unternehmen, ohne daß ich vorher ausreichend informiert werde. Das war bei mir schon immer so. Onkel Jock, während der letzten Woche, es können auch zehn Tage gewesen sein – schwer zu sagen bei all dem Durcheinander –, habe ich so viel unerklärlichen und geradezu *mörderischen* Unfug erlebt. Verfolgt mich der Herr der Galaxis, von dem ihr immer redet? Entgehe ich deshalb immer nur knapp allen möglichen Anschlägen, weil ich in dieses Unternehmen Adam Selene verwickelt bin? Oder werde ich langsam paranoid?«

»Das weiß ich nicht. Erzähl mir, was passiert ist.«

Ich fing an zu erzählen, und schon bald zog Harshaw ein Notizbuch aus der Tasche und schrieb mit. Ich bemühte mich, nichts auszulassen: Enrico Schultz und seine seltsame Bemerkung über Tolliver und die Tatsache, daß er Walker Evans erwähnte. Sein Tod. Wenn es überhaupt sein Tod war. Bill. Das seltsame

Verhalten der Geschäftsleitung in Golden Rule. Die Busse mit den Killern. Jefferson Mao. Die Banditen, die uns vor dem Raffles aufgelauert hatten.

»Ist das alles?«

»Ist das nicht genug? Nein, da ist noch etwas. Welche Fracht hatte Tante Lilybet eigentlich an Bord? Wieso drehte man uns einen Schrotthaufen an, mit dem wir fast in den Tod geflogen wären? Was hatten Lady Diana und ihre beiden fetten Ehemänner dort draußen in der Wildnis zu suchen? Wenn ich es mir leisten könnte, würde ich Unsummen für Detektive ausgeben, um zu erfahren, was dort vor sich ging, was direkt gegen mich gerichtet war, was ich mir in meiner Nervosität nur einbildete und was ganz einfach Zufall war.«

»Es gibt keine Zufälle«, sagte Harshaw. »In einer Hinsicht ist die Welt als Mythos viel einfacher als die frühere Theologie: es *gibt* in ihr keine Zufälle.«

»Jubal?« sagte Onkel Jock. »Ich bin dazu nicht autorisiert.«

»Aber ich.« Er stand auf. »Ich denke, wir beide sind es.«

Auch Onkel Jock stand auf. »Dickie, mein Junge, warte hier; wir sind in fünf Minuten wieder hier. Wir haben etwas zu erledigen.«

Als sie gingen, stand auch Davis auf. »Bitte um Entschuldigung. Bis später.«

»Bitte sehr, Papa Mannie. Nein, nein, Pünktchen! Bier ist nichts für kleine Katzen.«

Nach meiner Uhr waren sie nur sieben Minuten lang fort gewesen. Nach ihrer Zeit ganz offensichtlich nicht. Onkel Jock war ein Vollbart gewachsen. Harshaw hatte an der linken Wange eine frische Narbe, die von einem Messer stammen mußte. »Ihr seid wohl vom letzten Weihnachtsfest übrig! Was ist denn passiert?«

»Alles«, sagte Onkel Jock, ohne die Stimme zu heben. »Ist noch Bier übrig? Cissy! Könnten wir noch etwas Bier haben? Außerdem haben Jubal und ich eine Zeitlang nichts gegessen. Seit Stunden nicht. Vielleicht seit Tagen.«

»Sofort«, antwortete Tante Cissys körperlose Stimme. »Schatz? Ich denke, es ist Zeit für ein Schläfchen.«

»Später.«

»Sobald du gegessen hast. In vierzig Minuten.«

»Hör auf mit der Nörgelei. Kann ich eine Tomatensuppe haben? Auch eine für Jubal.«

»Ich hole die Suppe und was vom Picknick übriggeblieben ist. Aber in vierzig Minuten wirst du schlafengehen. Til sagt es.«

»Erinnere mich daran, daß ich dich verprügeln muß.«

»Ja, Liebling. Aber heute nicht; du bist zu erschöpft.«

»Nun gut.« Onkel Jock drehte sich zu mir um. »Nun, was nehmen wir zuerst? Diese Busse mit den Killern? Das war das Werk deines Freundes Hendrik Schultz; und du kannst sicher sein, er wollte ganze Arbeit machen. Es hat sich herausgestellt, daß er ein Agent der anderen Seite ist. Insofern kann bei dir in diesem Fall von Paranoia keine Rede sein. Dickie – zwei Gegner, die Herren der Zeit und die Veränderer der Szene . . . beide verfolgen dich, und sie verfolgen sich gegenseitig. Du führst ein zauberhaftes Leben, mein Sohn: geboren, um gehängt zu werden.«

»Was meinst du damit? Herren der Zeit und Veränderer der Szene? Und warum gerade ich?«

»Selbst nennen sie sich vielleicht anders. Die Herren und die Veränderer sind Vereinigungen, die genau das tun, was auch der Kreis tut . . . aber wir sind mit ihren Zielen nicht einverstanden. Dickie, du glaubst doch nicht etwa, daß wir Erwählte des Kreises in allen Universen bis hin zu dem der Bestie, die einzigen sind, die der Wahrheit auf die Spur gekommen sind und die versuchen, die Verhältnisse zu ändern?«

»Ich habe keine blasse Ahnung, so oder so.«

»Colonel«, warf Dr. Harshaw ein, »die Welt als Mythos hat einen großen Mangel, und der liegt darin, daß wir es mit drei Arten von Gegnern zu tun haben, gegen die wir oft verlieren: Schurken aus freiem Willen, wie der Herr der Galaxis; Gruppen, wie wir eine sind, aber mit anderen Absichten – Absichten, die wir für schlecht, sie aber vielleicht für gut halten; der dritte und mächtigste Gegner aber sind die Mythenschöpfer selbst – wie Homer und Twain und Shakespeare und Baum und Swift und ihre Kollegen im Pantheon. Aber ich meine nicht die eben genannten. Sie sind tot; sie leben nur weiter in dem unsterblichen Mythenwerk, das jeder von ihnen geschaffen hat . . . das sich aber nicht ändert und deshalb keine Gefahr für uns bedeutet.

Aber es gibt lebende Schöpfer von Mythen, die alle gefährlich sind, die alle mit größter Sorglosigkeit vorgehen, wenn sie einen

Mythos revidieren und eine Figur auslöschen.« Harshaw grinste böse. Man kann nur dann mit diesem Wissen leben, wenn man erkennt: erstens, daß es das einzige Spiel ist, was hier gespielt wird, und zweitens, daß es nicht weh tut. Man wird einfach ausgelöscht. Aus der Geschichte gestrichen.«

»Woher wissen Sie, daß es nicht weh tut?«

»Weil ich mich weigere, an eine andere Theorie zu glauben. Sollen wir mit unserem Bericht fortfahren?«

»Dickie, mein Junge«, sagte Onkel Jock, »du hast gefragt ›Warum gerade ich?‹ Aus dem gleichen Grund, aus dem Jubal und ich eine angenehme Frühstücksrunde verlassen haben, um hart zu arbeiten und andere auf mühselige und gefährliche Erkundungen auf verschiedenen Zeitlinien auszuschicken. Wegen des Unternehmens Adam Selene und deiner Schlüsselrolle darin. Soweit wir wissen, wollen die Herren der Zeit Mike kidnappen, während die Veränderer der Szene ihn zerstören wollen. Aber beide Gruppen wollen deinen Tod; du bist eine Bedrohung für ihre Pläne.«

»Aber zu der Zeit hatte ich von Mike dem Computer doch noch nie etwas gehört.«

»Gerade deshalb war es der beste Zeitpunkt, dich umzubringen, findest du das nicht auch? Cissy, du bist nicht nur die Schönste, es ist auch angenehm, dich in der Nähe zu haben. Von deinen verborgenen Talenten ganz abgesehen. Stell bitte alles ab; wir bedienen uns schon selbst.«

»*Blageur et gros menteur*. Du wirst trotzdem gleich schlafen. Und ich habe dir etwas von Til auszurichten: Du wirst nicht zum Abendessen erscheinen, ohne dich vorher zu rasieren.«

»Sag diesem Weibsbild, daß ich lieber verhungern will als unter den Pantoffel zu kommen.«

»Yes, Sir. Und ich bin derselben Ansicht wie Til.«

»Sei friedlich, Frau.«

»Deshalb bin ich freiwillig dazu bereit, dir den Bart abzurasieren. Und dir die Haare zu schneiden.«

»Akzeptiert.«

»Gleich nachdem du geschlafen hast.«

»Verschwinde. Jubal, hast du schon von diesem Salat probiert? Den macht Til besonders gut . . . übrigens sind meine drei Eigentümerinnen alle gute Köchinnen.«

»Würdest du mir das bitte schriftlich geben?«

»Sagte ich dir nicht, daß du verschwinden sollst. Jubal, mit drei Frauen zusammenzuleben erfordert wirklich Mut.«

»Ich weiß. Ich habe jahrelang mit drei Frauen zusammengelebt. Man braucht Mut und die Geduld eines Engels. Und Geschmack an der Faulheit. Aber eine Gruppenehe wie die der Familie Long kombiniert alle Vorteile des Junggesellenlebens, der Monogamie und der Polygamie unter Ausschließung der jeweiligen Nachteile.«

»Darüber will ich nicht streiten, aber ich bleibe bei meinen drei Grazien, bis sie mich davonjagen. Laßt uns mal sehen – Enrico Schultz. Den Mann gibt es überhaupt nicht.«

»So?« fragte ich. »Er hat ein paar entsetzliche Flecken auf meinem Tischtuch hinterlassen.«

»Dann muß er einen anderen Namen gehabt haben. Aber das wußtest du. Die beste Hypothese ist, das er zu derselben Bande gehörte wie dein Freund Bill . . . der ein lächelnder Schurke war, wenn je ein Schurke gelächelt hat, und ein vollendeter Schauspieler. Wir nennen sie Die Revisionisten. Ihre Gründe hatten mit Adam Selene zu tun. Nicht mit Walker Evans.«

»Und warum hat er dann Walker Evans erwähnt?«

Vielleicht wollte er dich neugierig machen. Dickie, bevor du die Sache zur Sprache brachtest, hatte ich keine Ahnung von General Evans, da dieses Debakel noch in meiner Zukunft liegt. In meiner normalen Zukunft. Ich sehe, wie sehr dich das alles bedrückt. Und bedrücken wird. Vergiß nicht: daß du wegen deiner Verwundung aus den Andorran Contract Crusaders ausscheiden mußtest, wußte ich erst, als du es mir sagtest.

Wie dem auch sei – außer dir und einem anderen, der zu den Asteroiden ging und nicht aufzuspüren ist, sind alle ›Freunde von Walker Evans‹ inzwischen tot. Das heißt, bis zum zehnten Juli 2188, und das ist erst in elf Jahren. Es sei denn du wolltest dich mit jemandem unterhalten, der zu einer Zeit lebt, die nicht so weit in der Zukunft liegt.«

»Dafür sehe ich keinen Grund.«

»Das ging uns auch so. Und nun zu Walker Evans selbst« fuhr Onkel Jock fort. Die Geschichte hat Lazarus inszeniert . . . dazu ein bißchen Weltveränderung, teils um dir zu zeigen, was man alles tun kann. Es wurde kein Versuch unternommen, die Schlacht zu revidieren. Es wäre im Jahre 2177 schwierig gewesen, eine Schlacht im Jahre 2178 zu revidieren, ohne dein Leben grundlegend zu verändern. Man hätte dich entweder töten müssen oder dafür sorgen müssen, daß du deinen Fuß nicht verlierst und Angehöriger der Streitkräfte bleibst – ja, ich kenne jetzt die Sache mit deinem Fuß, obwohl sie in der Zukunft liegt. Jedenfalls gehst du nicht nach Golden Rule, du heiratest Hazel nicht . . . und wir sitzen nicht hier, um darüber zu reden. Eine Weltveränderung ist eine heikle Sache, Dickie – und man verabfolgt sie am besten in homöopathischen Dosen.

Lazarus läßt dir zwei Dinge ausrichten. Er sagt, du brauchtest im Zusammenhang mit diesem Debakel keine persönlichen Schuldgefühle zu haben. Das wäre genau so albern, als fühlte sich ein Untergebener Custers schuldig wegen Little Big Horn . . . und Lazarus fügte noch hinzu, daß Custer ein weit fähigerer General war als Evans. Lazarus spricht als ein Mann, der vom einfachen Soldaten bis zum Oberkommandierenden schon jeden Rang bekleidet hat, und der seine Erfahrungen in vielen Jahrhunderten und in siebzehn Kriegen gesammelt hat.

Da ist seine erste Botschaft an dich. Die zweite lautet: Sag deinem Neffen, daß so etwas anständige Leute in Schrecken versetzt. Aber es passiert. Nur Leute, die sich auf ein Gelände hinauswagen, wo es keine Straßenlaternen und keine Fußsteige gibt, wissen, wie solche Dinge passieren können. Er sagt, er sei sicher, daß Walker Evans es dir nicht übelnemen würde. Dickie, wovon redet er überhaupt?«

»Wenn er gewollt hätte, daß du es erfährst, hätte er es dir wohl gesagt.«

»Das leuchtet mir ein. Sag mal, war General Evans ein Mann von gutem Geschmack?«

»Was?« Ich starrte meinen Onkel an – dann antwortete ich widerwillig: »Nun, nein, das würde ich nicht sagen. Ich fand ihn zäh und ziemlich sehnig.«

»Jetzt ist es heraus . . .«

»Ja, und zur Hölle mit dir!«

». . . und ich kann dir den Rest erzählen. Weltveränderung. Ein Agent versteckte ein paar eiserne Rationen unter der Leiche des Generals. Als du die Leiche bewegtest, fandest du sie . . . und es reichte gerade aus, keinen von Walker Evans' Freunden so hungrig werden zu lassen, daß er das Tabu durchbrechen mußte. Es ist also nicht geschehen.«

»Warum erinnere ich mich dann daran?«

»Ist das wirklich so?«

»Aber . . .«

»Du erinnerst dich daran, unter der Leiche die fortgeworfenen Rationen gefunden zu haben und daran, was für ein gutes Gefühl das war!«

»Onkel Jock, das ist verrückt.«

»Das ist Weltveränderung. Eine Zeitlang hast du eine Erinnerung. Dann eine schwache Erinnerung an eine Erinnerung. Dann nichts mehr. Es ist nie geschehen, Dickie. Du hast Entsetzliches duchgemacht und dabei einen Fuß verloren. Aber du hast deinen kommandierenden General nicht gegessen.«

Zu Dr. Harshaw gewandt fuhr Onkel Jock dann fort: »Jubal, was haben wir noch, das wichtig wäre? Dickie, du kannst nicht erwarten, daß wir alle deine Fragen beantworten; das kann kein Mensch erwarten. Hmm, oh ja, diese Krankheiten – du hattest zwei; die anderen waren nur eingebildet. Du wurdest in etwa drei Tagen geheilt; dann kamst du in ein Feld, in dem deine Erinnerungen gesteuert wurden, und dir wurde ein neuer Fuß angesetzt . . . und noch etwas anderes haben sie mit dir gemacht. Hast du dich in der letzten Zeit nicht besser gefühlt? Frischer? Energischer?«

»Nun . . . ja. Aber das ist seit dem Tag so, an dem ich Hazel heiratete, und hat nichts mit Boondock zu tun.«

»Wahrscheinlich mit beiden. Während des Monats, in dem du ihnen zur Verfügung standest, hat Dr. Ishtar dir eine Kur verpaßt. Ich habe erfahren, daß sie dich einen Tag bevor sie dich aufwachen ließen, von der Verjüngungsklinik in das Hospital verlegt haben. Oh, sie haben dich regelrecht betrogen, Junge; sie haben dir einen neuen Fuß angesetzt und dich um dreißig Jahre jünger gemacht. Ich finde, du solltest sie verklagen.«

»Ach, hör auf damit. Und was war mit dieser Hitzebombe? War die auch nur eingebildet?«

»Vielleicht, vielleicht auch nicht. Es steht nicht fest, wir haben nur den Zeitpunkt gespeichert. Das Ding ist . . .«

Harshaw mischte sich ein: »Richard, ich glaube, daß wir jetzt in der Lage sind, das Unternehmen Adam Selene durchzuführen, ohne daß eine Hitzebombe erforderlich ist. Es gibt einige Pläne. Die Hitzebome hat also jetzt den gleichen Status wie Schrödingers Katze. Der Erfolg hängt von Adam Selene ab. Und umgekehrt. Wir werden sehen.«

»Diese Pläne – Sie nehmen also an, daß ich bei dem Unternehmen mitmache.«

»Nein«, sagte Harshaw. »Wir nehmen an, daß Sie das nicht tun werden.«

»Hmm . . . wenn Sie also glauben, daß ich nicht mitmache, warum erzählen Sie mir dann dies alles?«

»Dicky, mein Junge«, sagte Onkel Jock, und seine Stimme klang müde. »Tausende von Arbeitsstunden wurden aufgewendet, um deinem kindlichen Wunsch zu entsprechen, den Schleier vom Unbekannten zu lüften. Glaubst du, daß wir die Resultate einfach verbrennen? Und jetzt setz dich wieder hin und paß gut auf. Hmm, bleib nach Juni 2188 von Luna City und Golden Rule weg; dort wirst du steckbrieflich gesucht. Dir werden acht Morde vorgeworfen.«

»Acht! Wen soll ich denn ermordet haben?«

»Hmm, Tolliver, Enrico Schultz, Johnson, Oswald Progant, Rasmussen – «

»Rasmussen!«

»Kennst du ihn?«

»Ich habe zehn Minuten lang seinen Fez getragen; aber ich habe ihn nie gesehen.«

»Laßt uns keine Zeit auf diese Mordanklagen verschwenden. Sie bedeuten lediglich, daß jemand versucht, dich zu erwischen; in L-City und auch in Golden Rule. Da drei Gruppen dich verfolgen, die zu Zeitsprüngen in der Lage sind, kann das nicht überraschen. Du willst, daß diese Dinge geklärt werden; das kann später geschehen. Wenn es nötig ist. Wenn du nicht einfach nach Tertius gehst und die ganze Sache auf sich beruhen läßt. Oh, ja: diese Kode-Gruppen. Keine deutliche Aussage, nur Hinweise, auf die du hereinfallen solltest. Aber du hast dich nicht in aller Ruhe umbringen lassen, wie man es von dir erwartet hatte. Dickie, du bist ein Unruhestifter.«

»Oh, das tut mir aber leid.«

»Sonst noch Fragen?«

»Geh lieber schlafen.«

»Noch nicht. Jubal. Jetzt?«

»Natürlich.« Dr. Harshaw stand auf und ging.

»Dickie.«

Ja, Onkel?«

»Sie liebt dich, Junge; das tut sie wirklich. Gott weiß, warum.

Aber das bedeutet nicht, daß sie dir immer die Wahrheit sagen oder immer in deinem Interesse handeln wird. Laß dich warnen.«

»Onkel Jock, es ist sinnlos, einen Mann vor seiner Frau zu warnen. Oder würdest du, was Cissy betrifft, einen Rat von mir annehmen?«

»Natürlich nicht. Aber ich bin älter als du und sehr viel erfahrener.«

»Und nun gib mir endlich eine vernünftige Auskunft.«

»Laß uns lieber das Thema wechseln. Du magst Lazarus Long nicht.«

Ich grinste ihn an. »Onkel Jock, der einzige Grund, warum ich ihm glaube, daß er so alt ist, wie behauptet wird, ist, daß man mehr als ein Leben braucht, um so starrköpfig und schwierig zu werden wie er. Jedes Mal legt er sich mit mir an. Und der Bastard macht alles nur noch schlimmer, indem er mich zu Dank verpflichtet. Dieser Fuß ist zum Beispiel von seinem Klon. Wußtest du das? Und dann dieser Aufruhr, von dem du heute morgen gehört hast. Lazarus hat den Kerl erschossen, der mich umbringen wollte. Aber Captain Sterling und Commander Smith haben auch geschossen und wahrscheinlich schneller. Oder vielleicht auch nicht. Jedenfalls mußte ich mich bei allen drei bedanken. Verdammt nochmal, ich möchte ihm wenigstens ein einziges Mal das Leben retten, um mich zu revanchieren. Dieser Bastard!«

»So redet man nicht, Dickie. Abby hätte dich verprügelt.«

»Das hätte ich auch getan. Ich nehme es zurück.«

»Außerdem bist du selbst ein Bastard – deine Eltern waren nicht verheiratet.«

»Das hat man mir schon oft erzählt. Und lebhaft ausgemalt.«

»Ich meine es wörtlich. Deine Mutter war meine Lieblingsschwester. Viel jünger als ich. Ein hübsches Kind. Ich habe ihr das Laufen beigebracht. Mit ihr gespielt, als sie heranwuchs, sie in jeder Weise verwöhnt. Und als sie in ›Schwierigkeiten‹ war, wie man das nannte, wandte sie sich natürlich an ihren großen Bruder. Und an deine Tante Abby. Dickie, es war nicht so, daß dein Vater verschwunden wäre; es war so, daß dein Großvater ihn nicht mochte. Er mochte ihn so wenig wie – nun, wie du Lazarus Long magst.

Ich meine nicht Mr. Ames. Du trägst seinen Namen, aber er lernte Wendy kennen und heiratete sie erst, als du schon geboren warst. Wir nahmen dich zu uns und zogen dich groß. Nach einem

Jahr wollte deine Mutter dich holen – sie sagte, Ames habe es verdient –, aber so lange lebte sie nicht. Deshalb war Abby in jeder Hinsicht deine Mutter, außer in biologischer.«

»Onkel Jock, Tante Abby war die beste Mutter, die sich ein Junge wünschen kann. Und die vielen Schläge mit der Rute haben mir nicht geschadet. Davon bin ich überzeugt.«

»Ich freue mich, daß du das sagst, Dickie. Ich liebe alle deine Tanten . . . aber es wird nie wieder eine Abby geben. Hazel erinnert mich an sie. Dickie, hast du es dir inzwischen überlegt?«

»Onkel Jock, ich werde mich bis zuletzt dagegen wehren. Wie könnte ich damit einverstanden sein, daß meine Frau einen Unfug mitmacht, bei dem sie eine Überlebenschance von nur fünfzig Prozent hat?«

»Ich frage ja nur. Die Mathematiker testen ein anderes Team – da du dich weigerst. Wir werden sehen. Dein Vater war dickköpfig, und dein Großvater war dickköpfig; deshalb ist es kein Wunder, daß auch du deinen Kopf durchsetzen willst. Dein Großvater – mein Vater – sagte ganz einfach, er würde eher einen Bastard in seiner Familie dulden als einen Lazarus Long. Also bekam er einen Bastard. Dich. Und Lazarus ging fort. Er hat nie etwas von dir erfahren.

Es ist keine Überraschung, daß du dich mit deinem Vater nicht verstehst; ihr seid einander zu ähnlich. Und jetzt wird er deine Stelle einnehmen, im Team zur Rettung Adam Selenes.«

»Nun ist der Schwelgerei ein Ende.«

WILLIAM SHAKESPEARE 1564–1616

XXX

Sterben ist nicht schwer. Sogar ein kleines Kätzchen kann es.

Ich sitze mit dem Rücken zur Wand im alten Computer-Raum im Behördenkomplex von Luna. Ich halte Pünktchen in meinem Arm. Neben uns auf dem Fußboden liegt Hazel. Ich weiß nicht genau, ob Pünktchen tot ist. Vielleicht schläft er nur. Aber ich werde ihn nicht stören, um das festzustellen; im günstigsten Fall ist er ein schwerverletztes Baby.

Ich weiß, daß Hazel noch lebt, denn ich sehe, daß sie atmet. Aber sie ist in keiner guten Verfassung. Ich wünschte, sie würden sich beeilen.

Ich kann für die beiden nicht viel tun, denn ich habe nichts, mit dem ich arbeiten könnte, und außerdem kann ich mich nicht gut bewegen. Mir fehlt ein Bein, und ich habe keine Prothese. Ja, dasselbe rechte Bein – Lazarus' Bein – knapp oberhalb des Transplantats weggebrannt. Ich glaube, ich kann mich nicht beklagen – da es weggebrannt ist, hat es nicht sehr geblutet. Auch die Schmerzen haben noch nicht voll eingesetzt, nicht diese grellen Schmerzen wie von einer Lötlampe. Das kommt noch.

Ob Lazarus wohl weiß, daß er mein Vater ist? Hat Onkel Jock es ihm je gesagt?

Heh! Dann ist ja Maureen, diese wunderschöne Frau, meine *Großmutter!*

Und – vielleicht halte ich mich lieber zurück.

Ich bin ein wenig wirr im Kopf.

Ich bin noch nicht einmal sicher, ob dies aufgezeichnet wird. Ich habe zwar ein Aufnahmegerät, aber es ist eines dieser auf Tertius gebräuchlichen Minigeräte, mit denen ich nicht vertraut bin. Entweder war es eingeschaltet, und ich habe es ausgeschaltet, oder es war ausgeschaltet, und ich habe es eingeschaltet. Ich weiß nicht genau, ob Pünktchen tot ist. Hatte ich das schon gesagt? Vielleicht halte ich mich lieber zurück.

Es war ein gutes Team, das beste, und wir hatten soviel Feuerkraft, daß ich uns gute Chancen ausrechnete. Hazel führte natürlich das Kommando –

Major Sadie Lipschitz, Chef der Kampfgruppe

Richard Campbell, XO, Colonel im Rang eines Captains

Kornett Gretchen Henderson, JO

Sergeant Ezra Davidson

Korporal Ted Bronson, alias W. W. Smith, alias Lazarus Long, alias Lafayette Hubert, M. D. – zusätzliche Funktion: Sanitätsoffizier

Manuel Davis, ziviler Sonderagent

Als Lazarus dem Kampfverband als Korporal zugeteilt wurde, bestand er darauf, ›Ted Bronson‹ genannt zu werden. Wahrscheinlich ein Witz für Insider; mir wurde er nicht erklärt.

Nachdem Kornett Henderson ihr Kind, einen Jungen, geboren hatte, war sie schon seit einigen Monaten wieder im Dienst. Sie war schlank und kräftig und sonnengebräunt und schön, und die Ordensspangen auf ihrer hübschen Brust schienen dort hinzugehören. Mit seinen neuen Beinen sah Sergeant Ezra wieder wie ein Soldat aus, und seine Orden unterstrichen diesen Eindruck. Ein gutes Team.

Warum war ich auf den Rang eines Captains zurückgestuft worden? Ich fragte Hazel, nachdem sie mich auf das Corps vereidigt hatte – und bekam eine Antwort, die man nach dem jeweiligen persönlichen Standpunkt als dumm oder vernünftig bezeichnen konnte. Das sei geschehen (sagte Hazel), weil ich bei dieser Aktion, soweit sie in den Geschichtsbüchern verzeichnet sei, als Rangzweiter agiert hätte. Andere seien in den Aufzeichnungen nicht namentlich erwähnt, aber es fände sich auch kein Hinweis, daß wir die Aktion allein durchgeführt hätten. Also habe sie sich für eine erhöhte Feuerkraft entschieden und ihr Team ausgewählt. (Sie hatte entschieden. Sie hatte ausgewählt. Nicht Lazarus. Nicht irgendein Brain Trust des Time Corps Hauptquartiers. Das gefiel mir.)

Auch Gay war mit ihrer besten Mannschaft besetzt. Hilda führte das Kommando; Deety, XO und Astrogator; Zeb Carter, Chefpilot; Jake Burroughs, Kopilot/Irrelevanz-Antrieb – und Gay selbst, bewußt, empfindungsfähig und in der Lage, sich selbst zu steuern . . . was auf kein anderes Irrelevanz-Schiff zutraf, außer auf Dora (die aber für diese Aufgabe zu groß war).

Ein gutes Team. Wir hatten nicht zusammen geübt, aber wir waren Profis, und unser kommandierender Offizier gab so klare Anweisungen, daß wir auf jeden Drill verzichten konnten. »Achtung, Befehlsausgabe. Die Aufgabe dieser Kampfgruppe besteht darin, die von Davis ausgewählten Gegenstände zu erbeuten und sie und Davis selbst nach Tertius zurückzuschaffen. *Eine andere Aufgabe gibt es nicht.* Wenn wir keine Ausfälle haben, um so besser. Aber selbst wenn wir alle getötet werden, ist unsere Aufgabe erfüllt, sobald Davis und die von ihm ausgewählten Gegenstände Tertius erreichen.

Der Plan ist wie folgt: Sobald das Time Corps Hauptquartier die Zeit- und Raumveränderung aktiviert hat, setzt Hilda uns zum festgesetzten Zeitpunkt mit der Steuerbordseite zum Gebäude an der Nordwand ab. Verlassen des Fahrzeuges in dieser Reihenfolge: Lipschitz, Campbell, Henderson, Davidson, Bronson, Davis. In dieser Reihenfolge vorher Aufstellung in den Badezimmern vorn und achtern.

Der Computer-Raum ist quadratisch. Lipschitz Südostecke, Henderson Südwestecke, Campbell Nordwestecke, Davidson Nordostecke. Die Paare auf den Diagonalen sichern alle vier Wände. Durch zwei Paare sind also alle vier Wände doppelt gesichert.

Bronson ist für Davis als persönlicher Leibwächter eingeteilt und hat sonst keine besonderen Aufgaben.

Während Davis arbeitet, werden die vollen Kisten in das Schiff gebracht. Henderson und Davidson werden diese Arbeit nach Davis' Anweisungen durchführen. Im Schiff werden sie dabei von Deety unterstützt. Der Schiffskommandant und die Piloten halten sich zum sofortigen Verschwinden bereit. Sie helfen nur bei der Rückgabe von Gegenständen. Bronson wird kein – ich wiederhole *kein* – Gepäck transportieren. Er hat nur die Aufgabe, Davis zu schützen.

Wenn Davis seine Arbeit beendet hat, gehen wir so schnell wie möglich in umgekehrter Reihenfolge ins Schiff zurück – Davis, Bronson, Davidson, Henderson, Campbell, Lipschitz. Hilda, wenn Davis mit seinem Zeug an Bord ist, wirst du, je nach taktischer Situation, sofort den Befehl zum Verschwinden geben. Wenn es Ärger geben sollte, wird auf niemanden gewartet. Das entscheidest du selbst, aber bedenke bei deiner Entscheidung, daß es nur darum geht, Mannie und seine Sachen in Sicherheit zu bringen, ganz gleich, wer zurückbleibt.

Noch Fragen?«

Wie lange habe ich vor mich hingeträumt? Meine Uhr war schon früh ausgefallen. Das Team, das Hazel ausgewählt hatte, war . . . Nein, ich glaube, das sagte ich schon.

Was ist aus dem Bonsai geworden?

Der Zeitpunkt war so festgesetzt, daß wir in den Computer-Raum eindrangen, als Hazel ihn am Samstag, dem fünften Juli, gerade verlassen hatte. Die Gruppe, die den Zeitpunkt festsetzte, ging davon aus, daß der Gegner (die Herren der Zeit?) uns nicht im Computer-Raum suchen würde, während er uns gerade vor dem Raffles auflauerte. Es war unmöglich, es noch früher zu tun; als Hazel im Computer-Raum war, hatte sie ja erst gemeldet, daß »Adam Selene« sich dort befand.

Der Zeitpunkt war sehr knapp berechnet, fast zu knapp. Als Hazel aus dem Schiff ausstieg, blieb sie plötzlich stehen – ich stand direkt hinter ihr – sie wartete kurz und ging dann weiter.

Sie blieb stehen, weil sie sich selbst von hinten gesehen hatte, als sie gerade den Computer-Raum verließ.

Ich muß Tante Til wissen lassen, daß Hazel und ich nicht zum Abendessen zu Hause sein können.

Ich habe Kopfschmerzen, und meine Augen machen mir Sorgen.

Ich weiß nicht, wie Pünktchen an Bord gekommen ist. Das Kätzchen kommt ganz schön weit herum!

Jubal Harshaw sagt »Das einzig Beständige in dieser sich wandelnden Welt ist menschliche Liebe.« Das reicht.

Pünktchen hat sich ein wenig bewegt.

Es war sehr angenehm, ein paar Tage lang wieder zwei Füße zu haben.

»Richard?«

»Ja, mein Liebling?«

»Gretchens Baby. Du bist der Vater.«

»*Was*?«

»Sie hat es mir gesagt. Schon vor Monaten.«

»Das verstehe ich nicht.«

»Paradox.«

Ich wollte sie darüber ausfragen; aber sie schlief schon wieder. Die Kompresse, die ich ihr auf die Wunde gelegt hatte, war durchtränkt. Aber ich hatte nichts mehr, und deshalb faßte ich sie nicht an.

Auf dieser Reise werde ich Tante Belden nicht sehen. Das ist schlimm.

Was ist aus meinen Manuskripten geworden? Stecken sie noch in der Fußprothese?

Heh! Morgen ist der Tag, an dem »wir alle tot sein werden«, wenn Tolliver noch lebt.

Die erste Stunde verging ohne jeden Zwischenfall. Mannie arbeitete unablässig und fing an, die Kisten zu füllen. Gretchen und Ezra trugen sie zum Schiff, hoben sie hinein und bezogen zwischen den einzelnen Gängen wieder ihre Posten. Es schien sich hauptsächlich um Programme zu handeln, die Mannie in seine eigenen Geräte eingab, wozu er mitgebrachte Instrumente benutzte. Ich sah nicht alles so genau. Immer schneller füllte er die Kisten und legte eine Anzahl Zylinder hinein. Adam Selenes gespeicherte Erinnerungen? Ich weiß es nicht. Vielleicht hatte ich zu angestrengt zugeschaut.

Dann richtete Mannie sich auf. »Fertig!« rief er. Ich hörte eine Antwort: »*Maooo*!«

Und dann fielen sie über uns her.

Ich warf mich sofort hin, und mein unteres Bein war weg. Ich sah Mannie stürzen, und ich hörte Hazel schreien: »Bronson! Schaff ihn an Bord! Henderson, Davidson – die letzten beiden Kisten!« Was dann geschah, entging mir, denn ich feuerte. Die ganze Ostwand war offen; ich bestrich sie mit meiner Strahlenkanone auf höchster Intensitätsstufe. An unserer Seite feuerte noch jemand. Glaube ich wenigstens.

Dann war alles ruhig.

»Richard?«

»Ja, Liebes?«

»Es hat Spaß gemacht.«

»Ja, mein Liebling! Alles hat Spaß gemacht.«

»Richard . . . das Licht . . . am Ende des Tunnels.«

»Ja?«

»Ich werde dort . . . warten.«

»Honey, du wirst mich überleben!«

»Du wirst mich finden. Ich werde . . .«

Als die Wand sich offnete, glaube ich, diesen widerlichen Kerl gesehen zu haben. Konnte es sein, daß der Mann, der ihn ausgelöscht hatte, ihn dann wieder in die Geschichte hineinschrieb? Damit er uns erledigt?

Wer schrieb *unsere* Geschichte? Würde er uns leben lassen?

Wer es fertigbringt, ein kleines Kätzchen zu töten, ist grausam, sehr grausam. Wer du auch bist, ich hasse dich. Ich *verachte* dich!

Mühsam wachte ich auf – und merkte, daß ich auf Posten

eingeschlafen war! Ich mußte mich zusammenreißen, denn sie könnten wiederkommen. Oder Gay könnte zurückkommen. Ich konnte mir nicht vorstellen, warum Gay nicht schon wieder hier war. Hatte sie Schwierigkeiten, den richtigen Zeitpunkt zu treffen? Es konnte alle möglichen Gründe für ihr Ausbleiben geben. Aber sie würden uns hier nicht einfach sitzen lassen.

Wir hatten Mannie gerettet und das Zeug, das er ausgesucht hatte. Verdammt nochmal, wir hatten *gewonnen!*

Ich mußte nachschauen, wie viele Waffen und wieviel Munition wir noch hatten. Ich hatte nichts mehr. Meine Strahlenwaffe war leergeschossen, das wußte ich. Aber meine andere Waffe? Ich erinnere mich nicht, sie abgefeuert zu haben. Alles leer. Muß mich weiter umschauen.

»Liebling?«

»Ja, Hazel?« (Jetzt wird sie mich um Wasser bitten, und ich habe keins!)

»Es tut mir so leid, daß die Leute gerade beim Essen waren.«

»Was meinst du damit?«

»Ich mußte ihn töten, Liebster; er hatte den Auftrag, dich umzubringen.«

Ich legte die kleine Katze auf Hazel. Vielleicht hat sie sich bewegt, vielleicht auch nicht – vielleicht waren sie beide tot. Ich hielt mich an einem Computer-Regal fest, und es gelang mir, mich auf meinen einen Fuß zu stellen, aber dann ließ ich mich wieder zu Boden sinken. Ich hatte genügend Übung darin, bei einem Sechstel Schwerkraft umherzuhinken, aber ich stellte fest, daß ich weder kräftig genug war noch die Balance halten konnte – und ich hatte meinen Stock nicht bei mir, zum ersten Mal seit Jahren. Soweit ich wußte, hatte ich ihn in Gays vorderem Badezimmer gelassen.

Ich kroch also und versuchte dabei, mein rechtes Bein zu schonen. Es fing an zu schmerzen, und ich fand keine geladenen Waffen. Nach endlosen Qualen war ich wieder bei Gwen und Pünktchen. Sie rührten sich nicht. Aber ich war nicht ganz sicher, ob sie wirklich tot waren.

Sieben Tage sind keine lange Zeit für Flitterwochen und eine schrecklich kurze Ehe.

Ich prüfte den Inhalt der Handtasche, was ich viel früher hätte tun sollen. Selbst während des Kampfes hatte sie sie getragen, den Riemen über der rechten Schulter, die Tasche an der linken Hüfte.

Die Handtasche war innen viel größer als außen. Ich fand zwölf Schokoladenriegel. Ich fand ihre kleine Kamera. Ich fand die gefährliche kleine Dienstpistole, die Miyako – sie war geladen, acht Patronen im Magazin und eine in der Kammer.

Und ganz unten fand ich das Gerät, mit dem sie den Pfeil abgeschossen hatte. Fast hätte ich es gar nicht gefunden, denn es sah aus wie irgendein Kosmetikartikel. Vier Pfeile steckten noch darin.

Wenn sie wiederkommen – oder eine andere Bande – erledige ich noch dreizehn von ihnen.

ENDE

Band 23 094

Paul Preuss

Projekt Starfire

Deutsche Erstveröffentlichung

Travis Hill ist der Stoff, aus dem die Helden sind. Ihm gelang, was vor ihm noch niemand fertigbrachte. Eigenmächtig verließ er sein havariertes Raumschiff und glitt nur mit einer Notfallausrüstung zur Erde hinab. Die Zeitungen feierten den Astronauten, doch von der NASA wurde er abgeschoben, weil er gegen die Befehle handelte.
Dann tritt das Projekt STARFIRE in die Erprobungsphase: ein Raumschiff mit einem völlig neuartigen Antrieb, das die Grenzen der Sonne überwinden soll. Trotz vieler Widerstände gelingt es Travis, sich einen Platz an Bord zu erkämpfen. Und damit beginnt eines der größten Abenteuer des 21. Jahrhunderts.

BASTEI LÜBBE

Sie erhalten diesen Band im Buchhandel, bei Ihrem Zeitschriftenhändler sowie im Bahnhofsbuchhandel.

Band 24 123

Philip K. Dick

Der dunkle Schirm

Am Ende des 20. Jahrhunderts: Amerika ist ein Land der Huren, Junkies und Dealer geworden. Bob Arctor ist Geheimagent. Als Spitzel soll er den Drogenhandel observieren, doch mehr und mehr wird er selbst zum Opfer der Drogen und undurchsichtiger Polizeipraktiken. Perfekt getarnt, überwacht er mit Kameras und Tonbändern einen der gefährlichsten Dealer – und er weiß nicht, daß dieser Mann kein anderer ist als er selbst.

BASTEI LÜBBE

Sie erhalten diesen Band im Buchhandel, bei Ihrem Zeitschriftenhändler sowie im Bahnhofsbuchhandel.